U0140681

"神话学文库"编委会

主　编
叶舒宪

编　委
（以姓氏笔画为序）

马昌仪	王孝廉	王明珂	王宪昭
户晓辉	邓　微	田兆元	冯晓立
吕　微	刘东风	齐　红	纪　盛
苏永前	李永平	李继凯	杨庆存
杨利慧	陈岗龙	陈建宪	顾　锋
徐新建	高有鹏	高莉芬	唐启翠
萧　兵	彭兆荣	朝戈金	谭　佳

"神话学文库"学术支持

上海交通大学文学人类学研究中心

上海交通大学神话学研究院

中国社会科学院比较文学研究中心

陕西师范大学人文社会科学高等研究院

上海市社会科学创新研究基地——中华创世神话研究

"十二五""十三五"国家重点图书出版规划项目
第五届、第八届中华优秀出版物奖获奖作品

神话学文库

叶舒宪 主编

刘惠萍◎著

图像与神话

日月神话研究

IMAGES AND MYTHS

陕西师范大学出版总社

图书代号　SK23N1166

陕版出图字：25 – 2019 – 134

图书在版编目（CIP）数据

图像与神话：日月神话研究 / 刘惠萍著. —西安：陕西师范大学出版总社有限公司，2023.8
（神话学文库 / 叶舒宪主编）
ISBN 978 – 7 – 5695 – 3665 – 2

Ⅰ . ①图…　Ⅱ . ①刘…　Ⅲ . ①神话—研究
Ⅳ . ①B932

中国国家版本馆 CIP 数据核字（2023）第 110369 号

图像与神话：日月神话研究
TUXIANG YU SHENHUA：RI YUE SHENHUA YANJIU
刘惠萍　著

责任编辑	梁　菲	
责任校对	刘存龙	
出版发行	陕西师范大学出版总社	
	（西安市长安南路 199 号　邮编 710062）	
网　　址	http：//www. snupg. com	
印　　刷	中煤地西安地图制印有限公司	
开　　本	720 mm × 1020 mm　1/16	
印　　张	26. 25	
插　　页	4	
字　　数	467 千	
版　　次	2023 年 8 月第 1 版	
印　　次	2023 年 8 月第 1 次印刷	
书　　号	ISBN 978 – 7 – 5695 – 3665 – 2	
定　　价	158. 00 元	

"神话学文库"总序

叶舒宪

神话是文学和文化的源头，也是人类群体的梦。

神话学是研究神话的新兴边缘学科，近一个世纪以来，获得了长足发展，并与哲学、文学、美学、民俗学、文化人类学、宗教学、心理学、精神分析、文化创意产业等领域形成了密切的互动关系。当代思想家中精研神话学知识的学者，如詹姆斯·乔治·弗雷泽、爱德华·泰勒、西格蒙德·弗洛伊德、卡尔·古斯塔夫·荣格、恩斯特·卡西尔、克劳德·列维－斯特劳斯、罗兰·巴特、约瑟夫·坎贝尔等，都对 20 世纪以来的世界人文学术产生了巨大影响，其研究著述给现代读者带来了深刻的启迪。

进入 21 世纪，自然资源逐渐枯竭，环境危机日益加剧，人类生活和思想正面临前所未有的大转型。在全球知识精英寻求转变发展方式的探索中，对文化资本的认识和开发正在形成一种国际新潮流。作为文化资本的神话思维和神话题材，成为当今的学术研究和文化产业共同关注的热点。经过《指环王》《哈利·波特》《达·芬奇密码》《纳尼亚传奇》《阿凡达》等一系列新神话作品的"洗礼"，越来越多的当代作家、编剧和导演意识到神话原型的巨大文化号召力和影响力。我们从学术上给这一方兴未艾的创作潮流起名叫"新神话主义"，将其思想背景概括为全球"文化寻根运动"。目前，"新神话主义"和"文化寻根运动"已经成为当代生活中不可缺少的内容，影响到文学艺术、影视、动漫、网络游戏、主题公园、品牌策划、物语营销等各个方面。现代人终于重新发现：在前现代乃至原始时代所产生的神话，原来就是人类生存不可或缺的文化之根和精神本源，是人之所以为人的独特遗产。

可以预期的是，神话在未来社会中还将发挥日益明显的积极作用。大体上讲，在学术价值之外，神话有两大方面的社会作用：

一是让精神紧张、心灵困顿的现代人重新体验灵性的召唤和幻想飞扬的奇妙乐趣；二是为符号经济时代的到来提供深层的文化资本矿藏。

前一方面的作用，可由约瑟夫·坎贝尔一部书的名字精辟概括——"我们赖以生存的神话"（Myths to live by）；后一方面的作用，可以套用布迪厄的一个书名，称为"文化炼金术"。

在 21 世纪迎接神话复兴大潮，首先需要了解世界范围神话学的发展及优秀成果，参悟神话资源在新的知识经济浪潮中所起到的重要符号催化剂作用。在这方面，现行的教育体制和教学内容并没有提供及时的系统知识。本着建设和发展中国神话学的初衷，以及引进神话学著述，拓展中国神话研究视野和领域，传承学术精品，积累丰富的文化成果之目标，上海交通大学文学人类学研究中心、中国社会科学院比较文学研究中心、中国民间文艺家协会神话学专业委员会（简称"中国神话学会"）、中国比较文学学会，与陕西师范大学出版总社达成合作意向，共同编辑出版"神话学文库"。

本文库内容包括：译介国际著名神话学研究成果（包括修订再版者）；推出中国神话学研究的新成果。尤其注重具有跨学科视角的前沿性神话学探索，希望给过去一个世纪中大体局限在民间文学范畴的中国神话研究带来变革和拓展，鼓励将神话作为思想资源和文化的原型编码，促进研究格局的转变，即从寻找和界定"中国神话"，到重新认识和解读"神话中国"的学术范式转变。同时让文献记载之外的材料，如考古文物的图像叙事和民间活态神话传承等，发挥重要作用。

本文库的编辑出版得到编委会同人的鼎力协助，也得到上述机构的大力支持，谨在此鸣谢。

是为序。

目　　录

第一章 绪论

第一节 关于日、月神话

《周易·系辞上》曰："悬象著明莫大乎日月。"[1] 日、月是人类最容易观察到的自然天体，仰则能见。同时，可能也是对人们的生产与生活最具影响力的天体。因此，世界的许多原始民族中，都有因对日、月的崇拜与想象而产生的相关神话。

太阳，可能是对地球影响最大的天体，它不仅提供了光和热，也可以说是万物生命的孕育者。对于生活在地球上的人们来说，无论是每天的日夜变化，或者是一年的四季变化，皆源自太阳和地球相对位置改变的关系。所以，人类很早即已开始观察太阳，且许多民族和地区也都曾存在过所谓的"太阳崇拜"。英国著名人类学者爱德华·泰勒（Edward Burnett Tylor，1832—1917）曾说过：凡是阳光照耀到的地方，均有太阳崇拜的存在。它是全球民族信仰发展过程的一个必经阶段和重要表现内容。因此，与其相应的太阳神话也以丰富多彩的姿态在世界许多原始民族的神话中占有一席之地。自然神话学派的提倡者麦克斯·缪勒（Friedrich Max Müller，1823—1900）甚至认为，一切神话均源于太阳。[2] 虽然，这样的论点常被后世研究者认为是言过其实，然从许多已出土的原始遗迹及考古材料确实可发现许多与太阳崇拜相关的记载及原始遗留，而在一些原始部落中，太阳至今仍是他们崇拜的神祇。

除了太阳以外，月亮的运行、月相的变化及月中的阴影等，可能也是原始初民最易观察到的天体变化。月虽不若太阳般灿烂夺目而充满能量，然其宁静阴柔的形象、朔望盈亏的变化，往往更能激起人们无限的想象，故也有不少古

---

①〔魏〕王弼、〔晋〕韩康伯注、〔唐〕孔颖达等正义：《周易注疏附校勘记》（《重刊宋本十三经注疏附校勘记本》），台北：艺文印书馆，1965，据清嘉庆二十年（1815）江西南昌府学刊本影印，第157页。
②〔英〕麦克斯·缪勒：《比较神话学》，金泽译，上海：上海文艺出版社，1989，导言第2页。

老的宗教及信仰常以月亮为主。① 朱天顺在其《中国古代宗教初探》中云：

> 原始宗教的天体崇拜中，对月亮的崇拜，在世界各国也是比较普遍的现象。南美洲的有些土著民族，以为使植物生长的不是太阳，而是月亮。他们以为是月亮的柔和光线带来凉爽和露水，并有滋润人畜，促进植物生长的神性而向它献祭。古以色列人在新月初升时，总要在山头上举行烽火来迎接它。古代埃及人为感谢月神给人类夜间以光明和计算时日的方便而崇拜月亮，后来又作为智慧和文化之神加以崇拜。文明悠久的印度、希腊的古代，也都有月神崇拜。②

因此，一些崇拜或信仰月神的原始民族，便经常将月亮视为不死、再生与大地、农耕、女性的象征，或将月亮当成丰收的赐予者、丰产的感应物。如大洋洲的西里伯斯（Celebes）岛中部的土著民族便"以月亮为生产稻米者，并以为稻神在月中居住"。而印度，则视"月为持有种子者，持有植物者"。巴比伦人也以为："月生产各种植物生命。"希伯来人则相信"月持有一切实物"。③据米尔恰·伊利亚德（Mircea Eliade，1907—1986）的考察发现："早在农业发现之前的15000 年，人们已经出于实用目的，开始分析、记录并利用月亮的阴晴圆缺了。这使得我们更加能够理解月亮在远古神话中所扮演的重要角色"④。因此，与月亮相关的神话传说也遍存于世界上许多民族。

在中国，人们则普遍相信日中有三足乌，月中有嫦娥、捣药玉兔、蟾蜍，以及吴刚日日在砍伐着会自动愈合的桂树。然随着近代天文知识的发展、科学的进步，人类也逐渐具备了掌握太阳构造的知识，并已成功登陆月球。现今之人可能也不再相信日中有乌，月中有蟾蜍、兔子及桂树的存在。但或正如英国人类学家马林诺夫斯基（Bronislaw Kaspar Malinowski，1884—1942）所说的：

---

①有神话学家将人类的原始文化分为太阳文化与月亮文化，游牧民族信仰的通常是天，是太阳，是强有力的父性神，而农耕民族信仰的多半是大地，是月亮，是温柔的母神。参见易小松：《月亮神话的文化之谜》，载《重庆师院学报》（哲学社会科学版）2003 年第 3 期，第 52 页；王孝廉：《岭云关雪——民族神话学论集》，北京：学苑出版社，2002，第 200 页。

②朱天顺：《中国古代宗教初探》，上海：上海人民出版社，1982，第 21 页。

③Robert Briffault, *The Mothers：A Study of the Origins of Sentiments and Institutions*, New York：Macmillan，1927，p.629.

④〔美〕米尔恰·伊利亚德：《宗教思想史》，晏可佳、吴晓群、姚蓓琴译，上海：上海社会科学院出版社，2004，第 24 页。

"以原始的活的形式而出现的神话，不只是说一说故事，乃是要活下去的实体"①。固然，神话或为人类童年时期心灵的幻想，其内容也多荒诞不经，但一则神话传说的发生，甚至传播，必定有其产生的人类社会文化与心理机制。而像日中有"乌""三足乌"，月中有"蟾蜍""捣药兔"及"吴刚伐桂"这些深远影响中国人的神话传说，它们背后是否亦蕴藏着过去中国人的民族心理与社会期待，则或值得细细追索。虽然，历来学者对于这些问题，多有其自身理解的方式与说解，尤其伴随着现代神话学的崛起，相关说法更成了神话学者们热衷讨论的话题，但却始终众说纷纭，莫衷一是。

第二节　前贤关于中国古代日、月神话的研究

关于中国古代日、月神话的研究，历来研究者的成果不少。由于日、月乃自然天象，相关神话普遍存在于世界各民族中，故在许多以中国神话为主题的论著中，经常在如对"自然神话"的讨论中被提及②，或于阐述中国古代日、月神观念发展的篇章中简略叙及③，惟大多仍较属泛论性质。

至于专门的讨论，就日神话的研究而言，则大多较偏向于如羲和、十日、射日等神话主题的讨论。如玄珠（茅盾）在《中国神话研究》中便利用《山海经》及《淮南子》的记载，对羲和、十日的问题，以及日、月出入之山等神话进行了讨论。④ 而管东贵的《中国古代十日神话之研究》一文，则主要针对"十日迭出"与"十日并出"神话进行讨论，并对如扶桑、汤谷、羲和、射日等与"十日"神话相关之主题有详细的讨论与分析，认为中国古代的十日神话与

---

①〔英〕马林诺夫斯基：《巫术科学宗教与神话》，李安宅译，北京：商务印书馆，1936，第121—122 页。

②刘城淮：《中国上古神话通论》，昆明：云南人民出版社，1992。

③何星亮：《太阳神及其崇拜仪式》，载《民族研究》1992 年第 3 期，第21—31 页。刘毓庆：《华夏日月神话文化意蕴之考察》，载《民间文学论坛》1996 年第 2 期，第3—18 页。李秀娥《中国的月神传说与信仰》一文，阐述月神观念的发展，以及历代官方月神信仰的祭祀仪式。李秀娥：《中国的月神传说与信仰》，载《历史月刊》140 期，第66—73 页。屈育德：《日月神话初探》，载《民间文学论坛》1986 年第 5 期，第13—19 页。

④玄珠：《中国神话研究》，台北：广文书局，1998，第17—26 页。

十干纪日的旬制有关，并主张"十日"的神话并非中国最原始的太阳神话。① 孙作云则从"联合图腾制度"的角度解释"日中有乌"及"十日"的神话。② 而日人出石诚彦在其《堯典に見ゆる羲和の由來について》一文中对作为"日御"及"生十日"的羲和神话之由来，进行了独到的辨析，以为《尧典》中的羲和源于伏羲，是"阳"的象征。③ 至于李玮菁的《后羿射日神话研究》则主要围绕着"后羿射日"神话做相关讨论。④另如俄罗斯学者李福清的《消灭多余的太阳神话》及《从黑龙江到台湾——射太阳神话比较研究》二文，则主要根据文献记载及在台湾采录的少数民族口传，讨论台湾少数民族的射日神话。⑤

此外，萧兵的《太阳英雄神话的奇迹》及叶舒宪的《英雄与太阳》二书，则同样将"太阳"与"英雄"两者结合起来，并以所搜集到的大量世界各民族太阳英雄神话，与如羿等中国上古的太阳英雄进行比较。⑥而高福进的《太阳崇拜与太阳神话——一种原始文化的世界性透视》则为少数以太阳神话为主的专论，书中对世界各民族的太阳崇拜与太阳神话之产生及演变脉络做了一宏观性的观察与讨论。⑦唯其研究更专注于太阳神话与原始文化的关系，范围也不仅限于中国的太阳神话。

至于月亮神话的部分，早在1960年代，杜而未神父即在其《〈山海经〉神话系统》《中国古代宗教系统》《中国古代宗教研究》等书中利用语源学及神话学的知识，提出了月亮崇拜一体论，以世界上许多民族的神话皆源自月亮崇拜，

①管东贵：《中国古代十日神话之研究》，原载《"中央研究院"历史学研究所集刊》第 33 期（1962），第 287—329 页，见陈慧桦、古添洪：《从比较神话到文学》，台北：东大图书股份有限公司，1977，第 83—149 页。

②孙作云：《中国古代鸟氏族诸酋长考》，原载《中国学报》1945 年第 4 期，后见杜正胜编：《中国上古史论文选集》（上），台北：华世出版社，1979，第 416—420 页。

③〔日〕出石诚彦：《堯典に見ゆる羲和の由來について》，见《中国神话传说的研究》，台北：古亭书屋，1969，据日本昭和十八年（1943）中央公论社排印本影印，第 573—595 页。

④李玮菁：《后羿射日神话研究》，台北：东吴大学中国文学研究所硕士论文，1993。

⑤〔俄〕李福清：《消灭多余的太阳神话》，载《历史月刊》第 110 期，第 70—76 页。李福清：《从黑龙江到台湾——射太阳神话比较研究》，见《神话与鬼话——台湾原住民神话故事比较研究》，北京：社会科学文献出版社，2001，第 123—156 页。

⑥《太阳英雄神话的奇迹》共有五册，全套书分成"射手英雄""弃子英雄""除害英雄""治水英雄""灵智英雄"五篇，依每篇主题进行比较与研究。关于射日英雄神话主要见于第一册，参见萧兵：《太阳英雄神话的奇迹》（一），台北：桂冠图书股份有限公司，1992。叶舒宪：《英雄与太阳——中国上古史诗的原型重构》，西安：陕西人民出版社，2005。

⑦高福进：《太阳崇拜与太阳神话——一种原始文化的世界性透视》，上海：上海人民出版社，2002。

并以为《山海经》中所载的各神话全属于月山神话系统。①唯其相关论点，多为后世学者所质疑。至于美国学者玛丽·艾瑟·哈婷（Mary Esther Harding，1888—1971）的《月亮神话：女性的神话》一书则运用心理分析的理论，对大量的月亮神话和习俗仪式进行全面性分析，因而主张普遍存在于世界各地的月亮神话与女性崇拜有关②；但对于中国的月亮神话探讨较少。

而在对中国各月亮神话主题的讨论中，前贤多偏重对如常羲、嫦娥奔月等人格月神神话的讨论。如李秀娥的《中国的月神传说与信仰》一文，对如常羲、嫦娥、望舒等传说中的月神与信仰做了简略概述③；贾雯鹤的《月神源流考》则利用语音演变的原理，考定日神羲和与月神常羲为"一名之颠倒"。④ 而在诸多月神中，则又以嫦娥神话的研究最受研究者关注，其中，如陈钧的《论月神嫦娥》⑤、袁珂的《嫦娥奔月神话初探》⑥、龚维英的《嫦娥神话面面观》⑦、沈谦的《嫦娥奔月的象征意义》⑧、李文钰的《嫦娥神话的形成演进及其意象之研究》⑨、李忠华的《嫦娥奔月神话本末论》⑩、胡万川的《嫦娥奔月神话新探》⑪、游佩娟的《嫦娥奔月神话研究》⑫、秦美珊的《羿和嫦娥的神话与仪式之结构分析》⑬、陈昭昭的《嫦娥神话传说及其相关拜月信仰研究》⑭ 等文，都对嫦娥奔月神话的产生背景、象征意涵与仪式做了一些探考。

此外，还有研究者将日、月神话结合在一起，并针对如"乌负日""日中有乌"与"日中有三足乌"，以及"月中有兔""月中蟾蜍""月中桂树"等日、月神话做过一些讨论。不过，大多仍以传世文献的材料为主要依据，尤其是

①详参杜而未：《〈山海经〉神话系统》，台北：学生书局，1984；《中国古代宗教系统》，台北：学生书局，1977；《中国古代宗教研究》，台北：学生书局，1983。

②M. Esther Harding, *Woman's Mysteries : Ancient and Modern*, New York, 1973. 参〔美〕M. 艾瑟·哈婷：《月亮神话：女性的神话》，蒙子、龙天、芝子译，上海：上海文艺出版社，1992。

③李秀娥：《中国的月神传说与信仰》，载《历史月刊》第140期，第66—73页。

④贾雯鹤：《月神源流考》，载《社会科学研究》2004年第2期，第54—58页。

⑤陈钧：《论月神嫦娥》，载《民间文学论坛》1986年第5期，第21—28页。

⑥袁珂：《嫦娥奔月神话初探》，见《神话论文集》，台北：汉京文化事业公司，1987，第133—146页。

⑦龚维英：《嫦娥神话面面观》，载《民间文学论坛》1987年第4期，第61—69页。

⑧沈谦：《嫦娥奔月的象征意义》，载《中外文学》1986年第3期，第5—17页。

⑨李文钰：《嫦娥神话的形成演进及其意象之研究》，台北：台湾大学中文研究所硕士论文，1996。

⑩李忠华：《嫦娥奔月神话本末论》，载《思想战线》1997年第3期，第21—28页。

⑪胡万川：《嫦娥奔月神话新探》，载《民间文学论坛》1997年第3期，第18—26页。

⑫游佩娟：《嫦娥奔月神话研究》，桃园："中央大学"中文研究所硕士论文，2001。

⑬秦美珊：《羿和嫦娥的神话与仪式之结构分析》，嘉义：南华大学中文研究所硕士论文，2003。

⑭陈昭昭：《嫦娥神话传说及其相关拜月信仰研究》，载《嘉南学报》（人文类）2003年12月。

《山海经》及《楚辞》的记载。其中，如朱天顺在《中国古代宗教初探》一书中便从原始宗教信仰的日、月崇拜谈起，并以《山海经》《楚辞》中的日、月神话内容来说明远古时期人们对太阳、月亮的崇拜与信仰①；而萧兵的《〈楚辞〉与日月神话》一文则对南方的"九阳"与多日、月、射日神话，以及太阳中的神鸟"日乌""阳离"等神话进行了讨论②；萧兵的另一篇《〈楚辞〉扶桑若木与太阳树神话》一文以太阳神树"扶桑""若木"神话为论述核心，并与世界各民族的太阳神话进行比较，对于太阳神话中的"太阳鸟""太阳树"主题做了不同的诠释③。至如闻一多的《天问释天》、苏雪林的《月之盈亏与月兔》、汤炳正的《〈天问〉"顾菟在腹"别解》、萧兵的《阳离与顾菟》等文，也主要针对《楚辞·天问》中的"顾菟在腹"及"阳离"做名义辨析与意涵考察。④ 此外，鲁瑞菁的《太阳崇拜神话三则》则分别从《离骚》中主人翁远游飞天的行程及《淮南子·天文训》中的相关记载，讨论"扶桑""若木""旸谷"与"蒙谷"之所在，并以为《庄子·逍遥游》中的鲲鹏神话与古人观察太阳的运行有关。⑤ 另如江林昌的《楚辞与上古历史文化研究——中国古代太阳循环文化揭秘》主要以《楚辞》中的叙述探讨关于太阳循环运行的观念，并简单讨论了"太阳鸟"神话的形成背景。⑥

至于杜靖的《"太阳三足乌"新释》、陈勤建的《中国鸟文化——关于鸟化宇宙观的思考》⑦、赵国华的《生殖崇拜文化论》⑧、石沉与孙其刚的《月蟾神话的萨满巫术意义》⑨、尹荣方的《月中兔探源》及《"月中桂"与"吴刚伐

①朱天顺：《中国古代宗教初探》，上海：上海人民出版社，1982，第9—22页。
②萧兵：《〈楚辞〉与日月神话》，见《楚辞与神话》，南京：江苏古籍出版社，1987，第89—140页。
③萧兵：《〈楚辞〉扶桑若木与太阳树神话》，见《楚辞与神话》，南京：江苏古籍出版社，1987，第141—192页。
④闻一多：《天问释天》，见《闻一多全集·二·古典新义》，台北：里仁书局，1993，第328—333页。苏雪林：《月之盈亏与月兔》，见《天问正简》，台南：广东出版社，1974，第92—100页。汤炳正：《〈天问〉"顾菟在腹"别解》，见《屈赋新探》，济南：齐鲁书社，1984，第261—270页。萧兵：《阳离与顾菟》，见《楚辞新探》，天津：天津古籍出版社，1988，第503—513页。
⑤鲁瑞菁：《太阳崇拜神话三则》，载《静宜人文社会学报》2006年第1期，第229—270页。
⑥江林昌：《楚辞与上古历史文化研究——中国古代太阳循环文化揭秘》，济南：齐鲁书社，1998。
⑦陈勤建：《中国鸟文化——关于鸟化宇宙观的思考》，上海：学林出版社，1996，第43—44页。
⑧赵国华：《生殖崇拜文化论》，北京：中国社会科学出版社，1990，第180—214、255—282页。
⑨石沉、孙其刚：《月蟾神话的萨满巫术意义》，载《民间文学论坛》1988年第3期，第22—27页。

桂"》①、叶舒宪的《月兔，还是月蟾——比较文化视野中的文学寻根》②、张剑的《月亮神话中蛙兔之变动因考》③ 等文，则又多从原始思维的"类同"角度探讨中国古代的日中三足乌与月中蟾、兔、桂树等神话。惟相关的讨论多偏重对相关神话成因及背景的探讨，并未对其内容及形象的演变与功能的衍化进行深入探讨。

当然，更有少数研究者开始利用考古出土材料探讨中国古代的日、月崇拜及神话，如何新的《诸神的起源：中国远古神话与历史》与何星亮《中国自然神与自然崇拜》中的"日月神与日月崇拜"一节，便结合了考古图像材料与民族学数据，说明远在新石器时代已有日、月神的崇拜与信仰，并针对远古日、月神观念之起源、形象，日与乌的结合及与日、月崇拜相关的各种祭仪等进行讨论，并已开始注意结合考古所出土图像材料。④ 直至1980年代以后，由于许多如湖南长沙马王堆1号墓出土帛画、山东临沂金雀山9号墓出土帛画，以及大量出现于两汉墓室壁画、画像石、画像砖中的日、月画像的发现，引起了许多研究者的关注，于是，如孙作云、钟敬文等亦开始将相关的出土图像材料与《山海经》《楚辞》《淮南子》等传世文献记载加以结合讨论，而使得中国古代日、月神话的研究有了较大的突破。后来，由于两汉墓室出土的日、月画像渐多，更有不少针对汉画所见日、月画像进行介绍与讨论的篇章，惟部分研究成果或受限于资料的未全面刊布，或局限于仅利用单一考古图像材料，而使得相关的论述或仅为概论性质的介绍，较缺乏系统性。⑤

---

①尹荣方：《月中兔探源》，载《民间文学论坛》1988年第3期，第28—30页；《"月中桂"与"吴刚伐桂"》，载《文史知识》1993年第6期，第93—97页。

②叶舒宪：《月兔，还是月蟾——比较文化视野中的文学寻根》，载《寻根》2001年第3期，第12—18页。

③张剑：《月亮神话中蛙兔之变动因考》，载《江汉大学学报》（人文科学版）2004年第3期，第93—97页。

④何新：《诸神的起源：中国远古神话与历史》，台北：木铎出版社，1987，第17—35页；何星亮：《中国自然神与自然崇拜》，上海：生活·读书·新知三联书店上海分店，1992，第146—226页。

⑤如安立华：《汉画像"金乌负日"探源》，载《史前研究》1990—1991年辑刊，第66—72页；李真玉：《试析汉画中的蟾蜍》，载《中原文物》1995年第3期，第34—37页；张卫云：《汉画中的三足乌》，载《陶瓷科学与艺术》2007年第3期，第27—30页，皆仅针对汉画中的内容论述。另如张素美的《中国太阳神话传说研究——远古的文化、观念、信仰与崇拜》（高雄师范大学中国文学研究所硕士论文，1996）则运用了古籍记载、民俗、传说、画像石以及考古文物等，反映了太阳神话所蕴含的远古观念、信仰以及崇拜，惟材料及论述皆缺乏系统性。

第三节　利用图像材料考察中国古代神话的意义

关于中国古代神话的研究，由于典籍文献记载的不足与材料的零散、断片，加上中国古代神话多受历史化、哲学化与文学化的改易，相关的研究一直存在着许多没有解决的问题。过去，研究者多仅能利用如《山海经》的部分内容，以及如散见于《庄子》《吕氏春秋》《淮南子》《论衡》等诸子义理之书的片段，或是如《尚书》《诗经》《楚辞》《左传》《国语》《战国策》等文献载籍的蛛丝马迹来进行考索。但由于各典籍文献的形成背景各异，加以如神话传说这类民间叙事往往因其"不雅驯"，而多经文人删削、改易，或变形，或散佚，因而使得其内容出现了严重的遗落与断裂，致那些被传世文献记载下来的内容，可能也只是被历史"选择"的有限部分，而后来为史家或文人以文字所写定的说法，可能也仅仅只是其中的一个版本而已，实难据此以窥得中国古代神话的原始样貌。

此外，与传世文献相比，这些出土文献一般都保存了抄写的历史原貌，并多有明确的撰著或抄写年代，还有些考古发现的材料并有出土地点可考，或有榜题、墓志可参考，故而能提供更多如时代、地域等相关讯息，可能比传世文献更有可信度。加以与典籍文献的记载相比，这些图像具有做成之后不易改动的特点，亦较能保持其原貌。故相关材料不仅可以与传世的文献数据相互印证，有时，它甚至可以改写长久以来学界因受限于传世文献记载缺漏的成见与定说。如钱穆利用郭店楚墓出土竹简对"庄先老后"说的厘清①，便是一例。因此，考古出土的材料不但能为我们提供许多考释传世经典内容的新线索，同时对于我们重构中国上古历史、研究古代社会文化、考察思想演进发展等方面，也具有关键性和突破性的帮助。

葛兆光在《近年来文史研究领域的新变》一文中便特别提道：

---

①有关"庄先老后"之观点，可参考钱穆《庄老通辨》（台北：东大图书公司，1991）中《关于〈老子〉成书年代之一种考察》《再论〈老子〉成书年代》《三论〈老子〉成书年代》《〈老子〉书晚出补证》等文。

过去历史研究者在资料上习惯于用普通的传世文献，它们固然很重要，但那主要是精英和经典，是传统的思想史和文化史的做法。可是，现在研究领域扩大了，你就需要关注其他资料，……比如考古发现中的各种简帛、田野调查中关于各种信仰仪式习俗的资料……，特别是图像资料。①

近年来，也有一些研究者提出了以图像文献、考古文物治思想史的研究方法，他们认为这些图像及考古文献的材料，实可以作为文献数据的补充。②

虽然，过去中国神话的研究多仅能依赖各传统典籍文献等所谓的"纸上之材料"来进行论证，但近年来随着许多考古发掘等"地下之新材料"的出现与释读成功，使得过去的研究有了一些不同的突破。例如：1942 年于湖南省长沙市东郊杜家坡子弹库附近一座古墓出土的战国帛书中，即可见中国最古老的洪水创世神话；另，上海博物馆于 1994 年购得的战国中晚期楚简《容成氏》中更记有许多已为历史所湮没的上古帝王神话传说。此外，像湖南长沙马王堆 1 号、3 号汉墓，山东临沂金雀山 9 号汉墓出土的帛画，还有如秦简《日书》中描绘、记载的神话传说内容，也都对中国古代日、月及牛郎织女等神话传说的研究具有重要的价值与意义。而如汉代墓室壁画、画像砖、画像石中，更保留了许多丰富且生动的神话人物形象及神话内容，是研究中国古代神话不可多得的素材。另像敦煌、吐鲁番等地出土的各种壁画、绢麻画，甚至粟特人的祆教白画等宗教艺术中蕴藏的中国古代神话内容，更有其独特的时代意义。例如莫高窟 249、285 窟中所出现的伏羲、女娲、东王公、西王母、雷神、电母、开明兽等中国古

①葛兆光：《近年来文史研究领域的新变》，见《思想史研究课堂讲录：视野、角度与方法》，北京：生活·读书·新知三联书店，2005，第 18 页。

②近年来，已有愈来愈多的研究者大量运用出土考古文物或图像文献从事古史的研究，其中，如李零、李学勤等以出土文物为线索，使得一些过去研究者所做的推测因此得到了进一步的验证。另如邢义田，则利用大量的出土简牍与汉画像图像材料，廓清了许多秦汉政治与社会生活的研究。至于神话学的研究方面，则首推叶舒宪。叶氏早在《千面女神——性别神话的象征史》中，即以比较图像学、原型图像学的方法，从三万年前的母神偶像到后现代的广告造型，全面揭示女神文化的源流和发展脉络，及其在东西方文化中的变体表现。近年来，他更提出了图像人类学、比较图像学等方法，运用跨文化的图像数据作为人文学科研究中的"第四重证据"。其他相关研究可参见葛兆光：《思想史研究视野中的图像》，载《中国社会科学》2002 年第 4 期，第 74—83 页；《思想史视野中的考古与文物》，载《文物》2000 年第 1 期，第 74—82 页。

代神话人物的形象，以及新疆吐鲁番阿斯塔那墓葬出土的大批伏羲女娲绢帛画等，不仅是"佛教中国化"的忠实呈现，更是中西文化交流的最佳例证。故这些经考古所发现的秦汉简帛、汉魏墓葬画像及隋唐五代敦煌吐鲁番文献，或亦可帮助我们理解中国古代神话传说在各历史阶段的发展、演变规律，以及隐含在这些神话传说背后的历代中国人的宇宙观与心灵信仰。

1925 年，王国维在以《最近二三十年中中国新发见之学问》为题的演讲中云："古来新学问起，大都由于新发见。"并指出："自汉以来，中国学问上之最大发现有三：一为孔子壁中书，二为汲冢书，三则今之殷虚甲骨文字，敦煌塞上及西域各处之汉晋木简，敦煌千佛洞之六朝及唐人写本书卷，内阁大库之元明以来书籍档册。此四者之一，已足当孔壁、汲冢所出"①。而在这些所谓的新材料中，其提及的"今之殷虚甲骨文字，敦煌塞上及西域各处之汉晋木简，敦煌千佛洞之六朝及唐人写本书卷，内阁大库之元明以来书籍档册"等材料，都已成为 20 世纪汉学研究中的显学，他更提到了"各地零星发见之金石、书籍"这项重要的新材料。

金石文物除具有艺术鉴赏的价值外，更具有史料的价值。其中，数十年来所发掘的两汉墓葬中的各种帛画、墓室壁画、画像石、画像砖等画像材料尤其引人注目，这批材料不仅生动地再现了汉代社会生产、生活各方面，更提供了与历史文献相平行且更为直观与丰富的实物线索，因而被史学大师翦伯赞誉为"一部绣像的汉代史"②。其学术价值，已不容忽视。

而在这些数量众多的汉画像材料中，发现有许多刻绘了如东王公、西王母、伏羲、女娲、羲和、常羲、雷公、河伯、蚩尤、女魃、后羿射日、嫦娥奔月等中国古代神话的内容。这些图像不仅内容丰富、形象生动，有时，其中所透露的讯息，更远远地超出了文献中对于相关神话的描述。早在 1939 年，常任侠作《重庆沙坪坝出土之石棺画像研究》一文，从考古学的角度出发，将重庆沙坪坝出土汉代石棺中的二人首蛇身对偶神与武梁祠的伏羲女娲画像做比对，以为许

---

①王国维：《王国维散文》，上海：上海科学技术文献出版社，2013，第 49 页。
②翦伯赞：《秦汉史》，北京：北京大学出版社，1983，序第 5 页。

多汉画像中的"人首蛇身"像即伏羲与女娲。他并将相关画像与传世文献所记载的伏羲女娲事迹与苗瑶口传神话传说中的伏羲女娲做联结，证明了汉代画像可与中国古代的神话传说相互补充。而他的研究方法，也唤起了近世学者对于汉代画像砖、石中许多如伏羲、女娲形象及相关神话、信仰的多方关注。① 数十年来，更有不少研究者利用汉画像中所见的西王母、东王公与伏羲、女娲，甚至天文、祥瑞等画像进行神话研究。②

清人瞿中溶于《汉武梁祠画像考》序中便说：

---

①其后，闻一多作《伏羲考》（1948），便受到他的影响。而此后凡论及伏羲、女娲神话者，大都会以汉画像中的伏羲女娲画像作为佐证。相关的篇章，多仅流于附带论及或作为佐证资料，并未对此一图像的演变、分布与意义做深入探析。

②如日本京都大学教授小南一郎在《西王母と七夕文化傳承》（1974）一文中，则以文学史为线索，将图像与文学作品相对照，对西王母与牵牛和织女、西王母与汉武帝、西王母与昆仑山等神话，进行了相关讨论。此外如日人冈村秀典的《西王母の初期图像》（1988）、森雅子的《西王母の原像——中国神話における地母神の研究》（1988）等文，也是对早期西王母图像所做的讨论。而英国学者鲁惟一（Michael Loewe, 1922— ）的 *Ways to Paradise：The Chinese Quest Immortality*（1979）一书则结合了马王堆帛画、山东画像石等图像与文献材料，对牛郎会织女、西王母会汉武帝等神话进行了讨论。此外，美国密歇根大学教授包华石（Martins Powers, 1949— ）在其 *Art & political expression in early China*（1983）一书中，对汉代艺术进行了多方面的研究，其中也涉及一些汉画中的异兽和西王母画像。另，华裔学者、美国芝加哥大学教授巫鸿在其代表作 *The Wu Liang Shrine：The Ideology of Early Chinese Pictorial Art*（1989）一书的第四章中，对西王母、东王公画像与汉代阴阳学说的关系做了讨论。而美国爱荷华大学教授 Jean M. James 的博士论文 *An iconographic study of two late Han funerary monuments：the offering shrines of the Wu family and the multichamber tomb at Holingor*（1983）及 *A guide to the tomb and shrine art of the Han dynasty 206 B. C.-A. D. 220*（1996）二文，除了利用山东以及四川画像中的西王母图像外，还注意到了陕北的画像，对于汉画的社会背景和象征意义也多有侧重。另如李凇的《论汉代艺术中的西王母图像》（2000）一书，则结合了近年来出土的大量各汉代图像材料，包括墓室壁画、画像石、画像砖及铜镜、摇钱树等，按地区和类别讨论了西王母图像的形式特征和兴盛演变过程，对汉代艺术中的西王母形象做了全面性的总结研究，是目前难得一见利用汉代图像材料对单一神话形象做深入探讨的专著。至于汉画像中的其他神话题材，过去的研究则多较偏向于内容的考释与概论性的介绍。如孙作云的《密县打虎亭一号东汉墓门上的神怪画》（1974）及《洛阳西汉卜千秋墓壁画考释》（1977）二文、周到及吕品的《河南汉画中的远古神话考略》（1982）、赵成甫的《南阳汉画像石中的神话画像》（1985）、王今栋的《南阳汉画像与古代神话》（1988）、吴曾德与周到的《南阳汉画像石中的神话与天文》（1978）、卢升第的《汉代画像砖中的神话题材》（1987）等文，主要都以河南洛阳的壁画墓及南阳、郑州等地画像砖石中出现的如伏羲女娲、西王母、东王公、方相、羿射十日、嫦娥奔月、黄帝战蚩尤、鲧化黄熊、河伯，以及应龙、女魃等神话内容为主，然仍属介绍画像内容性质。此外，如陈江风的《"嫦娥奔月"画像考释》（1991）、鲁枢元的《嫦娥与女魃》（1991）、李锦山的《羲和御日画像考》（1986）、张秀清的《汉代风伯画像砖》（1988）、牛耕的《试析汉画中的〈雷神出行图〉》（1990）、李陈广的《汉画像石"河伯出行图"》（1992）、黄明兰的《"穆天子会见西王母"汉画像石考释》（1982）等文，则都比较倾向于泛论的介绍性质，并未对相关的神话题材进行深入考索及分析。另，钟宗宪的《汉画像石的文化诠释与商榷——以徐州汉画像石馆藏为例》（2004）一文，虽对徐州汉画像石中的两幅《黄帝升仙图》做了较详细的考证与诠释，惜材料范围仅限于徐州汉画像。

书必识字之人诵读讲解而后明，图则愚夫愚妇可以一览而知。①

图对于不识字的人来说，是他们记录、讲述，甚至认识历史、事件的重要载体与工具。故汉画像中的神话内容与形象，虽因多出自民间口传，或与文献所载有出入，但可能更能反映当时流传于民间的知识与观念。因此，这批"地下之新材料"将可帮助"我辈固得据以补正纸上之材料，亦得证明古书之某部分全为实录，即百家不雅驯之言，亦不无表示一面之事实……"②

如果说文字是一种为我们所熟知的记载古代神话之载体，那么反映神话内容与精神的汉画像，则往往能以其为视觉所感知的鲜明形象和构图，为我们提供更加真实的、直接的和原始的材料。此外，由于大部分的汉画像多有出土地点可考，有些榜题或墓志更提供了相关的年代讯息，故还能提供更多相关说法、流行时间、地域及用户身份等讯息，又比传世文献、典籍更有可信度，亦较能保持民间神话传说的原貌。因此，汉画像中有关神话的内容，实具有补足或验证中国古代民间神话的重要价值，是研究中国神话不可忽视的参证材料。

艺术史研究者郑岩在研究魏晋南北朝壁画墓时曾说过：

像文字一样，图像也是历史的载体，它不仅能够印证文献的记载，同时也为我们观察历史提供了新的媒介和新的角度，这也正是考古材料所具有的"证史"与"补史"双重价值的体现。③

相对于史册典籍或诸子论著，这些墓葬中所保存的神话相关画像材料，除了具有与文献资料相互印证、互为补充的功能外，有时更能为我们保留当时民间的一些逸闻与观念。尤其，许多墓葬的墓主多为二千石以下地方官员的身份，因此，这些墓葬中所刻画的题材，可能正是当时社会上一般人所熟知、喜好的内容及题材，或较当时知识分子修撰的正史、论著更能保留流传于民间的知识与观念，并反映当时一般人的思想与信仰，或能因此发掘出更具古老性质的中国古代神话内容或原貌。此外，许多出土文献所保留的图像，有时形神兼备，因而又能展现出比文字记载更加真实、原始且直接的形象。甚至于有些图像中

①〔清〕瞿中溶：《汉武梁祠画像考》，北京：北京图书馆出版社，2004，序第1页。
②王国维：《古史新证：王国维最后的讲义》，北京：清华大学出版社，1994，第2页。
③郑岩：《魏晋南北朝壁画墓研究》，北京：文物出版社，2002，第288页。

所透露的讯息，是在文字史料中看不到的。[①] 因此，利用考古图像材料考察中国古代神话传说的内容，实具有补足或验证中国古代神话的重要价值与意义。

著名史学家陈寅恪曾说过：一时代之学术，必有其新材料与新问题。取用此材料，以研求问题，则为此时代学术之新潮流。尤其，受古代中国人丧葬习俗及宇宙观的深刻影响，故自两汉以来，多有在墓室或随葬品中描绘日、月的画像，以象征死后世界天空的传统观念，后来，相关形象更被广泛运用于佛教、道教艺术中。故相关的图像背后，更被赋予了丰富的蕴涵。因此，希望能在前人的基础上，关注人们较少注意的"日中有乌""月中有蟾蜍、玉兔及桂树"等神话，并充分利用这些新材料，吸取熔铸前辈学者的精辟研究成果与研究方法，希望能结合考古文物、莫高窟壁画、绢麻画及吐鲁番文书等出土材料，对在中国甚至东亚流传广远的"日中有乌""月中有蟾蜍、玉兔及桂树"等神话传说做系统性的整理、分析与探讨，以求索中国神话的真实内涵。期能借此以使珍贵的出土图像材料呈现出其应有的价值，并拓宽中国神话研究的阐述空间及价值范围。

第四节　本书的构成

本书主要针对中国古代"日中有乌""月中有蟾蜍、玉兔及桂树"等神话做探讨。在近一个世纪以来，随着中国田野考古工作的大力开展，在一些考古出土的文物上可见到许多如"乌负日""三足乌""月中捣药兔"等形象。此外，大约自西汉中期开始，经常可在一些随葬的帛画，墓室中的壁画、画像石、画像砖上看到如日中有乌、日中有三足乌，以及月中有兔、蟾、桂树的画像，且数量众多，形象各异。这样的传统，并一直延续到魏晋隋唐的墓葬艺术，以及一些佛教艺术中，甚至日本、韩国等东亚国家的相关神话。而相关形象的变化，实与各个不同时期人们的心灵与信仰密切相关。

但历来研究者对于这些日、月画像的讨论不多。就目前所见，仅美国哈佛大学曾蓝莹的博士论文 *Picturing Heaven：Image and Knowledge in Han China*（2001）及台南艺术大学庄蕙芷的博士论文《汉代墓室天文图像研究》（2004）

---

①葛兆光：《关于图像的思想史研究》，见《思想史研究课堂讲录：视野、角度与方法》，北京：生活·读书·新知三联书店，2005，第 141 页。

二文，较集中以汉代墓室的天象图为范围，在探讨相关图像的意义与象征意涵时，对墓室中的日、月图像做了较深入的探讨。其中，庄文主要从艺术史图像学的角度来探讨这些图像，并着重于从视觉艺术的角度来探讨图像的意义与转变；而曾文则从图像与知识生产的视野，以为建筑汉代墓室的工匠们以宇宙论、天文及神话三大类图像、三种"知识"，构拟了他们心目中的天堂世界，并在其论文的第三部分"Depictions of Celestial Myths"以专章探讨利用神话作为视觉艺术的表现形式。惟以上二文多以艺术史图像学为研究视角，对于相关神话的源起、意义，以及图像与神话之互动、关联，则较少关注。

笔者自撰写博士论文《伏羲神话传说与信仰研究》以来，即关心出土文献中神话内容的整理与研究，并深感数量庞大的汉代墓葬出土画像材料极具研究价值，且对于理解中国古代神话的发展亦深具意义。尤其，对于许多伏羲、女娲画像中诸神所擎捧的日、月中有乌、兔及蟾、桂等形象，以及其变化深感兴趣。[①] 因此，笔者分别于2008、2009、2010年主持专题研究计划"图像与神话：汉画像所见神话之研究"（NSC 97-2410-H-259-052）、"图像与神话：汉画像所见神话之研究（Ⅱ）"（NSC 98-2410-H-259-060）、"图像与神话：汉画像所见神话之研究（Ⅲ）"（NSC 99-2410-H-259-076），希望能对相关问题做延伸性的探讨。

在近十年梳理相关出土图像材料的过程中，笔者更深刻地体会到"图像的蕴涵远远大于语言和文字"。故不揣浅陋地企图以近世出土的图像材料为主，并结合传世文献的记载，追索关于日中有乌，月中有蟾、兔、桂树相关神话传说产生的源起与发展、演化脉络，并希望能借此探讨神话传说因社会文化的变迁而产生的变异，以及神话传说在流播的过程中，如何去挪借、复合与融摄其他神话传说的人物或情节，以使该神话传说更能符合社会群体期待的现象。并进一步证明，神话传说与社会文化、宗教信仰之间互动互生、相互回馈的作用。

因此，自2008年至2010年，陆续针对"日中有乌""月中有蟾、兔、桂树"等图像神话传说，发表有9篇相关论文。其中《汉画像中的"玉兔捣

---

①由于在许多汉画像中，伏羲常与日相配，而作为伏羲对偶神的女娲则常与月相配，故在笔者撰写的《伏羲神话传说与信仰研究》一文中，即已对相关的问题做过初步讨论。参刘惠萍：《伏羲神话传说与信仰研究》，台北：文津出版社，2005，第307—316页。

药"——兼论神话传说的借用与复合现象》（2008）①、《太阳与神鸟："日中三足乌"神话探析》（2009）② 二文，主要利用大量图像的比对，论证月中有捣药玉兔及日中有三足乌的神话实非中国日、月神话之原貌，而是受汉代以后西王母图像志中"神禽瑞兽"形象的影响所致；又在《月中有兔神话探源》（2008）③、《谐和阴阳与不死探求——月蟾神话在汉代社会的表现》（2008）④、《天文与人文——汉画像中的日、月图像与日、月神话》（2010）⑤ 等 3 篇文章中，以汉画像为主要材料，探讨中国的日、月神话受外在社会思想与时代氛围影响所产生的变貌与背后意涵。至于《象天通神——关于吐鲁番墓葬出土伏羲女娲图的再思考》（2008）⑥ 一文，则是从图像的"位置"角度出发，利用汉代墓室顶经常出现的天象图，与吐鲁番墓葬出土的伏羲女娲图及敦煌莫高窟第249、285 窟窟顶出现的中国神话题材图像，做位置上的联系，以探讨相关图像的功能。而《假借与嫁接：敦煌佛教艺术中的日、月图像与中国神话》（2012）⑦，以及《图像与文化交流——以 P.4518（24）之图像为例》（2010）⑧，则从文化融摄的角度探讨敦煌佛教艺术受汉画图像传统之影响过程。此外，《神话与知识建构——以汉代墓室中的天文图为例》（2011）⑨ 则为总合汉画所见天象图像，以知识建构的角度，探讨其所表现的神话内容与汉代天文学知识的互

---

①原发表于第二届中国俗文化国际学术研讨会，见项楚主编：《中国俗文化研究》（第 5 辑），成都：巴蜀书社，2009，第 237—253 页。

②原发表于 2008 年民俗暨民间文学国际学术研讨会，后载《民间文学年刊》2009 年第 2 期，第309—332 页。

③花莲教育大学民间文学研究所主编：《民间文学年刊》2008 年第 2 期，第 55—76 页。

④发表于第六届民间文化青年论坛"民俗与公共生活"学术研讨会，北京师范大学民俗典籍文字研究中心、广西师范大学文学院主办，2008 年 7 月 20—22 日召开。

⑤原以《天文与人文——汉画像中的日、月图像与日、月神话》为题发表于 2009 年"新世纪神话研究之反思"国际学术研讨会，后载《兴大中文学报》第二十七期《新世纪神话研究之反思》专刊（2010.12），第 245—275 页。

⑥南华大学敦煌学研究中心编：《敦煌学》第二十七辑（2008.02），第 293—310 页。

⑦发表于"敦煌学：第二个百年的研究视角与问题"国际学术研讨会，2009 年 9 月 2 日至 5 日召开，后以文章"Loan and Crossing: the Sun and the Moon Pictures in Dunhuang Buddhist Art and Chinese Mythology"刊于 *Dunhuang Studies: Prospects and Problems for the Coming Second Century of Research*（《敦煌学：第二个百年的研究视角与问题》），Ed. by I. Popova and Liu Yi, Slavia Publishers, St. Petersburg, 2012.12, pp.137-146。

⑧朱凤玉、汪娟编：《张广达先生八十华诞祝寿论文集》，台北：新文丰出版公司，2010，第 1057—1084 页。

⑨原发表于 2009 年海峡两岸民俗暨民间文学学术研讨会，中国口传文学学会主办，2009 年 12 月 19日至 20 日召开，修改后收入《华中学术》2011 年第 1 期，第 270—286 页。

动关系。

由于以上相关篇章大致围绕汉画像中的天象题材，并多聚焦于"日中乌""月中蟾""月中兔"等相关神话的讨论与考索，以及相关图像的功能与意义之探讨，故在 2010 年将相关篇章加以整合，并集结成《图像与神话——日、月神话之研究》① 一书。近年来，在整理中国古代墓葬出土壁画材料时，又偶然发现：大概到了唐宋以后，在一些道教的典籍及文学作品中，却出现了日中的神禽是"金鸡"的说法。因而又撰作《玉兔因何捣药月宫中？——利用图像材料对神话传说所做的一种考察》（2014）②、《世俗化的神圣叙事——"日中金鸡"神话传说探析》（2017）③ 等文，主要针对宋辽金元以后寺观或墓室的壁画中，以及一些道教典籍及文学作品中出现的"日中有鸡"说法做探析，追索关于"日中有鸡"或"日中金鸡"此一神话传说产生的源起与发展、演化脉络，尤其是日中的"金乌"何以成了"金鸡"的演变过程与原因。此外，在几次赴日开会、考察旅途中，更注意到日本有不少以"三足乌"为标志的现象；又盛传月中兔子捣的是年糕、麻糬的说法，因此，又整合以上 11 篇论文，重新改写。同时，考虑到相关的讨论多与汉画像中的日、月图像相涉，因而特别针对历年来考古出土的各种汉代帛画、墓室壁画、画像砖、画像石等材料中之日中有乌及三足乌，月中有蟾、兔、桂树的图像进行全面披检，并据此增补相关画像材料，冀使相关讨论更完备、更周全。

在研究的过程中，首先对历年来考古出土的各种汉代帛画、墓室壁画、画像砖、画像石等材料中之神话数据进行普查，分析、排比、归纳出各时期、区域日、月画像中神话母题（Motif）与主题（Theme）的特征与规律，接着更进一步地对各神话母题及主题的内容和特征进行考察与比较，以了解某种或某类图像在当时的流行情况。同时，在前人的研究基础上，针对各神话母题及主题的形象发展、功能转化、意义变化，及其在不同时期和区域中的变化，进行分析、比较，以探讨各神话母题或主题内容演变的脉络及在不同区域的发展变貌。

---

①刘惠萍：《图像与神话——日、月神话之研究》，台北：文津出版社，2010，第 380 页。

②载《长江大学学报》（社会科学版）2014 年第 11 期，第 1—10 页。

③本文发表于 2017 年第五届叙事文学与文化国际学术研讨会，台湾师范大学国文系、"中央研究院"文哲所主办，2017 年 10 月 6 日召开。

而由于汉画像是汉代人刻绘在墓室中的一种祭祀性的丧葬艺术①，其创作的目的主要是为居处于墓葬中的死者及鬼神而作。因此，也希望能从坟墓艺术②的视角，结合人类学及社会学的理论与方法，探讨建筑、雕塑、画像和器物等各种视觉形象组合与人类行为与思维间的有机联系，以解释这些与墓葬文化密切相关的神话题材背后所蕴藏的观念与信仰，以及这些艺术形式所赖以产生或演化的特定社会历史根源。

此外，由于文化是具有延续性的，故同一神话的内容及其所代表的意涵与功能，又往往随着时间及空间的转变，以及社会文化及信仰功能的需求而有不同的表现，因而也特别注意神话与时代精神、信仰文化之互动互生关系。还有，在不同的区域里，由于信仰的心理需求不同，画像所展现的神学观念、宗教情感、信仰功能亦有所差异，当然亦可借此探讨神话或艺术与政治、社会、宗教、信仰之间的关联性，并追索不同文化之间的交流与继承关系。

因此，在集结相关篇章成本书时，更希望能从神话与图像之发展、演变脉络等做系统论述，故在章节的安排上，则整合以上相关论文，并按相关神话传说及出土图像材料之时代先后，分章对"日中有乌""月中有蟾、兔、桂树"等日、月神话传说进行讨论。因此，第二章"中国古代的日、月神话——以日中有乌，月中有蟾、兔、桂树为主"，主要根据《月中有兔神话探源》《谐和阴阳与不死探求——月蟾神话在汉代社会的表现》《太阳与神鸟："日中三足乌"神话探析》3篇论文中关于"月中有兔""月中有蟾""日中有乌"等神话的起源讨论部分加以改写，并着重在历来学者相关讨论上的分歧，借此以突显传世文献对解读神话的局限性。第三章"图像中的神话——汉代墓室中的日、月画像"则重新针对历年考古出土的各种汉画像材料中出现有"日中有乌""月中有蟾、兔、桂树"等画像数据，进行全面普查、披检，并以时代先后为序，再分区予以讨论，并于文中详述相关画像之内容及于墓室中的配置，务求使讨论更具全面性及系统性，希望能借此观察相关图像及神话传说的演变脉络。惟因目前相关考古资料及图版搜罗不易，且有部分仍未刊布，故或仍有缺漏，无法完全叙及。第四章"图像与神话——汉墓日、月画像的思想背景与观念形态"则从礼

---

①信立祥：《汉代画像石综合研究》，北京：文物出版社，2000。
②〔日〕土居淑子：《中國の畫像石》，京都：同朋舍，1986。

仪美术（Ritual Art）①的视角出发，并配合两汉文献记载，探讨这些墓室中的日、月画像所反映的两汉时期人们的宇宙观、阴阳思想与对死后世界观念的变化；并将其置入汉代社会文化及神话内涵的语境加以观察，以试图重建那些因为时代变迁而逐渐被人遗忘的画像意义，及其所欲传达的思想内涵。其中第二节第一段、第二段，第三节第一段部分内容则分别依据《天文与人文——汉画像中的日、月图像与日、月神话》《神话与知识建构——以汉代墓室中的天文图为例》《象天通神——关于吐鲁番墓葬出土伏羲女娲图的再思考》等文部分内容改写而成。

而第五章"日、月神话于两汉的变貌——以图像为考索依据"，主要由《汉画像中的"玉兔捣药"——兼论神话传说的借用与复合现象》《谐和阴阳与不死探求——月蟾神话在汉代社会的表现》《太阳与神鸟："日中三足乌"神话探析》《玉兔因何捣药月宫中？——利用图像材料对神话传说所做的一种考察》等4篇文章中关于月中兔为何成了捣药玉兔、月中蟾神话为何后来与嫦娥奔月神话产生联结以及日中乌为何成了三足乌等相关讨论加以改写，并利用汉画像材料为主要考索依据，探讨相关神话的演变脉络以及讹变的原因、背景。至于第六章"继承与转化——日、月画像在魏晋以后墓室中的发展"，第一节"两汉传统的余绪——魏晋以后墓葬中的日、月画像"部分，主要以魏晋以后中原地区对日、月画像的继承，以及边陲之地的河西走廊及辽东地区对日、月画像的继承现象为主；第二节"天文图传统的再现——以吐鲁番墓葬出土伏羲、女娲图为例"则根据《象天通神——关于吐鲁番墓葬出土伏羲女娲图的再思考》部分内容改写；第三节"世俗化的神圣叙事——唐宋以后的'日中有鸡'之说"则主要根据《世俗化的神圣叙事——"日中金鸡"神话传说探析》部分内容改写，着重探讨两汉以后日、月画像在墓葬传统中的发展与变异。第七章"挪借与融摄——日、月图像与文化交流"中的第一节"假借与嫁接：隋唐以后敦煌佛教艺术中的日、月图像"，则节选改写自《假借与嫁接：敦煌佛教艺术中的日、月图像与中国神话》一文；第二节"挪借与融摄：敦煌祆教白画与日、月图像"亦节选改写自《图像与文化交流——以 P.4518（24）之图像为例》一文，主要

①巫鸿：《"墓葬"：美术史学科更新的一个案例》，见《美术史十议》，北京：生活·读书·新知三联书店，2008，第75—87页。

从魏晋以后中原以外地区的墓葬以及敦煌佛教艺术、祆教艺术中，同样出现相关图像的现象，以探讨文化的继承与融摄。第三节"文化辐射与文化过滤——以日本的'八咫乌'及'捣饼兔'等神话传说为例"，则从文化过滤的视角切入，探讨经文化辐射后的日中乌及月中捣药兔、吴刚伐桂等说法传播到了日本后，如何与日本原有的八咫乌神话及捣饼风俗、妖怪文化结合，并融合成具日本本土色彩的神话、传说与风俗。

综而言之，本书冀以图像结合文献的方式，针对中国古代日中有乌，月中有蟾、兔、桂树等相关神话内容，进行题材的考索、源流的追溯与脉络的梳理，同时，再交叉运用考古学、图像学、神话学及天文学、文化人类学等方法，借以探索中国日、月神话在不同时代所展现的不同面貌。希望能在前人既有的研究成果上，充分利用这些丰富且珍贵的新材料，以填补文献史料对中国神话记载之不足，重新构拟中国古代日、月神话的发展脉络，以使珍贵的出土文献材料呈现其应有的价值，并拓宽中国古典神话研究的阐述空间及价值范围。

第二章　中国古代的日、月神话
——以日中有乌，月中有蟾、兔、桂树为主

在中国古代的日、月神话中，除了大家耳熟能详的后羿射日、嫦娥奔月等神话外，人们更普遍相信日中有三足乌，月中有嫦娥、捣药玉兔、蟾蜍，与日日在砍伐着会自动愈合的桂树的吴刚。

首先，除了如《楚辞》中所说的阳离外，古人更常以金乌、赤乌、三足阳乌等词来作为太阳的别称。① 除了中国以外，日中有乌的说法，尤其是日中的三足乌，在东亚的日本及朝鲜半岛也都有不小影响。② 可知，乌似已成为人们心目中太阳的象征。

同样，许多诗人文士对月的歌咏中也总不忘提起月中的玉兔、蟾蜍和桂树。如晋人傅咸在其《拟天问》中便有："月中何有？白兔捣药。"③ 俨然以兔为月之代表。④ 而欧阳修的《白兔》诗中也有："天冥冥，云蒙蒙，白兔捣药姮娥

---

① 如唐代韩愈《李花赠张十一署》诗中即有："群鸡惊鸣官吏起，金乌海底初飞来。"而元稹《留呈梦得子厚致用　题蓝桥驿》诗亦云："暗落金乌山渐黑，深埋粉堠路浑迷。"另如白居易的《劝酒》诗中则有："天地迢遥自（一作迢日）长久，白兔赤乌相趁走。"至于宋代陆游《月夜短歌》中的"明星虽高未须喜，三足阳乌生海底"便都是以金乌、赤乌、三足阳乌来作为日的代称。

② 在日本，由于传说中三足乌有"拂于扶桑"之功德，所以古称"扶桑"，又，自誉为"日之国"的日本人对三足乌很是推崇，在今天的日本各地依旧视三足乌或者三足鸟为神物。如2006年世界杯足球预选赛亚洲区日本对朝鲜的比赛，2月9日在埼玉县举行，而日本足球协会的会旗便是蓝边黄底、上面有一只踩着足球的乌鸦。但是这只乌鸦可不是一只普通的乌鸦，是一只代表太阳的神鸟。三足乌不但记载在《日本书纪》中，也出现在奈良县的明日香村的古迹壁面中。而在朝鲜半岛，神话传说以为，古高句丽始祖朱蒙为感日所生，其图腾亦为三足乌。参王孝廉：《朱蒙神话：中韩太阳神话比较研究》，见《神话与小说》，台北：时报文化出版公司，1986，第126—164页。

③〔唐〕欧阳询撰，汪绍楹校：《艺文类聚》，上海：上海古籍出版社，1999，第8页。

④ 另如唐代杜荀鹤《与友人话别》诗中云："月兔走入海，日乌飞出山。"杜甫的《八月十五夜月》诗曰："此时瞻白兔，直欲数秋毫。"等等。

020

宫。"① 此外，也有不少人以蟾蜍、寒蟾、银蟾来代表月亮者。② 另在一些文学作品中，则更常以蟾宫、蟾盘、蟾轮、蟾钩、蟾窟、蟾魄等词来形容月亮。③ 至于月中有桂树之说，亦普遍为人们所传颂，故常常有人把月亮叫作桂月、桂宫、桂窟、桂轮等。④ 相传白居易任杭州、苏州刺史时，更曾将杭州天竺寺的桂子带到苏州城中种植，他不仅自己种桂，还想他日能在月宫植桂，并题有诗云：遥知天上桂花孤，试问嫦娥更要无；月宫幸有闲田地，何不中央种两株。此外，由于中国古代的科举考试的秋闱刚好在农历八月，所以人们多将科举应试考中的人称为月中折桂或蟾宫折桂，用以比喻考场得意，也表现出古代民众对月中之桂神秘力量的信仰与崇拜。可见在历代中国人对于月的理解中，月中有蟾、兔、桂树之说已占有一定的地位与分量。

第一节　中国古代日神话
——以"日中有乌"之说为主

一、中国古代的太阳崇拜与太阳神话

就现已知见的材料来看，可能早在史前时期，古代中国人已形成对太阳的崇拜。而在许多新石器时代的文化遗址中，即可见数量众多且类型丰富的各种表现太阳或太阳崇拜的图像遗迹。

据何新在《中国远古神话与历史新探》一书中的考察，早在新石器时期的马家窑文化、屈家岭文化陶器，以及商周时期的青铜器铭文上，便已出现许多

---

① 北京大学古文献研究所编：《全宋诗》，北京：北京大学出版社，1991，第 3760 页。

② 如唐代刘商《胡笳十八拍》云："几回鸿雁来又去，肠断蟾蜍亏复圆。"白居易的《中秋月》诗中云："照他几许人断肠，玉兔银蟾远不知。"又如李贺的《梦天》诗中有"老兔寒蟾泣天色，云楼半开壁斜白"，等等。

③ 称"蟾宫"的有如唐李峤《桂》诗："未植蟾宫里，宁移玉殿幽，枝生无限月，花满自然秋"；又，金李俊民《中秋》诗云："鲛室影寒珠有泪，蟾宫风散桂飘香"。而称"蟾盘"的则如唐曹松《中秋对月》诗："无云世界秋三五，共看蟾盘上海涯"。又称"蟾轮"的如唐元凛《中秋夜不见月》诗："蟾轮何事色全微，赚得佳人出绣帏"。称"蟾钩"的如唐夏侯审《咏被中绣鞋》诗云："云里蟾钩落凤窝，玉郎沉醉也摩挲"。称"蟾窟"的如宋张先《少年游漫》词："昼刻三题彻，梯汉同登蟾窟"。另亦有称"蟾魄"者，如唐元稹《纪怀赠李六户曹、崔二十功曹五十韵》诗云："华表当蟾魄，高楼挂玉绳。"等等。

④ 如李白诗中有"欲折月中桂，持为寒者薪"之句；而李贺的《梦天》一诗中谓："老兔寒蟾泣天色，云楼半开壁斜白。玉轮轧露湿团光，鸾佩相逢桂香陌。"

十字形的纹样，这可能就是太阳照射的四个主要方位的象征。① 此外，丁山在其《中国古代宗教与神话考》一书中也认为十字纹是太阳神的象征。② 而除了十字纹外，神话学者约瑟夫·坎贝尔（Joseph Campbell，1904—1987）还提到，与十字形纹相似的如卐、⊕等字形，均象征太阳或太阳神。③

相较于简化的十字符号，在一些原始艺术中还经常可见到一种太阳纹，这可能是早期信仰中日神的象征。例如在山东省莒县的新石器时代墓葬，以及安徽省蒙城县尉迟寺聚落等大汶口文化（约前4500—前2300）晚期遗址出土的仰韶文化（前4000—前2000）彩陶中，即发现有日月纹和日月山形纹，在这些月形纹的上面，多有一个圆圈，应是太阳的象征。（图1.1、1.2）④ 另在河南郑州大河村出土的仰韶文化彩陶中亦发现有圆圈加射线的太阳纹及日珥纹图案。⑤ 而在属马家窑文化（前3300—前2650）类型的青海民和县出土彩陶罐上所见到的太阳图案，则为一圆圈内有一黑点。（图1.3）⑥ 此外，如属青铜器时代辛店文化（约前1300—前1000）的甘肃临洮出土双钩太阳纹带流罐上的太阳图案，则为一圆圈周有光束。（图1.4）⑦ 至于像青海乐都县柳湾出土彩陶壶上的太阳纹

①何新：《中国远古神话与历史新探》，哈尔滨：黑龙江教育出版社，1988，第1—6页。

②丁山：《中国古代宗教与神话考》，上海：上海文艺出版社，1988，据龙门联合书局1961年版影印，民俗、民间文学影印资料之十四丛书，第492页。

③Joseph Campbell, *The Masks of God: primitive mythology*, New York: Arkana Press, 1991, pp. 141-142.

④1957年到1982年，山东莒县的陵阳河、大朱家村、诸城前寨和尉迟寺遗址中陆续出现数个象日、月形的符号。详参山东省文物管理处、济南市博物馆编：《大汶口：新石器时代墓葬发掘报告》，北京：文物出版社，1974；山东省文物考古研究所、莒县博物馆：《莒县大朱家村大汶口文化墓葬》，载《考古学报》1991年第2期；中国社会科学院考古研究所编：《蒙城尉迟寺：皖北新石器时代聚落遗存的发掘与研究》，北京：科学出版社，2001，第105页，图73。此二图为陵阳河遗址所采集，对于此二图像，学者的释读不一。如王树明将前一图像释为"昃"字，后一个图像释为"炟"字。参王树明：《谈陵阳河与大朱村出土的陶尊"文字"》，见《山东史前文化论文集》，济南：齐鲁书社，1986，第249—257页。而唐兰则全释为"昃"字，但有繁、简体之分。参唐兰：《从大汶口文化的陶器文字看我国最早文化的年代》，见《大汶口文化讨论文集》，济南：齐鲁书社，1981，第79页。龚维英则释为"昊"字。参龚维英：《论东夷族团的分化及皋陶族的南徙》，载《江汉考古》1989年第1期，第65页。

⑤郑州市博物馆：《郑州大河村遗址发掘报告》，载《考古学报》1979年第3期，第201—376页。

⑥青海省文物考古研究所编：《民和阳山》，北京：文物出版社，1990，第95页，图七九。考古研究者根据柳湾墓地845座马家窑文化马厂类型墓葬中所出土的7500件陶器上的纹样进行排比观察与分析，发现在505种单独纹样中，有正十字纹170种，斜十字纹36种，万字纹30种，纯圆圈纹16种，及1件写实太阳纹。由对柳湾马厂彩陶图案的统计或可推测，太阳崇拜在柳湾原始氏族部落中是极为普遍的现象。

⑦郎树德、贾建威：《彩陶》，兰州：敦煌文艺出版社，2004，第148页图62。

图 1　新石器时期彩陶所见太阳图像

则为双圆圈形，且外圈有光束。（图 1.5）① 还有如青海乐都县出土彩陶盆上的太阳纹，则为双圆圈，内圈有光束。（图 1.6）②

　　除了陶器以外，自 1950 年代起，江苏、内蒙古、甘肃、新疆、四川、云南、广西等地还发现了大量上古先民遗留下来的岩画，其中如于 1979 年在江苏连云港将军崖发现、属新石器时代晚期龙山文化的岩画中，常可见到一种圆外有光芒的头像，由于圆内多采用变态的人面纹，有学者认为这正是太阳人格化崇拜的表现。③ 岩画中还出现有用单圆圈或双圆圈中间标一点的图案象征太阳者（图 2.1），有的则在圆圈外侧用斜线表示太阳的光芒（图 2.2、2.3）。④ 广西宁明花山岩画中也有两个太阳图案，双圆圈，内圈有光束。（图 2.4）⑤ 还有，内蒙古阴山岩画中的一个太阳图像，则为多圆圈，外圈有光束。（图 2.5）⑥ 另如广西宁明花山岩画中还出现一种双圆圈，中有一黑球，黑球外和两个圆圈外部均有光束的太阳图案。（图 2.6）⑦ 至于青海岩画中的太阳图案，则做如朝阳初升状。

　　①参青海省文物管理处考古队、中国社会科学院考古研究所：《青海柳湾——乐都柳湾原始社会墓地》（下），北京：文物出版社，1984。

　　②青海省文物管理处考古队、中国社会科学院考古研究所：《青海柳湾——乐都柳湾原始社会墓地》（下），北京：文物出版社，1984，图版六八·1。

　　③《中国岩画全集》编辑委员会编：《中国岩画全集》，沈阳：辽宁美术出版社，2006，图198—199。

　　④陈兆复：《中国岩画发现史》，上海：上海人民出版社，2009，第191页图3－66。

　　⑤广西壮族自治区民族研究所编：《广西左江流域崖壁画考察与研究》，南宁：广西民族出版社，1987，第168页337－16，第166页334－17。

　　⑥盖山林：《阴山岩画》，北京：文物出版社，1986，第179页图715。

　　⑦广西壮族自治区民族研究所编：《广西左江流域崖壁画考察与研究》，南宁：广西民族出版社，1987，第168页图337－18。

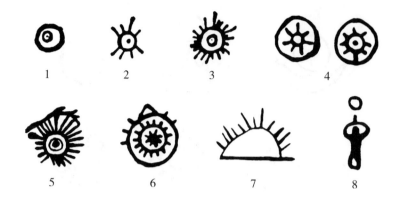

图 2　古代岩画中的太阳图像

（图 2.7）① 内蒙古阴山岩画中的拜日图中，则绘有一跪拜者，头顶上的太阳神为一个圆圈。（图 2.8）②

除了各式太阳纹外，在许多原始岩画中也发现有不少可能与太阳崇拜有关的图案，如广西宁明花山岩画中便绘有许多人围着太阳跳舞的场面。（图 3.1、3.2）③ 在四川珙县的原始岩画中也可以看到类似的图像。（图 3.3、3.4）④另云南沧源的岩画中则发现有三个太阳神图案：其中一个为一人张腿、伸臂，在人的上部画一个大圆圈，圆圈四周有四射的光芒，圈中的人一手执弓，一手持棒状物；另一个则是有一头部为一大圆点的人像，圆点四周是放射的光芒，一手执盾，一手执棒状物；还有一个则为双手叉腰之人，头部饰羽毛或植物枝条，肩部伸出一棒状物，在棒状物的前部有一光芒四射的太阳。（图 3.5、3.6、3.7）⑤

①汤惠生、张文华：《青海岩画：史前艺术中二元对立思维及其观念的研究》，北京：科学出版社，2001。

②盖山林：《阴山岩画》，北京：文物出版社，1986，第 212 页图 841。

③广西壮族自治区民族研究所编：《广西左江流域崖壁画考察与研究》，南宁：广西民族出版社，1987，彩图五三；陈兆复：《中国岩画发现史》，上海：上海人民出版社，2009，第 261 页图 4 - 23。

④陈兆复：《中国岩画发现史》，上海：上海人民出版社，2009；盖山林：《中国岩画》，广州：广东旅游出版社，1996，第 150 页图 143。

⑤汪宁生：《云南沧源崖画的发现与研究》，北京：文物出版社，1985，第 59 页图 61，第 29 页图 14。

图3　古代岩画中的太阳崇拜图像

　　由以上许多属新石器时期的史前彩陶或岩画上的太阳纹样或图像可知，至晚到了新石器时代，人们对太阳即已有一定程度的观察，并可能已形成了某种形式的崇拜与仪式活动。

　　除了史前文物外，以现存的文字记载来看，早在殷商的甲骨卜辞中即已出现有拜祭太阳的记载。如：

　　　　乙巳卜，王宾日。[1]

　　　　庚子卜贞，王宾日亡尤。[2]

　　　　出、入日，岁三牛。[3]

　　　　辛未卜，又侑于出日。[4]

　　郭沫若还根据卜辞中的"宾日""出日""入日"记载，推断殷商人每天早、晚均有迎日出、送日入的礼拜仪式。[5] 此外，卜辞中还有许多关于"燎"祭的记载：

　　　　己酉卜，散贞，燎于东母，九牛。[6]

　　①商承祚：《殷契佚存》，北京：北京图书馆出版社，2000，No.872丁·左行，卷一，第80页；考释见卷二，第96页。

　　②方法敛摹，白瑞华校：《金璋所藏甲骨卜辞》，见《方法敛摹甲骨卜辞三种》，台北：艺文印书馆，1966，Plate5，No.44。

　　③郭沫若：《殷契粹编附考释》，北京：北京图书馆出版社，2000，No.17，卷一，第3页；考释见卷三，第7页。

　　④郭沫若：《殷契粹编附考释》，北京：北京图书馆出版社，2000，No.597，卷一，第56页；考释见卷四，第84—85页。

　　⑤郭沫若：《殷契粹编》，北京：科学出版社，1965，第354—355页。

　　⑥胡厚宣编：《甲骨续存》，上海：群联出版社，1955，1，53，2。

贞，尞于东母，三牛。①

按《礼记·郊特牲》载："祭日于东，祭月于西。"②《史记·封禅书》中也说："祭日以牛，祭月以羊彘特。"③ 故陈梦家以为，卜辞中的"东母""西母"大约即指日、月之神。④ 丁山则认为，"东母"当为生十日的羲和，亦即太阳神。⑤

到了周代，亦有不少关于太阳崇拜的记载。据《仪礼·觐礼》载：

天子乘龙，载大旗，象日月、升龙降龙；出拜日于东门之外，反祀方明。礼日于南门外，礼月与四渎于北门外。⑥

又《礼记·郊特牲》亦云：

郊之祭也，迎长日之至也，大报天而主日。

郑玄的注文则以为："天之神，日为尊。""以日为百神之王。"另，孔颖达的注疏中也认为，"天之诸神，莫大于日。祭诸神之时，日居群神之首，故云日为尊也"。"天之诸神，唯日为尊，故此祭者，日为诸神之主，故云主日也。"⑦ 可知，在先秦时期，日神地位之崇高。

此外，据王国维的研究指出，"皇字金文象日光放射之形"⑧。同样，张舜徽也认为，"皇，煌也，谓日出土上光芒四射也"。"皇之本义为日，犹帝之本义为日。日为君象，故古代用为帝王之称。"⑨ 除了"皇"字外，古金文中的"昊"字则是从"日"从"天"，而"天""大"二字在古文字中经常通用，"大"与"人"在古代又是同字⑩，所以就字形来看，"昊"字正是头上顶着太阳的神；另从字义上来看，"昊者，明也"⑪，应也是太阳神的尊贵称号，所以中国古代神

① 〔日〕池田末利：《殷墟书契后编释文稿》，广岛：广岛大学文学部中国哲学研究室，1964，上，23，7，第 111 页，释文见第 112 页。

② 〔汉〕郑玄注，〔唐〕陆德明音义，〔唐〕孔颖达疏，〔清〕阮元校勘，〔清〕卢宣旬摘录：《重刊宋本礼记注疏附校勘记》（《重刊宋本十三经注疏附校勘记本》），台北：艺文印书馆，1965，据清嘉庆二十年江西南昌府学刊本影印，第 497－1 页。

③ 〔汉〕司马迁撰，〔刘宋〕裴骃集解，〔唐〕司马贞索隐，〔唐〕张守节正义：《新校本史记》，台北：鼎文书局，1981，第 1394 页。

④ 陈梦家：《殷墟卜辞综述、甲骨文所见氏族及其制度》，台北：大通书局，1971，第 574 页。

⑤ 丁山：《中国古代宗教与神话考》，上海：上海文艺出版社，1988，第 492 页。

⑥ 〔汉〕郑玄注：《仪礼》（《断句十三经经文》），台北：台湾开明书店，1991，第 44 页。

⑦ 〔汉〕郑玄注：《礼记》（《断句十三经经文》），台北：台湾开明书店，1991，第 51 页。

⑧ 王静安讲授，刘盼遂记：《说文练习笔记》，原载《国学论丛》二卷二期（1930），后收入董莲池主编：《说文解字研究文献集成·现当代卷》，北京：作家出版社，2007，第 414 页。

⑨ 张舜徽：《郑学丛著》，武汉：华中师范大学出版社，2005，第 270 页。

⑩ 于省吾：《释从天从大从人的一些古文字》，见国际中国古文字学研讨会论文集编辑委员会：《古文字学论集》，香港：香港中文大学、吴多泰中国语文研究中心，1983，第 1—5 页。

⑪ 王嘉撰：《拾遗记》，见《汉魏六朝笔记小说大观》，上海：上海古籍出版社，1999，第 496 页。

话中有位东方之帝"太昊"。

综上可见，在早期的原始社会阶段，人们不只观察太阳，且很可能已存在以崇拜和敬奉太阳为主神的原始宗教。

二、日载于乌：考古文物及神话中的太阳与鸟

除了因崇拜太阳而形成的相关图像外，许多考古文物中也经常可见到太阳与鸟结合的图案。

就现已知见的考古材料来看，大约在新石器时代仰韶文化时期的文物中即已发现有太阳与鸟结合的形象，如在浙江余姚河姆渡文化遗址即出土有一距今约7000年的双鸟太阳骨匕（图4）和蝶形象牙器（图5）①，都刻绘有两只鸟围绕着一个像太阳的圆圈并立。

图 4　浙江余姚河姆渡 T21（4）：18 骨匕

图 5　浙江余姚河姆渡 T226（3B）：79 象牙器

---

①浙江省文物管理委员会、浙江省博物馆：《河姆渡遗址第一期发掘报告》，载《考古学报》1978 年第 1 期，第 39—94 页。

此外，在同为仰韶文化时期的彩陶上，也出现有多种日、鸟结合的图案。其中如陕西华州区柳枝镇泉护村即出土了一幅乌载日而飞的"乌负日图"（图6）①，另在同一时期的河南汝州洪山庙遗址出土的大型瓮棺合葬墓内 W84 号缸外侧亦出现绘有"乌负日"的图案（图7）②。至于河南陕县出土的彩陶中亦出现有一上为圆圈表示太阳，下有一鸟呈正面飞翔姿势。（图8）③ 其他如山西芮城大禹渡遗址等地也出土有日鸟结合的图像④，形式与庙底沟类型相似。

此外，在黄河下游的山东大汶口遗址 75 号墓所发现的一件背壶上则出现有另一形式的日鸟结合图纹，中间为一红色大圆点，上部有五道斜线。有学者认为，这五道斜线是太阳，分别表示头、足和翅，看来像一只背负太阳向上飞升的金乌。（图9）⑤

图 6　陕西华州区泉护村：乌负日图　　图 7　河南汝州洪山庙 W84 号缸：阳乌负日图

图 8　河南陕县庙底沟彩陶　　　　图 9　山东大汶口 M75 日鸟纹

---

①袁广阔：《仰韶文化的一幅"金乌负日"图赏析》，载《中原文物》2001 年第 6 期，第 70—72 页。

②此墓为 1989 年底由河南省文物考古研究所发掘的仰韶文化时期大型瓮棺合葬墓，属于仰韶文化阎村类型，其年代跟庙底沟相当，距今约 5500 年。参河南省文物考古研究所：《汝州洪山庙》，郑州：中州古籍出版社，1995，第 36、39 页。

③中国社会科学院考古研究所编：《庙底沟与三里桥》，北京：科学出版社，1959，图版陆（Ⅵ）10。

④中国科学院考古研究所山西工作队：《晋西南地区新石器时代和商代遗址的调查与发掘》，载《考古》1962 年第 9 期，第 459 页图一一四，图版壹。

⑤安立华：《汉画像"金乌负日"图像探源》，载《东南文化》1992 年第 2 期，第 66—72 页。然关于此图纹是否与太阳鸟相关，学界尚未有定论。另，陆思贤则认为，此图案应是"臬"或"皋"的原始字。参陆思贤、李迪：《天文考古通论》，北京：紫禁城出版社，2000，第 60 页。

对于以上这些"日鸟合体"的图纹，学者虽有不同的解释，但因在《山海经·大荒东经》中载有：

> 汤谷上有扶木。一日方至，一日方出，皆载于乌。①

在这里，以为太阳的运行必须借由乌的飞行来运载，而这些形象又正好与《山海经》中所记的"日载于乌"之说吻合，故论者大皆肯定它们与"乌负日"神话有关。其中，如董楚平在谈及图4、图5的河姆渡双鸟太阳纹时以为：

> 日月没有翅膀，而能在天空运行。原始人的直觉思维，使他们想象日月依靠飞鸟载行，甚至想象日月与飞鸟同体，是很自然的。河姆渡的两件艺术品，都把鸟与日（月）刻成连体关系，而且两鸟左右对称，像是日（月）的两翼。②

金文馨也以为："图像中总是将日与鸟密切联系在一起，这种以鸟作为太阳运行方位象征的做法无疑来源于古老的金乌负日的观念。"③ 对于这些常见于长江、黄河两流域的史前时期日鸟结合图像，吴汝祚则主张：

> 托着太阳的这种鸟，不是一般的鸟，应是神鸟。这与中国古代"金乌负日"的神话，有着不可分割的联系。④

可知早在新石器时期，无论是陕西一带的华夏氏族集团，抑或是黄河下游的东夷集团，即已将鸟视为太阳象征的观念。此外，以为太阳是由鸟或乌负载着于天空中运行的想法，可能也非常古老。

除了在史前时期的考古文物中经常可见到太阳与鸟的结合外，在一些传世文献中也可见到太阳与乌产生关联者，除了前引《山海经·大荒东经》中的"日载于乌"的说法外，古代中国人可能也相信乌是太阳的象征。如《楚辞·天问》中即载有：

> 羿焉彃日？乌焉解羽？天式纵横，阳离爰死？大鸟何鸣，夫焉丧

---

① 袁珂校注：《山海经校注》，上海：上海古籍出版社，1980，第354页。
② 董楚平：《河姆渡双鸟与日（月）同体刻纹》，载《故宫文物》1994年第2期，第33页。
③ 金文馨：《河姆渡文化日鸟图像试析》，见《考古求知集：'96考古研究所中青年学术讨论会文集》，北京：中国社会科学出版社，1997，第142页。
④ 吴汝祚：《略论长江、黄河两流域史前时期的太阳神崇拜》，载《华夏考古》1996年第2期，第76页。

厥体。①

于此，屈原虽然对为何旧传羿射下太阳即射下乌的说法提出了质疑，但东汉王逸在为"羿焉彃日？乌焉解羽？"二句作注时也曾引《淮南子》中的"尧时十日并出，草木焦枯，尧命羿仰射十日，中其九日，日中九乌皆死，堕其羽翼……毕，一作弹，一作毙"② 记载，以为因日中有乌，所以当羿射死了太阳时，日中之乌的羽毛就纷纷散落而坠下。此外，《天问》的记载中还提到"阳离爰死？大鸟何鸣"③，据郭璞注引《山海经·大荒经》云："羿之铄明离而毙阳乌。"④ 指出羿射落了明离，"阳乌"便殒命。《说文》对"离"字的解释为"黄仓庚也"⑤，可知离亦是一种鸟。这些似可说明：日即是乌，乌即是日。

这样的观念还被保留在目前仍流传的民间口传中，如在今天的河南省桐柏县便仍流传着这样的神话传说：

> 后羿是个强脖子，一看十个小太阳还不回家，就骑上神马，搭上弓，瞄准一个小太阳就是一箭。只听"哇"的一声落下地了，后羿一看，这个被射死的太阳，是一只三条腿的乌鸦。后羿接着又发了几箭，又射落下了几只乌鸦。太阳老九一见，向后羿冲来，晒焦了后羿神马的毛，晒焦了后羿的帽子和衣裳。后羿为了天下能太平，就使尽力儿，鼓足劲儿，又射了一箭，第九个太阳又变成了一只死乌鸦。⑥

可见，以"乌"为"太阳"的观念，在中国流传久远且根深蒂固。

三、太阳与鸟：历来学者对"日中有乌"的讨论

早在汉代，如张衡、王充等人即已对"日中有乌"或"日中三足乌"之说提出了解释与质疑，而伴随着现代神话学的崛起，无论是"日载于乌""日中有

---

① 关于"天式纵横，阳离爰死？大鸟何鸣，夫焉丧厥体"四句，历来旧注多依王逸引《列仙传》指为仙人王子侨一事，然王子侨一事见于汉时刘向《列仙传》，或许在屈原之时已有王子侨一事的流传，但王逸依汉时《列仙传》而说其指王子侨一事，似有误。后来注家如朱熹《楚辞集注》指出："事极鄙妄，不足复论。"又，姜亮夫《屈原赋校注》指出，王逸此说"于古无征"，且"王桥仙事，即在战国，亦不过视为寓言；天问多涉神异，而不及仙人"。因此，此四句应非指王子侨一事。参姜亮夫：《屈原赋校注》，台北：华正书局，1974，第320—322页。

② 〔汉〕王逸章句，何锜章编：《圈点增注王逸注楚辞》，上海：上海会文堂书局，1973，第53页。

③ 汤炳正、李大明、李诚等注：《楚辞今注》，上海：上海古籍出版社，1996，第94页。

④ 袁珂校注：《山海经校注》，上海：上海古籍出版社，1980，第261页。

⑤ 〔汉〕许慎撰，〔清〕段玉裁注，鲁实先训补：《说文解字注》，台北：黎明文化，1976，第144页。

⑥ 陶阳、钟秀编：《中国神话》，上海：上海文艺出版社，1990，第398页。

乌"或"日中有三足乌"之说，都成了神话学研究者们热衷讨论的话题。且历来学者多有不同的看法与解释，兹举其要如下：

（一）阳精说

至晚到了两汉，已有不少学者试图对"日中有乌"及"日中有三足乌"等说法予以解释。如汉代纬书《春秋元命包》中有：

> 火精阳气，故外热内阴，象乌也。[1]
>
> 日中有三足乌者，阳精，其僸呼也。[2]

以为因太阳是火精，其阳气即形成了乌的形象。另，东汉张衡的《灵宪》中则云：

> 日者，阳精之宗，积而成鸟，象乌，而有三趾。阳之类，其数奇。[3]

也认为太阳是阳精之宗，当阳气积聚就会象乌。而日中之乌之所以有三趾，则是因"三"是奇数、阳数。

而由以上相关说法可知，在两汉时期，人们认为日中有乌是由于阳气积聚，至于日中的三足乌则是阳气的极致表现。所以，陈炳良和袁珂也根据汉代人认为，"阳数起于一，成于三"，三为阳数之极，而乌因羽色黑，故为阳精等说法，推想这就是三足乌被视为太阳化身的原因。[4] 袁珂更举《洞冥记》卷四的说法，认为此三足乌是驾日车者，故为阳的象征。[5]

此外，萧兵则从乌的羽色黑来解释，以为黑色乃阳精，具有温润生长的象征；三则是古人观念中的天数，所以凡与天有关的事物，多与三或其倍数有密切的关联。而太阳是天上最明显，也最受人崇拜的天体，所以，三不但是天数，同时又是太阳的象征。[6]

---

①〔日〕安居香山、中村璋八辑：《纬书集成》（中），石家庄：河北人民出版社，1994，第599页。
②〔日〕安居香山、中村璋八辑：《纬书集成》（中），石家庄：河北人民出版社，1994，第605页。
③〔清〕严可均校辑：《全上古三代秦汉三国六朝文·全后汉文》，北京：中华书局，1991，第777−1页。
④陈炳良：《中国古代神话新释两则》，原载《清华学报》1969年第2期，后收入《神话·仪式·文学》，台北：联经出版事业公司，1985，第20页；袁珂：《中国神话传说词典》，上海：上海辞书出版社，1985，第21页。
⑤据汉郭宪所撰《洞冥记》卷四载："东北有地日之草，西南有春生之草，……三足乌数下地食此草。羲和欲驭，以手掩乌目，不听下也。食草能不老，他鸟兽食此草，则美闷不能动矣。"故袁珂以为，羲和驭日车的是三足乌。参袁珂：《中国神话传说词典》，上海：上海辞书出版社，1985，第21页。
⑥萧兵：《明堂的秘密：太阳崇拜和轮居制——一个民俗神话学的考察》，见御手洗胜等著，王孝廉主编：《神与神话》，台北：联经出版事业公司，1988，第130—131页。

（二）太阳黑子说

虽然，自两汉以来人们多喜以阳精来解释日中之乌，然在对日中有乌之说的相关研究、解释中，却又以日本天文学者山本一清所主张的"太阳黑子说"最为有名，也最受近世学者认同。山本氏以为，日中有乌之说是因上古人民以肉眼观察的方式偶然地发现了太阳上有黑点，也就是现代人所谓的太阳黑子①，于是便以全身黑的乌鸦来象征太阳中的黑斑，乌鸦也就变成了太阳中的神鸟。②

其实，在前所引汉代纬书《春秋元命包》及张衡《灵宪》中，也已提及太阳的阳气积聚象乌，因此，这可能不是当代学者漫无边际空想的无稽之说。历来也有不少学者赞同此说。如刘城淮即以甘肃临洮村辛店文化遗址中出土的一只彩陶罐为证，认为罐上太阳纹中的黑点，正是代表着太阳黑子。③ 另如何星亮、周到等学者认为，这是因为古代北方人较早注意到太阳中有黑斑的现象，即今天意义上的太阳黑子，于是就用全身黑的乌鸦来象征太阳中的黑斑，乌鸦也就变成了太阳鸟。④ 他们更举《诗·邶·北风》中的"莫黑匪乌"之语，以及毛亨以"狐赤乌黑，莫能别也"为之作传；而郑玄笺则谓："赤则狐也，黑则乌也。"⑤ 证明了在西周时，当人们提及"黑"时，会以乌鸦来象征。此外，段玉裁在为《说文解字》注"乌"时也说："鸟字点睛，乌则不。以纯黑故不见其睛也。"⑥ 可知，全身黑的乌鸦最足以象征太阳中的黑斑。

另如何新、萧兵、何星亮、鲁惟一等学者也认为：日中有乌之说是古人观

---

①太阳黑子是太阳光球（即肉眼观测到的太阳表面层）上出现的巨大旋涡状气流，是太阳活动最明显的特征。因其温度比周围低1000—2000℃，故显得暗淡而得名。黑子的形状不很规则，以圆形或椭圆形居多，有时单个出现，有时成对或成群出现。其寿命长短不一，多数出现几天到几十天，短的只有几小时，少数长的能够维持几个月，甚至1.5年，时多时少，平均周期约为11年。

②山本一清：《天体的肉眼观察》，收于《天文と人生》。此转引自〔日〕出石诚彦：《上代中國の日と月との說話について》，见《中国神话传说的研究》，台北：古亭书屋，1969，第76—77页。

③刘城淮：《中国上古神话》，上海：上海文艺出版社，1988，第163页。

④周到：《南阳汉画象石中的几幅天象图》，载《考古》1975年第1期，第58—61页；何星亮：《太阳神及其崇拜仪式》，载《民族研究》1992年第3期，第26页。

⑤〔汉〕毛亨：《毛诗诂训传七卷》，见董治安主编：《两汉全书》（第二册），济南：山东大学出版社，1999，第251页。此段文字亦见于《毛诗注疏》卷二十七。

⑥〔清〕段玉裁注：《说文解字注》，上海：上海古籍出版社，1988，第157页。

测到太阳黑子的现象①，他们并以《汉书·五行志》中记有汉成帝河平元年（前28）三月时，"日出黄，有黑气大如钱"②，以及《后汉书·五行志》中所载汉灵帝中平五年（188）正月，"日色赤黄，中有黑气如飞鹊，数月乃销"③，证明早在东汉时期，中国人即已懂得观测太阳黑子。

（三）日与鸟的属性相近

此外，如日本学者出石诚彦在《上代中國の日と月との說話について》一文中认为，古代中国人之所以相信日中有"三足乌"，是因古人将太阳与乌鸟联想在一起，因发现太阳朝出夕落的运行规律与鸟的暮去晨来有着相类似的地方，因此容易与日出日没的现象产生联想。④

而陈勤建认为，日中有乌之说是源于古人相信鸟类是谷物最初也是最主要的传播者，加上太阳与农业，特别是与稻作的起源有密切的关系。由于先民认为太阳与鸟对农业的生产都有着神秘的影响力，故在神话中，鸟类多被视为太阳的象征。⑤

（四）联合图腾制度说

此外，如孙作云认为，日中三足乌是联合图腾制度的结果。他说：

> 中国古代的东夷以鸟为图腾者，又多以太阳或月亮为图腾，这就是民俗学上所谓"联合图腾"的制度……其表现在神话传说方面者就是中国古代相传为日中有三足乌，日中为什么有三足乌呢？或许就是因为以鸟（乌）为图腾的民族，同时又以日为图腾，因缘附会，又说日中有三足乌了……⑥

近人刘毓庆也认为，日中有乌之说是"由于鸟图腾部族对于太阳的崇拜，在民族意识的运作中，创造出了日鸟合体的崇拜形象"⑦。而王子今认为："这种

---

①何新：《诸神的起源：中国远古神话与历史》，台北：木铎出版社，1987，第97—98页。萧兵：《楚辞与神话》，南京：江苏古籍出版社，1987，第54页；何星亮：《中国自然神与自然崇拜》，上海：生活·读书·新知三联书店上海分店，1992，第169—170页；Michael Loewe, *Ways to Paradise*: *The Chinese Quest Immortality*, London: George Allen and Unwin, 1979, p.128。

②〔汉〕班固撰，〔唐〕颜师古注：《新校本汉书》，台北：鼎文书局，1986，第1507页。

③〔刘宋〕范晔撰，〔唐〕李贤等注，〔晋〕司马彪补志：《新校本后汉书》，台北：鼎文书局，1986，第3373页。

④〔日〕出石诚彦：《上代中國の日と月との說話について》，见《中国神话传说的研究》，台北：古亭书店，1969，第76页。

⑤陈勤建：《中国鸟文化——关于鸟化宇宙观的思考》，上海：学林出版社，1996，第43—44页。

⑥孙作云：《中国古代鸟氏族诸酋长考》，原载《中国学报》1945年第4期，后见杜正胜编：《中国上古史论文选集》（上），台北：华世出版社，1979，第414页。

⑦刘毓庆：《华夏日月神话文化意蕴之考察》，载《民间文学论坛》1996年第2期，第3—4页。

日载于乌，日中有乌，日中有三足乌的神话，是中原以日图腾为中心的炎帝部族的原始图腾崇拜与东方以鸟图腾为中心的东夷部族的原始崇拜结合杂糅的产物。"① 此外，杜靖《"太阳三足乌"新释》一文也以为："太阳三足乌"图案是古代东夷内部两大集团——日部族和鸟部族图腾徽志的合一，日鸟组合是东夷集团内部整合的事实投射到神话传说中的结果。②

（五）男性生殖崇拜说

另也有研究者以为三足乌的三足，其实是远古先民对男性生殖器的崇拜，而多出的一足实为男根。如赵国华在其《生殖崇拜文化论》中说：

> 远古先民以鸟象征男根，男性两腿夹一男根，其数有三，所以，他们在彩陶上绘制象征男根的鸟纹时，为了强调其产卵的尾部，以局部对应突出象征男根的意义，遂将鸟纹画成了"三足"。另外，男根由一阴茎二睾丸组成，其数有三。为了与此相合，以强调两个睾丸，遂将其变形为两条竖直线，也可能是鸟纹出现三足的原因。

不过，赵国华在讨论原始太阳鸟崇拜时，亦认为是发展于母系氏族社会的晚期，因原始农业逐渐发达起来，使古人注意气候的冷暖，将目光转向决定春秋代序和寒来暑往的太阳，故太阳的凌空飞翔使古人认为，太阳是一个飞行物，想象有一只鸟背负太阳运行。③

（六）表示异于一般动物的神力

此外，由于一般乌鸟皆只有两只脚，故亦有研究者以为三足乌是为了表示其异于一般动物的神力。如叶舒宪以为：

> 因为太阳白昼运行在天上，夜间则进入海底或地下，所以在神话思维中的太阳神只具有飞鸟的特征还不够，还须具备"潜渊"或"入地"的本领，这便是龙蛇之类爬行动物的专长了。回过头来再看夔或夋的形象，这个鸟头龙身一足的奇妙生物不是正好符合了太阳升天入地的水陆空三栖本领吗？后代神话之所以异口同声地说太阳中有"三足乌"，原来是把龙的一足和玄鸟的二足加在一起了。否则，谁又真的看到三足的动物呢？④

这里则从神话思维的特性来解释三足乌的缘由。

---

①王子今：《史记的文化发掘》，武汉：湖北人民出版社，1997，第63页。

②杜靖：《"太阳三足乌"新释》，载《创新》2007年第1期，第119—123页。

③赵国华：《生殖崇拜文化论》，北京：中国社会科学出版社，1990，第265页。

④叶舒宪：《英雄与太阳——中国上古史诗的原型重构》，西安：陕西人民出版社，2005，第238页。

（七）立表测影画面的误解

近来，还有研究者从历法角度来诠释关于太阳鸟神话的原型。如刘宗迪在其《失落的天书：〈山海经〉与古代华夏世界观》一书中以为：凡天有十日、日载于鸟、日中有三足乌、羿射十日这些与太阳相关的神话主题之文献记载，最早的是《山海经》。因《山海经》乃述图之作，而由于述图者误解了古图中描绘立表测影活动的画面，而将日表上的候风之鸟误解为载日之鸟，后又因候风之鸟原有的两足，再加上下面支撑的转轴，共有三足，故有三足乌之说。①

虽然，日中有三足乌、羿射十日二说，最早或非出自《山海经》，然而，由前所引山东大汶口 M75 出土的日鸟纹（图9）似候风之鸟站在架上，此说或亦有参考价值。

而以上诸说，各有创发，然孰是孰非，则难骤下断语。

第二节　中国古代月神话
——玉兔、蟾蜍与桂树

一、中国古代的月崇拜与月神话

至于中国古代对月亮的崇拜，同样在许多新石器时代的文化遗址中也发现了一些与月崇拜相关的遗迹。

首先，如前所述，在山东大汶口文化遗址出土的陶尊上有日月纹及日月山纹，除了日纹外，亦出现有月的图像。（图1.1、1.2）另如，河南汝州洪山庙遗址出土的 W91∶1 彩陶缸上，亦可于缸腹中部两侧发现有对称的白色新月及红色太阳图形。② 河南郑州大河村出土的仰韶文化彩陶上，也出现了绘有日月星辰的图案。

此外，在一些史前的岩画中也有疑似原始初民拜祭日、月场面的形象。其中，如新疆哈巴河县松哈尔沟洞窟的史前彩绘岩画中便有一幅疑似围猎的画面，在画面的右上方以赭色描绘了一个巨大似太阳的形象，右下方则有一个比太阳小好几倍的月亮。这似可说明在远古时期，狩猎民族除崇拜太阳与太阳神外，也崇拜月亮和月亮神。③ 又如在新疆独山子出土的岩画中亦可见右下方刻有一圆形太阳，左下方则有一弦月的画面，上方绘有或大或小的四匹马及一个可能代

---

①刘宗迪：《失落的天书：〈山海经〉与古代华夏世界观》，北京：商务印书馆，2006，第81—109页。
②河南省文物考古研究所：《汝州洪山庙》，郑州：中州古籍出版社，1995，第50页图二七·1、2。
③苏北海：《新疆岩画》，乌鲁木齐：新疆美术摄影出版社，1994，第69页。

表部落的印记。（图10）① 又如西藏日土县境内的任姆栋也发现有一幅绘有太阳、月亮、动物、人物、武器和器皿的岩画，在最显赫的位置则刻有似为祭祀活动的画面，而画幅的上部也刻有太阳、月亮和男女生殖器，右侧刻一首尾相接呈圆形的大鱼，鱼腹内孕有十条小鱼；画面下部则分九排刻有125个羊头，大约是祭礼的牺牲。（图11）② 此一画面或与祭祀太阳神、月神和生殖神有关。另如西藏阿里地区的恰克桑岩画中则发现有月亮与三个太阳及卍字符号出现在同一画面。（图12）③ 其他如青海野牛沟岩画（图13），内蒙古阴山岩画、乌兰察布岩画等早期原始艺术中，也都可见到与月或月崇拜相关的图像，且有时旁边还刻有布满日、星的天体图像。④

图10　新疆独山子岩画

图11　西藏日土任姆栋岩画

图12　西藏阿里恰克桑岩画

图13　青海野牛沟岩画：骆驼、日、月、鸟卜巫师

①苏北海：《新疆岩画》，乌鲁木齐：新疆美术摄影出版社，1994，第278页图21。
②陈兆复：《中国岩画发现史》，上海：上海人民出版社，1991，第170页图三六－3。
③陈兆复：《中国岩画发现史》，上海：上海人民出版社，1991，第330页图六七－7。
④汤惠生、张文华：《青海岩画：史前艺术中二元对立思维及其观念的研究》，北京：科学出版社，2001，第20页。

又，从传世文献来看，相传早在三代时即已有祭月的仪式。如甲骨卜辞中有：

　　甲子卜大贞，王宾月亡祸。①

宾月，有学者认为可能是一种迎月的仪式。② 另如前述卜辞中的"西母"之祭，陈梦家也认为可能是指祭月。③

到了周代，按《国语·周语上》载："古者先王既有又'天'下，又崇立上帝、明神而敬事之，于是乎有朝日夕月，以教民事君。"④ 这里所谓的"明神"，即指日、月神。此外，《礼记》中则有详细的祭月相关仪式记载：

　　王宫祭日也，夜明祭月也，幽宗祭星也。⑤

　　祭日于坛，祭月于坎，以别幽明，以制上下。祭日于东，祭月于西，以别外内，以端其位。日出于东，月出于西，阴阳长短，终始相巡，以致天下之和。⑥

　　秋分之日，祀夕月于西郊。⑦

至于在后代的许多国家祀典中，亦多设有祭月之祀。杜而未甚至认为，五帝、社神、地神都是月神，封禅则是祭月神。⑧

或缘于对月的崇拜与信仰，故在中国，与月相关的神话亦丰富而多姿。从现可知见的书面文献记载来看，最早的月神话可能要属《山海经》中常羲生月的神话。据《山海经·大荒西经》载：

　　有女子方浴月。帝俊妻常羲，生月十有二，此始浴之。⑨

　　①孙海波：《甲骨文录》，台北：艺文印书馆，1958，No.419。

　　②萧兵：《楚辞新探》，天津：天津古籍出版社，1988，第325页；周谷城编：《中华文明史·第2卷·先秦》，石家庄：河北教育出版社，1989，第227页。

　　③陈梦家认为：此东母、西母大约指日月之神。《祭仪》："祭日于东，祭月于西。"殷人的帝或"上帝"或指昊天，东母、西母可能是日月之神而天帝的配偶。陈梦家：《殷虚卜辞综述》，北京：中华书局，1988，第574页。另如日本学者赤冢忠的研究结论与陈氏意见颇为相似，他也认为东母、西母可能是司太阳出入的女性神。赤冢忠：《中国古代的宗教和文化——殷王朝的祭祀》，东京：角川书店，1977。宋镇豪则不赞成将东母、西母解释为主管太阳出入的女神，他说："甲骨文反映的日神神性，人化成分很难看到，说东母、西母为日月之神或司太阳出入之神，未必可以成立。"宋镇豪：《中国风俗通史·夏商卷》，上海：上海文艺出版社，2001，第641—642页。

　　④不著撰人：《国语》卷一，台北：台湾古籍出版社，1997，第50页。

　　⑤〔汉〕郑玄注，〔唐〕孔颖达疏：《礼记·祭法》，第797页。

　　⑥〔汉〕郑玄注，〔唐〕孔颖达疏：《礼记·祭义》，第812—813页。

　　⑦〔宋〕李昉等奉敕撰：《太平御览》，台北：台湾商务印书馆，1997，第150页。

　　⑧杜而未：《易经原义的发明》，台北：学生书局，1978。

　　⑨袁珂校注：《山海经校注》，上海：上海古籍出版社，1980，第404页。

常羲亦作常仪、尚仪。按《世本·作篇》有黄帝使"羲和占日""常仪占月"。① 羲和、常仪是黄帝的占日、占月之官，故常羲即常仪。另，《吕氏春秋·勿躬》中亦云："羲和作占日，尚仪作占月。"高诱注以为："尚仪即常仪。"② 并有研究者认为，包括望舒、纤阿、嫦娥之名，可能也都是由常羲衍化而来。③

关于望舒，按《楚辞·离骚》载："前望舒使先驱兮"。王逸注曰："望舒，月御也。"④ 而《广雅·释天》也以为，"月御谓之望舒"⑤。望舒原为替月神驱车的御者，然到了后世文人的歌咏中，又由月之御者升格为月的代称。⑥ 至于纤阿，据《太平御览》卷四引《淮南子》云："月御曰望舒，亦曰纤阿。"《史记·司马相如列传》亦云："阳子骖乘，纤阿为御。"《集解》引《汉书音义》："纤阿，月御也。"《索隐》引服虔亦云："纤阿为月御。"⑦ 可知，也是一位月御者。

不过，最为后世所熟知的月神则可能要属奔月的嫦娥了。关于嫦娥名氏的由来，历来研究者多主张是由常仪演变而来。⑧ 首先，据清人袁枚在其《随园随笔·卷十七·辨讹类·嫦娥奔月之讹》中以为：

> 嫦娥之始，其实因常仪占月而讹也……《周礼》古"仪"、"娥"二字同音……汉碑凡"蓼莪"皆作"蓼仪"，是其证也。⑨

"仪"与"娥"上古同音。此外，高诱在注《吕氏春秋》中的"尚仪"时也以为："古读仪为何，后世遂有嫦娥之鄙言。"⑩

①〔汉〕宋衷注，〔清〕茆泮林辑：《世本·作篇》，北京：中华书局，1985，第108页。（《世本·作篇》引《玉海》九则云"羲和作占月"，歧出）

②〔战国〕吕不韦辑，高诱注：《吕氏春秋·审分览·勿躬》，上海：上海古籍出版社，1989，第145—146页。

③贾雯鹤：《月神源流考》，载《社会科学研究》2004年第2期，第56—57页。

④〔汉〕王逸章句，何锜章编：《圈点增注王逸注楚辞》，上海，上海会文堂书局，1973，第17页。

⑤〔清〕王念孙：《广雅疏证》，北京：中华书局，2004，第280页。

⑥如《后汉书》卷六十下"蔡邕列传"云："元首宽则望舒脁，侯王肃则月侧匿。"又《文选·张协·杂诗十首》："下车如昨日，望舒四五圆。"都以望舒作为月之代称。

⑦〔汉〕司马迁撰，〔南朝宋〕裴骃集解，〔唐〕司马贞索隐，〔唐〕张守节正义：《新校本史记三家注并附编二种》，台北：鼎文书局，1996，第3009—3010页。

⑧如袁珂：《嫦娥奔月神话初探》，见《神话论文集》，台北：汉京文化事业公司，1987，第133—146页；陈钧：《论月神嫦娥》，载《民间文学论坛》1986年第5期，第21—28页；龚维英：《嫦娥神话面面观》，载《民间文学论坛》1987年第4期，第61—68页；屈育德：《月里嫦娥毁誉多》，见《神话·民俗·传说》，北京：中国文联出版公司，1988，第290页；沈谦：《嫦娥奔月的象征意义》，载《中外文学》1986年第3期，第5—17页。

⑨〔清〕袁枚：《随园随笔》，见《丛书集成三编》，文学类，75册，台北：新文丰出版社，1997，第520页。

⑩〔战国〕吕不韦辑，高诱注：《吕氏春秋》，上海：上海古籍出版社，1989，第146页。

而在今可知见的传世文献中，较早且完整记载嫦娥奔月神话的则为《淮南子·览冥训》中"羿请不死之药于西王母，姮娥窃以奔月，怅然有丧，无以续之"①。《淮南子》中作"姮娥"，而非"嫦娥"，故清人翟颢在《通俗编》中认为，是淮南王刘安最早制造了这个神话，而《灵宪》撷取了《诗经》中"日升月恒"之义，于是有了"恒娥"。② 加上后来为避汉文帝刘恒之讳③，其后又附会上了女部，便成了"嫦"。④

除了常羲、嫦娥与望舒、纤阿等外，何新在其《女娲与大禹故事的真相》一文中则从语音的角度论证女娲即女和、常仪，亦即嫦娥，并利用汉墓出土的砖画与"传说中女娲为阴帝，是太阳神伏羲的配偶，月亮别名大阴星，因此阴帝女娲应是月神"这两点为证，论述女娲与嫦娥、西王母皆具有月神的身份。⑤

根据何新的考察，除了女娲外，西王母也是月神。⑥ 而以西王母为月神，并非何新的创见，早在丁谦的《穆天子传地理考证·卷二》中即已提出："西王母者，古迦勒底国之月神也。"⑦ 而凌纯声更从语音学的角度认为："西王母三字是苏膜语月神 si-en-nu 音译而来。"⑧ 丁山则从西王母有"不死之药"，认为这是西王母为月精的又一原因："西王母藏有不死的灵药，……而恒娥服了灵药，即成月精，也无异说西王母本是月精了。"⑨ 另如王孝廉也同意西王母具有月神的神性，他说：

> 《殷墟卜辞》到《山海经》诸书所见的西王母是大地的地母神。月神，秋天刑杀之神，西方日落之神，守护天门的厉鬼等；原来西王母是个两性具有的独立神，后来因为月神的神性而发展为女性，月亮、

①刘文典：《淮南鸿烈集解》，北京：中华书局，1989，第 217 页。

②〔清〕翟颢：《通俗编》，北京：中华书局，1985，第 1 页。

③盖"恒"者，常也，恒、常不但义近，且音韵相通。

④然按清人庄逵吉的考察以为："姮娥，诸本皆作恒，唯《意林》作姮。《文选》注引此作常，淮南王当讳恒，不应作恒，疑《意林》是也。"〔西汉〕刘安等编著，〔汉〕高诱注，〔清〕庄逵吉校：《庄氏淮南子》，扬州：广陵书社，2004，第 12 页。

⑤何新：《诸神的起源——中国远古神话与历史》，北京：生活·读书·新知三联书店，1986，第 41 页。

⑥何新：《诸神的起源——中国远古神话与历史》，北京：生活·读书·新知三联书店，1986，第 51—56 页。

⑦〔清〕丁谦：《穆天子传地理考证·卷二》，见《丛书集成三编》，史地类，79 册，台北：新文丰出版社，1997，第 410 页。

⑧凌纯声：《昆仑丘西王母》，载《"中央研究院"民族学研究所集刊》1966 年第 22 期，第 215—255 页。

⑨丁山：《中国古代宗教与神话考》，上海：上海文艺出版社，1988，第 71 页。

水、西方、不死、再生。①

不过，无论是常羲、嫦娥、望舒、纤阿或女娲、西王母，都已具人格神的形象，而按刘城淮对神话发展规律的归纳以为：上古神话中的主人公，开头多由物性的神占支配地位，后来才由人性的神占支配地位。且早期的物性神绝大部分为动物。② 所以，这些所谓的月神，应皆非中国最古老的月神话，可能都是较后起的。

二、月中何有？众说纷纭的月中之物

虽然，从以上的讨论可知，古代中国人在很早即已形成了对月的崇拜，并产生了相关的神话，然最为人们津津乐道的月神话，除了奔月的嫦娥外，可能就要属在月宫中常伴嫦娥的捣药玉兔及蟾蜍，还有那吴刚日日所砍伐的桂树了。

而在目前可知见的传世文献中，最早关于月中有蟾或兔说法的记载，可能是《楚辞·天问》中屈原对月亮的变化提出的疑惑。③ 按《天问》有云：

夜光何德，死则又育？厥利维何，而顾菟在腹？④

意思是说：夜光有什么德行，竟能起死回生，晦暗了又能明亮？月亮又有何利益，竟能养育着顾菟在它的腹中？然而，关于"顾菟"是何意？千百年来，众说纷纭。

早期的注家，如王逸便将"菟"释为"兔"，"顾"释为"顾望"，并将后两句释为："言月中有菟，何所贪利，居月之腹，而顾望乎？"⑤ 可知王逸将"顾菟"解释为"顾望月中之菟"。而洪兴祖作《楚辞补注》也认为："菟与兔同。"⑥ 另如朱熹在《楚辞辩证》中则认为：顾菟应该是一种兔的专有名称，

---

① 王孝廉：《西王母与周穆王》，见李亦园、王秋桂主编：《中国神话与传说学术研讨会论文集》，台北：汉学研究中心，1996，第304—305页。

② 刘城淮：《中国上古神话通论》，昆明：云南人民出版社，1992，第203—204页。

③ 然据石沉、孙其刚二位先生在其《月蟾神话的萨满巫术意义》一文中以为，《诗经·邶风·柏舟》中有"日居月诸，胡迭而微？"之语，案："居"原意为"踞"，同"踆"，是"三足乌"的代称；而"诸"乃"蟾诸"代称，故"月中有蟾"之说早在周代的《诗经》中即见端倪。参石沉、孙其刚：《月蟾神话的萨满巫术意义》，载《民间文学论坛》1988年第3期，第22—27页。

④ 汤炳正、李大明、李诚等注：《楚辞今注》，上海：上海古籍出版社，1996，第81页。

⑤〔汉〕王逸：《楚辞章句》，台北：艺文印书馆，1974，第118页。

⑥〔宋〕洪兴祖：《楚辞补注》，台北：广文书局，1962，第36页。

"顾菟在腹，此言兔在月中"①。不过，清人毛奇龄却以为，"顾菟"仅指月中之兔。② 游国恩也认为，"顾菟"为月中兔名，并以为"月中有兔，其说始见于此"③。以上诸说虽有分歧，但大都认为"顾菟"或"菟"即"月中之兔"。

然而，另一派的意见却认为，"顾菟"并不是兔，其中又包括两种主要的观点：一类是以近代学者闻一多为代表，他在其《天问释天》中利用了语言学上的十一个佐证，提出了"顾菟"是"蟾蜍"而不是兔子的说法，并以为在"月中有物"的诸说中，"蟾蜍最先而兔最后"。④ 闻氏以文献记载之先后及音义递变的规则为依据，提出了以下主张：

> 考月中阴影，古者传说不一。《天问》而外，先秦之说，无足证焉。其在两汉，则言蟾蜍者莫早于《淮南》，两言蟾蜍与兔者莫早于刘向，单言兔者莫早于纬书。由上观之，传说之起，谅以蟾蜍为最先，蟾与兔次之，兔又次之。更以语言讹变之理推之，盖蟾蜍之蜍与兔音近易混，蟾蜍变为蟾兔，于是一名析为二物，而两设蟾蜍与兔之说生焉。其后乃又有舍蟾蜍而单言兔者，此其转相讹变之迹，固历历可寻也。诸说之起，验之汉代诸书，蟾蜍最先而兔最后，屈子生当汉前，是《天问》之"顾菟"必谓蟾蜍，不谓兔也。⑤

闻一多以在先秦古籍的索阅中未见关于月兔的记载，遂认为屈原时代尚未产生月兔神话，并主张《天问》中的顾菟是指蟾蜍而非指兔，兔是后来从蜍的语音讹变而来。此外，他还对月中蟾蜍之说出现的时间，提出了以下的推论：

---

①按朱熹《楚辞辩证》卷下云："顾菟在腹，此言兔在月中，则顾菟但为兔之名号耳。"参〔南宋〕朱熹：《楚辞辩证》，台北：世界书局，1981，第1页。

②清代毛奇龄《天问补注》以为："以兔本善视，……而月腹之兔，名为月魄，则又善于下顾。故《古怨歌》云：'茕茕白兔，东走西顾。'若以顾为瞻顾之义，而非兔名，则梁代戴暠《月重轮行》云：'从来看顾兔。'俚语云：'视顾兔而感气。'于顾上又加看字，加视字，其可通乎？若汉上官桀云：'逐麋之犬，当顾兔耶。'则顾字不属兔，此就凡兔言，而以证顾兔，误矣。"认为凡间之兔，如果前加"顾"字，则是顾望那兔的意思。故顾菟也是月中兔的专名。〔清〕毛奇龄：《天问补注》，见《续修四库全书》，集部楚辞类，第1302册，上海：上海古籍出版社，1997，据清康熙刻西河合集本影印。

③游国恩主编：《天问纂义》，台北：洪叶文化，1993，第61—67页。

④闻一多的说法大致包括以下几项重点：一，"籧篨""居诸""居蜍"皆与"顾菟"为同音字，凡三事为一类。二，"蜩""鼀""屈""鼓"与"顾"为双声，韵或同或近，"鼀""醜""造"与"菟"为舌上变舌尖，皆声之转，凡四事为一类。三，以音理、物情并古代图书证顾菟即蝌蚪，亦即蟾蜍，凡二事为一类。四，以传说演变之步骤证"顾菟"为蟾蜍，凡二事为一类。参闻一多：《天问释天》，见《闻一多全集·二·古典新义》，台北：里仁书局，1993，第328—333页。

⑤闻一多：《天问释天》，见《闻一多全集·二·古典新义》，台北：里仁书局，1993，第330—333页。

月中虾蟆（蟾蜍）之说，乃起于以蛤配月之说，其时则当在战国，……①

接着，闻一多更利用了语言学上的佐证，推论由于古人蚌、蛤不分，又蚌与月皆色白而形圆，因此产生了联想。加上"蛤"之音值为 kâp，其音微变为虾蟆 kam，所以在有些地方，"蛤"字兼有蛤蚌和虾蟆二种意义。② 及至后世，可能是由于误解的关系，遂将顾菟视为月中有兔。

闻一多的创说，在学界引起了不小的回响。其后，姜亮夫、孙作云及钟敬文、萧兵等亦赞同此说。③ 袁珂也认为，闻氏的说法"其言当是"④。当然，亦有不少持反对意见者，如苏雪林便提出了如"扬雄《方言》并无楚人呼蟾蜍曰顾兔之说，且任何地方言都没有"，以及"汉代纬书，蟾兔对举者甚众"等多项证据，以为"闻氏顾菟为蟾蜍之讹，不攻自破"，而主张月兔之说较月中有蟾蜍的说法更为古远。⑤ 并以为细考闻一多之说，仍有不少疏漏。⑥

而除了顾菟为蟾蜍的说法外，另有一些学者认为顾菟实是于菟，而于菟乃楚语"虎"的意思。如汤炳正、何新等人便认为，月中有兔之说，实来自月中有虎的神话。⑦ 另如黎子耀也认为："月中有兔，实非屈诗原意。《天问》为楚辞，'顾菟'为楚语。《左传·宣公四年》云：'楚人谓虎于菟'，'顾菟'即'于菟'，于、顾一声之转耳。"故"顾菟"为联绵词，中国的月亮神话实际是月虎神话。⑧

①闻一多：《天问释天》，见《闻一多全集·二·古典新义》，台北：里仁书局，1993，第333页。

②如韩愈《初南食贻元十八》诗云："蛤即是虾蟆，同实浪异名。"又明人高启《闻蛙》诗云："何处多啼蛤，荒园暑潦天。"注家也认为"蛤"即是虾蟆。可知在南方语汇中蟾蜍亦称为蛤。参闻一多：《天问释天》，见《闻一多全集·二·古典新义》，台北：里仁书局，1993，第331页。

③姜亮夫及孙作云都赞同闻一多的说法。参姜亮夫：《楚辞通故》（三），昆明：云南人民出版社，1999，第544—545页；孙作云：《天问研究》，北京：中华书局，1989，第124—125页。而钟敬文则在闻一多之说后，更举宋苏轼《宿余杭法喜寺后绿野亭望吴兴诸山怀孙莘老学士》诗中的"稻凉初哄蛤"一语注"岭南谓虾蟆为蛤"，以及明高启《闻蛙》的"何处多啼蛤"诗句，注家也认为，蛤即是虾蟆等说法，作为补充。参钟敬文：《马王堆汉墓帛画的神话史意义》，载《中华文史论丛》1979年第2辑，第86—87页。

④袁珂：《中国神话传说词典》，上海：上海辞书出版社，1985，第87页。

⑤苏雪林：《月之盈亏与月兔》，见《天问正简》，台南：广东出版社，1974，第92—100页。

⑥苏雪林：《月之盈亏与月兔》，见《天问正简》，台南：广东出版社，1974，第92—100页。

⑦汤炳正：《〈天问〉"顾菟在腹"别解》，见《屈赋新探》，济南：齐鲁书社，1984，第261—270页。何新：《诸神的起源：中国远古神话与历史》，台北：木铎出版社，1987，第243—248页。

⑧黎子耀：《〈殷卜辞中所见先公先王考〉与古史研究》，见吴泽主编，袁英光选编：《王国维学术研究论集》（二），上海：华东师范大学出版社，1987，第12页。

顾菟究竟为蟾，为兔，为虎，或非蟾亦非兔？目前学界仍众说纷纭，未有定论。但关于月中有虎之说，无论是在文献的记载，抑或是民间的口传数据中皆难觅其踪，在近世考古所出土的文物中亦未有发现。若远古时期真有此说流传，且至屈原之世仍保留有此说，因而影响了《天问》中的顾菟之说的话，为何屈子之后又突然泯灭，绝不见于书、传及相关文物呢？而月中有兔之说，古人言之凿凿，同样在许多考古材料中也常常可以看到月中绘有蟾、兔的图像。因此，月中有虎之说，或仍有待日后更多的证据出现，方可做定论。

不过，后来也有一些折中蟾、兔、虎之说出现。1978 年于湖北省随县擂鼓墩出土了一座战国中期大型木椁墓，墓中发现一绘有图像的漆箱，盖上有两组基本相同的图案，均为两株大树，一树顶上有鸟，另一树顶上有兽。（图 14）①郭维德的考证认为，有鸟的树是扶桑树，树上的鸟是代表太阳的乌；另一株树代表月，树上的兽则是兔，"从兽的形象看，面部有些似虎，而身上像兔，尾亦似兔很短"。因此，这可能就是象征月亮的兔。于是，郭维德据此及其他如马王堆帛画等近世出土的文物纠正了闻一多"蟾蜍为最先，蟾与兔次之，兔又次之"的结论，以为曾侯乙墓衣箱盖上已有菟，而马王堆 1 号汉墓帛画里才有蟾蜍（或

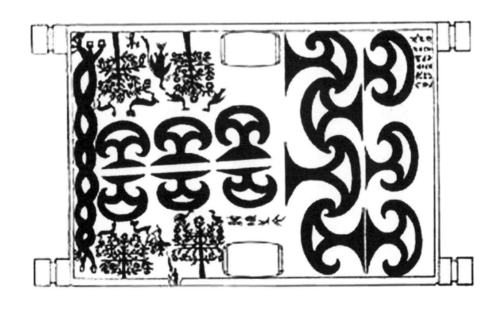

图 14　湖北随县曾侯乙墓漆箱盖局部

①湖北省博物馆：《曾侯乙墓》，北京：文物出版社，1989，第 357 页。

蛤蟆）与兔，加上《楚辞》里也提到"顾菟在腹"。因此，月中之物应先为菟，再演变为蟾蜍，后来才演变成蛤蟆与兔。① 汤炳正也同意郭氏的说法，认为"曾侯乙墓箱盖图像中似虎又似兔的兽形，乃月中阴影的神话传说以语言因素为媒介而由兔变虎的过渡形象"。所以，把月中阴影说成是兔的传说是较早的，而且应当是起源于中原地区，只是此传说传入楚地之后，因楚人称虎为"于菟"，故将月中有兔之传说演化为月中有虎之神话。而中原各国的月中有兔神话与楚国的月中有虎神话并行于随国且互相混淆，所以箱画上的形象才会把两个神话融为一体，因而出现了虎头兔尾的怪物。②

当然，因曾侯乙墓漆箱盖上所绘树上的动物形象特殊，是否即虎或兔，并且是月中有兔及月中有虎神话融为一体的反映，可能有待更多相类的形象的发掘，才能做推论。而蟾蜍与兔孰先孰后，则亦有待更多的材料来证明。但从许多近世出土文物中大量出现月中有兔及蟾的形象以及如两汉载籍与纬书中经常叙及月中有蟾、兔的现象来看，相关说法至少在西汉时期就已非常流行。

首先，据《淮南子·精神训》载：

> 日中有踆乌，而月中有蟾蜍。③

另，纬书《春秋元命包》中也说：

> 日月两说以蟾蜍与兔者，阴阳双居，月中有兔。④

而东汉张衡在《灵宪》中以为：

> 月者，阴精之宗，积而成兽，象兔蛤焉。⑤

蛤即蟾蜍，此言月会因阴气的积聚而形成蟾蜍和兔子的形状。此外，纬书中虽有单言兔者，但是蟾蜍与兔并举者仍较多。⑥ 而东汉王充的《论衡·说日篇》中更提到："儒者曰：'日中有三足乌，月中有兔、蟾蜍。'"⑦ 于此，王充

---

①郭维德：《曾侯乙墓中漆箱上日月和伏羲、女娲图象试释》，载《江汉考古》1981 年第 S1 期，第 99—100 页。

②汤炳正：《〈天问〉"顾菟在腹"别解》，见《屈赋新探》，济南：齐鲁书社，1984，第 261—270 页。

③刘文典撰：《淮南鸿烈集解》，北京：中华书局，1989，第 221 页。

④〔日〕安居香山、中村璋八辑：《纬书集成》（中），石家庄：河北人民出版社，1994，第 606 页。

⑤〔清〕严可均校辑：《全上古三代秦汉三国六朝文·全后汉文》，卷五十五，北京：中华书局，1991，第 777-1 页。

⑥汉代纬书蟾、兔并举者甚众。如《诗推度灾》："月三日成魄，八日成光，蟾蜍体就，穴鼻始明。"宋灼注曰："穴，决也，决算，兔也。"《春秋元命包》："月之为言阙也。两设蟾蜍与兔者，阴阳双居，明阳之制阴，阴之倚阳。"张衡《灵宪》："月者阴精之宗，积而成兽，象兔蛤焉。其数偶。"蛤，闻一多《天问释天》以为即是虾蟆，故也是蟾、兔并举。

⑦黄晖：《论衡校释》，北京：中华书局，1990，第 502 页。

虽对当时儒者以"日中有三足乌""月中有蟾、兔"的说法提出了批驳，然据此更可证明此说在当时并非一家之言，而是广为当世之人所知晓熟悉的。

此外，在许多近世出土的汉代文物中也经常可见以兔、蟾蜍作为月亮象征物的图像，如年代属西汉早期的长沙马王堆1号墓帛画（参第三章，图18）①、3号墓帛画（参第三章，图19）②，以及山东临沂金雀山9号墓帛画（参第三章，图29）③上的月轮中，都已明确出现兔与蟾蜍的形象。同样，在许多汉代墓室的壁画或画像砖、画像石上，也经常可见借蟾、兔的形象来表现人们对月之理解与想象的画像。据此或可推知，至迟到了西汉前期，或更早的战国中期，兔已与月产生了一定的联系。而且，并非如闻一多所说的"蟾蜍为最先，蟾与兔次之，兔又次之"。基本上，从民间口传的传播与发展规律来看，一则神话传说从形成到定型，是需要一定的时间来传衍的，我们由西汉至东汉初期的许多出土文物中大量出现有月中有兔形象或可推测：月中有兔、月中有蟾之说的形成，绝对早于两汉时期，其起源或颇为古远。

另由这些出土文物中所见的月画像中，除了有蟾蜍、兔子外，另还有一株枝叶茂密的桂树。关于月中有桂之说，目前可知最早出现于文献载籍中的时间，大约也是西汉时期。据《太平御览》卷九五七引《淮南子》云："月中有桂树。"④然或由于此条目为后人所辑佚，今本《淮南子》未见，故无法据此了解当时其他相关的说法。此外，此时的月中有桂之说，也并未涉及仙人。⑤至于今人耳熟能详的吴刚伐桂传说，则是要迟至唐以后才出现。⑥

虽然，相关的书面文字记载不多，但许多汉代墓室的壁画或画像砖、画像石却也常常可见月中蟾蜍的身旁还会出现桂树的形象。如在河南洛阳卜千秋壁画墓中便出现有女娲胸前月轮内绘有桂树和蟾蜍。（参第三章，图21）另四川地区也出现不少月中有桂的画像，如分别出土于邛崃市花牌坊、彭州市义和乡的

---

①湖南省博物馆、中国科学院考古研究所、文物编辑委员会：《长沙马王堆一号汉墓发掘简报》，北京：文物出版社，1972，图版壹。

②湖南省博物馆、中国科学院考古研究所：《长沙马王堆二、三号汉墓发掘简报》，载《文物》1974年第7期，彩色图版、黑白图版4。

③临沂金雀山汉墓发掘组：《山东临沂金雀山九号汉墓发掘简报》，载《文物》1977年第11期，第24—27页。

④〔宋〕李昉等奉敕撰：《太平御览》，台北：台湾商务印书馆，1997，第151页。

⑤月中有仙人之说，是较后期才出现的。目前可见最早关于月中有仙人、桂树并举者，始见于晋虞喜《安天论》："俗传月中有仙人桂树，今视其初生，见仙人之足，渐已成形，桂树后生。"但并未言及仙人之名及后来的伐桂情节。

⑥后来的伐桂情节，要直至唐段成式《酉阳杂俎》卷一"天咫"条才有："旧言月中有桂、有蟾蜍，故异书言月桂高五百丈，下有一人常斫之，树创随合。"但记载中并未指出伐桂者为吴刚。

图 15　四川邛崃月神画像砖　　　　　　图 16　四川彭州月神画像砖

两块形象相似的羽人月神画像砖中，皆有一人首鸟身的羽人，头上梳髻或戴冠，颈部有羽，腹有圆轮，轮中有蟾蜍、桂树，桂树的枝干和根须清晰可辨，其中一块的主干上还系有一串珠状物，蟾蜍则匍匐于桂树下。（图15、图16）① 据此可推知，月中有桂之说早期与吴刚应无太大关联，原来只有一株桂树屹立于月中，且这可能才是月中有桂神话的真正原始形态。

三、月亮与兔子：历来学者对月中有兔之说的讨论

虽然，从以上《淮南子》等传世文献的记载以及汉墓出土画像的材料可知，月中有蟾蜍、兔子、桂树等说法至晚到西汉初时即已广为人们所知晓，但同样也引来不少的质疑。如东汉王充在其《论衡·说日》中即对月中有蟾、兔之说表示了极大的怀疑。他说：

> 夫月者，水也。水中有生物，非兔、蟾蜍也。兔与蟾蜍，久在水中，无不死者。……且问儒者：乌、兔、蟾蜍死乎？生也？如死，久在日月，焦枯腐朽；如生，日蚀时既，月晦常尽，乌、兔、蟾蜍皆何在？②

王充以月为水，固缺乏科学论据，然由此一记载可知，早在两汉时，人们已对月中有蟾与兔之说的不合逻辑性产生了怀疑。

但可能也早在两汉时期，即已有人认为月中物是"山河影也"③。而到了唐

---

①《中国画像砖全集》编辑委员会编：《中国画像砖全集1·四川汉画像砖》，成都：四川美术出版社，2006，图一七〇、一七二。

②黄晖：《论衡校释》，北京：中华书局，1990，第502—504页。

③《御定渊鉴类函》卷三引《淮南子》有："月中有物者，山河影也，其空处海影。"惟今本《淮南子》并无此语。清康熙四十九年圣祖仁皇帝御定：《御定渊鉴类函》，《景印摛藻堂四库全书荟要》，子部类书类，285册，台北：世界书局，1986，第97—98页。

代以后，更有不少学者提出了月中的蟾、桂是"地影也"的看法。按段成式《酉阳杂俎·天咫》载：

> 或言月中蟾桂，地影也；空处，水影也；此语差近。[1]

及至宋代，更有学者试图以科学的角度认识或理解所谓的"月中之物"。其中，如王安石的"月中仿佛有物，乃山河影也"[2]，以为月中之物并非兔，实为山河倒影。而苏轼在《和黄秀才鉴空阁》诗中云："明月本自明，无心孰为境。挂空如水鉴，写此山河影。我观大瀛海，巨浸与天永。九州居其间，无异蛇盘镜。空水两无质，相照但耿耿。妄云桂兔蟆，俗说皆可屏。"[3] 直接地否定了月中有物之说，认为月中的桂、兔、蛤蟆是"妄云""俗说"而"可屏"。

虽然，自来怀疑月中有物之说者不在少数，但历来学者亦从不曾放弃为其寻找答案、解释的可能。过去，相关的研究者对于此一问题，或于讨论《天问》中的顾菟是否为兔时偶有涉及[4]，或从月与生殖崇拜相关的角度进行析剖。[5]为讨论之方便，相关说法兹分述如下：

（一）阴精与调和阴阳

大约在汉代，由于阴阳学说的盛行，即有学者从阴、阳相配属的原理来解释月中有蟾、兔及蟾兔并存的现象。如张衡《灵宪》中说：

> 月者阴精之宗，积而成兽，象兔蛤。[6]

月又名太阴，指极盛的阴气。按《吕氏春秋·精通》云："月者，群阴之本也。"《淮南子·天文训》亦云："月者，阴之宗也。"[7]《说文》则以为："月，阙也。太阴之精。"因此，当月凝聚了至阴之气而成兽，便成了兔子和蟾蜍。

此外，也有认为月中的兔是要与月中的蟾蜍阴阳相制或相倚的。按刘向《五经通义》云：

---

①〔唐〕段成式：《酉阳杂俎·天咫》，北京：中华书局，1981，第9页。
②〔宋〕何薳撰，张明华点校：《春渚纪闻·诗词事略》，北京：中华书局，1983，第112页。
③〔宋〕洪迈：《容斋随笔》，上海：上海古籍出版社，1978，第410页。
④如闻一多：《天问释天》，见《闻一多全集·二·古典新义》，台北：里仁书局，1993，第328—333页；苏雪林：《月之盈亏与月兔》，见《天问正简》，台南：广东出版社，1974，第92—100页；钟敬文：《马王堆汉墓帛画的神话史意义》，载《中华文史论丛》1979年第2辑，第85—91页；萧兵：《阳离与顾菟》，见《楚辞新探》，天津：天津古籍出版社，1988，第510—513页。
⑤尹荣方：《月中兔探源》，载《民间文学论坛》1988年第3期，第28—30页；叶舒宪：《月兔，还是月蟾——比较文化视野中的文学寻根》，载《寻根》2001年第3期，第12—18页；张剑：《月亮神话中蛙兔之变动因考》，载《江汉大学学报》（人文科学版），2004年第3期，第93—97页。
⑥〔清〕严可均校辑：《全上古三代秦汉三国六朝文·全后汉文》，北京：中华书局，1991，第777－1页。
⑦刘文典：《淮南鸿烈集解》，北京：中华书局，1989，第81页。

月中有兔和蟾蜍何? 月, 阴也; 蟾蜍, 阳也, 而与兔并明, 阴系于阳也。①

这里似指兔与蟾蜍皆属阳, 正好与属阴的月阴阳相倚。但纬书《春秋元命包》中却说:

月之为言阙也, 两设以蟾蜍与兔者, 阴阳双居, 明阳之制阴, 阴之倚阳。②

又:

月者阴精, 为言阙也。中有蟾蜍与兔者, 阴阳两居相胕托, 抑诎合阳结治, 其内光炬, 中气似文耳。兔善走, 象阳动也。兔之言僖呼, 僖呼, 温暖名也。……③

似又以蟾、兔分属阴、阳。

至于蟾、兔为何分属阴、阳, 据《淮南子·天文训》的说法:"毛羽者, 飞行之类也, 故属于阳; 介鳞者, 蛰伏之类也, 故属于阴。"④ 因蟾蜍为蛰伏之类, 故属阴; 而兔为毛羽类, 故属阳。此外, 近人王德育则认为: 因蟾蜍性喜住在潮湿的土中, 代表阴; 兔子性好动, 属于阳; 故阴、阳并存, 即是代表月亮阴、阳相依又相循环的性质。⑤

(二) 兔与月的属性相符

过去, 还有不少人认为, 兔得以成为月中神兽, 乃肇因于兔与月的属性相近。如有一种解释以为, 兔口有缺的特质与月有缺的特质相类, 因此兔成了月中之神。如唐柳宗元在《天对》中以为:"元阴多缺, 爰感厥兔, 不形之形, 惟神是类。"⑥ 而宋人洪兴祖在为"顾菟在腹"做补注时则引《古今注》云:"兔口有缺", 以为这是月中有兔的原因。⑦ 又宋人杨万里也以为,"月之阴也, 以缺为体也, ……以缺感缺, 兔者, 缺之形也"⑧。故月亮除了望日以外, 皆形有缺,

①〔汉〕刘向撰, 何仪凤校:《五经通义》(《汉魏遗书钞》第六册) 台北: 艺文印书馆, 1971, 据清嘉庆三年 (1798) 金溪王氏刊本影印, 第 4 页。

②〔日〕安居香山、中村璋八辑:《纬书集成》(中), 石家庄: 河北人民出版社, 1994, 第 606 页。

③〔日〕安居香山、中村璋八辑:《纬书集成》(中), 石家庄: 河北人民出版社, 1994, 第 600 页。

④刘文典:《淮南鸿烈集解》, 北京: 中华书局, 1989, 第 81 页。

⑤王德育:《上古中国之生死观与艺术》, 台北: 历史博物馆, 2000, 第 253 页。

⑥〔清〕董诰等编:《全唐文》, 北京: 中华书局, 1987, 第 5908 页。

⑦〔宋〕洪兴祖:《楚辞补注》, 台北: 广文书局, 1962, 第 36 页。

⑧〔宋〕杨万里:《天问天对解》, 见《丛书集成·续编》(集部, 第 118 册), 台北: 新文丰出版社, 1989, 第 692 页。

由于属性的相近，故兔为月神。

除了因"以缺感缺"外，民间还传说兔"阴缺"、可"望月而孕""吐子"，故兔为月神。而在民间的说法中，则多以为雄兔的性能力不强，对于兔种的繁殖作用不大；甚至说兔没有雄性，乃致被认为是"阴缺"，因此雌兔只能"望月而孕"，从口中"吐子"。如王充的《论衡·奇怪篇》中即记载有这样的说法：

> 兔吮（舐）毫而怀子，及其子生，从口而出。①

晋人张华的《博物志·物性》中亦载有："兔舐毫望月而孕，口中吐子，旧有此说。"② 另如宋人陆佃的《埤雅》也说："兔，吐也。明月之精，视月而生，故曰明视。"③ 而宋人何薳的《春渚纪闻·卷七》中引东坡语云："中秋月明，则是秋必多兔，野人或言兔无雄者，望月而孕。"④ 至于明人陈元靓的《岁时广记》也引《琐碎录》所载"占乔麦"之俗云："中秋无月则兔不孕，蚌不胎，乔麦不实，盖缘兔、蚌望月而孕胎，乔麦得月而实。"⑤ 都以为月中的兔是雄性，地上的雌兔只要望月便可以怀孕。这些说法，可能都只是缘于古代中国人对兔子生活习性的片面观察而有的错误联想。

除了以上诸说外，还有学者从月与兔的周期性变化相吻合来解释以兔模拟于月，而成为月中动物的理由。如尹荣方的《月中兔探源》一文以为，兔子生理上的特点为交配后约一个月产小兔，产兔后马上能进行交配，再过一个月又能生产，由于兔的这些特点与月的晦盈周期一致，故而人们容易将兔与月做联想。⑥

（三）阴影说

还有一种说法则以为，月中的阴影像兔形，因而人们认为兔在月中。

由于月球与地球表面一样，有高山也有平原，这种高低起伏的地势，以及

---

①黄晖：《论衡校释》，北京：中华书局，1990，第159页。

②〔晋〕张华：《博物志》，见《汉魏六朝笔记小说大观》，上海：上海古籍出版社，1999，第199页。

③〔宋〕陆佃：《埤雅》，见《丛书集成·简编》，台北：台湾商务印书馆，1966，据五雅全书本影印，第49页。

④〔宋〕何薳撰，张明华点校：《春渚纪闻·诗词事略》，北京：中华书局，1983，第112页。

⑤〔宋〕陈元靓撰，〔清〕陆心源校：《岁时广记》，台北：新兴书局，1977，第3053页。

⑥尹荣方：《月中兔探源》，载《民间文学论坛》1988年第3期，第28—30页。

如"月海"等因素，造成了人们在地球上望月时，会发现月亮有阴影。① 或由于形似的联想，致古代中国人以为月中微黑一点是兔影。如前引张衡《灵宪》中所说的"积而成兽，象兔蛤焉"②。这里的"积而成兽"，可能已暗示了当时人已发现月面斑点像兔。而汉代纬书《诗纬·推度灾》中云："月三日成魄，八日成光，蟾蜍体就，穴鼻时萌。"所谓"穴鼻"，宋均《注》以为："穴，决也。决鼻兔也。"③ 也认为，月中有蟾蜍和兔子的形象。

此外，如清人黄文焕在《楚辞听直》中解释"顾菟在腹"时说："使无此微黑之兔影，月光岂不倍明，何所利而藏之腹也?"④ 王夫之则以为："顾兔，月中暗影似兔者。"⑤ 林云铭也说："月中微黑一点谓之兔。"⑥ 近人姜亮夫甚至以为"厥利维何"的"利"字与"黎"本一字，"黎，黑也，月中有黑影，相传为兔捣药"⑦，也承认月中有黑影像兔。

另，还有人认为，月中的兔形是属十二地支"卯"位的兔生肖投影到月上所致。如汉代纬书《春秋元命包》中有：

> 兔居月，坎之气，坎在子位、子刑在卯故也。属卯，老兔为猯，
> 貉亦兔类，故并居卯。⑧

而唐人苏鹗在《苏氏演义》中也说："兔十二属卯位，处望日，月最圆，而出于卯上。卯，兔也。其形入于月中，遂有是形。"⑨ 另如明代周婴在《卮林》中则以为：

> 董逌《跋月宫图》云：或疑月中有兔形，……予以为月无光，而逊日为明，世所知也。天有十二辰，列于东方者。有神司其位。日出

---

① 由于月球的自转周期和它绕地球公转的周期相等，故月球永远以同一面对着地球。而月球对着地球的一面上有"海"（实际是平原）、环形山、月面辐射纹和山系等结构，致使月面凹凸不平。月球的背面和正面结构有相当大的差别，"海"的面积小，而环形山较多。人们在满月时之所以能看到月中阴影，是因为月球对着地球的一面凹凸不平而产生的视觉效应。

② 〔清〕严可均校辑：《全上古三代秦汉三国六朝文·全后汉文》，北京：中华书局，1991，第777—1页。

③ 《法苑珠林》卷七及《太平御览》卷四所引，见〔日〕安居香山、中村璋八辑：《纬书集成》（上），石家庄：河北人民出版社，1994，第468页。

④ 〔清〕黄文焕：《楚辞听直》，见杜松柏主编：《楚辞汇编》，台北：新文丰出版社，1986，第174页。

⑤ 〔清〕王夫之：《楚辞通释》，台北：广文书局，1963，第48页。

⑥ 〔清〕林云铭：《楚辞灯》，台北：广文书局，1963，第149页。

⑦ 姜亮夫：《楚辞通故》（二），昆明：云南人民出版社，1999，第435—436页。

⑧ 〔日〕安居香山、中村璋八辑：《纬书集成》（中），石家庄：河北人民出版社，1994，第606页。

⑨ 〔唐〕苏鹗撰：《苏氏演义》，《景印文渊阁四库全书》，第850册，台北：台湾商务印书馆，1983，第207页。

在东，其对在酉，酉为鸡，日光含景，则鸡在日中。及运而西。则对在卯，卯为兔，月光含景，则兔在月中。月有兔形，何足异哉？人知日中为乌，而不知为鸡。知月中有兔，不知兔自日以传形也。或曰段成式言月中有桂，仙人吴刚斫其根。曰：不然，日行于西，与扶桑对，则彤景日中，月望之明，景亦随之。[1]

他以太阳东升，对应西方之酉，而酉又与生肖鸡对应，故太阳中的黑影是酉位的鸡所映入；而太阳西落时，对着东方的卯，卯又与生肖兔对应，故月中的阴影便是东方卯值的兔映照到西方的太阳上，又折射到月亮上，所以月中有兔形的阴影，并以为月中的桂树也是东方扶桑树映照到日中的反影。此说从十二地支与对应的生肖相映入日、月而形成日中之乌或鸡，以及月中之兔与桂，极富创意，但却亦难脱牵强附会之嫌。

虽然，从现代天文学的角度来看以上诸说，多不符合科学性，但由此可见，人们很早即已发现月中之物与阴影有关。

（四）域外移入说

除了以阴阳学说与模拟思维来解释月中之兔外，由于在印度佛典中也记有月兔的故事，因此，过去有许多主张"中国文化西来说"[2] 的学者，如 W. F. 梅耶斯、日人藤田丰八、苏雪林、季羡林等都认为，中国"月中有兔"的说法是受到印度月兔传说的影响。[3]

---

①〔明〕周婴：《卮林》，台北：新文丰出版社，1984，第98—99页。

②"中国文化西来说"原为清末民国时期历史学研究的一派学说，主张中国古代文明并非起源于本地，而是由西方传入的。此说大约自17世纪中叶出现，盛行于清末与民国时期。相关学者或有主张中国文化源自埃及说、巴比伦说、中亚说及印度支那说等不同文明。其中，尤以法国学者拉克伯里（Terrien de Lacouperie）于1880年所提出的巴比伦说影响最大。拉克伯里在1894年出版的 *Western Origin of the Early Chinese Civilization* 一书中，通过比较古代中国文明和古巴比伦文明的近百种相似之处，提出黄帝是约公元前2282年率领部众东迁至中国的一位巴克族（Bak，古闪米特人一支）首领 Nakhunte 的假说，而神农则为萨尔贡王（Sargon），仓颉则为据传能造鸟兽形文字的但克（Dunhit，迦勒底语 Dungi）。拉克伯里的研究成果获得了日本学者白河次郎等人的支持。1899年，白河次郎、国府种德合著《支那文明史》，列举巴比伦与古代中国在学术、文字、政治、宗教、神话等方面相似者达70条之多，支持巴比伦起源论。而清末民国初年的许多学者如章太炎、丁谦、刘师培，以及如宋教仁、黄节等革命党人亦赞同此说。后来，随着中国本土考古学的起步，许多古人类化石在中国相继被发现，尤其是在1921年，瑞典考古学家安特生（Johan Gunnar Anderson）发现了仰韶文化遗址后，拉克伯里的假说逐渐被中国学界否定，唯有如苏雪林等少数研究者仍持此说。

③如 W. F. 梅耶斯、日人藤田丰八、苏雪林、季羡林等都主此说。参钟敬文：《马王堆汉墓帛画的神话史意义》，载《中华文史论丛》1979年第2辑，第87页；〔日〕藤田丰八：《中国神话考》，见卫聚贤：《古史研究》（第二集·下册），上海：商务印书馆，1934，第597—599页；苏雪林：《月之盈亏与月兔》，见《天问正简》，台南：广东出版社，1974，第96—101页；季羡林：《印度文学在中国》，原载《文学遗产》1980年第1期，后见《中印文化交流史》，北京：新华出版社，1993，第11页。

关于印度的月中兔传说①，我们可于慧琳的《一切经音义》中找到一些蛛丝马迹：

> 月中兔者，佛昔作兔王，为一仙人投身入火，以肉施彼，天帝取其体骨置于月中，使得清凉，又令地上众生，见而发意。②

而《大唐西域记》卷七中更清楚地记载了这则传说：

> 烈士池西有三兽窣堵波，是如来修菩萨行时烧身之处，初劫时于此林野有狐、兔、猨，异类相悦。时天帝释欲验修菩萨行者，降灵应化为一老夫，谓三兽曰："二三子善安隐乎？无惊惧耶？"曰："涉丰草，游茂林，异类同欢，既安且乐。"老夫曰："闻二三子情厚意密，忘其老弊，故此远寻。今正饥乏，何以馈食？"曰："幸少留此，我躬驰访。"于是同心虚己，分路营求。狐沿水滨衔一鲜鲤，猨于林树采异花果，俱来至止，同进老夫。唯兔空，游跃左右。老夫谓曰："以吾观之，尔曹未和。猨狐同志，各能役心，唯兔空返，独无相馈。以此言之，诚可知也。"兔闻讥，谓狐、猨曰："多聚樵苏，方有所作。"狐、猨竞驰，衔草曳木，既已蕴崇，猛焰将炽。兔曰："仁者，我身卑劣，所求难遂，敢以微躯，充此一餐。"辞毕入火，寻即致死。是时老夫复帝释身，除烬收骸，伤叹良久，谓狐、猨曰："一何至此！吾感其心，不泯其迹，寄之月轮，传乎后世。"故彼咸言，月中之兔自斯而有。③

又据研究者庄国彬的考察，在巴利语《本生》中有一篇《兔子本生》(Śaśa Jātaka)，描述了世尊曾有一世投生为一兔子贤者，虽然身处畜生道，但也持守善法，它常教导它的三个朋友——水獭、胡狼、猴子要远离诸恶、奉行众善。

---

①按印度的月中兔叙事内容来看，因其并无神圣性，且内容之时间背景为近代，空间为现实世界，故应属所谓传说。关于神话、传说及民间故事的区别，美国学者伯司康（William R. Bascom）曾以当地人的信仰与否、所持的态度，以及故事中的时间背景、空间背景等，作为区分的标准。他以为："神话之标准乃说者与听者，皆认其内容为真实者，以神圣之态度视之者。神话所述内容之时间背景属于远古，空间为另一世界，或与现实世界不同之世界。……传说亦以说者听者信以为真为辨类标准之一，但不如神话之被视为神圣；内容之时间背景为近代，空间为现实世界。……传说常缺乏证据证明其正确性。但即使有证据否定一传说之正确性，如说者与听者仍信以为真，则传说仍为传说。……故事之标准最为简单，无神话与传说之特性，其内容皆被认为虚构，内容之时空背景不受限制。主要功能在娱乐，其种类可由内容之角色及结构再细作分类。"转引自唐美君：《口语文学的之采集》，见李亦园编：《文化人类学选读》，台北：食货出版社，1980，第269—286页。

②〔唐〕释慧琳撰：《一切经音义》，见高楠顺次郎、渡边海旭都监修：《大正新修大藏经》（第54册 No.2128），东京：大正一切经刊行会，大正十三年至昭和九年，第643b页。

③〔唐〕释玄奘译：《大唐西域记》，见高楠顺次郎、渡边海旭都监修：《大正新修大藏经》（第51册 No.2087），东京：大正一切经刊行会，大正十三年至昭和九年，第907–2页。

在某一布萨日，兔子贤者发愿说若遇上应供者，愿意供养身体，以作为食物。这样的弘愿让天界帝释的座位震动，为了试探兔子贤者的真心，帝释就化身为一婆罗门，到动物住的森林去。水獭和胡狼的供养物都是从别人那里偷来的，虽然它们并不认为是偷来的。相对于它们，兔子贤者则愿意牺牲自己的身体来供养这行者，兔子贤者就请这行者升起柴火，等这柴火烧旺，兔子就纵身跳入火堆。就在这时，柴火顿时不见，兔子反而是落在帝释的双手中。为纪念兔子的功德，帝释就将一座山压成汁，把汁涂在月亮上，画成兔子的形象。① 另在圣勇（Āryaśūrā）所编写的梵语《本生鬘》（Jātakamālā）中，也有类似的故事，可能是取材自《本生经》。② 虽然，巴利语《本生》的确切编纂年代尚无法确定，然由《本生》故事所宣扬的内容与大乘的菩萨理念有相当大的关系来看，可推测《本生》的编纂至少不会晚于初期大乘经典，也就是在公元前 2 世纪、公元前 1 世纪。③ 可知，印度的月兔说形成的时间应不会晚于公元前 2 世纪、公元前 1 世纪。

此外，庄国彬还指出：梵语中还有一个代表月亮的词汇"śaśin"，而"śaśin"这个字实际上是由兔子"śaśa"，加上语尾 in，意指"具有者"所组合而成，因此，"śaśin"这个字的原义应是具有兔子的东西，所以，这个字就像中文的"蟾宫"一词一样，是以"兔子居住的地方"代表月亮。而这个字最早出现在《白螺奥义书》（Śvetāśvatara Upaniṣad），它的产生年代差不多在公元前 4 世纪、公元前 3 世纪。所以，印度的月兔传说至晚在公元前 4 世纪、公元前 3 世纪就已出现了。

（五）图腾说

另如刘毓庆在《华夏日月神话文化意蕴之考察》一文中认为，月中的动物乃是如伏羲、神农、黄帝、共工、颛顼、尧、鲧、禹、周等属于西方以兽类为图腾的氏族，又以月亮为最高崇拜物，于是将部族的图腾与月两种崇拜物整合，形成了"兽月一体"的观念。因此，在如《灵宪》中才会有"月……积而成兽，象兔蛤"，以及如纬书说的"蟾蜍月精""月精为马"等以动物作为月之生

①V. Fausbølledited, *The Jātaka together with its commentary*, Vol. Ⅲ, pp. 51 – 56. 相关译文可参庄国彬：《月亮上的兔子——巴利文献中的布施波罗蜜》，台北：南山佛教文化出版社，2012，第 109 – 133 页。

②参 P. L. Vaidya edited, *Jātakamālā*, by Āryaśūrā, Buddhist Sanskrit Texts, No. 21, pp. 30 – 36。英译参 J. S. Speyer, *The Jātakamālā, Garland of Birth Stories of Āryaśūra*, pp. 37 – 45，日译参干泻龙祥、高原信一译：《ジャータカ. マーラー本生谈の花鬘》，东京：讲谈社，1990，第 45 – 54 页。

③参庄国彬：《月兔故事再议》，载《圆光佛学学报》第 24 期（2014.12），第 38 页。

命化象征的记载。①

综观以上诸多学者的看法可以发现，人们对于月中有兔之说仍充满着不少的疑惑与好奇，他们既无法相信月中真住着只兔子，但却又不得不承认月与兔之间似乎仍存在着某种联系。

四、蟾蜍月精：历来学者对月中有蟾之说的讨论

至于月中有蟾之说的解释，同样众说纷纭。自汉代以来，即有不少学者尝试以阴阳相生相倚的原理来解释月中的蟾蜍，以为蟾蜍的存在是为与兔阴阳双居，或与月阴阳调和。甚至，也有认为蟾蜍是由窃取了丈夫不死之药的嫦娥奔月后所化的。当然，也有从蟾蜍属性与月相似，或阴影的角度来加以解释者。相关说法，兹分述如下：

（一）调和阴阳

首先，在许多汉代的典籍记载中也经常会以当时盛行的阴阳之说来解释月中之蟾，以为因为蟾蜍属阳，月中的蟾是为了与月亮本身或月中的兔阴阳相应。如前引刘向《五经通义》的"月中有兔和蟾蜍何？月，阴也；蟾蜍，阳也，而与兔并明，阴系于阳也"。因蟾蜍属阳，所以要与阴之精的月相制衡。此外，还有如前引纬书《春秋元命包》所言，"兔善走，象阳动也"，"蟾蜍阴精"，故月中以蟾、兔双居，是为了要"阴阳两居相衬托"或"阴阳双居"。② 但是，据刘向《五经通义》云："蟾蜍，阳也。"而纬书《春秋元命包》中的蟾蜍却是阴精、阴中之阳，因此，蟾蜍在月中究竟属阴抑属阳，这些可能都只是两汉学者的强为解说而已。

（二）月缺是由蟾蜍所食

除了从阴阳思想去思考外，由于月亮的盈亏现象，也是原始初民最易观察到的天体变化。因此，月中有蟾的神话发展到了汉代，还出现了月中蟾蜍是造成月食的说法。如《淮南子》云：

> 月照天下，蚀于詹诸。③

另如高诱注《淮南子·说林训》认为：

---

①刘毓庆：《华夏日月神话文化意蕴之考察》，载《民间文学论坛》1996年第2期，第6—7页。
②〔日〕安居香山、中村璋八辑：《纬书集成》（中），石家庄：河北人民出版社，1994，第606、658页。
③刘文典：《淮南鸿烈集解》，北京：中华书局，1989，第556页。

054

詹诸，月中虾蟆，食月。①

故月中的蟾蜍或虾蟆，到了后来，也被用来解释月亮的盈亏。

（三）嫦娥所化

大约到了东汉时期，对于这种月中有蟾的现象，还开始出现了蟾蜍是因嫦娥窃不死之药、奔月后所化的说法。据东汉张衡的《灵宪》所记：

> 羿请无死之药于西王母，姮娥窃之以奔月。将往，枚筮之于有黄，有黄占之，曰：吉。翩翩归妹，独将西行，逢天晦芒，毋惊毋恐，后且大昌！姮娥遂托身于月，是为蟾蜍。②

这里以"姮娥遂托身于月，是为蟾蜍"来解释月中有蟾之因，可能已将蟾蜍及嫦娥仙话化，这对后世的月蟾神话也有一定的影响。③ 近世更有一些学者提出嫦娥变为丑陋的蟾蜍，乃是对嫦娥盗食不死药的一种惩罚与谴责。④ 不过，这应是后来人们已意识到蟾蜍的外形丑陋，因此而衍生出的观念，并将有负于当时伦常道德的女子嫦娥变为丑恶的蟾蜍，也已将人间的善恶美丑观用于仙界。⑤ 这类已附会进后起伦常道德观念的说法，应亦非嫦娥奔月神话的原始面貌。

关于嫦娥奔月之说，据传最早被记载在战国时期的一部卜筮书《归藏》中。据李善注《文选》谢希逸《月赋》引《归藏》云：

> 昔常娥以不死之药犇月。⑥

另在李善注《文选》王僧达《祭颜光禄文》也有：

> 昔常娥以西王母不死之药服之，遂奔月，为月精。⑦

①〔西汉〕刘安等，〔汉〕高诱注，〔清〕庄逵吉校：《淮南子》，扬州：广陵书社，2004，第 2 页。

②〔清〕严可均校辑：《全上古三代秦汉三国六朝文·全后汉文》，北京：中华书局，1991，第 777 - 1 页。

③如韩愈《毛颖传》便有"窃姮娥骑蟾蜍入月"的说法。参韩愈：《毛颖传》，见《旧小说·乙集》第二册，上海：商务印书馆，1914，第 141 页。

④如袁珂以为："蟾蜍的形象也是丑恶的。嫦娥奔月，化为蟾蜍，这样的结尾，已有谴责的意味存在。"参袁珂：《嫦娥奔月神话初探》，见《神话论文集》，台北：汉京文化事业公司，1987，第 143 页。刘城淮则以为："蟾蜍形状丑恶，且是吞月的凶物，人人得而驱逐之的。嫦娥满以为能成仙，巨料却变作了一只只个喊打的癞虾蟆，真是自作自受！"参刘城淮：《中国上古神话》，上海：上海文艺出版社，1988，第 497 页。而屈育德说："嫦娥和吴刚的上月亮，都带有惩罚的性质，嫦娥更变形为丑恶的癞虾蟆"。参屈育德：《日月神话初探》，载《民间文学论坛》1986 年第 5 期，第 17 页。另，陈钧以为："嫦娥奔月变蟾蜍"乃是"封建道德伦理对嫦娥的诬陷"，亦是从变为蟾蜍乃是负面的角度切入。参陈钧：《论月神嫦娥》，载《民间文学论坛》1986 年第 5 期，第 25 页。

⑤李真玉：《试析汉画中的蟾蜍》，载《中原文物》1995 年第 3 期，第 36 页。

⑥〔梁〕萧统编，〔唐〕李善注：《文选》，上海：上海古籍出版社，1986，第 600 页。

⑦〔梁〕萧统编，〔唐〕李善注：《文选》，上海：上海古籍出版社，1986，第 2609 页。

过去，相关的研究者对于《归藏》一书的成书年代多有争议。① 然 1993 年 3 月于湖北江陵王家台 15 号秦墓中出土了一《归藏》简文②，当中只有嫦娥窃不死药奔月之说，并无奔月后化蟾的说法。③ 而至目前为止，较早且完整的嫦娥奔月记载则见于《淮南子·览冥训》中：

> 羿请不死之药于西王母，姮娥窃以奔月，怅然有丧，无以续之。④

但这一段话不见于今本，可能是《淮南子》的佚文。在这里，并没有说到嫦娥奔月后化为蟾蜍。至于嫦娥奔月后化为蟾蜍的说法，则是要到了东汉王充的《论衡》才出现，至此，嫦娥才与月中蟾蜍产生了联系：

> 羿请不死药于西王母，羿妻嫦娥窃以奔月，托身于月，是为蟾蜍。⑤

且这段话也是佚文，不见于今本，乃引自宋人吴淑的类书《事类赋》。由此可知，嫦娥奔月后化为蟾蜍的说法，可能是后来两个神话被复合在一起的结果。

此外，从近世出土的图像材料来看，以河南南阳西关出土的一块常被近世研究者称为嫦娥奔月的画像石为例，可以看到画面左上方刻一圆月，内有蟾蜍。右刻一女像，人身蛇躯，头梳高髻，身穿长襦，后拖屈曲长尾，臀部有两爪，面向圆月拱手合拜，表示女子要飞升天际，奔赴月宫。从整体画像的构图及象征意义来看：嫦娥是嫦娥，蟾蜍是蟾蜍，一在奔月，一居月中，似看不出有嫦娥变蟾蜍的迹象。陈钧根据这幅画像石认为：画面中"明月如镜，高挂碧空，蟾蜍居于月中，头偏一侧；月亮四周，繁星点点，云气缭绕；嫦娥从月的左方乘云而来，正向月中飞奔。这里的月中明明已有一只蟾蜍，怎能说是在'奔月'

①《归藏》的成书年代颇有争议，历来学者对其成书年代持不同看法，大致包括有：一，肯定成书时代为战国初年：如袁珂认为《归藏》成书于战国初年而后来亡佚，并言嫦娥奔月神话的最早记载始见于《归藏》一书。他并举六朝梁刘勰的《文心雕龙·诸子篇》中云："《归藏》之经，大明迂怪，乃称羿毙十日，姮娥奔月"的记载为证。参袁珂：《嫦娥奔月神话初探》，见《神话论文集》，台北：汉京文化事业公司，1987，第 133 页。二，非先秦古籍：如高明、刘师培则不以为《归藏》为可信之先秦古籍。参高明《连山归藏考》及刘师培《连山归藏考》二文，见黄寿祺、张善文编：《周易研究论文集》（第 1 辑），北京：北京师范大学出版社，1987，第 110—131 页。三，成书时代在西汉以前：如何新认为，《归藏》一书可能出在战国末，最晚不会晚于西汉。参何新：《诸神的起源：中国远古神话与历史》，台北：木铎出版社，1987，第 63 页。此外，张心澂则以为《归藏》一书，为全伪之作。参张心澂编著：《伪书通考》，上海：上海书店出版社，1998，第 21—24 页。

②荆州地区博物馆：《江陵王家台 15 号秦墓》，载《文物》1995 年第 1 期，第 37—43 页。

③案简文云："归妹曰：昔者恒我窃毋死之□□，□□□奔月而支占□□□□。"简文之释读，参王明钦的《王家台秦墓竹简概述》，发表于新出简帛国际学术研讨会，2000 年 8 月北京大学主办。后收入艾兰、邢文编：《新出简帛研究》，北京：文物出版社，2004，第 32 页。

④刘文典：《淮南鸿烈集解》，北京：中华书局，1989，第 217 页。

⑤黄晖：《论衡校释》，北京：中华书局，1990。

的嫦娥所变!"① 据此可知，嫦娥与月中的蟾蜍在两汉时期可能是两件不同的事物。

（四）蟾蜍特性与月亮的属性相类同

由于蟾蜍有圆突的肚腹，常被认为是生殖崇拜的象征，故近世还有许多学者主张月中有蟾之说的产生，是由于原始时期人们认为蟾蜍圆突的肚腹与所具有的旺盛生殖力，与满月的形状及月亮母神主司生殖的属性类同，因此而产生了联想。如赵国华在其《生殖崇拜文化论》中便提到：

> 天上的月亮夜夜变化，很是神秘，成了吸引人类细心观察的一个对象。远古人类发现，月亮由朔到望，再由望到朔，二十八天是一个变化周期。女性们又发现，自己的信水也是二十八天为一个周期。她们遂将信水与月亮联系起来，称之为"月水"、"月信"、"月经"。月亮的由亏到盈，再由圆到缺，还使女性先民进一步联想到自己怀胎后日渐膨起、分娩后重新平复的肚子。在远古先民将蛙（蟾蜍）作为女性子宫（肚子）的象征之后，他们力图对月的盈亏圆缺作出解释。于是，他们想象月亮是一只或者月亮中有一只肚腹浑圆又可以膨大缩小的神蛙（蟾蜍），主司生殖。②

除了赵国华外，胡万川亦主此说。胡氏并举《淮南子》中有"月中有蟾蜍"，"月照天下，蚀于詹诸"等说法，认为蟾蜍是月神的实物化具象物，并深藏着原始丰沛的生殖意象，而蟾蜍的大腹与月圆，都是母性生殖能力的象征。③

另，近人何星亮则从蟾蜍与月的活动规律相近的角度来理解月中有蟾之说，他以为：

> 古人为什么把月与蟾蜍联系起来？……第一种可能是，古人观察到，月亮白天见不着，晚上才出来。而蟾蜍也一样，平时白天多栖于泥穴或石下、草内，夜晚出来捕食昆虫等，而且闷热时会发出叫声。④

此外，还有一些学者从月亮与蟾蜍都具有不死的特质来解释月中有蟾的观念。其中，如萧兵、石沉与孙其刚等从东汉以后开始出现了嫦娥窃取西王母给羿的不死之药，奔月后化为蟾蜍的说法来推论：蟾蜍与不死药之间有一定的

---

①陈钧：《论月神嫦娥》，载《民间文学论坛》1986年第5期，第25页。
②赵国华：《生殖崇拜文化论》，北京：中国社会科学出版社，1990，第205页。
③胡万川：《嫦娥奔月神话源流》，载《历史月刊》第140期，第55页。
④何星亮：《中国自然崇拜》，南京：江苏人民出版社，2008，第166页。

关联。①

（五）图腾说

当然，也有一些学者提出了月中有蟾之说是源自某一氏族或部落的图腾。如孙作云在其《天问研究》一书中也从联合图腾的角度来解释月中蟾蜍的现象，他说：

我国原始社会末期，氏族社会时代，在山东有以蟾蜍（癞蛤蟆）为图腾的氏族，后来因为从事农业，而农业又与天象有关，因此，除原有的蟾蜍图腾外，又以月亮为联合图腾。从图腾信仰的发展上讲，蟾蜍在前，月亮在后；随着农业生产在人类生活中占据主要地位，遂以月亮为主，蟾蜍为副，这就是为什么月中有蟾蜍的原因。②

此外，何星亮也以为：

蟾蜍为某一个氏族或部落的图腾。新石器时代马家窑文化期彩陶上有蛙纹和变形蛙纹，安阳殷墟出土过石蛙、玉蟾。……种种迹象表明，古代以蛙或蟾蜍为图腾的氏族或部落是比较多的。当他们发现月与蟾或蛙活动规律相似，而月上的阴影又像蟾、蛙，便认为自己的图腾祖先——蟾蜍或蛙不是一般的动物，而是来自月亮的神蟾或神蛙，于是把月与蟾、蛙相提并论了。③

但是，何星亮对于月中有蟾的看法是较为矛盾的，他在此虽主张蟾蜍为图腾，但也提到了"月与蟾或蛙活动规律相似""月上的阴影又像蟾、蛙"等原因。因此，何氏似乎认为图腾说只是月中有蟾之说形成的众多原因之一。另如刘毓庆也赞成月中的蟾蜍是为图腾崇拜的说法。④

（六）阴影说

与日中有乌之说一样，也有不少学者认为，月中的蟾蜍是由阴影造成的。其中，如钟敬文在《马王堆汉墓帛画的神话史意义》一文中提及月中的蟾蜍和月兔一样，可能是一种对月表阴影的联想。⑤ 而吴曾德、周到在《南阳汉画像石中的神话与天文》中也说：

关于月中的蟾蜍和玉兔，……实际上是古人用目测发现了月球上

---

① 如石沉、孙其刚《月蟾神话的萨满巫术意义》一文，以及萧兵等学者文。
② 孙作云：《天问研究》，北京：中华书局，1989，第124—125页。
③ 何星亮：《中国自然神与自然崇拜》，上海：生活·读书·新知三联书店上海分店，1992，第188—189页。
④ 刘毓庆：《华夏日月神话文化意蕴之考察》，载《民间文学论坛》1996年第2期，第5页。
⑤ 钟敬文：《马王堆汉墓帛画的神话史意义》，载《中华文史论丛》1979年第2辑，第88页。

058

的（高山和枯海所映现的）一片阴影，从地球上看它的形象千奇百怪，有的说像一只蛤蟆，有的说像一只兔子，或者兼有，于是就同其他神话附会起来变成了有趣的神话。①

此一见解，似又与月中有兔之说不谋而合。

五、仙桂月中栽：历来学者对月中有桂之说的讨论

至于月中为何会出现桂树，相较于月中的兔子和蟾蜍，历来研究者的讨论并不多。大致上也同样有阴影说及桂与月的属性相近所致等几种说法：

（一）阴影说

冯天瑜在其《上古神话纵横谈》一书中提到：

> 原始人仰望月亮，发现里面有阴影（实为月中环形山脉造成），并根据阴影的形状，推测那是某种动物（如兔、蟾蜍）、植物（如桂树、阎浮树）。这种玄想，是初民思维的直观性特征造成的结果。②

因而认为，月中的桂树是源于人们对月表阴影形状似桂树而有的玄想。

（二）桂与月的属性相近所致

此外，亦有学者认为是因为月桂所具有的特点与月亮有着某种外在的相似性，如尹荣方便以为：

> 古人之把桂与月联系在一起当是基于月桂的开花同于月的周期这一层关系，……真桂是月月开花或四季开花的，早期与月亮发生关联的当是这种真桂而不是八九月开花的那种桂。这种真桂何以竟会出现在月中，最合理的解释就是真桂中的一种——月桂，因其逐月开花的特点，被附会到月宫。③

另，尹荣方在文中也提到了桂能使人长生的特性，可能也是附会入月的原因。

然究竟是因桂具有令人长生不死的功能，抑或是由于桂月月开花的特性，而使得桂与月产生了联想，由于文献不足征，或终难究得其原意。

---

①吴曾德、周到：《南阳汉画像石中的神话与天文》，载《郑州大学学报》（哲学社会科学版）1978年第4期，第83—84页。

②冯天瑜：《上古神话纵横谈》，上海：上海文艺出版社，1983，第159页。

③尹荣方：《“月中桂”与“吴刚伐桂”》，载《文史知识》1993年第6期，第93—97页。

第三节　惊人的相似性？

——中国古代日、月神话与原始文化

综上可知，日中有乌，月中有蟾、兔、桂树神话产生的原因及背景，一直是历来神话研究者所热烈讨论的话题，相关的起源说法与解释亦众说纷纭。虽然，神话是早期原始初民对所生活世界的一种想象性的诠释，其起源本难以追溯，然若仔细梳理则可发现：以为太阳与鸟有关，或月亮与兔子或蟾蜍有关的说法，普遍存在于世界许多不同民族的日、月神话中，且彼此间更有着惊人的相似性！因此，可能未必能以阴阳相生相倚之说或联合图腾来解释。以下，将从民间口传研究中经常可见的多元发生论角度，分别针对日中有乌，日中有三足乌，以及月中有蟾、兔、桂树等神话的惊人的相似性现象做讨论，同时探讨中国古代日、月神与原始文化的关联性。

一、日中有乌、日中有三足乌：从模拟思维到阴阳比附

从前面的讨论可知，历来研究者对于日中有乌、日中三足乌等神话形成原因的讨论不在少数，更多有创意之说。然若仔细梳理相关说法则可发现：联合图腾制说、太阳与鸟运行规律相似说、鸟类与谷物以及丰饶的关系等三说，较着重在太阳与鸟的关联性之探讨；而太阳黑子说、阳精说、男性生殖崇拜及表示异于一般动物神力等说法，则更偏重在日中有乌、日中三足乌这两种神话形成的解释上。因此，可能不宜将日载于乌、日中有乌、日中三足乌这三种说法混为一谈。

过去，有一些学者已注意到日载于乌、日中有乌、日中三足乌这三种说法可能属于不同的神话与现象。如何新在《诸神的起源：中国远古神话与历史》一书中即已提到：日载于乌与日中有乌是两种不同系统的传说，并表现了两种不同的自然意象[1]；此外，像宋镇豪也认为，这一神话传说系统显然包括了日载于乌和日中有乌两个不同成分，而日中有三足乌则恐怕是秦汉时代的天文学观

---

①何新在《诸神的起源：中国远古神话与历史》一书中认为："日载于乌"一说是源于原始初民相信太阳负载于风神（鸟、凤鸟）身上而运行，因此太阳本身就是鸟。而"日中有乌"一说则是以为太阳中有黑子。参何新：《诸神的起源：中国远古神话与历史》，台北：木铎出版社，1987，第97—98页。

察和阴阳思想促发了神话的转变。① 所以，应该将相关的神话区分为日载于乌、日中有乌及日中三足乌三种神话。

从上文的讨论可知，太阳与鸟的意象，至晚在新石器时期即已被联结在一起。另在像《山海经》《楚辞》这类较早记载太阳神话的传世文献中，乌也只是太阳或背负太阳运行的工具。此外，若从人类思维的发展历程来看，日载于乌的原始性也较浓厚些，正反映了先民对日出日落现象的想象力。及至《楚辞》以及两汉的一些记载，乌才成了日的象征，因此，日中有乌的神话可能较后出。至于日中三足乌之说，则要到了像《春秋元命包》之类的西汉末到东汉之际的纬书才有记载，出现的时间更晚，或为受到西汉晚期以后西王母信仰的影响所致，具体将于第五章以专节做探讨。

事实上，太阳与鸟的结合，除了出现在史前时期的华夏民族外，世界上许多民族都流传有太阳是由鸟带来或鸟即太阳的神话，这种鸟一般被称为太阳鸟。如古代欧洲和北美洲的一些民族，常将雁和天鹅一类的候鸟视为可以在夏季把太阳带向北方，冬季时带来南方的太阳鸟。② 古玛雅人也相传，他们的太阳神是一只乌鸦变成的；墨西哥的太阳神则是以啄木鸟作为象征；在托尔特克当地的金字塔里，往往有代表太阳的鹰形雕像。③ 而古埃及的居民认为，太阳是由鹰来运行的，鹰是太阳神的象征。④ 叙利亚神话则说，太阳本身即是载在一只鸟（鹰）上面的；印度神话亦认为，太阳本身即是一只鸟，后来变为由鸟载着。此外，太阳鸟的神话在太平洋文化区更是十分普遍。⑤ 在中国，除了有日载于乌、日中有乌、日中三足乌等说法外，还有所谓的阳乌与金乌之别。⑥

而原始初民之所以多将太阳与鸟或乌结合，则可能与他们在观察太阳于天空中的运行，从而将太阳与同在天空中飞翔的鸟予以意象的联系有关。西方学

---

①宋镇豪：《夏商社会生活史》（下册），北京：中国社会科学出版社，1994，第772—773页。

②H. J. Spiden, "Sun Worship," in *Annul Report of the Board of Regents of the Smithsonian Institute*, 1939, pp. 447–469, YMP. 转引自陈炳良：《中国古代神话新释两则》，见《神话·仪式·文学》，台北，联经出版事业公司，1985，第15页。

③萧兵：《中国文化的精英：太阳英雄神话比较研究》，上海：上海文艺出版社，1989，第84—85页。

④芮传明、余太山：《中西纹饰比较》，上海：上海古籍出版社，1995，第149—151页。

⑤管东贵：《中国古代十日神话之研究》，见陈慧桦、古添洪：《从比较神话到文学》，台北：东大图书股份有限公司，1977，第93页。

⑥关于阳乌与金乌的意义差别，或有学者推断："黑夜的太阳行径乃依照其日间由东而西的行径回转，即由西向东依原路径而返行。只是白昼的太阳由金色的凤凰载运，所以全身金光闪闪；而黑夜的太阳则由黑色的乌鸦载运，所以晦暗无光。"参鲁瑞菁：《太阳崇拜神话三则》，载《静宜人文社会学报》2006年第1期，第230页。

者史平顿（H. J. Spiden）在论及鸟与太阳信仰的关系时说：

> 当太阳被接纳为神祇或上天被认为是神祇的居处时，高飞的鸟类如鹰、鹫等便成为使者了。①

另据黄厚明的研究发现，在距今 6000 年到 7000 年前的河姆渡文化遗址出土的器物上便出现有许多圈形的太阳纹，而这些太阳纹又经常与鸟纹及象征天的横弓纹共生，这或可说明，鸟与太阳"两者在整体意义指向上具有同一性"②，即在原始初民的观念中，太阳和鸟都与天有密切关系。

又从屈原在《天问》中所提出的"出自汤谷、次于蒙汜。自明及晦，所行几里？……何阖而晦？何开而明？角宿未旦，曜灵安藏？"③ 疑问中，除已具体地描述了太阳是出现于东方的汤谷、落入西方蒙汜的运行路径外，同时更以如"自明及晦，所行几里？""何阖而晦？何开而明？""角宿未旦，曜灵安藏？"等疑问句的方式，来呈现人们对太阳运行轨迹，以及太阳移动时所呈现的明晦变化与昼夜时间转换过程的某种程度观察。由此可见，太阳每天早晨从地平线升起，傍晚又从地平线落下，这种恒定不变的自然现象，是有可能在初民的心中形成相信太阳能在天空飞行的心理反应的。此外，当原始初民在观察太阳于天空中运行时，必然也会发现太阳的运行规律与鸟的行踪有着某种关联性，即鸟的暮去晨来习性，正与太阳朝出夕落的运行规律有着不少相类之处。由于神话往往并非随意的创造，它是原始初民认识、解释周遭事物的一种反映或折射，意大利政治哲学家维柯（Giambattista Vico，1668—1744）在其《新科学》（*New Science*）中便以为：原始时期的人们还没有抽象的思维能力，因而常用具体的形象来代替逻辑概念，这也是早期人类思维的特征。例如他们没有勇猛、精明这类抽象概念，因此便创造出像阿喀琉斯和尤里塞斯这类神话人物来体现勇猛和精明，所以，神话英雄是一种"想象的类概念"④。因此，或由于太阳与鸟在一些意象上的同一性或相似性，很容易让人将太阳与鸟加以联想，甚至产生类比，或进而将二者合而为一，因而产生了日载于鸟或日中有鸟的印象。

陈勤建在谈及中国鸟信仰时说：

①转引自陈炳良：《中国古代神话新释两则》，见《神话·仪式·文学》，台北：联经出版事业公司，1985，第 15 页。

②黄厚明：《中国东南沿海地区史前文化中的鸟形象研究》，南京：南京艺术学院博士论文，2004，第 114—115 页。

③〔宋〕洪兴祖：《楚辞补注》（卷三），台北：广文书局，1962，第 150—151 页。

④〔意〕维柯：《新科学》（上册），朱光潜译，北京：商务印书馆，1989，第 197—199 页。

人类对世界万物的认识总是从自己身边最易接触到的事物开始，而原始思维的互渗类比性与直观性，使人们将空中飞行的鸟类与驰骋长空的太阳发生类似的联想。太阳在空中的运行，如同飞鸟展翅飞翔。每天，鸟出日升，鸟息日落，太阳随着鸟类的早出晚归而升降起落。[1]

因此，如陕西华州区柳枝镇泉护村出土的鸟日合一纹（图6），以及如河南汝州洪山庙遗址出土的鸟负日纹（图7）中，才会出现鸟将太阳驮在背上的形象。而在传世文献中，乌负日的记载又出现得最早，因此，太阳与鸟的运行规律相近，可能才是太阳鸟神话产生之因。

虽然，如前所述，或有一些赞同联合图腾制说的研究者以在一些史前考古文物中太阳和鸟都有大量独立存在的实物形象为据，主张在较早的时候，日与鸟是两种独立的意象，而太阳与鸟的结合则是由于联合图腾制的结果。然若从前面所提及的世界上许多民族皆不约而同地存在着太阳鸟神话的现象来看，这些民族的神话是否都是联合图腾制下的产物，则又颇令人怀疑。

此外，据黄厚明的研究发现，从目前已发表的相关考古材料来看，不同文化、不同地区的太阳鸟形象，还是有明显的区别的。其中特别值得注意的是，在一般被归为所谓以鸟为图腾的东夷集团[2]的河姆渡文化出土器物上，太阳鸟形象通常由两个或四个鸟与太阳复合而成，且鸟与鸟不仅连在一起，还与太阳同体。但在如陕西华州区泉护村、山西西南大禹渡及河南陕县庙底沟等遗址发现的器物，或是山东大汶口45号墓出土陶器上所出现的太阳鸟形象，则一般是由单只鸟和单个太阳所组成，太阳与鸟是不同体的，通常的情形是日在上而鸟在下，好像鸟正驮着日在飞行。[3] 据此，我们更可推论，太阳与鸟的结合是古代日图腾集团与鸟图腾集团联合图腾制的说法，或仅只是古代部分区域形成太阳鸟神话的原因之一，应非原始神话产生的真正成因。

而除了联合图腾制的说法外，关于日中之乌是古代中国人看到日中有黑子现象的联想之说，则亦值得商榷。虽然，确有可能和《汉书》中所记载的太阳中有黑气一样，于远古时期亦曾发生过太阳黑子的现象，但从一些新石器文化

---

①陈勤建：《中国鸟文化——关于鸟化宇宙观的思考》，上海：学林出版社，1996，第45页。

②关于古代中国部族多元分立现象，蒙文通首先提出江汉、河洛和海岱三大系统说；1934年，傅斯年提出"夷夏东西"两大系统说。至1941年，徐旭生则提出华夏集团、东夷集团和苗蛮集团三大部族集团之说。参徐旭生：《中国古史的传说时代》，北京：科学出版社，1960，第3—4页。

③黄厚明：《中国东南沿海地区史前文化中的鸟形象研究》，南京：南京艺术学院博士论文，2004，第109页。

时期的出土文物中即已发现有乌负日图案的现象以及中国古代天文学发展的进程来看，两汉时期的中国人或真有发现太阳中有黑子现象的能力，然在新石器文化时期的先民，是否就有以裸视来观察太阳中有乌或三足乌的好眼力，则是颇令人怀疑的。

此外，所谓的乌的羽色黑是"阳精"这一说法，也难令人信服。因为在原始氏族社会时期，人们是否能产生抽象的阳精和阳数观念，也是颇令人怀疑的。因此，阳精、阳数之说可能为后起，是产生于阴阳思想兴起之后。故宋镇豪以为：所谓日中有乌这一神话传说系统的构成特色，恐怕是秦汉时代的天文学观察和阴阳思想促发了"日载于乌"向"日中有乌"神话的转变。①

因此，无论是从书面文献的记载，或是从考古出土的文物或图像材料来看，甚至从人类智力和认知发展的进程来推断，乌负日神话的出现应最早。只是，后来原始的乌负日神话随着时代的演进，自然会渐渐产生变化，除了日中有乌、日中三足乌的说法外，与其他神话一样，自然神会渐渐转化为人格神，因此，便有了像羲和这类人格化太阳神的出现。尤其是羲和驾着马车或龙车御日，与日载于乌的神话均包括有日出、运行、日没三要素，可能都是出于对太阳"周日视运动"的幻想所致。② 或缘于此，遂改变了原始质朴的日载于乌神话。③ 但从《淮南子·说林训》中仍保留有"月照天下，食于詹诸，……乌力胜日，而服于雏礼；能有修短也"④ 这类说法可知，到了西汉时期，原始的乌负日神话，仍隐约遗存在人们的口传中，并深刻影响后世的一些太阳神话。

---

①宋镇豪：《夏商社会生活史》（下册），北京：中国社会科学出版社，1994，第773页。

②〔日〕出石诚彦：《尧典に见ゆる羲和の由来について》，见《中国神话传说的研究》，台北：古亭书屋，1969，第590—591页。周日视运动，亦称周日运动，是指地球上的观测者每天观测到天空上的天体明显的视运动状态。由于地球绕轴自转使然，使得所有天体都绕着这个轴做圆周运动，这个圆圈被称为"周日圈"，完成一周运动需要23小时56分4.09秒，而日、月之东升西落便是周日运动之体现。

③宋镇豪提出：大概自夏商之际车辆被发明后，负载太阳运行的神话又被"羲和御日"替代。如《楚辞·离骚》中开始出现"吾令羲和弭节兮"的说法，按王逸注以为"羲和，日御也"。洪兴祖补注亦云"日乘车驾以六龙，羲和御之"。另如《太平御览》卷三引《淮南子·天文训》则云："日出于旸谷，浴于咸池，……至于悲泉，爰止羲和，爰息六螭，是谓悬车。"又，《山海经·大荒南经》也有"东南海之外，甘水之间，有羲和之国，有女子名曰羲和，方浴日于甘渊"之说。至此，人格神的羲和驾马车或龙车御日，改编了原先朴素的日载于乌神话，但其中的演变轨迹却是清楚的。正如日本出石诚彦曾指出的，这类神话传说中均包括有日出、运行、日没三要素，都是出于对太阳周日视运动的幻想观念。宋镇豪：《夏商社会生活史》（下册），北京：中国社会科学出版社，1994，第773页。

④刘文典：《淮南鸿烈集解》，北京：中华书局，1989，第556页。

二、月亮与兔子、蟾蜍、桂树：从阴影的联想到多产、不死、再生的象征

至于月亮与兔子、蟾蜍、桂树的关系，归纳以上历来学者的说法则亦可发现：是为求与月或兔阴阳调和的说法，早在东汉时的王充即已提出批判。① 其说虽亦缺乏科学依据，然由王充的批评亦可知：以阴阳学说解释月中有蟾的不合逻辑性，早在两汉时期即已洞见。

关于兔与月的属性相符之说，则无论是吐子、望月而孕或阴缺等说法，多是出于过去人们对兔子生物习性及生殖知识的错误观察与猜想，皆缺乏科学根据，不足为据。其中的错谬，早在有清一代，已有学者一一举出：

> "兔之雌雄，其孳尾无异他兽。每月一孕。子生则以土培之而壅其穴，出入必然。或窃启其户，子辄不成。"盖古所谓"视月"者，视月之候而孕。又谓"吐生"者，得土而生，"土"讹为"吐"也。②

由此可知，兔与其他哺乳动物无异，其阴缺，可望月而孕、吐子之说乃讹传。

至于嫦娥奔月所化的说法，早有学者对其是否为原始神话提出了质疑。如早在1920—1930年代，茅盾即已在其《神话研究》一书中说：

> 原始人民对于日月的观念有一个特点，就是即以日月神为日月之本体，并非于日月神之外，另有日月的本体。现在《淮南子》说姮娥奔入月中为月精，便是明明把月亮当作一个可居住的地方，这已是后来的观念。已和原始人民的思想不相符合了。

因而主张嫦娥神话是为汉代方士所臆造。③ 另如钟敬文虽肯定嫦娥奔月原始神话的质朴性质，但也认为嫦娥奔月神话与不死药相关的情节可能与方士们的改编有关。④ 而王孝廉以及胡万川二位更明确地指出：嫦娥化为蟾蜍是结合月中有蟾蜍与嫦娥奔月这两个远古神话而成。⑤ 嫦娥奔月后化为蟾蜍的说法，最早见于东

---

① 《论衡·说日篇》中以为："儒者曰：'日中有三足乌，月中有兔、蟾蜍。'……夫月者，水也。水中有生物，非兔、蟾蜍也。兔与蟾蜍，久在水中，无不死者，……且问儒者：乌、兔、蟾蜍死乎？生也？如死，久在日月，焦枯腐朽；如生，日蚀时既，月晦常尽，乌、兔、蟾蜍皆何在？"参见黄晖：《论衡校释》，北京：中华书局，1990，第502页。

② 〔清〕钮琇：《觚賸》，见《续修四库全书》，上海：上海古籍出版社，1997，第68页。

③ 茅盾：《神话研究》，天津：百花文艺出版社，1981，第82页。

④ 钟敬文：《楚辞中的神话和传说》及《答茅盾先生关于〈楚辞〉神话的讨论》，见娄子匡编：《中山大学民俗丛书》（第十一册），台北：东方文化，1970。

⑤ 胡万川：《嫦娥奔月神话新探》，载《民间文学论坛》1997年第3期，第26页。

汉张衡的《灵宪》，故嫦娥化为月中蟾蜍的说法，可能是到了东汉以后月中有蟾神话及嫦娥奔月神话合流的结果，并非月蟾神话的原貌，且这其中已掺杂了许多神仙思想的成分。

至于域外移入之说，由于在《六度集经》《菩萨本缘经》《生经》《菩萨本生鬘论》《撰集百缘经》《杂宝藏经》等早期汉译佛典的相关故事中，都没有提到兔子跟月亮的关系①，因此，亦已遭到不少学者的疑难。如萧登福早已提出：印度的四兽或三兽故事，应是印度旧有的文学寓言被附会成佛经，但在三国康僧会时，此故事尚保有印度原貌，和玄奘法师所述比较，并无帝释用兔子"寄之月轮，传乎后世。故彼咸言，月中之兔，自斯而有"解释月中兔由来的情节。其次，虽然佛经中亦有单述兔子成道之经，如西晋竺法护所译《生经》卷四"佛说兔王经"中便有兔王采果供养修行仙人，因冬至果尽，仙人欲去，兔王自投火以身供养，因而生兜术天，仙人为定光佛，兔王为释迦的叙述。而与《生经》所述相同者，据南朝梁僧旻、宝唱共撰《经律异相》卷四十七"兔第十二"载，当时尚另有《兔王经》。又按元魏吉迦夜共昙曜译《杂宝藏经》卷二"兔自烧身供养大仙缘"所述，亦皆与《生经》《经律异相》所见者相同，都说兔子即是释迦前身，而同样皆无月兔的说法。故萧氏以为，兔子成道的故事与月兔相结合，须至唐世才出现，当是受中土对月的浓厚情谊及月兔的传说刺激而使然。②

虽然，如前所述，在巴利语的《本生》中可能已出现月中兔的说法，但究竟谁是影响者，谁是被影响者，可能还难以骤下断语。固然，中印之间的文化交流可能较文献的记载更早，特别是许多中国的传说故事题材，确实常有取材自印度的古寓言或佛经故事者，然而，从近一个世纪以来如长沙马王堆帛画等新出的考古材料可发现，至晚到西汉初，中国即已流传有月中有兔的说法。此外，从相关神话传说的内容来看，印度的月兔传说带有明显浓厚的佛家说教色

---

①这些故事大同小异。如在《六度集经·兔王本生》中，林中有四兽：兔是释迦的前身，猴则为舍利弗，狐是阿难，獭为目连，而受供养的对象则为梵志，是锭光佛的前身。康僧会译：《六度集经》，见高楠顺次郎、渡边海旭都监修：《大正新修大藏经》（第3册 No.152），东京：大正一切经刊行会，大正十三年至昭和九年，第13页。

②萧登福：《论佛教受中土道教的影响及佛经真伪》，载《中华佛学学报》1996年第9期，第89—92页。另如朱庆之则从汉梵同理据词的角度来看，以为：梵语śaśin是一个与汉语"月兔"完全一样的词，它的字面意思是"含有一只兔子的"，实际指月亮，这些词在吠陀文献中普遍使用，可完全排除巧合，但谁是影响者，谁是被影响者，同样难于判断。参朱庆之：《从几组汉梵同理据词看中印文化的早期交往》，见《学术集林》（卷十一），上海：上海远东出版社，1997，第307页。

彩，而中国早期关于月兔的说法却不见有这种痕迹。① 因此，中国古代月中有兔的说法，可能并非受印度传说的影响。

在民间文学的研究中，大约到了19世纪中叶，在欧洲，尤其在格林兄弟所创立的神话学派的故乡德国，形成了一种被称为"流传学派"的民间文学研究方法。② 这个学派的学者认为，一些情节相近的作品出现在许多不同的民族，是情节在各民族中间迁徙、流动的结果。且此一学派的很多研究者，在相当长的一段时间里，把民间文学作品的故乡说成是印度。然而，诚如刘魁立在论及欧洲民间文学研究中所谓的流传学派之缺失时所说的：

> 流传学派也把自己的印度起源说和情节流传说绝对化，套用于一切民族的一切作品。他们不仅贬低了除个别民族以外的其他所有民族的艺术才能和创造精神，而且也在一定程度上忽视了文学作品的民族特色，忽视了作品本身的历史演变过程以及该民族的历史实际对于作品所产生的种种影响。③

所以，即使是相类的情节、内容，亦有其各自生发的可能。

事实上月中有兔的说法，亦普遍流传于世界上许多原始的民族中。一些民族的神话传说中，也都有兔子或兔形之物跳入或被丢入月亮，而形成月中兔影的说法。美国学者哈婷在其《月亮神话：女性的神话》一书中曾提到：在中国的西藏，南亚的斯里兰卡，以及在非洲和美国，都把在月亮上看到的斑纹称为"玉兔纹"。④ 而除了印度有兔王舍身入月的传说外，如南美的阿兹特克印第安人神话中也说：在混沌初开的时候，天地一片昏暗，没有一丝光亮。于是众神聚集在特奥蒂华冈，推派一位叫乔吉卡特利的神祇和另一位叫纳纳华冈的神去把宇宙照亮，他们成了太阳和月亮。本来，太阳和月亮是一样明亮的，为了让它们各自放射不同的光芒，于是一位头脑灵巧的神便把一只兔子扔在了乔吉卡特

---

① 钟敬文认为：中国在这方面，原来没有比较具体的故事，后来虽有"月中捣药"的文献和实物的图像，但时代较迟，而且也跟"修菩萨行"的印度兔子不相类，它倒是近于本土道教思想的产儿。这是判定月兔是否为输入品问题的关键。参见钟敬文：《马王堆汉墓帛画的神话史意义》，载《中华文史论丛》1979年第2辑，第88页。

② 此一学派或译作传播学派、播化学派、因袭说、迁徙说、外借说等，通常以德国东方学家本菲的《五卷书》德文版序言（1859）作为流传学派建立的标志。

③ 刘魁立：《欧洲民间文学研究中的流传学派》，见《刘魁立民俗学论集》，上海：上海文艺出版社，1998，第294页。

④〔美〕M.艾瑟·哈婷：《月亮神话：女性的神话》，蒙子、龙天、芝子译，上海：上海文艺出版社，1992，第27页。

利的脸上。月亮变暗了，失去了它的一部分光芒，成了现在的模样。① 而墨西哥的神话中则有神拿兔子来擦月亮的脸的说法。② 至于非洲祖鲁人神话则说，兔子祖鲁住在大地上，但大地上没有太阳也没有月亮。一天，祖鲁听了一位白胡子老人的话上了天界，娶了天上大王最心爱的女儿玛莱妮。玛莱妮掌握着天上的日、月，她把日、月盛放在家里的两只大葫芦里，每天早晨她会把太阳挂在空中，傍晚收回来，入夜就换上月亮，这样一年到头，从不间断。祖鲁和玛莱妮成婚后，玛莱妮照旧掌握着太阳和月亮。一晃几年过去了，祖鲁的乡愁与日俱增。一天，祖鲁趁玛莱妮外出，小心翼翼地打开葫芦盖，取出太阳和月亮，各切了薄薄的一片藏在身上，然后立刻沿着上天时的道路，匆匆地回到了大地。从那时起，大地上就有了太阳和月亮。③ 也因此，月亮上有了兔子的影子。另外，中国的瑶族也有一则这样的神话传说：古时天空只有日而无月和星。忽一天，空中出现一怪月，七棱八角，其热胜日，禾苗枯焦，人不得眠。有一对青年夫妇雅拉与尼娥，雅拉善射箭，尼娥长织锦。后来雅拉登上山头射怪月，月之棱角被射去而成为闪烁众星，但怪月毒热依然，人皆难安，于是尼娥便织一上绣有桂树、白兔、白羊和自己形象的锦毯，让雅拉把锦射向怪月，蒙遮怪月，从此月光不再毒热，而锦上所绣诸物俱活，从此月表上有了桂树、白兔等形象。④

此外，世界上许多原始民族的神话中，也都可以找到对于月中阴影解释的各种说法。例如欧洲的巴斯克人说，月中的阴影是因为月亮有时不太乐于助人，而且对人类怀有明显的敌意。一个筋疲力尽的农民在已近黄昏时背着树枝回家，而月亮却像淘气的母羊似的在与云彩玩捉迷藏，农民不耐烦了，于是大声嚷道："我真想看你背负重担掉进为神所唾弃的洞里！"月亮被他气势汹汹的口气激怒，便抓住这个无礼的家伙并将他带走。从那时起，农夫的侧影便出现在月亮的表面。⑤ 菲律宾的神话则说：太阳与月亮原是夫妻，但是，每当太阳拥抱任何一个孩子时，总会因身体太热而烧掉孩子。月亮对此很生气，禁止他再碰孩子。后

①萧风编译：《印第安神话故事》，北京：宗教文化出版社，1998，第 180—190 页。

②王孝廉：《东北、西南族群及其创世神话——中国的神话世界》（上编），台北：时报文化出版企业有限公司，1992，第 54 页。

③李永彩主编：《东方神话传说·第三卷·非洲古代神话传说》，北京：北京大学出版社，1999，第 27—28 页。

④谷德明编：《中国少数民族神话》，北京：中国民间文艺出版社，1987，第 132—135 页。

⑤转引自张穗华主编：《神灵，图腾与信仰》，北京：中国对外翻译出版公司，2002，第 40—41 页。

来太阳没有听月亮的劝告，月亮气极了，便拿起香蕉抛向太阳；太阳也不甘示弱地抓起沙子撒到月亮的脸上，所以现在人们可以看到月亮的脸上有黑点。① 因纽特人则说日月是一对兄妹变的。哥哥夜间调戏妹妹，妹妹为了弄清调戏者为何人，就在他脸上抹了一把灰，待第二天发现哥哥脸上有她抹的灰，遂羞得逃上了天，哥哥也追着上了天。从此妹妹变为太阳，哥哥变为月亮，至今仍追着妹妹，脸上还带着那块黑灰。② 美洲阿雷库纳人的神话则说：从前，太阳韦（Wei）和月亮卡佩（Kapei）是形影不离的朋友。原先，卡佩面容洁净又英俊，他爱上了太阳的一个女儿，夜夜造访她。这令太阳韦不悦，他下令女儿用经血涂抹情人的脸。从此之后，两个天体变成敌人，月亮总避开太阳，且一直带着那张弄脏的脸。③

甚至，台湾的少数民族中也普遍流传着关于解释月中阴影由来的神话传说，如邹人的神话。古时天空极低，月亮是男的，太阳是女的，所以月亮的光热比太阳更为强烈。人们受不了月亮的光热，决定射杀月亮。后来箭射中了月亮的肚子，从那时起，月亮的光热就减去了，它的肚子也出现了箭射中之后留下的黑色痕迹。④ 泰雅人的神话说，古时天上有两个太阳，人们不堪其苦而射日，后来被射中的太阳成为今日的月亮，月中的黑影即是受矢伤的痕迹。⑤ 太鲁阁人的神话也说，有两个太阳，没有夜晚，有一对男女去征伐太阳，被射中的那个太阳流血了，疤痕冷却后变成了月亮。⑥ 卑南人的神话则说，太阳用它的热度去熏月亮，于是月亮有了疤痕。⑦ 布农人的神话则以为，月亮表面的阴影是当年射日者射中太阳眼睛后，擦拭眼睛的棉被或蕃布。⑧

---

①张玉安主编：《东方神话传说·第六卷·东南亚古代神话传说》（上），北京：北京大学出版社，1999，第245—246页。

②陶阳、钟秀：《中国创世神话》，上海：上海人民出版社，1989，第193—194页。

③〔法〕李维斯陀（Claude Lévi-Steauss）：《神话学：餐桌礼仪的起源》，周昌忠译，台北：时报文化出版事业有限公司，1998，第280—281页。

④浦忠成：《库巴之火——台湾邹族部落神话研究》，台中：晨星出版社，1996，第45—46页。

⑤尹建中：《台湾山胞各族传统神话故事与传说文献编纂研究》，台北：台湾大学人类学系，1994，引大正九年（1934）佐山融吉、大西吉寿：《蕃族调查报告书·太么族后篇》，第76页；引藤崎济之助：《台湾の蕃族》，黄文新译，"中央研究院"民族学研究所编译，台北："中央研究院"民族学研究所，1930，第74页。

⑥陈千武：《台湾原住民的母语传说》，台北：台原出版社，1999，第27页。

⑦金荣华：《台东卑南族口传文学选》，台北："中国文化大学"中国文学研究所，1989，第19页。

⑧尹建中：《台湾山胞各族传统神话故事与传说文献编纂研究》，台北：台湾大学人类学系，1994，引大正九年佐山融吉、大西吉寿：《蕃族调查报告书·武仑族前篇》，第121、122页。

另外像南非洲的纳马夸人（Namaquas）或霍屯督人（Hottentots）则认为，月亮上的阴影是为野兔所抓伤的，他们说：很久以前，月亮很想给人类送去永生的消息，野兔承担了信使差事，野兔因错传消息而被月亮打裂嘴唇，成为兔唇。后来野兔逃走了，但在逃走之前它用爪子抓了月亮的脸，结果月亮至今留有被抓过的痕迹，任何人都能在晴朗的月夜亲眼看到它。[①]

至于月中有蟾的说法，也并非中国所独有，这样的说法亦普遍流传于世界上许多原始民族的神话中。如所罗门群岛的土著将月亮看作一只蟾蜍的化身；北美印第安人认为，月亮是只肚里装满水的蟾蜍；墨西哥人的大女神月亮，是所有水的掌管者，她的化身是只大青蛙；圭亚那印第安人也认为，月亮中有只青蛙。[②] 另如 Salish 印第安人则流传着这样一则神话：

> 一只狼非常爱一只蟾蜍，它为了寻找拒绝了它的蟾蜍，去求月亮照亮道路。月亮满足了狼的要求。当狼刚要拥抱蟾蜍时，蟾蜍一下跳到了月亮脸上并留在了那里。[③]

还有，北美利洛厄特人解释月亮阴影由来的神话：当洪水使坚实的大地沉没时，蛙便跳离大地，吊在月亮前面，因此今天人们仍可在月亮上看到它们。[④] 美洲桑波伊尔人的月亮起源神话则说，母虾蟆朝天空撒尿，天就下起雨来，引发了一场大洪水，最后母虾蟆便跳到月亮的脸上。[⑤] 此外，维西兰姆印第安人的神话也说：文化英雄凯欧蒂在一所地下建筑里看见了一只老母青蛙吞吐月亮，他便杀死了母青蛙，将青蛙皮脱下放在月亮旁，老鹰抓起月亮扔到天上挂在空中。[⑥]

另，某些神话则说，既麻又癞的蟾蜍被掷在月亮上，遮蔽了光辉而使月亮死亡。

---

①〔英〕弗雷泽：《人类的堕落》，见〔美〕阿兰·邓迪斯编：《西方神话学论文选》，朝金戈、尹伊、金泽等译，上海：上海文艺出版社，1994，第109—110 页。

②A. H. Krappe：《青蛙月亮》，载《民俗》1940 年第 1 期。转引自石沉、孙其刚：《月蟾神话的萨满巫术意义》，载《民间文学论坛》1988 年第 3 期，第 22 页。

③Gertrude、James Jobes：《宇宙空间》，纽约 1964 年版，第 41 页。转引自石沉、孙其刚：《月蟾神话的萨满巫术意义》，载《民间文学论坛》1988 年第 3 期，第 22 页。

④〔法〕李维斯陀：《神话学：餐桌礼仪的起源》，周昌忠译，台北：时报文化出版事业有限公司，1998，第 92 页。

⑤〔法〕李维斯陀：《神话学：裸人》，周昌忠译，台北：时报文化出版事业有限公司，2000，第 218—220 页。

⑥〔美〕杰罗尔德·拉姆齐编：《美国俄勒冈州印第安神话传说》，史昆、李务生译，北京：中国民间文艺出版社，1983，第 102—105 页。

而在中国，张衡《灵宪》中有月"积而成兽，象兔蛤"，《诗纬推度灾》中有月"三日成魄，八日成光""蟾蜍体就"。由此可知，古代中国人很早即发现，随着月的消长，月表会有蟾蜍的形象。故蟾蜍是否为氏族或部落的图腾，则同样值得再斟酌。

从这些在过去虽难有交通且地域不同的原始民族中都保有相似或类同的神话现象来看，月中有蟾神话的形成可能也源自人们直观的联想，应都与早期人类社会的原始思维有关，未必见得要源自生殖崇拜，或与不死药相关。因此，月中蟾蜍之说的形成，或与月中有兔之说的形成原因相似，可能都是源自人们对月表阴影的想象。

在《古诗十九首》的《孟冬寒气至》一诗中，有这样两句诗：三五明月满，四五蟾兔缺。① 意谓每月的十五日是为满月，而到了二十，月中的蟾、兔影像即开始残缺。从当时纬书《春秋运斗枢》中记有"行失摇光，则兔出月"，以及《黄帝占书》中也载有"月望而月兔不见者，所见之国崩，大水滔民"② 之说可知，当时人除了已注意到月中的兔影外，更从对天象的观察中发现，月望时如看不到月兔，则将会有大水并导致国崩。

事实上，我们从殷墟卜辞中经常可见关于天气的占卜记录可知，古代中国人可能很早即已懂得从对天象的观察以预测天气。同样，自然也会利用对月相的变化及运行规律的观察来预测天气，例如《诗经·小雅·渐渐之石》中便有："月离于毕，俾滂沱矣。"③《开元占经》中也有："月先行离于毕，则雨。""月晕围辰星，所守之国有大水。"④ 可知，古代中国人对月相的变化，尤其是当月出现了如月晕或看不见月兔等异象，已有一定程度的观察。故极有可能从对月的长期观察中，产生了月表阴影像蟾蜍的联想。

至于月中的桂树，目前可能仍无法确知其产生的原因。但在南朝梁刘孝威《侍宴赋得龙沙宵明月》一诗中有"鹊飞空绕树，月轮殊未圆。嫦娥望不出，桂枝犹隐残"⑤ 的诗句，这里提及月轮中的"桂枝犹隐残"，可见，在当时人的观察中，月表也看似有桂的影像。因此，月中桂树是否亦为前人对月表阴影的一

①逯钦立辑校：《先秦汉魏晋南北朝诗》，北京：中华书局，1983，第333页。
②〔宋〕李昉等奉敕撰：《太平御览》，台北：台湾商务印书馆，1997，第4154页。
③〔汉〕毛亨传：《毛诗》，见《断句十三经经文》，台北：台湾开明书店，1991，第64页。
④〔唐〕瞿昙悉达：《开元占经》，北京：团结出版社，1994，第403、440页。
⑤〔梁〕刘孝威：《侍宴赋得龙沙宵明月》，见丁福保编：《全汉三国晋南北朝诗》（卷十一），北京：中华书局，1959，第1222页。

种想象，则不得而知，或仍有待日后做更进一步的追索与探讨。

综合以上的讨论可知，或正如钟敬文在《马王堆汉墓帛画的神话史意义》一文中认为月中的兔子可能是一种对月表阴影的联想时所得出的结论：

> 关于月兔来源的解释，我们暂时只能以比较常识性的"阴影说"为满足。月亮里有阴影，这是原始的人民也会感觉到的，所以世界上许多文化早熟或晚熟的民族差不多都有关于这种现象的传说。[①]

月中的蟾蜍、玉兔以及桂树，可能都是一种对月表阴影的联想。由于月表有阴影的现象既明显又神秘，引人遐想，因此，在早期人类的生活中，此一现象往往能引起人们的极大关注，因而产生了许多不同的解释与说法。而此一阴影的形状可能有时看起来似兔又似蟾、桂，于是在中国与许多其他的原始民族中，便不约而同地产生了关于月中有兔、月中有蟾的神话与传说。

尤其，原始初民对自然事物的认识，最初大多以感性的、直观的观物取象来进行联想，因此，较有可能先产生月表像兔、像蟾、像桂这类的神话或说法。接着，才会把在自然界和人类社会长期探索中总结出来的经验、获得的哲理思考，系之于此一具体的"象"上。然后，才会在发现太阳运行规律与鸟相近，及月亮具有"死则又育"、似圆突肚腹的现象后，又产生了鸟能使农业丰产，并与兔子、蟾蜍或蛙一样，皆具有强大的生殖能力[②]，再加上桂具有延寿、不死的功能等意象联结，再从这里引申出如调和阴阳等无穷无尽的意蕴来。

后来，随着人格神的出现，这些动物又成了日、月之神的侍者，即正如哈婷在《月亮神话：女性的神话》一书中追溯西方月神神话的演变时所说的：

> 最初，月亮女神是一只动物，接着便是女神的灵魂成了动物；后来，神或女神则由动物来伺候；再后来则由戴动物面具的人替代了这些动物侍从，他们跳动物舞，并以动物命名。[③]

到了后来的月神话传说中，月中的兔子与蟾蜍，却又成了月亮女神嫦娥的侍从。

---

① 钟敬文：《马王堆汉墓帛画的神话史意义》，载《中华文史论丛》1979 年第 2 辑，第 88 页。

② 据现代生物学的研究，兔的繁殖力很强，一只健康的母兔，一年可生产四胎小兔，而每胎可生产十只左右。另如弗雷泽在《金枝》中论及谷精时，也列有"谷精变化为野兔"一节，所谓谷精是指能使谷物增殖的精灵。因此，在原始的思维中，兔与农业的丰产应有一定的联系。而蛙为卵生动物，在成熟的雌蛙腹内，一次可孕育上万颗卵。另，蛙的大腹也常被联想成子宫与母腹的象征，故古代中国人往往将蛙视为生殖神。

③〔美〕M. 艾瑟·哈婷：《月亮神话：女性的神话》，蒙子、龙天、芝子译，上海：上海文艺出版社，1992，第 51 页。

三、从多元的发生论看相关神话的起源

由前面的讨论与归纳可以发现，太阳是由鸟带来的，月表有兔影、蟾蜍的说法，并非中国所独有。但为何那么多来源不同且过去难有交通的民族，会不约而同地都存在着那么相似的说法呢？

过去，相关的研究者在考察民间文学作品中存在的极高的相似性之现象时，曾指出"同出一源""相互交流影响"及"平行类同，不谋而合"这三种成因①，而日人伊藤清司在总结上一个半世纪的民间文学研究时，也曾指出"继承论""移动论（传播论）""多元的发生论"三种主导学说存在的合理性②。就世界范围内的民间文学作品来说，借由各种途径的传播，固然是造成许多民间文学惊人的相似性的原因之一，但这种全世界范围内的相似性并不能证明这些民间文学的文本一定有着历史的必然联系，即一定存在相互之间的影响关系。因为各国的民间文学也必然地存在着并没有影响关系但却很相似或者完全雷同的现象。对于民间文学作品中这种"不约而同，不谋而合的情况"，刘守华指出：

> 表面看来，似乎是一种偶然巧合，深入探究起来，便可以发现，这种平行类同是由相同或近似的历史文化环境中人们共同心理结构所造成的，仍有一定规律可寻。③

按比较神话学中的人类学派的研究发现：各个民族之间的故事出现相似性并不全是影响使然，相同的心理发展阶段、相似的境遇、相同的文化发展过程等因素，都有可能是产生相似性的根本原因。故正如郑振铎在《民间故事的巧合与转变》一文里所说的：民间故事的巧合是"人类同一文化阶段之中者，每能发生出同一的神话与传说，正如他们之能产出同一的石斧石刀一般"④。

而神话学派奠基人之一的格林兄弟在编纂《格林童话》故事集时，即发现除了德国以外，在塞尔维亚也有类似的故事在流传。对于这样的现象，威廉·格林（Wilhelm Grimm，1786—1859）做出了以下的阐释：

> 两个故事之间存在相似性，这一现象不仅出现于那些在特定时空

①刘守华：《故事学纲要》，武汉：华中师范大学出版社，1988，第 156—175 页。

②伊藤清司：《〈故事、传说的源流——东亚的比较故事、传说学〉代序》，王汝澜、夏宇继译，载《民间文学论坛》1992 年第 1 期，第 76—80 页。

③刘守华：《故事学纲要》，武汉：华中师范大学出版社，1988，第 172 页。

④郑振铎：《民间故事的巧合与转变》，原载《矛盾》1932 年第 2 期。参郑振铎：《郑振铎说俗文学》，上海：上海古籍出版社，2000，第 318 页。

内具有广泛交往的民族中。造成这种现象的部分原因是它们对一些基本观念和特征有着相似的描述，部分原因则是对那些共同事件所作的相似编造。无论如何，由于存在着某些如此简单的境遇和无论何处均可遇见的自然现象，存在着它们自己的某种思维的一致性，于是，相同或非常相似的故事在各个彼此独立、相互有别的民族中萌发，这是完全可能的。①

若以此一原理来观照神话世界里的太阳鸟及月中蟾、兔、桂等说法，那么很多现象和文本都可以得到一定程度的合理解释。尤其，神话是反映人类早期阶段对世界起源、自然现象及社会生活的原始理解与想象。因此，以为太阳由鸟带来，或月中的阴影是兔影、蟾蜍、桂树的说法，之所以广泛地存在于世界许多原始民族的神话中，有可能是源自他们对于太阳运行规律的观察，以及对月中阴影形象直观的想象而产生的联想。

从人类发展的历程来看，通常是先有形象思维，然后才有抽象思维。因此，表现在神话的语言中，必定是形象语言先于抽象的逻辑概念。正如列维－布留尔（Levy Bruhl Lucien，1857—1939）所说："原始民族的语言永远是精确地按照事物和行动呈现在眼睛里和耳朵里的那种形式来表现关于它们的观念"，"它们的思维和语言只具有极微弱的概念性"，"它们不去描写感知着的主体所获得的印象，而去描写客体在空间中的形状、轮廓、位置……描写那种能够感知和描绘的东西。这些语言力求把它们想要表现的东西的可画的和可塑的因素结合起来"。② 由于最初始的神话语言可能多停留在外部的、表面的、片面的观察上，故这类神话明显是较初始的原始神话。③

因此，当我们排除掉因民间文学的传播而形成世界上许多民族共同存在着太阳鸟、月中有兔之说后，则可进一步推测，太阳与鸟，或月与兔、蟾的属性相类之说，无论是从太阳与鸟同样带来丰饶，或兔、蟾皆强大的生殖力，故与月亮的"死则又育"特性相同，还是月与兔的周期性变化吻合等看法，可能都已经脱离了外部、表面的观察，且对于太阳鸟及月兔说法的接受程度，显然已从想了解、解释"太阳为何是一只鸟""月中为何有兔"演变成已接受此一事实

①转引自〔美〕斯蒂·汤普森：《世界民间故事分类学》，郑海、郑凡、刘薇琳等译，上海：上海文艺出版社，1991，第439—440页。

②〔法〕列维－布留尔：《原始思维》，丁由译，北京：商务印书馆，1981，第150、376页。

③屈育德：《日月神话初探》，载《民间文学论坛》1986年第5期，第13—19页。

而联结到其属性的特征上，这可能都是"太阳鸟"及"月中有兔"神话的进一步演进。以为太阳由鸟所负载着飞行，或月表的阴影像兔这些说法，反而才是所谓的"停留在外部的、表面的、片面的观察上"，或更能体现人们在原始时期那份观察天象而获得的朴拙天真见解，应较有可能才是日中有鸟及月中有蟾、兔、桂神话较早的形态。

　　神话除了是原始初民认识世界的方法之一，同时更是一种现实生活的折射。所以，与太阳、月亮有关的神话，必然会因为社会阶段与人类智力发展阶段的不同而有不同的展现。随着人类文明的发展与心理需求的增长，太阳的光能和热能是为丰饶、多产之象征；而月亮的阴柔、周期性的死亡与复活，以及月光能够促进生长力等特性，也逐渐使它们分别被赋予了男性、阳精、氏族图腾、火，以及女性、母亲、阴性、水、繁殖、死亡和再生等不同的象征意涵，更因此衍生出更多相关的神话与传说。①

————————

①如在太平洋的波利尼西亚岛群的传说中，第一个女人就是月亮——希娜（Hina），之后在当地诞生的女人都是依据她的形象创造出来的瓦西妮（Wahine）。而玛雅族的月神爱丝雀儿（Ix Chel）则被认为是所有女人之始，更是众神之始，是涵养万物之水的创造者。西伯利亚的恰克奇人，则称月亮女神为母亲。埃及也有类似的概念，他们称月亮是宇宙之母，月光能够制造雨水和促进生长力，因此可以使天下万物生长发育，并能够结实累累。而且埃及的象形文字mena，就代表着月亮和乳房的双重意义。北美的印第安达可塔族（Dakota），尊月亮为不死的女人；对阿帕契族（Apache）和那瓦霍族（Navaho）来说，月亮是个善变的女人。

第三章　图像中的神话
——汉代墓室中的日、月画像

从许多传世文献的记载及出土图像文物的材料可知，源自原始时期人们对自然天体运行规律及阴影想象观察、联想的日中有乌与月中有蟾、兔、桂树等神话，大致到了两汉时期已广为流行。一方面，由于汉代在中国神话的发展过程中是一个承先启后的关键时期。由于先秦至汉时期是中国原始神话最发达的阶段。汉代以后，则随着佛教的传入、道教的兴盛，以及中外文化的交流等因素，中国古代神话或为佛、道神灵所取代，或被加以转化。因此，从某种意义上来说，两汉时期所流传及被保留的神话题材，除了是两汉时期神话传说、神仙信仰、神灵崇拜的再现，更与两汉以前的中国古代神话内容存在着密切的联系。

另一方面，则由于中国古代墓葬形制的发展，到了两汉时期有了较大的转变，先秦时期普遍使用的竖穴木椁墓，到了西汉中期以后，宅第化、立体化的各种地上祠堂、地下墓室开始出现。加以人们相信各种画像能庇佑死者，使魂神速还[①]，于是，开始出现各种用以装饰葬具或墓室、祠堂、石阙和棺椁的画像[②]。据目前所知的资料，中国现存的汉墓有2万座以上[③]，其中，发现有画像的墓

---

①从文献记载可知，古代中国人因恐死者"魂孤无副"，加以相信各种画像能庇佑死者，因此，很早即已有以各种绘画和雕刻装饰墓葬的传统。如在许多原始时期的墓穴中，即发现有很多原始岩画。而民间信仰，更相信画像可以使人长治久生，因此道教主张"悬象"，期使凶神退却。如道教典籍《太平经》云："悬象还，凶神往。夫人神乃生内，返游于外，游不时，还为身害，即能追之以还，自治不败也。追之如何，使空室内傍无人，画象随其藏色，与四时气相应，悬之窗光之中而思之。……万疾皆愈。""夫神生于内，……欲思还神，皆当斋戒，悬象香室中，百病消亡；不斋不戒，精神不肯还反人也。"从这些记载可以看得出来，早期道教思想以为"人神生于内"，所以必须画像，使魂神速还，悬象以使凶神速离。参王明编：《太平经合校》，北京：中华书局，1960，第14、22—28页。

②所谓画像，是指汉代墓葬出土的各种汉代帛画、壁画、画像石、画像砖，以及明器上的各种图像材料。

③据邢义田在《解读汉画方法试探》一文中指出，可考的汉墓有上万座，壁画墓约70座，画像石墓200余座，画像砖墓甚多，但到目前为止，仍缺乏准确的统计。参邢义田：《画为心声：画像石、画像砖与壁画》，北京：中华书局，2011，第409页。黄晓芬在《汉墓的考古学研究》一书中称，则有"两万座以上"。参黄晓芬：《汉墓的考古学研究》，长沙：岳麓书社，2003，第2页。

葬有数百座之多。① 在这些汉代墓室的画像中，经常可看到这类以表现日中有乌和月中有蟾、兔、桂树的画像，更印证了相关神话的深远影响。

就笔者的不完全统计，历年来在山东、江苏、河南、山西、陕西、四川等地出土的汉代墓室画像中，日、月图像便有逾百幅之多。（参附表一）关于目前所发现的汉代画像，信立祥将画像石墓、画像砖的分布区域分为五大集中区域：第一，以山东省西南部和江苏省西北部的徐州市为中心，山东省全境、安徽省北部、河南省东部和河北省东南部组成的区域；第二，以南阳市为中心的河南省西南部和湖北省北部地区；第三，陕西省北部和山西省西部；第四，四川地区和云南省北部；第五，河南省洛阳市周围地区。② 此外，在北京的丰台区和云南的昭通，以及贵州的金沙等地区也有零星的发现。然由于近年来在中国各地陆续出土有不少壁画墓，其中也出现有数量众多的日、月画像，故本文首先按时代先后排列，并参考庄蕙芷《汉代墓室天文图像研究》一文中的分区标准，以汉代行政区——州为主体做划分，而将信立祥原来的五区增加为六区，再根据材料性质的相近及相关母题出现之先后顺序排列。③ 故第一区为汉代的荆州地区，包括今湖北大部分地区、湖南及河南、贵州、广东、广西一带，其中画像石及壁画墓出现较密集之处为河南南阳、鄂西北等地；第二区为汉武帝时设置的司隶地区，当时统领三辅（京兆尹、冯翊、扶风）、三河（河南、河内、河东）、弘农郡等，包括今陕西关中、山西西南、河南西部及北部；第三区则为青、徐、扬、兖、豫等五州，画像石及壁画墓出土较多之区域包括今日山东、苏北、皖北、豫东等地；第四区为并、凉两州，画像石及壁画墓出土较多之区域包括今陕北、晋西北、内蒙古等地；第五区为益州地区，包括今四川大部、云南东部、贵州西部、甘肃南部、陕西南部、湖北西北部等地；第六区则为幽州地区，包括今河北北部、辽宁大部及朝鲜

---

① 由于近年仍出土有不少的汉墓，到目前为止，有画像的汉墓数目，仍缺乏准确的统计。此一数据主要参考黄宛峰：《汉画像石与汉代民间丧葬观念》，北京：中国社会科学出版社，2015，第3页。

② 信立祥：《汉代画像石综合研究》，北京：文物出版社，2000，第13—15页。

③ 综观两汉，疆域除包括三辅、三河、弘农郡的司隶之外，另有幽、青、豫、兖、冀、徐、扬、并、凉、荆、益、交趾、朔方等十三州部。而庄蕙芷基本参考信立祥的分区方式，以大区为概念，将十三州区分为：第一区为荆州，属信立祥之第二区；第二区为长安、洛阳一带，为信立祥之第五区；第三区为山东、江苏、安徽、河南东部、河北东南等区，为信立祥之第一区；第四区为陕北、晋北等地，为信立祥之第三区；第五区为四川、云南等地，为信立祥之第四区。而第六区则为汉代幽州地区，属目前河北省北部、辽宁省大部分，以及朝鲜大同江流域等地，此区出土墓室属壁画墓，故不在信立祥之分区范围内。参庄蕙芷：《汉代墓室天文图像研究》，台南：台南艺术大学博士论文，2004。

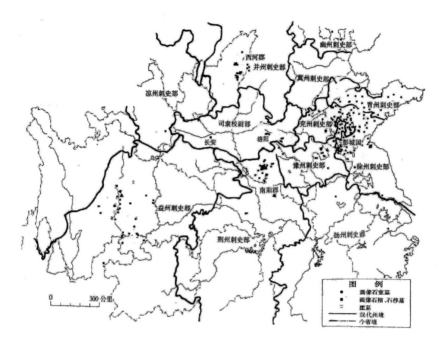

图 17　汉代墓室画像六大分区图

大同江流域等地，尤其是今河北与辽东一带，出土有丰富的壁画墓。(图 17)①

由于以上地区在两汉时都是经济与文化发达的区域②，加上这些地域多有易于开凿的砂岩，更为当地人开凿崖墓及凿石造墓、造棺、建阙提供了便利的自然条件。因此，这些地区在两汉时期出现了大量且具高度艺术成就的各种墓葬画像。近一个世纪以来，考古工作者在这些地区发现有数量众多且丰富的各种画像，以下，兹将笔者目前所搜集整理的两汉时期墓室所见日、月画像，按时代先后、研究分区、各区出土状况，分述之。

第一节　西汉时期

西汉时期由于考古出土的画像较少，因此，与日、月相关的画像资料，在

---

①此图修改自信立祥：《汉代画像石综合研究》，北京：文物出版社，2000，第 14 页。

②其中，如山东素有膏壤千里的美誉，早期就有发达的农业与手工业，秦汉以来已成为中国的经济中心之一。徐州是汉文化的发源地。至于河南南阳地区，自战国以来即为著名的冶铁中心，到了东汉，南阳更贵为帝乡。陕北、晋西北、内蒙古等地则因其在汉代属上郡和西河郡的辖区，在东汉顺帝以前是北方边陲的重地，由于经济的富庶，造就了许多新兴的豪门大族，相对地也为这些地区墓室装饰艺术的兴盛、发展提供了良好的社会条件。另如四川地区古称巴蜀，自古以来即有"天府之国"的美称，由于物产的丰饶，农业和手工业的发达，促进了经济的繁荣。

数量上亦明显较少。

一、以南阳市为中心的河南省西南部、湖北省北部地区

目前此区可见有日、月图像者，只有西汉早期的湖南长沙马王堆 1 号墓帛画①、3 号墓帛画②，以及属西汉晚期的河南唐河湖阳画像石③。以目前可见的考古发现而论，最早之实物遗存为马王堆 1 号、3 号墓中覆盖于漆棺上的 T 形帛画的日、月画像。

（一）湖南长沙马王堆 1 号、3 号西汉墓出土帛画

湖南长沙马王堆 1 号及 3 号西汉墓的出土，是中国考古史上一项重大的发现。在这批保存堪称完整的随葬物中，又以覆盖于内棺上的 1 号墓 T 形帛画（图 18）及 3 号墓 T 形帛画（图 19）最引人注目。

1972 年出土于湖南长沙市的马王堆 1 号墓是一座西汉初年的墓葬。④ 虽然，关于帛画的名称、性质和功能，历来学者各有不同的看法⑤，但从整幅帛画的构图可以看出：大致上，华盖以上主要为表现天堂仙境，有日、月、升龙及天门；天门以下至托盘力士以上主要为表现人世间，画死者将要升天，有二人跪迎，后有三侍女随从，是从人间到天上的过渡阶段；祭享场面以下的则为表现阴曹地府，

①湖南省博物馆、中国社会科学院考古研究所、文物编辑委员会：《长沙马王堆一号汉墓发掘简报》，北京：文物出版社，1972，图版一。

②湖南省博物馆、中国科学院考古研究所：《长沙马王堆二、三号汉墓发掘简报》，载《文物》1974年第 7 期，第 40、44 页，彩色图版、黑白图版 4。湖南省博物馆、湖南省文物考古研究所编著：《长沙马王堆二、三号汉墓》（第一卷：田野考古发掘报告），北京：文物出版社，2004，第 104 页。

③中国画像石全集编辑委员会编：《中国画像石全集 6 · 河南汉画像石》，郑州、济南：河南美术出版社、山东美术出版社，2000，第 21 页图版 30。

④关于湖南长沙马王堆 1 号汉墓的年代，据马雍的推论，认为是在汉惠帝二年至景帝中元五年之间（前 193—前 145），其下限可能不会晚于汉文帝三年（前 177），是一座西汉初年的墓，墓主人是官居长沙国丞相的轪侯利苍家的一个贵族妇女。马雍的《轪侯和长沙国丞相——谈长沙马王堆一号汉墓主人身份和墓葬年代的有关问题》《论长沙马王堆一号汉墓出土帛画的名称和作用》，均见湖南省博物馆：《马王堆汉墓研究》，长沙：湖南人民出版社，1981，第 10—20、266 页。

⑤关于帛画的名称、性质与功能，学者多有看法，意见不一。在名称上，主要有两种看法：一种认为是非衣；一种认为是旌铭。对于帛画的功能，主要也有三种意见：一种认为它是招魂用的；一种认为它是引魂用的；另一种则认为它是起辟邪作用的。另外在帛画的图像结构方面，又有两种看法：多数学者认为画面分为三个部分，但也有学者认为应可分为四个部分。至于画中图像的考定，尤其是画面上部那个人首蛇身像，亦有许多不同的说法。

图 18　马王堆 1 号墓帛画

画死者生前宴饮及其他神物。① 整体而言，画像的创作者将宇宙天象的自然景观和各个具有不同功能的神仙灵异结合在一起，构筑了一幅奇幻谲丽的天堂乐土。其中，在帛画最上层的右上方有太阳，中绘一三趾黑乌；左上方有牙形月，内绘一做奔跑状的兔与一只硕大的蟾蜍。由于这座墓葬的年代距战国晚期不远，帛画中又有乌、蟾、兔，更说明了日中有乌和月中有蟾、兔之说产生的时间当不晚于西汉初。

至于毁坏较甚、但年代较早的马王堆 3 号墓帛画②的形状、内容与构图，

图 19　马王堆 3 号墓帛画

①关于长沙马王堆 1 号汉墓帛画的图像结构，有两种看法：多数学者认为画面分为三个部分，但也有学者认为应可分为四个部分。然基本上，各家学者皆以为华盖以上代表天界，有日、月、升龙及天门。而代表天界的最上层部分，右上方绘一太阳，日中有金乌；左上方则是一弯镰刀形的白色月亮，月上绘有一只大蟾蜍和一只体积较小的兔子，两旁缭绕着云气。湖南省博物馆：《马王堆汉墓研究》，长沙：湖南人民出版社，1981，第 54 页。

②在 1 号墓的发掘过程中，考古队员发现在其封土的一侧还存在着一座与之同时期的古墓，这座古墓被编号为 3 号墓。1973 年，考古人员开始对马王堆 3 号墓进行发掘。由于在墓中并未找到任何可以直接证明 3 号墓墓主身份的文物，故墓主的身份一直存疑，至今有长沙国第二代轪侯利豨和利豨的兄弟、长沙国司马里两种说法。墓中共出土随葬器物 1000 余件，其中包括著名的帛书和 4 幅帛画：一幅为 T 字形，一幅为长方形，另两幅破损。其中，T 形帛画上宽下窄，画面呈 T 字形，长 2.346 米，上部宽 1.416 米，下部宽 0.50 米。帛画大体可分为上、下两部分：上部绘日、月、星辰、升龙、凤、蛇身神人及神人骑鱼等图像；下部绘交龙及墓主人图像。湖南省博物馆、湖南省文物考古研究所编著：《长沙马王堆二、三号汉墓》（第一卷：田野考古发掘报告），北京：文物出版社，2004。

基本上也与1号墓帛画相同：右上角绘一轮红日，日中绘一正侧面黑色鸟，头向内，两足弯曲，太阳四周缠绕着扶桑树的树枝；左上角则绘一弯新月，用墨勾形，内有朱色点斑纹，上有一硕大蟾蜍，蟾蜍左、右侧有二鹤飞翔，左上角有一向右上方奔跑的朱眼白色玉兔。日、月的间隙则绘有80多个红色圆点，可能是星辰。

（二）河南唐河湖阳画像石

属西汉晚期的河南唐河湖阳画像石是一块有二人首蛇身、长尾相交的形象。上方人首蛇身像双手举月，月内有蟾蜍；下方为人首蛇身像双手举日，日内刻金乌。（图20）①

另在此区还出土有河南永城芒山柿园梁王墓一座，墓室顶部绘有青龙、白虎、朱雀及玄武四神，周围有云气环绕，惟没有日、月的图像。

图20　唐河湖阳画像石

①关于这类人首蛇身捧日、月的形象，相关研究者各有不同的说法。如信立祥将四川石棺上的人首蛇身举日、月者认定为日神羲和与月神常羲，并解释说："图中的日轮和月轮无疑是阴阳的象征，再配以羲和与常羲拥抱交尾的情节，显然意味着阴阳交合、化生万物的造物过程。"参信立祥：《汉代画像石综合研究》，北京：文物出版社，2000，第277—279页。而汪小洋认为："学术界又有一种最简便的鉴别方法，就是凡手举日月的就是羲和、常羲，凡不举日月的就是伏羲、女娲。参汪小洋：《汉画像石中的女娲》，载《文史知识》2007年第4期，第60页。然从形体特征来看，在如河南南阳、四川等地的汉代画像中经常可见这些捧日者与捧月者两蛇尾相交的构图形式。故陈江风据此一形式推测，捧日者与捧月者为一对阴阳两性对偶神，而神话传说中的羲和与常羲均为男性神帝俊之妻，同为女性之神，焉能呈"交尾"之貌？因而对"羲和与常羲"说进行了剖析和驳斥，并认定此类画像为"伏羲捧日与女娲捧月"。参陈江风：《"羲和捧日，常羲捧月"画像石质疑》，载《中原文物》1988年第2期，第62页。此外，在许多汉画像中，有时他们会一手捧举日、月，一手执持规、矩，这类显著的特点都正与伏羲、女娲的形象相契合。故笔者赞同此类画像为伏羲、女娲。然为尊重所引相关图录，此定名从之。参中国画像石全集编辑委员会编：《中国画像石全集6·河南汉画像石》，郑州、济南：河南美术出版社、山东美术出版社，2000，第21页图版30。

二、西安、洛阳等地

除了随葬物外，自西汉后期开始，河南、河北以及辽宁辽阳等地也开始出现了一种壁画墓，其形式主要是将空心砖或石板墓的墓室墙壁施以彩绘装饰，以代替雕刻或模印的墓室装饰方式。[①] 以壁画墓而言，目前已在洛阳等地发现有日、月画像的壁画墓包括河南洛阳卜千秋壁画墓[②]、河南洛阳浅井头壁画墓[③]、河南新安磁涧里河村砖厂壁画墓[④]、河南洛阳烧沟 61 号壁画墓[⑤]等墓，另有一组由大英博物馆收藏的洛阳出土西汉空心砖壁画[⑥]。

西安等地也发现有多座壁画墓，有日、月画像的包括西安交通大学壁画墓[⑦]、西安理工大学 1 号壁画墓[⑧]、西安曲江翠竹园壁画墓[⑨]等。

（一）河南洛阳卜千秋壁画墓

发掘于 1976 年的河南洛阳卜千秋壁画墓为西汉昭、宣帝时期（前 86—前 49）的一座壁画墓，墓室主要由主室和四个耳室所组成，由于墓内出土了一方阴刻有篆书"卜千秋印"四字的铜印[⑩]，故可知墓主人为卜千秋。

此墓除主室前、后壁绘有少量的壁画外，大部分的画像集中在由多块空心砖拼接而成的脊顶上。脊顶壁画主要绘男、女墓主人升天的情景，中有伏羲伴

①中国社会科学院考古研究所编：《新中国的考古发现和研究》，北京：文物出版社，1984，第447—451 页。

②洛阳博物馆：《洛阳西汉卜千秋壁画墓发掘简报》，载《文物》1977 年第 6 期，第 1—12 页。

③吕劲松：《洛阳浅井头西汉壁画墓发掘简报》，载《文物》1993 年第 5 期。

④徐光冀主编：《中国出土壁画全集》（第五册），北京：科学出版社，2011，第 16 页图 28、30。

⑤洛阳区考古发掘队：《洛阳烧沟汉墓》，北京：科学出版社，1959，第 40 页。

⑥倪克鲁：《大英博物馆收藏的一组汉代壁画》，贺西林译，载《考古与文物》2004 年第 5 期，第 74—80 页；洛阳市文物管理局、洛阳古代艺术博物馆编：《洛阳古代墓葬壁画》（上卷），郑州：中州古籍出版社，2010，第 88—91 页。

⑦陕西省考古研究所、西安交通大学：《西安交通大学西汉壁画墓发掘简报》，载《考古与文物》1990 年第 4 期，第 57—63 页。陕西省考古研究所、西安交通大学：《西安交通大学西汉壁画墓》，西安：西安交通大学出版社，1991。经文献考证，此为西汉御史大夫、太子太傅萧望之墓。墓中天象图是迄今为止所知的中国最早的二十八宿古天象图。如此完整又比较科学的天象图在我国尚属首次发现，这一发现为研究中国古代天文史提供了极为重要的实物数据，具有重要的学术价值。其绘画的运笔、色彩均具特色，艺术手法高超，形态变化万千，为研究汉代绘画提供了新的具体资料。

⑧国家文物局主编：《2004 中国重要考古发现》，北京：文物出版社，2005，第 107—113 页；西安文物保护考古所：《西安理工大学西汉壁画墓发掘简报》，载《文物》2006 年第 5 期，第 7—44 页。

⑨西安市文物保护考古所：《西安曲江翠竹园西汉壁画墓发掘简报》，载《文物》2010 年第 1 期，第 26—39 页。

⑩洛阳博物馆：《洛阳西汉卜千秋壁画墓发掘简报》，载《文物》1977 年第 6 期，第 1 页。

图21　洛阳卜千秋墓室壁画：日中金乌、月中蟾蜍与桂

日、女娲伴月，分居画面的西、东两侧①，并有青龙、白虎、朱雀等祥瑞与羽人持节导引，以及男、女墓主分乘一凤、一蛇，各怀抱三足乌和弓升天的形象。②墓主人前则有一头戴"胜"的女子迎接。③其中，伏羲胸前的日中有金乌，女娲胸前的月中则绘有桂树和蟾蜍。（图21）整座墓室的壁画主要是以阴阳五行为架构，表现引魂升仙、吉祥永生以及镇墓辟邪等三大内容。

（二）河南洛阳浅井头壁画墓

发现于1992年、年代略晚于卜千秋壁画墓的河南洛阳浅井头壁画墓，也是将壁画全部绘于脊顶的空心砖上。画像亦由北（里）向南（外）展开，分前后

①由于此壁画中的伏羲伴日出现于脊顶西侧，女娲伴月出现于画面的东侧，与一般壁画中日居东、月居西的配置不符，故有不少研究者认为是画工的误植。参贺西林：《古墓丹青：汉代墓室壁画的发现与研究》，西安：陕西人民美术出版社，2001，第36页。然王元化却认为，墓主夫妇背靠伏羲，面向女娲，表明墓主已死，正在飞升，故其实这一图像的排列既没有排错，也不是工人的失误，离阳趋阴，正是建墓者的特意安排。参王元化：《〈卜千秋墓壁画〉试探》，见《文学沉思录》，上海：上海文艺出版社，1983，第165页。

②日本学者林巳奈夫提出此为一组北方神灵之说，参〔日〕林巳奈夫：《对洛阳卜千秋墓壁画的注释》，蔡凤书译，载《华夏考古》1999年第4期，第90—106页。

③陈昌远、贺西林和曾布川宽均认为是西王母，孙作云认为是西王母的侍从。参陈昌远：《关于洛阳西汉卜千秋墓室壁画的几个问题》，见黄明兰主编：《洛阳古墓博物馆》（创刊号），《中原文物》编辑部，1987，第136—141页；贺西林：《古墓丹青：汉代墓室壁画的发现与研究》，西安：陕西人民美术出版社，2001，第31页。

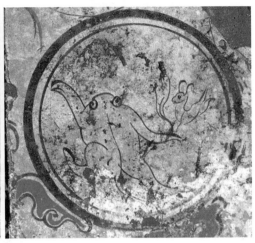

图22　洛阳西郊浅井头墓室顶壁画：日、月

两段：前段依次为朱雀、伏羲、日、怪兽、青龙、羽人乘龙、朱雀、蟾蜍、龙蛇穿璧、蓐收、月、女娲，后段则为瑞云图。壁画中的日与伏羲位于画面的最左端，日中有展翅飞翔的金乌；另一端则绘有女娲与月，女娲人首蛇尾，长尾勾绕在月轮的左侧，月轮内绘有一只硕大的蟾蜍，上方则有一只奔跑的兔子。（图22）它们与朱雀、青龙、蓐收、蟾蜍、蛇等代表四方的神灵布满象征天空的墓室顶，充分体现了汉代阴阳五行的思想。

（三）河南新安县磁涧里河村砖厂壁画墓

发现于2000年的河南省新安县磁涧里河村砖厂西汉墓的壁画也是分布在由20块空心砖组成的长条脊顶，其内容、构图、画法和浅井头、卜千秋墓壁画墓十分相似。脊顶上绘有伏羲、日、女娲、月、青龙、白虎、朱雀、蓐收、云气等。其中，画面以女娲与月为中心，右侧绘有赤龙和黄龙，做盘缠相戏状；左侧绘二凤一凰，二凤在前做奔跑顾盼之态，尾随一凰，展翅紧追。整个画面充满动感，神秘而热烈。伏羲则头戴冠，面目残损，漫漶不清，身红色右衽宽袖袍服，肩生羽翼，拱手，露出青色内袖。下肢为青色蛇尾，在身左侧弯曲上卷，尾拖一轮红日，内绘飞翔的金乌。（图23）

（四）河南洛阳烧沟61号壁画墓

西汉时期中原地区壁画墓中最晚出现有日、月画像的则为河南洛阳的烧沟61号壁画墓。

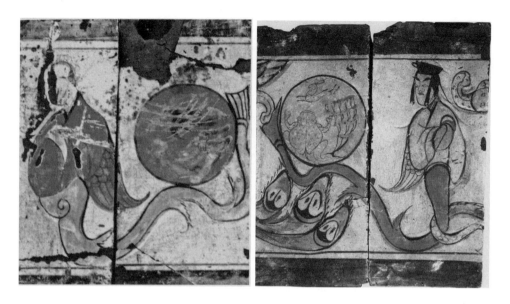

图23 新安县里河村汉墓顶壁画：伏羲与日、女娲与月

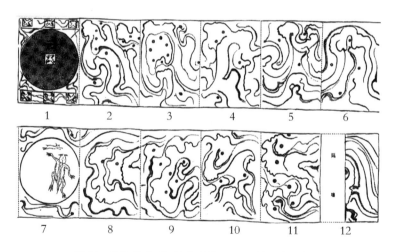

图24 洛阳烧沟61号墓顶壁画：日月星象线描图

1957年在河南洛阳市西北角城外发现的洛阳烧沟61号壁画墓为一以空心砖和小砖混合砌筑的壁画墓，壁画主要分布在主室后壁、隔梁梁柱、隔梁楣额、隔梁楣额上部两面、前室脊顶和门额内上方。脊顶壁画绘有日月星象图。（图24）这幅日月星象图以彩色描绘在12块长方砖上，由东而西的第一块是太阳，中有金乌，第七块是月亮兼星象，月中有蟾蜍及一只奔跑的兔子，其余十幅都是星象图。这

些星象图皆以白粉涂底，然后用朱、墨二色绘流云，朱色圆点绘星辰。

夏鼐、李发林等学者为此一日月星象中的各星点、星宿之可能的名称做过一些相关的讨论。[①] 夏鼐认为，这些星点分别代表"中宫"的北斗及与其有关的"五车"和"贯索"，然后是二十八宿中东方的心、房，西方的毕、卯、参，北方的虚、危，南方的柳、鬼（或轸）等九宿，并插入了"河鼓"与及其有关的"旗星"和"织女"。因此，这可能是中国现存最早的一幅星象图。[②] 虽然，或如夏鼐所言："我们这星象图的描绘者，不会自己便是一个天文学者，他大概是根据一个蓝本，'依样画葫芦'。因之，在描摹时，可能在某些方面走了样"[③]。然却仍可作为我们理解当时人观测天文成果的参考。

（五）大英博物馆收藏的一组洛阳壁画墓

此外，大英博物馆收藏有一组洛阳出土的空心砖壁画，据贺西林《大英博物馆收藏的一组汉代壁画》及洛阳市文物管理局等编《洛阳古代墓葬壁画》（上卷）所记：这组壁画由 3 块空心砖组成，一块是方形，两块是三角形，中间的方形砖表面剥落严重。画面上部绘有两个人，坐于榻上，榻左上方有一淡色的圆形盘状物，中有蟾蜍的一部分，好像是月亮的残迹；右上则似有日，由于表面严重受损，仅残留有颜色痕迹。左边三角形砖上为仙人御云和仙人骑鹿的场面，右边的三角形砖上则是仙人御车和仙人骑鹿的图像。[④]

（六）西安交通大学西汉壁画墓

1987 年 4 月，在西安交通大学附小发现了一座西汉壁画墓，壁画主要分布于主室券顶及东、西、北三壁。壁画分为四个单元：东壁为一幅狩猎长卷；北壁为乘龙羽人所代表的升仙场景；西壁为一幅宴乐、斗鸡等生活长卷；墓门两侧为象征守门的龙、虎图案；券顶则有一幅外径达 2.7 米的古代彩色天象图。

特别值得一提的是墓顶的彩色天象图（图25），由两个大小不等的同心圆组成，内圆南、北两端分绘日、月，日中有金乌，月中有蟾蜍与做奔跑状的兔子。

---

①夏鼐：《洛阳西汉壁画墓中的星象图》，载《考古》1965 年第 2 期，第 80—90 页；李发林：《洛阳西汉壁画墓星象图新探》，见黄明兰主编：《洛阳古墓博物馆》（创刊号），《中原文物》编辑部，1987，第153—162 页。

②夏鼐：《洛阳西汉壁画墓中的星象图》，载《考古》1965 年第 2 期，第 80—90 页。

③夏鼐：《洛阳西汉壁画墓中的星象图》，载《考古》1965 年第 2 期，第 81 页。

④洛阳市文物管理局、洛阳古代艺术博物馆编：《洛阳古代墓葬壁画》（上卷），郑州：中州古籍出版社，2010，第 88 页。

图 25　西安交通大学壁画墓天象图

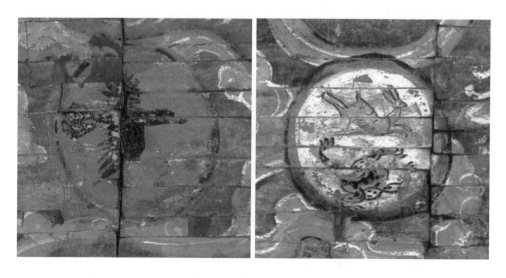

图 26　西安交通大学壁画墓天象图：日、月

两同心圆之间以青龙、白虎、朱雀、玄武四灵定位，并以人物和多种动物填充其间，表现的是二十八宿星象。星图作者将天文知识与神话传说做巧妙的结合，将各个星宿以如跽坐人持箕、人牵牛、豺啄、双角猫头鹰、猎人网兔、须女等融于相关形象的人物、动物之中。星与星座之外，则绘有祥云和仙鹤。

位于同心圆圈内偏南的日轮，外饰一圈黑色轮廓线，中间有一只向右飞翔状黑色金乌；而偏北的月轮，与太阳相对应，外饰黑、红两圈轮廓，轮内东、西两侧分别绘蟾蜍、玉兔，头均向右，玉兔做奔跑状。（图26）①

（七）西安理工大学1号壁画墓

2004年发现的西安理工大学1号壁画墓距西安交通大学西汉壁画墓约3.5公里，且出土有同一类型的器物，故考古发掘报告认为，这是西汉晚期的墓葬。② 其中，1号墓的四壁、券顶发现有大面积的壁画，主室券顶有一表现墓主灵魂所处仙境天界的画面，东、西两侧各有一龙，东侧龙前有日，日中有一飞翔金乌，西侧券顶中部有月，月中有蟾蜍与奔跑的兔子（图27）。

图27 西安理工大学1号汉墓壁画：日、月

（八）西安曲江翠竹园壁画墓

2008年11月，西安市文物保护考古所在配合西安南郊曲江新区翠竹园小区综合楼的基建工程中，发掘了四座西汉时期墓葬，其中，1号墓规模较大，墓室内壁绘满壁画，内容主要为生活场景和天象图。东壁、西壁、北壁主要绘生活场景图，有人物20个；南壁券顶则绘有星宿、太阳、月亮、青龙、白虎、云气等天象图。（图28）太阳位于券顶南部的东侧，内绘金乌；月亮则位于券顶南部

---

①图采自徐光冀主编：《中国出土壁画全集》（第六册），北京：科学出版社，2011，第6、7页图6、7。
②西安文物保护考古所：《西安理工大学西汉壁画墓发掘简报》，载《文物》2006年第5期，第42—43页。

图 28　西安曲江翠竹园壁画墓南壁

的西侧，内绘蟾蜍。

三、山东、江苏、安徽、河南东部、河北东南等区

本区也出土了一些西汉早期帛画，除山东临沂金雀山 9 号墓出土帛画上有日、月画像外，其他如金雀山 13 号墓、14 号墓，金雀山民安 31 号墓、4 号墓，金雀山人大宿舍 105 号墓等，虽也都有帛画出土，惜多已腐坏无法辨认。[①] 至于陕北、晋北及四川、辽宁辽阳等地区，目前则尚未发现有此一时期的日、月画像出土。

1976 年 5 月，山东省临沂市金雀山 9 号汉墓中也出土了一件帛画，此一帛画整体内容与马王堆 1 号墓、3 号墓出土 T 形帛画相似，只是帛画的外形已从 T 字形简化为长条状，应亦属旌幡性质。帛画同样可分为天上、人间、地下三层，上部绘有日、月及仙山琼阁，中部则绘墓主人及宴乐、迎宾、纺绩、校武等人间生活景象，墓主人为一贵族老妪，下部画龙、虎等神怪形象。

过去，有学者推测临沂金雀山帛画的墓主可能与马王堆墓主有亲缘关系[②]，

①陈锽：《超越生命：中国古代帛画综论》（上），杭州：中国美术学院出版社，2014，第 34—37 页。
②刘晓路：《临沂帛画文化氛围初探》，载《中原文物》1993 年第 2 期，第 10—12、22 页。

然从帛画的整体形式已可看出，临沂金雀山帛画较马王堆精简许多。如马王堆帛画上端日、月之间的各种仙人、仙鹤，以及下方的二龙等母题图像均已省略，仅余日月、山峦；马王堆1号墓帛画中的天门与四周的图像在此已略去，仅存屋宇作为与代表人间的画像区隔的象征。在金雀山9号墓帛画中，日、月的位置亦与马王堆1号墓、3号墓相似，右上端为日，日中有飞翔金乌；左上端为圆月，月中有蟾蜍及一只奔跑的兔子。（图29）

第二节　新莽至东汉早期

到了新莽时期，以日、月及天象图装饰墓室的传统仍被沿袭下来，墓室中的日、月画像除仍出现于各壁画墓中外，亦开始出现于各墓室祠堂及画像石墓中。

一、以南阳市为中心的河南省西南部、湖北省北部

新莽至东汉前期，南阳地区出土的墓葬中出现了大量日、月的画像，且有不少与星斗等天文主题相结合。其中包括河南南阳唐河针织厂画像石墓①、河南南阳英庄画像石墓②、河南南阳军帐营画像石墓③、河南南阳王寨画像石墓④等。

（一）河南南阳唐河针织厂画像石墓

于1971年发掘、属西汉晚期至东汉早期的南阳唐河针织厂画像石墓是一个由前室、主室和回廊所组成的墓室。主室由隔墙分为南主室和北主室，墓门、各室壁面、前室和主室的顶部均雕刻有画像，这是迄今

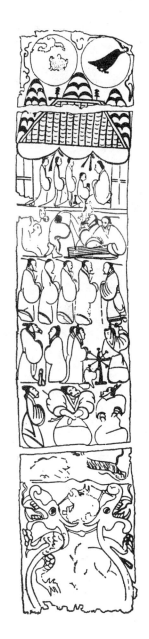

图29　临沂金
雀山9号墓帛画

①周到、李京华：《唐河针织厂汉画像石墓的发掘》，载《文物》1973年第6期，第26—40页。
②南阳博物馆：《河南南阳英庄画像石墓》，载《中原文物》1983年第3期，第103—105页。
③南阳博物馆：《河南南阳军帐营画像石墓》，载《考古与文物》1982年第1期，第40—43页。
④南阳市博物馆：《南阳县王寨汉画像石墓》，载《中原文物》1982年第1期，第15页。

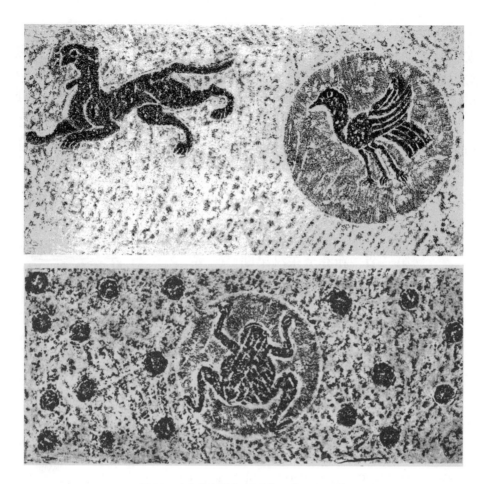

图30　南阳唐河针织厂画像石墓：日、月

在南阳地区发现画像内容最丰富、墓室画像面积最大的汉画像石墓。墓室北主室顶部有日与月画像，日轮与白虎刻于同一石，日中有三足乌；月轮与北斗及似为翼宿的星斗刻于一石，月中则有蟾蜍。（图30）

（二）河南南阳英庄画像石墓

南阳地区的画像石墓到了新莽时期以后，又多以砖石混合结构为主，如南阳英庄画像石墓即为一平顶砖石混合墓。该墓分为前后二室，墓内共有53幅画像，前室墓顶由4块刻有画像的顶盖石组成，由北到南分别为嫦娥奔月、虎跃、龙与流云、负日阳乌。[1]其中，最北的盖顶石，原出土报告将其命名为"嫦娥奔

①中国画像石全集编辑委员会编：《中国画像石全集6·河南汉画像石》，郑州、济南：河南美术出版社、山东美术出版社，2000，第141页图版172。

月"。（图31）① 左边刻绘满月，月中物已模糊不清；月下有云团，其右刻一人首蛇身，仰面，将奔入月中。而最南的顶盖石则刻一鸟展翅飞翔，中有圆腹，应该是用来表示太阳与鸟结合成所谓的阳乌负日，阳乌周围饰以星宿和云气。（图32）有学者认为，周围的八个小圆球，则是象征八个小太阳，可能是幻日或日晕出现的天象。② 值得注意的是，此墓用来象征天空的墓室天象图并不以写实的日、月来呈现，而是以神话式的阳乌负日和嫦娥奔月来表现。

图31　南阳英庄画像石墓：嫦娥奔月

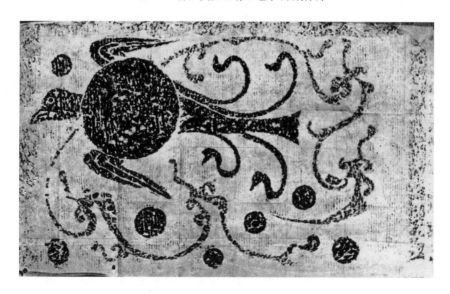

图32　南阳英庄画像石墓：阳乌负日

①南阳博物馆：《河南南阳英庄汉画像石墓》，载《中原文物》1983年第3期，第104页。

②魏仁华以为由此画像看出了"白昼空中出现日晕和幻日时的奇异天象"。参魏仁华：《南阳汉画像石中的幻日图象试析》，载《中原文物》1985年第3期，第63—64页。

图 33　南阳王寨前室过梁下画像石

（三）河南南阳王寨画像石墓

东汉早期同样以阳乌负日代表日的还有南阳王寨画像石墓。此墓由前室、两主室和两侧室组成，前室过梁下方西半边刻一负日的阳乌；东半边则刻一满月，内刻一蟾蜍，日、月之间有一六星联机呈"凵"形；月亮右边又有一六星联机，其上、下各刻一直尾彗星与一做"蚩尤旗"状的彗星。（图33）① 这是一较特殊的日、月天象图。

二、西安、洛阳等地

此区目前可见墓室画像中出现日、月图像者，包括河南偃师市高龙乡辛村新莽壁画墓②、河南洛阳金谷园新莽壁画墓③、河南洛阳宜阳县尹屯新莽壁画墓④、陕西千阳新莽壁画墓⑤，以及东汉早期的山西平陆枣园村东汉壁画墓⑥、河南洛阳金谷园东汉壁画墓⑦、河南新安铁塔山东汉壁画墓⑧、河南洛阳北郊石

①中国画像石全集编辑委员会编：《中国画像石全集6·河南汉画像石》，郑州、济南：河南美术出版社、山东美术出版社，2000，第120页图版148。

②洛阳市第二文物工作队：《洛阳偃师县新莽壁画墓清理简报》，载《文物》1992年第12期，第1—8页。

③洛阳博物馆：《洛阳金谷园新莽时期壁画墓》，见文物编辑委员会编：《文物资料丛刊》，北京：文物出版社，1985。又见洛阳师范学院河洛文化国际研究中心编：《洛阳考古集成·秦汉魏晋南北朝卷》，北京：北京图书馆出版社，2007，第516—525页。

④洛阳市第二文物工作队：《洛阳尹屯新莽壁画墓》，载《考古学报》2005年第1期，第112—117页图版九。

⑤宝鸡市博物馆、千阳县文化馆：《陕西省千阳县汉墓发掘简报》，载《考古》1975年第3期，第178—181页。

⑥因山西省平陆在汉代属司隶地区，故归为此一区。山西省文物管理委员会：《山西平陆枣园村壁画汉墓》，载《考古》1959年第9期，第462—463、466—468页。

⑦无详细发掘报告。参洛阳古墓博物馆编：《洛阳古墓博物馆》，北京：朝华出版社，1987，第28页。

⑧洛阳市文物工作队：《洛阳新安县铁塔山汉墓发掘报告》，载《文物》2002年第5期，第33—38页。

油站东汉壁画墓①等。

（一）河南偃师市高龙乡辛村新莽壁画墓

发掘于1991年的河南偃师市高龙乡辛村壁画墓为一多耳室空心砖墓，墓室由主室和两个耳室组成，并以两个门拱隔出前、中、后三室，壁画则主要绘于主室两隔梁正面、中室东西壁和前室东西耳室门外北侧。日、月画像则绘于第一个门拱上方，那是一由上而下横卧的两块空心砖构成的梯形画面，画面正中绘有一蹲踞状的庞大怪物，怪物口大如盆，利齿如锯。而怪物的两侧则各绘一人首蛇身的形象，蛇身分别穿绕于怪物的两臂上，左边的人首蛇身像为一八字胡的男子，双手托月轮，月中生桂树；右边则为一女子，双手托日轮，日中有金乌。两神均戴黑冠，通体涂白底，躯尾局部施紫、绿两色，衣领、袖口处加朱彩，五官用线描勾绘。（图34）② 图像结构与洛阳烧沟61号西汉墓的隔梁迎面壁画一致。

图34　河南洛阳偃师辛村壁画：人首蛇身与日、月

①洛阳市文物工作队：《河南洛阳北郊东汉壁画墓》，载《考古》1991年第8期，第713—721、768页图版四、五、八。

②黄明兰、郭引强：《洛阳汉墓壁画》，北京：文物出版社，1996，第126页图五、六。

关于壁画中的怪物与二人首蛇身像，原出土调查报告和孙作云都认为中间的怪物是方相氏，两侧奉月捧日的则为羲和、常仪。① 而郭沫若认为，画面中间方砖上的图像表现的是天地四方、日月阴阳和飞禽走兽，并且指出：怪物两臂上的人代表着阴、阳的男女，他们双手所托的盘状物象征着日、月。② 贺西林在结合了孙作云和郭沫若的说法后，认为怪物右臂托日的人首蛇尾形象应是女娲，左臂托月者则为伏羲。③ 伏羲配月、女娲配日，则是以女娲和伏羲这两位阴阳之主，与太阳、月亮此二阴阳之精相错位和替换，以蕴藏阴、阳两种强大力量的交合，并象征宇宙万物的平衡与协调。④

（二）河南洛阳金谷园新莽壁画墓

另一出土于 1978 年的洛阳金谷园壁画墓，则为新莽地皇年间（20—23）的墓葬。墓室分为前后二室，前室为穹隆顶结构，侧室为仿木结构的斜坡式脊顶，壁画分布于甬道、前室和后室。后室的平脊上有 4 幅画像，由南（外）而北（内）依次为绘有太阳的日、雌雄二登龙穿璧而过的"太一阴阳图"、具有朱雀与仙人神兽的"后土制四方"及最后一幅的月。另，后室东、西两壁柱头斗间也绘有几幅被黄明兰等命名为东方句芒、西方蓐收、南方祝融、北方玄冥、水神玄武、天马辰星的画像。⑤ 其中日、月皆绘于三叠层方栏藻井中，日画像的外层绘红云，中层涂天蓝，内层有一红日，中央以黑彩绘金乌；月画像的外层绘红云，中层涂朱，内层画圆月，月中墨勾蟾蜍、桂树。（图35）⑥

①洛阳市第二文物工作队：《洛阳偃师县新莽壁画墓清理简报》，载《文物》1992 年第 12 期，第 4—5 页；汤池：《魏南北朝墓室壁画》，见《中国美术全集·绘画编 12·墓室壁画》，北京：人民美术出版社，1989，第 1 页。孙作云也认为，这组图像表现的是驱邪打鬼的大傩仪式，并考证出画面中间形象较大的怪物是传说中的方相氏。孙作云：《洛阳西汉壁画墓中的傩仪图——打鬼迷信、打鬼图阶级分析》，见黄明兰主编：《洛阳古墓博物馆》（创刊号），《中原文物》编辑部，1987，第 118—125 页；孙作云：《洛阳西汉壁画墓考释》，见黄明兰主编：《洛阳古墓博物馆》（创刊号），《中原文物》编辑部，1987，第 106—108 页。

②郭沫若：《洛阳汉墓壁画试探》，载《考古学报》1964 年第 2 期，第 4 页。

③虽文献中常有羲和占日、常仪占月的记载，故多有学者将其解释为羲和擎日和常羲擎月。然据文献所载，羲和、常仪二神均为女性，与图像中的一男一女形象并不相符，故贺西林将此二人首蛇身像定名为伏羲、女娲。参贺西林：《古墓丹青：汉代墓室壁画的发现与研究》，西安：陕西人民美术出版社，2001，第 21 页。

④贺西林：《古墓丹青：汉代墓室壁画的发现与研究》，西安：陕西人民美术出版社，2001，第 63 页。

⑤黄明兰、郭引强：《洛阳汉墓壁画》，北京：文物出版社，1996，第 105—121 页。

⑥黄明兰、郭引强：《洛阳汉墓壁画》，北京：文物出版社，1996，第 111、113 页图四、六。

图 35　河南洛阳金谷园新莽壁画墓：日、月

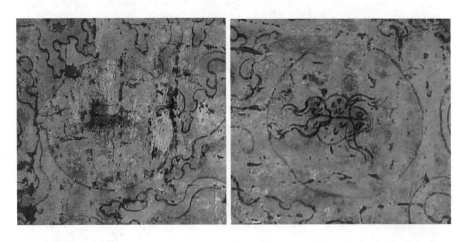

图 36　河南洛阳尹屯新莽壁画墓：日、月

（三）河南洛阳宜阳县尹屯新莽壁画墓

发现于 2003 年的河南洛阳宜阳县尹屯壁画墓则是由前、中、后三主室和五耳室所组成。该墓以小砖砌筑，三主室皆为穹隆顶，壁画主要绘于中室和后室的顶部。中室顶部左侧壁面为彩云环绕的太阳，太阳的边框为黑线，内涂黄色，内彩有明显的剥蚀痕迹，原有图案已遭破坏，从残留痕迹看，太阳中部原应绘有飞翔金乌；右侧壁面为彩云环绕圆月，圆月的大小与太阳同，月中有蟾蜍。（图 36）[①] 日、月下方的穹隆顶四披部分则大致按古代天官体系的五宫分配星官，其间满布流云。

----

①图版采自洛阳市文物管理局、洛阳古代艺术博物馆编：《洛阳古代墓葬壁画》（上卷），郑州：中州古籍出版社，2010，第 120—121 页。

图 37　陕西千阳新莽壁画墓：日

图 38　河南偃师新莽壁画墓

（四）陕西千阳新莽壁画墓

发现于1972年的陕西千阳新莽壁画墓为一小砖券砌筑洞室墓，墓室的东、西两壁也彩绘有天象图。东壁前端有太阳，太阳中有金乌，四周有云气围绕，云气中间有星四颗，并有一已残的龙形动物（图37）；西壁前面是一月轮，但轮内图案已不清楚，周围布满云气，间有星点十一颗及一有虎尾的动物。

（五）河南偃师新莽壁画墓

2008年发现于偃师、现藏于中国农业博物馆的河南偃师新莽壁画墓，共发现10块空心砖。相关内容除西王母、捣药兔及仙人骑鹿等表现神仙世界的壁画外，一块四周有菱形纹长格纹围栏的画像砖中，中间绘一似熊又似猪的神人，以两手环抱人首蛇躯的伏羲与女娲。伏羲手捧红日，日中有金乌；女娲手捧白色圆月，月轮中似有物，然无法辨识。（图38）

（六）河南新安县铁塔山东汉壁画墓

1984年5月发现于河南新安铁塔山的东汉壁画墓，墓室为长方形砖券墓，墓顶为弧形，墓门向东。壁画直接绘在墓壁和顶部的砖上，笔画粗犷，多漫漶不清。进墓门两侧各绘守门武士一人，后壁一幅似为墓主人，居中踞坐，左绘执金吾，右绘侍女。右壁为车骑出行图，墓主人乘坐轺车，后有步卒。左壁绘彩罐。墓顶绘太阳和月亮，并有北斗七星和彩云，间绘飞奔的鹿和羊。壁面东部有一轮圆形红日，内有一只疾飞的金乌；西部为一盈月，内绘一硕大蟾蜍及做奔跑状的玉兔和桂树。（图39）[①]

（七）山西平陆枣园村东汉壁画墓

可能是新莽后期到东汉初期的山西平陆枣园村壁画墓为一"卜"字形小砖券顶墓室，墓室由主室和一耳室组成，墓室内绘满彩色壁画，画像极为丰富，惜部分脱落严重，无法辨识，仅藻井和四壁上部比较完整。其主室券顶上有日、月的画像，红色的日轮居东方，内有金乌；白色的月居西方，内有蟾蜍。（图40）拱券北壁有苍龙，南壁有白虎，后壁上端则为仅有龟而无蛇的玄武等。龙、虎前后及其上的拱顶部分则满布流荡的云气，还有以红色绘成的星宿百余颗，而在彩绘的日、月、星辰、云气中，又有九只长颈短尾白鹄。

---

①洛阳市文物工作队：《洛阳新安县铁塔山汉墓发掘报告》，载《文物》2002年第5期，第38页；黄明兰、郭引强：《洛阳汉墓壁画》，北京：文物出版社，1996，第181—186页。

（上）图39　河南新安县铁塔山东汉壁画墓　　（下）图40　山西平陆枣园村壁画墓

（八）河南洛阳金谷园东汉壁画墓

发现于 1982 年、属东汉初年的河南洛阳金谷园壁画墓为一小砖墓，壁画集中绘于穹隆顶及墓门内侧，前室穹隆顶中央结顶处以砖封顶，砖下部雕一绘红、白、青条纹的圆球，南披绘一直径 18 厘米的红色太阳及白虎，日中有金乌；北披也绘一直径 18 厘的白色月亮及朱雀，月以红色勾边，中有朱绘桂树及青色蟾蜍；西披则绘一黑色飞鸟。日、月周围有红、黑、青三色绘出的彩云，前室与后室甬道间则绘满云气。（图 41）

（九）河南洛阳北郊石油站东汉壁画墓

发现于 1987 年、同属东汉前期的河南洛阳北郊石油站壁画墓为一空心砖墓，墓室以小砖券砌，由前、中、后室及三个耳室组成。三主室均为穹隆顶结构，壁画主要绘于中室穹隆顶、中室两侧壁及中室甬道两壁。中室穹隆顶以流畅起伏的红云为底纹，四披绘四组壁画：东壁绘有一擎日者，西壁则绘有一擎月者，均为人首蛇身。擎日者为女子形象，修眉细目、小口朱唇，面容饱满俊秀，双手高举内有飞翔黑乌的红色日轮；擎月者则为男子，高面阔额，修眉细目，小口朱唇，唇上有八字胡，面貌英俊，双手高擎着内藏赤色蟾蜍的月轮。（图 42）① 南、北两壁则分别绘仙人御龙车、仙人御麒麟车画像。

这种男子擎月、女子捧日的现象也发生在前引河南洛阳偃师辛村新莽墓壁画（图 34）中。有学者认为这可能是工匠的误植，但也有学者认为可能象征宇宙万物的平衡与协调。②

三、山东、江苏、安徽、河南东部、河北东南部等区

此一时期出土的壁画墓中有日、月画像的有山东东平 1 号新莽壁画墓③、山东梁山后银山东汉壁画墓④两座；另，画像石及棺椁中出现有日、月画像的则包括江苏盱眙 1 号墓棺盖顶板⑤、江苏泗洪重岗石椁壁板⑥及山东长清孝堂山郭氏

---

①图版采自洛阳市文物管理局、洛阳古代艺术博物馆编：《洛阳古代墓葬壁画》（上卷），郑州：中州古籍出版社，2010，第 193—195 页。

②贺西林：《古墓丹青：汉代墓室壁画的发现与研究》，西安：陕西人民美术出版社，2001，第 63 页。

③山东省文物考古研究所、东平县文物管理所编：《东平后屯汉代壁画墓》，北京：科学出版社，2010，第 31—32 页彩版四七至四九。

④杨子范：《山东梁山后银山村发现带彩绘的古墓》，载《文物参考数据》1954 年第 3 期，第 118 页；关天相、冀刚：《梁山汉墓》，载《文物》1955 年第 5 期，第 43—44 页图版三。

⑤南京博物院：《江苏盱眙东阳汉墓》，载《考古》1979 年第 5 期，第 412—426 页。

⑥南京博物院：《江苏泗洪重岗汉画像石墓》，载《考古》1986 年第 7 期，第 614—622 页。

墓石祠隔梁底画像①、山东枣庄西集镇出土画像石②等。

图 41　河南洛阳金谷园东汉壁画墓：日、月

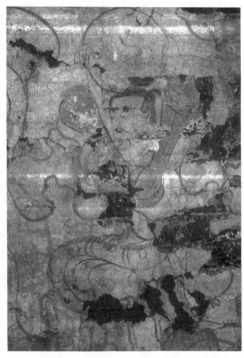

图 42　洛阳北郊石油站壁画墓：女娲捧日、伏羲捧月

　　①罗哲文：《孝堂山郭氏墓祠堂》，载《文物》1961 年第 4、5 期合刊，第 50 页。
　　②中国画像石全集编辑委员会编：《中国画像石全集 2·山东汉画像石》，济南、郑州：山东美术出版社、河南美术出版社，2000，第 137 页图版 145。

（一）山东东平1号东汉壁画墓

2007 年 10 月，山东省文物局在东平县清理发掘了 18 座汉代墓葬，并在编号为 1 号墓、12 号墓、13 号墓发现壁画，时代约从西汉末年到东汉早期。[①] 其中，又以 1 号墓发现的壁画最为丰富生动，且保存完好。该墓墓顶由四块墓顶石组成，第三块石上绘有一内有飞翔黑乌的红色圆轮，是太阳的象征，未见月轮，周围围绕着反复勾连的云气纹，线条流畅。（图 43）墓壁则绘有历史故事、拜谒、斗鸡、宴饮、舞蹈等表现墓主日常生活的画像。

（二）山东梁山后银山东汉壁画墓

发现于 1953 年的山东梁山后银山东汉壁画墓分前后两室，壁画主要分布在前室四壁及室顶。前室的顶部，一端以朱彩绘一圆轮以象征太阳，太阳内以墨色绘有一三趾的乌鸟；另一端则亦有一圆轮，应为月亮，惜已残损。日、月

图 43　山东东平 1 号东汉壁画墓：日

①在多座墓葬中，存在着石椁和砖砌券顶墓并存的情况，依据山东地区汉墓的特点，石椁墓是典型的西汉墓样式，砖砌券顶和多室墓又是东汉墓葬的特色，但是还没有发现东汉晚期结构复杂的多室墓，因此墓葬的时代应为东汉早期。参山东省文物考古研究所、东平县文物管理所编：《东平后屯汉代壁画墓》，北京：科学出版社，2010，第 100—103 页。

图44 山东梁山后银山东汉壁画墓：日、月（摹本）

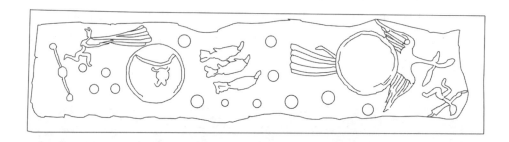

图45 江苏盱眙1号墓棺盖顶板（李柏汉绘）

周围则为云气纹。（图44）[1]

另，前室自西壁经南壁至东壁则绘满人物、楼阁及车马出行图，并有如"游徼""功曹""主簿""淳于卿车马"等榜题，似为墓主人官衔；东壁南侧绘有九位人物，自左至右，人物渐次矮小，各有榜题"子元""子礼""子仁""子喜"等。相关壁画的内容，似有联系。

（三）江苏盱眙1号墓棺盖木刻板

1974年发现的江苏盱眙1号墓为一椁双棺的竖穴土坑墓，棺盖的两块顶板上亦刻有日、月、星象图，内刻简化的穿璧图。第一块顶板的左方为负日金乌，周围分布九个比较小的圆点，上方刻一人疾奔，中间刻三条并排的鱼，意义不明；右方为月中有蟾蜍、玉兔，最右侧有三颗无联机星点、三颗联机星点，还有一个骑着扫帚、状似彗星的人形。（图45）第二块则有两条带翼的应龙，间杂有三颗分散的星点，最左侧为三颗联机星点。

（四）江苏泗洪重岗画像石椁

江苏泗洪重岗画像石墓是一座竖穴土坑内双室墓，墓坑中用12块石板和石

---

①图版采自徐光冀主编：《中国出土壁画全集》（第四册），北京：科学出版社，2011，第37页图40。

块搭成了双石椁室。石椁的设计者应是将石椁室视为一小型的墓室，除在东、西两室皆做有墓门外，并分别在四壁刻满如铺首、祥瑞瑞禽图、楼阁、厅堂、杂技、歌舞、宴饮等画像，东、西两室间用以隔室的壁板双面两侧上层，则分别出现有日、月的画像，日与月的下方还有一通气孔。有日的一侧，日居右上角，日中有三只飞翔的乌鸟，并刻有人间的厅堂、田猎、蹴张、角抵等图；有月的一侧，月居左上角，中有桂树、蟾蜍，另刻有出行、农耕等图。（图46）

此外，在江苏檀山出土的石椁西侧及头挡板上，也有几幅相同的图案，内容都是非常简单的屋宅、树木，屋顶的两侧各有一简单的饼图案，从相对位置来看应为日、月。①

（五）山东长清孝堂山郭氏墓石祠隔梁底画像石

山东孝堂山石祠属东汉早期的墓室祠堂，在隔梁底面有一画像石，画像南段刻有一日轮，日中有金乌，日旁有织女坐于织机上，有三星相连，当为织女星座；织女后有六星，日轮外侧有相连的南斗六星及一小星，南斗下有浮云和

图46　江苏泗洪重岗石椁壁板

————————

①徐州博物馆：《江苏徐州市清理五座汉画像石墓》，载《考古》1996年第3期，第28—35页。

图47　山东长清孝堂山石祠隔梁底画像

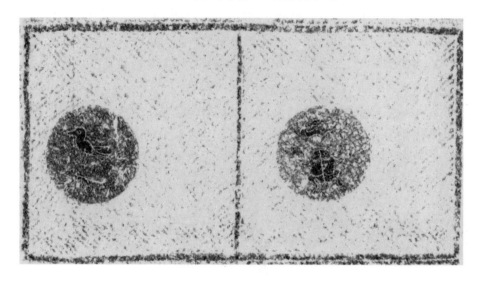

图48　山东枣庄西集镇画像石

一飞鸟。北段则刻一月轮，轮中有玉兔和蟾蜍。除日、月图外，并出现有如织女星座、南斗六星、北斗七星等星宿的形象。（图47）①

（六）山东枣庄西集镇出土东汉画像石

山东枣庄市山亭区西集镇出土的一块画像石，画面分为两格：左格为太阳，内刻一三足乌及一九尾狐；右格为月亮，内刻一兔、一蟾蜍。（图48）此应是作为墓顶石及天空象征的画像。

四、陕北、晋北等地

近二十年来，陕北、晋西北等地陆续发现了几座新莽前后的壁画墓，如2003年在陕西定边县郝滩发现的壁画墓以及2005年在陕西靖边杨桥畔发现的壁

---

①图版采自中国画像石全集编辑委员会编：《中国画像石全集1·山东汉画像石》，济南、郑州：山东美术出版社、河南美术出版社，2000，第27页图版47。

图49　陕西定边郝滩1号壁画墓：月与毕宿

画墓①，都有很丰富的壁画。其中，陕西定边郝滩发现的壁画墓中，出现了日、月的画像。另葬具部分，则有甘肃武威磨嘴子4、23、54号等墓出土的三件帛画上有日、月的形象。

（一）陕西定边郝滩1号壁画墓

2003年4月陕西定边郝滩发现一座东汉壁画墓，这是一座坐南向北、有斜坡墓道的土洞墓。墓室中绘满了面积约25平方米的壁画，内容十分丰富，包含昆仑仙境、"太一坐"字样、神兽奏乐和鱼云车、鹿云车和龙云车仙等内容。墓室的顶部也出现包括二十八宿及另11颗星宿，月亮、青龙、白虎、朱雀、玄武、仙人、风伯、雷神、雨师等，但没有太阳，而月中有一蹲踞的蟾蜍与一只奔跑的兔子。（图49）

---

①韩宏：《罕见东汉壁画出土陕西定边》，载《文汇报》2004年1月12日；陕西省考古研究所、榆林市文物管理委员会：《陕西定边县郝滩发现东汉壁画墓》，载《考古与文物》2004年第5期，第20—21页。

图 50　武威磨嘴子 23 号墓帛画

（二）甘肃武威磨嘴子 4、23、54 号墓帛画

20 世纪 50 年代至 70 年代，甘肃武威磨嘴子汉墓出土了多件题有文字并覆盖于棺枢的帛画①，这些墓葬大致属东汉早期。其中，在 1956 年发掘的 4 号墓帛画②、1959 年发掘的 23 号墓帛画③、1972 年发掘的 54 号墓帛画④上，都出现了日、月的图像。

首先，1956 年发掘的 4 号墓帛画为红色丝麻织品，甚长，下端残蚀，铭为篆体墨书，上端两角画有日、月，日、月中隐约能看出动物的形状，然是否为金乌、蟾、兔则无法辨识。帛画下部接续画虎，再下全为云纹。其次，23 号墓帛画则为淡黄色麻布，四周镶以稀疏赭色形似薄纱之织品，上端用一普通树枝为轴，篆体墨书，铭文之上各有一 15 厘米的圆形，左圆中画一三足乌，乌周围填以红色，应为日；至于右圆中的动物，在《武威汉简》中称是"墨绘回龙而身涂朱者"，认为是龙。⑤ 不过，安志敏已撰文指出其误，经张朋川考证，认为是一经过夸张和变形、头部加大、突出了嘴和眼睛的蟾蜍，上方则有一只做奔跑状的兔子。（图 50）⑥

①"磨嘴子"或写作"磨咀子"，而这些铭旌在不同的文献中，或又被称作幢幡、枢铭。党国栋：《武威县磨嘴子古墓清理记要》，载《文物》1958 年第 11 期，第 68—71 页，该文称之为"幢幡"。甘肃省博物馆：《甘肃武威磨咀子汉墓发掘》，载《考古》1960 年第 9 期，第 15—28 页，该文称之为"铭旌"。甘肃省博物馆、中国科学院考古研究所：《武威汉简》，北京：文物出版社，1964，第 148—149 页图版二三，摹本二五、二六，该书称之为"枢铭"。

②党国栋：《武威县磨嘴子古墓清理记要》，载《文物》1958 年第 11 期，第 68—71 页。

③甘肃省博物馆、中国科学院考古研究所：《武威汉简》，北京：文物出版社，1964，第 148—149 页。

④甘肃省博物馆、中国科学院考古研究所：《武威汉简》，北京：文物出版社，1964，第 148 页。

⑤甘肃省博物馆、中国科学院考古研究所：《武威汉简》，北京：文物出版社，1964，第 148 页。

⑥张朋川：《河西出土的汉晋绘画简述》，载《文物》1978 年第 6 期，第 60 页。

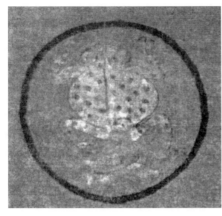

图 51　武威磨嘴子 54 号墓帛画

54 号墓帛画则保存良好，两端上角也画有日、月图，日中画三足乌和九尾狐，月中画蟾蜍和玉兔。（图 51）①

基本上，甘肃武威磨嘴子墓出土的这几幅帛画的构图都非常简单，与马王堆帛画相较，完全不见马王堆时期的繁复图像，其简化的状况比临沂金雀山帛画更甚。

第三节　东汉中晚期

到了东汉时期，由于厚葬之风的愈益盛行，各地以画像装饰之风更盛。虽然，此一时期在以河南为中心的中原地区仍有零星的壁画墓出土，但主要仍以纯石结构的画像石墓②和砖石混合结构的画像砖墓③为主。反而是在河北、内蒙古，以及东北的辽东地区、西北的河西走廊等地，出现较多壁画墓。因此，日、月的画像也广泛地分布在各大汉画集中区域，兹按其分布区域列述如下：

①甘肃省博物馆：《甘肃武威磨咀子汉墓发掘》，载《考古》1960 年第 9 期，第 15—25 页。

②所谓画像石墓，是指在墓室的壁上以镌刻画像为装饰的石结构或砖石混合结构墓。这类墓室大约自西汉晚期开始出现，到了东汉时期，特别是东汉后期数量大增。主要分布在山东、苏北、皖北、河南南阳、鄂北、陕北及晋西北等地区，另在北京丰台、河南新密、四川江北、重庆合川等地也有一些发现。

③画像砖墓则是指以印有画像之砖块砌成的墓葬。在早期的砖室墓中，大多在大型的空心砖上印上一些装饰花纹。到了西汉中期以后，发展出一种人字顶的砖室墓，所使用的空心砖上的图案开始有较多叙事性或象征意义的图案出现。其后，随着砖室墓的发展，所用的砖块除了空心砖之外，又有长条形实心大砖以及小砖，均可以模造方式加以画像装饰，并且可以在画像上施以彩绘。参吕品：《河南汉代画像砖的出土与研究》，载《中原文物》1989 年第 3 期，第 51—59 页。

一、以南阳市为中心的河南省西南部、湖北省北部地区

到了东汉中晚期，以南阳为中心的地区，主要以纯石结构的画像石墓和砖石混合结构的画像砖墓为主。南阳地区画像石大约开始产生于西汉中晚期，至东汉早期已趋繁盛，其中，与天文星象相关的画像更是南阳汉画像最具特色的一个部分，更有不少结合日、月及星宿以表现墓室天空者，如南阳草店北梁画像石①、南阳丁凤店出土画像石②、南阳卧龙区阮堂出土画像石③、南阳东关魏公桥墓门楣画像④、南阳市一中出土画像石⑤、南阳宛城区十里铺画像石墓⑥、南阳宛城区出土画像石⑦、南阳卧龙区麟麒岗画像石墓⑧、南阳市环城乡王府画像石⑨，以及嵩山中岳少室西阙北面画像石⑩等。

在南阳，这类以日、月来表现墓室天空的画像，大多出现在墓室中较高的位置。如南阳市出土的一块画像石，左刻日轮，内有金乌；右刻满月，内有蟾蜍，日月间云气缭绕。（图52）或有研究者认为，这是一幅描绘月落日出自然景象的画像，即古人所谓的日月同辉，祥瑞之兆。⑪

此外，南阳地区也经常可见直接以乌来象征太阳的画像，例如南阳草店汉墓龙形石梁北梁下部的画像石（图53），由左至右分别为两只飞翔的乌鸟、不知名星宿，还有右侧的月轮，中有一蟾蜍。这幅画像直接以乌来象征太阳，正反映了《楚辞》中所记的"日即是乌""乌即是日"之原始神话形态。

---

①南阳汉画像馆编：《南阳汉代画像石墓》，郑州：河南美术出版社，1988，第85页。

②中国画像石全集编辑委员会编：《中国画像石全集6·河南汉画像石》，郑州、济南：河南美术出版社、山东美术出版社，2000，第87页图版112。

③中国画像石全集编辑委员会编：《中国画像石全集6·河南汉画像石》，郑州、济南：河南美术出版社、山东美术出版社，2000，第85页图版110。

④孙文清：《南阳汉画像汇存》，扬州：广陵书社，1999，第68页图134。

⑤王建中、闪修山：《南阳两汉画像石》，北京：文物出版社：1990，第152页图版271。

⑥中国画像石全集编辑委员会编：《中国画像石全集6·河南汉画像石》，郑州、济南：河南美术出版社、山东美术出版社，2000，第160页图版196。

⑦中国画像石全集编辑委员会编：《中国画像石全集6·河南汉画像石》，郑州、济南：河南美术出版社、山东美术出版社，第131页图版112。

⑧南阳汉画像馆编：《南阳汉代画像石墓》，郑州：河南美术出版社，1988，第135—158页。

⑨王建中、闪修山：《南阳两汉画像石》，北京：文物出版社，1990，第107页图版167。

⑩河南省博物馆、河南省文物研究所、河南省古代建筑研究所主编，吕品编著：《中岳汉三阙》，北京：文物出版社，1990，第49—50页图版190—202。

⑪王建中、闪修山：《南阳两汉画像石》，北京：文物出版社，1990，第150页图269。

（上）图52　南阳出土画像石　　（下）图53　南阳草店北梁画像石

南阳地区的画像中还经常可见一种阳乌负日的画像，如在南阳十里铺前室的东盖顶画像石中绘一阳乌，身体呈圆形，应是用以象征太阳，翅、尾伸张呈飞翔状，则是表示乌载着太阳运行。（图54）与《楚辞》中所说的日载于乌相呼应。另如南阳市一中出土的一块画像石则为左、右相对之二日乌，其中右侧日乌无尾部。

此外，有时阳乌负日还会和各种星宿同时出现，以代表天空。如在南阳丁凤店出土的一块画像石，画面左段为一背负日轮之阳乌，中段及右段则分别刻太白、河鼓二、女宿、北斗及天枪等星宿（图55），将天文知识与神话想象融合在同一画面。

图54　南阳十里铺前室
盖顶画像石

111

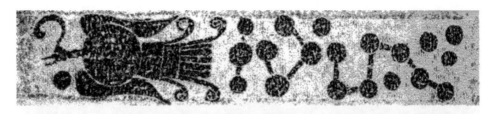

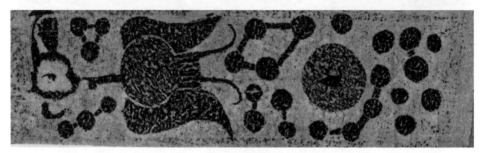

（上）图 55　南阳丁凤店出土画像石　　　　（中）图 56　南阳出土画像石

（下）图 57　南阳东关魏公桥墓门楣石画像

　　至于另一块于南阳出土的画像石，则右段刻一满月，内雕一蟾蜍，周围有繁星。星上部两个二星联机、四星联机和三星联机成角者为苍龙星座。左刻一金乌，前方刻两组相连三星："一字"形者为"河鼓二"；三角形者为织女星，即女须星。右方则刻一颠倒的仙人，手持华盖，侧身而立。（图 56）①

　　此外，也有单独以月及星宿表现天空的画像，如南阳卧龙区阮堂出土的一块画像石（参第五章，图 126），月与苍龙星座出现在同一画面，月中有一奔跑的兔及一似在舞蹈的蟾蜍。又如南阳市东关魏公桥墓门楣石画像（图 57），正中间有一明月，月中有蟾蜍，旁边有捣药兔、九尾狐、人物，左、右两旁有三蛇身羽人，似为仙人。相似的构图还有南阳市一中出土画像石，一样是中间为月

　　①南阳汉代画像石编辑委员会编：《南阳汉代画像石》，北京：文物出版社，1985，第 147 页图 521。

亮，月中有一蟾蜍，旁边有二兽；左侧为一人端坐吹排箫，一女子舞蹈；右侧有三人端坐，中间一人吹排箫，似为一表现天上神仙世界的画面。

此外，像大约建于东汉安帝延光二年（123）的河南嵩山中岳少室二阙的西阙北面画像石，也有一幅月宫画像，月中有蟾蜍及持杵捣药的兔子。另在西面第一层，分左、右两部，右部为少室阙铭；左部为一月亮，内有一兔手执一杵捣药，旁有一蟾蜍。（图58）

除了表现日、月的画像外，南阳汉画像中还有不少表现特殊天象的画像。如前述河南南阳英庄的阳乌负日画像石（图32），可能是表现幻日的异象。除了有幻日外，还有一种被学者称为"日月合璧图"的画像。如南阳宛城区出土的一块画像石，画面下方有苍龙星座及毕宿，上方则中间刻一巨大的阳乌，背负日轮而行；其后又刻一阳乌背负日轮，日轮内刻一象征月亮的蟾蜍。这种日中有月的现象，似乎是用以象征日、月重叠，王建中等人认为即所谓日

图58　河南嵩山中岳少室西阙北面画像石

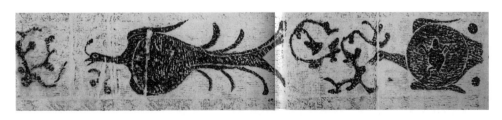

图59　南阳宛城"日月合璧图"

113

食。（图59）① 而许多学者又称此类画像为"日月交蚀图"②。在汉代，日、月交会又称"日月合璧"，是祥瑞的象征。

此外，在南阳地区，日、月也经常与伏羲、女娲相配，作为阴、阳的象征。如南阳王庄出土了一幅女娲人首蛇尾、双手托举起月轮的画像，月中有蟾蜍。（图60）另一幅南阳出土的伏羲、女娲画像，则是二人首蛇身者位于画面两端，尾相交于中部，一端为伏羲双手托阳乌日轮，另一端则为双手托蟾蜍月轮的女娲。③ 这似是一种表现二者结合，各司阴、阳的象征。

另如南阳麒麟岗画像石墓的南、北大门上也分别出现了一对人首蛇尾、肩生羽翼的日、月神画像。（图61）④ 其中，南大门的人首蛇身尾像头戴山形冠，肩部生毛羽，着上衣，怀中抱一日轮（图61左）；另北大门的人首蛇尾像则头梳双髻，体生毛羽，怀中抱一月轮（图61右）。除了墓门上出现有日、月神的形象外，该墓的前室顶盖石也出现一日月四神天象图，画像最左侧刻一人首蛇身，胸前捧日轮，内有飞翔乌鸟，旁有北斗七星相连，斗口、斗柄分明；最右亦刻一人首蛇身，胸前也有一月轮，轮中似有物，但已不可辨，旁有南斗六星相连，与北斗遥遥相对，其间饰以云气。正中则刻一头戴山形冠天神，四周由四神环绕，上为朱雀，

图60　南阳王庄盖顶石

①中国画像石全集编辑委员会编：《中国画像石全集6·河南汉画像石》，郑州、济南：河南美术出版社、山东美术出版社，2000，第131页图版160。

②吴曾德：《汉代画像石》，台北：丹青图书公司，1986，第67—68页。

③南阳汉代画像石编辑委员会编：《南阳汉代画像石》，北京：文物出版社，1985，第122页图版331。关于这幅画像的内容，现有两种说法：一说为羲和捧日和常羲捧月；一说为伏羲捧日和常羲捧月。

④中国画像石全集编辑委员会编：《中国画像石全集6·河南汉画像石》，郑州、济南：河南美术出版社、山东美术出版社，2000，第110、111页图版136、138。

图 61　河南南阳麒麟岗画像石：日神、月神

图 62　河南南阳麒麟岗画像石

下为玄武，左为白虎，右为青龙。（图62）由画像中的日、月、北斗、南斗来看，明显可见它亦作为墓室天象图的象征。

图 63　河南南阳西关画像石：嫦娥奔月

此外，南阳地区还有以如嫦娥奔月神话来表现天象者，如南阳市西关出土一块被命名为"嫦娥奔月"的画像石。画面左方有一圆，内刻一蟾蜍象征月；右一女子高髻广袖，人首蛇身，呈升腾状，周围云气缭绕，散布九星。（图63）[1]有不少学者认为，此画像右方的女子即嫦娥，而月中的蟾蜍是嫦娥的化身。[2]

二、西安、洛阳等地

到了东汉中晚期，此区虽仍可零星地看到如河南洛阳机工场壁画墓、河南洛阳偃师杏园村壁画墓、河南洛阳西工壁画墓、河南洛阳第3850号壁画墓、洛阳朱村壁画墓、荥阳苌村壁画墓等以壁画为主的墓室，以及如河南新密打虎亭壁画墓2号墓和新密后士郭1、2、3号墓等画像石结合壁画的墓室。但到了东汉中晚期，长安、洛阳等地的墓葬开始流行以如"车马出行图""庖厨宴饮图"等突显墓主身份地位与奢华享乐生活的题材来装饰墓室，因此，在这一时期的壁画墓中，只有陕西旬邑县百子村1号壁画墓[3]出土有日、月画像。

①中国画像石全集编辑委员会编：《中国画像石全集6·河南汉画像石》，郑州、济南：河南美术出版社、山东美术出版社，2000，图版205。

②河南南阳的画像石中有不少这类内容的画像，有许多学者认为，这些画面生动地描绘了从制药、求药到嫦娥窃以奔月的过程。参王建中、闪修山：《南阳两汉画像石》，北京：文物出版社，1990，图版172、173、275、280。此外，吴曾德、周到、张道一等亦主此说，参吴曾德：《汉代画像石》，台北：丹青图书公司，1986，第67—68页。张道一：《汉画故事》，重庆：重庆大学出版社，2006，第195—196页。而陈江风在《"嫦娥奔月"画像考释》一文中则对"嫦娥奔月"画像进行了质疑，或也有学者认为应是"女娲擎月"。

③陕西省考古研究所、旬邑县博物馆：《旬邑县百子村东汉壁画墓》，见中国考古学会编：《中国考古学年鉴·2001》，北京：文物出版社，2001，第303—304页。

图 64　陕西旬邑百子村 1 号壁画墓：日、月

发掘于 2000 年的陕西旬邑县百子村 1 号壁画墓为一砖室墓，主要有前室、后室及两个耳室。关于此墓的年代，发掘者认为约在公元 2 世纪，而墓主可能是一个被称为"邠王"的人。壁画主要绘于后室顶部和四壁中上部，后室的穹隆顶有四灵兽、日、月、莲花藻井图案及云气，日中有金乌，月中有蟾蜍。（图64）

三、山东、江苏、安徽、河南东部、河北东南部等区

此一时期出土的墓葬中有日、月画像的包括约东汉中期的山东邹城市高庄乡金斗山出土月轮画像石①、汉晚期的山东安丘董家庄汉墓前室封顶石中段画像石②及中室封顶画像石③、山东滕州市官桥镇大康留庄日月星画像石④、山东济南市大观园出土莲花日月画像石⑤、山东泰安市大汶口出土日月龙画像石⑥、江

①中国画像石全集编辑委员会编：《中国画像石全集 2·山东汉画像石》，济南、郑州：山东美术出版社、河南美术出版社，2000，第 72 页图版 80。

②中国画像石全集编辑委员会编：《中国画像石全集 2·山东汉画像石》，济南、郑州：山东美术出版社、河南美术出版社，2000，第 100 页图版 137。

③中国画像石全集编辑委员会编：《中国画像石全集 1·山东汉画像石》，济南、郑州：山东美术出版社、河南美术出版社，2000，第 113 页图版 153。

④中国画像石全集编辑委员会编：《中国画像石全集 2·山东汉画像石》，济南、郑州：山东美术出版社、河南美术出版社，2000，第 157 页图版 168。

⑤中国画像石全集编辑委员会编：《中国画像石全集 3·山东汉画像石》，济南、郑州：山东美术出版社、河南美术出版社，2000，第 145 页图版 165。

⑥中国画像石全集编辑委员会编：《中国画像石全集 3·山东汉画像石》，济南、郑州：山东美术出版社、河南美术出版社，2000，第 194 页图版 210。

苏睢宁县旧朱集出土犀牛争鼎和车马出行画像石①、安徽淮北市出土月亮画像石②，以及现存于淮北市博物馆的日月画像石③等。另如距徐州市不远，东汉时属沛国谯郡的安徽亳州董园村1号壁画墓的中室券顶、董园村2号墓中上，亦绘有天象图，但目前已遭破坏，无法确定是否有日、月画像的出现。④

　　基本上，此一时期位置可考的日、月画像大多出现在墓室的封顶石上，例如现存于淮北市博物馆的日、月画像（图65）。此石即为墓室顶盖石，构图也与前述山东长清孝堂山祠堂的日月画像石（图47）相近，一样以日、月双轮并列，日轮内有一只飞翔乌鸟，月轮内有蟾蜍、捣药兔，应是作为墓室天空的象征。

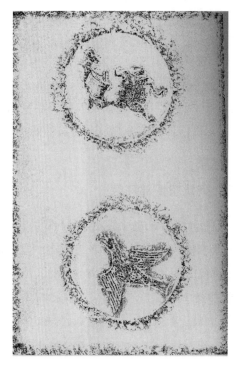

图65　淮北市博物馆藏日、月画像　　　　图66　山东滕州大康留庄日月星画像石

　　①中国画像石全集编辑委员会编：《中国画像石全集4·江苏、安徽、浙江汉画像石》，济南、郑州：山东美术出版社、河南美术出版社，2000，第79页图版112。
　　②中国画像石全集编辑委员会编：《中国画像石全集4·江苏、安徽、浙江汉画像石》，济南、郑州：山东美术出版社、河南美术出版社，2000，第143页图版186。
　　③中国画像石全集编辑委员会编：《中国画像石全集4·江苏、安徽、浙江汉画像石》，济南、郑州：山东美术出版社、河南美术出版社，2000，第145页图版188。
　　④安徽亳县博物馆：《亳县曹操宗族墓葬》，载《文物》1978年第8期，第32—39页。2015年10月，笔者趁前往徐州参加中国汉画学会第十五届年会之便，特别前往安徽亳州董园村1号、2号墓实地考察，惜因保护不善，墓室内壁画剥落严重，几皆已无法辨识。

图67 山东安丘董家庄汉墓前室封顶石画像

而1992年于山东滕州市官桥镇大康留庄出土的日月星画像石（图66），则是以圆轮内绘蟾蜍、捣药兔象征月轮。月轮外绕一龙，两侧各有一人首蛇身神人，分自左、右伸手饲一大鸟，鸟腹有一大圆轮，轮内刻有三足乌与九尾狐，应为日轮。象征太阳的阳乌周围云气缭绕，其间有八个小圆球，与前述河南南阳英庄的阳乌负日与幻日画像石（图32）构图相似，或亦是一幅表现幻日天象的画像。

如山东安丘董家庄汉墓前室封顶石画像，则是画面上、下、左边饰水波纹、垂幛纹、锯齿纹，内刻雷神出行图：左边为雷神，肩有双翼，右向端坐于雷车上，车有翼，车上竖三建鼓，雷神执枹击鼓；车前有二羽人拽绳牵引雷车，车下卷云缭绕；左端六神人执锤、椎行走。车前上方有一女执鞭，车后则有五女执鞭，当为电母，车后还有三人顶盆、执壶和一人吹气，当为雨师和风伯。右边则刻一日轮，内有三足乌，日轮周围缠绕飞云，右端刻五仙人。（图67）

另，中室的封顶画像石也出现有日、月的形象。此石自右至左分为五组，分别为飘飞缠绕的卷云，内有三足乌与九尾狐的日轮，飞禽走兽与羽人、云朵，以及内有玉兔和蟾蜍执杵捣药的月轮，最左则为翼龙、翼虎等十一只腾跃嬉戏的异兽，四边一样饰满波浪纹、垂幛纹、锯齿纹。（图68）形成一幅自然天象与想象仙灵混融的天空。

还有山东邹城市高庄乡金斗山出土的月轮画像石，画面由左、右两石组成。中央刻一月轮，内有蟾蜍；月轮周围上方刻双龙，下方刻朱雀、羽人、白虎等珍禽异兽；空隙处刻云纹。（图69）另如山东泰安大汶口出土的日、月画像

图68　山东安丘董家庄汉墓中室封顶石画像

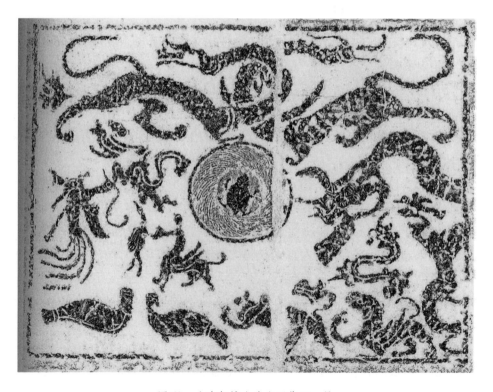

图69　山东邹城金斗山画像石：月

石①，画面由界栏分为三格，左、右二格较小，格内各刻一方框，左框内刻月轮，轮内有蟾蜍捣药；右框内刻日轮，轮中有金乌；中格则为二龙相对，嘴下刻鱼一条。

从以上于苏、鲁、豫、皖一带发现的日、月画像内容来看，可以发现，到了东汉中晚期以后，表现墓室天空的天象图、星宿的图像逐渐减少，而具浓厚神仙思想的仙人、祥瑞等主题则逐渐增多。由此，我们或可推测，到了东汉以后，人们对于日、月画像的意涵以及天的认识，可能已有不同。

除了作为墓室中天空的象征外，在一些山东地区出土的画像中，日、月也经常为二人首蛇身的伏羲、女娲所执捧。其中包括江苏东海昌黎水库1号墓画像石②，山东临沂白庄画像石③，山东临沂汽车技校画像石④，山东莒县沈刘庄墓门画像石⑤，山东省费县垛庄镇潘家疃发现女娲执矩、戴日抱月画像石⑥、伏羲执规画像石⑦等，以及江苏徐州十里铺画像石⑧，江苏睢宁县双沟征集伏羲擎日画像⑨等。

洛阳地区出土的一些西汉时期壁画墓中即可见到日、月与伏羲、女娲相配的现象。虽然，关于这类图像的定名，如前所述，目前尚不统一，也有不少学者把这些各地出土的举日、月人首蛇身画像命名为"羲和主日""常羲主月"，且在《山海经》等文献中确实有"羲和浴日""常羲浴月"的说法，但从相关画像的形体特征及榜题来看，似仍应将其定名为"伏羲捧日"与"女娲捧月"。尤其，四川简阳鬼头山出土了一具石棺，石棺中的每幅画像旁都有汉隶榜题

①中国画像石全集编辑委员会编：《中国画像石全集3·山东汉画像石》，济南、郑州：山东美术出版社、河南美术出版社，2000，第194页图版210。

②黎忠义：《昌黎水库汉墓群发掘简报》，载《文物参考资料》1957年第12期，第31页。

③山东省博物馆、山东省文物考古研究所编：《山东汉画像石选集》，济南：齐鲁书社，1982，第221页图372。

④中国画像石全集编辑委员会编：《中国画像石全集3·山东汉画像石》，济南、郑州：山东美术出版社、河南美术出版社，2000，第35页图版39。

⑤中国画像石全集编辑委员会编：《中国画像石全集3·山东汉画像石》，济南、郑州：山东美术出版社、河南美术出版社，2000，第106页图版120。

⑥中国画像石全集编辑委员会编：《中国画像石全集3·山东汉画像石》，济南、郑州：山东美术出版社、河南美术出版社，2000，第69页图版84。

⑦中国画像石全集编辑委员会编：《中国画像石全集3·山东汉画像石》，济南、郑州：山东美术出版社、河南美术出版社，2000，第76页图版89。

⑧江苏省文物管理委员会、南京博物院：《江苏十里铺汉画像石墓》，载《考古》1966年第2期，第69、75页。

⑨中国画像石全集编辑委员会编：《中国画像石全集4·江苏、安徽、浙江汉画像石》，济南、郑州：山东美术出版社、河南美术出版社，2000，第75页图版105。

图70　四川简阳鬼头山画像石

说明画像名称，共有 15 个榜题，31 个字，其中足部挡板外侧刻有二人首蛇身像和一只甲壳很高的神龟与一只鸠鸟，其旁分别刻有"（伏）羲""女絓（娲）""兹（玄）武"和"九"字共四组榜题。（图70）据此，正可说明，汉画中经常出现的此二人首蛇身形象，即是传说中的伏羲和女娲。

在这些伏羲女娲日月画像中，如山东临沂白庄画像石墓出土的两幅人首蛇身画像，伏羲执规，怀内则有刻金乌和九尾狐的圆轮；女娲执矩，怀内亦有刻玉兔和蟾蜍的圆轮；两图皆位于整幅画的上部。[1] 另如江苏东海昌黎水库 1 号画像墓后室顶的前半部藻井盖上，东间刻一戴山形冠、肩生双翼的蛇尾羽人，双手捧一圆轮；西间亦刻一蛇尾、高髻、肩生双翼的羽人，手中捧一圆轮；此二羽人可能是伏羲、女娲，圆轮中虽空无一物（图71），但却被刻绘在墓室中用来象征天空的藻井之上，故可能也和早期的壁画墓或墓地祠堂中伏羲、女娲擎捧日、月画像的功能与意义相同，都是用来作为墓室天空或天上世界的象征。

然或因到了东汉中期以后，日、月画像已成了墓室中的一种固定的图式，因此相关的画像似有日趋简化的现象，例如有些日、月轮中便不再绘金乌、蟾、兔，而多仅以简单的圆形来表示。如山东费县潘家疃汉墓出土的三幅伏羲、女娲

---

①山东省博物馆、山东省文物考古研究所编：《山东汉画像石选集》，济南：齐鲁书社，1982，第 221 页图 372、第 222 页图 376。

藻井西间：伏羲　　　　　　　　藻井东间：女娲

图71　江苏东海昌黎水库1号墓藻井画像

与日、月相配的画像，皆人首蛇尾，其中一块伏羲戴冠、执矩，身上有一大圆轮，右上角有不甚清晰的榜题"□□闵□"四字；另一则为女娲执矩，身上亦刻有一大圆轮，惜已无法辨识圆轮中是否有图案。[①] 此应皆为日、月的象征。又如山东临沂汽车技校出土画像石[②]、山东莒县沈刘庄墓门画像石、江苏睢宁双沟征集的画像石，也都有伏羲捧日轮的形象，惟日轮中亦皆无金乌。

此外，日、月轮内的动物形象到了东汉时期也产生了一些变化。早期神话及图像中的日轮内多为飞翔的金乌或阳乌，月轮内则为蟾蜍、奔兔或桂树。但大约到了东汉早期，日轮内开始出现三足乌及九尾狐，月轮内的兔子则已成了做持杵捣药状的捣药兔。这样的现象在如山东安丘董家庄汉墓中室封顶石画像、淮北市博物馆藏日月画像、安徽淮北出土月亮画像、山东邹城金斗村的月轮画像中，皆可见到。

①山东省博物馆、山东省文物考古研究所编：《山东汉画像石选集》，济南：齐鲁书社，1982，第239页图426。

②中国画像石全集编辑委员会编：《中国画像石全集3·山东汉画像石》，济南、郑州：山东美术出版社、河南美术出版社，2000，第35页图版39。

四、陕北、晋西北、内蒙古等地

陕北、晋西北是汉画像石的重要分布区之一，目前主要包括陕北地区的米脂墓群、绥德墓群与神木大保当墓群等三大墓群[①]，与部分如榆林、清涧、子洲、靖边、吴堡等地发现的壁画墓及画像石墓，以及晋西北的离石地区[②]。这些地区在秦汉时期属上郡及西河郡的辖区，故汉画像研究者多将晋西北、陕北看作同一区域。由于此一地区的画像大多分布在墓门门板、两侧门柱、门楣与盖顶石，其余砖造部分装饰较少，因此，代表天界或仙界的日月星等画像多刻绘于墓门或集中压缩于门楣上，而日、月画像则多刻绘于最外层两侧上端。但若墓室中有盖顶石装饰，有时盖顶石也会刻绘有日、月画像。兹依其分布区域，分述如下：

（一）陕北米脂墓群

米脂汉墓群中有4座墓：米脂1号至4号墓的墓门楣左、右角上均出现有日、月的画像，有些日、月画像中的金乌、蟾蜍更清晰可见。（图72）由于米脂4号墓中有"永初元年"的纪年，故可推定该墓为东汉中期安帝永初元年（107）的墓葬，而在该墓的前、后室顶部，都出现有红色的日及黑色的月。

（二）陕北绥德墓群

绥德墓群出土的日、月画像数量较多，日、月画像多位于墓门或墓室横额

---

①米脂县位于陕西省北部东侧，无定河中游，境内发现多处汉代遗址、墓葬，而且在无定河川道区的官庄、尚庄、党家沟等地，也发现了大量汉代画像石。相关发掘报告及画像可参陕西省博物馆、陕西省文管会写作小组：《米脂东汉画像石墓发掘简报》，载《文物》1972年第3期，第69—71页；榆林市文物保护研究所、榆林市文物考古勘探工作队编著：《米脂官庄画像石墓》，北京：文物出版社，2009。绥德自20世纪50年代到20世纪末出土了大量的东汉画像石，其中，较著名者包括1953年发现的王得元墓、1974年于四十里铺出土的田鲂墓、1982年于苏家圪坨发掘的杨孟元墓等几座大墓，及于黄家塔、裴家峁、刘家湾、白家山等地出土的画像石，总计500多块。相关画像石多收藏于陕西绥德汉画像石馆，部分资料可参绥德汉画像石展览馆编，李贵龙、王建勤主编：《绥德汉代画像石》，西安：陕西人民美术出版社，2001。大保当墓地位于神木县城西南约50公里毛乌素沙漠的南缘，古长城的北侧，黄河支流秃尾河从其东侧流经。1996年至1998年，陕西省考古研究所与榆林地区文物管理委员会联合组成的考古队在神木大保当墓地进行了发掘，共清理出汉代墓葬24座，其中13座出土了精美的画像石，计50余块。相关出土数据可参陕西省考古研究所、榆林市文物管理委员会办公室编著：《神木大保当：汉代城址与墓葬考古报告》，北京：科学出版社，2001；陕西省考古研究所编：《陕西神木大保当汉彩绘画像石》，重庆：重庆出版社，2000。

②离石画像石主要集中分布于现离石城区以西，以三川河、东川河、北川河、南川河交汇点为中心的区域，也就是现在行政区划中离石、柳林、中阳三个县接壤处，尤其马茂庄及柳林杨家坪出土的汉代墓葬及汉画像石最多。相关画像石目前多收藏于山西吕梁市画像石博物馆，详参吕梁汉画像石博物馆编著：《铁笔丹青：吕梁汉画像石博物馆文物精粹》，太原：山西人民出版社，2011。

两侧。图像内容较单调，有的只有圆形日、月，内有金乌与蟾蜍。至于像 1981 年绥德出土、中间刻一疑为"窃符救赵"历史故事的画像石，边饰为流云卷草纹间填飞禽走兽，左上角有一日轮，内有金乌；右上角有一月轮，中仅有一只硕大的蟾蜍。（图 73）[①] 或受限于可刻画的空间，整个画像似有将天上世界及人间的题材融于一画面的现象。

图 72　陕北米脂墓门楣画像石

图 73　陕北绥德墓门楣画像石

（三）陕北神木大保当墓群

神木县大保当墓群的 26 座墓葬中，至少有 10 例日、月画像，其中，除 3 号墓的日、月画像出现于盖顶石，11 号墓的日、月画像出现于门柱两侧外，其余均刻绘于墓门两侧，风格和绥德墓群相近。另如 3 号、16 号、18 号、24 号墓的日、月画像内都清晰可见刻绘有飞翔的金乌及硕大的蟾蜍。而有一些画像可能因墨彩淡化或因墓室开启后氧化而消失，致墨迹漫漶，目前多只可见其轮廓，无法辨识圆内原先是否有图案。其中较值得注意的是 11 号墓位于门柱左、右相对的两块伏羲、女娲画像（图 74-1，74-2）[②]。伏羲在左，长着鸟足和细长的尾巴，

①中国画像石全集编辑委员会编：《中国画像石全集 5·陕西、山西汉画像石》，济南、郑州：山东美术出版社、河南美术出版社，2000，第 92 页图版 122。

②陕西省考古研究所、榆林地区文物管理委员会：《陕西神木大保当第 11 号、第 23 号汉画像石墓发掘简报》，载《文物》1997 年第 9 期，彩色插页 1。据发掘简报推测：11 号墓两门柱上手持规矩、胸有日月的人首鸟身像为句芒、蓐收，然考其形象，应为伏羲和女娲。参贺西林：《大保当 11 号汉画像石墓门柱图像辨正》，载《文博》2000 年第 6 期，第 35—39 页。

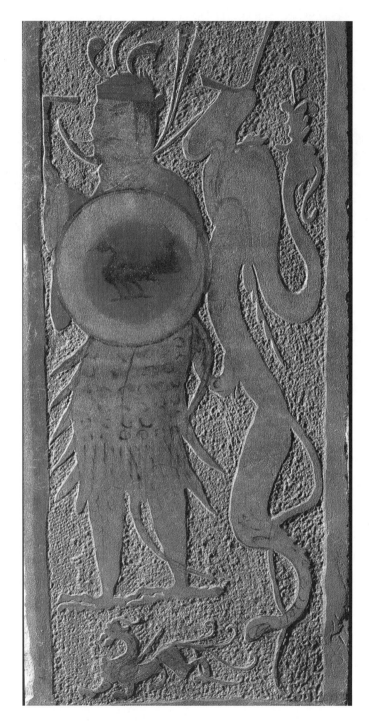

图 74 – 1　神木大保当 11 号墓门：伏羲

图 74－2　神木大保当 11 号墓门：女娲

上留着八字胡，肩插羽毛，下着羽裙，头戴羽饰朱冠，身着朱衣，手中执矩，胸前置日轮，日中绘有三足乌，脚下有一形体较小的青龙，身旁还有一直立持榮戟的青龙；与之相对的右门柱上段残缺，绘有一女娲，同样也是长着鸟足，垂有细长的尾巴，头绾双髻，肩披羽翼，下着羽裙，一手持规，胸前置月轮，月内绘蟾蜍，脚下有一形体较小的白虎，左边则又直立着一三爪执榮戟的白虎。与中原地区壁画墓中伏羲、女娲胸前有日轮、月轮的图像可能有某种继承关系，唯其人首鸟身、鸟足的形象，可能另有源头。

至于山西离石地区发现的画像石墓，画像的风格与配置几与陕北地区的画像相同，惟如马茂村等地所出画像石墓，门楣大多饰以如车马出行图等画像。据笔者2014年前往考察所见，大概就只有位于柳林县西十里的隰城汉墓的门楣上出现有一圆，圆内无物。（图75）

综合以上米脂、绥德及神木大保当，以及山西离石等地区墓群出土的日、月画像的形象特征，可发现此一地带汉画像中的日中大多为金乌，月中大多只有蟾蜍，且不见与星座或星点同时出现的情形，有些甚至已简化到只剩两圆。关于这样的现象，不知是原来圆内的墨彩因时代久远而脱落，或因墓室开启而氧化，抑或是其象征意义已确立，故绘者故意省略，则可能仍有待进一步确认。

图75 山西离石隰城汉墓墓门画像石

128

（四）河北中部、内蒙古南部地区

东汉中期以后，在汉文化的强烈影响下，北方地区的河北、内蒙古等地也逐渐开始流行以壁画装饰墓室。自20世纪以来，考古工作者已陆续在河北的北部地区，以及内蒙古的呼和浩特、乌兰察布、包头、巴彦淖尔、鄂尔多斯等地，发现数量众多的壁画墓。其中，又以壁画墓居多，如河北望都所药村1号和2号墓、河北安平逯家庄壁画墓、河北景县大代庄壁画墓、内蒙古托克托壁画墓、内蒙古新店子和林格尔壁画墓、内蒙古鄂托克凤凰山1号壁画墓、内蒙古包头张家圪旦1号壁画墓、内蒙古鄂尔多斯乌审旗巴音格尔1号和2号壁画墓等。在这些东汉中晚期的壁画墓中，也与长安、洛阳一带一样，更多见以车马出行、宴饮乐舞，甚至放牧等表现人间享乐生活的画像题材，只有在内蒙古鄂托克凤凰山1号壁画墓[1]、乌审旗巴音格尔2号壁画墓[2]中发现有表现天象图的日、月的画像。

内蒙古鄂托克凤凰山1号墓发掘于20世纪90年代初，属东汉晚期墓葬，为整个墓群13座墓中唯一有壁画者。墓室平面呈"十"字形，为后壁开龛的单室土洞墓，墓中有10组壁画，除东壁绘有墓主夫妇外，多为表现庭院建筑、车马出行、燕乐射猎等北方庄园生活的题材。室顶绘有天象图，在流云和星辰中可见内藏蟾蜍和玉兔的月轮，而日轮已残毁脱落。

此外，于2000年末在内蒙古鄂尔多斯市乌审旗巴音格尔村发现的两座壁画墓，皆属东汉末期墓葬。其中，2号墓为双室墓，后室壁画脱落严重，漫漶不清。前室壁画保存较好，四壁可见出行、宴饮、乐舞、放牧、庭院等内容，顶部绘天象、太阳金乌、月亮蟾蜍、星象图等。

（五）河西走廊地区

甘肃河西走廊地区自西汉武帝元狩二年（前121）设立郡县以来，地区经济、文化亦深受中原文化影响。因此，自西汉末以来，也开始出现了一些壁画墓。这些墓葬大都是小型的土洞墓，墓内的绘画都较单纯、稚拙。其中，出土

---

① 贺西林：《古墓丹青：汉代墓室壁画的研究与发现》，西安：陕西人民美术出版社，2001，第92页。

② 《乌审旗巴音格尔汉代壁画墓》，见中国考古学会编：《中国考古学年鉴·2002》，北京：文物出版社，2003，第160页。高兴超：《鄂尔多斯汉代考古的新收获——乌审旗新清理一座重要的东汉壁画墓》，中国考古 http://www.kaogu.cn/cn/xccz/20160718/54671.html，查询日期为2017年5月15日。

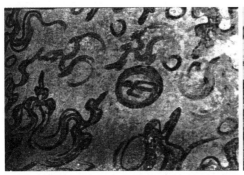

图76 民乐八卦营2号墓画像：日、月

有日、月画像者包括甘肃民乐八卦营1、2、3号壁画墓[1]，甘肃武威磨嘴子东汉晚期墓[2]等。另外，甘肃嘉峪关1号画像砖墓出土一绢帛[3]，上亦有日、月的画像。

1993年发掘的民乐八卦营1、2、3号墓均为小型土洞墓，其中，1号墓前室四壁上部绘四神，东、西壁下部绘狩猎图及兵器图，中室、后室覆斗顶东披用丹砂青绘日，西披绘月。而2号墓的前室券顶绘有云气图，云气间有腾飞的青龙、人首蛇身的女娲[4]，以及日、月画像，日中绘含食疾飞的金乌，月中绘蟾蜍及持杵的捣药兔。（图76）[5] 另，3号墓则在前室覆斗顶东面也绘有一日，内有疾飞的金乌，西面绘一月，月中有蟾蜍及持杵的捣药兔。

甘肃武威磨嘴子东汉壁画墓亦为一小型土洞墓，有一横前室及双后室，壁画绘于前室后半部的室顶及西、南、北三壁，室顶的壁画内容有日与金乌、月与蟾蜍、流云等。[6] 西、南两壁则绘杂耍及羽人戏羊等内容，北部画面残损。至于嘉峪关1号画像砖墓的绢帛则出现于后室南壁编号第46砖附近，出土报告称：在左、右两旁各悬有数卷绢帛，上有日、月状物。

①施爱民、卢晔：《民乐清理汉代壁画墓》，载《中国文物报》1993年5月30日；施爱民：《民乐八卦营魏晋壁画墓》，见甘肃省博物馆编：《甘肃省博物馆学术论文集》，西安：三秦出版社，2006，第30—37页。施爱民将此墓定为魏晋时期，然贺西林认为应属东汉晚期。参贺西林：《古墓丹青：汉代墓室壁画的研究与发现》，西安：陕西人民美术出版社，2001，第94页。

②党寿山：《甘肃武威磨嘴子发现一座东汉壁画墓》，载《考古》1995年第11期，第1052—1053页。

③嘉峪关市文物清理小组：《嘉峪关汉画像砖墓》，载《文物》1972年第12期，第24—41页。

④此一青龙与人首蛇身的形象，一说是仙人乘龙。

⑤图版采自施爱民：《民乐八卦营魏晋壁画墓》，见甘肃省博物馆编：《甘肃省博物馆学术论文集》，西安：三秦出版社，2006，第30—37页。

⑥贺西林：《古墓丹青：汉代墓室壁画的研究与发现》，西安：陕西人民美术出版社，2001，第95页。

五、四川、重庆、云南等地

　　四川、重庆地区，画像石出现的时间相对较晚，大多为东汉晚期的墓葬。在此一地区，画像石的类别非常丰富，除了祠堂画像石外，还有用于砌筑墓室的画像石、石阙画像石、画像崖墓①、画像石棺②，其中，又以画像石棺的数量最多。另，因受崖墓形式的限制，墓室内多无法刻绘画像，因此，画像多集中在石棺或墓门的两侧，而日、月画像也大多出现在石棺的前、后挡板或侧边板上，还有崖墓墓门的两侧。

　　四川、重庆地区的石棺，出现有日、月画像者，大概可分为两大类：一类是由伏羲、女娲所擎捧着的，例如：重庆市沙坪坝出土石棺③，宜宾翠屏村出土石棺④，郫县新胜 1 号石棺⑤及 2 号、5 号石棺⑥，长宁古河乡 2 号石棺，泸州 5 号、7 号、12 号石棺⑦，璧山 1 号、2 号、3 号、4 号石棺⑧，宜宾公子山崖墓石棺大棺棺尾及小棺棺尾⑨，新津堡子山崖墓石棺⑩，简阳鬼头山崖墓 3 号石棺与

---

　　①所谓崖墓是指由山崖向山体内凿建而成的一种墓葬形式。始自东汉，四川地区出现了大批的崖墓，其分布的地点大致在岷江、嘉陵江流域一带，这些崖墓一般多建造在半山腰处，建筑方式大多是先在崖壁上纵向山腹削凿出一条墓道，到达相当深度后，开凿墓门，入墓之后，即为墓室。

　　②关于石棺的定名，文物界有过争论，有人主张叫石箱、石柜，也有人称石函。在美术考古中，美术史家则根据石函在崖墓中的作用和功能，称其为"不可移动的石棺"。参王子云：《中国雕塑艺术史》（上册），北京：人民美术出版社，1988，第 63 页。而这些石棺制作特殊，有的是以整块石块雕凿而成，如成都天回山崖墓南二室石棺及四川宜宾县崖墓画像石棺，参刘志远：《成都天回山崖墓清理记》，载《考古学报》1958 年第 1 期，第 94 页；兰峰：《四川宜宾县崖墓画像石棺》，载《文物》1982 年第 7 期，第 24—27、99 页。有的是用大石块镶成，有的则是在洞室壁上以原有的岩石凿成固定的石棺，如成都天回山崖墓北三室的石棺，参刘志远：《成都天回山崖墓清理记》，载《考古学报》1958 年第 1 期，第 94 页。

　　③常任侠：《巴县沙坪坝出土之石棺画像研究》，载《金陵学报》1938 年第 1、2 期合刊，第 7—16 页；常任侠：《沙坪坝出土之石棺画像研究》，载《说文月刊》1940 年第 8 期，见《民俗艺术考古论集》，台北：正中书局，1943，第 1—17 页。

　　④吴仲实：《四川宜宾汉墓清理很多出土文物》，载《文物参考数据》1954 年第 12 期，第 190 页；匡达滢：《四川宜宾市翠屏村汉墓清理简报》，载《考古通讯》1957 年第 3 期，第 20—25 页。

　　⑤李复华、郭子游：《郫县出土东汉画像石棺略说》，载《文物》1975 年第 8 期，第 63 页。

　　⑥四川省博物馆、郫县文化馆：《四川郫县东汉砖墓的石棺画像》，载《考古》1979 年第 6 期，第 496 页。

　　⑦高文编著：《四川汉代石棺画像集》，北京：人民美术出版社，1998，第 84 页图 161、第 86 页图 164、第 94 页图 177。

　　⑧戴克学：《璧山出土汉代石棺》，载《四川文物》1993 年第 1 期，第 55 页。

　　⑨兰峰：《四川宜宾县崖墓画像石棺》，载《文物》1982 年第 7 期，第 24 页。

　　⑩四川省博物馆文物工作队：《四川新津县堡子山崖墓清理简报》，载《考古通讯》1958 年第 8 期，第 31—37 页。

5号石棺①，新津1号石棺②，南溪3号石棺③，富顺石棺④，金堂2号石棺⑤，合江1号、2号、4号、5号、10号石棺，内江白马镇关升店石棺⑥，成都天回山崖墓石棺⑦等，其中，新津崖墓石函中则有两幅日月画像⑧。另，在如合川画像石墓⑨，成都扬子山1号墓⑩，江津崖墓⑪，长宁保民七个洞1号、7号崖墓⑫等崖墓的门柱或墓门两侧，也刻有日、月的画像。此外，本地区还出现了许多石阙，其中如重庆市盘溪无铭阙（图77）⑬、渠县沈君阙⑭等石阙上，也有日、月画像的出现。

　　首先，从目前已出土的四川画像石棺的内容来看，由于形制的特殊以及空间的限制，必须在有限的空间内将如祠堂、壁画墓或画像石墓中常见的各相关题材都集中在棺盖及四周的棺板上，因此遂形成了石棺画像的配置有某种固定的程序：棺盖板位置在上，往往刻绘如龙虎衔璧、诸神或如蒂柿纹等抽象符号；而前档主要刻绘帮助墓主人进入仙界的天门图；后档多配置如伏羲、女娲或朱雀等题材；两侧则配以如西王母、拜谒、宴饮、庖厨、仙人六博等反映天上与人间美好世界的图像内容。以郫县新胜2号石棺为例，棺盖刻青龙、白虎衔璧图，龙、虎上方刻牛郎牵牛、织女执梭；前挡板刻西王母仙境；后挡刻伏羲女娲；左侧板刻车马临仙境；右侧板则刻鳌山仙境图。（图78）石棺制作者利用一具小小石棺将一些经常出现于各祠堂、壁画墓或画像石墓中的题材、元素巧妙地串联起来，并反映了汉代人将石棺视为一个完整的宇宙的观念。

---

①雷建金：《简阳县鬼头山发现榜题画像石棺》，载《四川文物》1988年第6期，第65页。

②闻宥：《四川汉代画像选集》，上海：群联出版社，1955，第67—68页图28、第99—100页图44。

③高文编著：《四川汉代石棺画像集》，北京：人民美术出版社，1998，第11页图19。

④高文编著：《四川汉代石棺画像集》，北京：人民美术出版社，1998，第64页图119。

⑤高文编著：《四川汉代石棺画像集》，北京：人民美术出版社，1998，第65页图124。

⑥雷建金：《内江市关升店东汉崖墓画像石棺》，载《四川文物》1992年第3期，第62页。

⑦刘志远：《成都天回山崖墓清理记》，载《考古学报》1958年第1期，第94页。

⑧高文编著：《四川汉代石棺画像集》，北京：人民美术出版社，1998，第110页图202、203。

⑨重庆市博物馆、合川县文化馆田野考古工作小组：《合川东汉画像石墓》，载《文物》1977年第2期，第65页。

⑩于豪亮：《记成都扬子山一号墓》，载《文物》1955年第9期，第70—84页。重庆市博物馆编：《重庆市博物馆藏四川汉画像砖选集》，北京：文物出版社，1957，图40。

⑪中国画像石全集编辑委员会编：《中国画像石全集7·四川汉画像石》，郑州、济南：河南美术出版社、山东美术出版社，2000，第29页图版33。

⑫四川大学考古专业七八级实习队、长宁县文化馆：《四川长宁"七个洞"东汉纪年画像崖墓》，载《考古与文物》1985年第5期，第45页。

⑬重庆市文化局、重庆市博物馆、徐文彬等编著：《四川汉代石阙》，北京：文物出版社，1992，第124页图152、第125页图153。

⑭重庆市文化局、重庆市博物馆、徐文彬等编著：《四川汉代石阙》，北京：文物出版社，1992，第131页图172、第133页图180。

图 77 盘溪无名阙

（上）棺盖板　　　（中左）前挡板：西王母　　　（中右）后挡板：伏羲女娲

（下）左侧板：车马临仙境图

右侧板：临鳌山仙境图

图 78　四川郫县新胜 2 号石棺画像

由于四川地区出土的日、月画像大多为伏羲、女娲所擎捧，故多刻绘于石棺的后挡板上，如郫县新胜 1 号、2 号、5 号石棺，合江 2 号、4 号、10 号石棺及南溪 3 号石棺的伏羲、女娲手执日、月画像。而像郫县新胜 2 号石棺的后挡板刻人首蛇身的伏羲、女娲，右边的伏羲左手举内有三足乌的日轮，左边的女娲右手高举内有蟾蜍的月轮（图 78），这类图像或与引魂升天或升仙有关。

此外，还有一些则出现在石阙上，如盘溪无铭阙的左阙阙身左侧面刻一人首蛇身伏羲，双手擎举日轮，日中有一向上飞翔的乌鸟；另在右阙阙身右侧面则刻一人首蛇身女娲，双手擎举月轮，月中有一桂树及蟾蜍。虽然，如前所述，伏羲、女娲与日、月的结合，早在西汉时期洛阳等地的壁画墓中即已出现，然相对于其他各出土区，四川、重庆地区则出现了高度的稳定性。这是否有特殊的信仰背景，或与古巴蜀地区的地域传统有关，则仍有待进一步追索。

另，在四川、重庆出土的一些画像砖或石棺画像中，也经常可见到一类腹中有日、月的羽人画像。如璧山云坪乡水井湾崖墓日月神画像砖①、彭州市太平乡出土日月神画像砖②、邛崃市花牌坊出土日月神画像砖③、彭州市义和乡出土日月

①《中国画像砖全集》编辑委员会编：《中国画像砖全集 1·四川汉画像砖》，成都：四川美术出版社，2006，第 124 页图 166、第 125 页图 167。

②《中国画像砖全集》编辑委员会编：《中国画像砖全集 1·四川汉画像砖》，成都：四川美术出版社，2006，第 126 页图 168、169。

③《中国画像砖全集》编辑委员会编：《中国画像砖全集 1·四川汉画像砖》，成都：四川美术出版社，2006，第 127 页图 170、第 128 页图 171。

图 79　四川简阳鬼头山 3 号石棺画像

神画像砖①、成都市新繁镇清白乡出土日月画像砖②，以及简阳鬼头山 3 号石棺左侧板画像③等。

　　其中最值得注意的是简阳鬼头山 3 号石棺画像，在左侧壁板刻书有榜题的数组画像。画像的左侧刻有一对羽人左右相对，均头戴长羽冠、圆腹、有翼、长有羽状鸟尾，右侧羽人的圆腹内刻有三足乌，左侧羽人的腹内刻有桂树和蟾蜍，二神之间刻有"日月"二字榜题。（图 79）由此画像的榜题更可确认，在汉代画像中许多腹部圆轮中有金乌或蟾、兔、桂树的神人，是日神与月神的形象。

　　另如成都市新繁镇清白乡出土的一组画像砖，中间一块为西王母仙境画像砖，中有西王母端坐龙虎座，周围有玉兔持芝草、蟾蜍、九尾狐、三足乌等。西王母仙境画像砖的左、右两侧又各有一画像砖，其一为日神羽人，日中为飞翔的金乌；一为月神羽人，月中有蟾蜍、桂树。（图 80）④ 这两块画像砖分别位于西王母仙境画砖的两侧，其作为天上仙境象征的意味更为明显。

　　四川地区出土的这些日、月画像砖中，日、月羽人的周围有时还有似星斗

　　①《中国画像砖全集》编辑委员会编：《中国画像砖全集 1·四川汉画像砖》，成都：四川美术出版社，2006，第 129 页图 172、173。

　　②《中国画像砖全集》编辑委员会编：《中国画像砖全集 1·四川汉画像砖》，成都：四川美术出版社，2006，第 116 页图 157。

　　③雷建金：《简阳县鬼头山发现榜题画像石棺》，载《四川文物》1988 年第 6 期，第 65 页。

　　④《中国画像砖全集》编辑委员会编：《中国画像砖全集 1·四川汉画像砖》，成都：四川美术出版社，2006，第 116 页图 157。

的圆点相衬（图81）①，更体现了当时人将神话式的日、月神与自然天体的星宿视为一体，并以它们共同构拟当时人心目中的天上世界图像。

图80　成都新繁镇画像砖：日神、月神、西王母

　　①《中国画像砖全集》编辑委员会编：《中国画像砖全集1·四川汉画像砖》，成都：四川美术出版社，2006，第127页图170、第128页图171。

图81 成都邛崃花牌坊画像砖：日、月羽人

基本上来说，四川、重庆所出汉代画像的日月画像中的动物，除如郫县新胜1号石棺画像的月中为兔子，而崇庆画像砖墓、简阳鬼头山3号石棺画像，以及前面提及的日、月羽人画像，月中出现有蟾蜍与桂树外，其他画像中，日中多为飞翔金乌，月中则多为蟾蜍。

六、河北北部、辽宁大部分

东汉末年，由于中原战乱，有不少汉人迁徙至辽东地区。根据相关记载可知，汉魏时期，以当时的襄平城（今辽阳）为中心的辽东地区，无论在政治、经济或文化方面，都已有了极高度的发展。到了东汉中晚期，加之中原连年战乱，辽东相对安定，便有不少中原移民前来定居，因而形成了不少大型墓葬。故到了东汉中晚期，此区也出现了许多壁画墓。但由于辽东地区的壁画墓，早期多由日本学者发掘，且已毁损，加以近年来尚有材料未公布，情况不清，故确实数目无法掌握①，其中又以辽阳地区最为集中。这些墓室壁画中出现有日、

---

①关于辽东壁画墓的统计资料各学者有所差异。如刘未在其《辽阳汉魏晋壁画墓研究》中统计，自1949年10月前发现的汉魏晋壁画墓，包括已经损毁不存和尚未发表的，共有27座。参见刘未：《辽阳汉魏晋壁画墓研究》，载《边疆考古研究》2003年第2辑，第232—257页。加上20世纪初日本学者在东北地区的所发掘者，总数应在30座左右。

月画像的包括辽阳南林子壁画墓①、辽阳北园 1 号和 3 号墓②、辽阳棒台子 1 号壁画墓③、辽阳棒台子 2 号壁画墓④、辽阳三道壕 2 号墓⑤、辽阳三道壕窑厂第四现场壁画墓⑥、辽阳鹅房 1 号壁画墓⑦、辽阳旧城东门里东汉壁画墓⑧，以及辽阳南环街壁画墓⑨等。

图 82　辽阳棒台子 2 号墓壁画

①〔日〕驹井和爱：《南满洲辽阳に於けゐ古迹调查》（1、2），载《考古学杂志》第 32 卷第 2、3 号，1942。

②〔日〕驹井和爱：《最近发见にかゐ辽阳の汉代壁画古坟》，载《国华》第 54 编第 10 册，1944 年 10 月；李文信：《辽阳北园壁画古墓记略》，载《沈阳博物院筹备委员会汇刊》第 1 期，1949 年 10 月；〔日〕驹井和爱：《辽阳发现の汉代坟墓》，见东京大学文学部考古学研究室：《考古学研究》（第一），东京，1950；《中国美术全集》编辑委员会编：《中国美术全集·绘画编 12·墓室绘画》，北京：文物出版社，1989，"图版说明"第 12 页二八、二九。

③李文信：《辽阳发现的三座壁画古墓》，载《文物》1955 年第 5 期，第 15—28 页。

④王增新：《辽阳市棒台子二号壁画墓》，载《考古》1960 年第 1 期，第 20—24 页。

⑤辽阳市文物管理所：《辽阳发现三座壁画墓发掘报告》，载《考古》1980 年第 1 期，第 58—60、67、105 页。

⑥李文信：《辽阳发现的三座壁画古墓》，载《文物》1955 年第 5 期，第 15—28 页。

⑦辽阳市文物管理所：《辽阳发现三座壁画墓》，载《考古》1980 年第 1 期，第 56—58 页。

⑧冯永谦、韩宝兴、刘忠诚等：《辽阳旧城东门里东汉壁画墓发掘报告》，载《文物》1985 年第 6 期，第 25—42 页。

⑨辽宁省文物考古研究所：《辽宁辽阳南环街壁画墓》，载《北方文物》1998 年第 3 期，第 22—25 页。

辽阳地区发现的壁画墓多为大石板构筑的石室墓,形制、构造与中原地区的壁画墓不甚相同,墓室以"工"字形居多。在以上这些壁画墓中,规模较大的墓葬为棒台子1号壁画墓。该墓平面呈"丁"字形,由中央三个棺室、回廊、左右两个耳室和一个后小室组成,壁画主要分布在门柱、回廊、左右耳室和后室,南、北耳室分别画男、女墓主人和侍者,西廊、后廊绘有场面盛大壮观的出行图,日、月画像则绘于前廊顶部藻井,周围填饰流云。至于辽阳棒台子2号壁画墓,在右小室右壁上有一夫妇对坐"宴饮图",正中画一红色帷帐,帐内有两方榻,两榻间置一长几,榻上各坐一人,应为墓主人夫妇,正对坐饮食,女主人身后立侍者三人,递进饮食。壁右上方高悬一轮明月,但没有日画像。(图82)

其他如三道壕2号墓的右耳室顶部有太阳和一些已残的彩色斑片,可能是日月天象图;而辽阳三道壕窑厂第四现场壁画墓的前室藻井也绘有日、月及云气。另,在辽阳鹅房1号壁画墓的前室内左耳室正壁右上有日,右耳室正壁有月。此外,在辽阳旧城东门里东汉壁画墓的东、西棺室顶有日,日中有金乌;西棺室顶有月,月内有蟾蜍,并有星90余颗。而如辽阳南环街墓,则在右耳室有日轮,内有金乌,门柱有云气环绕。至于发掘于1986年的北园3号壁画墓,墓室前东耳室内绘有三人坐帐中,上有一轮红色日轮,日中有三趾乌;对面的西耳室西壁则绘七位侍事的小吏,应是墓主人属下的诸曹掾史,上方有一轮以浅绿绘的悬月,月中形象已漫漶不清。(图83)[1]

以上按时代、地域概述汉代墓室中的日、月画像,并针对各区域内相关画像内容加以整理,列表于后。(参附表)综合以上叙述可以发现,日、月的画像随着时间的嬗替以及地域特色的不同,主体造型上亦多有变异。此外,由于在各式的墓室壁画、墓地祠堂或地下墓室中,不同题材内容的画像,其实是按照当时人的宇宙哲学、五行思想绘制的,因此,如日、月和各种仙人、祥瑞的形象,大多配置在天井或穹隆顶等象征天上世界的位置,且在许多的壁画墓或画像中,还经常有如星斗或四象、祥云等图像与日、月相配。所以,从这些汉代墓室的空间结构和图像配置规律的归纳,可能一窥这些日、月画像在两汉时期被赋予的象征意义,及其所反映的宇宙观。

---

①《中国美术全集》编辑委员会:《中国美术全集·绘书编12·墓室壁画》,台北:锦绣出版社有限公司,1989,图二九。

图83 辽阳北园3号壁画墓：东耳室、西耳室

附表

汉代墓室所见日、月画像一览表

年代	地域及名称	年代	位置	形象	出处
西汉	湖南长沙马王堆1号墓帛画	西汉初（前193—前145）	覆于棺盖	T形帛画，最上层左有一弯月，月中有蟾、兔；右上为日，日中有阳乌	《长沙马王堆一号汉墓发掘简报》
	湖南长沙马王堆3号墓帛画	西汉	覆于棺盖	T形帛画，最上层左有一弯月，月中有蟾、兔；右上为日，日中有阳乌	《文物》1974年第7期
	山东临沂金雀山9号汉墓	西汉	覆于棺盖	帛画的最上部是内有阳乌的日轮和内有蟾蜍、奔兔的月轮图像	《中原文物》1993年第2期，第10—12、22页
	河南洛阳卜千秋壁画墓	西汉昭、宣时期	墓脊顶	伏羲戴冠，下身蛇尾上翘，前有太阳，内有一金乌；女娲高髻垂发，下身蛇尾上翘，前有月轮，内有蟾蜍、桂树	《文物》1977年第6期
	河南洛阳浅井头壁画墓	西汉后期	墓脊顶	伏羲戴冠，人身蛇尾上翘，前有太阳，内有一阳乌；女娲高髻垂发，人身蛇尾，前有月轮，内有蟾蜍、玉兔	《文物》1993年第5期
	河南洛阳烧沟61号壁画墓	西汉后期	墓脊顶	伏羲戴冠，下身蛇尾上翘，前有太阳，内有一金乌；女娲高髻垂发，人身蛇尾，前有月轮，内有蟾蜍、奔兔	《洛阳烧沟汉墓》，第40页
	西安交通大学西汉壁画墓	西汉后期	墓室顶	色彩斑斓的圆形天文图，外圈为具有图像的二十八星宿，内圈有流云、日、月，日中有阳乌，月中有蟾蜍、玉兔	《西安交通大学西汉壁画墓》，第24页

142

年代	地域及名称	年代	位置	形象	出处
西汉	西安理工大学1号墓西汉壁画墓	西汉后期	主室顶天象图	朱雀、翼龙、仙鹤和云气纹样。日中有金乌，月中有蟾蜍、玉兔	《文物》2006年第5期
	河南唐河湖阳画像石	西汉后期		上为常羲，双手举月，月内有蟾蜍；下为羲和，双手举日，日内刻金乌	《中国画像石全集6》，图30
新莽至东汉初年	河南唐河针织厂1号墓画像石	西汉晚期至新莽	北主室顶部	日轮与白虎刻于同一石，日中有三足乌；月轮与北斗及似为翼宿的星斗刻于一石，月中则有蟾蜍	《中国画像石全集6》，图19
	河南南阳英庄画像石	新莽时期	前室	女子擎月，无法辨识月中是否有物	《中原文物》1983年第3期，第104页
	河南偃师辛村壁画墓	新莽时期	主室前隔梁壁画	伏羲、女娲戴冠，手捧日、月，日中有阳乌，月中桂树，蛇尾穿绕于方相氏的两臂上	《文物》1992年第12期
	河南洛阳金谷园壁画墓	新莽时期	前、后室顶	前室绘日象图，后室绘月象图。日中有阳乌，月中有蟾蜍和桂树	《洛阳考古集成·秦汉魏晋南北朝卷》，第516—525页
	陕西千阳壁画墓	新莽时期	墓室东、西两壁	东壁前端有太阳，太阳中有金乌，四周有云气围绕，云气中间有星四颗，并有一已残的龙形动物；西壁前面是一月轮，内图已不清楚，周围布满云气，间有星点十一颗及一有虎尾的动物	《考古》1975年第3期，第178—181页

143

年代	地域及名称	年代	位置	形象	出处
新莽至东汉初年	河南洛阳尹屯新莽壁画墓	新莽时期	中室顶	左侧壁面有日，原有图案已遭破坏，从残留痕迹看太阳中部原应绘有三足乌。右侧壁面为月，月中有蟾蜍。日、月四下的穹隆顶四披部分则大致按古代天官体系的五宫分配星官，其间满布流云	《考古学报》2005 年第 1 期，第112—117页，图版九
	江苏盱眙汉墓	新莽时期	棺盖顶板	左方为阳乌负日，周围分布比较小的圆日，上方刻一人疾奔；右方为月、蟾蜍、奔兔	《考古》1979 年第 5 期
	江苏泗洪重岗石椁	新莽时期	隔室用壁板	上层各刻有日、月，日中有三只飞翔阳乌，月中有桂树、蟾蜍	《考古》1986 年第 7 期
	甘肃武威磨嘴子 4 号墓帛画	新莽时期		上端两角画有日、月，日、月中隐约能看出动物的形状，然是否为金乌、蟾、兔则未可知	《考古》1960 年第 9 期，第 15 页
	甘肃武威磨嘴子 23 号墓帛画	新莽时期		上端为日、月图像，日中画一三足乌，乌周围填以红色；月中为一经过夸张和变形、头部加大、突出了嘴和眼睛的蟾蜍，并有一玉兔	《考古》1960 年第 9 期，第 15 页
	甘肃武威磨嘴子 54 号墓帛画	新莽时期		两端上角画有日、月图像，日中画三足乌和九尾狐，月中画蟾蜍和玉兔	《考古》1960 年第 9 期，第 15 页

年代	地域及名称	年代	位置	形象	出处
新莽至东汉初年	山西平陆枣园村壁画墓	新莽至东汉初	南侧耳室拱形券顶	北壁有苍龙，南壁有白虎，后壁上端仅有龟而无蛇的玄武等，拱顶部分满布流荡的云气，还有以红色绘成的星宿百余颗。井藻上又有日、月的形象，红色的日居东方，内有金乌，白色的月居西方，内有蟾蜍	《考古》1959年第9期，第12—13、18、55页
	山东梁山后银山壁画墓	东汉初期	前室藻井	藻井上绘象征日、月的金乌、玉兔图案，惜已脱落，周围有流云	《文物》1955年第5期，第43—50页
	河南新安铁塔山壁画墓	东汉早期	单室小砖券顶墓室顶	墓顶绘太阳和月亮，并有北斗七星和彩云，间绘飞奔的鹿和羊。壁面东部有一轮圆形红日，内有一只疾飞的金乌；西部为一盈月，内绘一硕大蟾蜍及做奔跑状的玉兔和桂树	《文物》2002年第5期，第33—38页
	河南洛阳金谷园东汉壁画墓	东汉早期	前室墓顶	绘有日、月、朱雀、白虎、飞鸟、彩云，前室与后室甬道间则绘满云气。日、月中是否有物，无从得知	《洛阳古墓博物馆》，第28页
	河南洛阳北郊石油站壁画墓	东汉早期	中室穹隆顶	伏羲擎月居西，女娲擎日居东。日中有金乌，月中有兔与蟾蜍	《考古》1991年第8期，第713—721、768页
	山东枣庄西集镇画像石	东汉早期		左格为太阳，内刻一三足乌及一狐；右格为月亮，内刻一兔、一蟾蜍	《中国画像石全集2》，图145

年代	地域及名称	年代	位置	形象	出处
新莽至东汉初年	山东长清孝堂山石祠隔梁底面画像	约东汉章帝时期（76—88）	隔梁底面	画像刻日月星辰图像。南段刻一日轮，日中有金乌。日旁有织女坐于织机上，上有三星相连，当为织女星座；织女后有六星。日轮外侧有相连的南斗六星及一小星，南斗下有浮云和一飞鸟。北段刻一月轮，轮中有玉兔和蟾蜍	《中国画像石全集1》，图47
东汉中晚期	河南南阳宛城区画像石	东汉		上组右刻阳乌，左为日、月合璧，刻一金乌，背负内有蟾蜍之月轮；下组右为苍龙星座，左为毕宿，内刻玉兔	《中国画像石全集6》，图160
	河南南阳宛城区十里铺日、神灵画像石	东汉	前室东盖顶石	展翅飞翔阳乌，阳乌腹中有日轮，日中何物无法辨识	《中国画像石全集6》，图196
	河南南阳卧龙区阮堂苍龙星座画像石	东汉		上一月轮，内有玉兔、蟾蜍；下刻苍龙星座，有角、亢、氐、房、心、尾、箕七个主要星宿，表示东宫整体	《中国画像石全集6》，图110
	河南南阳卧龙区丁凤店画像石	东汉		左为背负日轮之金乌，金乌左一星为太白，乌尾三星连者为河鼓二。连成菱形的四星似为女宿，连成勺形的为北斗七星。北斗柄下星为相，柄上三星为天枪	《中国画像石全集6》，图112

146

年代	地域及名称	年代	位置	形象	出处
东汉中晚期	河南南阳卧龙区麒麟岗天象画像石	东汉	前室顶部	前室顶部由九块石材组成。中部刻前朱雀后玄武，左青龙右白虎，天帝居中端坐。左刻日神人首蛇身，胸部日轮内有阳乌；北斗七星相连，斗口斗柄分明。右刻月神亦人首蛇身，胸前有一满月；南斗六星相连，与北斗遥遥相对	《中国画像石全集6》，图136、137
	河南南阳卧龙区王寨墓天象画像石	东汉	前室过梁下	东刻背负日轮的阳乌一只，西刻一满月，月内饰蟾蜍，日月之间刻有六星相连呈"凵"形。月亮之旁又有六星联机，其左、右各刻一彗星，彗头向东，彗尾向西	《中国画像石全集6》，图148
	河南南阳卧龙区王庄常羲捧月画像石	东汉	墓室盖顶石	常羲人首蛇身，双手举月，月中一蟾蜍。其左上刻三星相连，右下刻二星相连	《南阳汉代画像石》，图328
	河南南阳宛城区英庄幻日画像石	东汉	前室盖顶石	阳乌背负日轮，象征太阳。周围云气缭绕，其间有八个小圆球，象征八个小太阳	《中国画像石全集6》，图172
	河南南阳西关嫦娥奔月画像石	东汉		左一圆，内刻蟾蜍象征月。周围云气缭绕，散布九星	《中国画像石全集6》，图205
	河南洛阳壁画墓空心砖	东汉		伏羲日象图，伏羲尾上托着一轮红日，日轮内绘一只飞翔的阳乌和一株青叶神树	《文物》2005年第3期

年代	地域及名称	年代	位置	形象	出处
东汉中晚期	河南新郑虎猪斗、仙人驾龙画像砖	东汉晚期		中间有二圆圈，似日、月	《河南新郑汉代画像砖》，图56
	山东邹城高庄乡金斗山月轮画像石	东汉中期		画面由左、右两石组成。中央刻一月轮，内有蟾蜍；月轮周围上方刻双龙，下方刻朱雀、羽人、白虎等珍禽异兽；空隙处刻云纹	《中国画像石全集2》，图80
	山东邹城黄路屯村出土伏羲女娲、东王公画像	东汉中期		画面上部刻东王公拱手端坐，两侧为伏羲、女娲，手举日轮，日中有鸟，二足三足无法辨识	《中国画像石全集2》，图84
	山东临沂白庄伏羲斗拱画像石	东汉		画面上部为伏羲执规，伏羲身部刻日轮图，内有三足乌及九尾狐	《中国画像石全集3》，图19
	山东临沂白庄女娲画像石	东汉		女娲执矩，腹部刻月轮，内有捣药兔和蟾蜍	《中国画像石全集3》，图23
	山东临沂汽车技校出土画像石	东汉		伏羲右手执规，左手于腹部捧日轮	《中国画像石全集3》，图39
	山东费县潘家疃女娲执矩、戴日抱月画像石	东汉		女娲执矩，一生双角之人正面站立，头顶一日轮，日中何物无法辨识。双手抱一月轮，内有蟾蜍	《中国画像石全集3》，图83
	山东费县潘家疃伏羲执规画像石	东汉		伏羲执规，人身蛇尾兽足，身上刻一大日轮	《中国画像石全集3》，图89
	山东莒县沈刘庄画像石	东汉	墓门西三立柱正面	伏羲举日，日中似有物，无法辨识；下有一持帚门吏	《中国画像石全集3》，图120

148

年代	地域及名称	年代	位置	形象	出处
东汉中晚期	山东济南大观园出土莲花日月画像石	东汉		上有一月，中有蟾蜍；下有一日，中有金乌	《中国画像石全集3》，图165
	山东泰安大汶口出土日、月、龙画像		东汉	左框内刻月轮，轮内有蟾蜍捣药；右框内刻日轮，轮中有金乌	《中国画像石全集3》，图210
	山东安丘董家庄画像石墓	东汉晚期	前室封顶石中段	雷神出行图、电母、雨师和风伯。中刻一日轮，内有三足乌	《中国画像石全集2》，图137
	山东安丘董家庄画像石墓	东汉晚期	中室封顶石	日轮，内有三足乌、九尾狐。月轮，内有玉兔和蟾蜍执杵捣药	《中国画像石全集1》，图153
	山东滕州大康留庄日月星象画像石	东汉晚期		画面右刻一月轮，月内有蟾蜍、玉兔；左刻一乌背负日轮，日内刻一只三足乌；日月轮外满布云气、群星及神鸟	《中国画像石全集2》，图168
	山东滕州西古村羽人格斗、常羲捧月画像石	东汉晚期		常羲捧月，月轮中可见玉兔、蟾蜍	《中国画像石全集2》，图190
	安徽淮北市博物馆藏日月画像石	东汉	墓室顶盖	日轮内有一只金乌，月轮内有蟾蜍、捣药兔	《中国画像石全集4》，图188
	安徽淮北市出土月亮画像	东汉		月轮内有玉兔执杵捣药，蟾蜍伏于一旁	《中国画像石全集4》，图186

149

年代	地域及名称	年代	位置	形象	出处
东汉中晚期	江苏徐州青山泉白集汉画像石	东汉		在东壁北刻石的上格刻阳乌一只以象征太阳，阳乌身呈圆形，两翼张开，做三头	《考古》1981年第2期，第147页
	江苏徐州东汉画像石	东汉		伏羲、女娲图，伏羲居左，着冠，左手举一鸟，当为阳乌；右为女娲，女娲戴胜	《文物》1996年第4期，第28—31页
	江苏徐州市铜山县苗山神人天马画像石	东汉	前室前壁墓门东侧	上方刻阳乌旭日，一旁有熊首人身体生羽翼的神人，下刻天马腾空，马下刻一象，背负串珠	《中国画像石全集4》，图50
	江苏徐州市铜山县苗山神人画像石	东汉	前室前壁墓门西侧	右上方刻月中玉兔、蟾蜍，月旁一神人头戴斗笠，身披蓑衣，左手牵凤，右手持耒耜，图下方刻神牛衔草	《中国画像石全集4》，图51
	江苏睢宁县双沟征集伏羲擎日画像	东汉		伏羲，双手擎日轮，日中似有鸟	《中国画像石全集4》，图105
	江苏睢宁县旧朱犀牛争鼎、车马出行画像石	东汉		中间为圆日，四边为半月，此为日月合璧图，日中有黑点，月中无物	《中国画像石全集4》，图112
	江苏东海昌黎水库1号画像石墓	东汉晚期	后室东间、西间藻井	伏羲戴山形冠，肩生双翼，双手捧一圆轮，蛇尾；女娲高髻，肩生双翼，手捧圆轮，蛇尾	《文物参考资料》1957年第12期，第31页
	陕西榆林神木大保当2号墓	东汉晚期	门楣	月轮西沉，月轮中何物无法辨识	《陕西神木大保当汉彩绘画像石》，图19

150

年代	地域及名称	年代	位置	形象	出处
东汉中晚期	陕西榆林神木大保当2号墓	东汉晚期	门楣	月轮东升，月轮中无物	《陕西神木大保当汉彩绘画像石》，图20
	陕西榆林神木大保当3号墓	东汉晚期	顶心石	左上绘日轮，日中绘三足乌；右下绘月轮，轮内绘蟾蜍	《陕西神木大保当汉彩绘画像石》，图29
	陕西榆林神木大保当4号墓	东汉晚期	门楣	左右两端刻日、月轮，日月轮中无物	《陕西神木大保当汉彩绘画像石》，图31
	陕西榆林神木大保当5号墓	东汉晚期	门楣	两端刻日、月轮，其中图案漫漶不清	《陕西神木大保当汉彩绘画像石》，图41
	陕西榆林神木大保当9号墓	东汉晚期	门楣	下栏左、右两端上绘日、月轮，日轮施红彩，月轮墨迹漫漶，只见轮廓。日月轮中何物无法辨识	《陕西神木大保当汉彩绘画像石》，图53
	陕西榆林神木大保当11号墓	东汉晚期	墓门右立柱	一人面、人身、鸟腿足的神，右手持矩，左手被胸前日轮遮盖，日轮内施红彩，以墨彩绘三足乌于其中	《中国画像石全集5》，图215
	陕西榆林神木大保当11号墓	东汉晚期	墓门左立柱	一人面、人身、鸟腿足的神。左手举一物，似规。胸前有墨彩清绘的月轮，其中用白彩绘蟾蜍	《中国画像石全集5》，图216
	陕西榆林神木大保当16号墓	东汉晚期	门楣	月轮涂白彩，刻绘爬行蟾蜍，身涂三绿；日轮涂红彩，刻飞行金乌，身涂墨彩	《陕西神木大保当汉彩绘画像石》，图68

151

年代	地域及名称	年代	位置	形象	出处
东汉中晚期	陕西榆林神木大保当18号墓	东汉晚期	门楣	月轮施白彩，内刻蟾蜍，背施蓝彩；日轮施红彩，内刻金乌，身施黑彩	《陕西神木大保当汉彩绘画像石》，图93
	陕西榆林神木大保当23号墓	东汉晚期	门楣	两侧日、月轮。日轮中有乌，月轮中无物	《陕西神木大保当汉彩绘画像石》，图114
	陕西榆林神木大保当24号墓	东汉晚期	门楣	月轮涂白彩，内阴刻爬行蟾蜍，涂以蓝彩；日轮涂红彩，内刻飞翔金乌，身涂黑彩	《陕西神木大保当汉彩绘画像石》，图132
	陕西榆林神木乔岔滩乡柳巷村画像墓	东汉晚期		画面正中刻一圆，涂朱色，四边添以如意云纹，象征着红日当空、祥云紫绕之吉兆，绘左飞金乌，亦称日月石	《陕北汉代画像石》，图8
	陕西绥德苏家圪坨杨孟元墓	东汉永元八年（96）	前室后壁	两端有日、月。朱填墨勒金乌、蟾蜍	《中国画像石全集5》，图92
	陕西绥德王得元墓	东汉永元十二年（100）	门楣	左、右两上角有日、月。日、月轮内绘金乌、蟾蜍	《中国画像石全集5》，图74
	陕西绥德县王得元墓	东汉永元十二年	墓门横额	两端有日、月。曾用墨线绘有金乌与蟾蜍	《中国画像石全集5》，图85
	陕西绥德县墓门楣画像	东汉	门楣	两端分别有日、月，日、月中无物	《中国画像石全集5》，图114
	陕西绥德墓门楣画像	东汉	门楣	残，左上角刻一日轮，内有金乌	《中国画像石全集5》，图122
	陕西绥德墓门楣画像	东汉	门楣	两端有日、月。右角日轮似有乌，月中何物无法辨识	《中国画像石全集5》，图150

年代	地域及名称	年代	位置	形象	出处
东汉中晚期	陕西绥德墓门楣画像	东汉	门楣	两上角有日、月。涂彩墨勒金乌与蟾蜍	《中国画像石全集5》,图158
	陕西绥德墓门楣画像	东汉	门楣	两角有日、月,日、月中无物	《中国画像石全集5》,图165
	陕西绥德墓门楣画像	东汉	门楣	残,左上角为一月轮,月中无物	《中国画像石全集5》,图167
	陕西绥德县赵家铺画像石	东汉晚期	墓门横额	画面左、右角为日、月轮,日、月中无物	《陕北汉代画像石》,图191
	陕西绥德义合后思家沟画像石	东汉晚期	墓门横额	左、右角为日、月轮,日、月中无物	《陕北汉代画像石》,图211
	陕西绥德县大坬梁征集画像石	东汉晚期	墓门横额	左、右角为日、月轮,日、月中无物	《陕北汉代画像石》,图216
	陕西绥德四十里铺画像石	东汉晚期	墓门横额	左、右角为日、月轮,日轮内似有乌,月中何物无法辨识	《陕北汉代画像石》,图237
	陕西绥德延家岔画像石	东汉晚期	墓门横额	左、右角为日、月轮,绘有金乌、蟾蜍	《陕北汉代画像石》,图282
	陕西绥德四十里铺画像石	东汉晚期	墓门横额(残)	左、右角为日、月轮,绘有彩墨涂染的金乌、蟾蜍	《陕北汉代画像石》,图332
	陕西绥德四十里铺画像石	东汉晚期	墓门横额	左、右角为日、月轮,日、月中无物	《陕北汉代画像石》,图338
	陕西绥德呜咽泉画像石	东汉晚期	墓门横额	左、右角为日、月轮,月中何物无法辨识	《陕北汉代画像石》,图404
	陕西绥德裴家峁画像石	东汉晚期	墓门横额	左、右角为日、月轮,日、月中无物	《陕北汉代画像石》,图412

年代	地域及名称	年代	位置	形象	出处
东汉中晚期	陕西绥德画像石	东汉晚期	墓门横额	左、右角为日、月轮，右角隐约可辨者为金乌的外轮廓，月轮中似为蟾蜍	《陕北汉代画像石》，图433
	陕西绥德大孤梁画像石	东汉晚期	墓门横额	左、右角为日、月轮，日、月中何物无法辨识	《陕北汉代画像石》，图437
	绥德县苏家圪坨画像石	东汉晚期	墓门横额	左、右角为日、月轮，日、月中无物	《陕北汉代画像石》，图445
	陕西绥德画像石	东汉晚期	墓门横额	左、右角为日、月轮，日、月中无物	《陕北汉代画像石》，图448
	陕西绥德画像石	东汉晚期	墓门横额	左、右角为日、月轮，日、月中无物	《陕北汉代画像石》，图449
	陕西绥德画像石	东汉晚期	墓室横额	左角留一日、月轮，日、月中何物无法辨识	《陕北汉代画像石》，图453
	陕西绥德贺家湾画像石	东汉晚期	墓室横额（残）	左角为日、月轮，阴刻一只蟾蜍	《陕北汉代画像石》，图457
	陕西绥德贺家湾画像石	东汉晚期	墓门横额	左角圆轮中无物，右角圆轮何物无法辨识	《陕北汉代画像石》，图466
	陕西绥德四十里铺画像石	东汉晚期	墓室横额	两角为日、月轮，日、月中何物无法辨识	《陕北汉代画像石》，图482
	陕西绥德四十里铺画像石	东汉晚期	墓室横额	右角为日轮，日轮中无物	《陕北汉代画像石》，图460
	陕西绥德延家岔画像石	东汉晚期	汉墓前室穹隆顶中央	画面朝下，称顶心石或太阳石。中为一圆，四角四出镞形头，四边添缀云朵；圆中绘一向左飞翔的金乌	《陕北汉代画像石》，图613
	陕西绥德呜咽泉画像石	东汉晚期		画面正中刻一日轮，日轮中无物	《陕北汉代画像石》，图614

154

年代	地域及名称	年代	位置	形象	出处
东汉中晚期	陕西米脂2号画像石墓	东汉中期	门楣	伏羲、女娲相对而列，皆着冠服，人首蛇身，手捧日、月，日、月中用黑线分别画阳乌和蟾蜍	《文物》1972年第3期，第69—71页
	陕西米脂党家沟画像墓	东汉	门楣	画面中间有一楼，角脊上停立象征日、月的金乌、蟾蜍	《中国画像石全集5》，图46
	陕西米脂画像墓	东汉	门楣	左右格中分别为日月，日月内为金乌、蟾蜍	《中国画像石全集5》，图63
	陕西米脂画像墓	东汉	门楣	两端日、月高悬，日、月中无物	《中国画像石全集5》，图56
	陕西米脂官庄画像墓	东汉	门楣	左、右边似饰伏羲、女娲举日、月，日、月中有金乌、蟾蜍	《中国画像石全集5》，图41
	陕西米脂无定河张兴庄画像墓	东汉晚期		两边为减底日月轮，日、月中何物无法辨识	《陕北汉代画像石》，图27
	陕西米脂官庄1号墓	东汉晚期	墓室横额	上栏的左、右角为日、月石，日、月中无物	《陕北汉代画像石》，图40
	陕西米脂官庄2号墓	东汉晚期	墓室横额	两上角为日、月轮，日、月中无物	《陕北汉代画像石》，图117
	陕西米脂官庄3号墓	东汉晚期		左、右角为日、月轮，月轮中似有玉兔，日轮中何物无法辨识	《陕北汉代画像石》，图52
	陕西米脂官庄4号墓	东汉晚期	墓门横额	左、右角为日、月轮，日、月中无物	《陕北汉代画像石》，图57
	陕西米脂官庄4号墓	东汉晚期	后室	圆面朱染，周边为蔓草纹饰，称为太阳石，日轮中无物	《陕北汉代画像石》，图77

年代	地域及名称	年代	位置	形象	出处
东汉中晚期	陕西米脂县官庄画像墓	东汉晚期	墓门横额	左、右角为日、月轮，日、月中无物	《陕北汉代画像石》，图103
	陕西米脂县画像墓	东汉晚期	墓门横额	左角为月轮，内绘蟾蜍	《陕北汉代画像石》，图124
	陕西榆林画像墓	东汉	门楣	残，右端一日轮，日中无物	《中国画像石全集5》，图28
	陕西榆林县画像墓	东汉晚期	墓门横额	左、右为日、月轮，多绘金乌与蟾蜍，象征日、月常明	《陕北汉代画像石》，图17
	陕西黄家塔6号墓	东汉晚期	墓门横额	左为日轮染红朱墨绘金乌，右为月轮底施白粉墨勒蟾蜍	《陕北汉代画像石》，图368
	陕西黄家塔8号墓	东汉晚期	墓门横额	左、右角为日、月轮，原用墨朱涂绘蟾蜍、金乌，现褪色难辨	《陕北汉代画像石》，图380
	陕西黄家塔9号墓	东汉晚期	墓门横额	左日加染朱色，墨绘金乌，右月施白粉绘蟾蜍	《陕北汉代画像石》，图386
	陕西黄家塔2号墓	东汉晚期	墓室横额	左角为日轮，日轮中无物	《陕北汉代画像石》，图360
	陕西子洲县苗家坪画像墓	东汉	门楣	残，两端分别有日、月，日、月中无物	《中国画像石全集5》，图197
	陕西清涧县画像墓	东汉	门楣	两端有日、月，日、月中无物	《中国画像石全集5》，图198
	陕西靖边寨山村画像墓	东汉	门楣	两端上部有日、月，日、月中无物，之下分别为金乌和捣药兔	《中国画像石全集5》，图231
	陕西旬邑百子村1号壁画墓	东汉	前室顶	四灵兽、日中金乌、月中蟾蜍、云气	《考古与文物》2002年第3期

年代	地域及名称	年代	位置	形象	出处
东汉中晚期	陕西定边郝滩 1 号壁画墓	东汉	墓顶	二十八宿和另十一颗星宿、月亮、青龙、白虎、朱雀、玄武、仙人、风伯、雷神、雨师	《考古与文物》2004 年第 5 期，第 20—21 页
	内蒙古鄂托克凤凰山 1 号壁画墓	东汉	墓顶	以黑色天空为底，上绘白色的星、云、月，月中有蟾蜍和玉兔	《古墓丹青：汉代墓室壁画的研究与发现》，第 92 页
	甘肃武威磨嘴子东汉壁画墓	东汉	前室顶部	日、月、云朵，日中有金乌，月中有蟾蜍	《考古》1995 年第 11 期，第 1052—1053 页
	甘肃民乐八卦营 1 号墓	东汉	中室、后室覆斗顶	东壁中部用丹砂青绘日，西壁绘月	《中国文物报》1993 年 5 月 30 日
	甘肃民乐八卦营 2 号墓	东汉	前室券顶	绘有云气图，云气间有腾飞的青龙、人首蛇身的女娲及日、月，日中绘含食疾飞的金乌，月中绘蟾蜍及持杵的捣药兔	《中国文物报》1993 年 5 月 30 日
	甘肃民乐八卦营 3 号墓	东汉	前室覆斗顶	东面绘有一日，内有疾飞的金乌；西面绘一月，月中有蟾蜍及持杵的捣药兔	《中国文物报》1993 年 5 月 30 日
	重庆沙坪坝石棺	东汉和帝元兴元年（105）	棺头	伏羲戴山形帽，左手持规，颈两侧各一羽毛状物，右手擎日，日中有踆鸟，躯间生二爪	《金陵学报》1938 年第 1、2 期合刊，第 7—16 页
	重庆盘溪无铭阙	东汉晚期		伏羲、女娲人首蛇身擎日月圆轮，日中有金乌，月中有蟾蜍	《四川汉代石阙》，图 152、153

年代	地域及名称	年代	位置	形象	出处
东汉中晚期	四川渠县沈君阙	东汉晚期		伏羲、女娲人首蛇身，手托日、月圆轮	《四川汉代石阙》，图版172、180
	合川画像石墓	东汉献帝初平三年至建初十九年	后室门，右门柱正面	伏羲为人首蛇身，袍服两首间生蛇尾，双手捧日，日中有阳乌	《巴蜀汉代画像集》，图352
	四川中江天平梁子崖墓	东汉晚期		伏羲擎日	《巴蜀汉代画像集》，图351
	璧山云坪乡水井湾崖墓画像砖	东汉		羽人，腹有圆轮，圆轮中图像不清，应当为蟾蜍、桂树，若此，则为月神	《中国画像砖全集1》，图166
	璧山云坪乡水井湾崖墓日神画像砖	东汉		羽人，腹部有一圆轮，轮中有金乌	《中国画像砖全集1》，图167
	璧山云坪乡水井湾崖墓璧山3号石棺	东汉	石棺右侧	左格伏羲，右捧圆轮，为日神。右格女娲，手捧月轮，为月神。日、月中何物无法辨识	《中国画像砖全集1》，图168
	四川彭州太平乡月神画像砖	东汉		羽人腹部有一圆轮，轮中有蟾蜍、桂树	《中国画像砖全集1》，图168
	四川彭州市太平乡日神画像砖	东汉		羽人腹部有一圆轮，轮中有金乌，应为日神	《中国画像砖全集1》，图169
	四川邛崃花牌坊月神画像砖	东汉		羽人腹部有一圆轮，轮中有蟾蜍、桂树	《中国画像砖全集1》，图170

158

年代	地域及名称	年代	位置	形象	出处
东汉中晚期	四川邛崃花牌坊日神画像砖	东汉		羽人，腹有一圆轮，轮中有金乌，轮外有七星相衬	《中国画像砖全集1》，图171
	四川彭州义和乡月神画像砖	东汉		羽人，腹有圆轮，轮中有蟾蜍、桂树，羽人在三颗光芒四射的星辰拥戴下临空飞翔	《中国画像砖全集1》，图172
	四川彭州义和乡日神画像砖	东汉		日神，人首鸟身，有羽，胸有圆轮，轮中有金乌	《中国画像砖全集1》，图173
	四川崇州搜集伏羲女娲画像砖	东汉		左边伏羲，右手擎日，日中一金乌；右为女娲，左手擎月，月中有蟾蜍、桂树	《中国画像砖全集1》，图174
	四川成都市郊画像砖	东汉晚期		伏羲、女娲人首蛇身，手执规矩、日月，日中有金乌，月中有蟾蜍	《巴蜀汉代画像集》，图355
	四川崇庆画像砖墓	东汉晚期		伏羲左手执规，右手举日，日中有乌；女娲右手执矩，左手举月，月手有蟾蜍、桂树，皆人首蛇尾	《四川汉代画像砖艺术》，图170
	四川郫县新胜1号砖室墓石棺	东汉晚期	棺头	伏羲、女娲人首蛇身，各举日、月轮，日中有金乌，月中有玉兔，日、月间有一羽人	《文物》1975年第8期，第63页
	四川成都天回山崖墓石棺	东汉晚期	左侧	伏羲、女娲人首蛇身，两尾蟠曲相交，手上各执一圆轮，二轮之间又夹一圆轮	《考古学报》1958年第1期，第94页
	四川宜宾翠屏村7号墓石棺	东汉晚期	北壁	伏羲、女娲人首蛇尾相交，手上各托一圆轮	《文物参考数据》1954年第12期，第24页

年代	地域及名称	年代	位置	形象	出处
东汉中晚期	四川成都扬子山1号墓画像砖	东汉晚期		伏羲蛇躯，一手举日轮，一手执矩，日轮中有金乌	《重庆市博物馆藏四川汉画像砖选集》，图40
	四川宜宾公子山崖墓石棺	东汉晚期	大棺棺尾	伏羲、女娲，皆人首蛇尾，女娲右手托月，左手执矩；伏羲左手托日，右手执规	《文物》1982年第7期，第24—27、99页
	四川宜宾公子山崖墓石棺	东汉晚期	小棺棺尾	伏羲、女娲人首蛇尾相交，女娲右手托月，左手执矩；伏羲左手托日，右手执规	《文物》1982年第7期，第24—27、99
	四川新津画像石	东汉晚期		伏羲、女娲交尾，分别托日、月，日中有乌，月中有蟾蜍，另一只手举巾带	《四川汉代雕塑艺术》，图48
	四川郫县东汉石棺	东汉晚期	棺头	伏羲、女娲人首蛇身，两尾相交	《文物》1975年第8期，第63页
	重庆沙坪坝石棺	东汉晚期		伏羲、女娲戴冠，相向而立，交尾，一手托日月圆轮，一手共托一物如宝珠	《四川汉代雕塑艺术》，图31
	四川新津县堡子山崖墓1号石棺	东汉晚期	棺头	伏羲、女娲交尾，各托一圆轮，日中有金乌，月中有蟾蜍，另一只手举巾带	《汉代绘画选集》，图32
	四川简阳鬼头山3号石棺	东汉晚期	棺右侧	伏羲、女娲人首蛇身，未交尾，榜题作"伏希""女娃"	《四川文物》1988年第6期，第65页
	四川新津崖墓石函之一	东汉晚期	石函一端	伏羲、女娲人首蛇身，手捧日、月，两尾相交，手持巾带	《四川汉代石棺画像集》，图202
	四川新津崖墓石函之二	东汉晚期	石函一端	伏羲、女娲人首蛇身，手捧日、月，两尾相交，手持巾带	《四川汉代石棺画像集》，图203

年代	地域及名称	年代	位置	形象	出处
东汉中晚期	四川长宁2号石棺	东汉晚期	后挡板	伏羲、女娲人首蛇身，手捧日、月，两尾相交，共捧一物，似为灵芝，左、右刻方胜，有双阙	《四川汉代石棺画像集》，图26
	四川新津1号石棺	东汉晚期		伏羲、女娲人首蛇身，手捧日、月，两尾相交，手持巾带	《四川汉代画像选集》，图35
	四川富顺石棺	东汉晚期		伏羲、女娲人首蛇身，手捧日、月，两尾相交，下有玄武	《四川汉代石棺画像集》，图119
	四川金堂2号石棺	东汉晚期	左侧壁	西王母端坐正中，左有朱雀，伏羲、女娲人首蛇身手捧日、月，两尾相交，两脸相亲	《四川汉代石棺画像集》，图124
	四川合江1号石棺	东汉晚期	后挡板	伏羲一手托日轮，女娲一手执托月轮，二人手中分持一物，两尾相交	《四川汉代石棺画像集》，图130
	四川合江2号石棺	东汉晚期	前挡板	伏羲一手托日轮，女娲一手执托月轮，二人手中分持一物，两尾相交	《四川汉代石棺画像集》，图133
	四川合江4号石棺	东汉	后挡板	女娲执矩，伏羲执规，手持日、月，日、月中何物无法辨识	《中国画像砖全集1》，图180
	四川合江5号石棺	东汉晚期		伏羲、女娲人首蛇身，手捧日、月，两尾相交，手持巾带	《四川汉代石棺画像集》，图143
	四川合江10号石棺	东汉晚期	前挡板	伏羲一手托日轮，女娲一手执托月轮，二人手中分持一物，两尾相交	《四川汉代石棺画像集》，图154
	四川泸州5号石棺	东汉晚期		伏羲一手托日轮，女娲一手执托月轮，两尾相交，手持巾带	《四川汉代石棺画像集》，图161

年代	地域及名称	年代	位置	形象	出处
东汉中晚期	四川泸州 12 号石棺	东汉晚期		伏羲人首蛇身，戴山形冠，一手执阳乌日轮，一手执似币状物	《四川汉代石棺画像集》，图 177
	四川南溪 3 号石棺	东汉晚期	前挡板	中刻一双檐单阙，阙右为伏羲，一手执规，一手托日；阙左为女娲，一手执矩，一手托月，未相交，上刻方胜	《四川汉代石棺画像集》，图 19
	四川内江白马石棺	东汉晚期	棺右侧	左伏羲戴山形冠捧日，右女娲高髻饰羽捧月，均人首蛇身，双足长尾未相交，腰系飘带；右有朱雀展翅做欲飞之状	《中国画像石全集7》，图 148
	四川江津崖墓	东汉晚期		伏羲人首蛇身有两爪，双手托圆轮	《中国画像石全集7》，图 33
	四川长宁七个洞 1 号崖墓	东汉晚期	门框第三格	门左刻伏羲，右刻女娲，上刻两鸟站在伏羲、女娲手托的日、月之上，引颈做衔鱼状	《考古与文物》1985 年第 5 期，第 45 页
	辽阳南林子壁画墓	东汉		右耳室顶原有日、月	《考古学杂志》第 32 卷第 2 号
	辽阳三道壕窑厂第四现场壁画墓	东汉	前室藻井	日、月、云气	《文物》1955 年第 5 期，第 15—28 页
	辽阳三道壕 2 号墓	东汉	右耳室顶部	太阳和一些彩色斑片，可能是日月天象图	《考古》1980 年第 1 期，第 56—58 页
	辽阳鹅房 1 号壁画墓	东汉	前室左、右耳室	左耳室正壁右上有日，右耳室正壁有月	《考古》1980 年第 1 期，第 56—58 页

162

年代	地域及名称	年代	位置	形象	出处
东汉中晚期	辽阳旧城东门里东汉壁画墓	东汉	东、西棺室顶	东棺室顶有日，日中有金乌；西棺室顶有月，月内有蟾蜍，并有星九十余	《文物》1985年第6期，第25—42页
	辽阳南环街壁画墓	东汉	右耳室	日轮，内有金乌，门柱有云气环绕	《北方文物》1998年第3期，第22—25页
	云南昭通白泥井石棺	东汉晚期		女娲三起大髻，兽体，二腿间生一尾，左手托一月轮，右手执一长杆形物；伏羲体同，右手托一日轮，左手执矩，二者交尾	《学术研究》1963年第5期
	云南昭通双龙画像砖	东汉		树间有日轮，日中有鸟状图案，似为三足金乌，可惜已漫漶不清	《中国画像砖全集·全国其他地区》，图124
	贵州金沙后山墓	东汉晚期		伏羲、女娲、双阙和乐舞	《文物》1998年第10期
	北京丰台区三台子画像石	东汉晚期	墓门反面	伏羲执矩于胸前，头戴帽，蛇尾；女娲执规于胸前，头戴"山"字型高帽	《文物》1966年第4期

第四章　图像与神话
——汉墓日、月画像的思想背景与观念形态

　　中国古代日中有乌与月中有蟾、兔、桂树的观念，到了两汉时期，相关的形象又开始大量出现在许多墓室的壁画、画像石、画像砖上。这些日、月画像有的被刻在祠堂内，有的则被刻绘于墓室的顶部，有的则被雕在门阙上，还有很多被刻绘在墓室的石棺上。由于这些画像原本都是具一定功能性的丧葬用具①，其创作的主要目的是装饰墓室，为死去的亲人提供更适意的死后居处空间，故画像的题材、内容仍须从属于其丧葬礼仪的场合与空间。因此，它们与魏晋以后产生的艺术家的艺术功能不同，又有别于一般寺庙宫殿的壁画。所以，在本质意义上，它们并不是一种自由创作的艺术，而是紧紧地围绕着当时社会的丧葬礼制，表现当时人的宗教、信仰和宇宙观。此外，相关图像也必须迎合世俗大众的需求与喜好，故其内容除了已暗含人类早期的灵魂信念和丧葬习俗外，可能也会在自觉与不自觉之间反映当时的流行观念与思想文化。

　　早在1986年，日本学者土居淑子便提出从坟墓艺术的视角研究汉画像石的主张。② 美国芝加哥大学巫鸿教授亦曾提出"礼仪美术"（Ritual Art）③ 的观点，他在论及马王堆的帛画时说："帛画不是一件独立的'艺术品'，而是整个墓葬的一部分；墓葬也不是现成的建筑，而是丧葬礼仪过程中的产物。"④ 他还说：

　　　　墓葬绝不仅仅是一个建筑的躯壳，而是建筑、壁画、雕塑、器物、装饰甚至铭文等多种艺术和视觉形式的综合体。……考古发掘出的不计其数的古代墓葬更以其丰富的内涵和缜密的设计证明了建墓者心目中的"作品"并不是单独的壁面、明器或墓俑，而是完整的、具有内

---

①信立祥：《汉代画像石综合研究》，北京：文物出版社，2000。

②〔日〕土居淑子：《中國の畫像石》，京都：同朋舍，1986。

③巫鸿：《"墓葬"：美术史学科更新的一个案例》，见《美术史十议》，北京：生活·读书·新知三联书店，2008，第75—87页。

④巫鸿：《礼仪中的美术——马王堆再思》，见《礼仪中的美术：巫鸿中国古代美术史文编》（上卷），北京：生活·读书·新知三联书店，2005，第102页。

在逻辑的墓葬本身。①

故一套画像作品虽然含有许多题材，但这些特定的题材并不是孤立存在的，它总是有意识地与其他母题相互联系，并与整座建筑的结构相呼应。

故而源自原始初民对日、月的观察与想象的日中有乌与月中有蟾、兔、桂树神话形象，之所以大量出现在两汉时期的墓室中，除充分反映了起源于远古时期的日、月崇拜在后世人们心目中的重要地位与意义外，同时，其形象、位置、意义与功能的变化，可能亦与当时人们的信仰、仪式、社会文化等各方面密切相关。

第一节　不为观赏的画作
——汉代墓室所见日、月画像的意义与功能

由于汉代墓室中的画像，其创作的目的并不是为了供人观赏，而多是为了居处于墓葬中的死者及鬼神所作，故有研究者称其为一种"不为观赏的画作"。②

关于一幅图像的功能与表现，艺术史家贡布里希（E. H. Gombrich，1909—2001）曾说过：

> 一幅图像若是旨在揭示某种更高的宗教或哲学的真实，其形式就将不同于一幅旨在摹仿外形的图像。③

因此，作为一种"不为观赏的画作"的汉画像，它必然也承载并反映着当时人们的一些思想与行为。所以，这些墓室中的日、月画像，除了是两汉时期神话传说、神仙信仰、神祇崇拜的表现与再现外，可能更被赋予了许多特殊的功能与意义，且与当时的儒家礼制和思想文化、社会氛围、宗教信仰等密切相关，并会随着时代与地域的不同而有所变化。因此，除应将其放回它原有的历史脉络中重新加以认识外，还可将其视为一种两汉社会中某些现象的一种凝缩。且若能掌握这些画像在墓室建筑中的位置意义、社会文化背景及其象征意涵，将有助于我们理解这些画像在墓葬中的功能与意义。

---

①巫鸿：《"墓葬"：美术史学科更新的一个案例》，见《美术史十议》，北京：生活·读书·新知三联书店，2008，第78页。

②杨爱国：《不为观赏的画作——汉画像石和画像砖》，成都：四川教育出版社，1998。

③〔英〕E. H. 贡布里希著，杨思梁、范景中编选：《象征的图像：贡布里希图像学文集》，上海：上海书画出版社，1990，序言第12页。

一、神话与天文：作为墓室天空的日、月画像

经前章整理历年来汉代墓室所见日、月画像后，可发现其中有位置可考者，若非被绘于墓室的顶部或藻井上，则就是被雕刻在祠堂的山墙或最高处，还有被刻在墓室的门楣上或墓室石棺的前后档头等处。1940 年代，中国艺术和建筑研究者费慰梅（Wilma Fairbank，1909—2002）在研究武梁祠的建筑时，即已指出在汉代画像石的研究中，"掌握位置的意义将被证明有益于理解主题"[1]。这里所说的"位置的意义"是指一个画像题材的意义，可由其在建筑中所处的位置来界定。而从现存的许多礼仪建筑中亦可发现，由于建筑本身的设计总是以特定的象征结构为基础，其装饰程序往往有其特定的逻辑。

而日本学者曾布川宽在研究汉画像的神仙谱系时，也特别注意结合方位来考察，他说：

> 画像石墓、祠堂、画像石棺都是用众多画像石构成的整体，在此安置场所中，这些画像石承担了各自的机能，这些机能是解释画像意味所需的。[2]

因此，如能掌握这些日、月画像的配置规律，及其在墓室建筑中的位置意义，可能将有助于我们理解这些图像在墓葬中的机能与意味。

首先，从日、月画像的位置来看，从西汉时期的湖南长沙马王堆 1 号、3 号汉墓帛画，到年代稍晚的山东临沂金雀山 9 号墓帛画，日与月的画像都出现在代表天上世界的帛画最上层。此外，自西汉时期始，历新莽阶段，一直到东汉中晚期，无论是在地处政治文化中心的长安、洛阳一带，抑或是在仍属边陲之地的河西走廊与辽东地区，各壁画墓中的日、月画像也几乎都出现在墓室的脊顶、券顶、穹隆顶或天井。如洛阳卜千秋壁画墓、洛阳浅井头壁画墓、洛阳烧沟 61 号壁画墓等壁画墓中的日、月画像皆被绘于脊顶，新莽时期的洛阳偃师辛村壁画墓的日、月画像则绘于门拱的上方。另如洛阳金谷园壁画墓、洛阳尹屯壁画墓以及洛阳北郊石油站东汉壁画墓等的日、月画像，则绘于墓室的穹隆顶，而山西平陆枣园村壁画墓则被绘于天井上。

---

①Wilma Fairbank, "The Offering Shrines of 'Wu Liang Tz'u'," in *Harvard Journal of Asiatic Studies*, Vol 6, 1941, No. 1, p. 3.

②〔日〕曾布川宽：《漢代畫像における昇仙圖の谱系》，载《东方学报》总第 65 期（1993），第 26 页。

至于各地出土的画像砖、石，虽因出土的地点较为零散，信息亦不全，许多相关画像已无法确认其于墓室中的所在位置。然由一些有位置可考的画像来看，以河南南阳地区为例，日、月画像不仅常与星宿或特殊的天象结合，还大多位于墓室的顶部或作为盖顶石。其中，如唐河针织厂画像石墓的日、月画像即出现在北主室的顶部，南阳麒麟岗的日月四神天文图则出现在前室的顶部，南阳王庄的常羲捧月画像也出现在墓室的盖顶石上，至于南阳英庄的阳乌负日与幻日画像石也出现在前室的盖顶石，南阳十里铺的阳乌负日画像出现在前室东盖顶石。此外，如山东长清孝堂山石祠的日月星辰画像则出现在隔梁底，而山东安丘汉墓的前室、中室封顶石也都出现有日、月的画像。至于陕北地区的日、月画像则因该地区画像多集中配置在墓门和后室门上，故日、月画像几无例外地出现于各墓室门楣的最上端左、右两侧；又如四川地区的日、月画像虽多与伏羲、女娲结合，然也大多出现在代表引领灵魂升天的棺前、后档头部位。

其次，从图像的内容来看，由前文的整理可归纳出，汉代墓室中的日、月画像经常与以下几种主题一同出现：一是自然天象中的日月星辰，如苍龙星、白虎星、北斗、彗星等；二是由自然天象衍生的天文神话，如阳乌负日、嫦娥奔月、牵牛织女等；三是天界神灵，如西王母、太一、伏羲、女娲、四神等。

其中，如长沙马王堆1号汉墓帛画，除了帛画最上层的日与月外，还有如人首蛇身大神、各种羽人、星点等，组成了一仿佛天界的图像。尤其，右侧的太阳之下还有八个红色圆点，或有学者以为这八个圆点实是苍龙星座。[①] 除了1号墓帛画可能绘有星辰外，3号墓帛画及临沂金雀山9号墓帛画上部的日与月之间都出现有星点。此外，如西安交大附小墓顶壁画及洛阳烧沟61号墓顶壁画，与日、月画像同时出现的则为如二十八宿等大量具象或可辨识的星宿形象；另，

①刘宗意：《马王堆帛画中"八个小圆"是苍龙星座》，载《东南文化》1997年第3期，第106—107页。另如罗琨也认为，太阳下面的八颗朱色圆点是星辰，可能是北斗星，不形成斗状可能是由于篇幅的限制。参罗琨：《关于马王堆汉墓帛画的商讨》，载《文物》1972年第9期，第49页。但也有学者认为，这些红点代表其他的日，与帛画右侧内有阳乌的红色日轮，正好为有九日，而中国自古有所谓"九阳以代烛"之说，《山海经》中又有"十日"的传说。参袁珂：《中国神话传说词典》，上海：上海辞书出版社，1985，第11页"九阳"条、第4页"十日"条；萧兵：《马王堆〈帛画〉与〈楚辞〉》，载《考古》1979年第2期，第172页。但是，刘敦愿却认为，整幅帛画都是以地下的景物作为主题描写，这绝不是古代神话中"十日"和"九阳"两种说法，也非疏忽漏画了一个太阳，而是画家有意识地只画上九个太阳。古代传说"羿仰射十日，中其九"，所以人间就只见到一个太阳，至于那九个被射死的太阳就来到死后世界，为人生的长夜服务，而当值的那个太阳画得特别大，才绘上金乌以相区别。参刘敦愿：《马王堆西汉帛画中的若干神话问题》，载《文史哲》1978年第4期，第67页。

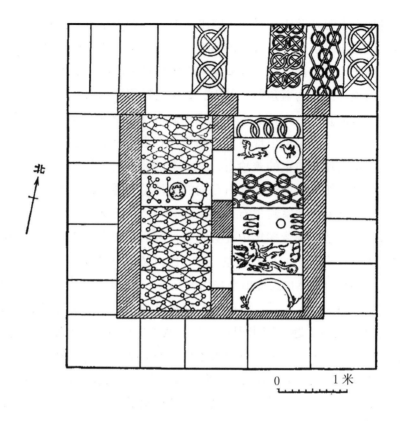

图 84　唐河针织厂 1 号墓北后室天井画像配置

河南南阳、山东、江苏等地也出土了不少象征各种星宿及天文主题的画像。以南阳唐河针织厂画像石墓的北主室天井画像的配置为例，日、月画像除高居墓室顶部外，还与如北斗、疑为翼宿的星宿、几何状联机的星宿，还有如白虎、四神、虹等具天文意象的画像内容结合。（图 84）① 除此之外，还有许多墓室中的日、月画像周围往往伴随有各式的云气图像。

因此，无论是从日、月画像在汉代墓室的位置，或是从与日、月相配的其他画像主题、内容来看，皆可发现当时人们在建造墓室时，可能已将墓室视为死后生活的另一小宇宙空间，并且，有意识地将墓顶或墓室的高处视为此一宇宙空间中的天空。所以，才会将这些日、月、星辰等与天文相关的画像题材，绘制在墓室中的高处，象征天空的位置。

事实上，将墓葬或墓室视为另一个小宇宙，且在其中绘制各种天象或天文

---

① 配置图采自周到、李京华：《唐河针织厂汉画像石墓的发掘》，载《文物》1973 年第 6 期，第 26—40 页。

题材的图像①，在中国有悠久的历史与传统。从目前的考古发现来看，早在距今约6500年的河南濮阳西水坡45号墓仰韶文化遗址墓葬中即可见于墓主人遗骸的两侧有以白色蚌壳精心摆饰与人身约同等大小的龙与虎蚌塑，另在墓主人的头顶上方，还有一用蚌壳摆塑成的北斗七星。② 学者一般认为，这一龙、一虎乃青龙、白虎的象征，加上北斗七星，其与墓穴的结构形式和方位之间的关系，构成了一种原始的天文图。③

还有，1978年于湖北省随县擂鼓墩发掘的战国早期（约前433）曾侯乙墓一漆箱盖上也出现了中央绘有篆文粗体的"斗"字，而周围则环书二十八宿和四象的天文图。（图85）④ 此一结构，似又与河南濮阳西水坡45号墓的龙虎北斗蚌塑相似，故有学者者认为，这样的安排并非古人随意为之，可能也是一种具观象授时作用的星象图。⑤

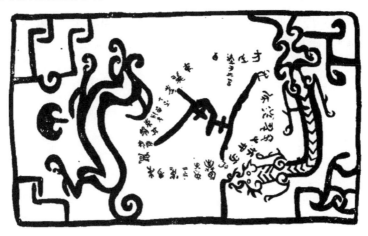

图85　曾侯乙墓漆箱盖：二十八宿天文图

---

①考中国古籍中最早使用"天文"一词者，似为《易·象传·贲》的"观乎天文，以察时变"。于此，"天文"一词实指天之文理。又据《淮南子·天文训》称："文者，象也。"故在两汉时期，"天文"一词殆指天象或天空的现象，而并非现代自然科学中以研究天体的分布、运动、位置、状态、结构、组成、性质及起源和演化的学问。故为论述方便，笔者对于中国古代墓室中各种表现日、月、星辰等天象或天文的画像，无论其是否为科学性的天文图，概以"天文图"统称之。

②此墓据考古和碳14测定，墓葬的年代在距今6500年前左右。参濮阳市文物管理委员会、濮阳市博物馆、濮阳市文物工作队：《河南濮阳西水坡遗址发掘简报》，载《文物》1988年第3期，第1—6页；濮阳西水坡遗址考古队：《1988年濮阳西水坡遗址发掘报告》，载《考古》1989年第12期，第1057—1066页。

③冯时：《中国天文考古学》，北京：社会科学文献出版社，2001，第278—301页。

④湖北省博物馆：《曾侯乙墓》，北京：文物出版社，1989；湖北省博物馆、随州市博物馆：《湖北随州擂鼓墩二号墓发掘简报》，载《文物》1985年第1期，第1—14页。

⑤冯时：《中国天文考古学》，北京：社会科学文献出版社，2001，第278—301页。

另从文献的记载来看，《史记·秦始皇本纪》中即载有，秦始皇骊山陵玄宫"以水银为百川江河大海，机相灌输，上具天文，下具地理"①，可知，在秦始皇的墓室中，可能也已出现有代表天文的图像。这样的葬俗传统，对后来的墓葬也产生了深远的影响。因此，到了汉代，许多墓室中才会出现有刻绘了各种日、月、星辰等表现天文的图像。然大约到了三国时期，由于天文知识的进一步发展②，从今已发掘的中原地区墓葬来看，墓室中的天文图逐渐脱去了神话的元素，但仍经常可见以圆圈或圆点代表星宿的现象。如发现于河南洛阳的北魏元义墓室顶天文图（图86）③，便已完全改用圆点标示星宿，有些星宿则用直线相连，并以红、白、黄三色绘出巫咸、甘德、石申的三家星图，所绘星官数与星数都较旧有星图大为增加，恒星与银河的位置也相对比较准确，表现出来的是一个几近于"真实天空"的科学性星图。

此后，像北朝时期的茹茹公主墓④、崔芬墓⑤、道贵墓⑥、济南八里洼北齐墓⑦、高润墓⑧、磁县湾漳村北朝墓⑨、尧峻墓⑩、颜玉光墓⑪、库狄回洛墓⑫、

①〔汉〕司马迁撰，〔刘宋〕裴骃集解，〔唐〕司马贞索隐，〔唐〕张守节正义：《新校本史记》，台北：鼎文书局，1981，第 223 页。

②到了三国时期，东吴的天文学家陈卓总结前人的天文观测成果，绘出比较精确的星图，并被官方认可，广泛流行于世，影响甚大。

③洛阳博物馆：《河南北魏元义墓调查》，载《文物》1974 年第 12 期，第 53—55 页。

④磁县文化馆：《河北磁县东魏茹茹公主墓发掘简报》，载《文物》1984 年第 4 期，第 1—9 页；汤池：《东魏茹茹公主墓壁画试探》，载《文物》1984 年第 4 期，第 10—15 页。

⑤吴文祺：《临朐县海浮山北齐崔芬墓》，见中国考古学会编：《中国考古学年鉴·1987》，北京：文物出版社，1988，第 174 页。

⑥济南市博物馆：《济南市马家庄北齐墓》，载《文物》1985 年第 10 期，第 42—48 页。

⑦山东省文物考古研究所：《济南市东八里洼北朝壁画墓》，载《文物》1989 年第 4 期，第 67—78 页。

⑧磁县文化馆：《河北磁县北齐高润墓》，载《考古》1979 年第 3 期，第 235—243 页；汤池：《北齐高润墓壁画简介》，载《考古》1979 年第 3 期，第 244 页。

⑨中国社会科学院考古研究所、河北省文物研究所邺城考古工作队：《河北磁县湾漳村北朝墓》，载《考古》1990 年第 7 期，第 601—603 页。

⑩磁县文化馆：《河北磁县东陈村北齐尧峻墓》，载《文物》1984 年第 4 期，第 16—18 页。

⑪安阳县文教局：《河南安阳县清理一座北齐墓》，载《考古》1973 年第 2 期，第 90—91 页。

⑫王克林：《北齐库狄回洛墓》，载《考古学报》1979 年第 3 期，第 377—399 页。

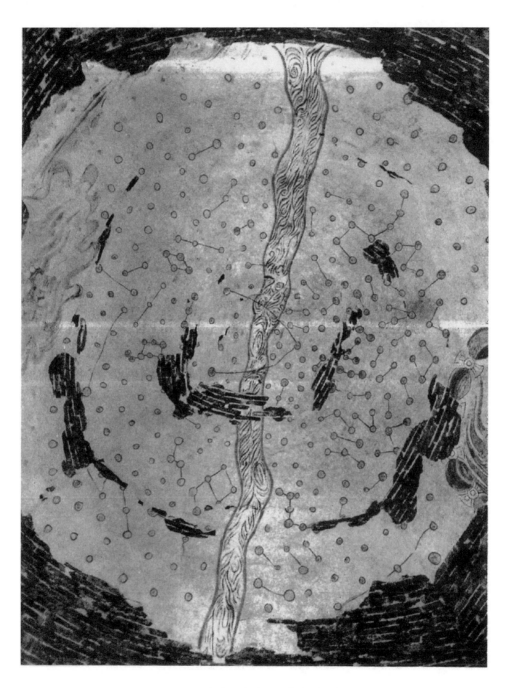

图 86　河南洛阳北魏元义墓室顶天文图

娄叡墓①、太原南郊北齐墓②、咸阳胡家沟侯义墓③、宁夏固原李贤夫妇墓④等墓室，也多会在墓顶绘天文图。

其中，除了如道贵等墓还掺进有如玉兔捣药等少量神话外，这一时期的天文图大都较单纯，原则上多为对真实星空的反映。及至隋代，如山东嘉祥英山开皇四年（584）徐敏行墓中也出现有天文图，墓室穹隆顶绘有日、月、星辰等天象，月中有桂树和捣药兔，东壁和西壁上分别残存青龙和白虎的部分躯体。⑤

而到了唐代，由于天文水平的大大提高⑥，并已出现了专门的星占书。此外，在敦煌地区甚至还发现有两幅紫微宫星图。（图87）⑦ 因此，在许多贵族或民间的墓室中，更经常可见绘有各种星象的天文图。就目前已发掘并公之于世的唐代壁画墓来看，如贞观二十二年（648）的窦诞墓⑧，龙朔三年（663）的新城

①山西省考古研究所、太原市文物管理委员会：《太原市北齐娄叡墓发掘简报》，载《文物》1983 年第 10 期，第 1—23 页。

②山西省考古研究所、太原市文物管理委员会：《太原南郊北齐壁画墓》，载《文物》1990 年第 12 期，第 1—5 页。

③咸阳市文管会、咸阳博物馆：《咸阳市胡家沟西魏侯义墓清理简报》，载《文物》1987 年第 12 期，第 57—64 页。

④宁夏回族自治区博物馆、宁夏固原博物馆：《宁夏固原北周李贤夫妇墓发掘简报》，载《文物》1985 年第 11 期，第 1—20 页。

⑤山东省博物馆：《山东嘉祥英山一号隋墓清理简报——隋代墓室壁画的首次发现》，载《文物》1981 年第 4 期，第 28—32 页。

⑥如中国古代最重要的两部星占秘籍《乙巳占》和《开元占经》都是在初盛唐时期完成的。

⑦其中发现于敦煌莫高窟藏经洞的 S.3326 唐写本星图，现存于英国图书馆。这卷星图的年代，李约瑟订为 940 年，即后晋天福年间；夏鼐订为开元、天宝时期。图中绘有 1350 多颗星，是世界现存年代较早的星图中星数较多的一幅。星辰分别用黑点和橙黄色点标出，其中黑点表示甘德星经中的星，橙黄色点表示石申和巫咸星经中的星。从十二月开始，按照每月太阳位置所在，分十二段把赤道附近的星用类似墨卡托圆筒投影的方法画出，然后再把紫微垣画在以北极为中心的圆形平面投影图上。这样就比以前将全天的星都画在一幅圆形的"盖图"或长条形的"横图"上，以致南天的星或北极附近的星偏离实际位置的画法，有很大改进。参中国社会科学院考古研究所编：《中国古代天文文物论集》，北京：文物出版社，1989，第 479 页图版一、第 491 页图版一二。关于星图的年代，可参席泽宗：《敦煌星图》，载《文物》1966 年第 3 期，见中国社会科学院考古研究所编：《中国古代天文文物论集》，北京：文物出版社，1989，第 181—194 页；马世长：《〈敦煌星图〉的年代》，见敦煌文物研究所编：《1983 年全国敦煌学术讨论会文集·文史·遗书编》，兰州：甘肃人民出版社，1987；中国社会科学院考古研究所编：《中国古代天文文物论集》，北京：文物出版社，1989，第 367—372 页。

⑧国家文物局主编：《中国文物地图集·陕西分册》（下册），西安：西安地图出版社，1990，第 364 页。

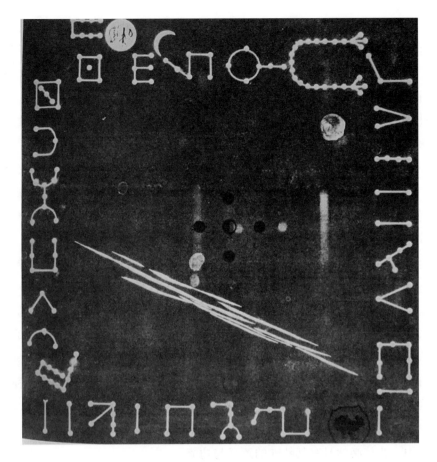

图 87　S.3326 唐代敦煌星图

公主墓[1]，初唐晚期的苏君墓[2]，上元二年（675）的阿史那忠墓[3]，神龙二年（706）的永泰公主墓[4]与懿德太子墓、章怀太子墓[5]，景龙二年（708）的韦泂墓[6]，景云元年（710）万泉县主薛氏墓[7]，开元十二年（724）的节愍太子李重

①陕西省考古研究所、陕西历史博物馆、昭陵博物馆：《唐昭陵新城长公主墓发掘简报》，载《考古与文物》1997 年第 3 期，第 3—38 页。

②陕西省社会科学院考古研究所：《陕西咸阳唐苏君墓发掘》，载《考古》1963 年第 9 期，第 493—498、485 页。

③陕西省文物管理委员会、礼泉县昭陵文管所：《唐阿史那忠墓发掘简报》，载《考古》1977 年第 2 期，第 80、132—138 页。

④陕西省文物管理委员会：《唐永泰公主墓发掘简报》，载《文物》1964 年第 1 期，第 39、71—94 页。

⑤陕西省博物馆、乾县文教局唐墓发掘组：《唐章怀太子墓发掘简报》，载《文物》1972 年第 7 期，第 13—19 页。

⑥陕西省文物管理委员会：《长安县南里王村韦泂墓发掘记》，载《文物》1959 年第 8 期，第 8—18 页。

⑦王仁波、何修龄、单暐：《陕西唐墓壁画之研究》（下），载《文博》1984 年第 2 期，第 44—55 页。

俊墓①，开元十六年（728）的薛莫墓②，天宝七年（748）的张去逸墓③，以及太原地区的许多唐墓④中，都可在墓室的穹隆顶上发现天文图。这些天文图多包括日、月及星辰，有些甚至出现有银河，然大多只是一种对星空的模拟，并非科学性的天文图。

此外，在新疆的阿斯塔那65TAM38号墓室顶部亦出现有天文图⑤，这幅天文图大约完成于8世纪中叶，墓顶用白色绘出二十八宿，每个星官都由白色连接，东部箕、斗之间绘红色的太阳，内饰金乌；西部鬼、柳两宿间绘有白色的月亮，内饰桂树和持杵的玉兔，满月旁边附有残月，象征朔、望，中央则绘五大行星，与日、月同象"七曜"，另在尾、箕两宿间至昴、毕两宿间，贯穿有数条白线，应是银河的象征。（图88）

至于隋唐以后的墓室中，亦不乏天文图的出现，其中如杭州五代吴越国钱氏王室墓⑥、河北宣化辽代壁画墓⑦、陕西彬县五代后周显德五年（958）冯晖墓⑧和河北曲阳后梁龙德三年（923）王处直墓⑨等，也都出现了更具科学性的墓顶天文图。其中，如杭州五代吴越国钱氏王室墓的天文图，便已精确地画出二十八宿星座和包括北极、北斗、华盖和勾陈的拱极星位置及内规、外规，甚至还有赤道和重规，几已是直接将科学性星图刻绘于墓室的顶部。而这种于墓室顶或高处绘制天文图的传统，对后来中国历代墓葬的影响颇为深远。这种以日、月为主，有时结合星宿的天文图之所以能延续数千年反复出现于中国古代各墓葬中，相信必然具有其特殊的意义与功能。

首先，据信立祥的观察发现：在汉代祠堂画像中，上帝和诸神的"天上世

①陕西省考古研究所编：《陕西新出土唐墓壁画》，重庆：重庆出版社，1998，图版101—163，图版说明第1—19页。

②陕西省文物管理委员会：《西安西郊唐墓清理记》，载《考古通讯》1956年第6期，第47—50页。

③王仁波、何修龄、单暐：《陕西唐墓壁画之研究》（下），载《文博》1984年第2期，第44—55页。

④如赵澄墓、金胜村4号墓、金胜村6号墓、焦化厂墓、金胜村337号墓和温神智墓等。

⑤新疆维吾尔自治区博物馆：《吐鲁番县阿斯塔那—哈拉和卓古墓群清理简报（1963—1965）》，载《文物》1973年第10期，第8页。新疆社会科学院考古研究所编：《新疆考古三十年》，乌鲁木齐：新疆人民出版社，1983，第89页图版108。

⑥浙江省文物管理委员会：《杭州、临安五代墓中的天文图和秘色瓷》，载《考古》1975年第3期，第186—194页。

⑦张家口市文物事业管理所、张家口市宣化区文物保管所：《河北宣化下八里辽金壁画墓》，载《文物》1990年第10期，第1—19页。

⑧咸阳市文物考古研究所：《五代冯晖墓》，重庆：重庆出版社，2001。

⑨河北省文物研究所、保定市文物管理处：《五代王处直墓》，北京：文物出版社，1998。

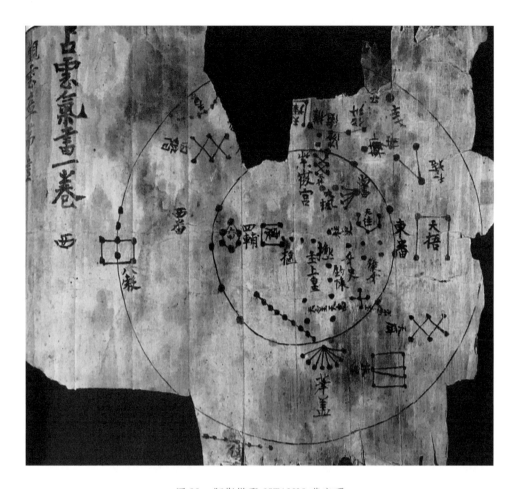

图 88　阿斯塔那 65TAM38 墓室顶

界"多是以天文图、祥瑞图和上帝诸神图三类画像来表现①，其中，祥瑞图和上帝诸神图可能是受到后来神仙思想盛行致将天界和仙界观念混同而产生的变化。故这些刻绘于墓室顶或高处的日、月、星辰画像，可能才是作为墓室小宇宙天象征的最原始图像。

其次，庄蕙芷的研究也指出，汉代墓室中象征天内涵的天文图大致包含"星点及方位标示图像""日月及其相关图像"及"旁气及其附属图像"三大类母题，当中又以日月及其相关图像出现最早。而日月及其相关图像又可细分为"日，金乌；月，蟾蜍"及"伏羲女娲擎日月（亦包含金乌蟾蜍）"两类。在所有的天文图母题中，最常用的也是"日，金乌；月，蟾蜍"类，占所有汉代墓

①信立祥：《汉代画像石综合研究》，北京：文物出版社，2000，第 162 页。

室天文图的百分之三十一；"伏羲女娲擎日月图"，约占百分之二十五。由此可见，这两类图像在汉代人的心目中是最具有代表性或最易于作为表现天的母题。[1]

尤其值得注意的是，除南阳地区以外，许多作为墓室天空象征的天文图，到了大约东汉中期以后，表现特殊星宿或具象星点的情形愈来愈少，如在包括山东、江苏徐州地区；陕北与晋西北地区，以及四川等地的画像中，几乎都不见有刻绘星斗的现象，更少见如西安交通大学西汉墓壁画般以辨识性高的星斗表现墓室天空的情形，较多的是以日、月作为天的象征。可知，在两汉的墓室中，代表天的图像几乎不可缺少日、月。以图像学的原理来看，在一幅表现天的图像中，若将其中天图像的组合减至最基本的元素，那么就是日与月；如果再减掉日、月，则将使其可识别性受损。从这层意义上来说，日与月实是墓室天图像的标志，我们或可称之为墓室天图像的核心图像。故这些以中有金乌、蟾、兔、桂树来具象表现日、月的画像，除了是两汉时期日、月神话内容的反映，更是当时人对于天文的另一种认识与想象。

二、阴阳学说下的附会——日、月画像与伏羲、女娲神话

除了作为墓室天空的象征外，在许多汉代的画像中，日、月还经常与伏羲、女娲结合。

如在河南洛阳地区的许多墓室壁画中，经常可见伏羲手托日轮，女娲手托月轮，或亦有将日、月捧于胸前的形象。其中，如洛阳卜千秋壁画墓脊顶的西、东两侧，便绘有伏羲伴日、女娲伴月的画像；另如年代略晚的洛阳西郊浅井头壁画墓脊顶，西、东两端也出现了伏羲与日及女娲与月；而到了新莽时期的洛阳偃师辛村壁画墓、洛阳金谷园壁画墓、新安县铁塔山壁画墓，以及洛阳北郊石油站东汉壁画墓等墓室中，也都是以伏羲、女娲与日、月相配。

除了壁画墓外，许多汉代的墓室画像砖、石上也经常可见伏羲、女娲与日、月结合的现象。如南阳的唐河针织厂画像石墓、南阳军帐营画像石墓、南阳王寨画像石墓、南阳英庄画像石墓、南阳麒麟岗画像石墓、南阳市环城乡王府画像石墓等地出土的画像石中，也都出现了许多伏羲、女娲手捧或胸前有日、月轮

---

①庄蕙芷：《汉代墓室天文图像研究》，台南：台南艺术大学博士论文，2004。

图 89　四川南溪 3 号石棺画像

的形象。此外，在四川地区发现的石棺画像中，日、月更是清一色地由伏羲、女娲所捧执。如四川南溪 3 号石棺后档头画像（图 89），画面中央是一单阙建筑物，阙右为一戴山形冠的人首蛇身像，左手持规，右手举日；阙左为一梳髻的人首蛇身像，右手执矩，左手举月，两人相对应。由他们分别手持规、矩的形象看来，应为传说中的伏羲、女娲。又如，四川郫县 1 号石棺、成都天回崖石棺画像中，还画出他们二者脸部相亲的情景，这似皆表明了举日与举月者具有密不可分的对偶关系。

在汉代画像中，日、月除了经常由伏羲、女娲所执捧外，另亦有伏羲、女娲将日、月捧于胸前者。如山东临沂白庄画像石墓、山东费县潘家疃画像石墓、江苏东海昌黎水库 1 号画像石墓、江苏徐州十里铺画像石墓、北京丰台区三台子画像墓等画像，有些日、月中有金乌、蟾蜍、兔子，有些则以一圆形象征。因此，伏羲、女娲与日、月相配，也成了汉代墓室中表现日、月神话常见的一种类型。

伏羲和女娲是中国神话中创育人类的共同始祖，早在《楚辞·天问》中屈原即问道："登立为帝，孰道尚之？女娲有体，孰匠制之？"据王逸在《天问章句》序中的说法：《天问》中屈原所提之问，乃是根据楚先王庙及公卿祠堂中所绘的山川神灵、古圣贤及神怪行事等壁画内容所提出的疑问。① 由此可推知，在春秋时期，楚先王庙堂壁画中应该已出现有女娲的画像。

到了汉代以后，由于伏羲、女娲相关神话传说的盛行②，故在各种墓葬的装饰艺术中经常可见伏羲、女娲的形象，或作为祖先神，被奉祀于墓祠之中；或成了墓室的守护神，被刻绘于墓室的壁画或砖石之上，成为汉代画像中一对重要的主神。③ 而在这些画像中，他们经常以一种腰部以上是人的形样，腰部以下则为蛇躯的人首蛇身或人首龙身的形象出现，有时两条尾巴会紧密地缠绕在一起或做连体交尾状。（图90）④

图90　山东嘉祥武梁祠左石室画像：伏羲、女娲

　　①虽然，旧注或以为前二句是指伏羲的事迹，但这只是后人根据伏羲、女娲传说并列的观念所做的推测，并不足为信。清代学者则根据《天问》的文法认为，前二句仍然是指女娲的事迹，参游国恩主编：《天问纂义》，台北：洪叶文化，1993，第279—284页。
　　②刘惠萍：《伏羲神话传说与信仰研究》，台北：文津出版社，2005，第305页。
　　③陈履生：《神画主神研究》，北京：紫禁城出版社，1987；刘惠萍：《伏羲神话传说与信仰研究》，台北：文津出版社，2005，第206—272页。
　　④〔清〕冯云鹏、冯云鹓编著：《金石索》（下册），台北：台联国风出版社、中文出版社联合印行，1974，《石索四》；中国画像石全集编辑委员会编：《中国画像石全集1·山东汉画像石》，济南、郑州：山东美术出版社、河南美术出版社，2000，图版80。

从相关的文献记载可知，日、月与伏羲、女娲似乎本来并无关联，故它们在两汉时期被配合在一起，有学者认为，这可能是受到汉代阴阳思想的影响，如钟敬文便以为，以伏羲、女娲和日、月的相配，可能是西汉时的一种流行观念，当时人可能认为伏羲、女娲拥有调理太阳和月亮的功能。[1] 而陈履生则以为：日、月和"阴阳的契合，更成为汉代哲学中用以引申的概念。同时它又附会了男女不同的性别，所以伏羲、女娲在其演化中逐渐和日月结合起来"[2]。特别是在这些汉代的画像中，伏羲、女娲多做人首蛇身、两尾相交的形象，故自清代以来至近代，中外诸学者皆认为此即夫妇的象征，代表着男女生殖、阴阳交合的意义。[3]

由于两汉时期阴阳、五行之说非常盛行，顾颉刚在其《汉代学术史略》中说：阴阳五行观念是"汉代人的思想的骨干"。[4] 因此，在当时人的观念中，凡天地、宇宙万物皆是由阴、阳两股力量的作用所孕生。此外，人们更将阴阳的观念推而广之，运用到对所有社会和自然现象的解释中，创造了许多具体的象征物象，用以阐发此一概念，并配以五行相生相克的概念，因此，相关的学说理论对于当时的社会政治、经济和文化诸方面，都产生了深刻的作用，而在对日与月，甚至天文的解释中，自然不可避免地也注入了浓厚的阴阳五行思想色彩。如《淮南子·天文训》中即载有：

> 天坠未形，冯冯翼翼，洞洞灟灟，故曰太昭。道始于虚廓，虚廓生宇宙，宇宙生气。气有涯垠。清阳者薄靡而为天，重浊者凝滞而为地。清妙之合专易，重浊之凝竭难，故天先成而地后定。天地之袭精为阴阳，阴阳之专精为四时，四时之散精为万物。积阳之热气生火，火气之精者为日；积阴之寒气为水，水气之精者为月。日月之淫为精者为

---

①钟敬文以为，《易乾坤凿度》里说伏羲"立四正"，所谓的四正，就是：一定气；二日月出没；三阴阳交争；四天地德正。所以伏羲、女娲有调理太阳和月亮的功能。参钟敬文：《长沙马王堆汉墓帛画的神话史意义》，载《中华文史论丛》1979年第2辑，第145页。

②陈履生：《神画主神研究》，北京：紫禁城出版社，1987，第33页。

③相关讨论详参闻一多：《伏羲考》，见《闻一多全集·一·神话与诗》，台北：里仁书局，1993，第4页；刘惠萍：《伏羲神话传说及其信仰研究》，台北：文津出版社，2005，第191—197页。在汉代的石刻画像中，经常可见伏羲、女娲以对偶神的形式出现，有的或互相拥抱，或尾部紧紧相缠。此外，如山东嘉祥武梁祠及徐州睢宁县双沟出土的伏羲女娲画像，中间有一小人。孙作云认为，此一小人象征"人类的第二代"，参孙作云：《长沙马王堆一号汉墓出土画幡考释》，载《考古》1973年第1期，第55页。袁珂更以为，这是"一幅非常美妙的家庭行乐图"，参袁珂：《中国古代神话》，台北：台湾商务印书馆，1993，第41页。故汉至六朝时人们把伏羲、女娲像画在石刻壁画上，实代表着希望透过对伏羲、女娲两尾相交图像的巫术力量，以达到创造人类、繁衍子孙的目的。

④顾颉刚：《汉代学术史略》，北京：东方出版社，1996，第1—2页。

179

星辰。天受日月星辰，地受水潦尘埃。①

故日与月是由阳、阴之气积聚而成。此外，像司马迁在《史记·天官书》中也是如此解释天、地、日、月、星辰的生成：

> 仰则观象于天，俯则法类于地。天则有日月，地则有阴阳。天有五星，地有五行。天则有列宿，地则有州域。三光者，阴阳之精，气本在地，而圣人统理之。②

在此，太史公不仅以阴、阳解释日、月的生成，更以此两股力量的互相调和来解释万物的生成。故对汉代人来说，阴阳是万物内在的本质，阴阳的相生相克则是万物生发的动因，因此，不论是在各种思想理论的建构或诠释上，或是在艺术的表现中，都可以看到人们对阴阳、五行相克相生模式的追求。同时，这套理论更成了宇宙万物运转的恒久规律，凡天地间的任何具体事物包括男女、飞禽走兽、天地、日月、方位等，都可成为阴阳学说的具体表现。

当然，两汉时期的人们也将这套阴阳观念运用于墓室的结构与画像内容的主题意识中，因此，从画像中的内容到图像的配置，处处都可以看到其受阴阳五行思想的深刻影响。又由于日为阳之长，月为阴之母，以日、月象征阴、阳的相偶成，亦可推演出两性的对偶，并构成其内在的生殖力。因此，日与月便以内含着特殊意义的符号形式而成为两汉时期人们进行神学附会的工具。③ 故许多汉代墓室中的日、月画像，无论是从它们在墓室位置的设置上，或是从与其相配属的图像象征意涵来看，都具有体现调和阴阳之功能与作用。尤其，伏羲、女娲分别为中国古代神话里的男、女始祖神，因此，更容易被人们分别赋予阴、阳的属性。反映在汉代画像中的各种伏羲、女娲形象，就正如陆思贤所说："伏羲、女娲分别手捧太阳与月亮，意为伏羲是太阳神，是阳精；女娲是月亮神，是阴精；取义阳光雨露滋育着万物生长。"④ 所以，在许多汉代的墓室中，也经常可见伏羲、女娲与日、月相配，分居东、西的现象，其中，伏羲与日往往居于东，女娲与月多居于西，可能即是阴阳五行原理中所谓的"大明生于东，月

---

① 刘文典：《淮南鸿烈集解》，北京：中华书局，1989，第79—80页。

② 〔汉〕司马迁撰，〔刘宋〕裴骃集解，〔唐〕司马贞索隐，〔唐〕张守节正义：《新校本史记》，台北：鼎文书局，1981，第1289页。

③ 李立：《由日月相偶到阴阳相配——论日月神话在汉代的发展与演变》，载《九江师专学报》（哲社版）1999年第1期，第25页。

④ 陆思贤：《神话考古》，北京：文物出版社，1995，第281页。

生于西。此阴阳之别，夫妇之位也"① 的道理。故汉代墓室中经常以伏羲配日、女娲配月，可能就是希望能透过伏羲、女娲为夫妻以及两尾相交的特殊象征意义，来表达人们希望借由这种阴阳的交互作用，达成让亡者的灵魂得以周而复始、生命得以生生不息的目的与愿望。

从这些画像中也可以发现，伏羲、女娲的神话发展到了汉代，亦出现了比较复杂的情形。他们除了擎捧日、月以外，还经常手持规、矩。② 规、矩原为工匠用以画方圆的工具，然由于古人相信"天圆地方"之说，以为"天道圆，地道方，圣王法之，所以立上下。有大圆在上，大矩在下，汝能法之，为民父母"③。如在《淮南子》及《汉书》中即有太昊和少昊执规与矩以分治春秋的记载④，因此，规、矩在汉代阴阳相生相克思想的原理中，也被赋予了非常丰富的内涵：它们既可以是阴、阳的象征，也可以与四季中的春、秋，方位中的东、西联结。所以，规、矩也从工匠画方圆的工具，变成了一种抽象的神学符号，成为"为民父母"者"法之"的对象。故伏羲、女娲手中分持规、矩的用意，除象征着他们是规天矩地、创造万物的始祖神外，同时也是调理阴阳、执掌季节方位、天地万物的重要神祇。

或因在这股阴阳相生相克的观念与氛围的推波助澜下，许多日、月画像不仅与伏羲、女娲相配，日、月中的乌、蟾、兔也被赋予了阴阳的属性。如前所述，许多汉代的典籍文献中多会以如阳气"积而成鸟，象乌"、"积阴而成兽"的阴阳观点去解释日中有乌与月中有蟾、兔的现象。故在汉代的画像中，日、月与伏羲、女娲，甚至它们的附属物，似已成了一固定的联系，并形成一套别具意义的神学符号：

日—金乌—伏羲—规—天—阳—东

月—蟾、兔—女娲—矩—地—阴—西

---

①〔汉〕郑玄注，〔唐〕孔颖达等注疏：《礼记》，见《十三经注疏》，台北：艺文印书馆，1965，第467页。

②然而，在有些画像石中，也会出现伏羲执矩、女娲执规的现象。如河南南阳军帐营画像石、山东长清孝堂山郭氏石祠、山东嘉祥武梁祠、山东滕县城关画像石、费县潘家疃画像石等，这可能也与前面提到的汉代一些墓室壁画中以伏羲捧月、女娲擎日的现象相同，都是受了当时阴阳五行学说的影响，以为伏羲属阳性，故以象征阴性的矩、地与之相配；而女娲属阴性，则以象征阳性的规、天与之相配。

③〔宋〕李昉等奉敕撰：《太平御览》，台北：台湾商务印书馆，1997，第137页。

④按《淮南子·天文训》载："东方，木也，其帝太皞，其佐句芒，执规而治春。……西方，金也，其帝少昊，其佐蓐收，执矩而治秋。"又《汉书·魏相丙吉传》有："东方之神太昊，乘震执规司春；南方之神炎帝，乘离执衡司夏；西方之神少昊，乘兑执矩司秋；北方之神颛顼，乘坎执权司冬；中央之神黄帝，乘坤执绳司下土。"

因此，在许多的汉代墓室中，日、月的画像除了与伏羲、女娲及金乌、蟾、兔等具特殊象征意义的物象结合外，可能更与阴、阳及东、西等当时的意识形态、神学思想有一定的对应与模拟关系。或正如鲁道夫·阿恩海姆（Rudolf Arnheim，1904—1994）所说：

> 当某件艺术品被誉为具有简化性时，人们总是指这件作品把丰富的意义和多样化的形式组织在一个统一结构中。在这个结构中，所有细节不仅各得其所，而且各有分工。①

于是，在各墓室中，无论是与伏羲、女娲结合的日、月画像，或者是与它们手上所持的规、矩相配，甚至是与日、月中的金乌、蟾蜍、兔子间，可能都已被赋予了强化日与月的阴阳谐和或相配的特殊功能与意义。

综上可知，汉代墓室中的日、月画像，除了可作为墓室中天空的象征外，到了后来，随着阴阳学说的盛行，可能也被赋予了象征墓室阴阳力量的功能与意义。

三、功能与意义的转化：由天界到仙界的象征

然而，无论是作为墓室天空的象征，或是由伏羲、女娲所执捧的日月画像，由前引的许多例子还可以发现，随着时间的推移，到了西汉晚期及东汉以后，除了南阳地区以外，日、月画像与如二十八宿或各星宿等相关的天文主题画像结合的情形变少，反而较常与如羽人、神禽、瑞兽等各种祥瑞或西王母的神仙世界被安排在同一个画面中。此外，日、月中的内容物也开始产生变化，日、月中的金乌、兔子逐渐变成三足乌和捣药兔。可知，随着时代的演进，日、月画像在汉代墓室中的功能与意义可能也开始有了不同的转化。

首先，如前所述，在西汉墓室的天文图中，日、月是必备的图像，它们的出现是用来象征墓室中的天空，故包括日、月、星宿及各种天文现象的绘制，最初的意义是在仿效天空，用以表示人死了以后仍然可以生活于与生前一般的"列星随旋，日月递照，四时代御，阴阳大化"② 的空间中。从相关的研究可知，

---

① 〔美〕鲁道夫·阿恩海姆：《艺术与视知觉》，滕守尧、朱疆源译，成都：四川人民出版社，1998，第66页。

② 王先谦：《荀子集解》，北京：中华书局，1988，第308页。

在佛教传入中国以前，人们对于死后的归处是模糊而无法确定的①，因此，也常将停葬的空间或墓室视为死后魂魄居停的地方。又由于人们相信美好而神秘的天是由日、月及各种星宿所组成的，因此，自然会在墓室或石棺、葬具上大量绘制这种象征天的图像，其目的应是希望能借此再创造一个死后的小宇宙，以延续生命或由此获得生命的永恒。故初期墓室中的日、月天文图，可能还只是一种对天体日、月的模拟，其作用乃是在"通过模拟物质性的天空把黑暗的墓室转化成一光明宇宙"②。

然而，从目前可见的许多两汉墓室天文图可以发现，大约是到了东汉以后，在墓室中绘制日、月画像的传统虽依旧存在，但无论是从画像的内容或表现方式来看，或是由与其相配的画像母题来看，都可发现两汉时期人们认知中的天的内容已有所改变，有逐渐由物理性的天空转变为神仙所居之天上世界的倾向。

事实上，从相关的记载可知，至晚在殷商时期，中国人即已有人死后灵魂要升天与祖先并列的观念。③ 然大约到了春秋以后，这样的观念产生了较大的变化，据《礼记·郊特牲》载："魂气归于天，形魄归于地。"④ 另，王充的《论衡·论死篇》中也说："人死精神升天，骸骨归土，故谓之鬼。鬼者，归也。"⑤可知，当时人相信人死后灵魂可以升天。虽然，关于在佛教传入中国以前，古

①余英时：《魂兮归来——论佛教传入以前中国与来世观念的转变》，见《东汉生死观》，侯旭东等译，上海：上海古籍出版社，2005，第129～153页；杜正胜：《生死之间是连系还是断裂？——中国人的生死观》，载《当代》1991年第58期，第24～41页；巫鸿：《汉代艺术中的"天堂"图像和"天堂"观念》，见《礼仪中的美术：巫鸿中国古代美术史文编》（上卷），郑岩、王睿、李清泉等译，北京：生活·读书·新知三联书店，2005，第250页。

②巫鸿：《汉代艺术中的"天堂"图像和"天堂"观念》，见《礼仪中的美术：巫鸿中国古代美术史文编》（上卷），郑岩、王睿、李清泉等译，北京：生活·读书·新知三联书店，2005，第251页。

③从已发现的卜辞显示，殷人认为商先王死后可以升天，宾于上帝左右，如卜辞中有"大'甲'不宾于帝——宾于帝"（《乙》，7549》），"贞：下乙不宾于帝——大甲宾于帝"（《乙》，7434》），"下乙宾于帝——咸不宾于帝"（《乙》，7197》武丁卜辞）等，可知像殷的高祖太乙、太宗太甲、中宗祖乙等，死后都能升天。参陈梦家：《殷墟卜辞综述》，见宋镇豪、段志洪主编：《甲骨文献集成·第三十五册》，成都：四川大学出版社，2001，第191页。

④〔汉〕郑元注：《礼记》，台北：台湾开明书店，1991，第53页。

⑤黄晖：《论衡校释》，北京：中华书局，1990，第871页。

代中国人对于死后灵魄是升天还是入地的问题，目前学界仍有不同的讨论①，然从今已发掘的许多汉代墓室壁画即可发现，至晚在西汉以前，中国人即已形成了人死后可升天的想象。

以西汉初年的长沙马王堆 1 号墓帛画为例，帛画的上部绘有太阳、月亮以及各种神灵、异兽等形象，明显为天界的象征。又在月牙的下方绘有一乘坐在龙翼上做飞奔状的女子，由于马王堆 1 号墓的墓主人为一女性，故有学者认为，这可能是用以表示墓主人的灵魂驾龙升天的意思。②

虽然，关于仙或仙境的观念，或可追溯至春秋战国时期，然由如《山海经》这些可能形成于战国时期的典籍文献中已大量出现如不死药、不死树、不死山或不死民、不死国之类的叙述③，可知殆至战国迄西汉早期，中国人可能还没有形成升仙的思想④。另从如传为高祖时唐山夫人所作《安世房中歌》等西汉早期的文学作品中有"飞龙秋，游上天""长莫长，被无极""德施大，世曼寿"⑤等诗句来看，虽然，人们希望能"游上天"的要求已被明确地提出来，但似并未将升仙作为祭祷祈求的主题。因此，按蒲慕州的考察以为，在战国秦汉交替之际，长生不死的观念可能还没有在一般百姓的信仰中占有具体地位。⑥ 而俞伟

---

①关于早期中国人对于死后的归宿问题，历来学者有不同的理解。在 1970 至 1980 年代，如余英时、鲁惟一等学者多认为，人死后有魂、魄两个部分，分别升天、入地。1990 年代以后，石秀娜（Ann Seidel）及蒲慕州等人则从对汉代墓葬文献的考察中发现，"在一般人的观念里，魂与魄的区别是很模糊的"，而"灵魂在人死后并没有分离，而是魂魄一同降到阴间。我们根本看不到魂飞升于天，魄降入坟墓中萦绕在形体之内的文人理论。……人的灵魂在死后全部落于五岳管辖区的地下"。参蒲慕州：《墓葬与生死：中国古代宗教之省思》，台北：联经出版事业公司，1993，第 212—217 页；Anna Seidel, "Traces Han Religion in Funeral Texts Tombs"，见〔日〕秋月观暎编：《道教と宗教文化》，东京：平河出版社，1987，第 30 页。

②湖南省博物馆、湖南省文物考古研究所编著：《长沙马王堆二、三号汉墓》（第一卷：田野考古发掘报告），北京：文物出版社，2004，第 104 页。另据金维诺的考察以为：在战国时期的帛画《男子御龙图》中画有一男子侧身立于龙上，龙昂首翘尾，龙下有鲤，龙尾一鹭。龙是古人想象中的神秘动物。《说文》："龙，鳞虫之长，能幽能明，能细能巨，能短能长。春分而登天，秋分而潜渊。"因此古籍中神话人物多乘龙以升天，或遨游四极。故帛画上画死者御龙是希冀死者灵魂得以飞升。参金维诺：《谈长沙马王堆三号汉墓帛画》，载《文物》1974 年第 11 期，第 42—43 页。

③如《海外南经》中有："不死民在其东，其为人黑色。寿，不死。"《大荒西经》有："大荒之中，有山名曰大荒之山，日月所入。有人焉三面，……三面之人不死，是谓大荒之野。"《大荒南经》："有不死之国，阿姓，甘木是食。"《海内经》："流沙之东，黑水之间，有山名不死之山。"《海内西经》："开明北有……不死树。"《海内西经》："开明东有巫彭、巫抵、巫阳、巫履、巫凡、巫相，夹窫之尸，皆操不死之药以距之。"

④关于神仙思想的产生，余英时以为，战国末期出现了一种与传统不朽概念相当不同的新的不朽概念，为了达到新的不朽，必须要作为神仙离开此世，而非作为人永存于世。余英时：《东汉生死观》，台北：联经出版事业公司，2008，第 29—30 页。

⑤逯钦立辑校：《先秦汉魏晋南北朝诗》，北京：中华书局，1983，第 146 页。

⑥蒲慕州：《墓葬与生死：中国古代宗教之省思》，台北：联经出版事业公司，1993，第 197 页。

超更曾对死后升仙观念的形成提出这样的看法：

> 在先秦典籍中，升仙思想找不到明显踪迹。它只是到汉武帝以后，
> 尤其是在西汉晚期原始道教发生以后，才日益成为人们普遍的幻想。①

固然，此一观点的成立与否尚待讨论，然由相关的文献典籍记载及出土文物，尤其是如马王堆1号、3号墓帛画等西汉早期的画像来看，可能在战国至西汉中期以前，死后升仙的观念还仅流行于帝王、诸侯及巫觋等阶级群体间，追求魂魄回归原点的去处仍是一般墓葬的核心内容。因此，这些墓顶壁画或封顶石上的日、月、星辰画像，应都还只是一种对自然天空的模仿，并非人们所想象的天上世界。

但大约到了西汉中后期，人们对于天的观念似乎开始有了一些变化。如扬雄于《太玄赋》中提到："纳僬侥于江淮兮，揖松乔于华岳。升昆仑以散发兮，……排阊阖以窥天庭兮……"这里的昆仑、阊阖，可能即已染上了神仙思想的色彩。而这种渴望遨游天上神仙世界的强烈愿望，更明显地表现在许多墓葬的陪葬品中。如在许多西汉后期，尤其是新莽以后的墓室壁画或画像石中，即已开始出现明显具升仙倾向的画像内容。其中，如在西汉后期的洛阳卜千秋墓的脊顶壁画中，伏羲、女娲、日、月、青龙、白虎、朱雀等，虽尚可称得上是象征天文的图像，然如壁画中出现的持节导引羽人、分乘一凤一蛇升天的男女墓主，以及在前方迎接墓主、被疑为可能是西王母的戴胜女子等，皆已反映了当时人相信天上有仙以及向往成仙的神仙思想色彩。

除卜千秋墓外，在同属西汉后期的洛阳浅井头壁画墓中，也出现有墓主人遨游天庭的景象；另在洛阳烧沟61号壁画墓的隔墙上壁背面亦绘有墓主夫妇乘龙升仙、朝向天门的场景。而在西安交大附小壁画墓券顶的天文图中，除东、西、北三壁有二十八宿与日、月画像，及圆形环内以青龙、白虎、朱雀和玄武四灵表示方位外，更在圆圈内外绘满云彩与飞翔的仙鹤，后壁还绘有一羽人手持灵芝引导墓主升天，下方则绘有一卧鹿，两侧则为两只展翅飞翔的仙鹤。这些仙鹤、羽人等图像主题，应也是表现墓主人向往飞升神仙世界的愿望。至于西安理工大学墓室壁画的配置与内容则为一入口的东、西两侧墓门上分别刻有翼龙和翼虎，与墓室券顶的青龙、白虎、朱雀和后壁的黄蛇，还有仙鹤和后面的乘龙羽人，组成了一支规模浩大的升天队伍，似有引导墓主人灵魂升天之功

---

①俞伟超：《马王堆一号汉墓帛画内容考》，见《先秦两汉考古学论集》，北京：文物出版社，1985，第156页。

能。此外，在北壁亦绘有一大耳过顶、头发向前飘扬、肩生双翼的羽人腾云驾雾、双手前伸做引导状。由壁画中绘满了如翼龙、仙鹤、乘龙羽人等与神仙世界相关的图像主题来看，似在表现一浩浩荡荡的升仙队伍，与墓葬似天穹的券顶形制构成了一完整的升仙图式。

及至新莽时期，壁画和画像石墓中则开始出现了更丰富的升仙主题画像，如在洛阳偃师辛村新莽壁画墓中，便已开始出现西王母的形象。（参第五章，图132）尤其在墓室的主室内后隔梁方形砖上还绘有天门，门前并绘有看守天门之人，天门两侧的三角砖上描绘的则是两只口衔宝珠的凤凰。至于门阙内则有西王母及如捣药玉兔、九尾狐等形象，另再加上前隔梁空心砖上正中所绘的似方相氏的怪物等，可明显发现其中已掺入了更多神仙思想的元素。

及至东汉中期以后，更出现了许多日、月画像与各种神仙世界的仙人、祥瑞融于一体的画面。如在陕西神木大保当彩绘画像石墓中，日、月便与如牛首人身神兽、鸡首人身神兽，以及画面中间或疑为"方相氏"的立熊出现在同一画面的情形。（图91）[1] 由画像中牛首人身、鸡首人身的神兽，还有以卷云纹填白的表现方式来看，应也是一种神仙世界的象征。

另如四川简阳鬼头山3号石棺左侧板画像中的人首鸟身日、月羽人则与仙人弈博、摇钱树、榜题曰"白雉"的瑞鸟、"离利"及龙、鱼等也是象征神仙世界的画像出现于同一画面。（图92）[2] 可知东汉以后，人们已将天界与仙界混同了。

尤其，到了东汉以后，西汉早中期羽化升仙的信仰更随着西王母信仰的盛行，使得人们将对于不死的渴望寄托在登升西王母的神仙世界的想象中，因此，汉画像中用以表现天界或仙界的方式更趋多样化，于是，更出现了大批以刻画居于天门之内的西王母及其神仙世界的画像。因此，东汉中晚期以后的日、月画像，也经常出现在表现西王母及其神仙世界的画像之中，如在一些陕北的门楣画像中，便可发现不少日、月画像与西王母及其他代表神仙世界的画像母题出现于同一个画面的情形。（图93）[3] 杨孝鸿在其《从西汉的升天到东汉的升

①中国画像石全集编辑委员会编：《中国画像石全集5·陕西、山西汉画像石》，济南、郑州：山东美术出版社、河南美术出版社，2000，第162页图版218。

②中国画像石全集编辑委员会编：《中国画像石全集7·四川汉画像石》，郑州、济南：河南美术出版社、山东美术出版社，2000，第78页图版97。

③中国画像石全集编辑委员会编：《中国画像石全集5·陕西、山西汉画像石》，济南、郑州：山东美术出版社、河南美术出版社，2000，第62页图版153。

图 91　陕西神木大保当汉彩绘画像石

图 92　四川简阳鬼头山 3 号石棺左侧板画像

图 93　陕北绥德墓门楣画像

仙——图式的转换和观念叙述的更迭》一文中便已观察到这个现象，他说：

　　随着年代的转变，以及观念的更迭，东汉画像石丧葬艺术所展现出来的是以西王母仙界为主、为目的地的群众升仙故事，而且演绎得五彩缤纷。而在西汉壁画墓出现的天象图和四灵，仍然继续会出现在东汉画像墓内，只不过是其比重越来越少，仅起到了点缀和烘托作用，有时仅以散落的方式出现。[1]

可知到了东汉时，以日、月画像象征天空的现象已渐趋式微，取而代之的是以日、月结合仙人祥瑞，或如西王母等神仙世界的母题来表示天上世界。故日、月画像在许多两汉的墓室中，除了具有模拟墓室天空的功能外，到了后来，

---

[1]杨孝鸿：《从西汉的升天到东汉的升仙——图式的转换和观念叙述的更迭》，见郑先兴主编：《汉画研究：中国汉画学会第十届年会论文集》，武汉：湖北人民出版社，2006。

也成了神仙世界的另一种象征。其功能与意义，亦随着人们对死后世界观的发展与变化而有所不同。

第二节 两汉社会语境下的日、月画像

汉代墓室中的日、月画像，除有其特殊的功能与意义外，与其他艺术品一样，各时期的画像内容亦离不开特定历史环境下人们精神的作用。德国汉学家贝特霍尔德·劳弗（Berthold Laufer，1874—1934）在谈及武梁祠石刻画像时不忘提醒我们：

> 在解释汉代石刻所表现的主题和题材的时候，总是有必要将它们与中国人的观念相联系，因为它们的灵感来自中国历史或神话传说。我们必须紧密联系当地传统来理解它们，切不可将其从培育它们的文化土壤里分离出来。[1]

而从简·詹姆斯（Jean M. James）的研究中也发现，到了东汉时期，石刻画像所表现的特殊人物故事，早已成为反映一般社会价值的图像代码的一部分。[2]

此外，索绪尔（Ferdinand de Saussure，1859—1913）和罗兰·巴特（Roland Barthes，1915—1980）在阐释符号之所以能在现实中解决问题时以为，除了其自身所具有的、表层的被大众熟知的通俗性、公众性和沟通性的特质外，此一符号还应具有其语境中深层的上下文关系。而一个独特"模仿"的视角，亦有其独特存在的文化价值。因此，一系列表层排列有序的公众化符号和深层内在的语境、上下文的逻辑关系，是构建艺术品自身意义的一种认知体系。因此，"仿像时代"对于模仿对象的选择、提炼与"模仿"，乃至超常的放大，应该也是一种"创造"。而任何一种形态的创造，既是艺术家所需要的，也是观赏者的需求，同时，更是时代的需要。[3] 因此，这些墓室中的日、月画像，除了是当时阴阳学说与观念的反映外，应也受到他们对宇宙图式、天体神话、天文知识的认识与理解所制约，因此，它更是两汉社会文化语境[4]下的一种产物。所

---

①Berthold Laufer, "Five Newly Discovered Bas-reliefs of the Han Period," in *T'oung Pao*, 1912, p. 3.

②Jean M. James, *An iconographic study of two late Han funerary monuments：the offering shrines of the Wu family and the multichamber tomb at Holingor*, Ph. D. thesis, University of Iowa, 1983, p. 119.

③转引自王宏建、袁宝林主编：《美术概论》，北京：高等教育出版社，1994。

④"语境"的概念最早由人类学家马林诺夫斯基提出，大致可分为情景性语境（context of situation）与文化语境（context of culture），也可以区分为语言性语境与社会性语境。由于语言的文化背景、情绪景象、时空环境等的介入，往往会对相关的话语产生直接的制约作用，甚至可以掩盖语言符号自身具有的意义，而成为交际的主信息。

以，实应将汉画像视为一种社会史及文化史脉络中某些现象凝缩的征兆，并借此以探讨其与汉代的社会文化思想及时代氛围之关联性。

一、日、月画像与中国古代墓葬的宇宙图式

古代中国人很早即从对天体结构与运行规律的观察中，建立了一套宇宙论知识系统，同时，更将各种政治、人事等活动与这套宇宙图式联系起来。如《管子·形势解》中即记有："天覆万物，制寒暑，行日月，次星辰，天之常也，治之以理，终而复始。"① 可知日、月的运行是"天之常也"，而如何让日月星辰依序运行，且"治之以理"，"取天地与人之中以为贯，而参通之"②，则更是对天道的理解与期待。因此，相关的观念也会反映在墓室的建筑与装饰中。

由前面的讨论可知，汉代墓葬艺术中的日、月画像，往往被视为墓葬中天空的象征。这样的观念与配置模式，则可能又与古代中国人有意识地将墓室视为一个完整的宇宙模型有关。故冯时在《中国天文考古学》中论及中国古代的丧葬制度时说：

> 中国古代的埋葬制度便孕育了这样一种传统，墓葬成为再现死者生前世界的特殊场所，其中最显著的标志就是使墓穴呈现出宇宙的模样，他们或以半球形的封冢及穹窿形墓顶象征天穹，甚至在象征的天穹上布列星象，同时又以方形的墓室象征大地。③

如前所述，古代中国人可能早在新石器时期的河南濮阳西水坡 45 号墓中即已有对宇宙模式的仿真。尤其，该墓除在墓主骨架的东、西两侧发现有可能象征周天四宫中的青龙、白虎蚌塑外，在北边还出现有"勺"形的图案象征北斗，因而构成了中国古代以北斗、四象为主的恒星观测体系雏形，并与墓穴的结构和方位之间构成了一种原始的宇宙模型。④ 另外，如战国时期的曾侯乙墓漆箱盖上的星象图，以及秦始皇的骊山陵玄宫等，也可能都具有相同的意义。

而大约自西汉中晚期开始，由于墓葬的形式已逐渐由竖穴椁墓转换为横穴洞室墓，墓室多以砖或石材构筑，结构多为长方形拱券顶或平脊斜坡顶。而到

---

①李勉注译，中华文化复兴运动推行委员会、"国立"编译馆中华丛书编审委员会主编：《管子》，台北：台湾商务印书馆，1990，第938页。

②董仲舒撰，赖炎元注释：《春秋繁露》，台北：台湾商务印书馆，1987，第295页。

③冯时：《中国天文考古学》，北京：社会科学文献出版社，2001，第343页。

④冯时：《中国天文考古学》，北京：社会科学文献出版社，2001，第278—301页。

了西汉末期至东汉初期间，又出现了平面近似方形的圆拱顶、拱券顶、穹隆顶及覆斗形顶墓室。墓室空间的增高和扩大，又给了人们更大的仿真宇宙模式空间与弹性。然无论是圆拱形、拱券形、人字披形，还是覆斗形、穹隆形的墓室顶，典型的汉代墓室大都是上圆下方。这可能与中国很早就有所谓"天圆地方"之说有关。① 如《周髀算经》中即以为："方属地、圆属天，天圆地方。"② 另《淮南子·天文训》中则云："天道曰圆，地道曰方。方者主幽，圆者主明。明者，吐气者也，是故火曰外景；幽者，含气者也，是故水曰内景。"③ 可知，古代中国人认为天是圆的，像一把张开的大伞覆盖在地上；地是方的，像一棋盘。因此，汉代的明堂、复庙等建筑多为上圆下方的形式。④ 而据《白虎通德论·辟雍》载："明堂，上圆下方，……上圆法天，下方法地……"⑤ 班固在《西都赋》中描写京城长安的宫殿建筑群时也说："其宫室也，体象乎天地，经纬乎阴阳。据坤灵之正位，仿太紫之圆方。树中天之华阙，丰冠山之朱堂。"⑥ 这种观念即是源自中国古代宇宙论中的"盖天说"。⑦ 而据黄晓芬对汉代墓室的考察发现：在墓室的建造上，墓顶构造的变化，更是墓室制作观念变化的一个重要标志。他说：

> 从西汉至东汉初相对比较短的二百年间，汉墓的玄室顶部形态却发生了巨大变化，即经历了由平顶→屋殿顶→弧顶→拱顶→券顶→穹窿顶诸阶段的发展变化，最终统一和定型在券顶、穹窿顶上。⑧

穹窿顶玄室构造的重要特点突出表现为覆盖矩形空间上方的半球

①《大戴礼记》载："单居离问于曾子曰：'天圆而地方者，诚有之乎？'……曾子曰：'天之所生上首，地之所生下首，上首之谓圆，下首之谓方，……如诚天圆而地方，则是四角之不揜也。'"虽然曾子否定了天圆地方之说，然仍可见天圆地方的观念形成颇早。

②〔吴〕赵君卿注，〔唐〕李淳风等注释：《周髀算经》，见《算经十书》（卷上），台北：九章出版社，2001，第36页。

③刘文典：《淮南鸿烈集解》，北京：中华书局，1989，第80页。

④如据《大戴礼记》载："明堂四户八牖，上圆下方。"〔北魏〕卢辩注，〔清〕孔广森补：《大戴礼记补注》，北京：中华书局，1985，第99页。另在纬书《孝经援神契》也有谓："明堂者，上圆下方，八窗四达，布政之宫。"〔清〕黄奭辑：《孝经援神契》，台北：艺文印书馆，1972，据清道光中甘泉黄氏刊民国十四年王鉴修补印本，第6页。

⑤〔汉〕班固等：《白虎通德论·辟雍》，北京：中华书局，1985，第134—135页。

⑥〔梁〕萧统辑，〔唐〕李善注：《昭明文选》，北京：京华出版社，2000，第13—14页。

⑦"盖天说"是中国古代的一种宇宙学说，认为天像一个圆锅盖在大地之上，故名"盖天说"。盖天说最早在西周时期即已出现，然后来却被越来越多的天文观测事实否定。如西汉的扬雄即提出了"难盖天八事"，否定了盖天说。但是，盖天说在中国古代仍具有一定影响力。

⑧黄晓芬：《汉墓的考古学研究》，长沙：岳麓书社，2003，第156页。

体，这个集"天圆地方"造型于一身的穹窿顶砖室墓本身就象征着一个维系天地的实体。而在穹窿顶尖中央的装饰莲花纹或许代表着沟通天地宇宙的神圣符号，或许就是东汉时期流行仙界思想的图形化表现。①

可知，东汉以后流行的穹隆顶，便是宇宙模式立体且直观的表现，其半圆形的穹隆顶象天，方形的平面象地，四壁则象四方。故这种形制的出现并广为流行，不仅是技术的产物，更是信仰的产物。

除了墓室的形制外，汉代墓室的画像也常是这一宇宙图式的模仿与运用。从目前已发掘的许多两汉时期的墓葬来看，除了以穹隆顶象征天域苍穹外，墓顶所绘的画像也多为日、月、星辰、各式祥云，以及各种天上的神灵、异兽与升仙的过程，在一定程度上也反映了当时人的宇宙观。以四川郫县新胜1号墓石棺的画像（图94）配置为例，石棺的头部挡板刻有双阙，门中一人持盾左向而立；足部挡板则刻伏羲、女娲手举日、月，应是为墓主人管理门禁的门亭长，以象征死者进入由门亭长看守的天门；左侧及右侧壁板则为宴客乐舞杂技图及漫衍角抵水嬉图，应是升入仙界后美好生活的象征。

从这幅石棺的画像内容与配置情形来看，可知在雕造这些石棺的工匠及当时人的观念中，小小的石棺便是一个完整的宇宙。首先，死者由头部挡板中有门亭长看守的双阙天门进入这个另一宇宙；接着，享用着左、右两侧壁板所绘的幽冥世界的宴饮乐舞及杂技表演等美好生活；而被刻绘在石棺足部前挡板的手擎日、月伏羲、女娲画像，自然便是一种进入日月交光、阴阳和合的天上世界的象征。

因此，在汉代的墓室中之所以刻绘有各种日、月、四神、星斗等仿真宇宙模式的画像，其目的应是当时人企图将阴阳、五行、四季、四方等宇宙模式的要素组合在一起，以模拟"天设日月，列星辰，调阴阳，张四时"②的一种体现，并希望能借此以达到沟通天地人神的目的，使墓主人居于一种"顺阴阳、应五行"的宇宙时空中，并禳辟邪恶，使其灵魂能通于神明，不受邪恶势力的干扰，顺利地升居至祥和的天界或仙境，同时也能庇佑子孙兴隆。

---

①黄晓芬：《汉墓的考古学研究》，长沙：岳麓书社，2003，第166页。
②刘文典：《淮南鸿烈集解》，北京：中华书局，1989，第663页。

头部挡板：天门图　　　　　　　　　　　足部挡板：伏羲女娲

左侧壁板：建筑乐舞图

右侧壁板：墓主出行图

图94　四川郫县新胜1号墓石棺画像

二、神话与天文知识建构

汉代墓室中之所以大量出现日、月的画像，与两汉时期人们多将日、月画像视为墓室天空的代表有关。然而，较特别的是，这些汉代墓室中用来象征天空的日、月画像却大多并非是写实、客观且准确地再现天体物象的科学性描绘，反而较多地是以结合人文想象的日中有乌和月中有蟾蜍、玉兔或桂树这类古老神话的内容来表现。之所以出现这样的现象，固然可能受限于两汉时期人们的天文知识不足，对日、月天体的认识与观察有限，但若从王充于《论衡》中对儒者以为日中有乌和月中有蟾、兔说法的批驳，以及如西安交大附小壁画墓、洛阳烧沟 61 号壁画墓等西汉时期的壁画墓中已出现大量具科学性的星图来看，则天文知识的不足可能并非两汉时期人们总以日中有乌和月中有蟾、兔、桂神话来表现日、月形象的主要因素。

首先，中国是世界上天文学发展最早的国家之一，甲骨卜辞中即已有六十干支表，并有如日、月蚀，以及如新星、恒星、鸟星、大岁等星名的记录。而在传世的文献中，更不乏古人对天文现象的观察记载。例如《尚书·尧典》中即已有年、月、日、旬、四季、闰月的概念，并有以星象定季节的描述①；《诗经》中也有如"东有启明，西有长庚""定之方中，作于楚宫""七月流火，九月授衣"等对天象观察的经验之谈，另，《诗经》中还记有如火、箕、定、昴、毕、参等二十八宿的星宿名。此外，还有与观象授时密切相关的天汉、北斗、牵牛、织女等星象之记载。而相传《大戴礼记·夏小正》即是夏朝的历法，其中有按月记载中星、斗柄指向、气候变化的记录。可知在三代以前，中国人在天象的观测等方面，已具有一定的水平。

而两汉时期可说是中国古代天文学的黄金时代，除了在历法、仪象等方面有显著的成绩外，在天文的观测及理论的建构方面也都有极大的贡献。从相关的记载可知，至晚在西汉初期，人们即已认识了形成日食、月食和太阳黑子等

---

①《尚书·尧典》载："乃命羲和，钦若昊天，历象日月星辰，敬授人时。分命羲仲，宅嵎夷，曰旸谷。寅宾出日，平秩东作。日中，星鸟，以殷仲春。厥民析，鸟兽孳尾。申命羲叔，宅南交。平秩南讹，敬致。日永，星火，以正仲夏。厥民因，鸟兽希革。分命和仲，宅西，曰昧谷。寅饯纳日，平秩西成。宵中，星虚，以殷仲秋。厥民夷，鸟兽毛毨。申命和叔，宅朔方，曰幽都。平在朔易。日短，星昴，以正仲冬。厥民隩，鸟兽氄毛。帝曰：'咨！汝羲暨和。朞三百有六旬有六日，以闰月定四时，成岁。允厘百工，庶绩咸熙。'"可知当时已有以星象定季节以及年、月、日、旬、四季、闰月的概念。

现象的原因，且已懂得观测日、月食。① 此外，两汉在星象的观测和认识方面也取得了重大的成就，除已掌握了五大行星的运动规律②外，对于一些恒星的观测亦称完备。据张衡《灵宪》载："中外之官，常明者百有二十四，可名者三百二十，为星二千五百，……微星之数，盖万一千五百二十"，并称"海人之占，尚不与也"③。可见汉代在对星象的观察上，已有极高的成就。此外，相传巫咸、甘德、石申绘星图，至晚到了汉代可能已有科学性星图的绘制。④ 另如二十八宿之名，虽然在《尚书》《诗经》《夏小正》等典籍中已有部分星名的出现，另从曾侯乙墓漆箱盖面上绘有龙虎图案与二十八星宿的名称，但二十八宿作为一个星空划分的体系，其名称的真正确立则要到战国末、西汉初的《吕氏春秋》《淮南子》等书。

此外，还有对彗星的观测。虽然，春秋时期即已有所谓"孛"之名，但以"彗"作为星名，最早则见于《史记》，并有"客星"之说。⑤ 据《汉书·天文志》载：武帝"元光元年六月，客星见于房"⑥。可知，汉代时已懂得观测彗星。特别值得一提的是，1973 年在湖南长沙马王堆 3 号墓中更出土一幅描绘了 29 幅彗星的帛画⑦，各彗星图像下还附有命名及星占家的种种预言，它更标示了至晚在汉代以前，中国古代天文学家对彗星多种多样形态的观测记录与分类研究。

---

①如《汉书·五行志》中便对公元 89 年 5 月 29 日的一次日食有这样记载的："征和四年八月辛酉晦，日月食之，不尽如钩，在亢二度，哺时食从西北，日下哺时复。"《西汉会要》亦载有："凡汉著纪十二世、百一十二年，日食五十三。"汉代人不仅对日、月食做了记录，而且对它们的成因也有所认识。据张衡《灵宪》载："月光生于日之所照，魄生于日之所蔽。当日则光盈，就日则光尽也。……当日之冲，光常不合者，蔽于地也，是谓'虚'。在星则星微，遇月则月食。"

②汉代对五星的观测非常精密，无论三统历、四分历、干象历等所测的五星行度和会合周期，都与今日所测之值相差不远，而四分历所测水星的会合周期为 115.87 日，几乎和今日之值完全一致。

③〔清〕严可均校辑：《全上古三代秦汉三国六朝文·全后汉文》，北京：中华书局，1991，第 777－2 页。

④科学性星图一般为天文学家所使用，它们的绘制有一定的观测依据，因此准确性较高。从东汉文学家蔡邕的《月令章句》所叙述的汉代星图结构可知，大概在汉代，已有科学性星图的绘制。参卢嘉锡、路甬祥：《中国古代科学史纲》，石家庄：河北科学技术出版社，1998，第 536 页。

⑤《史记·天官书》中有多处对"客星出""客星入""客星守之"的记载。参〔汉〕司马迁撰，〔刘宋〕裴骃集解，〔唐〕司马贞索隐，〔唐〕张守节正义：《新校本史记》，台北：鼎文书局，1981，第 1295—1351 页。

⑥〔汉〕班固撰，〔唐〕颜师古注：《新校本汉书》，台北：鼎文书局，1986，第 1305 页。

⑦这幅图席宗泽、顾铁符称之为《天文气象杂占》，见《马王堆帛书〈天文气象杂占〉内容简述》，载《文物》1978 年第 2 期，第 1—4 页。顾铁符：《马王堆帛书〈天文气象杂占〉》，见《夕阳刍稿：历史考古述论汇编》，北京：紫禁城出版社，1988，第 202—231 页。

由于天文的知识增进了人们对天象的理解，并提供了更多对构拟天空图像的素材，因此，反映在汉代墓室的画像中，自然也出现了丰富而多样的星宿形象，如西安交通大学壁画墓及陕西靖边杨桥畔渠树壕壁画墓墓顶天文图中对二十八宿及各星宿的描绘，更是汉代天文学发展的体现。然而，在天文学成果丰硕的汉代，墓室中的日、月画像却几乎皆以日中有乌和月中有蟾、兔、桂来表现。这一方面或与科学性的星图未必为一般俗民大众所认知有关，虽然，中国天文学的发展甚早，但对于一般非天文学的研究者来说，天文的内容仍是一种既熟悉却又陌生的文化认知。不过，更主要的原因可能仍是工匠们在创作日、月形象的时候，若以当时人人皆知的日中有乌和月中有蟾、兔、桂树神话来表现，或更让人明了易解。

由前面的讨论可知，日中有乌和月中蟾、兔、桂树之说，至两汉时仍为一般人甚至知识分子所熟知且认同。因此，相关的形象对于阐释日、月等天体或天文现象，反而更有意想不到的效果。在汉代的许多画像中，也经常可以看到当时的工匠假借神话的情节来表现各种天文及星宿的形象或天文知识。如在许多汉代墓室的顶部便经常可见到如四宫、二十八宿、北斗与帝车、东宫苍龙、西宫白虎、牛郎与女宿、彗星等各式以神话式构图表现天文的画像，还有以神话式的情节表现的日食、月食或日晕等特殊天象的画像主题。如在河南南阳卧龙区阮堂出土画像石（图126）、南阳蒲山1号汉画像石（图95）① 中，都发现有苍龙星座的画像。另如南阳蒲山1号汉画像石中虽刻有五颗星，然中央仍以一苍龙的形象为主体，龙的前面再配以可能是苍龙星座之角宿的两颗星，而龙的身下则有大概是心宿的相连三颗星。

除了苍龙星座外，同样在南阳蒲山1号汉画像石墓中，还发现有白虎星座的画像。② 此外，1935年于南阳市采集的画像石（图96）、南阳白滩出土画像石（图101）③ 也发现有西方七宿白虎星座的形象。所谓西方七宿包括奎、娄、胃、昴、毕、觜、参七宿，然据《史记·天官书》所云："参为白虎，……小三星隅置曰觜觿，为虎首，主葆旅事。"孟康注以为："参三星者，白虎宿中，东西直，

---

　　①南阳汉画馆编：《南阳汉代画像石墓》，郑州：河南美术出版社，1988，第130页图10。
　　②南阳汉画馆编：《南阳汉代画像石墓》，郑州：河南美术出版社，1988，第130页图9。
　　③中国画像石全集编辑委员会编：《中国画像石全集6·河南汉画像石》，济南、郑州：河南美术出版社、山东美术出版社，2000，第91页图版116。

图 95　南阳蒲山 1 号汉画像石：苍龙星座

图 96　南阳市采集画像石：白虎星座

似称衡。"① 另《汉书·天文志》中则说："参为白虎，三星直者，是为衡石。……其外四星，左右肩股也。小三星隅置，曰觜觿，为虎首。"② 故南阳市采集的这块白虎画像石（图 96）正中便刻一只张口翘尾的猛虎，虎前有六星，横直

①〔汉〕司马迁撰，〔刘宋〕裴骃集解，〔唐〕司马贞索隐，〔唐〕张守节正义：《新校本史记》，台北：鼎文书局，1981，第 1306 页。

②〔汉〕班固撰，〔唐〕颜师古注：《新校本汉书》，台北：鼎文书局，1986，第 1278 页。

三星联机上面；竖直三星联机在下面，其横三星为参宿中的衡石；竖三星为它的辅星伐，虎腹下则排列三颗大星。这块白虎画像石，虽未刻全奎、娄、胃、昴、毕、觜、参七宿，但借着白虎形象的绘制，观者自可产生联结并完全理解。

除了四象外，汉画像中还有不少表现二十八宿中单一星宿者。在汉代的墓室画像中，又以西安交大壁画墓及陕西靖边县杨桥畔渠树壕壁画墓的墓顶的二十八宿图最具代表性。可能是因为当时各星宿的名义尚未为一般人所熟知，因此，两座壁画墓的绘制者除了在相应的位置绘上星宿的形状外，还巧妙地在各星宿的旁边绘制各种人物、动物的形象或生动的故事情节来作为说明。而在陕西靖边杨桥畔渠树壕壁画墓中，各星宿旁更多以墨书题名。如西安交通大学墓室顶壁画中的箕宿画像（图 97）是绘一男子箕踞而坐，前四星似簸箕状相连；而陕西靖边县杨桥畔渠树壕壁画墓的箕宿（图 98）则做四星似簸箕状相连，且在第二颗星下以墨书隶体“箕”字，旁绘一跽坐的女性人物，头梳高髻，浓发垂于脑后和两鬓，面敷白彩，身穿白色内衣，外着交领右衽阔袖襦裙，长裙曳地，双手掩袖前举，似执箕劳作状。

至于东方七宿的奎宿，按《史记·天官书》载：“奎曰封豕，为沟渎。”而所谓“封豕”，按张守节《正义》云：“奎，天之府库，一曰天豕，亦曰封豕。”① 可知，奎是天上的府库，府库中所贮为天豕，故西安交通大学汉墓顶壁画中的奎宿，便是绘一只奔跑的猪。不过，后来可能由于人们对星宿的观察有所变化，到了《后汉书》中却说奎为“毒螫”，主库兵。借由此图，我们似更能理解为何《史记·天官书》中说：“奎曰封豕”，以及西汉时期流行的二十八宿相关说法。

另如同属东方七宿的毕宿，按《史记·天官书》载：“毕曰罕车，为边兵，主弋猎。”过去，人们多对于毕宿为什么“主弋猎”不甚明白，而按《诗经·小雅·大东》所云：“有捄天毕，载施之行。”朱熹注则称：“天毕，毕星也，状如掩兔之毕。”意指毕宿像“掩兔之器”。而西安交通大学壁画墓上的毕宿则恰好是绘着一人奔跑、手持以八颗星连起来的似掩兔之器，并正在追捕着一只奔跑的兔子的形象（图 99），便非常形象地诠释了毕宿为何是“主弋猎”的意涵。

---

① 〔汉〕司马迁撰，〔刘宋〕裴骃集解，〔唐〕司马贞索隐，〔唐〕张守节正义：《新校本史记》，台北：鼎文书局，1981，第 1305 页。

图 97　西安交大墓顶壁画：箕宿

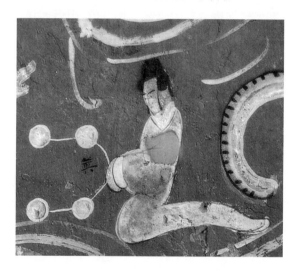

图 98　陕西靖边杨桥畔壁画墓：箕宿

图 99　西安交通大学墓顶壁画：毕宿

除白虎星座外，南阳白滩画像石（图101）的左上角还有一七星相连呈圆形、内雕一只兔子的形象，或有学者以为代表月宫①，然由南阳宛城的日月合璧画像石（图108）中都出土有相类的形象来看，应为西方七宿中的毕宿。②

此外，还有南方七宿的鬼宿，按《史记·天官书》载："舆鬼，鬼祠事；中白者为质。"③ 同样的，曾侯乙墓漆箱盖上亦有"舆鬼"之星名。然何谓"舆鬼"？过去，人们或仅能从字面上的意思去理解，故往往不知所以。然借由西安交通大学壁画墓上的鬼宿画像（图100），更能帮助我们理解它叫"舆鬼"。壁画中的鬼宿作两人抬着一个板形舆，舆中有一似人而非人的鬼怪，这可能是由于

图100　西安交通大学墓顶壁画：鬼宿

①中国画像石全集编辑委员会编：《中国画像石全集6·河南汉画像石》，郑州、济南：河南美术出版社、山东美术出版社，2000，第102页图版128。

②吴曾德、周到：《南阳汉画像石中的神话与天文》，载《郑州大学学报》1978年第4期，第86页。

③〔汉〕司马迁撰，〔刘宋〕裴骃集解，〔唐〕司马贞索隐，〔唐〕张守节正义：《新校本史记》，台北：鼎文书局，1981，第1302页。

图 101　南阳白滩画像石：白虎、牛宿、女宿、毕宿

早期人们以肉眼观测鬼宿时，此宿的四颗星形似舆，而周围散布类似蜂巢状的疏散星团①，则如四鬼积聚许多布帛，看起来似鬼气。故这幅鬼宿画像可以说是舆鬼的最佳解释，更充分反映了两汉时期人们对天文的观察与想象。

　　另，汉代墓室中还发现有多幅属于玄武星座区里的两个主要星宿——牛宿和女宿的形象。如前述南阳白滩画像石（图 101）中，除了西宫白虎外，画面的右上方刻一男子左手持鞭，右手牵一牛，在牛的上方则有一似河鼓的三颗星相连，应即所谓的牛郎星；另，画像的左下方则刻有四星相连成梯形，内则有一高髻女子拱手跽坐，研究者或认为是织女星，但应是女宿②；故也有人称其为牛郎织女的画像石。

　　至于西安交通大学壁画墓中的牛宿则绘一人常服及膝，腰束一带，前腿弓，后腿蹬，手握牛缰正在用力挽引着身后膘肥健壮的牛。（图 102）《诗·小雅·大东》云："睆彼牵牛，不以服箱。"因此，牵牛应为用绳挽牛之意。此一画像以图解的方式说明了此星即牵牛星。此外，墓室顶壁画中也绘有一女子跪坐于三角形下的女宿。按石申《星经》载"牵牛六星""女四星在牛东北"，可知牛宿由六颗星组成，而女宿由四颗星组成；但西安交大墓顶壁画的牛宿却只在牛的身上绘河鼓三星，而女宿也是绘织女三星，不过，汉画像中的女宿很多都绘成织女三星，而牛宿多绘为河鼓三星，如陕西靖边杨桥畔墓顶天文图的牛宿与女宿（图 103），便是在牛宿的位置绘有一束发戴冠男子端坐，其旁有一头牛，

---

　　①鬼宿在十二星座中属巨蟹座中的一个疏散星团，由于它的外观类似蜂巢，故在西方也被称为蜂巢星团（拉丁文 manger）；而中国古代的天文学家认为，这是魂魄或魔鬼乘坐的马车，其外观如同柳絮与其种子般飘逸，柔弱而没有活力，因此被称为积尸气或积尸。

　　②《中国画像石全集》作者以为是织女，但周到等先生认为应是北宫玄武中的女宿。吴曾德、周到：《南阳汉画像石中的神话与天文》，载《郑州大学学报》1978 年第 4 期，第 86—87 页。

图102　西安交通大学壁画墓：牛宿

图103　陕西靖边杨桥畔壁画墓：牛宿、女宿

上有直线相连三星，星旁墨书隶体"牵牛"二字；在与牵牛星隔白线相望、应为女宿位置处，则绘有一头梳高髻女子，蹲坐于白彩描绘的织机前，手执云梭做织布状，头上有等腰三角形相连星座，星旁墨书隶体"织女"二字。可知在两汉时，已有将牛、女二宿与牵牛、织女二星混淆的现象。①

当然，在汉代的墓室画像中，也有将织女星与日、月刻绘在同一画面者。如在属东汉早期的山东长清孝堂山石祠隔梁底画像的南段刻有一日轮，日旁则有一女子坐在织机上操作，她头上还画有一∧形的织女三星形象（图104）②，也是以神话人物结合星宿表现所谓的织女星。

此外，山东嘉祥武梁祠东汉石刻画像中也有一幅以神话人物表现斗宿的"北斗帝车画像"（图105）③，画像中以北斗七星作为车子的框架，上绘一似帝王出巡的形象，正符合《史记·天官书》中所说的"斗为帝车，运于中央"的叙述。

当然，并非所有的星宿都能以神话式的情节或人物来表现，如西安交通大学壁画墓及陕西靖边杨桥畔壁画墓（图106）中的斗宿，就只绘一人正持斗柄勺物之状。

---

①以战国早期的曾侯乙墓漆箱上以篆文所书二十八宿的名称来看，其中牛、女二宿写作"牵牛"和"婺女"。而据战国时魏国星占学家石申所著《星经》中对牵牛星的描述为："牵牛六星，主关梁，工异主大路；中主牛、木星、春夏木、秋冬火；中央火星为政始，日月五星行起于此。"除了牵牛六星外，《星经》还提到了河鼓三星是"中大星为大将军，左为左将军，右为右将军。星直吉，为羽军千能；曲即凶，为失计夺势。左右旗各九星，并在牛北枕河"。又按《史记》所记："牵牛为牺牲，其北河鼓。河鼓大星，上将；左右，左右将。"可知牵牛星与河鼓三星是不同的星宿。至于女宿，按《史记》所记："婺女，其北织女。织女，天女孙也。"可知织女星在婺女星北边。而《尔雅》称："须女谓之婺女。"故女宿并非所谓的织女星。然而，至晚到了两汉，人们已开始将河鼓与牵牛星相混。如《尔雅·释天》载："河鼓谓之牵牛。"郭璞注则云："今荆楚人呼牵牛星为檐鼓。"另如班固在《西都赋》中吟咏昆明池畔的牵牛、织女石人像说："集乎豫章之宇，临乎昆明之池，左牵牛而右织女，似云汉之无涯"。已明显将牵牛星与河鼓三星相混。日人泷川龟太郎即曾对牵牛星与河鼓三星的异同提出析辨，他以为："《尔雅》，河作何。郭注：今荆楚人呼牵牛星为檐鼓。檐者，荷也。《晋志》云：河鼓三星，旗九星，在牵牛北。《尔雅》谓何鼓为牵牛，非也。孙炎并河鼓及旗十二星，误也。"〔日〕泷川龟太郎：《史记会注考证》，台北：万卷楼出版社，1993，第478页。

②罗哲文：《孝堂山郭氏墓祠堂》，载《文物》1961年第4、5期合刊。图版采自中国画像石全集编辑委员会编：《中国画像石全集1·山东汉画像石》，济南、郑州：山东美术出版社、河南美术出版社，2000，第27页图版47。

③中国画像石全集编辑委员会：《中国画像石全集1·山东汉画像石》，济南、郑州：山东美术出版社、河南美术出版社，2000，第48页图版73。

图 104　山东孝堂山石祠画像（洪缬育绘）

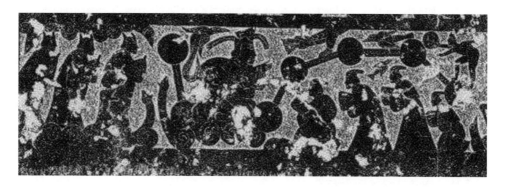

图 105　武梁祠前石室屋顶前坡西段画像：北斗帝车

图 106　陕西靖边杨桥畔壁画墓：斗宿

在汉画像中，还有一些以人物及情节的方式表现牛郎织女形象者，如四川郫县2号石棺的棺盖上，也刻有一牛郎牵牛、织女执梭的画面（图107）①，由其与四象中的青龙、白虎相配，且绘于棺盖的位置来看，应亦是天空的象征。但整个画面中完全没有出现星斗的形象，更突出地表现了以神话式情节表现天文的特征。

除了日、月及星宿的刻绘外，汉画像中还发现有一些表现特殊天文现象题材的画像。如南阳宛城区出土的一块被称为"日月合璧"的画像石（图108）②，画面的下半部右边刻一苍龙星座，左边则刻一由八颗星围成一掩兔之器、中有一兔的毕宿；上半部则中间刻一巨大的阳乌，背负日轮而行；其后则又刻一背负日轮的阳乌，但这个日轮内又刻了一只象征月亮的蟾蜍，可能是以日中有月的形象来表现日食的现象。虽然，如前所述，至晚在西汉时，人们已对日、月食做了记录③，且对它们的成因也有所认识④，但如何以具体的形象来表达日、月相迭的现象，则又是不小的考验。于是，画像的创作者便利用神话中代表日的阳乌腹中又有一代表月的蟾蜍来表示。

除了日、月食的形象外，汉画像中也有以神话式情节表现特异星象者，如在第三章所引江苏盱眙新莽墓棺盖顶板画像（图45）的最左侧，有三颗无联机星点、三颗联机星点，若仅由其形象，实无法判断其星名。但由其右下角出现一骑着扫帚、状似彗星的人形，而左上角还有个呼号疾走之人的画像内容来看，大概是以张皇失措的样子来表现人们对彗星出现的恐惧。

综上可知，汉代天文学的高度发展，扩充了当时人的天文知识／思想的视野。然而，如何去表现这些新的知识与观念？由以上所见的汉画像可以发现，两汉时期墓室画像的工匠们多亦擅长从传统神话或故事中汲取相关的思想资源，并常将天文知识置于神话语境中，以之作为巧譬善喻的工具，以展现当时人对自然天象的观察与一般世俗大众的天文知识。因此，当时的画工以人们熟知的日中有乌与月中有蟾、兔、桂树等神话形象来表现日与月，用以阐释这个死后

①中国画像石全集编辑委员会编：《中国画像石全集6·河南汉画像石》，郑州、济南：河南美术出版社、山东美术出版社，2000，第85页图版110图版说明。

②中国画像石全集编辑委员会编：《中国画像石全集6·河南汉画像石》，郑州、济南：河南美术出版社、山东美术出版社，2000，第131页图版160。

③汉代史籍对日、月食有多次记录，且较详细。如《汉书·五行志》中记载了发生在汉武帝征和四年的一次日食。故按《西汉会要》所载：凡汉著纪十二世、百一十二年，日食五十三。

④张衡《灵宪》曰："月光生于日之所照，魄生于日之所蔽。当日则光盈，就日则光尽也。……当日之冲，光常不合者，蔽于地也，是谓音'虚'。在星则星微，遇月则月食。"对月食的成因做了正确的解释。

图 107　四川郫县 2 号石棺棺盖

图 108　南阳宛城画像石：日月合璧图

生活的小宇宙的天便不足为奇，因而更造就了这种浪漫与理性混融的神话式天空。

　　自古以来，尤其在文字尚未发明或普及以前，人类的历史与知识本多源自口传，而由于神话本即有解释事物起源的功能。英国学者安德鲁·兰（Adrew Lang，1844—1912）为《韦氏大辞典》写的"神话"词条中便如此说道：

　　神话，一种故事，它涉及的是已被遗忘的事物的起源，这种起源显然与某些历史事实有关。

　　它的描述还带着这样的性质：解释一些"事实"（practice，或可译为"惯例"）、信仰、风习或者是自然现象。

　　因此，像神话这类口传对原始初民来说，本来就是用以解释事实的。虽然，到了两汉时期，由于文化的统一为社会的发展奠定了良好的基础，并因此而发展出一比较成熟的文化体系，然而，当面对不可确知或不甚熟悉的事物时，人们可能还是会依循一些传统旧说来行事。邢义田从许多汉代的典籍史中发现，

205

汉代人在日常行政时,常有以所谓"如故事""自有故事"的故事来决断事宜。而在汉人的措辞中,故事又可称之为"旧事""旧制""旧典""旧章""旧仪""典故""古典""典常""前制""汉典旧事""先祖法度""祖宗典故""祖宗故事""国家故事",或仅称之"旧"。即凡经典与汉制皆可称为"故事"。① 黄敏兰在探讨中国古代史时,也发现中国古代有一种"故事现象":

> 即在皇帝、官僚的政治、行政、法律以及日常生活的各个方面,大至改朝换代,或决定政事、职官、礼仪等诸种事务,……常常要引用故事作为其行为的依据,而使之具有合法性。我们称这种现象为"故事现象"。所谓故事,是指曾经发生过的事情或曾经实行过的制度。故事一经后世人摹仿、实行,就成为一种合法的规范或制度……②

黄敏兰并指出:"故事制度由于具有习惯法和判例法的特征,可以起到补充成文法的作用,所以当人们的某些行动明显地缺乏成文法或法定制度的规定,……而必须提供相应的依据时,他们往往就寻找故事作为合法依据。"③ 因此,或与汉代的故事现象一样,两汉时期的人们在无法为天文特征找到能被人们理解的说解依据时,便只得引用形象化的人、物形象或神话情节,来作为日、月的象征与说明。

三、时代性、地域性与汉代墓室日、月画像的演变

虽然,日中有金乌,月中有蟾蜍、玉兔和桂树的神话及画像,在两汉的墓葬艺术中已成为一种定式,但随着时代的不同、地区思想文化的不同、地域工匠传统的不同以及丧家思想制作画像目的与审美情趣不同,还有对相关图像意涵认识的不同,画像的内容,有时还是会产生一些变化。尤其像日中有乌和月中有蟾、兔与桂树这类源自口传的神话传说,更容易因传播及人们情感的投射等诸多因素而产生变异。故这些汉代墓葬中的日、月画像,也往往会随着时代及文化的嬗变,而呈现出不同的样貌与特色。

首先,从时代的顺序来看,在目前中国各地出土的日中有乌画像中,日中

---

①邢义田:《汉代"故事"考述》,见劳贞一先生八秩荣庆论文集编辑委员会主编:《劳贞一先生八秩荣庆论文集》,台北:台湾商务印书馆,1986,第371—423页。

②黄敏兰:《论中国古代故事现象的产生》,载《陕西师大学报》(哲学社会科学版)1992年第1期,第73页。

③黄敏兰:《论中国古代故事现象的产生》,载《陕西师大学报》(哲学社会科学版)1992年第1期,第73页。

为金乌者最为普遍，而日中为三足乌者则相对数量较少。且在较早期的画像中，日中多为金乌，大约是要到了西汉末至东汉初以后的画像，如河南唐河针织厂画像石，日中才开始出现三足乌的形象。而到了东汉中后期以后，这样的现象才渐趋明显，尤其是在山东地区的画像石中，包括像枣庄出土画像石，安丘董家庄前室封顶画像石、中室封顶画像石，滕州大康留庄画像石，临沂白庄画像石等，日中的乌都为三足乌，有些甚至还同时出现了日中有九尾狐的形象。另如曲阜出土的日轮画像，日轮虽仅刻半圆，半圆内一样有一乌一狐。①

关于这样的现象，根据笔者的推论，则可能与民间文学中常见的母题混同，以及到了西汉晚期以后，代表神仙世界的西王母图像之盛行有关。② 此内容将于第五章做更详细的讨论。

至于汉代墓室中的月画像，则多有蟾蜍和兔子，其中，蟾蜍最为普遍，次为蟾、兔并列者。

月中为蟾蜍者，早在西汉初期的长沙马王堆1号、3号墓出土帛画中即已出现，而在四川、陕北地区所出土的画像石中也大量出现日中有蟾的形象。至于月中有兔子的画像，在许多地区都可见到，然单独刻画兔子于月中的现象却极为罕见。反而是从目前已出土的画像来看，包括山东、江苏徐州、安徽、陕西、河南的洛阳与南阳，以及湖南长沙等地的画像石、壁画和帛画中，均发现有蟾、兔并列月中的画像，其分布的区域也相当广泛。从流行的时间来看，自西汉早期的长沙马王堆1号、3号汉墓帛画到东汉晚期的山东安丘董家庄画像石墓，都存在这类图像。尽管如此，这类图像似仍有区域特性的现象，其中，尤以东汉时期的山东、苏北及皖北地区，即两汉时期的青、徐两地较为流行。至于像南阳地区，虽有大量且丰富的天文画像出土，且日、月的画像也非常丰富，但在此一区域的月画像中，将蟾、兔并列于月中的，目前仅见一例。

同样的，大约要到东汉以后，月中的蟾蜍、兔子也产生了变化，原做奔跑状的兔子，以及似蹲踞状的蟾蜍，多变成了在捣药的形象，尤以兔子更为显著。如山东安丘中室封顶画像石，山东滕州市官桥镇大康留庄、山东泰安市大汶口，以及安徽淮北等地出土的月画像石，都是由蟾蜍与月兔共对一个石臼做捣药状。

---

①山东省博物馆、山东省文物考古研究所编：《山东汉画像石选集》，济南：齐鲁书社，1982，第123页图158。

②刘惠萍：《汉画像中的"玉兔捣药"——兼论神话传说的借用与复合现象》，见项楚主编：《中国俗文化研究》（第5辑），成都：巴蜀书社，2009，第237—253页。刘惠萍：《太阳与神鸟："日中三足乌"神话探析》，载《民间文学年刊》2009年第2期，第309—332页，及本书第五章。

而淮北地区出土的多块画像石，则只有兔子在捣药，不过，这类画像在青、徐以外的地区则较罕见。

至于月中有桂树的画像，则经常可见于河南洛阳等地的西汉壁画墓中。然而，大约也是到了东汉以后，月中有桂树的画像，则较多见于四川地区的石棺画像及画像砖上，且桂树与蟾蜍通常是同时出现在月中，有时亦可见到将蟾蜍系于桂树上的形象。

其次，从画像的地域性来看，在早期的画像中，如长沙马王堆1号和3号墓帛画、山东临沂金雀山9号墓帛画，以及河南洛阳地区的大部分墓室壁画，基本上来说，月中之物，包括蟾、兔、桂皆曾有出现。然而，大约也是到了东汉以后，除在四川地区出土的画像砖中，月中多为蟾蜍与桂树外，在其他如山东、江苏、河南、陕西、山西等地的画像石中，大多为蟾蜍与兔子，其中又以蟾蜍居多，桂树出现的极少。

此外，汉画像中还有一种飞鸟腹部刻一圆轮、学者或称其为"阳乌负日"的画像。在阳乌腹部的圆轮中，也经常可见刻绘有一只飞翔的金乌。从目前出土的画像材料来看，这类鸟形的太阳主要集中在河南南阳一带，其他如江苏徐州、山东滕州大康留庄、陕西神木大保当墓群等地的画像中，亦有个别阳乌负日的画像出现。不过，大概到了东汉中晚期以后，可能是由于图像的意义已固定，也可能是因日、月中的相关彩绘因时代久远、氧化等因素，也逐渐出现内中空无一物，仅以圆轮象征日、月的现象。这可能又与日、月画像已成了汉代墓室中必备的图像，由于大量复制，遂使相关的图像内涵逐渐遗落有关。[①]

至于日、月画像内容的变异，是否与各流行区域的地域特色有关，则有待日后做更进一步追索。

第三节　日、月画像所反映的汉代信仰、思想与神话

从本质上来说，汉画像是一种祭祀性的丧葬艺术，因此，这些汉代的日、月画像，除了是一种对日、月天体的模仿及再现外，其在汉代墓室中更具有特殊的功能与意义。尤其，过去已有研究者指出，许多画像石的工匠可能并不识

---

①但由现已出土的陕北画像仍有残墨来看，也可能是时代久远或墓室发掘时，颜料因接触空气而氧化有关。

字①，常常只依据口耳相传的故事或作坊粉本来从事制作②，故其反映的多非个人的艺术想象，而是一种集体的文化意识。因此，它们除了是汉代社会意识与民间丧葬观念的产物外，其内容与变化，可能更与两汉时期人们的思想、信仰及民间口传有着密切的关系。

从目前已发现的各种墓室壁画、画像砖石及帛画的内容来看，我们可以发现它们几乎出于相同的构图，并有固定的配置。对于这样的现象，劳弗便指出：

> 这些画像石并无意唤起人们的特别注意。它们所展现的画面可说基本上毫无新意，只是重复一些早已为人所知的主题和设计。不过这种状况赋予这些石刻另一种意味，即它们再次证明了汉代的雕刻者是根据现成的模式来制作他们的作品，这些作品因而往往表现出某些典型的、变化有限的图景和人物。因此需要我们回答的问题是：这些一再重复的原型是何时及怎样产生的？③

因此，两汉时期的人们在构筑死后魂魄居停的活动空间时，为何一定都要在墓室顶或高处绘制日、月，又为何总以乌鸟、蟾蜍和兔子这"一再重复的原型"来作为象征，可能除了是一种传统神话思维的遗留外，或亦与当时人的思想、信仰及观念有关。

一、象天通神

由前面的讨论可知，一般汉代墓室的基本结构是"以日月象天，在上；四时象地，在下"④。这样的配置，除了如前一节所言，与古代中国人对宇宙图式的模拟有关外，其背后可能还具有某种原始信仰或巫术的意义。

从1934年发现于山东省东阿县芗他君祠堂的画像石题记可知，建立祠堂、墓室的目的是"冀二亲魂零（灵）有所依止"⑤。因此，墓葬中的各种殉葬品、明器，甚至画像，是被用来作为提供墓主人死后继续存在之所需。由于人们相

①据王思礼的研究指出，今天山东金乡的老石工并不识字，须等待别人写好字后再刻，否则榜题也是空着。王思礼：《从莒县东莞汉画像石中的七女图释武氏祠"水陆攻战"图》，见政协第六届莒县委员会文史资料委员会编：《莒文化研究专辑》（一），1999，第214页注30。

②邢义田：《格套、榜题、文献与画像解读——以一个失传的"七女为父报仇"汉画故事为例》，见《画为心声：画像石、画像砖与壁画》，北京：中华书局，2011，第218页。

③Berthold Laufer, "Five Newly Discovered Bas-reliefs of the Han Period," in *Toung Pao*, 1912, p. 3.

④李零：《楚汉墓葬中的帛画和中国壁画墓的起源》，见《入山与出塞》，北京：文物出版社，2004，第170页。

⑤罗福颐：《芗他君石祠堂题字解释》，载《故宫博物院院刊》，1960，第179页。

信死后世界的日常生活是和活在人世间时相似的，因此，人们会根据人间房舍的形式，为死者营建死后永恒的居宅，以便复制或延伸世俗生活的存在。尤其，从《礼记·中庸》中载有"敬其所尊，爱其所亲；事死如事生，事亡如事存，孝之至也"①，《荀子·礼论》中也有"丧礼者，以生者饰死者也，大象其生以送其死也。故如死如生，如亡如存，终始一也"②，可知，"事死如事生"的观念在中国由来已久，且深刻地影响着很多中国人的思维与行为。又从许多墓葬出土遣册中所开列的随葬品皆为人们在阳世时一般日常生活中所用车马衣食等日用器物以及各类奴婢仆从等必需品的情形来看，可推知在当时人的观念里，死后的世界与阳世无异。关于两汉时期流行的死后世界观，王充在其《论衡》一书中有这样的描述：

> 是以世俗内持狐疑之议，外闻杜伯之类，又见病且终者，墓中死人来与相见，故遂信是，谓死如生。闵死独葬，魂孤无副，丘墓闭藏，谷物乏匮，故作偶人以侍尸柩，多藏食物以歆精魂。③

由此可见，墓葬的内容可能缘自人们想象死了以后会"魂孤无副""谷物乏匮"，所以要营造一个和活着时一样的空间。也就是说，墓葬的内容实是一种人们生前生活的模拟以及现世需求的投射。

因此，被放置到坟墓中的各种明器、文字或是画像，在很大程度上既非是为着艺术而作，也不是作为简单的物质再现或纯为装饰坟墓，其最根本的创作心理恐怕还在于继承了原始时代人们视图像为有生命的物质再现，是具有神秘属性之物的观念。④ 这可能是一种古人思维中对文字、图像所具魔力的崇信，以为凡是可以说出、写出、绘出的事物，在一定宗教仪式的转化下，便可成为实际存在于此一世界或另一个世界中的事物。⑤

列维－布留尔在《原始思维》一书中说：

> 大家都知道这样一个事实：原始人，甚至已经相当发达但仍保留着或多或少原始的思维方式的社会的成员们，认为美术像，不论是画像、雕像或者塑像，都与被造型的个体一样是实在的。格罗特写道："在中国人那

①〔汉〕郑玄注，〔唐〕孔颖达等注疏：《礼记》，见《十三经注疏》，台北：艺文印书馆，1965，第887页。
②〔清〕王先谦集解：《荀子集解·礼论》，北京：中华书局，1988，第366页。
③黄晖：《论衡校释》，北京：中华书局，1990，第961页。
④徐华：《两汉艺术精神嬗变论》，上海：学林出版社，2003，第204页。
⑤Thorkild Jacobsen，*The Treasures of Darkness*，*A History of Mesopotamian Religion*，New Haven：Yale University Press，1976，pp.14-15.

里，像与存在物的联想不论在物质上或精神上都真正变成了同一。特别是
逼真的画像或者雕塑像乃是有生命的实体 alter ego（另一个'我'），乃是
原型的灵魂之所寓，不但如此，它还是原型自身……"①

　　所以，墓室中各种画像可能不仅是为了装饰墓室，而且应与人们视墓室中
的画像是有生命的，可等同于现实世界中的各种实物及现象有关。尤其，由于
图像又具有形象性的特征，它一方面可以最大限度地模仿现实，另一方面又会
唤起人们心中相应的情感。加上图像还具有能使人混淆象征与虚构的魔力②，因
此，这些墓葬艺术中的形象、事件或者日、月、星辰等，可能不仅是一种对真
实物象的模仿，还是某种神秘力量的附着。

　　据文献记载，早在夏、商、周时期，中国人即已有图画前代故事或神怪人
物于庙堂或宗庙重器之俗③，且直至秦、汉时期仍有遗留。④ 而在神庙、陵寝、
宫殿等礼仪性建筑上图绘或雕刻神像与神怪故事的做法，并非为中国所独有，
更普遍存在于世界各地许多古老的民族中，如茅盾所说："我们知道希腊古代的
神庙及公共建筑上大都雕刻着神话的事迹，我们又知道现在所有的古埃及神话
大部得之于金字塔刻文，及埃及皇帝陵墓寝宫的石壁的刻文，或是贵族所葬的
'岩壁墓道'石壁上的刻文。可知在古代尚有神话流行于口头的时候，'先王之
庙'和'公卿祠堂'的墙壁上图画些神话的事迹，原是寻常的事。"⑤

　　然而，无论中外，这些被绘制于庙堂或宫室的图画，往往并非纯粹只是作

①〔法〕列维-布留尔：《原始思维》，丁由译，北京：商务印书馆，1981，第37页。
②易建芳：《图像的威力》，载《美术大观》2006年第10期，第68页。
③据说夏禹铸鼎象物，在象征权力的九鼎上图画了来自各地的神怪图像。另，相传为大禹或伯益所作的
《山海经》也是有图有字的上古神话文献，甚至是据图说解的文字记录。此外，据《墨子》佚文载"纣为鹿
台糟丘、酒池肉林，宫墙文画，雕琢刻镂"可知，在商代，也有绘于宫室墙壁上的图画。而丁山在他的
《商周史料考证》一文中，更据梅原末治所著《殷墟壁画录》一书所提供的证据，确认殷商王朝已有"宫墙
文画"之实。至于刘佐临《殷代的绘画》一文甚至认为殷商的绘画已经很发达。而考古的发掘，也在一定
程度上证实商代可能有关于前代的故事图画。且在安阳小屯遗址还发现一块涂有白灰面的彩绘墙板，更说明
了商代建筑物上可能已有壁画。及至周代，则有更多于庙堂宫室图画者，按《淮南子·主术训》："文王周
观得失，遍览是非，尧、舜所以昌，桀、纣所以亡者，皆著于明堂。"高诱注："著，犹图也。"《孔子家谱》
卷三："孔子观乎明堂，睹四门墉有尧、舜之容，桀、纣之象，而各有善恶之状，兴废之诫焉。又有周公相
成王，抱之负斧扆，南面以朝诸侯之图焉。"可知其内容多为关于明王圣主或昏君暴政的警示性图像。此外，
也可以从考古发掘中，得到部分关于西周时期宗庙礼仪性建筑中图画的遗存证实。
④如秦都咸阳1号宫殿遗址发现了440多块壁画残片，3号宫殿遗址则出土了大量比较清晰的壁画，其
内容为车马、仪仗、建筑、人物、麦穗等，其形制为长滚动条式。参秦都咸阳考古工作站：《秦都咸阳第一
号宫殿建筑遗址简报》，载《文物》1976年第11期，第24页；咸阳市文管会、咸阳博物馆、咸阳地区文
管会：《秦都咸阳第三号宫殿建筑遗址发掘简报》，载《考古与文物》1980年第2期，第35—37页。
⑤茅盾：《神话研究》，天津：百花文艺出版社，1981，第137页。

为一种装饰。按《后汉书》记载，尚书令阳球曾上奏罢鸿都文学，他以为"臣闻图象之设，以昭劝戒，欲令人君动鉴得失"①。而曹植也在其《画赞并序》中云：

> 观画者见三皇五帝，莫不仰戴；见三季暴主，莫不悲惋；见篡臣贼嗣，莫不切齿；见高节妙士，莫不忘食；见忠节死难，莫不抗首；见放臣斥子，莫不叹息；见淫夫妒妇，莫不侧目；见令妃顺后，莫不嘉贵。是知存乎鉴者，图画也。②

由此可知，各类型的图像是可以起到让观画者仰戴、悲惋、切齿、忘食、叹息等作用的。因此，刘师培曾指出："古人象物以作图，后世按图以列说。图画二字为互训之词。……盖古代神祠，首崇画壁。……神祠所绘，必有名物可言，与师心写意者不同。"③ 可知，中国古代这些出现于庙堂宫室或礼仪性建筑上的图像，"与师心写意者不同"，可能并非只是一种纯粹的展示，而是必须与观者互动的。尤其，对于那些无法轻易取得的实物，图像则能在咫尺之内，画出人间万里之遥，乃至天地之象，还能表现出许多殉葬品、明器所无法表现的事件过程与内在情感。

因此，《易·系辞》中即有所谓的"立象以尽意"④，而中国人所谓天象的象，除了有我们所理解的图画与它所表现的主体相像之意味外，更具有借此以探求天体、宇宙运行轨辙的意涵。而在传统的中国文化中，天并非纯指日、月、星辰所居的天空，它往往还被用来指整个宇宙空间。尤其自天人合一之说被提倡后，人们更相信天为一有意志、有感情，且能与人相互感应的主宰。因此，所谓天文既用以指天象，也用来指借观察天象以求人间吉凶。故天文学在古代中国作为一种知识体系，除了用于历法之外，也用于星占，以沟通天人，取法于天，即《汉书·艺文志》所谓的："天文者，序二十八宿，步五星日月，以纪吉凶之象，圣王所以参政也。"⑤ 因此，天文学除了具有神圣的性质外，亦是确立王权的重要精神手段，与天文有关的图像也自然被认为是超凡入圣的。故在墓室中绘制日、月天文图，其目的除了是将墓室布置成一人造的小宇宙外，更

---

①〔宋〕范晔撰，〔唐〕李贤等注：《后汉书》，北京：中华书局，1965，第2499页。

②〔清〕严可均校辑：《全上古三代秦汉三国六朝文·全魏文》，北京：中华书局，1991，第1145－2页。

③刘师培：《古今画学变迁论》，见《刘申叔遗书·下》，南京：江苏古籍出版社，1997，第1638—1639页。

④不著撰人：《周易》，台北：艺文印书馆，1965，第143页。

⑤〔汉〕班固撰，〔唐〕颜师古注：《新校本汉书》，台北：鼎文书局，1986，第1765页。

是希望能透过这些仿真天的图像，而拥有天的神圣与权威。葛兆光于其《中国思想史》一书中即有如此说法：

> 在人们心目中，凡是仿效"天"的，就能够拥有"天"的神圣和
> 权威，于是，这种"天"的意义，在祭祀仪式中转化为神秘的支配力
> 量，在占卜仪式中转化为神秘的对应关系，在时间生活中又显现为神
> 秘的希望世界，支撑起人们的信心，也为人们解决种种困厄。……秦
> 汉时代皇宫的建筑要仿效天的结构，汉代的墓室顶部要绘上天的星象，
> 汉代皇室的祭祀要遍祭上天的神祇，祭祀的场所更要仿造一个与天体
> 一致的结构，这种对"天"的崇敬与效法，成了一种不言自明的合理
> 性的来源，在普遍和一般的知识与思想水平上的人们的心目中，"天"
> 仍然具有无比崇高的地位，天是自然的天象，是终极的境界，是至上
> 的神祇，还是一种不言自明的前提和依据。①

或出于敬顺昊天、法天则地的观念，自商周以来，中国人即有"制器尚象"的传统，即依照天地的形象来制造各种器具或建筑物。如按《史记·秦始皇本纪》所载，秦始皇建造其宫室时，是如此设计：

> 焉作信宫渭南，已更命信宫为极庙，象天极。②

> 乃营作朝宫渭南上林苑中。先作前殿阿房……周驰为阁道，自殿
> 下直抵南山，表南山之巅以为阙。为复道，自阿房渡渭，属之咸阳，
> 以象天极阁道绝汉抵营室也。③

秦始皇不仅为自己死后所居处的陵墓构造了一个相当完备的宇宙模式④，在营造宫室时，更注入了象天的思想。

同样的，象天的思想到了倡言天人感应、重视天人合一的汉代，也在社会、政治中起到了相当大的指导作用，并具有一定的影响力。如在相关的礼制中，便充分展现了当时人冀求象天地的意识形态。据《汉书·礼乐志二》载：

> 人函天地阴阳之气，有喜怒哀乐之情。天禀其性而不能节也，圣
> 人能为之节而不能绝也，故象天地而制礼乐，所以通神明，立人伦，

---

①葛兆光：《中国思想史　第1卷》，上海：复旦大学出版社，2001，第227页。

②〔汉〕司马迁撰，〔刘宋〕裴骃集解，〔唐〕司马贞索隐，〔唐〕张守节正义：《新校本史记》，台北：鼎文书局，1981，第241页。

③〔汉〕司马迁撰，〔刘宋〕裴骃集解，〔唐〕司马贞索隐，〔唐〕张守节正义：《新校本史记》，台北：鼎文书局，1981，第256页。

④据《秦始皇本纪》记载骊山陵玄宫："以水银为百川江河大海，机相灌输，上具天文，下具地理。"参本章第一节。

213

正情性，节万事者也。①

另如桓谭在《新论》中也说："王者造明堂、辟雍。所以承天行化也。天称明，故命曰明堂。……上圆法天，下方法地，八窗法八风，四达法四时"②，意即若能凡事"象天地"，即能"通神明"。尤其，古代中国人是非常讲求天人合一的，早在《易经·文言》中谈及"大人"时便以为："夫大人者，与天地合其德，与日月合其明，与四时合其序，与鬼神合其吉凶。……天且弗违，而况于人乎，况于鬼神乎?"③ 以为所谓大人者须与天地、日月、四时、鬼神相配合。而《老子·道经》中也说："人法地，地法天，天法道，道法自然"④，也以为人应效法天地。到了汉代的儒者，则更主张通天，如扬雄说："通天、地、人曰儒。"以为要能通天者，才可称为儒。

当然，这样的思想也会渗透到汉代的墓葬艺术中，故于墓葬中绘制象天的图像，除了是一种对于死后宇宙空间的构拟外，其背后可能还有更深的思想、信仰内涵，即希望透过仿真天的图像，以达到通神的原始巫术心理。

二、阴阳双居

除了象天通神外，到了后来，汉代墓室中的日、月画像可能也随着阴阳思想的盛行，而被赋予了调和阴阳的功能与意义。

从文献的记载可知，日与月在很早便被赋予了阴、阳的属性。如春秋战国之际的计然认为：

> 日者，太阳精。⑤
>
> 日者，火精也，火者外景。⑥
>
> 月，水精内影。⑦

战国时期的甘德也指出：

> 日，阳精之明耀魄宝，其气布德，而至生本在地，曰德。德者，生之类也。德伤则亡，故日蚀，必有国灾。⑧

① 〔汉〕班固撰，〔唐〕颜师古注：《新校本汉书》，台北：鼎文书局，1986，第1207页。

② 〔后汉〕桓谭：《桓子新论·正经第九》，上海：上海人民出版社，1967，第36页。

③ 不著撰人：《周易》，台北：艺文印书馆，1965，第2页。

④ 朱谦之：《老子校释》，北京：中华书局，1984，第103页。

⑤ 〔唐〕虞世南编：《北堂书钞》，北京：学苑出版社，1998。

⑥ 〔宋〕李昉等奉敕撰：《太平御览》，台北：台湾商务印书馆，1997，第146页。

⑦ 〔宋〕李昉等奉敕撰：《太平御览》，台北：台湾商务印书馆，1997，第150页。

⑧ 〔唐〕瞿昙悉达编：《开元占经》，长沙：岳麓书社，1994，第103页。

都认为日乃阳的精气所成，并以为其气乃由地所生。同样的，战国末年的《吕氏春秋·精通篇》也说：

月也者，群阴之本也。①

及至汉代，则又有以为日、月是由阴、阳及水、火有机地结合而成，如《淮南子·天文训》中说："积阳之热气生火，火气之精者为日；积阴之寒气为水，水气之精者为月。"②认为，太阳和月亮是在天地生成以后，分别由阳气和阴气先积聚成火和水，再由火、水之精气生成的。

另，西汉末的京房在《易传》中则说："日者，众阳之精。"刘向《洪范传》也说："日者，照明之大表，光景之大纪，群阳之精，众贵之象也。"③此外，西汉之际的纬书也有不少相关的论述，如《春秋元命包》云：

天尊精为日，阳以一起，日以发纪。尊故满，满故施，施故仁，仁故明，明故精，精故外光，故火曰外景，阳精外吐。

元气开阳为天精，精为日。④

这可能是西汉晚期学者共同的想法，即太阳乃阳之精气所组成。到了东汉，许慎的《说文解字》中则是这样定义日和月的：

日者，实也，太阳之精，不亏。⑤

月者，阙也，……太阴之精。⑥

以为日、月的本质是阴、阳。而张衡的《灵宪》亦大致相近：

日者，阳精之宗。

月者，阴精之宗。

日譬犹火，月譬犹水，火则外光，水则含影。⑦

①〔秦〕吕不韦著，陈奇猷校释：《吕氏春秋校释》，台北：华正书局，1988，第507页。

②刘文典：《淮南鸿烈集解》，北京：中华书局，1989，第80页。

③〔宋〕李昉等奉敕撰：《太平御览》，台北：台湾商务印书馆，1997，第144页。

④〔日〕安居香山、中村璋八辑：《纬书集成》（中），石家庄：河北人民出版社，1994，第600、605页。

⑤〔东汉〕许慎，〔清〕段玉裁注：《说文解字注》，台北：艺文印书馆，1997，经韵楼藏版，第305页。

⑥〔东汉〕许慎，〔清〕段玉裁注：《说文解字注》，台北：艺文印书馆，1997，经韵楼藏版，第316页。

⑦〔清〕严可均校辑：《全上古三代秦汉三国六朝文·全后汉文》，北京：中华书局，1991，第777-2页。

虽然，关于日、月的本质，两汉时有阴阳与水火两说①，然仍以阴阳说居于主导地位。在同属于阴阳说体系的论说中，又有太阴、太阳（或阴、阳）之精，众阴、众阳之精，阴精、阳精之宗所成等不同说法，其含义虽偶有不同，然大致上都认为日、月具有阴、阳的属性。

缘此，在两汉时期，人们很有可能在日与月的关系中，注入了阴与阳的哲学内涵，故这些被刻绘在墓室中的日、月画像，在当时人的认知中，可能就不完全只是一种单纯的自然天体存在。尤其，当它们与如伏羲、女娲、金乌或三足乌、蟾蜍及兔子等同具有阴、阳属性象征的事物联结在一起时，它们可能已成了一种符号，一种由集体表象和巫术仪式积淀而成的认知符号。在这些符号中，自然物象可能就已不是一种单纯的自然存在，而是包含着各种人类对宇宙、自然，以及人生的体认与判断等思维的载体。

固然，阴与阳虽是两股极端对立的力量，但却也能相辅相成、交感变化。按《淮南子·天文训》载，"阴阳合和而万物生"。② 另《太平经》中更强调："天下凡事，皆一阴一阳乃能相生，乃能相养。一阳不施生，一阴并虚空，无可养也；一阴不受化，一阳无可施生统也"③，皆说明了万物必须在阴、阳的交错渗透里产生。故阴、阳二气的调和，为万物肇端的必要条件，而宇宙也必须在阴与阳的交相作用下才能化成。叶舒宪在《神话哲学》一书中便指出：在中国，祭日配月的宗教仪式与阴阳相交相化的神话哲学同时突出的是一种强调对立面的统一的思想，这是中国人的文化心理。

所以，在盛行以阴阳五行方位解释、建构宇宙事物的汉代社会中，日、月除了与阴阳、东西等当时的意识形态、思想学说形成了一定的对应与模拟关系外，人们更希望透过这种由集体表象所积淀而成的认知符号，来作为阴阳和合的一种隐喻（metaphor）。

同样的，在后来的墓葬艺术中，常与日、月相伴的伏羲、女娲，更多地做两尾相交的形象。如在前引四川郫县新胜1号石棺的足部挡板画像中，伏羲、

①如王充即属于水火说一派。他在其《论衡》一书中说："夫日，火之精也；月，水之精也。""夫日者，天之火也，与地之火无以异也。""日，火也，在天为日，在地为火。何以验之？阳燧乡日，火从天来，注率性篇。由此言之，火，日气也。""日，火也，月，水也。水火感动，常以真气。今伎道之家，铸阳燧取飞火于日，作方诸取水于月，非自然也，而天然之也。"同时，王充还以铜凹面镜的阳燧向日取火，及以中间略凹的扁平铜盘方诸月下得水来证明日为火、月为水之说的可靠性。

②刘文典：《淮南鸿烈集解》，北京：中华书局，1989，第112页。

③王明编：《太平经合校》，北京：中华书局，1960，第221页。本篇经文与原题已佚，后王明据敦煌本《太平经钞》配补。

女娲不再是分居东、西两方，反而是呈两尾相交甚至脸面相亲的亲昵形象。（图94）由此可知，大约到了东汉时期，伏羲、女娲原始生殖、化育人类的神话意义被淡化了，两尾相交的身体可能也已不再只是生殖崇拜的象征，它可能是阴阳相交的隐喻。人们希望透过这种由集体表象所积淀而成的认知符号，并以男、女相交的身体，或分居东、西的方位来作为阴阳和合的象征。所以，当原始的日中有乌与月中有蟾、兔子、桂树的神话被放进了这个象征宇宙结构的图式时，其形式和意义也会有所改变。在这里，原始的日、月可能已不完全只是一种单纯的天体存在，而是种种包含着人类对阴阳、宇宙秩序、伦理纲常之体认和判断的思维载体，故它除了保留有自然天体的原始记忆外，或更有其自身的神学和哲学内涵。而在墓室或墓葬中刻绘这类形象，其目的除了是作为象征墓室小宇宙中的天空，希望能"与天地分比寿，与日月分齐光"① 外，同时可能也是为强调阴阳和谐是宇宙万物最根本的秩序所在，并冀求建立一阴阳和谐的宇宙秩序之企望的表现。

三、理想家园与天堂想象

此外，由于汉画像是一种坟墓艺术，而这些日、月画像因是被绘制在墓室中，是为丧葬礼仪服务的，故无论是出现在墓室中的帛画、壁画或画像石、画像砖中，它们表现的都是两汉时期人们对死后世界的期待与想象。

关于古代中国人对死后世界的想象，过去，论者普遍以为在佛教传入中国以前，中国人是没天堂与地狱的观念的。如英国学者李约瑟即持这样的看法。② 而胡适在早年亦认为，佛教为中国带来数十重天和地狱的观念。③ 但近年来，愈来愈多的学者主张在佛教传入中国之前，中国传统的思想里是有天上观念的，如余英时和鲁惟一等学者多认为人死后有魂、魄两个部分，分别升天、入地。④ 柳存仁在其《中国思想里天上和人间理想的构思》一文中指出：

---

①蒋天枢校释：《楚辞校释·九章·涉江》，上海：上海古籍出版社，1989，第 314 页。

②李约瑟：《炼丹术和化学》（上），陈立夫主译，见《中国之科学与文明》（第十四册），台北：台湾商务印书馆，1971，第 186 页注 1。

③Hu Shih, "The Indianization of China: A Case Study of Cultural Borrowin," in *Independence*, *Convergence*, *and Borrowing*: *In Institutions*, *Thought and Art*, Mass.: Harvard University Press, 1937, pp. 224-225. 然胡适到了晚年则改变了这一看法，并且开始意识到地狱观念也有一个中国本土的源头。参见《胡适手稿》（第八集·卷一），台北："中央研究院"胡适纪念馆，1966。

④余英时：《"魂兮归来！"——论佛教传入以前中国灵魂与来世观念的转变（1987年）》，见《东汉生死观》，侯旭东等译，上海：上海古籍出版社，2005，第 129—153 页；〔英〕鲁惟一：《汉代的信仰、神话和理性》，王浩译，北京：北京大学出版社，2009，第 30—32 页。

在佛教传入中国之前，中国传统的思想里有"天上"的观念，但没有很清楚的地狱的观念，所以"天堂"、"地狱"的对比是没有的，若有，就在中国人获得佛教的知识之后。不过，中国从前虽然没有"地狱"，对于人的死后会到哪里去，是有一种不很明显但是依然存在的说法的，换言之，就是承认死后有地下活动……①

自20世纪以来，随着如马王堆汉墓帛画及许多考古与墓葬材料的出土，更证明了相关的看法，即中国在佛教传入以前，可能早已有关于死后世界及对于来世的想象。

从《礼记·郊特牲》中所谓"魂气归于天，形魄归于地"的说法可知，古代中国人认为，肉体的死亡并不意味着生命的终结，而是生命形式的转化，人死后将以魂魄的形态存在，并前往另一个世界开始新生活。基于这个理由，一系列复杂的灵魂观念得以产生。据余英时的考察发现："脱离肉体的灵魂具有和活人一般的意识，这一观点早已隐含在商周时期的祭祀活动中了。"② 巫鸿则根据仰韶文化陶瓮棺上钻有一个可供灵魂出入的圆孔及曾侯乙墓漆棺上有意绘制和开设的窗户等新的考古发现，主张将灵魂离开身体而独立存在的观念提前至公元前5世纪。③

由于魂魄二分观念的影响，古人相信人死后灵魂除可脱离肉体，并可前往另一世界开始新的生活，即所谓的"人死精神升天，骨骸归土，故谓之鬼"④。但鬼魂有时亦会杂居人世间，滞留在生时所处的附近⑤，或尸体所在的地方，以及后来的墓地及祠堂。据汉代流行的送葬曲《蒿里》歌云："蒿里谁家地，聚敛魂魄无贤愚。鬼伯一何相催促，人命不得少踟蹰。"⑥ 可知，墓地也是人死后魂魄聚敛的地方或活动的另一空间。人们在希望能提供给死去的亲人一个更为适意生活环境的动机下，自史前时期，即可见以饮食及各种日常用品随葬于墓中的习俗。大概自东周中期开始，各种日常生活的实用器具以及各种代表舒适生

---

①参〔澳〕柳存仁：《中国思想里天上和人间理想的构思》，原载香港中文大学《中国文化研究所学报》1996年新第五期，后见柳存仁讲演：《道教史探源》，北京：北京大学出版社，2002，第137—190页。

②余英时：《中国思想传统的现代诠释》，台北：联经出版事业有限公司，1987，第378页。

③巫鸿：《超越"大限"——苍山石刻与墓葬叙事画像》，见《礼仪中的美术：巫鸿中国古代美术史文编》（上卷），郑岩、王睿、李清泉等译，北京：生活·读书·新知三联书店，2005，第207页。

④〔东汉〕王充：《论衡》，上海：上海古籍出版社，1990，第199页。

⑤如《史记·高祖本纪》载："（高祖）谓沛父兄曰：'游子悲故乡。吾虽都关中，万岁后吾魂魄犹乐沛。'"可知汉高祖相信，人死后魂魄仍可游走于人世间。

⑥〔宋〕郭茂倩：《乐府诗集》，北京：中华书局，1979，第398页。

活的偶人及车马居室等明器，亦经常出现于墓室中。到了战国末期，更形成了一种模仿生人居宅的墓葬形式，如前面所说的《史记》所记秦始皇的骊山陵玄宫便是"以水银为百川江河大海，机相灌输，上具天文，下具地理"。可知至迟在公元前3世纪，秦始皇已将他的地下墓室营建成一个微观的宇宙。

及至汉代，据余英时的研究以为，人们已渐接受死亡是不可避免的终点，但也相信死后可以在地下世界延续世间的生活。由一些西汉早期墓葬出土物更可以发现，在当时人的观念中，这个地下世界可能亦有与人间相当的社会组织。如在约当西汉文帝时的湖北江陵凤凰山10号墓中便出土了两份"告地书"木椟，当中便有这样的句子：

四年后九月辛亥，平里五夫伥（张）偃敢告地下主：偃衣器物所以蔡（祭）具器物，各令会以律令从事。①

十三年五月庚辰，江陵丞敢告地下丞，市阳五夫，燧少言与大奴良等廿八人，……骑马四匹，可令吏以从事，敢告主。②

此外，在与以上两件木椟年代相近的长沙马王堆3号墓出土的木椟中则有如主藏君、主藏郎中等与地上世界官僚组织相近的地下官僚组织。③ 到了东汉，在一些镇墓文中更出现了如地下二千石、丘丞、墓伯、伍长、父老等官衔的名称④，可知是一种人们将地上的社会制度复制到想象的死后世界。

又，在当时的一些镇墓文中还会出现这样的内容：

今日吉良，非用他故，但以死人张敬叔，薄命蚤死，当来下归丘墓。黄神生五岳，主死人录，召魂召魄，主死人籍，生人死高台，死人归，深自狸，眉须以落，下为土灰。今故上复除之药，欲令后世无有死者。上党人参九枚，欲持代生人。铅人，持代死人。黄豆瓜子，死人持给地下赋。立制牡厉，辟除土咎，欲令祸殃不行。传到，约敕地吏，勿复烦扰张氏之家，急急如律令。⑤

①裘锡圭：《湖北江陵凤凰山十号汉墓出土简牍考释》，载《文物》1974年第7期，第49页。

②纪南城凤凰山一六八号汉墓发掘整理组：《湖北江陵凤凰山一六八号汉墓发掘报》，载《文物》1975年第9期，第4页。

③湖南省博物馆、中国科学院考古研究所：《长沙马王堆二、三号汉墓发掘简掘简报》，载《文物》1974年第7期，第43页。

④池田温：《中国历代墓券略考》，载《东洋文化：研究所纪要》1981年第86期，第272页no.5，第215页no.7，第221页no.16，第273页no.6、no.7。

⑤池田温：《中国历代墓券略考》，载《东洋文化：研究所纪要》1981年第86期，第373页no.6。

这里以黄豆瓜子持给地下官府充为赋税，可知，在当时人的认知里，地下世界应与人世间是相同的，所以往往会将世间的生活模式复制到死后的世界。

汉代社会厚葬成风，而大概到了西汉时，墓葬已有宅第化的倾向。① 由于中国自古即有于宫室绘制壁画的传统，在人们希望能提供给死去的亲人一个更为适意生活空间的动机下，于是渐渐开始出现在墓室中模仿活人居室绘制壁画的情形。如汉代的孔耽在为自己建墓上祠堂时，即这样道出自己的意图："观金石之消，知万物有终始；图千载口洪虑，定吉兆于天府。目睹工匠口所营，心欣悦于所处。"② 由此可知，给死后的灵魂布置心欣悦的居所，是墓室中画像创作的主要目的。

虽然，人们透过墓室棺椁的营造、画像的刻绘，以及生器和明器的陪葬，其目的是为死者建构一个理想的来世生活环境，但据巫鸿的研究发现，在汉代以前，"理想的来世看来不过是生活本身的镜像（mirror image）"③，是一种通过模拟和美化现实而为死者提供的理想家园（ideal homeland）艺术④。他认为，这类作品的主导动因是一种源于对陌生世界的恐惧和躲避的恋家情结⑤。因此，理想家园往往只是一种对现实家园的模拟和美化⑥，并非某些学者所想象的天堂。⑦

但大约到了西汉中期以后，随着神仙思想的开始流行，人们对于灵魂的归宿开始有了不同的想象。从考古的材料来看，巫鸿等人认为，如马王堆 1 号墓朱漆内棺前部（图109）及左侧面（图110）所绘的山形图像⑧、金雀山9号墓帛

---

①俞伟超：《汉代诸侯王与列侯墓葬的形制分析：兼论"周制"、"汉制"与"晋制"的三阶段性》，见《先秦两汉考古学论集》，北京：文物出版社，1985，第117页。

②〔宋〕洪适：《隶释》，北京：中华书局，1986，第6806页。

③这种理解在《荀子·礼论》中表述得最为明确。王先谦集解：《荀子集解·礼论》，北京：中华书局，1988，第366页。

④巫鸿：《四川石棺画像的象征结构》，见《礼仪中的美术：巫鸿中国古代美术史文编》（上卷），郑岩、王睿、李清泉等译，北京：生活·读书·新知三联书店，2005，第176—178页。

⑤巫鸿：《四川石棺画像的象征结构》，见《礼仪中的美术：巫鸿中国古代美术史文编》（上卷），郑岩、王睿、李清泉等译，北京：生活·读书·新知三联书店，2005，第176—178页。

⑥巫鸿：《汉代艺术中的"天堂"图像和"天堂"观念》，见《礼仪中的美术：巫鸿中国古代美术史文编》（上卷），郑岩、王睿、李清泉等译，北京：生活·读书·新知三联书店，2005，第245页。

⑦巫鸿：《四川石棺画像的象征结构》，见《礼仪中的美术：巫鸿中国古代美术史文编》（上卷），郑岩、王睿、李清泉等译，北京：生活·读书·新知三联书店，2005，第176—178页。

⑧高莉芬以为，在马王堆1号汉墓的朱漆内棺正侧面，神山位于整个画面的正中央，有三峰之造像，其中一主峰为最高，神山具有层级性，空间布置属垂直式的置景方式，与传世文献中昆仑三峰的垂直置景式的空间布局相合。加上《尔雅·释丘》的记载，因此垂直式置景的三峰神山，应属昆仑三峰无疑。高莉芬：《蓬莱神话：神山、海洋与洲岛的神圣叙事》，台北：里仁书局，2007，第137—138页。

图 109　马王堆 1 号墓朱漆内棺前部

图 110　马王堆 1 号墓朱漆内棺左侧板

画中于屋顶上的三座山峦形象等，可能都是一种仙境的象征。① 另在长沙砂子塘汉墓的漆棺上及稍晚的梁王墓壁画中，也已见到昆仑山的图形。② 由此可见，与文献记载相同，汉代人对死后灵魂的归处已有了不同的想象，天上世界除了有日、月外，还有各种仙山，且人们在原有的灵魂升天基础上，还加进了仙境的概念。

俞伟超对死后升仙观念的形成，提出"在先秦典籍中，升仙思想找不到明显踪迹。它只是到汉武帝以后，尤其是在西汉晚期原始道教发生以后，才日益成为人们普遍的幻想"③ 的看法。固然此一观点的成立与否尚待讨论，然由相关的文献记载，尤其是西汉时期的画像中，我们发现战国至西汉时期，死后升仙的观念仍为帝王、诸侯及巫觋等阶层所垄断，追求魂魄回归原点的去处还是一般墓葬的核心内容，如从西汉中期的洛阳卜千秋壁画墓和晚期的洛阳浅井头壁画墓的壁画内容来看，便已出现了天上诸神及墓主人遨游天庭的景象。此外，山东苍山的一座墓室画像石刻题记中，也有这样的一段文字：

> 元嘉元年八月廿四日，立郭（椁）毕成，以送贵亲。魂零（灵）有知，枰（怜）哀子孙。治生兴政，寿皆万年。薄（簿疏）郭中，观画后当。朱爵对游（仙）人，中行白虎后凤凰。中直柱，只（双）结龙，主守中〔溜〕辟邪央（殃）。……使女随后驾鲤鱼，前有白虎青龙车，后〔即〕被轮雷公君，从者推车。④

可知，墓室建造者希望墓主人在龙、凤、虎、玄武等仙禽异兽的引导下，飞升到有风雷雨电的天上世界。这实与如南阳市卧龙区麒麟岗汉画像石（图62）以中央的天帝为中心⑤，四周以青龙、白虎、朱雀、玄武代表四方的构图，则有很大的差别。

---

①巫鸿：《汉代艺术中的"天堂"图像和"天堂"观念》，见《礼仪中的美术：巫鸿中国古代美术史文编》（上卷），郑岩、王睿、李清泉等译，北京：生活·读书·新知三联书店，2005，第246页。

②湖南省博物馆：《长沙砂子塘西汉墓发掘简报》，载《文物》1963年第2期，第13—24页。河南省商丘市文物管理委员会、河南省文物考古研究所、河南省永城市文物管理委员会：《芒砀山西汉梁王墓地》，北京：文物出版社，2001。阎道衡：《永城芒山柿园发现梁国国王壁画墓》，载《中原文物》1990年第1期，第34页。

③俞伟超：《马王堆一号汉墓帛画内容考》，见《先秦两汉考古学论集》，北京：文物出版社，1985，第156页。

④山东省博物馆、苍山县文化馆：《山东苍山元嘉元年画像石墓》，载《考古》1975年第2期，第126—127页；方鹏钧、张勋燎：《山东苍山元嘉元年画像石题记的时代和有关问题的讨论》，载《考古》1980年第3期，第271—272页。

⑤《中国画像石全集6·河南汉画像石》图版一二八说明称其为天帝。

巫鸿以为，在中国早期的艺术中，成仙和来世这两种概念并不相同。在汉代以前，仙的观念与逃避死亡的愿望密切相关，而来世思想则是定基于大限的另外一种概念，意即死亡标志着人在另一世界继续存在的开端。[①] 故成仙的企图和恋家的愿望是对立的，恋家情结源于对陌生世界的恐惧或躲避，成仙则必须是离家冒险。与灵魂的升天入地相较，升仙属于另一种观念信仰，灵魂的升天入地观念认为，人死后魂魄分离，"魂气归于天，形魄归于地"或"魂气无不止也"，故升天的不包括形体，而升仙追求的是一种不老不死的境界，即包括形体在内一同飞升仙界。[②]

巫鸿在对马王堆帛画的图像进行考察时更发现，在汉代墓葬艺术中，理想家园艺术与表现天堂或仙境的作品在艺术语言及宗教含义上都是大相径庭的。如前所论，理想家园是对现实家园的模拟和美化，只是现实家园属人间，理想家园属冥界。他并认为：

> 仙山或天堂从不模拟现实世界，而必须"超越"（transcend）或"异化"（alienate）现实世界。因此，当秦汉方士四处游说蓬莱仙岛的好处的时候，他们把这个"诸仙人及不死之药在焉"的天堂说成是一个超现实的神妙世界……

故天堂或仙境是非现实的世界。[③]

而诚如前面所言，在西汉中期以前，人们可能还没有形成死后升仙的观念，因此，一些早期墓葬艺术中所出现的日、月画像，可能也只是一种现实世界延伸的理想家园中日、月的模拟和美化，故它仍是一种具自然属性的日、月。当然，他们可能也深信美好而神秘的天界是由日、月及各种星宿所组成，所以才

---

①巫鸿：《超越"大限"——苍山石刻与墓葬叙事画像》，原载《南京艺术学院学报》2005 年第 1 期；见《礼仪中的美术：巫鸿中国古代美术史文编》（上卷），郑岩、王睿、李清泉等译，北京：生活·读书·新知三联书店，2005，第 207 页。

②赵化成：《汉墓壁画的布局与内容——兼论先秦两汉死后世界信仰观念的变化》，见许倬云、张忠培主编：《中国考古学的跨世纪反思·下》，香港：商务印书馆，1999，第 443—444 页。巫鸿则以为，在中国早期宗教与艺术中，升仙和来世是两种不同的概念。一般人多认为，可借由导引、修炼，或寻访如蓬莱或昆仑等不死之境而延长生命。求仙的活动多为生时，而非死后。

③巫鸿在论述汉代艺术中的"理想家园"和"天堂或仙境"两种不同的空间观时，将汉代壁画与画像石中的山峦分为"真实风景"与"非现实"两类。前者层叠起伏、林山茂密，其中还穿插着现实生活人民耕作或采盐的图像，是一幅"理想化的真实风景"，是"理想家园"的组成部分，表示画面所在为人间；后者的造型要素"并非取自现实风景，而是来源于多种非写实性传统造型，包括图形文字，与仙道有关的动植物，或抽象装饰图案"，表示画面为仙界，属于"非现实"或"超现实"的仙山。巫鸿：《汉代艺术中的"天堂"图像和"天堂"观念》，见《礼仪中的美术：巫鸿中国古代美术史文编》（上卷），郑岩、王睿、李清泉等译，北京：生活·读书·新知三联书店，2005，第 245—246 页。

会在墓室中不断地出现这种天空的画像，希望能因此获得生命的永恒并借此转世重生。因此，汉代墓室中的日、月天文图，其作用可能是通过模拟物性的天空，把黑暗的墓室转化成一光明宇宙。

但大约到了东汉以后，由于社会上弥漫着一股对升仙与追求长生不死的强烈愿望，许多人往往在生时汲汲于访仙求药、炼丹修炼，以求长生不死；即便死后也向往能永登西王母的昆仑神山或蓬莱仙岛①。在这样的社会氛围与群众心理期待下，人们因此重新定义天的意涵，反映在墓室的装饰中，则是对于墓室小宇宙中天的描绘不再受限于对于自然天的模拟，反而更多地以对天上世界的想象来理解墓室的天空。

因此，从西安交通大学西汉中期墓墓顶壁画所绘的近乎写实的天文图，到如山东安丘画像石墓这类东汉晚期充满各种神怪的墓顶，我们可以发现，这些天文图非现实的成分愈来愈多，以四川简阳鬼头山 3 号石棺的一组画像（图111）及配置为例，石棺除后档头为伏羲、女娲及玄武、朱雀外，左侧壁板则刻有三组画像，画面的中部刻一高耸的阙门前立着一位双手捧盾的人物，阙门上方刻"天门"二字题记。过去，许多的研究者多以为四川汉代画像中出现的许多双阙，是天国的入口——天门的象征②，而"双阙的图像象征着死者去往神灵世界的大门"③，据此可知左侧壁板所刻的是死者已进入天上世界或仙界的象征。而画面的右侧则为一座上有望楼的干栏式建筑，右上方刻有"大（太）仓"二字题记，应是寓意墓主在仙境中仓廪充实、丰衣足食。画像中间则刻有一对人首鸟身、腹部刻日轮和月轮，且中有榜题"日月"二字④，四周则有白雉、离利等具有辟除不祥、驱除恶鬼、守护墓主作用的图像，右侧及下方则有仙人陆博、仙人骑鹿和"柱铢"神树等图像，罗二虎将此图定名为"仙境图"。⑤

---

①西王母与昆仑山神话原本为两个独立的神话系统，只是在西汉以后逐渐靠拢，于东汉正式结合为一个系统。巫鸿：《汉代道教美术试探》，见《礼仪中的美术：巫鸿中国古代美术史文编》（下卷），郑岩、王睿、李清泉等译，北京：生活·读书·新知三联书店，2005，第 464 页。

②张勋燎：《重庆巫山东汉墓出土西王母天门画像棺饰铜牌与道教——附说早期天师道的主神天帝》，见安田喜宪主编：《神话　祭祀与长江文明》，蔡敦达等译，北京：文物出版社，2002，第 165 页。赵殿增、袁曙光：《"天门"考——兼论四川汉画像砖（石）的组合与主题》，载《四川文物》1990 年第 6 期，第 3—11 页。

③巫鸿：《四川石棺画像的象征结构》，见《礼仪中的美术：巫鸿中国美术史文编》（上卷），北京：生活·读书·新知三联书店，2005，第 171 页。

④中国画像石全集编辑委员会编：《中国画像石全集 7·四川汉画像石》，郑州、济南：河南美术出版社、山东美术出版社，2000，第 78 页图 97—99。

⑤罗二虎：《汉代画像石棺》，成都：巴蜀书社，2002，第 72 页。

左侧壁板

右侧壁板

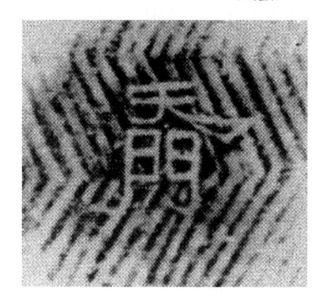

"天门"榜题

图 111　四川简阳鬼头山 3 号石棺画像

由以上四川简阳鬼头山 3 号石棺的画像内容及配置大致可以证明，日神与月神的形象到了东汉中晚期的四川地区，可能已成为仙境的一种象征，并由实际的作为墓室的天空象征转换成为汉代升仙图式中天堂的象征。

约翰·伯格（John Berger，1926—　）在《观看的方式》一书中说：

> 我们的知识和信仰会影响我们观看事物的方式。中世纪的人们相信地狱是一种有形的存在，因此他们眼中的火景必定具有某种不同于今日的义涵。然而他们对地狱的观念除了与被火灼烧的痛苦经验有关之外，有很大一部分也来自于火焰燃烧之后留下灰烬的视觉景象。……我们注视的从来不只是事物本身；我们注视的永远是事物与我们之间的关系。[①]

图案是一种以视觉为媒介的艺术，而当欣赏者看到一种特定的视觉艺术类型时，某种期待和欣赏能力的模式就会被触发，观者便会试图依据他所掌握的对这种类型的期待值和欣赏能力去理解其内涵及评价其审美趣味。

综上可知，图像的意义在不同的时代或文化里不能被视为是固定的、稳定的或者众口一词的。同时，欣赏主体本身也不是一个已完成的实体，他是被生产出来的，是被复杂的、尚未完成的社会心理过程生产出来的。许多的研究也证明，一个社会的认知标准，又往往与那个社会的个体成员处于一种相互辩证的关系。当这些个体成员们在不断适应这个标准时，往往又改变了它们，并使其与自身融合。此一过程，将有助于既作为一个个体又作为一个群体中的一员的个人，去附从一些主导的观念或隐喻。因此，两汉时期的人们对日、月相关神话所投入的情感应是复杂而多重的，它既带有对天文的理解及对宇宙图式的模拟，同时更有反映当时社会文化、风俗信仰的阴阳和谐观及对美好彼岸世界追求的愿望。

---

①〔英〕约翰·伯格：《观看的方式》，吴莉君译，台北：麦田出版社，2005，第 11 页。

第五章　日、月神话于两汉的变貌
——以图像为考索依据

诚如前述，日中有乌及月中有蟾、兔、桂树的神话，不但起源甚早，且普遍地为两汉时期的人们所崇信，相关的图像更被大量地运用在汉代的墓室中，并与两汉时期的思想、信仰密切相关。然而，特别值得注意的是，自汉代以后，一直到现在，人们却多认为日中的乌鸟为三足乌，月中的兔是捣药玉兔，且到了后来，还出现了月中有吴刚日复一日地砍伐着斫之复生的桂树，以及蟾蜍是嫦娥窃不死药后奔月所化等说法。

从前面第三、四章的叙述可知，在许多西汉以后的墓室画像中，即已出现日中有三足乌、月中有捣药玉兔的形象。另在一些传世文献的记载中也开始出现了嫦娥奔月后化为蟾蜍，以及吴刚伐桂传说的雏形。然而，为何到了两汉以后会产生这样的变化？笔者在大量披检了两汉时期的相关记载后，却未能得到合理的答案。文献虽不足征，所幸，丰富的汉代画像材料却提供了一些难能可贵的线索，故本章将以汉代画像中丰富的图像材料为主要依据，追索关于日中三足乌及月中捣药玉兔神话传说的产生。尤其是原来日中的金乌与月中的兔子，为何到了汉代以后，变成了三足乌及捣药玉兔，希望能借此以探讨神话传说因社会文化的变迁而产生的变异的原因，以及在神话传说流播的过程中，如何去借用与复合其他神话传说的人物或情节，以使其更能符合社会群体期待的现象。

第一节　太阳与神鸟
——关于日中三足乌神话的出现

一、从金乌到三足乌

原始的"日载于乌"及"日中有乌"的说法，大约到了西汉末期以后，又开始出现了日中之乌为三足乌的说法。刘向在《五经通义》中说：日中有三足乌。[1]

---

①〔唐〕欧阳询撰，汪绍楹校：《艺文类聚》，上海：上海古籍出版社，1999，第4页。

东汉高诱在为《淮南子·精神训》中的"日中有踆乌"作注时，也以为"踆，犹蹲也，谓三足乌"①。

此外，两汉时的人们更以当时流行的阴阳学说来解释日中的三足乌，以为"三"为阳数，因日被视为阳精之宗，故配以三足乌。如汉代的纬书《春秋元命包》以为：

阳成于三，故日中有三足乌，乌者，阳精。

阳数起于一，成于三，故日中有三足乌。②

另如《后汉书·天文志》刘昭注引张衡《灵宪》则曰：

日者，阳精之宗。积而成乌，象乌而有三趾。阳之类，其数奇。③

当时许多的纬书中也有不少相类似的记载，甚至还有将三足乌视为祥瑞的代表。④

虽然，如前所述，太阳鸟的神话普遍存在于世界上许多民族的原始神话中，可能与早期人类在观察太阳的运行与鸟的作息规律有关，惟为何在中国两汉以后的神话中，用来象征太阳的神鸟，又多了一只脚，成了有三条鸟腿、怪谲之态的三足乌，则是颇令人费解的！

其实，早在东汉之际，具批判性的思想家王充即已对日中三足乌之说的真实性提出了质疑。他在其《论衡·说日》中便对"儒者曰：'日中有三足乌，月中有兔、蟾蜍'"这样的说法，提出了"审日不能见乌之形，通而能见其足有三乎？此已非实"⑤的诘难。伴随着现代神话学的崛起，日中三足乌更成了神话学研究者们热衷讨论的话题。诚如第二章所言，在历来研究者对此一神话的相关解释中，即有所谓的太阳黑子说、联合图腾制度说、日与鸟运行规律相近说、同为丰饶与多产之象征说及男性生殖崇拜说等各种说法。

然而，若从目前已见的出土文物材料来看，在许多时代较早的汉代墓葬出土画像中，包括前引湖南长沙马王堆1号汉墓帛画（图18）、3号墓帛画（图19）、山东临沂金雀山9号墓帛画（图29），以及大部分的西汉时期壁画及画像石中，日中的乌鸟大多是只有两只腿的飞翔金乌，而非三足乌。如在属西汉时期的洛阳卜千秋西汉墓脊顶壁画中，伏羲身旁的圆形涂朱色太阳内，便是一只

①袁珂校注：《山海经校注》，上海：上海古籍出版社，1980，第355页。

②〔宋〕李昉等奉敕撰：《太平御览》，台北：台湾商务印书馆，1997，第144页。

③〔刘宋〕范晔撰，〔唐〕李贤等注，〔晋〕司马彪补志：《后汉书》，北京：中华书局，1965，第3215页。

④如《艺文类聚》卷九十九引纬书《春秋运斗枢》曰："维星得则日月光，乌三足，礼仪修，物类合。"又，卷九十二引《春秋元命包》云："火流为乌，……阳精，阳天之意。"

⑤黄晖：《论衡校释》，北京：中华书局，1990，第502页。

飞翔的黑色乌鸟。另，同属西汉时期的洛阳浅井头壁画墓、洛阳烧沟 61 号壁画墓中的日中之乌，也都是做飞翔状的金乌而非三足乌。还有属新莽时期的河南偃师辛村壁画墓主室前隔梁壁画中伏羲所捧的日轮，以及洛阳北郊石油站壁画墓中穹隆顶东部所绘擎日女子双手高举的红色日轮中，所绘的都是飞翔的金乌。即使到了东汉初期，如山东孝堂山郭氏祠堂隔梁底画像石南段所刻的日轮中亦是飞翔的金乌。

以下兹就汉代画像中日中出现金乌者列表如下：

汉画像"日中金乌、阳乌"分布一览表

年代	地域及名称	年代	位置	形象	出处
西汉	湖南长沙马王堆 1 号墓帛画	西汉初		T 形帛画，最上层左有一弯月，月中有蟾、兔；右上为日，日中有金乌	《长沙马王堆一号汉墓》，第 6 页
	湖南长沙马王堆 3 号墓帛画	西汉		T 形帛画，最上层左有一弯月，月中有蟾、兔；右上为日，日中有金乌	《文物》1974 年第 7 期，第 40、44 页
	山东临沂金雀山 9 号汉墓	西汉		帛画的最上部是内有金乌的日轮和内有蟾蜍的月轮图像	《文物》1977 年第 11 期，第 25—26 页
	河南洛阳卜千秋壁画墓	西汉昭宣时期	墓脊顶	伏羲戴冠，下身蛇尾上翘，前有太阳，内有一金乌；女娲高髻垂发，下身蛇尾上翘，前有月轮，内有蟾蜍、桂树	《文物》1977 年第 6 期，第 1—12 页
	河南洛阳浅井头壁画墓	西汉	墓脊顶	伏羲戴冠，人身蛇尾上翘，前有太阳，内有一金乌；女娲高髻垂发，人身蛇尾，前有月轮，内有蟾蜍、桂树	《文物》1993 年第 5 期，第 1—16、97—100 页
	河南洛阳烧沟 61 号壁画墓	西汉	墓脊顶	伏羲戴冠，下身蛇尾上翘，前有太阳，内有一金乌；女娲高髻垂发，人身蛇尾，前有月轮，内有蟾蜍、桂树	《考古学报》1964 年第 2 期，第 125、235—241 页

年代	地域及名称	年代	位置	形象	出处
新莽	河南唐河电厂画像石	东汉早期		在陶仓盖顶部卧一金乌，象征太阳	《中原文物》1982 年第 1 期，第 9—15、69—71 页
	河南偃师辛村壁画墓	新莽时期	主室前隔梁	伏羲、女娲戴冠，手捧日、月，日中有金乌，蛇尾穿绕于方相氏的两臂上	《文物》1992 年第 12 期，第 34—36 页
	陕西西安交大附小壁画墓	新莽时期	墓室顶	色彩斑斓的圆形天文图，外圈为具有图像的二十八星宿，内圈有流云、日、月，日中有金乌，月中有蟾蜍	《西安交通大学西汉壁画墓》，第 24 页
	河南洛阳金谷园壁画墓	新莽时期	前室顶	前室绘日象图，后室绘月象图。日中有金乌	《洛阳汉墓壁画》，第 105—120 页
	江苏盱眙汉墓	新莽时期	棺盖顶板	左方为阳乌负日，周围分布比较小的圆日，上方刻一人疾奔；右方为月、蟾蜍、玉兔	《考古》1979 年第 5 期，第 412—426、483—486 页
	江苏泗洪重岗石椁	新莽时期	隔室用壁板	上层各刻有日、月，日中有三只飞翔金乌，月中有桂树、蟾蜍	《考古》1986 年第 7 期，第 40—48 页
东汉	河南南阳英庄画像石	东汉早期	前室盖顶石	一阳乌背负日轮展翅飞翔，象征太阳，周围有八个小圆	《中国画像石全集6》，图 172
	河南南阳王寨画像石	东汉早期		一幅彗星图，画像西边刻有背负日轮的一只阳乌，东边刻一满月，月中有蟾蜍	《中原文物》1982 年第 1 期，第 16—20、72—73 页

231

年代	地域及名称	年代	位置	形象	出处
东汉	河南洛阳北郊石油站壁画墓	东汉早期	中室穹隆顶	伏羲擎月居西，女娲擎日居东，日中有金乌，月中有兔与蟾蜍	《考古》1991年第8期，第713—721、768页
	山东孝堂山郭氏石祠	东汉章帝	隔梁底	画像日月星图像。分为南北二段。南段刻一日轮，日中有金乌	《中国画像石全集1》，第22—28页
	重庆沙坪坝石棺之一	东汉和帝元兴元年	棺头	伏羲戴山形帽，左手持规，颈两侧各一羽毛状物，右手擎日，日中金乌；躯间生二爪	《金陵学报》第8期，第7—16页
	陕西神木县大保当3号墓画像石	东汉中前期	顶心石	方形，四边饰卷云纹，左上有金乌及日，右下残，应为月轮	《陕西神木大保当汉彩绘画像石》，图29
	陕西米脂2号画像石墓	东汉中期	门框两侧上部	伏羲、女娲相对而列，皆着冠服，人首蛇身，手捧日、月，日、月中用黑线分别画金乌和蟾蜍	《文物》1972年第3期，第69—73页
	陕西米脂党家沟画像石墓	东汉	门楣	画面中间有一楼，角脊上停立象征日、月的金乌、蟾蜍	《中国画像石全集5》，图46
	陕西米脂画像石墓	东汉	门楣	左、右格中分别为日、月，日、月内为金乌、蟾蜍	《中国画像石全集5》，图63
	陕西绥德画像石墓	东汉	门楣	残，左上角一日轮，内有金乌	《中国画像石全集5》，图122
	陕北绥德画像墓	东汉中后期	墓门楣	左、右两端有日、月，日中有金乌，月中有蟾蜍。画面左边有西王母，左、右各一人持便面跪侍，右侧另有一羽人持仙草跪奉。旁有三足乌、九尾狐、两捣药玉兔	《中国画像石全集5》，图153

年代	地域及名称	年代	位置	形象	出处
东汉	陕西神木县大保当画像石	东汉中后期	门楣	左、右两端分别刻月轮和日轮，月轮施白彩，内刻蟾蜍；日轮施红彩，内刻金乌，身施金彩	《中国画像石全集5》，图218
	陕西神木县大保当画像石	东汉中后期	门楣	左、右两端分别刻月轮和日轮，月轮施白彩，内刻爬行蟾蜍；日轮涂红彩，内刻飞翔金乌，身涂黑彩	《中国画像石全集5》，图224
	陕西神木县大保当画像石	东汉中后期	门楣	画面分上、下两层，上层刻西王母、捣药玉兔、羽人僮仆及神鸟等；左、右两端则分别刻月轮和日轮。月轮内涂白彩，内刻爬行蟾蜍，身涂三绿；日轮涂红彩，内刻飞行金乌，身涂黑彩	《中国画像石全集5》，图225
	河南南阳十里铺画像石	东汉晚期	前室东盖顶石	刻有一只阳乌，阳乌身体内刻圆形表示日轮，阳乌的翅尾张开，象征阳乌载着太阳运行	《文物》1986年第4期，第48—63页
	河南南阳丁凤店画像石	东汉		画面为星象图。左为背负日轮之阳乌	《中国画像石全集6》，图112
	河南南阳宛城画像石	东汉		分为上、下两组，上组右刻阳乌负日，左刻一阳乌，背负一内有蟾蜍之月轮，为日月合璧图	《中国画像石全集6》，图160
	河南洛阳壁画空心砖	东汉		伏羲日象图，伏羲尾上托着一轮红日，日轮内绘一只飞翔的金乌和一株青叶神树	《文物》2005年第3期

年代	地域及名称	年代	位置	形象	出处
东汉	山东临沂白庄画像石	东汉晚期		伏羲人身蛇尾，执规，身上一圆轮，中有金乌、九尾狐；身旁有羽人，内有玉兔、蟾蜍，下部大树，上有鸟，下有人	《山东汉代画像石选集》，图372
	山东济南市大观园画像石	东汉		莲花、日、月画像，日中有金乌	《中国画像石全集2》，图164
	山东泰安市大汶口画像石	东汉	后室后壁画像	画面由界栏分为三格，左、右两格内各刻一方框，左框内刻日轮，轮内有蟾蜍捣药；右框内刻日轮，轮中有金乌	《中国画像石全集3》，图210
	安徽淮北画像石	东汉	墓室顶盖	日、月画像，日轮内有一只金乌，月轮内有蟾蜍、玉兔捣药	《中国画像石全集4》，图188
	江苏徐州铜山苗山画像石	东汉	前室前壁墓门东侧	上方刻金乌旭日，一旁有熊首人身体生羽翼的仙人	《中国画像石全集4》，图50
	徐州青山泉白集汉画像石	东汉		东壁北刻石的上格刻阳乌一只以象征太阳，阳乌身呈圆形，两翼张开，阳乌作三头	《考古》1981年第2期，第137—150、202页
	徐州东汉画像石	东汉		伏羲、女娲图浮雕，伏羲居左，着冠，左手举一鸟，当为金乌；右为女娲，女娲戴胜	《文物》1996年第4期，第28—31页
	陕西靖边寨山村画像墓	东汉	门楣	两端上部为日、月，之下分别为金乌和玉兔捣药	《中国画像石全集5》，图231
	陕西旬邑百子村1号壁画墓	东汉	前室顶	四灵兽、日中金乌、月中蟾蜍、云气	《考古与文物》2002年第3期

年代	地域及名称	年代	位置	形象	出处
东汉	甘肃民乐八卦营2号墓	东汉	前室券顶东、西壁	绘有云气图，云气间有腾飞的青龙、人首蛇身的女娲及日、月，日中绘含食疾飞的金乌，月中绘蟾蜍及持杵的捣药兔	《中国文物报》1993年5月30日
	甘肃民乐八卦营3号墓	东汉	前室覆斗顶	东面绘有一日，内有疾飞的金乌；西面绘一月，月中有蟾蜍及持杵的捣药兔	《中国文物报》1993年5月30日
	重庆沙坪坝石棺	东汉和帝元兴元年	棺头	伏羲戴山形帽，左手持规，颈两侧各一羽毛状物，右手擎日，日中有金乌，躯间生二爪	《金陵学报》第1、2期合刊，第7—16页
	重庆盘溪无铭阙	东汉晚期		伏羲、女娲人首蛇身擎日月圆轮，日中有金乌，月中有蟾蜍	《金陵学报》第8期，第7—16页
	合川画像石墓	东汉献帝初平三年至建初十九年		后室门，右门柱正面伏羲为人首蛇身，袍服两首间生蛇尾，双手捧日，日中有金乌	《巴蜀汉代画像集》，图352
	四川中江天平梁子崖墓	东汉晚期		伏羲擎日，日中有金乌	《巴蜀汉代画像集》，图351
	四川成都市郊画像砖	东汉晚期		伏羲左手执规，右手举日，日中有金乌；女娲右手执矩，左手举月，月中有蟾蜍、桂树	《巴蜀汉代画像集》，图355
	璧山云坪乡水井湾崖墓日神画像砖	东汉		羽人，腹部有一圆轮，轮中有金乌	《中国画像砖全集1》，图167
	四川彭州市太平乡日神画像砖	东汉		羽人，腹部有一圆轮，轮中有金乌，应为日神	《中国画像砖全集1》，图169

年代	地域及名称	年代	位置	形象	出处
东汉	四川邛崃花牌坊日神画像砖	东汉		羽人，腹有一圆轮，轮中有金乌，轮外有七星相衬	《中国画像砖全集1》，图171
	四川彭州义和乡日神画像砖	东汉		日神，人首鸟身，有羽，胸有圆轮，轮中有金乌	《中国画像砖全集1》，图173
	四川成都市郊画像砖	东汉晚期		伏羲、女娲人首蛇身，手执规矩、日、月，日中有金乌，月中有蟾蜍	《巴蜀汉代画像集》，图355
	四川崇庆画像砖墓	东汉晚期		伏羲左手执规，右手举日，日中有金乌；女娲右手执矩，左手举月，月中有蟾蜍、桂树，皆人首蛇尾	《四川汉代画像砖艺术》，图170
	四川郫县新胜1号砖室墓石棺	东汉晚期	棺头	伏羲、女娲人首蛇身，各举日、月轮，日中有金乌，月中有兔，日、月间有一羽人	《考古》1975年第8期，第63页
	四川郫县新胜5号墓石棺	东汉晚期	棺头	伏羲、女娲人首蛇身，各举日、月轮，日中有金乌，月中有玉兔，日、月中间有一羽人	《考古》1979年第6期，第495—503页
	四川简阳鬼头山3号石棺	东汉晚期	石棺左侧	左侧有二对衬羽人，榜题作"日月"，人首鸟身戴羽冠，腹部均有圆轮。一轮中有金乌，是日之象征；一轮中有桂树、蟾蜍，是月之象征	《四川文物》1988年第6期，第65页
	四川简阳鬼头山4号石棺	东汉晚期	后档	左刻一梅花鹿，头上有双角，右一羽人，人首鸟身，腹部有一圆轮，轮中似金乌	《四川汉代石棺画像集》，图102

年代	地域及名称	年代	位置	形象	出处
东汉	四川新津画像石	东汉晚期		伏羲、女娲交尾，分别托日、月，日中有金乌，月中有蟾蜍，另一只手举巾带	《四川汉代雕塑艺术》，图48
	四川新津县堡子山崖墓1号石棺	东汉晚期	棺头	伏羲、女娲交尾，各托一圆轮，日中有金乌，月中有蟾蜍，另一只手举巾带	《汉代绘画选集》，图32
	四川泸州5号石棺	东汉晚期		伏羲、女娲两尾相交，手持巾带；伏羲一手托日轮，日中有金乌；女娲一手执托月轮，两月中物不明	《四川汉代石棺画像集》，图161
	四川泸州12号石棺	东汉晚期		伏羲人首蛇身，戴山形冠，一手执金乌日轮，一手执似币状物	《四川汉代石棺画像集》，图177
	璧山3号石棺	东汉		伏羲、女娲交尾，分别托日、月，日中有金乌，月中有蟾蜍	《中国画像砖全集1》，图168
	四川内江白马石棺	东汉晚期	棺右侧	左伏羲戴山形冠捧日，日中有金乌，右女娲高髻饰羽捧月	《中国画像砖全集1》，图148
	四川彭州等地收集汉画像石	东汉晚期		有羽人日神画像砖，日神人首鸟身，胸负圆轮，轮中绘有金乌	《考古》1987年第6期，第533—537、582—583页

由以上的整理可以发现，在西汉以前，作为太阳象征的乌多为做蹲踞状或飞翔状的两足乌，日中并无三足之乌。

237

大约要到了西汉晚期，汉画像中才开始出现日中三足乌的形象。从今可知见的汉画像材料来看，较早的日中三足乌形象为西汉末至新莽时期的河南唐河针织厂出土的一块画像石（图112），画像的太阳中出现了三足乌，月中则有蟾蜍。① 另一在山东枣庄出土的东汉早期画像石（图113），画面分为两格，左格为太阳，内刻一三足乌及一九尾狐②；右格则为月亮，内刻一兔一蟾蜍③。到了东汉以后，画像中也偶有日中为三足乌形象的出现，如河南南阳英庄汉画像石墓的日轮画像④，以及南阳辛店乡熊营画像石墓前室过梁下侧的日、月、星辰画像⑤，日中的乌都是三足乌。

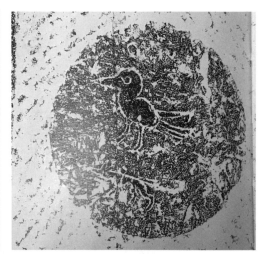

图112　唐河针织厂画像石　　　　　　　图113　山东枣庄东汉画像石

---

①周到、李京华：《唐河针织厂汉画像石墓的发掘》，载《文物》1973年第6期，第26—40页。图版采自中国画像石全集编辑委员会编：《中国画像石全集6·河南汉画像石》，郑州、济南：河南美术出版社、山东美术出版社，2000，第15页图版19。

②《中国画像石全集2·山东汉画像石》图版说明以为是一犬，然据笔者的考察及推论，以为应为九尾狐。

③中国画像石全集编辑委员会编：《中国画像石全集2·山东汉画像石》，济南、郑州：山东美术出版社、河南美术出版社，2000，第137页图版145。

④南阳地区文物工作队、南阳县文化馆：《河南南阳县英庄汉画像石墓》，载《文物》1984年第3期，第25—27页。

⑤南阳市文物研究所：《河南省南阳县辛店乡熊营画像石墓》，载《中原文物》1996年第3期，第13页图26。

虽然大概从西汉末、东汉初的画像开始，日中已出现三足乌，然从东汉以后各墓室所见的相关画像却可发现，直至汉末，日中之乌大多仍是两足之乌，三足乌并不普遍。以下亦将笔者披检汉画相关图册所见日中三足乌画像列表如下。

汉画像"日中金乌、阳乌"分布一览表

年代	地域及名称	年代	位置	形象	出处
东汉	河南唐河针织厂画像石	东汉早期	北主室顶部	第二石左为白虎鼓目张口，昂首翘尾做奔驰状；右一日轮，内有三足乌	《中国画像石全集5》，图19
	山东枣庄西集镇画像石	东汉早期	室顶	画面分两格，左格为太阳，内刻一三足乌及一犬（九尾狐）；右刻一月，月中刻一兔一蟾	《中国画像石全集2》，图145
	山东邹城高李村汉画像石墓	东汉早中期		第一石中有羲和捧日图，太阳正中阴刻一只三足乌，下刻一人，人面兽身，长尾，着长袍，双手上举托日	《文物》1994年第6期，第24—30页
	山东安丘汉墓	东汉早、中期	前室封顶石中段	画像刻雷神出行图，有雷神、电母、风伯、雨师，右边刻一日轮，内有三足乌	《中国画像石全集1》，图137
	山东安丘汉墓	东汉早中期	中室封顶石	画面分为五组，自右第二组刻一日轮，内有三足乌、九尾狐	《中国画像石全集1》，图153
	陕西神木县大保当画像石	东汉中后期	门右立柱	伏羲，日中三足乌	《文物》1997年第9期，第1—2、26—35、97页
	河南南阳英庄画像石	东汉		日轮图一幅，日中有三足乌；月轮图一幅，月轮中刻有蟾蜍	《文物》1984年第3期，第25—37页

年代	地域及名称	年代	位置	形象	出处
东汉	南阳辛店画像石墓	东汉		前室过梁下侧日、月、星辰图中，左侧一圆轮，内有三足乌，为太阳	《中原文物》1996年第3期，第9—16、18页
	南阳汉画像石	东汉		三足乌图案，与月亮相对	《文物》2003年第4期
	河南永城堌上村2号墓	东汉	主室门扉	三足乌刻于日轮之中，日下刻苍龙	《中原文物》1983年特刊
	重庆盘溪无铭阙	东汉		伏羲、女娲举日、月，日中有三足乌，月中有蟾蜍	《巴蜀汉代画像集》，图356
	山东滕州官桥镇大康留庄出土	东汉晚期		画面上刻一月轮，月中有蟾蜍、玉兔，月轮外绕一龙，两侧为伏羲、女娲饲一大鸟，鸟背负日轮，内刻一三足乌	《中国画像石全集2》，第157页图165

从以上整理还可发现，西汉晚期至新莽时期以前，那些画于日中的乌鸟，几乎都是二足的，日中并没有三足的乌，到了东汉以后，日中的乌鸟才成了三足之乌。

二、三足乌：由西王母侍者到太阳神鸟

由以上的考察可知，至晚到了战国时期，乌虽然已成为日的一种象征，但至少在西汉晚期以前，日中的乌几乎都是两足的形象，并没有后世所谓的日中三足乌。至于三足乌是从哪里来的，从目前可见的传世文献记载和出土图像材料所提供的讯息可知，在早期的时候，它属于西王母的神仙世界。

从传世文献的记载来看，在汉代以前，并没有所谓三足乌的说法。至于三足乌的形象，或有学者主张早在新石器时代后期的大汶口文化遗址出土的陶鬶，以及属西周时期的陕西宝鸡茹家庄出土青铜器中，就已出现了似三足乌的形象。

图114　山东大汶口文化陶鬶　　　　　图115　陕西宝鸡茹家庄出土青铜器

（图114、图115）① 然据田兆元的考察认为，西周墓中出土的三足乌造型器其实是青铜雕塑为了稳定的一种设计，并非所谓的"三足乌"。②

从传世文献的记载来看，大约是两汉时期才出现三足乌的说法，且在较早的记载中，三足乌原为西王母的使者。按《山海经·海内北经》载："蛇巫之山，上有人操杯而东向立。一曰龟山。西王母梯几而戴胜杖，其南有三青鸟，为西王母取食。"《大荒西经》亦载："西有王母之山"，"有三青鸟"。③ 另外，《汉武故事》中则说："七月七日，上于承华殿斋。正中，忽有一青鸟从西方来，集殿前，上问东方朔。朔曰：'此西王母欲来也。'有顷，王母至，有二青鸟如乌，夹侍母旁。"④ 可知，三青鸟本来是西王母的取食者及使者。故如日人出石诚彦与李淞等研究者以为，三足乌可能是由为西王母取食的使者三青鸟演化而

①陕西宝鸡茹家庄的西周墓中出土了两件通高为15.5厘米、长21.4厘米的似三足乌青铜器。安立华通过对器物的比较，指出大汶口的一件陶鬶，与宝鸡茹家庄出土西周的三足乌造型器，对三足的安排相同。所以，盛行于大汶口文化晚期以及整个龙山文化时期的鸟形器陶鬶就是三足乌的象征。参宝鸡茹家庄西周墓发掘队：《陕西省宝鸡市茹家庄西周墓发掘简报》，载《文物》1976年第4期，第40页图66。安立华：《汉画像"金乌负日"图像探源》，载《东南文化》1992年第2期，第67—69页。

②田兆元认为，这样的设计是因为两条腿的鸟很难站稳，于是，雕塑艺术家便设计了一条腿稳定整个结构。参见田兆元：《中国神话里的三足乌：是男性崇拜的形象吗？》，http：//windfromsea.blogcn.com/diary，5107008.shtml，下载时间为2008年11月5日。

③袁珂校注：《山海经校注》，上海：上海古籍出版社，1980，第305—306、397、399页。

④参〔唐〕欧阳询撰，汪绍楹校：《艺文类聚》，上海：上海古籍出版社，1965，第1577—1578页。

成的。① 而到了汉代以后，三足乌便常作为西王母的使徒出现，如司马相如的《大人赋》中载有："吾乃令目睹西王母……亦幸有三足乌为之使。"② 此外，在很多汉代的画像中，也经常可发现三足乌与西王母一同出现的画面。如一块郑州出土的画像砖中即有羲和手捧三足乌立于西王母身旁③，而一块徐州的画像石中更有三足乌为西王母取食的形象。④

图116　洛阳西汉卜千秋墓室壁画：三足乌

在现可知见的文物中，最早可确定为三足乌的形象，大概是西汉中晚期的卜千秋壁画墓券顶左上方那位乘三头鸟妇女手中所捧的那只乌鸟。（图116）⑤ 虽然，历来研究者对于此一乘三头鸟妇女的身份认定不一，但大致都认为她似与西王母脱不了关系。⑥ 而在同一画面中，亦有一日，日中则有一只飞翔的金乌。（图121）据此可知，三足乌在较早的时候，并不是在太阳中，而是与西王母的神仙世界关系颇为密切。

在汉代的画像中，三足乌除了多出现在西王母的神仙世界中外，到了东汉时期，有时也会出

①〔日〕出石诚彦：《上代中国の日と月との説話について》，见《中国神话传说的研究》，台北：古亭书店，1969，第78—79页。李凇：《论汉代艺术中的西王母图像》，长沙：湖南教育出版社，2000，第53页。

②〔清〕严可均校辑：《全上古三代秦汉三国六朝文·全汉文》，北京：中华书局，1991，第244页。

③郑州市博物馆：《郑州新通桥汉代画像空心砖墓》，载《文物》1972年第10期，第41—48页。

④徐州市博物馆编：《徐州汉代画像石》，南京：江苏美术出版社，1985，图11。

⑤洛阳博物馆：《洛阳西汉卜千秋壁画墓发掘简报》，载《文物》1977年第6期，第1—12页。

⑥孙作云认为，此一妇女与乘蛇男子为男、女墓主人。参洛阳博物馆：《洛阳西汉卜千秋壁画墓发掘简报》，载《文物》1977年第6期，第19页。而鲁惟一则认为，这组图像是西王母和她的侍从，将乘在鸟和蛇上的男女称为侍僧（acolytes），认为玉兔、舞蹈的蟾蜍、九尾狐都是西王母图像志的特征。见Michael Loewe, *Ways to Paradise: The Chinese Quest Immortality*, London: George Allen and Unwin, 1979, p.140。至于巫鸿则认为，乘鸟和蛇的男女为墓主，坐在云端的为西王母。简·詹姆斯的解释也基本与巫鸿相同。然无论此一乘鸟女子为谁，似都与西王母脱不了干系。

现在东王公的身旁。如河南郑州出土了两块画像砖：一块刻绘西王母端坐于昆仑山上，左侧有一只对着臼捣药的兔子，右侧则另有一只做蹲踞状的三足乌（图117）①；另一块则刻东王公乘龙，在后方的龙尾处则有一只正在捣药的兔子，另在左上角则也有一只三足乌。（图118）② 由此可见，西汉末到东汉初，三足乌并不一定专属于西王母的神仙世界，也可以出现在东王公的世界中。

图 117　河南郑州画像砖

图 118　河南郑州画像砖

---

①周到、吕品、汤文兴编：《河南汉代画像砖》，上海：上海人民美术出版社，1985，图八七。

②周到、吕品、汤文兴编：《河南汉代画像砖》，上海：上海人民美术出版社，1985，图九〇。另外，李淞认为，图像中乘龙者并非东王公，而是穆天子。参李淞：《论汉代艺术中的西王母图像》，长沙：湖南教育出版社，2000，第50—54页。

图 119　山东嘉祥洪山村出土画像石

此外，从这两块画像砖的构图来看，无论是三足乌或九尾狐，甚至捣药兔，与西王母之间，可能都是独立的母题或构成组件（elements）①，也并没有形成所谓的配属或侍从关系。②

另一方面，从许多东汉中晚期以后的汉代画像中还可以发现，三足乌几已与捣药兔、九尾狐、蟾蜍等神禽瑞兽一般，经常出现在西王母的神仙世界中。如山东嘉祥洪山村出土的画像石（图 119）中，左半部为西王母及二踞坐的持仙草侍者，最左又有一跪拜者；右半部则有立姿蟾蜍、鸟首人身持笏板跪坐者，以及金乌、二捣药兔与蹲坐的九尾狐等，是一典型的西王母神仙世界的图像。③不过，西王母两侧是持仙草的侍者，而画面右半边的蟾蜍、三足乌、捣药兔及九尾狐，似与西王母并无太大关联，且比较像是由各自独立的构成组件拼凑而成的。另如四川出土的东汉晚期彭山 1 号石棺画像石（图 138），也是正中的西王母端坐龙虎座上，其左侧有三足乌、九尾狐，右侧有蟾蜍直立而舞，画面右侧则有一吹奏乐器女子、一抚琴女子，以及一双手捧物的女子，三女子中间有一几，上置耳杯等物，似正在欢乐享受美好的神仙世界生活。④ 三足乌和捣药兔也没有和西王母成为配属关系。

不过，随着东汉以后西王母信仰的流行，三足乌可能又被赋予了更多的意涵，并成为两汉时期人们心目中的祥瑞。按《东观汉记》所云：

> 章帝元和二年，凤皇三十九、麒麟五十一、白虎二十九、黄龙四、

①邢义田：《信立祥著〈中国汉代画像石研究〉读记》，载《台大历史学报》2000 年第 25 期。

②在高莉芬的系列论文中，多将包括捣药兔、九尾狐等经常出现于西王母画像中的祥瑞动物，称为西王母的配属动物。详参高莉芬：《捣药兔——汉代画像石中的西王母及其配属动物图像考察之一》，载《兴大中文学报》2010 年第 27 期（增刊），第 207—240 页；《九尾狐：汉画像西王母配属动物图像及其象征考察》，载《政大中文学报》2010 年第 15 期，第 57—94 页。

③中国画像石全集编辑委员会：《中国画像石全集 2·山东汉画像石》，济南、郑州：山东美术出版社、河南美术出版社，2000，第 87 页图版 94。

④高文编著：《四川汉代石棺画像集》，北京：人民美术出版社，1998，第 58 页图版 108。

青龙、黄鹄、鸾鸟、神马、神雀、九尾狐、三足乌、赤乌、白兔、白鹿、白燕、白鹊、甘露、嘉瓜、秬秠、明珠、芝英、华平、朱草、木连理实，日月不绝，载于史官，不可胜纪。

……

章帝元和二年，三足乌集沛国。三年，代郡高柳乌子生三足，大如鸡，色赤，头上有角，长寸余。五月戊申，诏曰："乃者白乌、神雀、甘露屡臻……"①

由以上记载可知，到了东汉时期，三足乌已是人们心目中祥瑞之兆的象征之一。因此，在一些东汉以后的画像中，三足乌有时也会在没有西王母或东王公的情形下，与其他的神禽瑞兽共同出现在同一画面中。如四川合江4号石棺右侧壁板的画像（图120），刻有三足乌与九尾狐、玉兔、蟾蜍、雀鸟及一"三鱼共头"祥瑞出现在同一画面。如前所述，汉代石棺画像有其固定的程序，而两侧壁板多为表现升仙后美好神仙世界的象征。此外，从画像中各组成母题来看，这应该是在表现汉代人心目中的神仙世界。② 按《大人赋》等文献所记，若三足乌是西王母的侍者，则应会与西王母刻绘于同一画面，但是，从四川合江4号石棺画像的构图及配置来看，三足乌可能已具有独立的象征意涵，它已成为当时人们构拟心目中神仙世界的重要母题及代表符号了。

图120　四川合江4号石棺画像

除了从东汉以前的墓室画像所见日中之乌都只有二足，而三足乌是属于神仙世界的以外，另一可作为三足乌原来并非日中之乌的例证是：在一些汉代的墓室画像中，日中金乌和三足乌这两种形象会出现在同一个画面上。如在前引

---

①〔东汉〕刘珍等撰，吴树平校注：《东观汉记校注》，郑州：中州古籍出版社，1987，第77—78页。
②高文编著：《四川汉代石棺画像集》，北京：人民美术出版社，1998，第71页图版137。

图121　洛阳西汉卜千秋墓室壁画

图122　西安交通大学壁画墓：三足乌

西汉洛阳卜千秋墓的顶脊壁画中，伏羲身旁画一圆形涂朱色太阳，内有一只含食疾飞的黑乌，而在其左上方则又有一乘三头鸟妇女、手捧三足乌的形象。（图121）还有在西安交通大学西汉墓主室券顶的天文图中，除南侧的日轮中绘有一只飞翔的金乌外，墓顶的西北角处也绘有一只三足乌。（图122）

除壁画墓外，如前引四川新繁镇出土的一组日月羽人与西王母画像砖正中的一块为西王母仙境，中有西王母坐龙虎座，周围则有兔子持芝草、蟾蜍、九尾狐、三足乌等神禽瑞兽；而在西王母仙境画像砖的左、右又各为日、月画像砖，其中，日神羽人的圆腹中刻有一只飞翔的金乌，月神羽人的圆腹中则刻有蟾蜍、桂树。同样亦是日中金乌与三足乌出现在同一画面。陕北绥德出土的一东汉墓室门楣画像，也与大部分陕北地区画像的配置相同，在门楣处绘代表天上世界的画像题材，画面的左侧刻端坐的西王母，两侧有持便面侍者、持仙草的羽人及跪拜祈求者，右侧则刻有三足乌、九尾狐及两只捣药兔，而画像的左、右两端，则刻有日、月，日中有金乌，月中有蟾蜍。[①] 也是同一画面中既有日中金乌，又有三足乌。由此可见，三足乌与日中之乌原来应属于不同的图像系统，且日中之乌亦非三足乌。

综合以上传世文献的记载与出土的图像材料可大致推知，三足乌原属于西王母的神仙世界，与太阳并无关涉。后来日中之所以出现三足乌，则可能是由于日中的金乌与神仙世界中的三足乌产生混同的结果。

另一可以作为西王母神仙世界中的神禽瑞兽混入日、月神话，而成为象征动物的例子，则大约也是东汉以后，同属西王母世界中的九尾狐也进入了日的图像中。如山东安丘董家庄石墓中室封顶石的日画像（图123），日中除了有一只蹲踞的乌鸟外，还有一只趴着的九尾狐。[②] 此外，如山东滕州大康留庄的阳乌载日画像石（图124），日中的动物除了三足乌，也有九尾狐。[③] 三足乌、九尾狐原来都与西王母的神仙世界有关。由此可推知，应是西王母图像志中的祥瑞图像，混入了日、月图像。

①中国画像石全集编辑委员会编：《中国画像石全集5·陕西、山西汉画像石》，济南、郑州：山东美术出版社、河南美术出版社，2000，第114页图版153。

②中国画像石全集编辑委员会编：《中国画像石全集1·山东汉画像石》，济南、郑州：山东美术出版社、河南美术出版社，2000，第113页图版153。

③中国画像石全集编辑委员会编：《中国画像石全集2·山东汉画像石》，济南、郑州：山东美术出版社、河南美术出版社，2000，第157页图版165。

图 123　山东安丘董家庄画像石：日

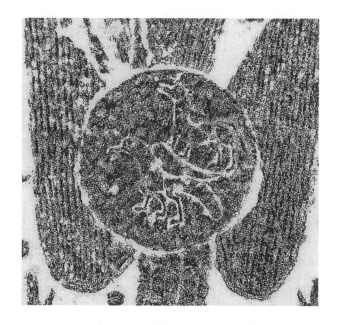

图 124　山东滕州大康留庄画像：阳乌

第二节　玉兔因何捣药月宫中？
——关于月中捣药玉兔神话的产生

同样的，自古以来的中国人还普遍相信月中住着一只捣药的玉兔。捣药玉兔除了是历代诗人文士歌咏的对象外，自魏晋以后，更由于月中有捣药玉兔的神话传说为大家所耳熟能详，因此到了后来的通俗小说《西游记》中，甚至还利用此一神话演义成一个这样的故事：唐僧师徒在前往西天取经的途中，遇到月宫里的白兔下界为妖，用捣药的杵大战孙悟空。[①] 此时的捣药玉兔已成了月宫中举足轻重的代表人物。

月中的捣药玉兔，除了有文人诗词小说的咏叹衍绎外，在传统中秋民俗中也扮演着重要的角色。据明人刘侗、于奕正合著的《帝京景物略》载，明人拜月时用的月光纸，上面除绘有月光遍照菩萨外，并绘一月轮桂殿，中有一捣药玉兔人立于其中。[②] 此俗并延续至清代，按富察敦崇在专记北京岁时民俗的《燕京岁时记》所载，"月光纸"已改称为"月光马儿"，而"月光马者，以纸为之，上绘太阴星君，如菩萨像，下绘月宫及捣药之玉兔，人立而执杵。藻彩精致，金碧辉煌，市肆间多卖之者。……向月而供之。焚香行礼，祭毕与千张、元宝等一并焚之"[③]。

此外，至晚到了明代，人们更创造了一种中秋应景的泥塑——兔儿爷。据明人纪坤《戏题》诗的《小序》中所云："京师中秋节，多以泥抟兔形，衣冠踞坐如人状，儿女祀而拜之。"[④] 至清，此俗则大盛，如清人蒋士铨《京师乐府词十六首》中即有一首专咏兔儿爷诗云："月中不闻杵臼声，捣药使者功暂停。酬庸特许享时祭，抟泥范作千万形。居然人身兔斯首，士农工商无不有。就中簪缨窈绅黻，不道衣冠藏土偶。持钱入市儿喧哗，担头争买兔儿爷。……"[⑤] 诗中对于当时京师制作、买卖、供玩兔儿爷的习俗，以及兔儿爷的形貌，可谓描

---

①〔明〕吴承恩：《西游记》，台北：桂冠图书，1983，第1179页。

②〔明〕刘侗、于奕正著，孙小力校注：《帝京景物略》，上海：上海古籍出版社，2001，第104页。

③〔清〕富察敦崇：《燕京岁时记》，见《笔记小说大观》（第三十五编第4册），台北：新兴书局，1983，第78页。

④〔明〕纪坤：《花王阁剩稿》，见《丛书集成·初编》（第2286册），北京：中华书局，1985，据畿辅丛书本排印，第18页。

⑤〔清〕蒋士铨著，邵海清校，李梦生笺：《忠雅堂集校笺》（2），上海：上海古籍出版社，1993，第708页。

写得淋漓尽致。清代京师在中秋供玩兔儿爷之俗的流行，据清人杨静亭编《都门杂咏》中所述：每逢中秋，民众竞相购买兔儿爷，兔儿爷摊之盛，已到了"满街争摆兔儿山"的景况。① 直至民国年间，北京地区仍保持着中秋供玩兔儿爷的习俗，如老舍在其《四世同堂》中便有这样的描述：日本人占领北京的一个中秋节，街上没有像样的兔儿爷卖，祁老爷因不能买兔儿爷给孙女妞妞玩，而大有感喟。② 由此可见，捣药玉兔似已成为中国人对月之想象的重要象征之一。

一、关于月中兔：本为奔兔而非捣药兔

虽然中国人普遍相信月中有玉兔捣药，然而为何玉兔要在月宫中捣药，一直以来，似少有前贤讨论、关注。由前面的讨论可知，兔与月之间虽然可能有着某种内在的联系，而在许多较早期的汉代墓葬画像中，如湖南长沙马王堆1号墓帛画、3号墓帛画，以及山东临沂金雀山9号墓帛画等，也都可以看到月中有兔的形象，但相关画像中的月中兔，都只是一般的兔子，并没有今日人们所耳熟能详的捣药玉兔。另如在属西汉中期的洛阳西郊浅井头墓室顶脊壁画上的圆月中，也是一只蟾蜍和一奔跑状的兔子。此外，在同属西汉时期的洛阳烧沟61号墓顶脊壁画与西安交通大学壁画墓的墓顶壁画上，月中的兔子也都是做奔跑状。而在属新莽时期的江苏盱眙1号墓棺盖顶板右方的月轮画像中，也是一只蟾蜍和一只奔兔。

即便到了东汉以后的画像中，月轮内的兔子也经常是做奔跑状的，如在属东汉前期的山东长清孝堂山郭氏石祠隔梁底画像石（图125），以及东汉早期山东枣庄西集镇出土的画像石（图48）、河南南阳卧龙区阮堂出土的画像石（图126）等中，月中之兔皆为奔兔。

①〔清〕杨静亭编：《都门纪略三集》，见《中国风土志丛刊》（第14册），扬州：广陵书社，2003，据清同治三年刊本影印，第295页。

②老舍：《四世同堂》（上册），台北：时报文化出版公司，2001，第146—148页。

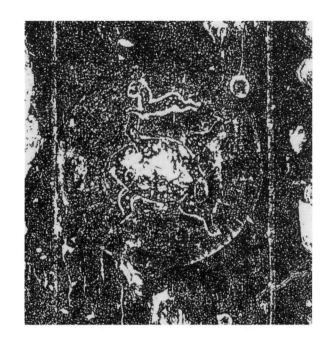

图 125　山东孝堂山郭氏石祠画像

图 126　南阳卧龙区阮堂画像石

此外，在山东、江苏、河南、山西、陕北等地的出土图像材料中，也经常可以看到月中的兔子是奔跑状的形象。以下兹就汉画像所见月画像中出现奔兔者列表如下。

汉画像"月中奔兔"分布一览表

年代	地域及名称	年代	位置	形象	出处
西汉	湖南长沙马王堆1号墓帛画	西汉初	覆于棺上	T形帛画，右上为日中金乌；左上则为一弯月，月中有蟾蜍、奔兔	《长沙马王堆一号汉墓》
	湖南长沙马王堆3号墓帛画	西汉	覆于棺上	T形帛画，右上为日中金乌；左上则为一弯月，月中有蟾蜍、奔兔	《文物》1974年第7期，第40—44页
	山东临沂金雀山9号墓帛画	西汉	覆于棺上	右上为有金乌的日轮，左上则为内有蟾蜍、奔兔的月轮	《文物》1977年第11期，第24—27页
	西安理工大学1号壁画墓	西汉	主室顶	为一天文图，布满日、月、朱雀、翼龙、仙鹤和云气纹样。日中有金乌，月中有蟾蜍、奔兔	《文物》2006年第5期，第18页
	西安交通大学西汉壁画墓	西汉	墓室顶	色彩斑斓的圆形天文图，外圈为具有图像的二十八星宿，内圈有流云、日、月，日中有金乌，月中有蟾蜍、奔兔	《西安交通大学西汉壁画墓》，第24页
	河南洛阳烧沟61号壁画墓	西汉	墓脊顶	以无联机的星点和云气纹表现天文现象，其中左边第一幅为一黑色日轮，内有金乌；第七幅则为一月轮，轮内有蟾蜍、奔兔	《考古学报》1964年第2期，第113页

年代	地域及名称	年代	位置	形象	出处
西汉	河南洛阳浅井头壁画墓	西汉后期	墓脊顶	伏羲戴冠，人身蛇尾上翘，前有日轮，内有一金乌；女娲高髻垂发，人身蛇尾，前有月轮，内有蟾蜍、奔兔	《文物》1993年第5期，第80页图2
	甘肃武威磨嘴子西汉墓帛画	西汉		日、月，月中有蟾蜍、奔兔	《考古》1960年第9期，第5—28页
新莽	江苏盱眙1号汉墓	新莽时期	棺盖顶板	左方为阳乌负日，周围分布比较小的圆日，上方刻一人疾奔；右方为月，月中有蟾蜍、奔兔	《考古》1979年第5期，第412—426页
	山东枣庄西集镇画像石	东汉		早期此图为线刻。画面分两格：左格为太阳，内刻一三足乌及一狐；右格为月亮，内刻一奔兔、一蟾蜍	《中国画像石全集2》，图145
	山东梁山后银山壁画墓	东汉中期	覆斗室顶、墓室室顶	有象征日、月的金乌、玉兔图案，惜已脱落，周围则有流云	《文物参考数据》1955年第5期，第43—50页
东汉	山东长清孝堂山郭氏石祠	东汉章帝	隔梁底	分为南、北二段，南段刻一日轮，日中有金乌。日轮外侧有相连的南斗六星及一小星；北段刻一月轮，轮中有奔兔和蟾蜍	《中国画像石全集1》，图47
	江苏铜山苗山墓	东汉	前室前壁墓门	门东侧上方刻阳鸟旭日，一旁有熊首人身有羽翼神人；右上方刻一月，月中有奔兔、蟾蜍，月旁一神人，头戴斗笠，身披蓑，左手牵凤，右手持耒耜	《中国汉画像石全集4》，图51

年代	地域及名称	年代	位置	形象	出处
东汉	河南南阳阮堂画像石	东汉		画面下方刻东宫苍龙，而苍龙星座的上方则刻绘有一圆轮，轮内刻有一蟾蜍和一奔兔	《中国画像石全集6》，图110
	陕北绥德军刘家沟画像石	东汉	门楣	中为西王母；左有一圆月，月中有蟾蜍及奔兔	《陕北汉代画像石》，图442

由以上考察可以发现，大约在东汉中期以前的汉画像材料中，月中的兔几乎都是做奔跑状的，月亮中并没有捣药的玉兔。

二、月宫中捣药玉兔的出现

与日中有乌的情形相似，大约也是到了东汉中期以后，诸多画像材料中的月中兔开始出现了捣药玉兔的形象。以出土于安徽淮北的画像石（图65）为例，其构图与前述山东枣庄西集镇出土月画像石（图48）相近，是一种天文图的象征。但不同的是，月中的兔已不再是做奔跑状的兔子，而变成了持杵捣药的兔子。此外，如建于东汉安帝延光二年的河南嵩山中岳少室西阙画像石上的月亮里面主要刻一只执杵捣药的兔子，旁边则有一蟾蜍。（图127）① 而1992年于淮北市时村出土的四块东汉画像石，其中一块圆月中的兔子亦做持杵捣药状，旁边则为蟾蜍，蟾蜍、玉兔的上方又有五颗星辰。② 至于另两块现藏于淮北市博物馆的画像石，其中一石画面上的月中，左边是头对着石碓的蟾蜍，右边也是一持杵捣药的兔子。（图128）③ 另一石则为上有捣药兔，下有蟾蜍。④ 此外，像淮北市孟大园出土的一块日月画像中，也是日中有金乌，月中有玉兔

---

① 河南省博物馆、河南省文物研究所、河南省古代建筑研究所主编，吕品编著：《中岳汉三阙》，北京：文物出版社，1990，第49—50页图版190—202。

② 高书林编著：《淮北汉画像石》，天津：天津人民美术出版社，2002，第176页。

③ 高书林编著：《淮北汉画像石》，天津：天津人民美术出版社，2002，第177页。

④ 高书林编著：《淮北汉画像石》，天津：天津人民美术出版社，2002，第178页。

图 127　中岳少室西阙画像

图 128　淮北汉画像石

与蟾蜍共同捣药。① 以上这些东汉以后画像石上的月中兔，都不再做奔跑状，而成了捣药玉兔的形象。

虽然，由于淮北地区出土画像石并无明确年代，无法由这些图像判断月中出现捣药兔的确切时代，但从属于东汉晚期的山东安丘董家庄画像石墓封顶画像石中的日画像（图129），以及山东滕州市官桥镇大康留庄东汉墓出土的日画像石（图130）中，或可寻得一些相关的线索。此二石皆为天文图的形式，右端有由直线形云纹构成的菱格纹，格内刻一日轮，内有三足乌、九尾狐；右端刻穿壁纹，格内为一月轮，内有玉兔和蟾蜍执杵捣药。② 而山东滕州市官桥镇大康留庄出土的东汉晚期画像石，也是一日月星象图，在这里，我们可以看到上方的月轮内刻的是蟾蜍和捣药兔。③ 从以上图像材料我们可以发现，至迟到了东汉晚期，已由捣药兔取代了奔兔，成为月中象征物的倾向了。

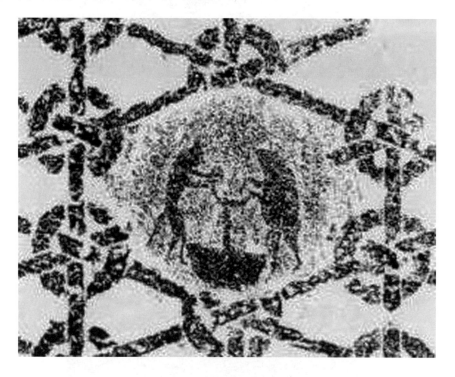

图 129　山东安丘董家庄画像石

①高书林编著：《淮北汉画像石》，天津：天津人民美术出版社，2002，第178页。
②中国画像石全集编辑委员会编：《中国画像石全集1·山东汉画像石》，济南、郑州：山东美术出版社、河南美术出版社，2000，第113页图版153。
③中国画像石全集编辑委员会编：《中国画像石全集2·山东汉画像石》，济南、郑州：山东美术出版社、河南美术出版社，2000，第157页图版165。

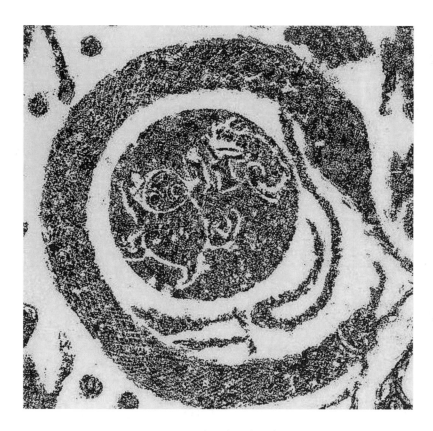

图 130　山东大康留庄画像石

　　不过，大概也是从东汉以后，直到魏晋，在许多墓室中刻绘的日、月画像中，月中兔也多有以捣药兔的形象出现者。其中如属北魏时期的河南洛阳金村出土北魏石棺盖上，中间刻有一条银河，应亦为天文图的象征。银河两旁则刻人首蛇身的伏羲、女娲，伏羲手托日轮，内有金乌；女娲手托月轮，内有蟾蜍、桂树和捣药兔。（图 146）以下就所见东汉以后至魏晋南北朝墓室画像中出现月中兔为捣药玉兔者，列表如下。

汉魏晋南北朝画像"月中捣药兔"分布一览表

年代	地域及名称	年代	位置	形象	出处
东汉	安徽淮北藏画像石	东汉	墓室顶盖	日、月双轮并列，日轮内有一只金乌，月轮内有蟾蜍、捣药兔	《中国画像石全集4》，图188

年代	地域及名称	年代	位置	形象	出处
东汉	安徽淮北时村画像石	东汉		月轮中，上为捣药兔，左上有五颗星辰；下为蟾蜍	《淮北汉画像石》，第176页
	安徽淮北藏画像石	东汉		月轮中，上为捣药兔，但不见药臼；下为蟾蜍	《淮北汉画像石》，第178页
	安徽淮北孟大园画像石	东汉		日、月双轮并列，日轮内有一只金乌，月轮内有蟾蜍、捣药兔	《淮北汉画像石》，第178页
	山东省安丘市董家庄画像石	东汉	中室封顶	画像自右至左分为五组。第四组中刻一月轮，内有玉兔和蟾蜍执杵捣药	《中国画像石全集1》，图153
	山东临沂白庄画像石	东汉		左、右边栏各一道。画面上部是女娲执矩，腹部刻月轮，内有捣药兔和蟾蜍	《中国画像石全集3》，图23
	山东滕州官桥镇大康留庄出土画像石	东汉晚期		画面上刻一月轮，月中有蟾蜍、捣药兔，月轮外绕一龙，两侧为伏羲、女娲饲一大鸟，鸟背负日轮，内刻一三足乌	《中国画像石全集2》，图165
	陕西靖边寨山村汉墓	东汉	门楣	画面为车骑出行和狩猎图，其两端上部为日、月，之下分别为金乌和捣药兔	《中国画像石全集4》，图231
魏晋南北朝	河南洛阳金村出土北魏石棺画像	北魏	石棺盖	中间刻银河，两旁刻人首蛇身伏羲、女娲，伏羲手托日轮，内有金乌；女娲手托月轮，内有蟾蜍、桂树和捣药兔	《中国画像石全集8》，图88

年代	地域及名称	年代	位置	形象	出处
魏晋南北朝	江苏丹阳金家村南朝墓画像	南朝	甬道顶部	太阳和月亮，太阳中有三足乌；月亮中有桂树和捣药兔，侧面有"小日""小月"砖文	《文物》1980年第2期，第1—17、98—101页
	北周匹娄欢石棺线刻画	北周	棺盖	伏羲捧日轮，女娲捧月轮，日中有三足乌；月中有蟾蜍、捣药兔	《中国古代石刻画像选集》，第6页图七（1）

借由以上的考察我们可以发现，后世所谓的月中捣药玉兔并非月中兔的原始形态，捣药玉兔大概是东汉中晚期才开始出现于月中。但须特别一提的是，虽然到了东汉中晚期，捣药兔已与月产生了联结，但二者的结合似乎并没有在所有的地区固定下来。从相关图像材料所显示的现象来看，在两汉时期，月中有捣药兔的画像多出现在山东、安徽一带，大概要到了魏晋以后，才较普遍地出现在各地的墓室中……这是否受到地域子传统或当地信仰风尚的影响，是一值得关注的问题。自1980年代以降，如王恺、信立祥、郭晓川等诸位学者便将苏、鲁、豫、皖交界处视为一个不可分割的画像石分布区域。[①] 曾蓝莹在研究中也发现，鲁东安丘和鲁南滕州、苏北的邳州和徐州，以及豫东永城等地的石刻传统关系密切。[②] 青、徐等地为中国原始道教的源起地，加以到了东汉期间，道教在黄河下游地区蓬勃发展，汉画像中的月中奔兔为捣药兔所取代，是否因受到当时此一区域神仙思想盛行的影响而有了这样的转变，则是有待他日进一步做深入探讨的重要问题。目前因受材料信息不全之限制，于此暂不予讨论。

除青、徐等地外，在如河南南阳及四川等其他地区，笔者都尚未发现月中有捣药玉兔这类图像，甚至在有些地方，这两种兔的形象还会同时出现在同一

---

①参王恺：《苏鲁豫皖交界地区汉画像石墓墓葬形制》，见南阳汉画像石学术讨论会办公室编：《汉代画像石研究》，北京：文物出版社，1987，第53—61页；信立祥：《汉画像石的分区与分期研究》，见俞伟超主编：《考古类型学的理论与实践》，北京：文物出版社，1989，第234—306页；王恺：《苏鲁豫晋交界地区汉画像石墓的分期》，载《中原文物》1990年第1期，第51—61页；郭晓川：《苏鲁豫皖区汉画像视觉形式演变的分期研究》，载《考古学报》1997年第2期，第171—197页。

②曾蓝莹：《作坊、格套与地域子传统：从山东安丘董家庄汉墓的制作痕迹谈起》，载《台湾大学美术史研究集刊》2000年第8期，第51—53页。

图 131　陕北米脂墓门楣画像石

画面上，如陕北绥德县军刘家沟画像石与陕北米脂的画像石（图 131）①，都出现了同一画面有一或两只捣药兔。而左端的月轮中又有奔兔或挥舞细棍状物蟾蜍的形象，这虽然可能与当地工匠制作画像时已有固定的粉本或模板有关②，但从年代同属东汉时期的武威磨嘴子 23 号墓帛画（图 50）及 54 号墓帛画（图51）上端的月画像，月中之兔都是一副四足腾空、向前狂奔的奔兔模样来看，可能月中有捣药兔的说法，在东汉时期还不是非常稳定。

　　以目前笔者所搜集的图像材料来看，大约是要到了魏晋南北朝以后，月中有捣药玉兔的现象才有渐增之势。如河南洛阳金村出土的北魏石棺盖残片（图146）③，以及北周匹娄欢石棺的伏羲女娲画像（图 147）④，女娲所捧之月里的兔子，便都是捣药玉兔。但从许多唐代的墓室壁画或月宫镜，经常可见捣药玉兔与蟾蜍或桂树共存于月中的情形⑤，大概要到了唐代，月中的兔子为捣药玉兔的说法才逐渐稳定下来。

　　①中国画像石全集编辑委员会编：《中国画像石全集 3·陕西、山西汉画像石》，济南、郑州：山东美术出版社、河南美术出版社，2000，第 51 页图版 63。
　　②模板是指画像石制作中所依据的底本或式样。按张欣在对陕北画像石的研究中发现：在同一墓葬、不同墓葬、不同时地的陕北画像石中，可以发现图像形状完全相同的情形。由于手工模仿绘制不可能达到完全一致，因而推断在画像石制作中采用了模板。参张欣：《规制与变异——陕北汉代画像石综述》，见朱青生主编：《中国汉画研究·第二卷》，桂林：广西师范大学出版社，2006，第 283—285 页。
　　③中国画像石全集编辑委员会编：《中国画像石全集 8·石刻线画》，郑州、济南：河南美术出版社、山东美术出版社，2000，第 69 页图版 88。相关考古报告见《考古》1964 年第 2 期。
　　④武伯纶：《西安碑林述略》，载《文物》1965 年第 9 期，第 14 页图版 2。
　　⑤如在唐章怀太子墓中，便可见捣药玉兔与蟾蜍或桂树共存于月中的情形。参陕西省博物馆、乾县文教局唐墓发掘组：《唐章怀太子墓发掘简报》，载《文物》1972 年第 7 期，第 14 页。另外，在北京大学赛克勒考古与艺术博物馆的藏品中，有一面唐代铜镜，为双驾衔绶镜，镜的背面铸有神话题材的画面。中部为圆形纽，下部是一条在水面上飞舞的龙，两侧各有一只喙中衔绶的鸾鸟，正向着上方的圆月飞去。圆月中有一株桂树，树下右方有一只舞蹈的蟾蜍，左方是玉兔，长耳、短尾，像人一样直立着，前肢持杵，杵下一药钵，正在捣药。

三、汉画像中的捣药兔：象征神仙世界的一种母题

综合以上的讨论可知，在早期的月神话中，月中是没有捣药玉兔的。捣药兔是到了东汉以后才开始出现在一些汉代墓室的画像中。然而，捣药兔是如何进入月宫的？过去，有些学者试图从如西王母为月神，并掌管不死之药[①]，而捣药玉兔所捣的正是不死药，因不死药而使得捣药兔进入月宫等论点去解释月中的捣药兔。[②] 确实，从《淮南子·览冥训》中有"羿请不死之药于西王母"的记载可以推知，在两汉所流传的说法中，西王母是不死药的掌管者。而从汉乐府《相和歌辞·董逃行》中的"采取神药若木端，白兔长跪捣药虾蟆丸。奉上陛下一玉柈，服此药可得神仙"[③]，亦可窥知东汉时可能已流行有这些对着臼的兔子所捣的是不死之药的说法。不过，在这些文献记载中，都没有说捣药兔是替西王母捣不死药，也没说捣药虾蟆丸的兔子就是月中之兔。此外，西王母是否就是所谓的月精、月神，而捣药兔是否因要捣炼西王母的不死之药而进入月宫，这可能都是有待商榷的。

事实上，从前面的讨论可以发现，关于月中有兔的说法，从图像的材料来看，原来都只是做奔跑状的兔子，这可能与原始初民对月表阴影的联想有关，而月中有捣药兔的形象，是到了东汉中晚期以后的变化。此外，从相关的传世文献记载来看，一直在东汉末以前，也都没有说月中有捣药兔。因此，如欲探求月中出现捣药兔的原因，或不能以文献中的蛛丝马迹来自圆其说，而必须从找寻捣药兔究竟从何而来，以及月中的兔为何从奔兔一变而为捣药兔开始入手。

按两汉时期汉画像材料所透露的讯息显示，在早期的时候，捣药兔可能属于西王母与神仙世界。在许多的汉代画像中，我们经常可以在西王母的图像中看到捣药的兔子，这些捣药兔时而单独、时而成双地出现在西王母的两侧或座

---

①丁山：《中国古代宗教与神话考》，上海：上海文艺出版社，1988，第71页。相关说法参第二章第二节。但可能是因为受了丁山的影响，如李立、李凇等学者，亦赞同西王母是月神的说法。参李立：《从月神王母、月精姮娥到月兽蟾兔——汉代月崇拜和月神话的发展与演变》，见《文化嬗变与汉代自然神话演变》，汕头：汕头大学出版社，2000，第42—76页；李凇：《论汉代艺术中的西王母图像》，长沙：湖南教育出版社，2000，第254页。

②如李凇认为，从引申意义看，兔的这两种含义虽然来源不同却有两点重合之处，即兔代表月亮，月亮的阴晴圆缺和周而复始现象代表生生不息的循环，代表天界的永恒，姮娥窃取不死之药后所奔之处亦为月，月即西王母的永生象征，这种性质使得唯有兔才具备神圣的捣药资格。李凇：《论汉代艺术中的西王母图像》，长沙：湖南教育出版社，2000，第254页。

③〔宋〕李昉等奉敕撰：《太平御览》，台北：台湾商务印书馆，1997，第4155-2页。

下。更多的时候，它们会与蟾蜍、九尾狐、三足乌或其他的仙人及神禽瑞兽一同出现在西王母的神仙世界里。其形象或跪或立，常做持杵捣药状，但有时也有做对白调药状的。

关于捣药兔与西王母间的关联，李凇在其《论汉代艺术中的西王母图像》一书中认为，最早出现在西汉后期的卜千秋墓室顶部壁画①，在该墓室顶的左上方云端坐一可能是西王母的女子，其旁有兔、蟾蜍和有硕大尾巴的动物。但因这位坐在云端女性的头饰并不具有西王母胜的特征（参图116），故各家学者对于此一女性身份的解释亦颇分歧，或以为是仙女，或以为是西王母的侍女，也有以为是西王母的。② 加上壁画中的蟾蜍、兔子、九尾狐等神兽与此一女子之间，似亦并未形成明显的从属关系，因此，尚无法据此证明西王母已与捣药兔产生了关联。

而在现已知见的汉画像材料中，较明确的捣药兔与西王母组合则出现在新莽时期的偃师辛村壁画墓中。该墓中、后室之间的横额正中壁画，上部绘两条黑色缎带束扎的紫色帷幔，并布满祥云，西王母端坐云端，头戴胜，其右侧则站立一只硕大的背生双翼的白兔，双腿直立做持杵捣药状；下部则绘祥云笼罩着一蟾蜍和一背生双翼似九尾狐的动物。（图132）③

除墓室壁画外，同样在新莽时期的一些铜镜上亦出现有西王母与捣药兔的图像，如扬州出土的新莽禽兽博局镜中，左侧有戴胜的西王母跪坐，右侧则有一只双腿直立的兔子，做持杵捣药状。（图133）④ 另在大约西汉末至东汉初期的河南郑州新通桥出土画像砖上，也发现有西王母与捣药兔的形象，画像中的西王母戴胜拱手踞坐于悬圃上，左侧有一双腿直立的兔子持杵做捣药状，前有

① 李凇：《论汉代艺术中的西王母图像》，长沙：湖南教育出版社，2000，第38—39页。

② 因坐在云中的女性其头饰并不具有西王母胜的特征，故各家学者对此一女性身份的解释分歧，或以为是仙女，或以为是西王母的侍女，或以为是西王母。孙作云认为，坐在云中的女性是西王母的侍女，是西王母派来迎接墓主人的。参洛阳博物馆：《洛阳西汉卜千秋壁画墓发掘简报》，载《文物》1977年第6期，第19页。鲁惟一则认为，这组图像是西王母和她的侍从，将乘在鸟和蛇上的男女称为侍僧，认为玉兔、舞蹈的蟾蜍、九尾狐都是西王母图像志的特征。见 Michael Loewe, *Ways to Paradise: The Chinese Quest Immortality*, London: George Allen and Unwin, 1979, p.140. 巫鸿则认为，乘鸟和蛇的男女为墓主，坐在云端的为西王母。参巫鸿：《"阴阳理论"与汉代西王母东王公形象的塑造——山东武梁祠山墙画像研究》，孙妮译，载《西北美术》1997年第3期，第45页。美国学者詹姆斯的解释也基本与巫鸿相同。参〔美〕简·詹姆斯：《汉代西王母的图像志研究》，贺西林译，载《美术史研究》1997年第2期，第46页。

③ 洛阳市第二文物工作队：《洛阳偃师县新莽壁画墓清理简报》，载《文物》1992年第12期，第1—9页。图版采自黄明兰、郭引强：《洛阳汉墓壁画》，北京：文物出版社，1996，第137页图版21。

④ 周世荣：《中华历代铜镜鉴定》，北京：紫禁城出版社，1993，第97页；孔祥星、刘一曼：《中国铜镜图典》，北京：文物出版社，1992，第303页。

图 132　河南洛阳偃师辛村汉墓壁画

图 133　扬州出土新莽禽兽博局镜

图 134　河南郑州新通桥出土画像砖

一圆筒形药钵。（图134）① 从这些西王母与捣药兔共同出现在一画面的形象可知，至晚到了新莽时期，捣药兔已与西王母产生了一定的关联，且时间可能要比出现于月中更早些。

到了东汉中期以后，西王母伴随着捣药兔的图像，开始大量出现在山东、江苏、河南、四川、陕北等各地的画像砖、石中，且似乎已成为一种定式。如山东沂南画像石墓的墓门西立柱画像（图135）② 这类西王母旁伴随着捣药兔的图像组合，便经常出现在如山东、陕西等地的墓室门柱上，并作为神仙世界的象征。

在许多汉代画像砖、石中，也发现了西王母与捣药兔共同出现同一画面的材料，所以，李淞更将捣药兔视为西王母图像中的核心图像，并以为："在一幅表现西王母的图像中，如果其中的图像组合减至最低因素，那么就是西王母配玉兔捣药；如果再减掉玉兔图像，则使西王母的可识别性受损。在这层意义上可以认为，捣药兔是西王母的标志。"③ 然而，根据笔者的考察，在许多汉代的画像中，捣药兔虽然经常与西王母出现在同一画面，但也未形成一种固定的组合关系。如上文提及的河南郑州画像砖（图118）中，捣药兔即与东王公出现在同一画面；另如山东临沂汽车技校出土的画像石（图136）④，以及临沂白庄出土的一阴线刻双半圆门楣画像石上，都刻有东王公旁侍立捣药兔的图像。⑤ 此外，在山东莒县东莞镇东莞村出土的画像石中，东王公与西王母分别被刻在相对应的门柱位置上，但捣药兔却出现在东王公的身旁。⑥

---

① 郑州市博物馆：《郑州新通桥汉代画像空心砖墓》，载《文物》1972年第10期，第46页。图版采自周到、吕品、汤文兴编：《河南汉代画像砖》，上海：上海人民美术出版社，1985，图八八。

② 中国画像石全集编辑委员会编：《中国画像石全集1·山东汉画像石》，济南、郑州：山东美术出版社、河南美术出版社，2000，第135页图版184。

③ 李淞：《论汉代艺术中的西王母图像》，长沙：湖南教育出版社，2000，第252页。

④ 中国画像石全集编辑委员会编：《中国画像石全集3·山东汉画像石》，济南、郑州：山东美术出版社、河南美术出版社，2000，第34页图版38。

⑤ 中国画像石全集编辑委员会编：《中国画像石全集3·山东汉画像石》，济南、郑州：山东美术出版社、河南美术出版社，2000，第30页图版34。

⑥ 中国画像石全集编辑委员会编：《中国画像石全集3·山东汉画像石》，济南、郑州：山东美术出版社、河南美术出版社，2000，第122、120页图版139、137。

图 135　山东沂南汉墓门西立柱：西王母

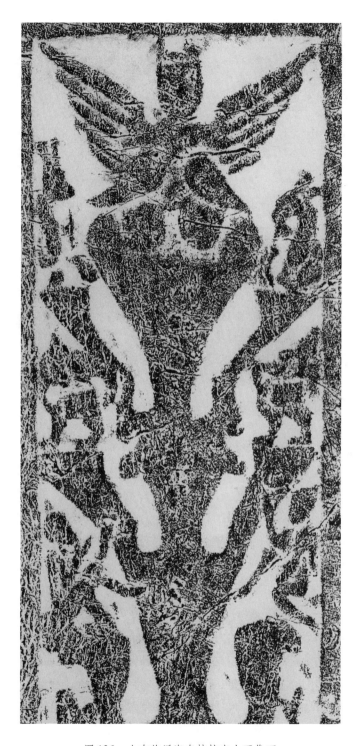

图 136　山东临沂汽车技校出土画像石

图 137　徐州沛县栖山石椁画像：祠西王母

图 138　四川彭山 1 号石棺画像石：西王母仙境

　　且在一些汉画像中，为西王母捣药的也未必是捣药兔。如徐州沛县的栖山石椁画像（图 137）①的左侧有一楼台，楼台外立有四位做拜谒状的持笏板者，楼台内坐一戴胜女子，是西王母的重要特征。楼台外另有二女子捣药，似是正在为西王母捣炼不死之药。由此可见，这些所谓的捣药者，在汉代的西王母画像中，其功能应是要衬托出西王母是掌有不死药的一种象征符号而已，并没有特定的身份限制。

　　同样的，在一些汉代的西王母画像中，没有捣药兔，亦能表现出西王母的神仙世界。如东汉晚期的四川彭山 1 号石棺画像（图 138）②，正中的西王母端坐龙虎座上，其左侧有三足乌、九尾狐，右侧有一蟾蜍直立而舞，画面的右侧则有一吹奏乐器女子、一抚琴女子，以及双手捧物的女子，三女子中间有一几，

---

　　①中国画像石全集编辑委员会编：《中国画像石全集 4·江苏、安徽、浙江汉画像石》，济南、郑州：山东美术出版社、河南美术出版社，2000，第 3 页图版 4。
　　②高文编著：《四川汉代石棺画像集》，北京：人民美术出版社，1998，第 58 页图版 108。

上置耳杯等物，图像中完全没有捣药兔的出现，但亦能表现西王母神仙世界的欢乐美好。

当然，捣药兔也不一定要从属于西王母。例如在四川大邑董场乡出土的西王母画像砖中，画面上部中央为西王母，头戴方胜，端坐于龙虎座上，两侧各有一头梳双髻、肩生羽翼的女子，手中分别持灵芝和嘉禾；座下则有一昂首奔跑的天鹿、手持灵兽杖的老者、蟾蜍、九尾狐，而砖的左下角才出现面向与西王母完全相反方向的捣药兔。（图139）①

借由以上这些汉代墓室发现的画像可以发现，从新莽时期一直到东汉期间，捣药兔与西王母似乎并未形成必然的从属关系，捣药兔反而更常与如蟾蜍、三足乌或九尾狐等神禽瑞兽出现在同一画面，形成一定的组合。所以，与三足乌的现象相同，捣药兔无论是否与西王母一同出现，它在汉代的墓葬画像中可能也已具有其本身独立的意义。按图像学的原理，图像的游离可能有两种情形：一是图像存留于原空间环境中，分离后单独存在，成为一种失忆的图像，或通

图139　四川大邑董场乡出土西王母画像砖

①《中国画像砖全集》编辑委员会编：《中国画像砖全集1·四川汉画像砖》，成都：四川美术出版社，2006，第118页图160。

过与其他图像构成新的组合而获得另一种含义；二是原来的图像组合由相对各具独立意义的单位图像构成，是一种分与合的关系。① 从捣药兔与西王母图像的分合现象，甚至在一些汉画像中的捣药兔可与西王母相对而立的，以及捣药兔更经常与蟾蜍、九尾狐、羽人或其他众仙界神灵刻绘于同一画面等现象来看，捣药兔无论是否原来是西王母的侍者，大概也是到了东汉以后，形象已日趋成熟丰富，象征意涵也日益扩大，并已成了一具独立意义的单位图像，即神仙世界象征的一种母题，或是一种类似于邢义田所说的神仙世界格套里的构成单元了。

如果捣药兔真的只是汉代人心目中一种象征神仙世界的母题或构成组件，那么，它就不一定要配属西王母，甚至可以随意地与东王公或如三足乌、九尾狐、蟾蜍，以及如羽人、持仙草嘉禾或灵芝者等任何汉代人心目中具神仙世界象征的母题或构成组件进行有机组合，以作为两汉时期人们构拟心目中理想神仙世界的单元图像。因此，像河南南阳熊营画像石（图140）②、山东莒县大店出土画像石③、山东沂南任家庄出土画像石④与徐州睢宁张圩画像石⑤中，捣药兔便分别与东王公、西王母、凤凰、骑仙鹿者、二交龙、举树仙人、持仙草女子等不同的母题或构成单元进行组合。至于像陕北王得元墓室西壁门的左、右立柱画像石（图141）⑥，及徐州铜山汉王乡东沿村出土画像石（图142）⑦ 中的捣药兔，甚至被刻绘于画面的中央，两旁则是充满了代表神仙世界的羽人与异兽。综上可知，捣药兔可能也与西王母、东王公一样，是神仙世界的标志之一。

①张欣：《规制与变异——陕北汉代画像石综述》，见朱青生主编：《中国汉画研究》第二卷，桂林：广西师范大学出版社，2006，第282页。

②中国画像石全集编辑委员会编：《中国画像石全集6·河南汉画像石》，郑州、济南：河南美术出版社、山东美术出版社，2000，第133页图版162。

③中国画像石全集编辑委员会编：《中国画像石全集3·山东汉画像石》，济南、郑州：山东美术出版社、河南美术出版社，2000，第87页图版99。

④中国画像石全集编辑委员会编：《中国画像石全集3·山东汉画像石》，济南、郑州：山东美术出版社、河南美术出版社，2000，第105页图版118。

⑤中国画像石全集编辑委员会编：《中国画像石全集4·江苏、安徽、浙江汉画像石》，济南、郑州：山东美术出版社、河南美术出版社，2000，第90页图版127。

⑥中国画像石全集编辑委员会编：《中国画像石全集5·陕西、山西汉画像石》，济南、郑州：山东美术出版社、河南美术出版社，2000，第57页图版78、79。

⑦武利华主编：《徐州汉画像石》，北京：线装书局，2001，图版11。

图140　南阳熊营画像石　　　　　图141　陕北王得元墓室西壁门左、右立柱

图142　徐州铜山汉王乡东沿村出土画像石

只是，后来亦随着西王母信仰的盛行，捣药兔的形象也经常与西王母一同出现在代表神仙世界的画像中，加上捣药兔与奔兔都是兔，因此，在一般人的印象中，是很容易将这两个形象混淆。所以，到了东汉中晚期以后，捣药兔便逐渐从西王母的世界或神仙世界的图像，进入月的图像。

第三节　化蟾的嫦娥与伐桂的吴刚
——月亮与不死

一、嫦娥、不死药与蟾蜍：不死的追求

另外，从西汉时的《淮南子》到东汉王充的《论衡》与张衡《灵宪》等传世文献的记载还可以发现，到了汉代，关于月中有蟾的说法中还出现了蟾蜍是嫦娥窃得了不死药，奔月后所变化而成的说法。

虽然，从前面的讨论可知，蟾蜍是由嫦娥奔月后所化的说法，可能并不是月中有蟾之说的原始形态①，然而，为何在两汉时期，月中的蟾蜍会与嫦娥奔月的神话结合，是否有其产生的内在动因，这可能更是值得人们关心的。

关于嫦娥奔月的神话，如前所述，最早且较为完整的记载是西汉初《淮南子·览冥训》中的"羿请不死之药于西王母，姮娥窃以奔月"。② 在这段记载中，嫦娥得以进入月宫的关键即为西王母的不死药。而关于不死与不死药的观念，余英时认为：中国人长生不死的观念，早在东周时即已出现。③ 尤其自春秋战国以后，寻访不死药与昆仑、蓬莱等不死仙境，更成了许多帝王贵族们的终身追求。及至汉代，尤其自汉武帝以后，以永生不死、羽化升仙为目标的神仙信仰更迅速地在民间普及，"上至帝王贵族，下至平民百姓，无不采取各种方式以坚定其神仙不死的信念"④。由于神仙思想的盛行，以及人们对永生不死的追求，更出现了许多可协助升仙的技术，其中又以利用丹药助人延年益寿、羽化

---

①胡万川在讨论嫦娥奔月神话时便指出："'月中有蟾蜍'的观念，不是嫦娥奔月神话的附产品。不是因为被认为悖情的嫦娥遭受天谴，变成了蟾蜍，然后中国人才有'月中有蟾蜍'的观念。事实的真相是，中国古代的人和一些其他世界各地的人一样，早就有了月中有蟾蜍的观念，而嫦娥奔月神话在发展过程中，就吸收了当时已经存在的这种观念。"参胡万川：《嫦娥奔月神话新探》，载《民间文学论坛》1997 年第 3 期，第 26 页。

②刘文典：《淮南鸿烈集解》，北京：中华书局，1989，第 217 页。

③余英时：《东汉生死观》，上海：上海古籍出版社，2005，第 23—25 页。

④李丰楙：《不死的探求——道教信仰的介绍与分析》，见蓝吉富、刘增贵主编：《中国文化新论·宗教礼俗篇·敬天与亲人》，台北：联经出版事业公司，1983，第 192 页。

登仙的炼丹术和黄白术最为盛行。① 在一些先秦时期的记载和出土材料中可以发现，人们即已懂得利用大麻、乌头、蘑菇等芝菌类药物，让人达到轻身、狂走、见鬼、眩瞑等神奇的幻境②，故有学者认为，汉代以后神仙道教信仰中的不死药，可能便是从这些服用后会令人轻身、狂走、见鬼、眩瞑的迷幻药发展而成的。③

在这些所谓的不死药中，又以芝菌类为大宗。按《抱朴子·仙药》的佚文载：

青云芝生于名山之阴，大青石间。青盖三重，上有云气覆之。味辛甘，以阴干食之，令人寿千岁不老，能乘云通天见鬼神。

苍山岑石之中赤云芝，状如人竖，竖如连鼓。其色如泽，以夏采之。阴干食之，令人乘云，能上天观见八极，通见神明，延寿万年。④

黄云芝生于名山之中，金石间上，有黄云覆之，食之寿千岁，令人通见神明，乘云为车，风为马。

鸣鸟芝生于名山多林之阳，状如鸟五色。阴干治食，令人身轻与风俱行。⑤

其中，多有谈及服用某些芝菌发生了轻身、见鬼神和飞行等幻视、幻听的现象。另《抱朴子·内篇·遐览》中还记载有《木芝图》《菌芝图》《肉芝图》《石芝图》等各种菌芝类的图谱。可见得，两汉时的人们已懂得使用各种菌芝类来延年益寿，并可能相信这些菌芝是能令人"寿千岁不老""乘云通天见鬼神"，有时还能"令人身轻与风俱行"的不死药。⑥

蟾蜍又名肉芝，所谓"芝"者，按《说文》的解释，乃"神草"。据《抱朴

---

① 山田利明：《神仙道》，见福井康顺等监修：《道教》，东京：平河出版社，1983，第289—293页。

② 如甘肃武威旱滩坡医简中记录了63种植物药，麻醉性药物有附子、狼毒、麻黄、乌喙、天雄等。在29种内、外、妇科药方中，有乌头、附子之方就有15种。而安徽阜阳双古堆出土的《万物》中则有3条涉及服用乌喙令人、马善走的例子（第5、32、60简）。其中第32云："服乌喙百日令人善趋也。"这种善趋可能有点类似飞行的幻觉。而马王堆帛书《五十二病方》里有11方有乌喙，4个方子有堇。马王堆帛书《养生方》中的《走》方也有乌喙配伍。参见甘肃省博物馆、武威县文化馆：《武威汉代医简》，北京：文物出版社，1975，第1—19页；马王堆汉墓帛书整理小组编：《马王堆汉墓帛书》（肆），北京：文物出版社，1985，第23—82页；文化部古文献研究室、安徽阜阳地区博物馆阜阳汉简整理组：《阜阳双古堆汉简（万物）》，载《文物》1988年第4期，第36—47页。乌头、附子和堇是 Aconitumcarmichaeli 在不同生长阶段和不同地区的叫法，都是一种麻醉性药物。

③ 王纪潮：《昏迷药与不死药——战国秦汉时期中国社会宗教意识的转向》，"宗教与医疗"学术研讨会暨亚洲医学史学会第二次年会，2004年11月19日召开，第7页。

④〔唐〕欧阳询撰，汪绍楹校：《艺文类聚》，上海：上海古籍出版社，1982，第1701—1702页。

⑤〔宋〕李昉等奉敕撰：《太平御览》，台北：台湾商务印书馆，1991，第4497页。

⑥ 据《道藏·太上灵宝芝草品》所说：服用"五帝玉芝"后，少则活三千年，多则三万年，亦有成为不老仙。参白云观长春真人编纂：《正统道藏》，台北：新文丰出版公司，1985，第545－1页。

子》所说：蟾蜍"寿千岁"，又云："仙药一曰蟾蜍，即肉芝也。""肉芝者谓千岁蟾蜍。"① 晋人郭璞所撰《玄中记》中也说："蟾蜍头生角，得而食之，寿千岁，又能食山精""蟾蜍万岁，背生灵芝，出为世之祥瑞"。② 由此可见，蟾蜍在古代也常常被认为是食之能寿千岁的不死药。此外，现代化学药理分析的科学证明发现，中国的蟾蜍浆液及蟾酥中含有如5-羟色胺、蟾蜍色胺等吲哚系碱类成分，这正与某些毒蕈的致幻成分相同。其中5-羟色胺可引起狂躁、致幻、精神异常等症状，而蟾蜍色胺则能让人产生明显彩色幻觉和麻醉作用。③ 故有学者认为，可能是道教之徒把一些食用麻醉致幻药物后出现的昏迷状态误认作飘飘欲仙、长生不死的征兆，于是蟾蜍及菌芝等具麻醉致幻功效之物便成了不死药。④ 或因如此，蟾蜍在两汉时期也被赋予了能捣制不死药和协助升仙的功能。

因此，在汉代许多墓室的画像中便经常可见到蟾蜍的形象，蟾蜍或持杵捣药，偶尔也替捣药兔托钵，有时也会出现两只蟾蜍共抬一钵的形象。如山东滕州大郭村出土西王母画像石（图143）⑤ 中，西王母端坐正中，左、右两侧则是呈交尾状的二人首蛇身持便面的神人，左、右神人两侧分别是羽人及九尾狐，左下则有两只蟾蜍抬钵，上还有一只正奋力捣药的兔子。⑥ 另如山东嘉祥宋山的东汉画像石（图144）中，西王母坐于玄圃上，戴胜凭几，左、右两侧有各种或持珠草或捧杯敬献玉浆的仙人，玄圃下右侧有一只捣药兔，左边则有蟾蜍捧盒，或有研究者认为，盒中应为传说中的不死药。⑦ 此外，像前述四川大邑县董场乡出土的西王母画像砖，在西王母的下方有一头戴山形冠、身着深衣、手持灵兽杖的老者，跪地伸手向右侧的蟾蜍乞求，蟾蜍头上长角做给予状，这似乎说明了蟾蜍是掌不死药的祥瑞。

由以上这些画像中的蟾蜍形象，及与其出现于同一画面的其他画像母题可以发现，至晚在东汉时期，蟾蜍可能已与不死药产生了一定的联结。所以，在东汉晚期的山东安丘董家庄墓室封顶石画像（图129）中，代表月轮的圆形中才会出现玉兔和蟾蜍执杵捣药的画面。汉乐府中才会出现如"采取神药若木端，

①〔东汉〕许慎撰，〔清〕段玉裁注：《说文解字》，台北：洪叶文化，1999，第23页。

②王明：《抱朴子内篇校释》，北京：中华书局，1985，第182页。

③叶德辉辑：《郭氏玄中记》，见《丛书集成·续编》（第211册），台北：新文丰出版公司，1989，据郋园先生全书排印，第560页。

④江苏医学院编：《中药大辞典》，上海：上海科学技术出版社，1986，第2714—2715页。

⑤石沉、孙其刚：《月蟾神话的萨满巫术意义》，载《民间文学论坛》1988年第3期，第27页。

⑥中国画像石全集编辑委员会编：《中国画像石全集2·山东汉画像石》，济南、郑州：山东美术出版社、河南美术出版社，2000，图版204。

⑦中国画像石全集编辑委员会编：《中国画像石全集1·山东汉画像石》，济南、郑州：山东美术出版社、河南美术出版社，2000，第70页图版96。

图 143　山东滕州市桑村镇大郭村出土画像石

图 144　山东嘉祥宋山东汉画像石

白兔长跪捣成蛤蟆丸"① 这样的诗句。因此，蟾蜍在两汉时，可能已被赋予了掌有不死药的职能。

二、桂树、吴刚与斫之复生：永生的祈望

至于吴刚伐桂之说，虽然从目前可知见的典籍记载来看，最早出现在唐人段成式所撰的《酉阳杂俎·天咫》中：旧言月中有桂，有蟾蜍。故异书言，月桂高五百丈，下有一人常斫之，树创随合。人姓吴名刚，西河人，学仙有过，谪令伐树。②

但是，关于吴刚伐桂一说的原型，或可追溯至托名为东方朔所撰的《神异经·东荒经》中的记载：

> 东方荒外有豫章焉。此树主九州，其高千丈，围百尺，本上三百丈。本如有枝条，敷张如帐。上有玄狐、黑猿，枝主一州，南北并列，面向西南。有九力士操斧伐之，以占九州吉凶。斫之复生，其州有福。创者，州伯有病。积岁不复者，其州灭亡。③

在这里，九个方士拿着斧头砍伐着预示天下吉凶的巨树，并以伐木为占，若"斫之复生"则"其州有福"，若"积岁不复"则"其州灭之"。只是到了后来的传说中，不知名的九个方士变成了学仙的吴刚，而可"斫之复生"的巨树成了桂树。虽然，两则传说的主角与旨趣不尽相同，但从传说的相关母题及结构来看，确与后来的吴刚伐桂之说有某种关联性。此外，《酉阳杂俎》的叙述中还提到了故异书言，可知此一说法可能源自稗官野史或口传。民间口传从口头流传到被文字记载下来，多须经历一定的时间流传，所以吴刚伐桂之说的原始形态，或有可能在南北朝以前即已发轫。

此外，关于吴刚的来历，《酉阳杂俎》中只说他"学仙有过"，但并未做详细交代。不过，唐人李贺的《李凭箜篌引》中则有这样的说法：

> 梦入坤山教神妪，老鱼跳波瘦蛟舞。

---

①〔宋〕李昉等奉敕撰：《太平御览》，台北：台湾商务印书馆，1997，第 4155 页。

②〔唐〕段成式：《唐段少卿酉阳杂俎》，见《四部丛刊·初编》（第 80 册），上海：上海书店，1989年据上海涵芬楼景印明赵氏脉望馆刊本重印，"天咫"条。

③旧题〔汉〕东方朔撰，〔晋〕张华注：《神异经》，见《汉魏六朝笔记小说大观》，上海：上海古籍出版社，1999，第 49 页。《神异经》现存一卷，共 47 条。旧本题汉东方朔撰。然此书既为刘向《七略》所不载，《晋书·张华本传》亦无注《神异经》之文，直至《隋书·艺文志》载此书，才称东方朔撰、张华注。陈振孙《书录解题》已斥此书为伪作。观其词华缛丽，格近齐、梁，当由六朝文士影撰而成，应为南北朝人所著。书中保存了不少神话传说，尤其是关于东王公、穷奇、昆仑天柱、扶桑山玉鸡等的记载，是珍贵的神话资料。

　　　　吴质不眠倚桂树，露脚斜飞湿寒兔。

　　从李贺的诗来看，在月宫中不眠、倚桂树的是吴质，而非吴刚。可知在唐代，相关的传说中于月宫中不眠不休地伐桂之人究竟为谁，可能尚未固定下来。依口头传说发展的规律来看，在传播的过程中可变异性愈大的母题，可能并非故事中的核心内涵。因此，大概在早期的传说中，学仙有过的是吴刚或吴质，可能并非此一传说中的重点，"树创随合"的桂树才是此一传说真正欲表现的核心内涵。

　　而由汉代的文献记载及画像材料可知，至晚到了西汉，已出现月中有桂的说法。但为何月中的桂树可以"树创随合""斫之复生"，则未见记载。然而，我们或可以从神仙家的著作和其他典籍中发现：桂常被视为长生不死之药。如《说文解字》中说："桂，江南之木，百药之长。"《抱朴子·仙药》中亦云："桂可与葱涕合蒸作水，可以竹沥合饵之，亦可以先知君脑，或云龟，和服之，七年能步行水上，长生不死也。"① 另在一些魏晋时期的文人歌咏中也可以看到这样的说法，如曹植《桂之树行》曰：

　　　　桂之树，桂之树，桂生一何丽佳，扬朱华而翠叶，流芳布天涯。

　　上有栖鸾，下有蟠螭。桂之树，得道之真人，咸来会讲仙。②

　　可知，桂在中国古代服食、求仙的过程中，扮演过颇为重要的角色，而在道教仙家的方士心目中，甚至一些古代医药家的观念中，桂又与灵芝等仙药一样，皆是具有特殊效能的灵药。按《本草纲目》引《本经》所述，桂可以"治百病养精神，和颜色，为诸药先聘通使。久服轻身不老，百（面）生光华，媚好常如童子"。另外，其花则又具有"生津、辟臭、化痰、治风虫牙痛、润发"等功用。③ 故桂在古代的医家眼中是上品佳药，具有祛病健康、延年益寿等多种功效；桂的这些药用特性，又与古代道教神仙家所追求的长生不死有许多异曲同工之妙。因此，它往往被古代的服食家、方士们视为求仙的灵药，并被赋予了神异的功能。自古以来，更流传有不少服桂成仙的传奇故事，如《列仙传》中载有："范蠡好食桂，饮水卖药，世人见之。"另还有"离娄公服竹汁、饵桂得仙。许由父，箕山得丹石桂英，今在中岳"。④ 而《抱朴子·内篇》中也说：

---

①〔晋〕葛洪撰，陈飞龙注译：《抱朴子内篇今注今译》，台北：台湾商务印书馆，2002，第447页。

②〔魏〕曹植撰，赵幼文校：《曹植集校注》，北京：人民文学出版社，1984，第399页。

③陈贵廷编：《本草纲目》，北京：学苑出版社，1992，第1577页。

④〔唐〕欧阳询撰，汪绍楹校：《艺文类聚》，上海：上海古籍出版社，1982，第1537页。

277

"赵他子服桂二十年，足下生毛，日行五百里，力举千斤。"① 昭明太子在注左思《吴都赋》"桂父练形而易色，赤须蝉蜕而附丽"二语时，则也提到《列仙传》中的"桂父，象林人也。常服桂叶，以龟脑和之，颜色如童"② 之说。还有，干宝的《搜神记》中则说："彭祖者，殷时大夫也。……号七百岁，常食桂芝。"③ 虽然，李时珍在《本草纲目》中对桂树能使人"成仙""得道""日行五百里"等说法，斥之为"方士谬言，类多如此"。④ 但从李时珍的指斥中，正好证明了：中国古代的神仙方术之士是真的相信桂是仙药灵丹。因此，桂在中国古代神仙方术之士或企求能长生不死之徒的眼中，扮演着极为重要的角色。

另一方面，在许多汉代墓室的壁画或画像砖、石上，桂树还经常与蟾蜍一同出现。除了如洛阳卜千秋壁画墓的月轮中有一只硕大的蟾蜍与桂树外，另在四川地区出土的两块月神画像砖（参第二章，图15、图16）⑤ 中，则也都在人首鸟身羽人腹中的圆轮内刻绘有蟾蜍、桂树，其中一块的蟾蜍甚至系于桂树下。如前所述，在古代中国人的观念中，蟾蜍与不死药之间有着某种内在的联系，而桂树可能也与不死之间有某种联结。因此，虽然在后来的传说中，吴刚因"学仙有过"而被罚日日砍伐着"斫之复生""树创随合"的桂树此一情节，似成了整个传说的重点，且已带有悲剧性的色彩。然而，由以上的讨论可知，桂树的死而复生、随伐随合，可能才是人们对这则传说所投射的最原始情感。

事实上，无论古今中外，对于死亡的恐惧以及不死的追求，一直都是人类最关注的焦点之一，并为文学、艺术与宗教仪式中常见的表现主题。神话学研究者恩斯特·卡西尔（Ernst Cassirer，1874—1945）曾说过：由于原始人"对生命的不可毁灭的统一性的感情是如此强烈如此不可动摇，以致到了否定和蔑视死亡这个事实的地步"⑥。故抗拒死亡经常是许多原始信仰与神话的原型。列维－布留尔在《原始思维》一书中曾提道：

① 〔晋〕葛洪撰，陈飞龙注译：《抱朴子内篇》，台北：台湾商务印书馆，2001，第462页。

② 〔梁〕萧统编，〔唐〕李善注：《文选》，上海：上海古籍出版社，1986，第233页。

③ 〔东晋〕干宝：《搜神记》，见《汉魏六朝笔记小说大观》，上海：上海古籍出版社，1999，第279页。

④《本草纲目·木部·第三十四卷·菌桂》云：桂"久服轻身不老，面生光华，媚好常如童子"；【正误】中则有："七年能步行水上，长生不死。赵佗子服桂二十年，足下生毛，日行五百里，力举千斤"，时珍曰"方士谬言，类多如此"。详参〔明〕李时珍著，杨家骆主编：《本草纲目》，台北：鼎文书局，1973，第1105页。

⑤《中国画像砖全集》编辑委员会编：《中国画像砖全集1·四川汉画像砖》，成都：四川美术出版社，2006，第127页图170、第129页图172。

⑥ 〔德〕恩斯特·卡西尔：《人论》，甘阳译，北京：西苑出版社，2003，第137页。

首先，死亡从来就不是自然的。这是澳大利亚土著居民和南北美洲、非洲与亚洲的稍有点儿文明的部族所共有的信仰。……"对穆甘达人（Muganda）的意识来说，不存在来源于自然原因的死亡。死亡和疾病一样乃是什么鬼的影响的直接结果。"——在芳人那里，"死亡从来不被认为是自然原因造成的。以死亡告终的疾病归咎于艾伍（evus）（巫师）的作用。"……"古时契洛基人不认为有谁的死是自然的死。他们总是把病人的死说成是恶灵和与……恶灵有联系的巫师和咒师的干预和影响所造成的……"①

　　同时他也认为：最早的宗教意象将活着看作自然，而死亡是非自然的，亦即是说，死亡是生活秩序和持续状态的破坏或打断。② 因此，对原始初民来说，死亡并不是一个必要接受的事实。在许多的原始民族中，也都流传有一种解释死亡起源的神话，如马达加斯加的塔那拉部族相信：地球上人们的祖先被提供了一个选择机会——如月亮一般死而复生，或者像香蕉树一样死去，而由根系繁衍后代。祖先选择了后者，因此失去了像月亮一样永生的机会。③ 而 Caroline 群岛的人们相信：以前的人是不会死的，死亡只是暂时的昏睡。当月亮消失时，人便死亡，到新月出现，人们又能复生。后来是因为一个恶鬼的陷害，人们就不得复生了。④ 越南及柬埔寨的 Chams 人以为：曾经有一个幸运女神，人们刚死，她就能使之复生。后来天神不愿她破坏自然规律，便将女神调往月中，而人们也就无法死而复生了。⑤ 此外，在这些原始部族的死亡起源神话中，也经常可见月亮因具有再生能力，所以也是不死的象征的说法。如东非的 Masai 人便有一则解释月亮可以死而复生，而人却无法复生的神话：

　　　　有一位神叫 Naiteru-kop，向一个名叫 Le-eyo 的人说：孩子死了，要将死尸抛去并且说："人死再来，月死不再来。"随后即有一个孩子死了（不是 Le-eyo 的孩子）。Le-eyo 将死尸掷去说："人死不再来，月死再来。"以后 Le-eyo 的孩子死了，他掷死尸说："人死再来，月死不再来。"但是神向他说："现在说这话没有用处了，因为你使别的孩子

　　①〔法〕列维 - 布留尔：《原始思维》，丁由译，北京：商务印书馆，1981，第268—269页。

　　②〔英〕约翰·鲍克（John Bowker）：《死亡的意义》，商戈令译，台北：正中书局，1998，第51页。

　　③王孝廉：《花与花神——中国的神话与人文》，台北：洪范出版社，1982，第244—245页，引 Robert Briffault 所著之 The Mothers 一书。

　　④杜而未：《昆仑文化与不死观念》，台北：学生书局，1977，第156页。

　　⑤杜而未：《昆仑文化与不死观念》，台北：学生书局，1977，第157页。

不再来。"因此，直到今天，人死不再来，而月死还再来。①

由以上这些神话的内容可知：在原始初民的心目中，月亮亦具有不死与再生的力量。正如 M. 艾瑟·哈婷所说：世界上无数的种族和人们中间，月亮都被认为具有不朽的生命和赐福于她的信徒的力量。她并举加利福尼亚的印第安人的神话为例，说当地的祈祷者会对月亮说："因为月亮死而复生，所以我们也会死去，也将再生。"古巴比伦人则说："即使人们告诉我，'他也会死去'，我也愿像你一样能再复活。"② 由此可见，月亮常被原始初民认为具有死而复生的能力，人们相信可以从月亮的身上获得同样的力量。

另在一些神话中，月亮除具有不死与再生的能力外，有时，月亮本身即藏有不死药，如在条顿民族的神话中，月亮即藏有不死药，所以狼精常追着月亮，为的就是月中的不死药。③ 又据萧兵的研究指出：印度的苏摩（Soma）与月亮关系密切，人们因从月亮那里获得不死药（苏摩）而得以长生不死。④ 或由于桂树常被人们视为一种不死药，正与月亮的不死特性存在着某种相似的感觉，故很容易令人产生模拟的联想。故除了借由服食致幻以达到不死及升仙的想象外，能"斫之复生""树创随合"的桂树，可能也与能不死与再生的月亮具有相同的巫术力量，所以，便成了古代中国人企求不死与永生愿望的另一种投射。

第四节　变异之因
——母题的混同与情感的投射

无论古今中外，许多文学的主题经常都会随着时代的演变而产生情节、内容，甚至意涵的变异。昭明太子在为《文选》作序时曾对文学的变异现象有这样的归纳：

> 式观元始，眇觌玄风。冬穴夏巢之时，茹毛饮血之世，世质民淳，斯文未作。逮乎伏羲氏之王天下也，始画八卦，造书契，以代结绳之政，由是文籍生焉。易曰："观乎天文，以察时变；观乎人文，以化成

---

① 杜而未：《昆仑文化与不死观念》，台北：学生书局，1977，第157页。

② 〔美〕M. 艾瑟·哈婷：《月亮神话：女性神话》，蒙子、龙天、芝子译，上海：上海文艺出版社，1992，第244页。

③ 程憬：《后羿与赫拉克里斯之比较》，载《文史哲季刊》第2期，第158页。

④ 萧兵：《太阳英雄神话的奇迹（五）：灵智英雄篇》，台北：桂冠图书股份有限公司，1992，第184页。

天下。"文之时义远矣哉！若夫椎轮为大辂之始，大辂宁有椎轮之质；增冰为积水所成，积水曾微增冰之凛。何哉？盖踵其事而增华，变其本而加厉；物既有之，文亦宜然。随时变改，难可详悉。①

昭明太子认为：很多的记载在最初时都较为简单，但随着时代的演进，也由于人们的踵事增华、变本加厉，其内容便会渐由简而变为繁。在口头传播仍颇为发达的两汉时期，很多的说法更容易因人们的口口相传而产生或多或少的变异，致"随时变改，难可详悉"。即如郑樵在《通志·乐略》中所说：

稗官之流，其理只在唇舌间，而其事亦有记载。虞舜之父、杞梁之妻，于经传所言者数十言耳，彼则演成万千言。……顾彼亦岂欲为此诬罔之事乎？正为彼之意向如此，不得不如此，不说无以畅其胸中也。②

郑樵认为，像舜父瞽叟与杞梁妻这类原来在《孟子》《左传》中仅数十言的，后来之所以"演成万千言"，除了人们的附会外，作者的意向对于文学主题的演变与发展更具有主导与操纵的作用。这里所谓的作者之意向，除了个别作者的创作意图与取向外，则又往往受时代风尚的影响与制约。尤其，像神话传说这类口传的内容，本即流动于人们的口耳之间，有着极高的变异性。加以许多的叙述与创作，亦非孤立的文化现象，它们多存在于当时社会和知识的结构之中。因此，许多的原始神话在经历了各个历史、社会阶段的演化与发展后，往往会受到各种主客观因素的影响与作用，而反映出不同的意义与旨趣。

综观两汉时期日中有乌、月中有兔神话之所以产生如上的变异，笔者认为，可能又与母题的混同与借用及人们情感的投射有关。

一、母题的混同与借用

承前可知，日中的三足乌及月中的捣药兔，本来可能都只是西王母图像志中作为一种象征神仙世界的母题或格套的构成组件。按邢义田对汉画像的研究发现：汉画基本上是由许多套装的主题内容和一定的构图方式的"格套"组合而成的，而制作的工匠在运用格套和模板时有其灵活性，可将图像组件或格套做不同拆分、组装，以获取不同的意义和效果，甚至可以将格套的组件分割拆

---

①〔梁〕萧统编，〔唐〕李善注：《文选》，上海：上海古籍出版社，1986，序第1页。
②〔宋〕郑樵：《通志》，杭州：浙江古籍出版社，2000，第626页。

散，安置在画面的不同部位。① 另据张欣对陕北画像石的考察也认为，陕北汉画像石的工匠应有一"模板库"（repertory），制作画像石时，工匠会根据当时当地的流行风尚、丧家的意愿和选择，加上工匠的自主处理，从模板库中选取图样，拼合配置于不同位置、表现不同的主题。② 换句话说，汉画像的工匠可根据个人的理解或丧家的需求，将各种符合该画面意义的单元母题做不同的组合或置换。从目前出土的许多汉画像中，也可以发现这样的现象：即使是同样表现某一概念或意义的画像，其构图与图像组合并不是一套单一、固定不变的形式框架，它可能因概念、时地、丧家和工匠的择取，而存在着形式上的差异和内容上的调整。

此外，从相关的研究中也发现，许多画像石的工匠可能并不识字③，因此，许多刻画图像的工匠常常只能依据口耳相传的故事或作坊粉本来从事制作。但有时，工匠在选拼模板时，也常因出于特定的目的或缺乏知识，而打破既有的格套。④ 另一方面，巫鸿和包华石的研究中也指出，汉代画像石墓的建造，会有墓主、丧家与工匠沟通的过程。⑤ 因此，以墓主可考者很多是二千石以下的地方官员的身份来看，这些墓葬中所刻画的故事，除了必须是工匠所熟知的题材外，应也是墓主及其家属所爱好的题材。故汉画像中的内容与题材，不一定会依据

①邢义田：《汉代画像中的"射爵射侯图"》，载《"中央研究院"历史语言研究所集刊》2000年第3期，第1—66页。

②张欣：《规制与变异——陕北汉代画像石综述》，见朱青生主编：《中国汉画研究》第二卷，桂林：广西师范大学出版社，2006，第284页。

③据王思礼的研究指出，今天山东金乡的老石工并不识字，须等待别人写好字后再刻，否则榜题是空着。参见王思礼：《从莒县东莞汉画像石中的七女图释武氏祠"水陆攻战"图》，见政协第六届莒县委员会文史资料委员会编：《莒文化研究专辑（一）》，1999，第214页注30。另如山东泰安大汶口东汉画像石墓前室西壁横额，自左至右刻孝子故事画三则。最左画像刻左一树上悬二盒，树右一老者扶鸠杖坐于独轮车上，榜题"此苟父"；车后一童推车；车前一人执锄间苗，榜题"孝子赵苟"；车上方缀二羽人，然由其内容来看，应为"董永侍父"故事。中间画像则刻两人相对坐于榻上，右者捧碗喂食左者，榜题"孝子丁兰"，左者榜题"此丁兰父"，榜题似亦误刻，据陈培寿《汉武梁祠画像题字补考》的考证，以为应为赵苟故事，另亦有主张为"邢渠哺父"故事。相关讨论参王恩田：《泰安大汶口汉画像石历史故事考》，载《文物》1992年第12期，第73—78页；〔日〕黑田彰：《孝子傳の研究》，京都：株式会社思文阁，2001，第190—193页。

④邢义田：《格套、榜题、文献与画像解读——以一个失传的"七女为父报仇"汉画故事为例》，见邢义田主编：《第三届国际汉学会议论文集——中世纪以前的地域文化、宗教与艺术》，台北："中央研究院"历史语言研究所，2002，第218页。

⑤Wu Hung, "Four Voices of Funerary Monuments," in *Monumentality in Early Chinese Art and Architecture*, Stanford：Stanford University Press, 1995, pp.189-250；〔美〕巫鸿：《中国古代艺术与建筑中的"纪念碑性"》，李清泉、郑岩等译，上海：上海人民出版社，2009，第248—323页。Martins J.Powers, *Art and Political Expression in Early China*, New Haven：Yale University Press, 1991, pp.1-30.

目前可见的传世文献。① 尤其，在读书识字是少数人专利的时代，相关的内容极有可能随着作坊内工匠们的口耳相传，或受墓主及其家属的主观认知影响，而产生部分内容或情节上的变异。同时，更有可能因不同时间、地域的传衍，而产生了情节的变异与混同，或在形象及名称相近的情形下，互相取法并相互影响。

由于神话传说这类口传文学作品，在书写工具不发达时，或尚未被写定前，多是以口耳相传的方式传承下来的，因此，很容易因人们记忆力的好坏，以及个人的喜好取向，而产生遗忘或混淆，甚至张冠李戴的情形。美国学者 F. C. 巴特利特（F. C. Bartlett，1887—1969）曾于 1932 年做过一个实验：他给学生读一篇印第安人的故事，连读两遍，过了十五分钟，再记下他们的回忆复述。由这个实验他发现：一是故事的重大线索保留了，而细节有的遗落了；二是故事的表述方式，换成了复述者惯用的说法；三是故事变得更加连贯、更加合理，成了适合美国口味的故事。② 民俗学者汤普森和阿尔奈（Antti A. Aarne，1867—1925）在其《民间故事概论》一书中也列举了民间故事变异的十五种情节，其中包括把一般的事务特殊化、用另一个故事的材料来替换原故事中的材料、讲述者用他熟悉的事物取代他不熟悉的事物、讲述者当时的时代特点取代古老过时的时代特点等。③ 因此，许多的口传文学在传承的过程中，也常常会出现因人物的名称、身份相似或形象的相近，而产生牵连、附会的现象，有时候，这些相似之处便成了产生链接的重要媒介。甚至，有些本来并无关联或关联不大的人物、事件、情节或母题等，也会在流传过程中因人们的误解或攀附，而发生了混同或借用，甚而密切地结为一体的情形。

作为一种汉代民间丧葬文化产物的汉画像，亦极有可能如口头叙事一般，因为某些元素或性质的相似，或神话隐喻性心理与思维的模拟现象，而产生将

---

①如据笔者在《一种"历史"，两种"故事"——以两汉的聂政传说为例》一文中的考察发现：在山东嘉祥武氏祠堂上属历史人物画像"列士图"中的刺客聂政故事画像，与传世文献如《史记》或《战国策》所记的聂政故事，无论在所刺对象或具体情节上都有不小的差异。检诸文献，却反与《琴操》及《大周正乐》等"纪事好与本传相违"的民间逸闻传说不谋而合，而呈现出"一种'历史'，两种'故事'"的现象。参拙文《一种"历史"，两种"故事"——以两汉的聂政传说为例》，载《文与哲》2015年第 6 期，第 147—180 页。

②〔英〕F. C. 巴特利特：《民间故事再生的一些实验》，见〔美〕阿兰·邓迪斯主编：《世界民俗学》，陈建宪、彭海斌译，上海：上海文艺出版社，1990，第 339—363 页。

③〔美〕斯蒂·汤普森：《世界民间故事分类学》，郑海、郑凡、刘薇琳等译，上海：上海文艺出版社，1991，第 523—524 页。

情节置换成复述者惯用的说法、合乎民族口味的故事，或用另一个故事的材料来替换原故事中的材料、讲述者用他熟悉的事物取代他不熟悉的事物、讲述者当时的时代特点取代古老过时的时代特点等现象。

这样的现象，可以在如陕北米脂党家沟出土的一块画像石（图145）中得到证明。画面中楼阁内的男、女主角分坐于一株仙草两旁，背生双翼，角脊的左上、右上分别停立了象征日、月的金乌和蟾蜍，楼阁外则有九尾狐、捣药玉兔。[①] 背生两翼原来是西王母的象征，而金乌、玉兔捣药、九尾狐等也常与西王母一同出现，然楼阁内的女子并未戴胜，与西王母的基本形象不符，因此相关的研究者认为，楼阁内的男女应是墓主人。[②] 这些原属西王母的元素之所以被挪用于男女墓主人的图像中，如果不是工匠的错误，那便可能是这些元素是可以弹性使用和置换的，是工匠将墓主和神仙两类图像中的元素混同，或墓主图像借用了西王母图像中的元素所致。[③]

图 145 　陕北米脂党家沟出土画像石

①中国画像石全集编辑委员会编：《中国画像石全集5·陕西、山西汉画像石》，济南、郑州：山东美术出版社、河南美术出版社，2000，第34页图版46。

②李淞以为，此图的主题为墓主死后升入西王母之仙境，二人应为西王母、东王公。参李淞：《论汉代艺术中的西王母图像》，长沙：湖南教育出版社，2000，第163页。然楼内女子并未戴胜，与西王母的基本形象不符，故一般被解释为男女墓主。参张欣：《规制与变异——陕北汉代画像石综述》，见朱青生主编：《中国汉画研究》第二卷，桂林：广西师范大学出版社，2006，第283页。

③如陈履生也注意到山东某些地区的西王母构图形式与墓主像有共通之处。参陈履生：《神画主神研究》，北京：紫禁城出版社，1987，第29页。郑岩及李淞更认为，汉画像中的正面墓主像多是受西王母画像的影响。郑岩：《墓主画像研究》，见山东大学考古学系编：《刘敦愿先生纪念文集》，济南：山东大学出版社，1998，第458—459页。李淞：《论汉代艺术中的西王母图像》，长沙：湖南教育出版社，2000，第283页。另，游秋玫《汉代墓主画像的图像模式、功能与表现特色》（台北：台湾大学艺术史研究所硕士论文，2006）一文对墓主图像借用了西王母图像的现象有详尽的讨论。

同样的，从许多汉代的画像中也可以发现，其实乌、兔早已出现在日、月中，至少在西王母的神话流行以前，只是它们原来是做飞翔状的金乌和做奔跑状的兔子，或由于三足乌与金乌都是乌，而捣药兔与奔兔都是兔，二者在形象上颇为相似，且这在一般人的观念中，颇有可能将它们视为相同的事物。加之后来随着西王母信仰的盛行，三足乌、捣药兔的形象可能又不断地出现在当时的各种文字、艺术作品甚至生活中，且深植人心。又加上神话传说在传承的过程中，诚如前面所言，经常会有因人们的踵事增华或以讹传讹而产生了牵连、附会的现象，许多本来并无关联或关联不大的人物、事件、情节或母题等，在流传的过程中却产生了复合，甚至密切结为一体的现象，故像三足乌与金乌，捣药兔与奔兔不但皆属同一物种，且形象也颇为相似，是很有可能因而产生牵连、附会，甚至彼此互用的现象，并表现在意义的混同与构图、形象或组件上的借用。因此，到了东汉以后，便逐渐出现了将二者混同的现象，并使得三足乌及捣药兔从西王母的世界或神仙世界的图像中，进入了日、月的图像。

　　所以，或亦如前贤所观察，两汉之际受阴阳学说的影响，以"三"为阳数之极的观念或许是影响日中金乌由二足变为三足的原因之一。但经由前面的推论可知，二者在形象上的相近，加上后来随着西王母信仰的盛行，传述者或制作墓室的工匠们以当时的时代特点取代古老过时的时代特点，可能才是日中出现三足乌形象的重要关键因素。而月中出现捣药兔的缘由，可能也并不是因为西王母为月神，其侍者捣药兔才能进入月宫，应该也是因为月中兔与西王母图像志中的捣药兔发生了混同与借用的情形。加以后世之人不察，以讹传讹，遂改变了中国原有的日、月神话传说之内容，更因此而形成一种定式，影响着千百年来中国人对于日、月奇幻世界的想象。

二、情感的投射：神仙思想的盛行

　　除了母题的混同与借用外，由于神话除了是原始人类认识世界的方法之一，同时更是一种现实生活的折射，故其演变与发展，往往也是人们心灵活动过程的某种程度反映。张光直在讨论从神话看文化与社会时说过："神话是文化的一部分，与文化生活的其余部分密切地联系在一起；它不是人们空闲遐想之际造出来的虚无飘渺的无根梦话。在一个神话产生的当时，也许是根据一件历史事件或凭空杜撰的事件，来说明当时的文化或代表当时的观念。文化社会改变以后，神话也跟着变；纵使事件的内容仍旧，其看法与事件之间的关系与叙述方式，则随时'跟着时代走'。因此，从神话看社会文化，首先看到的是说述这件神话的当时人们的文化社会，而不即是神话发生时代的文化社会……"①

可知，神话传说中的人物、情节、内容等，往往也会随着社会文化的发展、变迁以及观念的转变、沟通及对话，不停地转化其原有的意涵，或扩大其原有文化范围所赋予的意义范围。同样的，神话传说中的各种神灵、各个细节间的相互交织、彼此联系，其延伸出的意涵与功能，往往也不会只是单纯的混同与借用而已。

因此，日中的金乌之所以变成三足乌，月中的奔兔之所以变成捣药兔，这当中可能也不会仅是形式上单纯的混淆。许多的时候，神话传说中人物、情节的变异，除了传衍过程中人们的穿凿附会、以讹传讹外，可能更多地与当时的社会风尚、时代意识及人们的心理期待有关。因为神话传说"总有它历史方面的质素，核心，并不是向壁虚造的"②。故即便是一种穿凿附会，但它在当下的时空环境中之所以被虚造，应自有其发生及在社会大众心理情感取向上的真。

首先，作为仙邦之君、昆仑之主的西王母，到了两汉时期早已不再仅是《山海经》中那个豹尾虎齿、蓬发戴胜的半人半兽的怪神了，她在此时几乎已是两汉时期民间普遍崇拜奉祀的神通广大至上神。一些近世出土的汉代文物上亦常有西王母崇拜的痕迹。③ 在当时，官府甚至还将其列为专祀的对象。④ 尤其到了西汉的晚期，民间还兴起了一股风靡全国的西王母崇拜热，并演变成中国第

<hr />

①张光直：《中国创世神话之分析与古史研究》，见马昌仪编：《中国神话学文论选萃》（下编），北京：中国广播电视出版社，1994，第44—45页。

②徐旭生：《中国古史的传说时代》，北京：科学出版社，1960，第20页。

③汉代的墓室壁画石刻、铜镜上常有西王母的形象，如河南南阳博物馆所藏的东汉灵帝建宁元镜铭文有："建宁元年九月九日丙午，造作尚方明镜，幽涷三商，上有东王公、西王母，生如山石，长宜子孙，八千万里，富且昌，乐未央，宜侯王，师命长，卖者太吉羊，宜古市，君宜高官，位至三公，长乐央□。"又《金石索·金索》卷六："蒙氏作竟真大工，东王公西王母，青龙在左，白虎居右，山人子高赤容。"《古镜图录·卷中》："龙氏作竟自□□，东王公西王母，青龙在左，白虎居右，山人子乔赤容子，千秋万倍"等。

④据《太平御览》引《汉旧仪》云："祭西王母于石室，皆在所，二千石、令、长奉祠！"〔宋〕李昉等奉敕撰：《太平御览》，台北：台湾商务印书馆，1997，第2517页。

286

一场宗教民变。① 西王母在当时除了是不死药的执掌和赐予者外，也是能为人祛灾祈福的护佑神。如在《焦氏易林》卷一《坤·噬嗑》中便保留了这样的记载：稷为尧使，西见王母，拜请百福，赐我善子，乐乐富有。②

此外，从许多两汉时期的西王母铜镜铭文中也都经常可见到如"仙人不知老""寿如东王公西王母"以及"长保二亲生久"等字样③，可知西王母在两汉时应具有非常大的影响力。或许就是受到整个社会处处弥漫着西王母崇拜的时代氛围的影响，两只脚的金乌，在经历了神仙思想的洗礼后，已不再能满足两汉时人们的心灵。作为神仙世界中的三足乌，无论是其异于凡俗的怪谲形象，或是能为西王母取不死之药的神异功能，才更能满足人们对于太阳神鸟的想象。于是，西王母神仙世界中的神禽三足乌，遂逐渐取代了日中的神鸟金乌，而成为新的太阳神鸟。

相同的，捣药兔进入月宫，可能也与东汉以后神仙道教的兴盛，以及社会上弥漫着一股追求长生不死的风尚有关。尤其，捣药兔所捣的正是能使人永生不死的不死药，这在求仙之风盛行的汉代人们心目中，是更能符合他们对于企求灵魂不死、飞升仙界的想象的。因阴影等因素所形成的原始奔兔形象，也同样已不再能满足汉代人们心中的想望。所以，捣药兔遂也逐渐取代了月中的奔兔，成为月中兔的代表，并从此长驻月宫中。

图像的形象变异，有时也相对地会带来其意义的转变，因此，在将金乌与三足乌、奔兔和捣药玉兔两种图像整合后，可能也会使原来的日、月画像衍生出新的图像意义，即里面有为西王母取不老之草三足乌的日和内有能捣炼不死

①据《汉书·五行志第七下之上》载："哀帝建平四年正月，民惊走，持藁或棷一枚，传相付与，曰行诏筹。道中相过逢多至千数，或被发徒践，或夜折关，或逾墙入，或乘车骑奔驰，以置驿传行，经历郡国二十六，至京师。其夏，京师郡国民聚会里巷阡陌，设张博具，歌舞祠西王母。又传书曰：'母告百姓，佩此书者不死。不信我言，视门枢下，当有白发。'至秋止。"另据《汉书·哀帝纪》载："（建平）四年春，大旱，关东民传行西王母筹，经历郡国，西入关，至京师，民又聚会祠西王母。""（建平四年）夏，京师郡国聚会里巷阡陌，设张博具，歌舞祠西王母。又传书曰：'母告百姓，佩此者不死。'"〔汉〕班固撰，〔唐〕颜师古注：《新校本汉书》，台北：鼎文书局，1986，第342、1476页。欧大年（Daniel L. Overmyer 1935— ）以为：这是我们所知的中国第一次民间宗教运动。它为中国最早有组织的、有自己的教职人员、仪式和经书的宗教。Daniel L. Overmyer, *Religions of China: The World as a Living System*, San Francisco: Harper & Row, 1986.

②〔汉〕焦延寿：《焦氏易林》，见《四部丛刊·初编》（第59册），上海：商务印书馆，1919，据北京图书馆藏元刊本及乌程蒋氏密韵楼藏影元写本影印，卷一。

③如汉代的铜镜上有："龙氏作竟佳且好，明而日月世少有，刻分守悉皆在，长保二亲宜孙子，东王公西王母，大吉羊矣兮。"（《小檀栾金镜影》卷二，《小校金阁金文》卷一五）又"元兴元年五月丙午日□大利，……世有光明，长乐未央，富宜，昌宜侯王，师命长生如石，位至三公，寿如东王公西王母。"参《陶斋吉金录》卷七，《古镜图录》卷上，《浣花拜石轩镜铭集录》卷一。

之药兔子的月，可能也寄寓了当时人对不死与不朽的冀望及企求。

神话是原始初民探索世界、认识世界的另一种证明，它一方面表现了先民对现实世界的茫然，另一方面也显示了他们消解迷惘的不懈努力。有时，当人们试图为某些事物提出解释或辩解之际，其目的有时并不在于为其寻找真正的答案，更多的时候，是在为其自身的矛盾寻求一种调解与妥协的方式。故到了东汉以后，人们将月中有蟾神话与嫦娥奔月神话相结合，可能也并非只是出于一种巧合。这其中，应也已反映了汉代人们某种层面上的心理需求，并折射出更多当时人对追寻不死与不朽的理解与企求。

第六章　继承与转化

——日、月画像在魏晋以后墓室中的发展

日、月画像与神话，除了经常出现在两汉墓葬艺术中，并蕴含丰富的意涵外，日中的金乌、月中的奔兔，也变成了神异的三足乌及捣药兔。到了魏晋以后，相关形象除仍经常出现在一些中原地区的墓葬外，更随着中原人士向河西走廊及辽东半岛等地播迁，并在这些地方得到了很好的继承与发展，甚至影响了如新疆吐鲁番等地的墓葬艺术与礼俗。另一方面，日中有乌的神话与图像，亦随着日/鸟崇拜神圣性的日渐式微，人们开始以世俗化、生活化的想象和虚构，将日中的金乌想象成金鸡。这些变化，虽然都是在两汉日、月画像基础上进一步发展与变化的结果，但却并非只是全盘的继承，更有其基于时代、地域需要而进行的选择及转化。

第一节　两汉传统的余绪

——魏晋以后墓葬中的日、月画像

除中原地区外，西北的河西走廊及东北的辽东半岛，则由于文化的传播以及中原地区汉人的播迁，在许多汉民族或胡人的墓葬中也可以看到日中有乌与月中有蟾、兔、桂树的形象出现。

一、中原地区

流行于两汉时期且大量出现在许多中原地区墓葬装饰的日中有乌与月中有蟾、兔、桂树，从汉末到隋代，由于"中国萧条，或百里无烟，城邑空虚，道殣相望"①，长期的分割与连年战争，使得民生凋敝、人口大减，致薄葬之风兴

---

①《三国志·吴书·朱治传》注引《江表传》。参〔晋〕陈寿撰，〔南朝宋〕裴松之注：《新校本三国志》卷五十六《吴书·朱治传》。

起，魏晋时期许多统治者更积极倡导"节葬"。① 故未在中原地区发现大型的墓室。② 因此，原流行于两汉时期中原地区墓室中的日、月画像，在此一时期亦几近绝迹。一直到了北朝时期，尤其是在北魏统一北方后，随着政治社会的渐趋稳定及经济、文化的逐渐复苏，还有北魏、北齐统治者对中原汉文化的刻意复兴，原已废弛多时的厚葬之风才渐有复苏之势，因而也使得以画像装饰墓室的传统再度兴盛与发展起来。

以目前在中原地区发现的南北朝墓室来看，多为北朝中后期的墓葬，主要分布在河南、河北、陕西等地。这些墓室中亦可零星地看到日、月画像的出现。

其中，如河南洛阳金村出土的北魏石棺盖画像，便刻有四个人身鸟足的守护神，为首的两个手擎日、月，日中有三足乌，月中有桂树和蟾蜍、捣药兔，两旁则能隐约看到星斗的形状，背景则衬托着云气。③ 另一大约也是北魏时期的河南洛阳出土的石棺盖里侧，亦出现构图相似的伏羲女娲石刻线画残片，其中伏羲手托日轮，内有三足乌，女娲手托月轮，内有蟾蜍、桂树和捣药兔（图146）④，银河周围环绕一些以单线相连的星宿，应是用以象征天穹。至于1973年在宁夏固原东郊雷祖庙墓出土的北魏描金彩绘漆棺，棺盖为两面坡式，正中上方有两座悬垂帷幔的屋宇，侧绘一红色日轮，中有三足乌，右有一白色月轮，中有残墨，可能是蟾蜍之类。屋内坐有东王公、西王母，并有银河、鸟、兽、人面鸟身等神怪，棺前档下部还出现了两个带头光、披帛绕臂貌似菩萨的人物。棺两侧的画像除了有魏晋南北朝时期常见的孝子画像外，还绘有火焰纹、天人、伎乐和各种鸟兽。⑤ 可知，已掺入了佛教的题材。

①如北方曹魏的历代统治者都极力推行薄葬，曹操生前除曾下令"禁厚葬，皆一之于法"外，死前更遗言："天下尚未安定，未得遵古也。……敛以时服，无藏金玉珍宝。"文帝曹丕承继父训，亦力倡薄葬。他在谈论自己的后事时也曾说过："无施苇炭，无藏金银铜铁，一以瓦器，合古涂车、刍灵之义。棺但漆际会三过，饭含无以珠玉，无施珠襦玉匣。"到了西晋，统治者亦效法魏制，薄丧之风仍能延续。参《新校本三国志》，台北：鼎文书局，1980，第53、83页。

②关于曹魏时期中原地区的墓葬，1991年于洛阳市东北郊发现的朱村壁画墓，由于在北壁墓主夫妇宴饮图中，有侍者手持麈尾的细节，论者或以为其年代可以晚至曹魏时期，金维诺认为论据不充分。金氏认为，在山东诸城凉台东汉画像石墓的墓主像旁边已见有麈尾，可知麈尾并不一定是玄学流行以后才出现的器物。参金维诺：《墓室壁画在美术史研究上的重要地位》，见《中国墓室壁画全集》编辑委员会编：《中国墓室壁画全集1·汉魏晋南北朝》，石家庄：河北教育出版社，2011，第72页。

③王子云编：《中国古代石刻画像选集》，北京：中国古典艺术出版社，1957，第6页图版七（1）。

④中国画像石全集编辑委员会编：《中国画像石全集8·石刻线画》，郑州、济南：河南美术出版社、山东美术出版社，2000，第69页图版88。

⑤宁夏固原博物馆：《固原北魏墓漆棺画》，银川：宁夏人民出版社，1988，第8—14页。孙机认为，该棺的年代在太和八年至十年（484—486）之间，具有浓厚的鲜卑色彩。参孙机：《中国圣火——中国古文物与东西文化交流中的若干问题》，沈阳：辽宁教育出版社，1996，第122—138页。

图 146　北魏石棺画像残片

到了北齐、北周两代，历经了北魏以来的恢复与整合，墓葬壁画又达到了一个空前繁荣的黄金时期。从目前所发现的来看，这一时期的墓葬以大型墓居多，且其中不少有内容丰富的壁画，但这些墓室壁画大多保存状况不好，如山西太原王郭村北齐后主武平元年（570）的娄叡墓①、山东临朐县海浮山北齐文宣帝天保二年（551）的崔芬墓②，以及山东济南马家庄北齐后期的道贵墓③等，在墓室的穹隆顶上都绘有日、月的画像。其中，娄叡为北齐东安王，故墓葬的规格亦很高，墓道、甬道、天井和室内壁皆绘满壁画，并以界格分为若干层，日、月则分别被绘于穹隆顶的东、西两侧，日中有金乌，月中有蟾蜍，并绘有星宿、天河。四壁则绘有兽形十二辰、祥瑞、四神及雷公、羽人等，构筑了一融合自然天象与祥瑞神灵的神话式天空。娄叡是鲜卑勋贵，亦可见西域文化与佛教艺术的影响。至于崔芬墓则为山东地区最重要的北齐壁画墓，墓顶东披壁绘有一神人乘青龙，周围绘人面怪兽、树木、月亮、流云、星辰等，四壁则绘有如朱雀、玄武等祥瑞，下栏绘有墓主夫妇出行图。此外，西披也绘有树木、月亮、流云、星辰等画像。至于道贵墓的墓顶也绘有日月星辰画像，其中西披绘红色日轮，日中有乌；东披绘白色月轮，月中有桂树及捣药兔；北披绘北斗。由此可知，它们无论在时代上或文化传统上，应都具有重要的继承关系。

从以上几座大型墓室的壁画内容及配置来看，基本上都保留了两汉墓室的传统图像与观念，可知其仍是两汉墓葬传统的一种余绪。故贺西林认为："在题材内容、图像观念、布局结构上仍与汉墓壁画有着千丝万缕的联系。其表现内容还是集中在天堂仙境、神灵祥瑞、镇墓辟邪、墓主生活等方面。图像中的日月天象、四神、神仙羽人、门卒属吏、墓主坐帐像等，都是汉墓壁画中常见的题材。并且汉墓壁画所蕴含的灵魂不朽、引魂升天这种传统信仰和观念，此时仍在墓室壁画中占主导地位。"④

此外他指出，这时期的壁画墓还包括如佛教图像和观念的大量融入、画面充分展现了本土和外来两种思想和艺术的有机结合和深度融合，壁画内容以中

---

①山西省考古研究所、太原市文物管理委员会：《太原市北齐娄叡墓发掘简报》，载《文物》1983年第10期，第1—23页。

②吴文祺：《临朐县海浮山北齐崔芬墓》，见中国考古学会编：《中国考古学年鉴·1987》，北京：文物出版社，1988，第174页。《中国美术全集》编辑委员会编：《中国美术全集·绘画编12·墓室壁画》，北京：文物出版社，1989，第51页。

③济南市博物馆：《济南市马家庄北齐墓》，载《文物》1985年第10期，第42—48页。

④贺西林：《古墓丹青：汉代墓室壁画的发现与研究》，西安：陕西人民美术出版社，2001，第183页。

原汉民族的传统为主，但也融入了一些北方少数民族的风俗、情趣[①]等比较明显的突破和变化。可知，由于文化的交流与融合，继承自两汉传统的墓葬艺术不仅已融入了其他周边民族的特色，也与佛教艺术产生了更多的交流与融合。

除墓室壁画外，大概从汉代开始，随着中国古代建筑对石材的广泛使用而发展出一种以线描刻入石面的"石刻线画"。在一些北朝的葬具上，经常可见以石刻线画描刻各种画像。如在陕西西安出土的匹娄欢石棺棺盖上，便发现有伏羲、女娲人首蛇身手捧日、月的形象，一样是日中有三足乌，月中有桂树、蟾蜍、捣药兔。（图147）[②] 此应也是中原墓葬传统的遗绪。至于南方地区，则也可以在江苏丹阳建山金王陈村南朝佚名墓的墓室顶部看到绘有日中有三足乌，月中有桂树和玉兔的日、月画像砖，两侧更有标明"小日""小月"的砖文（图148）。[③] 另如湖北武昌的东湖三官殿墓内也装饰有画像砖和花纹砖，画像砖中有青龙、朱雀、男女侍者，朱雀画像砖的左、右角则出现有日、月的画像。[④]

到了隋唐时期，山东及陕西出现了许多大型的贵族壁画墓，一些墓室中也经常可以见到日中画有金乌或三足乌，月中绘有蟾蜍、捣药玉兔及桂树者，如山东嘉祥英山隋开皇四年的徐敏行墓的穹隆顶天文图，即绘有日、月、星辰，月中有桂树和捣药兔。[⑤] 至于唐代以后的壁画墓，现可知见者较多为帝王及贵族阶级的，如唐龙朔三年新城长公主墓[⑥]、神龙二年永泰公主墓[⑦]、章怀太子墓[⑧]、懿德太子墓[⑨]，开元十二年节愍太子李重俊墓[⑩]，与太原南郊的金胜村焦化厂墓、金胜村4号墓、金胜村6号墓、金胜村337号墓等，都可在墓室的穹隆顶上发现有日、月的画像。

---

①贺西林：《古墓丹青：汉代墓室壁画的发现与研究》，西安：陕西人民美术出版社，2001，第183—184页。

②武伯纶：《西安碑林述略》，载《文物》1965年第9期，第14页版图2。

③《中国画像砖全集》编辑委员会编：《中国画像砖全集·全国其他地区画像砖》，成都：四川美术出版社，2006，第8页下。

④武汉市博物馆：《武昌东湖三官殿梁墓清理简报》，载《江汉考古》1991年第2期，第23—28页。

⑤山东省博物馆：《山东嘉祥英山一号隋墓清理简报——隋代墓室壁画的首次发现》，载《文物》1981年第4期，第28—33页。

⑥陕西省考古研究所、陕西历史博物馆、昭陵博物馆：《唐昭陵新城长公主墓发掘简报》，载《考古与文物》1997年第3期，第3—38页。

⑦陕西省文物管理委员会：《唐永泰公主墓发掘简报》，载《文物》1964年第1期，第39、71—94页。

⑧陕西省博物馆、乾县文教局唐墓发掘组：《唐章怀太子墓发掘简报》，载《文物》1972年第7期，第13—19页。

⑨陕西省博物馆、乾县文教局唐墓发掘组：《唐懿德太子墓发掘简报》，载《文物》1972年第7期，第26—31页。

⑩陕西省考古研究所编：《陕西新出土唐墓壁画》，重庆：重庆出版社，1998，第101—163页图版，第1—19页图版说明。

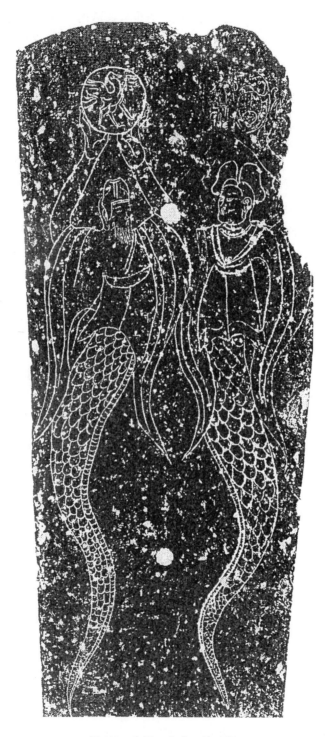

图 147 　北周匹娄欢石棺画像

图 148　江苏丹阳南朝佚名墓：日、月画像砖

其中，如关中地区属初唐时期的永泰公主墓，在前室穹隆顶即绘有日、月、星辰图，东边的太阳内画金乌，西边画满月，内有蟾蜍，东北角至西南角有一银河；此外，后室的穹隆顶亦绘有天文图，惟月亮是一钩残月。至于章怀太子墓的日、月画像则是出现在前室穹隆顶，日中有三足乌，月中有桂树、蟾蜍和捣药兔，周围则布满星辰。此外，后室的穹隆顶亦绘有天象图，有一些以金箔贴成的星辰，日中有金乌，月中有桂树和玉兔。另如节愍太子墓则在后墓室穹隆顶存有完整的天文图，绘有星辰、日、月、银河等。在山西太原金胜村第6号墓的覆斗顶东、南、西、北四披分别画青龙、朱雀、白虎、玄武，四神周围绘有星图，青龙上方有太阳，白虎上方有弯月。金胜村焦化厂墓的墓顶东、南、西、北四披则分别画青龙、朱雀、白虎、玄武四神，四神两侧及上方布满星辰，青龙身后上方绘红日，中有三足乌，白虎头前上方有一弯月。

至于盛唐时期墓室中出现有日、月画像的则有玄宗开元十八年（730）的温神智墓①，及天宝元年（742）的李宪墓②、天宝四年（745）的苏思勖墓③。其中，属关中地区的李宪墓，在墓室穹隆顶绘有星辰、红日和白月，日中有金乌，四披则绘有朱雀、玄武，四披的上半部均散布许多云朵纹。苏思勖墓的穹隆顶也布满星辰，东边有红黄太阳，西边有白色月亮，墓室南披绘有朱雀，北披绘有玄武。另山西地区的温神智墓穹隆顶四周绘挽结幔帐、四神及云朵、星辰、日、月，月中似绘有一人。一直到了中晚唐时期，则仍可于如德宗兴元元年（784）的唐安公主墓室顶见到日、月的画像，四周壁画并绘有流云、星辰及朱雀、玄武。④ 另如宁夏固原的梁元珍墓的墓室顶亦绘有银河、星辰及日、月。⑤

除了中原地区外，此一时期的南方地区也有不少日、月及天文相关画像出土，如唐中宗圣嗣元年（684）湖北郧县李徽墓的顶部虽大多剥落，仍可见数十颗红色星宿，东部依稀可见一直径约40厘米的红色大斑点，左、右分出四足，形态近似蟾蜍。⑥ 唐昭宗光化三年（900）浙江临安的钱宽墓顶则按墓室顶形状

———————————

①常一民、裴静蓉：《太原市晋源镇果树场唐温神智墓》，见陕西历史博物馆编：《唐墓壁画国际学术研讨会论文集》，西安：三秦出版社，2006，第209—213页。

②陕西省考古研究所编著：《唐李宪墓发掘报告》，北京：科学出版社，2005，第151页。

③陕西考古所唐墓工作组：《西安东郊唐苏思勖墓清理简报》，载《考古》1960年第1期，第30—36页。

④陈安利、马咏钟：《西安王家坟唐代唐安公主墓》，载《文物》1991年第9期，第16—27页。

⑤宁夏固原博物馆：《宁夏固原唐梁元珍墓》，载《文物》1993年第6期，第1—9页。

⑥湖北省博物馆等：《湖北郧县唐李徽、阎婉墓发掘简报》，载《文物》1987年第8期，第30—42、51页。

绘大致相互平行的椭圆形圈，表示外规、赤道、内规，在内、外规之间按四宫方位布列二十八宿和北斗，星辰用金箔贴成，每宿各星以线相连，在西方昴、毕之间画有一白色月亮，在东方"心宿"三星之下画一轮红日，日、月之内可能绘有金乌、玉兔，惜画像已残损漫漶。①

此外，四川宋墓中也曾出土了人形陶俑的太阳、月亮墓镇煞。如 1979 年四川蒲江县五星镇 2 号宋墓出土了众多陶俑，其中，有一件捧日男俑高 31.3 厘米，头戴平顶冠，身着圆领广袖落地长衣，腰系舌形围，脚蹬靴，双手捧月，月下亦有云朵相衬。另一件为捧月女陶俑，高 30.8 厘米，为一披发妇女形，双手捧月，月下亦有云朵相衬。② 四川邛崃市北宋墓也曾出土捧日、月俑，有学者认为，四川宋墓出土的捧日、月陶俑应是墓葬神煞中的太阳、太阴。③

综上可知，古代中国人在墓室中绘制天文图的传统，到了两汉以后，即便由于天文知识的进一步发展以及佛教的日渐兴盛，已较少以神话式的情节来表现墓室的天空，但日、月仍是不可缺少的图像母题。不过，如前所述，由于天文知识的进展，墓室中科学性的星图变多，以神话来表现墓室天空的画像愈来愈少。

二、边陲之地的扩布：以西北、东北地区为主

魏晋至十六国时期，相较于中原地区的战乱频仍、社会动荡，西北的河西走廊一带及东北的辽东半岛地区则相对稳定，加上这些地区在魏晋以后，无论是在经济，或文化上都有了较大的进步，故而使中原地区渐趋式微的墓葬文化在这些地区出现了繁盛的景况，并因此向西影响到新疆吐鲁番等地区，向东影响了高句丽及朝鲜半岛。

目前为止，在河西一带的酒泉、嘉峪关、张掖、敦煌等地发现的魏晋十六国墓葬壁画便已达 20 座以上。④ 从已发掘的墓葬来看，至少从两汉开始，这里便已遍布许多大大小小的墓群，且绝大多数都是两汉和魏晋时期的墓葬连接在一起。这些魏晋至十六国时期的墓葬，无论从形制、内容到风格，基本上都保留了汉代墓葬的传统与范式，表现出明显的延续性。

①浙江省博物馆、杭州市文管会：《浙江临安晚唐钱宽墓出土天文图及"官"字款白瓷》，载《文物》1979 年第 12 期，第 18—22 页。

②陈显双、廖启清：《四川蒲江五星镇宋墓清理记》，载《考古与文物》1986 年第 3 期，第 37—46 页。

③邛崃县文物管理所：《邛崃县北宋墓清理简报》，载《四川文物》1985 年第 3 期，第 76—78 页。

④贺西林：《古墓丹青：汉代墓室壁画的发现与研究》，西安：陕西人民美术出版社，2001，第 184 页。

其中，如位于河西走廊、属曹魏时期的甘肃嘉峪关新城 1 号墓棺盖上所绘伏羲、女娲（图 149），伏羲左手持规，胸前有月轮，轮中有金乌；女娲右手执矩，胸前亦有月轮，轮内绘蟾蜍。[1] 另如甘肃敦煌佛爷庙湾 37 号墓的漆棺棺盖上残存的帛画，也出现有似为日、月的形象。[2]

到了十六国时期，河西地区也出现不少具中原传统的墓葬，如属十六国后凉至北凉时期的酒泉丁家闸 5 号墓，即为一典型继承中原传统的墓葬。该墓前室顶也绘有天象图，其中东壁绘太阳、东王公，日中有金乌，西壁绘月亮、西王母、九尾狐、三足乌，月中有蟾蜍。（图 150）[3] 此外，古楼兰城遗址壁画墓中发现的一残破带足彩棺，彩棺两端朱色对角线交叉处，亦分别绘有黄色的日、月。位于棺首的日轮中有黑色三足乌，位于棺足端的月中则有墨绿色平涂、黑色勾线的蟾蜍，发现时色彩如新，似初绘不久。[4]

另，地处边远的新疆吐鲁番阿斯塔那和哈拉和卓一带，也发掘了许多以汉人为主的两晋至隋唐时期的墓群[5]，其中也可零星看到日中有乌和月中有蟾、兔的形象。其中，如 1964 年在阿斯塔那墓地 13 号墓发现的一幅纸画，"画面上方左右两角分绘日月，左侧圆月内绘蟾蜍，右侧日内绘金乌"。[6] 另，哈拉和卓墓群的壁画中还出土了一些墓主及日、月的壁画，如哈拉和卓 97 号墓的壁画都绘于墓室后壁，画面横分六栏，中心绘夫妇拱手跪坐图，面向左，左上端绘有红日，

①甘肃省文物队、甘肃省博物馆、嘉峪关市文物管理所编：《嘉峪关壁画墓发掘报告》，北京：文物出版社，1985，第 1 页。胡之主编，张宝玺摄影：《甘肃嘉峪关魏晋一号墓彩绘砖》，重庆：重庆出版社，2000，图 31、32。

②据考古发掘报告所述，37 号墓南侧棺盖板与之相应部位残存一幅已朽残的帛画，帛白底，残余部分绘残墨线蟾蜍，间以朱色填缀。研究者认为，由其图像及陈放位置来看，与甘肃武威磨嘴子西汉晚期墓葬中的"旌铭"极为相似。参甘肃省文物考古研究所：《敦煌佛爷庙湾西晋画像砖墓》，北京：文物出版社，1998，第 21 页。

③甘肃省博物馆：《酒泉、嘉峪关晋墓的发掘》，载《文物》1979 年第 6 期，第 1—16 页；张朋川：《酒泉丁家闸古墓壁画艺术》，载《文物》1979 年第 6 期，第 21 页；甘肃省文物考古研究所编：《酒泉十六国墓壁画》，北京：文物出版社，1989，第 309 页。

④李青：《古楼兰鄯善艺术综论》，北京：中华书局，2005，第 537 页。

⑤"阿斯塔那"和"哈拉和卓"是两个相邻民村的名称，所谓的"阿斯塔那"是古代维吾尔语"首府"的意思，因村东著名的高昌故城而得名。"哈拉和卓"相传是古代维吾尔国一位大将的名字，他死后人们便称其生前驻地为"哈拉和卓"。整个墓葬群从城东北一直延伸到城西北，东西长约 5 公里，南北宽 2 公里，占地约 10 平方公里。

⑥孟凡人：《吐鲁番十六国时期的墓葬壁画和纸画略说》，见赵华：《吐鲁番古墓葬出土艺术品》，乌鲁木齐：（中国）新疆美术摄影出版社，（新西兰）霍兰德出版有限公司，1992，第 3 页、附图三。

图 149 　嘉峪关新城 1 号墓漆棺盖：伏羲与日、女娲与月

图 150　酒泉丁家闸 5 号墓：日与东王公、月与西王母

右上端则绘有红色上弦月。① 2006 年于新疆吐鲁番阿斯塔那墓地西区 605 号墓墓室后壁出土的一"庄园生活图"布质画卷，壁面四角绘有象征画布挂索的黑色四角形，帷帐上部两侧各绘一人首形象，左侧像旁题"月像"，右侧像旁题"日□（像）"，在男主人右侧则是星宿图，从右至左分别墨书"三台""北斗"等字。② 由此可见，两旁的圆圈，即使没有金乌、玉兔或蟾蜍，也可以用来象征日、月。（图 151）

此外，哈拉和卓一带还出土了许多伏羲女娲绢麻画，画中亦经常伴随有日、月的画像。由于这些墓葬中的日、月画像，无论在内容或功能上，可能都与两汉墓葬中的"天文图"有着密切的联系，故将于下一节中进行专门讨论。

图 151　新疆吐鲁番阿斯塔那 605 号墓壁画

①哈拉和卓 98 号墓的壁画构图与 97 号墓的壁画大致相同。参孟凡人：《吐鲁番十六国时期的墓葬壁画和纸画略说》，见赵华编：《吐鲁番古墓葬出土艺术品》，乌鲁木齐：（中国）新疆美术摄影出版社，（新西兰）霍兰德出版有限公司，1992，第 1—2 页，附图一、附图二。

②徐光冀主编：《中国出土壁画全集》（第九册），北京：科学出版社，2011，第 211 页图 203。

由此可见，继承自两汉、原流行于中原地区于墓室中绘制天文图的传统，并没有消失。随着汉人的西迁，作为墓室小宇宙天空的日中有乌和月中有蟾、兔形象，更经由河西走廊传播到了边远的新疆等地区。

除西北地区外，东北的辽阳、朝阳等地也发现了许多大型的魏晋十六国壁画墓。根据相关历史记载可知，汉魏时期，以当时的襄平城（今辽阳）为中心的辽东地区，无论在政治、经济或文化方面，都已有了极高度的发展。到了东汉中晚期，更由于中原的连年战乱，辽东地区相对安定，便有不少中原移民前来定居，因而形成了许多大型壁画墓，也使得原来流行于中原地区的墓葬艺术在此地盛行起来。20世纪初，日本学者即已在辽阳地区发现了多座汉魏壁画墓。[①] 1949年以后，日本及中国学者又在辽阳一带发掘了多座大型壁画墓，其中包括位于辽阳市北郊太子河两岸的棒台子、北园、三道壕、小青堆子、东台子、南台子等东汉至魏晋时期的墓群。相关内容可明显看到中原墓葬传统的影响。这些辽阳地区的墓室壁画中，也经常可以看到内有三足乌的日轮和内有蟾蜍的月轮。

大约到了3世纪中叶以后，辽阳地区的壁画墓开始向东、西两侧地区产生影响，其中，向西又扩展到了辽西鲜卑族聚居的朝阳地区。目前朝阳地区发现有日、月画像的壁画墓有袁台子东晋壁画墓[②]。该墓主室墓顶及四壁的垫石上绘满流云、星辰，顶盖上绘有太阳，内绘三足乌；太阳东侧壁顶绘月亮，旁边有一硕大的玉兔和一形象狞厉似蟾蜍的动物。这样的传统一直延续到十六国时期，辽西地区的墓室仍流行壁画，其中如辽宁北票西官营子出土的北燕太祖之长弟冯素与其妻属的墓室内椁顶，有九块盖石连为一幅天象图，由东向西绘有星象，其中有日、月、星宿、银河和云气。[③]

流风所及，辽东地区的汉魏墓葬艺术亦开始向东传播，并影响了包括吉林集安古高句丽墓群及朝鲜半岛西部平壤地区的古高句丽墓葬，并发现不少相关

---

①1905年，鸟居龙藏等在辽阳、旅大等地调查发掘了大量石椁墓、石室墓、砖椁墓及贝冢。1918年，八木奘三郎等发掘了辽阳东北郊的迎水寺壁画墓。1931年、1933年，梅本俊次陆续发掘东门外墓和满洲棉花会社墓，并发现其中有壁画残迹。此后，1941年，东京帝国大学文学部考古学教研室原田淑人等调查发掘了辽阳北、西、南郊的砖墓石椁墓、瓮棺墓，并于1942年发掘了辽阳西南郊的南林子壁画墓和南郊的玉皇庙壁画墓。1943年，中国学者李文信发现了北园壁画墓。

②辽宁省博物馆文物队、朝阳地区博物馆文物队、朝阳县文化馆：《朝阳袁台子东晋壁画墓》，载《文物》1984年第6期，第29—45页。

③黎瑶渤：《辽宁北票县西官营子北燕冯素弗墓》，载《文物》1973年第3期，第2—28页。

的画像，其中包括朝鲜平壤附近安岳郡的冬寿墓①，吉林集安洞沟古墓群的洞沟 1368 号墓②、五盔坟 4 号墓③、角抵墓、舞踊墓④等，皆可见日、月的画像。如属古高句丽早期壁画墓的洞沟 1368 号墓主室的八层叠涩石上也绘有日、月画像，日中有三足乌，月中有蟾蜍，并伴随着星辰、青龙、白虎、朱雀、麒麟、人面鸟、流云、火焰、莲花及各式仙人，构成了一幅美好天上世界的图像。又，在属高句丽晚期壁画墓的吉林集安洞沟五盔坟 4 号、5 号壁画墓中，也出现丰富的汉族传统神话题材。其中，如 4 号壁画墓的东、西、南、北四壁上，除依次绘有青龙、白虎、朱雀、玄武四神外，在四隅的第一重抹角石相交处还分别绘有人首蛇躯的伏羲、女娲与各种神怪、飞仙，伏羲、女娲分别高举日轮和月轮，日轮中有三足乌，月轮中有一硕大蟾蜍。（图 152）另，第二重顶石上亦绘有中有三足乌的日轮，有蟾蜍的月轮（图 153），以及南斗六星、流云与各种飞仙的形象。5 号壁画墓中的伏羲、女娲也是双手高捧日、月，日中有三足乌，月中有一硕大蟾蜍。

　　除了辽东半岛外，在今平壤有一年代约当 5 世纪中叶的朝鲜三国时代德兴里壁画墓，墓前、后室和甬道均有彩色壁画，并有汉文的墨书铭记和榜题。前室的墓室顶部用石条叠涩成穹隆状，东壁顶绘有一日轮，日中有飞翔金乌；西壁顶绘有一月轮，轮中绘一硕大蟾蜍，周围则布满各种星辰和飞仙。还有，朝鲜平安南道龙冈郡双楹冢壁画墓内室的东侧顶石有日，日中有三足乌；西侧顶石有月，月中有蟾蜍。（图 154）⑤

　　从这些辽东地区壁画墓中经常出现的四神、日、月、星宿、各种神怪，以及伏羲、女娲等两汉以来墓葬传统画像的题材可知，作为中原传统葬俗一部分的日、月画像，已流传到河西及东北辽阳地区，并证明了传统日、月神话流传与影响的广远。

　　①约当公元 4 世纪中期的冬寿墓，在其前室的藻井上绘有日、月天象，叠涩石上绘云纹。洪晴玉：《关于冬寿墓的发现和研究》，载《考古》1959 年第 1 期，第 27—35 页。

　　②李殿福：《集安洞沟三座壁画墓》，载《考古》1983 年第 4 期，第 176 页。

　　③吉林省博物馆：《吉林辑安五盔坟四号和五号墓清理略记》，载《考古》1964 年第 2 期，第 61 页。

　　④〔日〕池内宏、梅原末治：《通沟》，哈尔滨：日满文化协会，1938。

　　⑤〔日〕菊竹淳一、吉田宏志：《世界美术大全集·第 10 卷·东洋编：高句丽、百济、新罗·高丽》，东京都：小学馆，1998，第 38 页彩图 19。

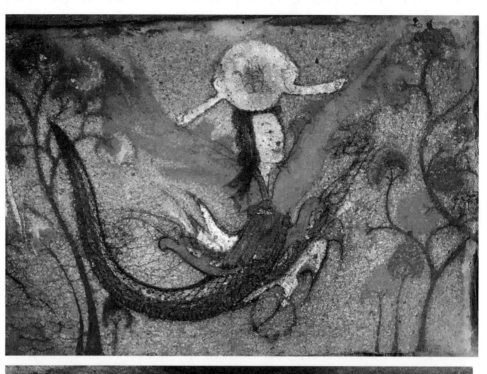

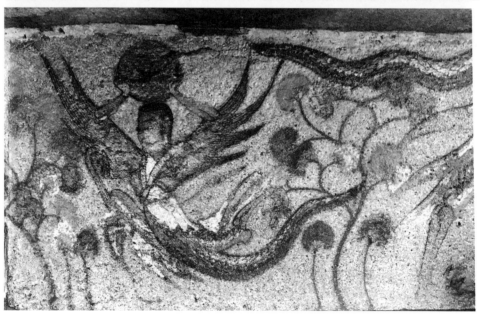

图 152　吉林集安洞沟五盔坟 4 号墓：女娲擎月、伏羲擎日

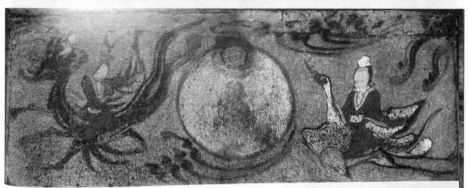

图 153　吉林集安洞沟五盔坟 4 号墓：日、月

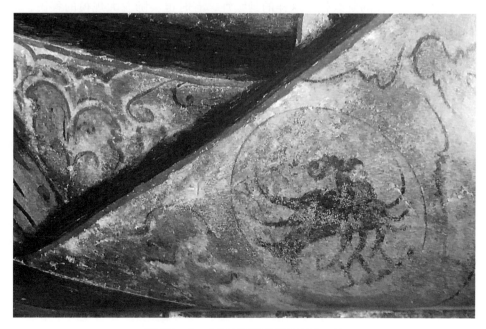

图 154-1　古高句丽双楹冢壁画墓：日

图 154 - 2 古高句丽双楹冢壁画墓：月

以上由中原到河西走廊、辽东半岛，甚至新疆及朝鲜半岛，都不难看到自汉代以来以日、月天文图装饰墓室天空传统的影响，同时，也可以看到中国古代丧葬观念有很强的延续性。这样的延续性，有时也会随着大规模的移民，而得到延续的条件。

第二节　天文图传统的再现
——以吐鲁番墓葬出土伏羲、女娲图为例

自两汉以来，随着汉王朝对西域的经营，以及中原人士的向西播迁，原流行于中土的丧葬传统，自然也随着人群的迁徙而被带到河西走廊和西域等地。所以，如前所述，自两汉时期开始，河西走廊上的武威、嘉峪关、酒泉等地，即已遍布许多大大小小的墓葬群，且很多都有日、月画像。

汉代画像中的日、月题材及风格，不仅直接影响了河西地区魏晋十六国的墓室壁画，同时对河西走廊上的石窟造像和壁画创作，亦产生了间接的影响。其中最具代表性的便属西魏时期的莫高窟第249窟天井壁画，除大量出现了中

国古典神话中的神灵①外，窟顶西披的四目四臂阿修罗更手托中有金乌、蟾蜍的日、月（图155）。② 此外，第285窟的东披则出现了胸前有日、月轮的伏羲、女娲，轮中分别画有三足乌及蟾蜍。（图156）③

图155　莫高窟第249窟：阿修罗

①刘惠萍：《试论佛教艺术对中国神话题材的融摄——以莫高窟第249、285窟为中心》，载《兴大中文学报》2008年第23期增刊《文学与神话特刊》，第639—678页。

②敦煌研究院编：《敦煌石窟艺术·莫高窟第二四九窟附第四三一窟》（北魏、西魏），南京：江苏美术出版社，1995，图81。

③敦煌研究院编：《敦煌石窟艺术·莫高窟二八五窟》，南京：江苏美术出版社，1998，图129。

图 156　莫高窟第 285 窟：女娲、伏羲

19 世纪末到 20 世纪，中外考古学者陆续在新疆的吐鲁番阿斯塔那、哈拉和卓一带挖掘的墓葬群中发现了大批绘有伏羲女娲形象的绢麻画。画中除了绘有手持规矩、做人首蛇身相交之状的伏羲、女娲形象外，亦固定于画面的上方绘有日形，下方绘有月形，四周并绘布满星辰的图样，有的甚至已绘出多组明确的星宿形式。（图 157、图 158）①

这些约当十六国至盛唐期间于吐鲁番墓葬群发现的伏羲女娲绢麻画②，最早是由英国考古学家斯坦因（Aurel Stein, 1862—1943）于 1907 年在阿斯塔那地区发现的。③ 其后，包括日本学者橘瑞超以及中国学者黄文弼等人，都曾在这一带进行过挖掘的工作。④ 自 1959 年开始，中国的考古专家也在此地进行了 13 次大

---

①孟凡人：《吐鲁番出土的伏羲女娲画》，见赵华编：《吐鲁番古墓葬出土艺术品》，乌鲁木齐：（中国）新疆美术摄影出版社，（新西兰）霍兰德出版有限公司，1992，附图六；黄文弼著，中国科学院考古研究所编：《吐鲁番考古记》，北京：中国科学院，1954，图版五九。

②这些墓葬大半都有年代可考，有的是根据出土的墓志，有的则是根据出土的墓纸。其中年代最远的，要算是 TAM305 号墓，在墓中发现了前秦建元二十年（384）的具结；而年代最近的，则为 TAM304 号墓的唐垂拱四年（688）的墓志。故由此推测，这些墓葬绝不会超过公元 4 世纪末到 7 世纪末这三百年的范围，即相当于十六国到盛唐时期。

③到了 1914 年，斯坦因又在阿斯塔那古墓群发掘了 48 座墓葬。其后，他在其 *Innermost Asia* Ⅲ 中刊布了两幅伏羲女娲绢麻画的图像，即编号为 CIX AST. Ⅸ. 2. 054 的童氏墓及编号 CⅧ AST. Ⅸ. 2. b. 012 墓的伏羲女娲图。参 Aurel Stein，"Report of Explorations in Central Asia Kan-su and Eastern Iran，Rediscovering the Ancient Silk Route，" in *Innermost Asia*，Originally published by Oxford：Clarendon Press，1928；Reprinted by New Delhi：Cosmo，1988，图版 CⅧ、CⅨ。

④日本大谷探险队的橘瑞超和吉川小一郎，于 1912 年 3 月下旬也在阿斯塔那、哈拉和卓一带的古墓地进行挖掘，他们在这里发现了一批古尸。同年 5、6、9、10 月，吉川小一郎又独自在这里进行了第二次挖掘，获取了大量的古尸。他们将古尸连同墓内的出土文物，于 1914 年在吉川小一郎的主持之下，计划运回日本进行科学研究。但由于出资赞助的日本西本愿寺发生财务方面的问题，因此这批出土文物有一部分后来被放置于旅顺博物馆，另一部分则被运回日本，今存放于龙谷大学。1928 年，中国学者黄文弼也到此进行发掘，并且在哈拉和卓得到了一幅伏羲女娲画像，现藏于中国历史博物馆。参冯华：《记新疆新发现的绢画伏羲女娲像》，载《文物》1962 年第 C28 期，第 87 页。

规模挖掘①，并发掘出了数量众多的随葬品。② 由于受到发现和已刊布资料的限制，据不完全统计，总数量至少已有五六十幅之多，主要属于曲氏高昌时期和唐代西州时期的遗留物。③

基本上，从这些吐鲁番地区所发现的伏羲女娲绢麻画在墓葬中的数量及出现的位置来看，它们往往并非以辅图的形式存在，大多是伴随着墓葬而出现的。例如从 1959 年所发掘之 TAM301、302、303 号墓的发掘简报来看，三座墓室的尸骨依次为一、二、三具，正与所发现的伏羲女娲绢麻画数目相合。④ 另从目前考古工作者已发掘的墓葬来看，十之六七的墓室顶上或棺盖上都有伏羲女娲图。基本上，也大多是一墓出土一件，可知在当时的吐鲁番地区，每次的入葬可能都会使用伏羲女娲绢麻画。

①据《吐鲁番出土文书》（第 1 册）指出，1959 年至 1975 年间，中国的考古工作者在此进行了 13 次考古发掘。参国家文物局古文献研究室、新疆维吾尔自治区博物馆、武汉大学历史系编：《吐鲁番出土文书》（第 1 册），北京：文物出版社，1981，第 1 页。然据《吐鲁番考古研究概述》的介绍，共计只有 11 次的调查、发掘活动。参李征、穆舜英、王炳华：《吐鲁番考古研究概述》，载《新疆社会科学研究》1982 年第 23 期，第 96 页。

②中国考古队 1959 年至 1975 年间计进行了 4 次大规模的挖掘工作。第一阶段为 1959 年 10 月至 1960 年 11 月，中国的考古工作者在阿斯塔那村北区进行了一次墓葬发掘，计发现有 TAM301—340 共 40 座。第二阶段是 1963 年 12 月到 1965 年，挖掘了位于阿斯塔那东南及南部边缘上、编号 63TAM1—63TAM3、64TAM4—64TAM37、65TAM38—65TAM42，以及 64TKM1—64TKM14 等共计 56 座墓葬。第三阶段为 1966 年至 1969 年，考古工作队又在吐鲁番和阿斯塔那地区进行了 4 次挖掘工作，在阿斯塔那、哈拉和卓以西地区共清理了编号为 TAM43—TAM147 的 95 座墓葬。1975 年，新疆考古队为配合哈拉和卓地区水库的修建，发掘了该水库内的 51 座古墓。发掘简报刊载在《文物》1978 年第 6 期上，文中提及 16 座曲氏高昌和 13 座西州时期的墓葬中有伏羲女娲画像的出土，但并未刊布。参新疆维吾尔自治区博物馆：《新疆吐鲁番阿斯塔那北区墓葬发掘简报》，载《文物》1960 年第 6 期，第 13—21 页；新疆维吾尔自治区博物馆：《吐鲁番县阿斯塔那—哈拉和卓古墓群清理简报》，载《文物》1972 年第 1 期，第 8—29 页；新疆维吾尔自治区博物馆：《吐鲁番阿斯塔那 363 号墓发掘简报》，载《文物》1972 年第 2 期，第 7—12 页；新疆维吾尔自治区博物馆：《吐鲁番县阿斯塔那—哈拉和卓古墓群发掘简报（1963—1965）》，载《文物》1973 年第 10 期，第 7—27 页；新疆维吾尔自治区博物馆、西北大学历史考古专业：《1973 年吐鲁番阿斯塔那古墓群发掘简报》，载《文物》1975 年第 7 期，第 8—26 页；新疆维吾尔自治区博物馆考古队、穆舜英：《吐鲁番哈拉和卓墓群发掘简报》，载《文物》1978 年第 6 期，第 1—14 页。

③目前此类画像在该地区出现的年代上限尚不明确，现已知者，以 TAM303 号墓和平元年（460）的这一件为最早，而以斯坦因所有的 CⅧAST. Ⅸ. 2. b. 012 的永昌元年（689）的伏羲女娲图为最晚。参刘惠萍：《伏羲神话传说与信仰研究》，台北：文津出版社，2005，第 280—301 页。

④新疆维吾尔自治区博物馆：《新疆吐鲁番阿斯塔那北区墓葬发掘简报》，载《文物》1960 年第 6 期，第 13—21 页。

图 157　64TAM19：8 伏羲女娲图　　　　图 158　64TAM40：6 伏羲女娲图

图 159　69TAM121：1 伏羲女娲图　　　　图 160　黄文弼发现的伏羲女娲图

总括来看，这些伏羲女娲图在内容、题材及章法上近似，但尺寸、面貌、服装，以至于日、月、星辰的形象则各有不同，原则上都具有以下几个比较明显的特征：第一，绢、麻布的形状多为倒梯形。第二，伏羲、女娲做人首蛇身相交之状，尾部常做多次交缠。第三，绝大部分画像都是男左女右。第四，男持矩，矩上多有墨斗；女执规，取其规天矩地、开创万物之意。第五，画中多绘有日、月、星辰，日中多有金乌，月中多为蟾蜍或桂树。①

人首蛇身的形象是伏羲、女娲的标志，也是自先秦两汉以来伏羲、女娲形象的延续。在两汉的墓室中，经常可以看到伏羲女娲的形象出现在各种壁画及画像石中。1928 年，当黄文弼在吐鲁番地区掘获了一幅伏羲女娲图时，便将该图与山东武梁祠石刻画像的同类图像（图 161）做了对比，并认为这些图似是中原地区长久以来流传的伏羲、女娲神话的摹写。②

虽然，吐鲁番墓葬出土的伏羲女娲绢麻画与汉代墓室中的伏羲女娲画像形象相近，大都为人首蛇身、两尾相交的形象，但较值得注意的是，吐鲁番墓葬出土的伏羲女娲绢麻画的上、下方多绘有象征日、月的图像，有的日、月仅以光芒辐射的形象象征，有的日中则绘有三足乌，月中绘有玉兔、蟾蜍和桂树。在日、月的周围又常绘满大小不等的圆圈，以象征群星，而星与星之间，有的会以直线相连，以表示星座。其中如 64TAM19：8（图 157）、64TAM6、64TAM40：6（图 158）、65TAM42：8、67TAM76：11、67TAM77：13、69TAM121：1（图 159）等墓发现的伏羲女娲图中，都可明显地看出北斗七星的形象。另如在59TAM302：39、64TAM6、65TAM40：6、65TAM42：8、69TAM121：1 等墓发现的伏羲女娲图，龙谷大学与 72TAM225：15 缀合的伏羲女娲图③等之中，还出现了彗星的形象。此外，像 64TAM19：8 与斯坦因于 *Innermost Asia* 所刊布的 AST. Ⅸ. 2.054墓中伏羲女娲图④，及由大谷探险队带回有"延寿十一年"墓表的伏羲女娲图⑤等中，除布满繁密的星辰外，甚至可以在其中清晰辨识出多组星宿。至于

①刘惠萍：《伏羲神话传说与信仰研究》，台北：文津出版社，2005，第 296 页。

②黄文弼：《绢画伏羲女娲神像图说》，见黄文弼著，中国科学院考古研究所编：《吐鲁番考古记》，北京：中国科学院，1954，第 69—75 页。

③日本龙谷大学所藏的伏羲女娲绢画残片与阿斯塔那 72TAM225：15 出土的伏羲女娲图，据相关研究者的研究，可以完全缀合，应为同一幅画。参郑渤秋：《吐鲁番阿斯塔那 225 号墓出土伏羲女娲图与日本龙谷大学藏伏羲女娲图的缀合》，载《西域研究》2003 年第 3 期，第 95—97 页。

④Aurel Stein, "Report of Explorations in Central Asia Kan-su and Eastern Iran, Rediscovering the Ancient Silk Route," in *Innermost Asia*, 图版 CⅨ。

⑤〔日〕那波利贞：《喀喇和卓（Kara-khodjo）高昌人坟墓内发见神像图》，见西域文化研究会编：《西域文化研究》（第五集），东京：法藏馆，1962，图版 517。

图 161　山东武梁祠画像伏羲女娲

像由黄文弼所发现的伏羲女娲图（图 160）以及 66TAM43：6 等墓画中，周围虽仅以随意点缀的圆点呈泡状散布，表现方式颇为写意，但应亦是星辰的象征。

　　这些伏羲女娲绢麻画之所以大量地出现在 3—8 世纪的新疆吐鲁番墓葬中，过去有许多学者认为，是因为"吐鲁番地区是古代'丝绸之路'上重镇，随着中西文化交流的繁荣，这种神话传说就到了这里"[1]。尤其是汉唐时期这一地区曾先后是车师国、戊己校尉、高昌王国以及西州府的属地，其居民的主要成分也是从内地迁来的汉人，长期以来，受到汉文化的深远浸染，对于中原的文化

---

　　[1]刘凤君：《试释吐鲁番地区出土的绢画伏羲女娲像》，载《新疆大学学报》1983 年第 3 期，第 74 页。此外，像魏晋南北朝时期，伏羲女娲的画像亦经常出现在河西走廊的墓葬艺术中，如嘉峪关新城 1 号及 12 号墓中都发现有绘伏羲、女娲形象的漆棺盖。参甘肃省文物队、甘肃省博物馆、嘉峪关市文物管理所编：《嘉峪关壁画墓发掘报告》，北京：文物出版社，1985，第 1 页。

及风俗亦多效仿。[①] 丧葬之礼在古代中国社会，一直是一项非常重要的生命仪式，它往往代表着这个社会长期以来的文化积淀，同时也关系着后世子孙的幸运福祉，故常是最固定而不易改动的礼仪。所以，在承袭固有传统丧葬之礼的同时，吐鲁番地区的汉人可能将传统文化中创造人类生命和宇宙万物，且能护佑生者并使死者灵魂升天的伏羲、女娲视为敬奉的对象，并将两汉以来墓室中流行的伏羲、女娲形象，作为其墓葬文化的一部分。

由于在这批绢麻画中，伏羲、女娲人首蛇身、两尾缠绕相交的形象非常特殊，与如武梁祠等汉代墓室中的伏羲、女娲形象较不同的是，这里的伏羲、女娲多做上身相连、蛇尾多次缠绕的样式，有的甚至缠绕五六次之多。因此，过去相关研究者关注的焦点多在于其两尾缠绕的意涵上，并认为它们是隋唐五代吐鲁番地区人们对源于中国创世神话传说中的两位创世大神伏羲、女娲生育繁衍能力的生殖崇拜体现。[②] 笔者亦于 2003 年发表的《吐鲁番墓葬出土伏羲女娲画像述论》、2005 年撰作的《伏羲神话传说与信仰研究》二文中同意这些伏羲女娲图是一种祖先崇拜及祈求子孙繁衍并追求长生不死的表现。[③] 近年来，随着对中国古代墓葬艺术有更多的关注，发现这些吐鲁番地区墓葬出土的伏羲女娲画像，除了是中国古代丧葬传统的延续外，可能也是两汉墓室天文图的另一种变形，是隋唐五代时期吐鲁番地区人们所构拟死后世界中天空的模拟与想象。

首先，从绢麻画的内容来看，如前所述，吐鲁番墓葬出土的伏羲女娲图除保留了伏羲及女娲人首蛇身、手持规矩、两尾相交的形象外，在四周更绘满了许多象征星辰的圆点或各式星宿，恰与分居上、下的日、月形成一天象的画面。其次，从图的位置来看，吐鲁番墓葬发现的伏羲女娲绢麻画大多是被张挂或钉

---

① 自从公元 327 年前凉在吐鲁番设立了高昌郡后，高昌地区在政治制度上便与中原渐趋统一起来。到公元 499 年，高昌又为曲氏政权所统治，阚氏、张氏、马氏、曲氏等这些汉人中的大姓，统治这一地区长达 140 年之久。北魏时，高昌还曾派使者多次请求内徙，曲氏王朝时亦如此，而魏王朝也不断派使者去高昌"诏劳之"。南北朝至隋时期，这种情形尤盛于前，这样密切的往来自然使得中原文化不断输入高昌地区。加以曲氏王朝大力提倡汉文化，据载，高昌国国主曲嘉"遣使奉表，自以边遐，不习典诰，求借五经、诸史，并请国子助教刘燮以为博士"，其都城中则"于坐堂یشاء鲁哀公问政于孔子之像"，国家"风俗政令，与华夏略同"，而"婚姻、丧葬与华夏小异而大同"。凡此种种，不仅使得源自中原的汉文化得以保存和发展，同时也使得世居此地的其他民族，无不受到汉文化的熏陶。

② 如裴建平：《"人首蛇身"伏羲女娲绢画略说》，载《文博》1991 年第 1 期，第 86 页；赵华：《吐鲁番出土伏羲女娲画像的艺术风格及源流》，载《西域研究》1992 年第 4 期，第 106 页。多文皆认为，吐鲁番墓葬伏羲女娲图是一种对于神话传说中伏羲女娲繁育人类的生殖崇拜。

③ 刘惠萍：《吐鲁番墓葬出土伏羲女娲画像述论》，"中国文化大学"史学系、中国唐代学会主办第六届唐代文化学术研讨会，2003 年 11 月 6—7 日召开。刘惠萍：《伏羲神话传说与信仰研究》，台北：文津出版社，2005，第 280—301 页。

在墓室顶的。① 正如前面所论，中国自古即有于墓室顶绘制天象图的传统，因此，若从吐鲁番墓葬出土的伏羲女娲绢麻画也是"设日月、列星辰"的构图内容来看，应亦同样具有象天的意涵，与两汉以来墓室顶的天文图相似。故若从位置的意义来看，二者的功能与意涵应亦大致相同。

为何吐鲁番地区的墓室会发现那么多的伏羲女娲绢麻画？以和吐鲁番阿斯塔那－哈拉和卓墓群同一时期的西安地区唐墓做比较，则可发现，西安地区较大的墓室大致都绘有壁画②，但吐鲁番地区唐墓中的壁画则主要出现在长安年间（701—704）以后的一些大型墓葬中，较小型的墓葬则多有伏羲女娲图。③ 据吐鲁番阿斯塔那－哈拉和卓墓葬群的发掘报告显示，这些3—8世纪的墓群大致又可分为三期：第一期为晋十六国至南北朝中期，约3世纪中至6世纪初；第二期为南北朝中期至初唐，约当麴氏高昌国时代，6世纪至7世纪；第三期为盛唐，约当西州时期，7世纪中至8世纪。其中，第一、二期的伏羲女娲绢麻画多张挂于墓室顶，到了第三期末期才改以壁画代替。④ 尤其自第二期开始，吐鲁番地区墓葬中的壁画逐渐消失，用棺量也渐减少，却开始大量出现伏羲女娲图。故若从功能、用途来看，这些伏羲女娲图可能就是用来代替壁画装饰墓室的。之所以用这些绢麻画来作为替代物，则可能与吐鲁番地区的墓室空间较小有关。据孟凡人在《吐鲁番十六国时期的墓葬壁画和纸画略说》中的考察发现：吐鲁番地区的墓葬，多会将墓葬相关题材浓缩到一幅壁面上，可能的原因之一便是该时期吐鲁番地区墓葬的规模多不大，由于墓室狭小、空间有限，难以容纳众多的画面。⑤ 因此，可能是受到当地墓葬空间及环境的限制，无法像西安等地一样于墓室中绘制大规模的壁画，也无法像中原地区的墓室一样，以天文图来装饰墓顶。考古发掘报告也指出，吐鲁番地区要一直到了第三期晚期才有较多墓葬不用伏羲女娲画像，而改以直接于墓顶绘二十八星宿、日、月等壁画。由此更

---

①诸简报有记：覆于棺上者，或盖于尸身及置于尸旁，或张挂于墓顶，也有画面朝下用木钉钉在墓顶的。对覆于棺上的画像，已有学者明确指出为早期现象。参新疆维吾尔自治区博物馆：《新疆吐鲁番阿斯塔那北区墓葬发掘简报》，载《文物》1960年第6期，第13—21页。

②一般而言，西安地区较大的墓室多在墓道的左、右两壁画青龙、白虎，朱雀、玄武则画在墓室的前、后壁，有的则画在墓顶的下部，墓室顶部多绘有天象图，如太阳、月亮、星宿等。参宿白：《西安地区唐墓壁画的布局和内容》，载《考古学报》1982年第2期，第144页。

③陈安利：《西安、吐鲁番唐墓葬制葬俗比较》，载《文博》1991年第1期，第63页。

④新疆维吾尔自治区博物馆：《新疆吐鲁番阿斯塔那北区墓葬发掘简报》，载《文物》1960年第6期，第13—21页在。

⑤孟凡人：《吐鲁番十六国时期的墓葬壁画和纸画略说》，见赵华编：《吐鲁番古墓葬出土艺术品》，乌鲁木齐：（中国）新疆美术摄影出版社，（新西兰）霍兰德出版有限公司，1992，第7页。

可证明，吐鲁番墓葬中的伏羲女娲图实为中原地区墓室于墓顶绘天文图的另一种形式转换。

自两汉以来，新疆吐鲁番地区与中原汉文化即有着千丝万缕的联系。① 虽然，佛教自汉末传入中国以后，对于中国人死后世界的观念产生了极大的影响，但从对魏晋时期河西走廊墓葬画像的观察，郑岩发现：佛教转世轮回的理论与中国传统的丧葬观念有着本质上的差别，佛教艺术题材从整体上来说，很难全面地影响传统墓葬装饰。② 另，余欣的研究成果亦证明，唐宋时期敦煌的墓葬神煞信仰与中原汉文化传统更具有极高的"历史延续性"，故佛教的"入侵"、道教的确立，改变的只是和地狱、天堂有关的信仰，墓葬领域则几乎没有触动。③ 尤其，对于关乎子孙祸福的丧葬礼仪及信仰，仍更多地会受到其自身母体文化的影响。高昌居民的主要成分是由内地迁来的汉族人，无论是两汉时期西迁的内地汉人，还是魏晋以来为避战乱而到达高昌的汉人，都仍世世代代秉承着中原文化的传统，这就使得高昌地区弥漫着极为浓厚的汉文化气氛。因此，这些伏羲女娲绢麻画之所以大量地出现在3—8世纪新疆吐鲁番地区的墓葬中，应是吐鲁番地区的汉人在承袭固有传统丧葬之礼的同时，将中原传统墓葬文化中借以模拟宇宙图式并使死者灵魂升天的天文图继承下来的具体表现。

从吐鲁番墓葬出土的伏羲女娲绢麻画我们也可以看到，随着两汉至魏晋南北朝以来发展的墓葬传统向西传播，又使得隋唐五代时期吐鲁番地区的人们在建构他们的死后世界时，除继承了两汉墓室中以日、月为天空象征的传统外，也延续了自先秦两汉以来人们对伏羲、女娲的崇敬。但这种延续性也并不是全盘照搬的接受，仍有视自然环境和区域传统而做的选择。一般来说，伏羲、女娲的形象在汉代的画像中，其基本形象特征即已大致固定，吐鲁番伏羲、女娲画像的基本构图虽然是对汉代画像形式与功能的一种延续，但在吐鲁番的伏羲、女娲绢麻画中，伏羲、女娲的冠发、装饰、躯体及其衣着等方面，往往又融合了当时当地的时代特色与地域特征。如黄文弼于1928年所获的伏羲女娲画像（图160）中，女娲所穿的大袖敞领衫也是盛唐妇女服饰，伏羲所穿则亦为开元、

---

① 自汉末以来，由于中原地区的长久战乱，而古高昌国所在的新疆吐鲁番地区是当时汉人为避中原战乱而移住西域最集中的地区之一。据《魏书·高昌国传》记载，（孝明帝）诏曰："彼之甿庶，是汉魏遗黎，自晋氏不纲，因难播越，成家立国，世积已久"。《隋书·西域传》也说："高昌国者，则汉车师前王庭也，……昔汉武帝遣兵西讨，师旅顿弊，其中尤困者因住焉。"除了居民的主要成分是从内地迁来的汉人外，历代高昌政权和中原王朝一直以来都有着政治、经济和文化上的密切交往。

② 郑岩：《魏晋南北朝壁画墓研究》，北京：文物出版社，2002，第167页。

③ 余欣：《神道人心：唐宋之际敦煌民生宗教社会史研究》，北京：中华书局，2006，第104—130页。

天宝年间流行的翻领胡服式样。由于吐鲁番地区本来就是一个胡汉混居的民族熔炉，因此，也有一些属于西域画风的伏羲女娲画像出现，如64TAM19:8的画像（图157）中，伏羲、女娲已经被他们改造成深目高鼻、卷髭络腮、胡服对襟、眉飞色舞的西域民族形象了。因此，这一时期吐鲁番墓葬出土的伏羲女娲绢麻画，既是远古日、月崇拜与神话传说的遗留，更是那一时期生活在吐鲁番地区人们的生活样貌与思想情感的具体呈现，故又具有明显的时代特色与艺术风格。

第三节　世俗化的神圣叙事
——唐宋以后的"日中有鸡"之说

　　中原地区源远流长的日中有乌和月中有蟾、兔神话与形象，除了随着人们向辽东半岛及河西走廊播迁而开始在这些地区流行外，更远播至新疆吐鲁番地区，并被应用在张挂于墓室中的伏羲女娲绢麻画上。唐宋以后，也经常可在中原地区的一些寺院或墓葬壁画中看到相关的形象。只是，原来日中的金乌，却成了金鸡。

　　首先，敦煌藏经洞发现的一幅唐代绢画日曜菩萨像幡中，作为药师佛胁侍菩萨的日曜菩萨脚踏出水莲蓬，手捧日轮，日中站着一只头上似有冠、敛翅傲立、蓬松尾羽的雄鸡。（图162）① 这类由日、月菩萨手捧日、月轮的形象还出现在河北省石家庄市正定县隆兴寺摩尼殿壁画②中，摩尼殿的西抱厦北壁主要绘"东方三圣"药师佛、日光菩萨、月光菩萨，三佛均结跏趺坐于华美的须弥座上，身后饰火焰纹身光、头光。其中，日光菩萨头戴花冠，面庞丰腴，其头光

①樊锦诗主编：《敦煌石窟全集20·藏经洞珍品卷》，香港：商务印书馆，2005，图44。
②隆兴寺始建于隋开皇六年（586），初名"龙藏寺"，唐改名"龙兴寺"。北宋开宝四年（971），奉宋太祖赵匡胤旨，于寺内铸造一尊巨大的四十二臂铜质千手观音菩萨像，并盖大悲宝阁，此后，寺院内大兴土木进行扩建，以大悲阁为主体的宋代建筑群相继告成。金、元、明各代对寺内建筑均有不同程度的修葺和增建。清康熙、乾隆年间，又曾两次奉敕大规模重修，寺院形成了东为僧徒起居之处，中为佛事活动场所，西为帝王行宫三路并举的建筑格局。康熙四十九年赐额"隆兴寺"，并沿用至今。寺院现存面积82500平方米，大小殿宇十余座，其中，摩尼殿发现有北宋皇佑四年（1052）题记，殿内所绘壁画是隆兴寺内唯一现存的古代壁画。

图 162 唐代绢画日曜菩萨像幡

内侧绘有一报晓金鸡；另月光菩萨的头光内侧，也似绘有一只玉兔①，似也是以金鸡象征日。

除了日、月菩萨外，相关形象也较多出现在墓葬中。如 1977 年于甘肃武威西郊林场发现三座刘氏家族西夏墓，2 号墓出土了一块木版画，木板上彩绘一太阳图案，太阳下面绘一团祥云，太阳和云彩均为红色，太阳的中间则绘有一只站立的三足金鸡，侧面有墨书汉文题一记"太阳"二字。（图 163）② 大概到了辽金时期，相关的形象也经常出现在一些墓室的墓顶壁画中。如 1957 年在山西大同市西南十里铺发现了一批辽代壁画墓③，这批辽墓大多是由墓道、甬道和墓室构成，且墓顶壁画一般都绘有日、月、星辰、云气等代表墓室天空的图像。

---

①刘友恒、郭玲娣、樊瑞平：《隆兴寺摩尼殿壁画初探（上）》，载《文物春秋》2009 年第 5 期，第25 页。

②史金波主编：《西夏文物·甘肃编》，北京：中华书局，2014。

③因其中一些墓葬出有纪年墓志，如十里铺 15 号墓为干统七年（1107）董承德妻郭氏，新添堡 29 号墓出土有辽天祚帝天庆九年（1119）"故彭城刘公墓志"，故可知其为辽代中晚期墓葬。

图 163　武威西夏木版画

其中，十里铺东村的 27 号、28 号墓中，都在室顶绘日、月，东侧用墨画一金鸡，用以象征日，西侧则绘桂树与玉兔，用以象征月①，并点缀有粉红色的星星。

此外，1972 年至 1985 年，在内蒙古的库伦旗奈林稿公社前勿力布格屯王坟梁一带也发现了 30 余座辽墓②。其中，6 号壁画墓的壁画最为精彩，墓室早年虽被盗掘，破坏较严重，加上地下水的浸泡，墓室内的壁画除了在墓门甬道内留有残破不堪的门卫之外，其他几乎全部脱落，但后室的墓顶仍可见绘有日、月、星辰等象征天空的画像，部分星宿及象征日、月的金鸡和玉兔，仍清晰可见。③此外，同属辽代的辽宁朝阳木头城子壁画墓中，也出现有内有金鸡的日，内有捣药玉兔的月。④

到了金元时期，相关的形象仍频繁地出现在一些墓室的天文图中。例如2007 年 7 月在山西繁峙南关村发现的一座金代壁画墓墓室顶，正中白灰层上以淡墨勾绘大小不等的小圈代表星辰，然因所绘星辰较密，且圆圈之间没有联机，应属示意性质的星图；而顶部东、西两侧分别绘有日、月，东侧以墨线勾勒三朵卷云，上托太阳，太阳当中绘金鸡，西侧亦绘彩云拱明月，彩云以墨线勾勒，并以浓墨和橙色叠晕，满月内以淡墨绘桂树，树下为玉兔捣药。（图 164）⑤

此外，南方也发现有日中有三足鸡的形象。如福建将乐县光明乡发现的一座元代壁画墓，整个墓室顶部均绘满云彩图画，近内壁处于云中绘有左右相对的太阳和月亮，左为圆日，日中画有三足鸡，右为圆月，月中右侧绘一株桂树，左边则为玉兔捣药。⑥ 另如 2007 年福建省松溪县祖墩乡山元村发掘的另一座元代夫妻合葬墓中，墓室北壁有呈"品"字形分布的三个神龛，上龛两侧分别

①1957 年 9 月，山西省文物管理委员会在大同市城西南 5 公里十里铺发现了两座单室砖墓，两墓东西横列，坐北向南，相隔约 2 米，墓室保存完整，室内壁画色彩鲜明。根据大同市郊墓葬清理编号，将其东部的编为 27 号墓，西部的编为 28 号墓。两座墓结构及壁画内容大致相同。详参边成修：《山西大同郊区五座辽壁画墓》，载《考古》1960 年第 10 期，第 37—39 页。

②这是一个契丹贵族墓群，根据王坟梁 1 号壁画墓出土有一枚"大康六年"（1080）的铜钱推测，此一墓群大致为辽代中后期的墓葬。

③郑隆：《库伦辽墓壁画浅谈》，载《内蒙古文物考古》1982 年第 2 期，第 48 页。

④辽宁省文物考古研究所、朝阳县文物管理所：《辽宁朝阳木头城子辽代壁画墓》，载《北方文物》1995 年第 2 期，第 34 页。

⑤刘岩：《山西繁峙南关村金代壁画墓发掘简报》，载《考古与文物》2015 年第 1 期，第 8 页。图版采自徐光冀主编：《中国出土壁画全集》（第四册），北京：科学出版社，2011，第 172—175 页。

⑥杨琮：《福建将乐元代壁画墓》，载《考古》1995 年第 1 期，第 35 页。

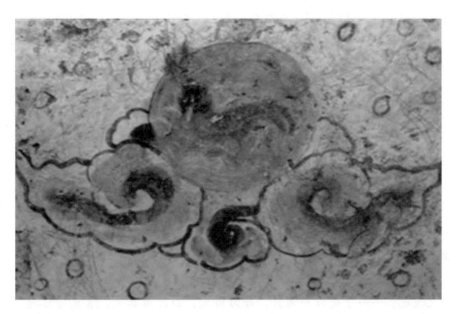

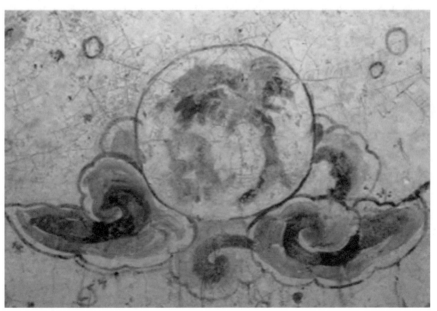

图 164　山西繁峙南关村金代壁画墓：日、月

为太阳和月亮，挂在祥云之中。左为一圆月，月中有桂树，树下为玉兔捣药，月下有一站立妇女，梳包髻，上着广袖衫，下着裙，应为女墓主人的形象；右为太阳，日中有三足鸡，日下亦立有一人，应为男墓主形象。（图165）

从以上相关图像的位置及内容来看，这些日、月的画像应仍是汉魏以来在墓葬中绘日、月画像的传统，只是，日中的金乌、三足乌，变成了金鸡、三足鸡。

由于乌与鸡的形象相近，或有可能是画工的疏误，但除了壁画以外，大约也是到了唐代，一些传世文献的记载中也开始出现了日里有金鸡的说法。如贾岛的《病鹘吟》一诗中即有"迅疾月边捎玉兔，迟回日里拂金鸡"之语。而到了宋代以后，更可经常在一些道教的典籍和文人的诗词中看到"日中有鸡"的记载。如宋代道士曾慥编撰、约成书于南宋初绍兴年间的《道枢》卷二十《还丹参同篇》中即载有：

> 阖日月明矣，三才备矣。故一生二；二生三；三生万物。乾为父、坤为母，内有寒暑、阴阳、日月、星辰焉。其罗列进退休王，皆自然之道也。……于是以金为丹，丹为白虎，白虎为真火，真火为日魂，日魂为金鸡，金鸡为华池，华池为黄铅，黄铅为媒氏，汞又以木为青龙，青龙为黄水，黄水为月魄，月魄为玉兔。[1]

以为日魄是金鸡，月魄是玉兔。另，《道枢》卷二十六《九真玉书篇》中也说：

> 日者天魂也。太阳之火精也。其位居于乾艮。夏王冬衰。夜短昼长。内藏阴气而隐金鸡。金鸡者酉也。……月者地魄也。太阴之水精也。位属于坤巽。冬王夏衰。昼短夜长。中隐阳精而藏玉兔。玉兔者卯也。[2]

则以为因日中藏着阴气，故隐藏着金鸡；月中藏着阳精，故隐藏着玉兔。

此外，宋元以后的诗词中也经常可见以金鸡代称日者。如宋人汪莘的《怀秋十首》第五首云：

> 自分为人类鲁皋，几将心事泛吴舠。手持日月供宸笔，拣尽金鸡

---

① 〔宋〕曾慥：《道枢》，见《正统道藏》，台北：新文丰出版公司，1957年上海涵芬楼影印本，第338-2页。

② 〔宋〕曾慥：《道枢》，见《正统道藏》，台北：新文丰出版公司，1957年上海涵芬楼影印本，第385—386页。

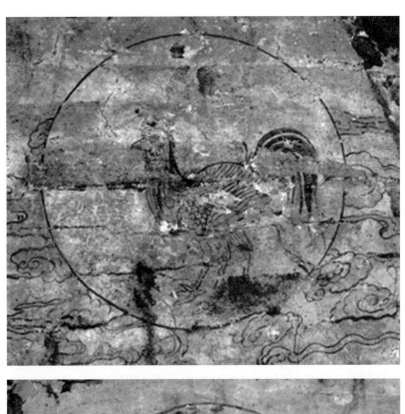

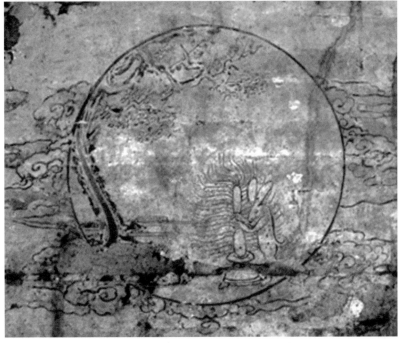

图165　福建松溪元代壁画墓：日、月

玉兔毫。①

便是以金鸡、玉兔与日、月相对应。还有元人王处一《满庭芳二一首》之十二《赠卢宣武》中亦云：

日里金鸡，月中玉兔，变通玄象盈亏。②

不知是否受道教有相关说法的影响，金代的全真教诗人作品中也经常提及日里有金鸡。如王重阳的《金鸡叫警刘公》词中云："月里蟾鸣，日里金鸡叫。"③ 另马钰的词中也说："日里金鸡叫一声，梦初惊。""月内银蟾端千跳。中宵日里金鸡叫。"④ 更直接说日里有"金鸡叫"。此外，民间的通俗文学作品中，也经常可见将金鸡与玉兔对举。⑤

可知大约到了唐五代以后，人们开始相信太阳中住着一只鸡。至于太阳中为何为会有鸡，自宋代以来，更有不少学者试图为其寻找可能的说解与答案，如《云笈七籤》卷五十六《诸家气法》中说：

日者，阳精之宗，积精成象，象成为禽，金鸡、火鸟也，皆曰三
足，表阳之类，其数奇；月者，阴精之宗，积精而成象，象成为兽，
玉兔、蟾蜍也，皆四足，表阴之类，其数偶。⑥

不过，此说基本上是继承张衡《灵宪》的"日者，阳精之宗，积而成鸟，象鸟，而有三趾。阳之类，其数奇"⑦ 之说，以阴阳学说来解释"日中有鸟"之说，来解释日中的鸡或三足鸡，以为太阳是"阳精之宗"，当阳气积聚，就成了金鸡、火鸟，但此说的不合理性早已为如王充等汉代学者所指出。

另也有人认为，由于鸡是阳气之积，而太阳也是"阳精"，因而鸡能与太阳相感，故太阳出来鸡便鸣叫，所以，鸡也是阳气积聚之物，属火，亦为阳精。如汉代纬书《春秋说解》中便已提及：

鸡为积阳，南方之象，火，阳精，物炎上，故阳出鸡鸣，以类

---

① 〔宋〕陈思、陈世逢：《两宋名贤小集》，见《四库全书珍本》，台北：台湾商务印书馆，1976，第5页。

② 〔元〕王处一：《云光集》，见《中华道藏》，北京：华夏出版社，2004，第676页。

③ 〔元〕王哲：《重阳全真集》，见《中华道藏》，北京：华夏出版社，2004，第298页。

④ 〔元〕马钰：《渐悟集》，见《中华道藏》，北京：华夏出版社，2004，第494、518页。

⑤ 如明代的《目莲救母出离地狱升天宝卷》中便有"玉兔金鸡疾似梭，堪叹光阴有几何"之语，参郑振铎：《中国俗文学史》，台北：五南出版公司，2014，第446页。

⑥ 〔北宋〕张君房：《云笈七籤》，见《正统道藏》，台北：新文丰出版公司，1957年上海涵芬楼影印本，第685页。

⑦ 〔清〕严可均校辑：《全上古三代秦汉三国六朝文·全后汉文》，北京：中华书局，1991，第777-1页。

感也。①

因此，鸡也被称为"阳鸟"②，故能与太阳相配。

后来，又因十二生肖与十二地支相配属观念的流行，更有许多学者以兔与鸡正好分居东、西相对的位置。其中，有认为卯时的配属生肖是鸡，而酉时所配属的生肖是兔，而卯时与酉时，又正好分别是太阳、月亮升起出现的时辰，又使得古代中国人有了日中的鸡是十二生肖中的酉鸡，月中有兔子是十二生肖的卯兔所化的联想。如明人杨慎便说：

> 日中有金鸡，乃酉之属，月中有玉兔，乃卯之属。③

甚至，民间还有一种对十二生肖的解释是：卯时因月亮将退、太阳将升，故"月中玉兔捣药忙"；而酉时则是"鸡归窝"。④

但是，这样的说法却与人们在现实生活中的观察不符。因为鸡所属的酉时是傍晚的5时至7时，并无太阳，反而是月亮初升的时刻；而兔所属的卯时，则为早晨的5时至7时，也没有月亮，反而是太阳初升之时，明显与"日中有金鸡，乃酉之属；月中有玉兔，乃卯之属"的说法矛盾。于是，便又有人试图以镜像的观念来解释东方的兔在西边的月中，而西方的鸡在东边的日中。如北宋陆佃在其《埤雅》中说：

> 旧说日中有鸡，月中有兔。按鸡正西方之物，兔正东方之物，大
> 明生于东，故鸡入之，月生于西，故兔入之。此犹镜灯，西象入东镜，
> 东象入西镜。⑤

这是从日中的鸡应属十二地支酉位的鸡投影到日中所致，而月中的兔则属十二地支卯位的兔投影到月中所致，去解释日中有鸡、月中有兔的说法。此外，北宋董逌的《跋月宫图》中也有这样的说法：

> 或疑月中有兔形，……予以为月无光，而邀日为明，世所知也。

---

①〔宋〕李昉等：《太平御览》，上海：上海书店，1936，第461页。

②据梁代宗懔《荆楚岁时记》载："《周易纬通卦验》云：'鸡阳鸟也'。"详参〔梁〕宗懔：《荆楚岁时记》，见《丛书集成初编》，北京：中华书局，1991，第1页。

③〔明〕杨慎：《秋林伐山》，见《函海》，台北：宏业书局，1968，第9748页。

④旧时民间相传，十二生肖的由来是源于古人根据动物出没活动时间的规律，选出了十二种动物配十二时辰：子时鼠最活跃；丑时牛反刍；寅时虎最凶；卯时月亮将退太阳将升，月中玉兔捣药忙；辰时龙行雨；巳时蛇开始活跃；午时太阳当空，阳极之象以马配之；未时被羊啃的草会生长更茂；申时猴子活跃；酉时鸡归窝；戌时狗开始守夜；亥时猪熟睡。相关说法详参〔明〕郎瑛：《七修类稿》，北京：中华书局，1959，第74页。

⑤〔宋〕陆佃：《埤雅》，见《丛书集成简编》，台北：台湾商务印书馆，1966年据五雅全书本影印，第49页。

天有十二辰，列于方者。有神司其位。日出在东，其对在酉，酉为鸡，日光含景，则鸡在日中。及运而西，则对在卯，卯为兔，月光含景，则兔在月中。月有兔形，何足异哉？人知日中为乌，而不知为鸡。知月中有兔，不知兔自日以传形也。或曰段成式言月中有桂，仙人吴刚斫其根。曰：不然，日行于西，与扶桑对，则哆景日中，月望之明，景亦随之。[1]

他们都以太阳东升的卯时，对面正好是生肖鸡所在的酉位，故太阳中的黑影，自然是酉位的鸡所映入；至于太阳西落的酉时，对面正好是生肖兔的卯位，故月中的阴影，便是东方卯位的兔映照到西方的太阳上，又折射到月亮上的影子。此外，对于月中的桂树，他们则认为是东方的扶桑树映照到日中的反影。这种以十二地支与对应的生肖相映入日、月的原理，来解释日中有鸡、月中有兔与桂之说，实颇有牵强附会之嫌。

另外，当时还有一些学者则从日、月和鸡、兔的阴阳相配、交感，来解释日中有鸡、月中有兔的现象。如明人杨慎在其《艺林伐山》一书中说：

子鼠丑牛十二属之说，朱子谓不知所始。余以为此天地自然之理，非人能为也。日中有金鸡，乃酉之属，月中有玉兔，乃卯之属，日月阴阳互藏其宅也。[2]

在这里，杨慎所说的"朱子"指朱熹。朱熹曾说："以二十八宿之象言之，惟龙与牛为合，而它皆不类。至于虎当在西，而反居寅；鸡为鸟属，而反居西，又舛之甚者。"[3] 朱熹误将十二生肖与四象相比附，而以鸡与朱雀相比附的说法，并未引起太多后世学者的共鸣与讨论。杨慎除以为十二生肖是"天地自然之理"，并非人为所能编造出来的外，他还认为：日中的鸡之所以出现在傍晚的酉时，而月中的兔之所以出现在清晨的卯时，是因为"日月阴阳互藏其宅"。何谓"日月阴阳互藏其宅"，按《淮南子·天文训》云：

①〔明〕周婴：《卮林》，台北：新文丰出版社，1984，第98—99页。

②〔明〕杨慎：《秋林伐山》，见《函海》，台北：宏业书局，1968，第9748—9749页。

③〔宋〕王应麟著，〔清〕翁元圻注：《困学纪闻》，上海：上海古籍出版社，2008，第1144页。朱熹将二十八宿与十二生肖对应，指出了十二生肖的方位与二十八宿及四象皆无法相合。而在十二地支中，只有"辰"的属相龙及"丑"的属相牛，与四象中的"苍龙"及二十八宿中的"牛宿"大致相对。但如"白虎"七宿在西，十二地支的"寅虎"在东，方位正好相反；另如"朱雀"七宿居南，而"鸡"为鸟属，十二地支中的"酉鸡"却在西方，故朱熹认为："以十二物为十二神，相承已久，亦未见所从来，并阙之以俟知者。"原出朱熹校韩愈《毛颖传》"养万物有功，因封于卯地，死为十二神"校语，参〔唐〕韩愈撰，〔宋〕朱熹考异：《朱文公校昌黎先生集》，见文怀沙主编：《隋唐文明》，苏州：古吴轩出版社，2004，第237页。

> 天地之袭精为阴阳，阴阳之专精为四时，四时之散精为万物。积
> 阳之热气生火，火气之精者为日；积阴之寒气为水，水气之精者
> 为月。①

故日为阳、月为阴。金鸡因是日中之物，应属阳；而玉兔则是月中之物，应属阴。但金鸡出现在月初升的酉时，玉兔则出现在日初升的卯时，所以说是"日月阴阳互藏其宅"。

杨慎的"日月阴阳互藏其宅"之说，看似解决了为何酉鸡在西、卯兔在东的现象，然而，日中的鸡为何属阳？而月中的兔，为何又属阴？过去，人们大多以直观的想象及常识的推论，认为鸡在太阳初升时鸣叫，故鸡是太阳的象征，自然属阳；而兔是月中之物，故自然属阴。② 然而，鸡、兔究属阴或阳，历来说法不一。③ 在十二地支中，一般多认为位于奇数位置的子、寅、辰、午、申、戌六支为阳，而偶数位置的丑、卯、巳、未、酉、亥六支为阴。因此，与卯相配的兔，与酉相配的鸡，应都是属阴，则"日中有金鸡，乃酉之属，月中有玉兔，乃卯之属"，是因为"日月阴阳互藏其宅"，可能也很难自圆其说了。

除了"日月阴阳互藏其宅"的说法外，也有从日、月的阴阳交感来解释太阳在东，但酉鸡在西，月亮在西，而卯兔在东的现象。如明人郎瑛在《七修类稿》中有一段关于十二生肖的解释：

> 日生东而有西酉之鸡，月生西而有东卯之兔，此阴阳交感之义，
> 故曰卯酉为日月之私门。今兔舐雄毛则成孕，鸡合踏而无形，皆感而
> 不交者也，故卯酉属兔鸡。④

所谓"合踏"，是指古人在观察鸡交配繁殖时，发现只需由公鸡踏在母鸡背上，"感而不交"便能致孕。这类见解也见于明代王逵的《蠡海集》中：

> 二肖皆一窍；兔舐雄毛则孕，感而不交也，鸡合踏而无形，交而

---

① 刘文典：《淮南子》，扬州：广陵书社，2004，第80页。

② 如按《淮南子·天文训》的说法来看："毛羽者，飞行之类也，故属于阳。介鳞者，蛰伏之类也，故属于阴。"由于鸡和兔都是毛羽类，故应皆属阳。刘文典：《淮南子》，扬州：广陵书社，2004，第81页。

③ 虽然，关于奇数为阳、偶数为阴的依据，说法不一。如亦有根据"趾爪奇偶"而认定其阴、阳者。如宋代洪巽撰《旸谷漫录》中载："子、寅、辰、午、申、戌俱阳；故取相属之奇数以为名，鼠五指、虎五指、龙五指、马单蹄、猴五指、狗五指。丑、卯、巳、未、酉、亥俱阴，故取相属之偶数以为名，牛四爪、兔两爪、蛇双舌、羊四爪、鸡四爪、猪四爪，其说极有理，必有所据。"详参〔宋〕洪巽：《旸谷漫录》，见〔元〕陶宗仪：《说郛》，上海：上海商务印书馆，1927年据涵芬楼藏明钞本，第88—89页。

④〔明〕郎瑛：《七修类稿》，北京：中华书局，1959，第74页。

不感也。①

诚如第二章所述，由于古人以为兔"阴缺""雌舐雄毛而孕"，加上鸡又可"合踏而无形""感而不交"。② 因为古人对鸡与兔这两种动物的繁殖方式，恰恰都存有相似的误解，加上鸡又与兔这两个生肖东、西相对，故而引起这样的联想。

后来，还有学者以"三十六禽"③ 的说法来解释"日中之乌"与"日中之鸡"的关系。如据清代陈其元《庸闲斋笔记·三十六禽之相配》载：

> 世以十二支配十二肖，由来久矣。殊不知古人一支有三禽，盖取六甲之数，式经所用也。支合三禽，故称三十六禽。三禽于一时之中，分朝、昼、暮，则取乎气之盛衰焉。子朝为燕，昼为鼠，暮为伏翼。丑朝为牛，昼为蟹，暮为鳖。……酉朝为雉，昼为鸡，暮为乌。……此等皆上应天星，下属年命，三十六禽各作方位，为禽虫之长。领三百六十，而倍之至三千六百，并配五行，皆相贯领，云云。④

以为鸡与乌是不同时间的变化，以此来解释日中的鸡。

综上可知，自宋代以来，各家学者分别从如投影、折射的角度，或从阴阳互藏、阴阳交感等原理，试图为日中有鸡之说找到答案。然而，却都颇有牵强附会之嫌。

---

① 〔明〕王逵：《蠡海集》，北京：中华书局，1985，第20页。

② 事实上，这是古人的误解。由于公鸡的交接器很小，射精管位于泄殖腔开口处的稍后方，仅仅是泄殖腔肛道壁的三个突起，致古人忽视它的存在。鸡在交配前，公鸡会先做出向母鸡求偶的动作，通常是垂下一侧翅膀，在母鸡面前跳动，围绕母鸡跑。母鸡如接受求偶，就会俯地不动，这时，公鸡就会踏上母鸡的背部，即古人所看到的"合踏"。这时，公鸡与母鸡的泄殖腔会紧贴交配，公鸡并开始射精，以使成功受精。但由于它们交配的时间非常短暂，且过程为一般人所无法观察，故古代中国人才误以为它们"感而不交"。

③ 所谓"三十六禽"，又作"三十六时兽""三十六兽"，是指于昼夜十二辰交互出现以恼乱修禅者之禽兽。每一辰各有三兽，一说：子时为燕、鼠、伏翼；丑时为牛、蟹、鳖；寅时为狸、豹、虎；卯时为猬、兔、貉；辰时为龙、蛟、鱼；巳时为蟮、蚯蚓、蛇；午时为鹿、马、獐；未时为羊、鹰、雁；申时为猫、猿、猴；酉时为雉、鸡、乌；戌时为狗、狼、豺；亥时为豕、豵、猪。此说可能是源于隋代天台宗大师智顗（538—597）讲述、弟子灌顶笔录的《摩诃止观》卷第八下的记载："一时为三，十二时即为三十六兽。寅有三，初是狸，次是豹，次是虎；卯有三，狐、兔、貉；辰有三，龙、蛟、鱼；此九属东方，木也，九物依孟仲季传作前后。巳有三，蝉、鲤、蛇，午有三，鹿、马、獐；未有三，羊、雁、鹰；此九属南方，火也。申有三，狄、猿、猴；酉有三，乌、鸡、雉；戌有三，狗、狼、豺；此九属西方，金也。亥有三，豕、貐、猪；子有三，猫、鼠、伏翼，丑有三，牛、蟹、鳖；此九属北方，水也。中央土，王四季，若四方行用，即是用土也，即是鱼鹰豺鳖，三转即有三十六，更于一中开三，即有一百八时兽。"而相关动物，各家说法又略有不同。

④ 〔清〕陈其元：《庸闲斋笔记》，见四川大学图书馆编：《中国野史集成》，成都：巴蜀书社，1993，第75页。

事实上，由前面的讨论以及图像的形象特征来看，唐宋以后日中的金鸡及三足鸡，可能都源自对两汉以来普遍流传的日中有乌及日中三足乌形象的误解与变异。首先，由于金鸡与金乌，在外形上颇为相似，在相关图像的传衍过程中，应该很容易产生混淆。

然而，除了形象的相近外，在一般人的认知里，鸡和太阳的关系更为直接且密切。一方面因为鸡有啼晨的特性，因此古人常认为是鸡叫醒了太阳，所谓"雄鸡一唱天下白"[1]。于是，鸡与太阳便有了因果关系，更有人认为，鸡也是太阳神和光明的象征。中国古代也有不少与鸡相关的神话，如《荆楚岁时记》引有《括地图》中的一则金鸡神话：

> 桃都山有大桃树，盘曲三千里，上有金鸡，日照则鸣，下有二神，一名郁，一名垒，并执苇索，以伺不祥之鬼，得而杀之。[2]

这里提到了桃都山上有金鸡，"日照则鸣"。此外，《玄中记》中则说：

> 蓬莱之东，岱舆之山，上有扶桑之树。树高万丈。树巅常有天鸡鸣，而日中阳鸟应之，阳鸟鸣，则天下之鸡皆鸣。[3]

这里又将扶桑山上的天鸡和"日中阳鸟"做了联结。

由于古人认为鸡是充满阳气的动物，并认为鸡啼能够送走旧岁的冬寒，迎来新年的春暖，古人甚至将一岁之始也归功于鸡的报晓。据《太平御览》引《诗记历枢》："候及东次气发，鸡泄三号，冰始泮，卒于丑，以成岁。"其注亦云："及东，及于寅也。承丑之季故谓之次气。鸡为畜，阳也。丑之季向晨鸣，鸡得其气，感之而喜，故鸣也。"[4] 可见，古代中国人对鸡所投以的特殊情怀。

由前面的讨论可知，日中有乌之说是原始初民观察乌鸟与太阳的习性相近所产生的素朴理解，相关说法本具有一定的神圣性，但是到了后来，随着相关说法的不断传衍，加以理性的觉醒，因而使得其神圣性逐渐消失，人们已无法理解神话产生背后的真正意涵。虽然，日中的三足乌亦颇为神异，但却不如金鸡大众化，且与人们的生活关系密切，更能满足人们对太阳神鸟的想象。因此，到了唐宋以后，人们逐渐忘却了乌与日在早期初民生活中的神圣性，而更多地以日常生活中随处可见的鸡来取代它。

---

①唐代李贺《致酒行》云："我有迷魂招不得，雄鸡一声天下白。"
②〔梁〕宗懔：《荆楚岁时记》，见《丛书集成初编》，北京：中华书局，1991，第 2 页。
③〔晋〕郭璞：《玄中记》，见《中国文言小说百部经典》，北京：北京出版社，2000，第 389 页。
④〔宋〕李昉等：《太平御览》，上海：上海书店，1936，第 462 页。

这类日中有金鸡或日中有三足鸡的形象，除了屡屡出现在一些宋金以后的墓室中，被作为墓室小宇宙中日的象征外，还被保留在一些少数民族的口传中。如流传于浙江丽水山区畲族民众中的一则古老传说《金鸡叫太阳》中说：天上本来有十个太阳，但后来有九个太阳被射落在地上，因而化身成金鸡，后来金鸡与留在天上的太阳兄弟得以相认，但因金鸡们怕太阳在天上寂寞，就相约当金鸡啼三轮，天上的太阳就会出来做伴。[①] 而另一则《金鸡与太阳》中也说：鸡是由后羿射下的九个太阳中的一个变成的，它与剩下的太阳联合起来，鸡鸣日升，以防后羿再射日。[②] 另外畲族的《金鸡玉兔神》传说中则说：在很古以前，天下一片漆黑，这时有一只三足鸟，叫金鸡，也叫锦鸡和神鸡。脚一点地，飞到高空变成了太阳；一只玉兔，四脚跳起，跳到高空变成了月亮。[③] 至今畲族祭祖时，还会在门板两侧挂金鸡、玉兔的画像，以示对日、月的崇拜。[④]

今台湾民间信仰的符咒图像中，如台南地区的许多宫庙在进行"安龙谢土"醮典仪式时，也多会在庙宇的左、右两侧高处或梁柱下方，分别贴有一圆中有金鸡和玉兔的金鸡玉兔符（图166）[⑤]，应是用以象征日月同辉。有时，金鸡玉兔符也会和尺、镜子、剪刀符画在一起，由此可知，其亦具有镇庙及祈求合境平安的功能。至于这类图像是否受畲族文化的影响，则或有待日后更进一步追索。

由以上的讨论可知，神话在早期社会是通过神圣的叙事性解释，论证社会秩序与价值的合理性，并使社会与文化生活的秩序及价值内化为社会成员的个人心理需要。然而，其内涵与象征意义必然也会因不同时代人们的生活形态、信仰心理影响而有所质变。唐宋以后的人们以日常生活中的经验与想象，完成了对古老日中有鸟神话的重新阐释，尽管，随着后神话时代权力话语之神圣性和权威性的衰落，"日即是鸟""鸟即是日"的神圣性已不复存在，但在不断的神话重述中，人们以更世俗化、生活化的想象和虚构，使"日中有鸟"这一神圣叙事在后代得到了更多的传承与重新阐释。

---

①中国民间文学集成全国编辑委员会、《中国民间故事集成·浙江卷》编辑委员会：《中国民间故事集成·浙江卷》，北京：中国 ISBN 中心，1997，第 28 页。

②陈勤建：《中国鸟文化——关于鸟化宇宙观的思考》，上海：学林出版社，1996，第 93 页。

③邱国珍、姚周辉、赖施虬：《畲族民间文化》，北京：商务印书馆，2006，第 322 页。

④中国民间文学集成全国编辑委员会、《中国民间故事集成·浙江卷》编辑委员会：《中国民间故事集成·浙江卷》，北京：中国 ISBN 中心，1997，第 28 页。

⑤相关照片由东华大学民间文学所博士班周舜瑾女史提供，特此致谢。

图 166　台南市关庙山西宫：日中金鸡、月中玉兔

第七章 挪借与融摄
——日、月图像与文化交流

日、月画像除了对后世墓葬艺术有深远的影响外，自魏晋以后，亦随着佛教的传入与中西文化的交流频繁，开始出现了为佛教或祆教艺术所挪借，并随着文化的相互融摄，被赋予了新的意涵。另一方面，还通过辽东半岛及朝鲜半岛，深远地影响了邻近的朝鲜、日本等国的神话与传说。本章选择中古世纪影响中国最深的佛教艺术，还有当时在中西文化交流过程中扮演重要角色的粟特人用以"赛祆"的白画，以及受中国文化影响深远的日本，如何假借、嫁接、挪用中国传统的日、月图像，还有在文化辐射的作用下，中世纪的日本社会如何透过文化过滤功能，将其与传统的八咫乌神话以及捣饼民俗结合，借此以探讨在文化传播的过程中，接受者的不同文化背景和文化传统对相关神话或图像的挪借与融摄现象，并使得相关神话在不同的宗教、文化中获得了新生，延续了生命。

第一节 假借与嫁接
——隋唐以后敦煌佛教艺术中的日、月图像

继承自两汉墓葬传统的日、月图像，到了魏晋时期，即已通过河西走廊，间接影响了敦煌等地的佛教艺术。到了中晚唐以后，许多绘制于敦煌莫高窟的壁画及发现于藏经洞的绢帛画，以及一些千手千眼或多臂观世音菩萨及以诸佛菩萨为题材的佛教艺术作品中，可以看到千手千眼观世音菩萨两臂所举或诸佛两旁所出现的日轮中，画有一振翅欲飞的乌鸟；月轮中则多画有一硕大的桂树，间或伴有蟾蜍及捣药玉兔。这又与两汉，甚至河西走廊上墓室中所见有些微差异，为何会有这样的变化？敦煌佛教艺术在借用中国传统日、月画像之际，又是如何与其教义嫁接，其过程则是值得关注的。

一、假借：敦煌佛教艺术所见日、月图像与中国神话

敦煌的莫高窟是举世闻名的佛教艺术圣地，其中，如早在属西魏时期的莫

高窟第249窟与第285窟窟顶天井壁画中，即已分别出现了四目四臂的阿修罗双手托举中间有乌及似一蟾蜍的日、月（图155），以及胸前有内有三足乌及蟾蜍形象日、月轮的伏羲、女娲形象（图156）。然因此二窟的天井部分还大量出现了如东王公、西王母、伏羲、女娲、雷公、礔电、风伯、雨师、飞廉、计蒙、开明、禺强、乌获等中国古典神话中的神灵形象，故许多学者以为，这类图像是佛教中国化的结果，其所反映的未必是佛教的神灵形象。①

不过，随着佛教在中土的传播与盛行，敦煌莫高窟中的佛教题材亦日渐增多。其中，无论是众所周知的石窟壁画艺术，还是17窟藏经洞所发现的绢帛画等，亦经常可见有各种如千手千眼或多臂的观世音菩萨②，或以诸佛菩萨为题材的佛教艺术作品。例如：

①晚唐莫高窟第14窟南壁的《千手千眼观音经变》。主尊戴化佛冠，四十二双大手执持法器、宝物或结手印，结跏趺坐于莲花座上。上方有宝盖，下方有水池。左上方有日轮，中有金乌；右上方有月轮，月中有桂树。③

②宋代莫高窟第76窟北壁的《千手千眼观音经变》。主尊十一面，八臂，左第一手执一红色日轮，轮内有飞翔金乌。右第一手执白色月轮，轮内有桂树、捣药玉兔及蟾蜍。④

③西夏莫高窟第30窟东壁门北的《千手千眼观音经变》。主尊戴化佛冠，二十四臂，左第一手执一红色日轮，轮内有飞翔金乌。右第一手执白色月轮，

①孙作云：《敦煌画中的神怪画》，载《考古》1960年第6期，第24—34页；史苇湘：《敦煌佛教艺术产生的历史依据》，载《敦煌研究》1981年第1期，第129—151页；段文杰：《敦煌早期壁画的民族传统和外来影响》，载《文物》1978年第12期，第8—20页；段文杰：《略论莫高窟第249窟壁画内容和艺术》，载《敦煌研究》1983年创刊号，第6页；段文杰：《道教题材是如何进入佛教石窟的——莫高窟249窟窟顶壁画内容探讨》，见《敦煌石窟艺术论集》，兰州：甘肃人民出版社，1988，第318—344页；段文杰：《中西艺术的交汇点——莫高窟第二八五窟》，见敦煌研究院编：《1994年敦煌学国际研讨会文集——纪念敦煌研究院成立50周年》（石窟艺术卷），兰州：甘肃民族出版社，2000，第58页；马世长：《交汇、融合与变化——以敦煌第249、285窟为中心》，见巫鸿主编：《汉唐之间文化艺术的互动与交融》，北京：文物出版社，2001，第299—314页；殷光明：《从敦煌传统神话题材的演变看佛教的中国化——以伏羲、女娲图像为中心》，载《艺术学》2004年第21期，第41—66页；李淞：《敦煌莫高窟第二四九窟窟顶图像的新解释》，见敦煌研究院编：《1994年敦煌学国际研讨会文集——纪念敦煌研究院成立50周年》（石窟考古卷），兰州：甘肃民族出版社，2000，第94—115页。

②据敦煌研究院的调查统计，敦煌石窟中绘有《千手千眼观音经变》的洞窟多达37个，共绘40幅。最早的为盛唐，最晚的为元代。其中盛唐和中唐绘制的不多，不很流行；晚唐至宋代绘制最多，非常流行。西夏至元代佛教密宗艺术兴盛，千手千眼观音形象达到了最完美的阶段。

③彭金章主编：《敦煌石窟全集10·密教画卷》，北京：商务印书馆，2003，图101。

④彭金章主编：《敦煌石窟全集10·密教画卷》，北京：商务印书馆，2003，图166。

轮内有桂树、捣药玉兔及蟾蜍。最上方华盖左、右各有日光菩萨、月光菩萨。^①

除了石窟壁画中存有大量千手千眼观音菩萨的图像外，敦煌藏经洞中也发现有多幅千手千眼观音的绢画。如：

①法国吉美博物馆藏 17775 号五代天福八年《千手千眼观音菩萨图》彩色绢画（图 167）。上部中心有一圆，圆内观音头戴三角形化佛宝冠，结跏趺坐于大莲花上，四十只大手对称地各持法器，有无数只小手组成观音的背光。左侧有一白色月轮，轮中一硕大桂树；右侧为一红色日轮，轮内有展翅金乌。四周画吉祥天女、婆薮仙人、日藏菩萨、月藏菩萨、火神金刚等侍从像。^②

图 167　吉美博物馆藏 17775 号《千手千眼观音菩萨图》

①彭金章主编：《敦煌石窟全集 10·密教画卷》，北京：商务印书馆，2003，图 200。
②敦煌研究院主编：《敦煌石窟全集 20·藏经洞精品卷》，香港：商务印书馆，2005，图 71。

②法国集美博物馆藏 17659 号北宋太平兴国六年《千手千眼观音菩萨图》彩色绢画。观音头顶化佛宝冠和华盖，跣足立于供坛上莲座，身侧有各持法器的四十只大手及千只小手。头左侧有白色月轮，轮中一硕大桂树及蟾蜍、兔子；右侧为一红色日轮，轮内有展翅金乌。四周画观音的部众天王、天神、菩萨等，各有榜题名称。观音下部中间为发愿文，左侧画施主樊维寿供养像，右侧画地藏菩萨像。①

除千手千眼观世音菩萨外，在今敦煌石室中的观世音菩萨像，凡多臂者，并不限于千手观音，它们上举之左、右第一手多分持日、月宝珠，宝珠中亦经常有金乌、蟾蜍和捣药兔。例如：

①晚唐莫高窟第 145 窟东壁门北的《如意轮观音图》，为一首六臂的如意轮观音，盘坐于池水莲华台，左第一手执莲华宝盖，宝盖左、右有日轮金乌、白月桂树，圆月中又有牙月。②

②晚唐莫高窟第 145 窟东壁门南的《不空绢索观音经变》，则与如意轮观音经变为密教传统的一对组合。不空绢索观音的左、右上方除了分别有日光菩萨及月光菩萨外，更在左上方画了一轮红日，日中有金乌，右上方则有白色月轮，圆月下又有牙月，月中只有树，无蟾、兔。③

③五代莫高窟第 35 窟甬道顶的《十一面观音》（图 168），观音一首八臂，左第一手执一白色月轮，轮内有桂树、捣药玉兔及蟾蜍；右第一手执红色日轮，轮内有飞翔金乌。④

④宋代莫高窟第 437 窟甬道顶的《八臂观音》，观音头戴化佛冠，八臂，左第一手执一红色日轮，右第一手执白色月轮，因壁画已褪色，日、月轮中之物难以辨认。⑤

此外，敦煌藏经洞出土的绢帛画中也有多臂观音的画像。如在中国历史博物馆藏的五代《十面观音变相图》⑥ 及北宋太平兴国八年（983）的《十一面观音被帽地藏菩萨十王图》中，十一面观音左、右两侧亦有日轮金乌、白月桂树

①张文彬主编：《敦煌：纪念敦煌藏经洞发现一百周年》，台北：天卫文化图书，2000，第 148 页。
②彭金章主编：《敦煌石窟全集 10·密教画卷》，北京：商务印书馆，2003，图 107。
③彭金章主编：《敦煌石窟全集 10·密教画卷》，北京：商务印书馆，2003，图 108。
④彭金章主编：《敦煌石窟全集 10·密教画卷》，北京：商务印书馆，2003，图 131。
⑤彭金章主编：《敦煌石窟全集 10·密教画卷》，北京：商务印书馆，2003，图 172。
⑥张文彬主编：《敦煌：纪念敦煌藏经洞发现一百周年》，台北：天卫文化图书，2000，第 110 页。

图 168　莫高窟第 35 窟：十一面观音

及蟾、兔，惟蟾、兔的比例较小（图169）。①

不过，除了这些多臂观音外，敦煌的佛教艺术中凡有与日相关的诸佛或菩萨身旁也常会出现有金乌的日轮和有桂树的月轮。如中唐莫高窟第154窟北壁的报恩经变《说法图》中，卢舍那佛居中，左、右分绘一菩萨、一弟子，两旁又各三身菩萨。由于卢舍那佛又称大日如来，因此在其左肩前即有一白色月轮，轮内有桂树、捣药玉兔及蟾蜍；右肩前有一红色日轮，轮内有飞翔金乌。② 另，敦煌的绘画品中也出现有日曜菩萨双手捧在胸前的日轮中有金乌的情形。③

此外，在包括属吐蕃统治敦煌的中唐时期及其后的莫高窟第231、236、237、72等窟中，亦可见到一种被称为"指日月瑞像"的画像，其中诸佛所指的日、月也多为日中有三足金乌，月中有蟾、桂的形象。如在属中唐时期的莫高窟第231窟佛龛南披的斜角处绘一尊立佛瑞像，着通肩袈裟，右手上举托月轮，轮中有一树，左手下垂，掌心朝外，手外侧有日轮，轮中有一飞翔金乌，右侧有榜题"指日月像"。（图170）④ 据孙修身在《莫高窟佛教史迹画内容考释》（七）中的介绍：

> 瑞像头顶有高高隆起的肉髻，脑后有头光，头光的周边绘有云状花纹。佛像身着赭红色袈裟，……端立于莲花座上。右臂高举向上，五指伸张，持一球状物，内绘金乌一个。此球状物即我国古代所说的太阳。左臂下垂，五指直伸向下，手掌下面，也有一个球状物，内画鲜花、野草诸物，当是表现我国古代所说的月亮。瑞像侧旁无榜题，而临近的栏框内，则有"指日月像"的榜书。⑤

---

① 〔日〕秋山光和监修：《西域美术：ギソ美術館ヘリオ．コレクション》，东京都：讲谈社，1995，图64。

② 殷光明主编：《敦煌石窟全集9·报恩经画卷》，上海：上海人民出版社，2001，第129页图112。

③ 敦煌研究院主编：《敦煌石窟全集20·藏经洞精品卷》，香港：商务印书馆，2005，图44。

④ 孙修身主编：《敦煌石窟全集12·佛教东传画卷》，上海：上海人民出版社，2000，第51页。

⑤ 孙修身：《莫高窟佛教史迹画内容考释》（七），载《敦煌研究》1987年第3期，第35页。

图 169　北宋太平兴国八年《十一面观音被帽地藏菩萨十王图》

图170　莫高窟第231窟：指日月像

还有如英国博物馆也藏有一编号 Ch. xxii 0023 的绢画，画的"指日月瑞像"色彩鲜艳，绘制精美，惜图像有些残破，释迦左手下面的月环已经残断，但右手上举的日环十分清楚，中间有金乌，表示太阳。据此亦可推测左手下面的月环中应该也有玉兔或蟾蜍。①

据后秦时佛陀耶舍共竺佛念所译的《长阿含经》及隋代天竺三藏阇那崛多等译的《起世经》等早期的汉译佛典中对日、月的描述，以及对日宫、月宫的记载，可知佛教并无"日中有乌""月中有蟾、兔及桂树"的说法。② 又按唐代玄奘所译《俱舍论》及三藏菩提流志所译《大宝积经》、三藏实叉难陀译《大

---

①Roderick Whitfield, *The Art of Central Asia：the Stein collection in the British Museum*, vol 2, Tokyo：Kodansha in cooperation with the Trustees of the British Museum, 1983, p. 1. 11. 韦陀（Roderick Whitfield, 1937— ）根据这幅图像的佛教造像和艺术风格两方面特征，认为它可能是 7 世纪的作品，至少不晚于 8 世纪。

②按《长阿含经》卷二十二载："日宫纵广五十一由旬，宫墙及地薄如梓柏。宫墙七重，七重栏楯、七重罗网、七重宝铃、七重行树，周匝校饰以七宝成，……宫墙四门，门有七阶，周匝栏楯，楼阁台观、园林浴池，次第相比，生众宝华，行行相当，种种果树，华叶杂色，树香芬馥，周流四远，杂类众鸟相和而鸣。""月宫殿纵广四十九由旬，宫墙及地薄如梓柏，宫墙七重，七重栏楯、七重罗网、七重宝铃、七重行树，周匝校饰以七宝成，乃至无数众鸟相和而鸣。……月天子座纵广半由旬，七宝所成，清净柔软，犹如天衣。月天子身放光明，……是为三因缘月宫团满无有损减。复以何缘月有黑影？以阎浮影在于月中，故月有影。"参〔姚秦〕佛陀耶舍共竺佛念译：《长阿含经》，见高楠顺次郎、渡边海旭都监修：《大正新修大藏经》（第 1 册 No.1），东京：大正一切经刊行会，大正十三年至昭和九年，第 145—148 页。另据《起世经》卷十载："此日宫殿，众多天金及天颇梨，合而成就。一面两分，皆是天金，清净无垢，离诸秽浊，皎洁光明。……日宫殿中，阎浮檀金以为妙辇舆，高十六由旬，方八由旬，庄严殊胜，日天子身，及内眷属。在彼辇中，以天五欲功德，和合具足受乐欢喜。""月天子宫，纵广正等，四十九由旬，四面周围，七重垣墙，……七宝所成，……月天宫殿，纯以天银天青琉璃，而相间错。……于此月天大宫殿中，有一大辇，青琉璃成，其辇舆高十六由旬，广八由旬。月天子与诸天女，在此辇中，以天种种五欲功德，和合受乐，观娱悦像，随意而行。……《立世阿毗昙论·日月行品》曰：'从剡浮提地，高四万由旬，是处日月行。半须弥山，等由乾陀山，是日月宫殿，团圆如鼓。是月宫者，厚五十由旬，广五十由旬，周回一百五十由旬。是月宫殿，琉璃所成，白银所覆，水大分多，下际水分，复为最多，其下际光。亦为最胜。……是宫殿，说名栴檀，是月天子于其中住。'"参〔隋〕天竺三藏阇那崛多等译：《起世经》，见高楠顺次郎、渡边海旭都监修：《大正新修大藏经》（第 1 册 No.24），东京：大正一切经刊行会，大正十三年至昭和九年，第 358—360 页。

方广佛华严经》等记载可知，日、月在佛教中是常见的词语，它代表着光明智慧。[1] 更因日、月本是非常重要的天体物象，故在印度的佛教经典中，很早即已出现有因对日、月的崇拜而形成的如"日天""月天"等日、月之神。[2] 因此，在许多佛教艺术图像中，在画面的左、右最上方通常也都绘有日天与月天的形象。如阿富汗巴米扬石窟111窟、155窟、330窟的顶部，便残存有日天、月天的图像。[3] 日天着男装，正面站车轮上，一手执矛一手按剑，背后有一大圆轮象征日，头后有圆光。另，包括克孜尔石窟第8、17、38、97、98、118、126、175等窟，木塞姆石窟第11、30、44、48等窟，以及库木吐拉石窟第23、31、46、50、63等窟中，都绘有日、月、星辰的图像，内容大同小异，也都经常可见到日天和月天的形象，其中如克孜尔石窟第17窟的中脊两端有日天、月天，日天于圆轮中，站在一辆由四马两两相背的马车上；月天形象基本与日天相似，也是站在由四只天鹅所拉的车上。另在莫高窟第144、285等窟壁画中，也可见这类日天与月天的形象。（图171-1、图171-2）[4] 过去，相关的研究者已指出

①按《俱舍论》卷十一所载："月轮之直径长五十由旬，其下由颇胝迦宝水珠所成，能冷亦能照。又谓月轮中有月宫殿，由天银与天青色琉璃所成，月天子及妃、天众等住之。……又以月轮即指满月，表示智德圆满。亦表佛心、菩提心等。"参尊者世亲造，唐玄奘奉诏译：《阿毗达磨俱舍论》，见高楠顺次郎、渡边海旭都监修：《大正新修大藏经》（第29册 No.950）东京：大正一切经刊行会，大正十三年至昭和九年，第59页。又《大宝积经》卷第二十一《被甲庄严会第七之一》曰："乘于大乘最上之乘，……此乘如灯如日月轮，为诸众生作大光明。此之大乘亦复如是，光照三千大千世界，无能映蔽无能障碍。"参〔唐〕三藏菩提流志译：《大宝积经》，见高楠顺次郎、渡边海旭都监修：《大正新修大藏经》（第11册 No.310），东京：大正一切经刊行会，大正十三年至昭和九年，第118页。另，《大方广佛华严经》卷第二十七《入不思议解脱境界普贤行愿品》载："云何如月？譬如月轮，从初一日至十五日，渐次增长，乃至圆满。菩萨摩诃萨亦复如是。从初发心一切净法渐渐增长，乃至成佛坐菩提场，一切功德具足圆满。云何如日？譬如日轮，出现之时，一切黑暗，悉皆除灭。"参〔于阗国〕三藏实叉难陀奉制译：《大方广佛华严经》，见高楠顺次郎、渡边海旭都监修：《大正新修大藏经》（第10册 No.310），东京：大正一切经刊行会，大正十三年至昭和九年，第784页。

②"日天"梵名ditya，又作"日天子""日神"，后为太阳神苏利耶（梵名 Sūrya）之别称。传入密教后，成为"十二天"之一，即大日如来为利益众生之故，住于佛日三昧，随缘出现于世，破诸暗时，菩提心自然开显，犹如太阳光照众生，故称为"日天"。许多密教图像中的日天多做天人形，二手皆持莲花，乘赤五马车。"月天"梵名Candra，又作"月天子""宝吉祥天子"。印度婆罗门教将月神格化，称为月天，为十二天之一。密教中，以月天为拥护佛法之天部之一，安于胎藏界外金刚部院西方拘摩罗天之旁。胎藏现图曼荼罗中，月天身呈白肉色，乘坐三鹅，亦有作乘坐五鹅者，左手当胸，屈中指、无名指、小指，右手执杖，杖头有半月形。

③〔日〕京都大学考查队、樋口隆康编：《バ—ミヤ—ソ京都大学中亚学术学术调查报告》，京都：同朋舍，1983，第1编《图版编》，图版11-1；第3编《本文篇》，第79页。

④中国敦煌壁画全集编辑委员会编：《中国敦煌壁画全集》，天津：天津人民美术出版社，1996，图版126、127。

图 171 - 1 莫高窟 144 窟：日天

图 171 - 2　莫高窟 144 窟：月天

其源头可能是印度或中亚。①

佐佐木律子的研究指出：贵霜朝以前，古代印度教的湿婆神头饰上就出现有手托日、月的人物形象。其后，公元 4 世纪的西北印度也发现有类似的作品。②据《长阿含经》卷十八《郁单曰品》《千光眼观自在菩萨秘密法经》的说法，在千手观音的四十手中，右第八手即持"日精摩尼"，左第八手则是持"月精摩尼"。③又据《大悲心陀罗尼经》载，四十手所持之物或所呈之手相各为施无畏、日精摩尼、月精摩尼、宝弓、宝箭等。案"摩尼"者，梵文 Mani 之音译，谓宝珠也，因此，日精摩尼者即日精宝珠，为可自然发出光热照明之摩尼；月摩尼者，即月精宝珠，据传可除人热恼，而予清凉。故日精摩尼、月精摩尼即日、月之谓也。

另一方面，今陕西西安碑林博物馆藏有一件唐代的高浮雕石佛像，形象为一佛立于覆莲台上，着袒右袈裟，右手上举，虚托日轮，轮内日天坐于马车之上；左手下按，下方有月轮，轮内月天坐于鹅车之上，基座正面有题记"释迦牟尼佛降服外道时"④。据张小刚的考察，认为此一浮雕像应与敦煌壁画及绢画中的指日月像是同一种瑞像。这类坐在马车及鹅车上的日天和月天，经常出现在中亚和印度的石窟中，但敦煌的这类瑞像图中采取了中国传统的日、月形象，以三足乌来表示太阳，以桂树、蟾蜍、玉兔来表示月亮。⑤由此可见，在敦煌的

---

①段文杰认为，其驾驷马车乘的图像渊源最早可上溯至希腊神话乘驷马战车巡游天际的太阳神阿波罗形象。参段文杰：《中西艺术的交汇点——莫高窟第二八五窟》，见敦煌研究院编：《1994 年敦煌学国际研讨会文集——纪念敦煌研究院成立 50 周年》（石窟艺术卷），兰州：甘肃民族出版社，2000，第 52—87 页。贺世哲进一步认为，它从印度古代神话中的太阳神苏利耶形象演化而来。参贺世哲：《莫高窟第 285 窟窟顶天象图考论》，载《敦煌研究》1987 年第 2 期，第 1—12 页。在此基础上，姜伯勤在其《中国祆教艺术史研究》中，将第 285 窟西壁所绘的日天形象的图像来源比定为祆教的密特拉神，并认为这一图像是由厌哒人传入敦煌的。参姜伯勤：《中国祆教艺术史研究》，北京：生活·读书·新知三联书店，2004，第 203—216 页。近年来，敦煌研究院张元林以莫高窟第 285 窟为个案，进行了深入的专题研究，揭示出该洞窟与粟特人密切的关系，认为此一图像是由粟特人带入的可能性更大。张元林：《粟特人与莫高窟第 285 窟的营建——粟特人及其艺术对敦煌艺术贡献》，见云冈石窟研究院编：《2005 年云冈国际学术研讨会论文集·研究卷》，北京：文物出版社，2006，第 394—406 页；《论莫高窟第 285 窟日天图像的粟特艺术源流》，载《敦煌学辑刊》2007 年第 3 期，第 161—169 页；《观念与图像的交融——莫高窟 285 窟摩醯首罗天图像研究》，载《敦煌学辑刊》2007 年第 4 期，第 251—256 页。

②〔日〕佐佐木律子：《莫高窟第 285 窟西壁内容试释》，载《美术史》1997 年第 2 期，第 121—138 页。

③唐代苏缚罗译《千光眼观自在菩萨秘密法经》载："尔时世尊告阿难言：是观自在菩萨为众生故，具足千臂，其眼亦尔；我说彼者，其有千条，唯今略说四十手法，……（有）日摩尼手，月摩尼手。"〔唐〕苏缚罗译：《千光眼观自在菩萨秘密法经》，见高楠顺次郎、渡边海旭都监修：《大正新修大藏经》（第 20 册 No.1065），东京：大正一切经刊行会，大正十三年至昭和九年，第 120a 页。

④陕西省博物馆编：《陕西省博物馆藏石刻选集》，北京：文物出版社，1957，第 39 页，图 37。

⑤张小刚：《敦煌佛教感通画研究》，兰州：甘肃教育出版社，2015，第 71 页。

佛教艺术中，除了莫高窟第249、285窟这类借用中国神话题材的图像外，更有一些以表现佛教艺术为主的图像早已利用中国传统神话中的日中有乌，月中有蟾、兔、桂树来表佛教的日、月。

此外，在许多印度或中亚的佛教艺术中也经常可见手持日、月的神灵，如斯坦因在1900年于新疆和阗东北的古佛教遗址丹丹乌利克所发现的属6世纪版画上，佛教的护法神摩醯首罗天作三头四臂，上二臂手托日、月，下二臂手拿宝珠的形象。但无论是早期的佛教艺术，或是后来传入中亚的佛教艺术中，日摩尼和月摩尼多只是一似宝珠的圆形物，日、月之中多并无任何对象。由此或可推论，敦煌佛教艺术中内有展翅飞鸟的日轮或日摩尼及有桂树、蟾兔的月轮或月摩尼图像之来源，可能并不是佛教。

关于这个问题，1982年金荣华在其《敦煌多臂观世音菩萨画像所持日月宝珠之考察》中便已指出："敦煌多臂观世音菩萨画像所持日月宝珠中之三足乌、桂树、白兔、蟾蜍，于佛典既无所据，而屡见于先秦以来各家咏述，则显系取中国本土之神话为饰者也。""是为中土日、月神话之衍绎"，应是"画工既误宝珠为日、月之象，欲增华饰，佛经所无据，乃以民间所熟悉之三足乌、桂树、白兔、蟾蜍加入"。[1]

然而，这些经常出现在两汉墓室的日、月神话形象为何会出现在边远敦煌的佛教洞窟壁画中，且与佛教的菩萨及诸佛产生关联？日中有乌和月中有蟾、兔、桂树的说法在中国本有其悠久的历史和广泛的民族心理基础，而它作为中国传统墓室中天空象征的传统又是普遍的。因此，我们能够想象，作为一种外来宗教的佛教势力也不可能忽视它。尤其是随着中原丧葬传统的向西流播，以及佛的中国化，敦煌的佛教艺术便出现了借用这类世俗图像，甚至逐渐与这种世俗图像合轨的现象。

事实上，借用传统图像表现新的宗教主题这种母题借用的现象[2]，并非敦煌佛教艺术所独有。李凇在提及早期犍陀罗佛教艺术和古罗马艺术的联系、中国北朝道教造像与佛教造像的联系时，便发现在世界不同地区和阶段，都普遍存

---

①金荣华：《敦煌多臂观世音菩萨画像所持日月宝珠之考察》，原载于《大陆杂志》1982年第6期，后见《敦煌吐鲁番论集》，台北：新文丰出版公司，1996，第117页。

②潘诺夫斯基（Erwin Panofsky，1892—1968）在《视觉艺术的含义》中举了威尼斯圣马可教堂、圣吉斯和阿里斯的塑像、法国兰斯大教堂的"圣母访问图"、普桑的"东方三博士朝圣图"等例子，潘氏把这些现象称作"母题借用"。参 Erwin Panofsky, *Meaning in the Visual Arts: Papers in and on Art History*, Garden City, N. Y.: Doubleday, 1955。

在着这种"改变异教题材"的现象，即所谓的"图像的移用"①。如前所述，在魏晋至隋唐时期的一些造像中即可发现，佛教图像借用世俗图像的例子较多，其中最常见的可能也就是日月图。在许多北朝石窟或造像碑的龛上方，左、右两侧经常会刻有日、月的图像，有时日中有金乌、月中有蟾蜍。如河南淇县石佛寺村出土的北魏神龟元年（518）田迈造像碑中，背面的拱形帐龛内刻有交脚弥勒，弥勒的左、右则有天人执圆形物，左圆中刻三足乌象征日，右圆中刻蟾蜍象征月。（图172）② 另如陕西耀州出土的北魏正光二年（521）佛教造像碑，背后龛的左、右也刻有二圆，左圆内有金乌，右圆内有蟾蜍，应也是日与月的象征。③ 还有像山东广饶附近出土的皆公寺佛造像碑如来立像光背外侧左、右浮雕，各有一人手持一象征日、月的小圆。④ 山东青州龙兴寺出土的北魏永安二年（529）韩小华造像碑，上方左、右两侧也有类似的图像。⑤ 可知，早在南北朝时期，这些佛教的造像在表现日、月时，即已借用了中国墓室中的传统日、月图像。

图172　河南淇县田迈造像碑：交脚弥勒、日月图

①李凇：《敦煌莫高窟第二四九窟窟顶图像的新解释》，见敦煌研究院编：《1994年敦煌学国际研讨会文集——纪念敦煌研究院成立50周年》（石窟考古卷），兰州：甘肃民族出版社，2000，第98—99页。

②中国画像石全集编辑委员会编：《中国画像石全集8·石刻线画》，郑州、济南：河南美术出版社、山东美术出版社，2000，第17页图版19。

③耀生：《耀县石刻文字略志》，载《考古》1965年第3期，第134—151页，图3。

④王思礼：《山东省广饶、博兴二县的北朝石造像》，载《文物参考数据》1958年第4期，第41页图二。

⑤夏名采、王华庆、庄明军：《青州发现大型佛教造像窖藏》，载《中国文物报》1996年11月17日第1版；夏名采：《青州龙兴寺出土佛像简介》，载《中国文物报》1996年11月24日第3版。中国寺观雕塑全集编辑委员会编：《中国寺观雕塑全集：早期寺观造像》，哈尔滨：黑龙江美术出版社，2003，第37页。

其实，佛教与中国传统图像的相互影响，可能早在传入之初，如在东汉时期的画像石中，即已发现一些可能与佛教相关的图像①。另如魏晋南北朝时期的许多墓葬艺术中也可以发现具佛教意涵的图像。② 此外，包括属西魏时期的敦煌莫高窟第 249 窟，北周时期的莫高窟第 294、296 窟，隋代的莫高窟第 305、401、419、429 等窟中，都出现有乘龙车、凤车的东王公、西王母形象。③ 另如莫高窟的第 249、285 窟中有如伏羲、女娲、东王公、西王母等中国古典神话的神灵。

过去，已有不少研究者指出，在佛教于中土布化的过程中，它作为一种外来的宗教，可能也不能不受到中国传统思想、文化、宗教的影响。段文杰在研究道教题材如何进入佛教石窟的问题时指出：

> 外来的佛教思想要在中国土壤里生根开花，……就必然要受到中
>
> 国传统思想的影响，不断地把外来佛教思想加以变通和改造。④

所以，佛教在初传中国时，浮屠是与老子同祀的。⑤ 故不仅日、月的图像有这样的现象，在许多汉传佛教的经典中，也多喜将中土民间信仰中的神祇也拉进佛教的神祇体系。如日人安然在其所集的《悉昙藏·序》中有：

> 故成劫初菩萨出世，畅前佛法，佛遣弟子，渐化真旦，应声名伏

---

①俞伟超：《东汉佛教图像考》，见《先秦两汉考古学论集》，北京：文物出版社，1985，第 157—169 页。

②如 1973 年于固原雷祖庙墓出土的描金彩绘漆棺，除棺盖上绘有东王公、西王母、日、月、银河、鸟、兽、人面鸟身神怪等外，棺前档下部还出现了两个带头光、披帛绕臂的人物，貌似菩萨。棺两侧的画像除了有魏晋南北朝时期常见的孝子画像外，还绘有火焰纹、天人、伎乐和各种鸟兽。另如北魏永安二年筍景墓志盖，在篆书志铭周围则刻有千秋万岁、独角翼兽、双角翼兽、带翼人兽首鸟爪神怪和象征佛教的火焰宝珠。至于在许多的北朝墓葬的甬道口上方，如东魏武定八年（550）间叱连地（茹茹公主）墓、太原北齐徐显秀墓、河北磁县湾漳北朝大墓、太原北齐武平元年娄叡墓、河北景县北魏正光五年（524）高氏墓等，也都出现了具浓厚佛教色彩的火焰宝珠。

③关于此类图像中乘龙车、凤车男、女形象，早在 1988 年胡同庆于其《莫高窟早期龙图像研究》中，即提出此类"御车之龙"的构图形式与沂南画像石中的御车之龙以及传顾恺之的《洛神赋图》构图形式相同。参胡同庆：《莫高窟早期龙图像研究》，载《敦煌研究》1988 年第 1 期，第 9—17 页。段文杰在其《略论莫高窟第 249 窟壁画内容和艺术》中，从对莫高窟第 249 窟壁画的图像进行了研究，也指出此类图像的来源为"坟墓"。并且提出，佛教传入中国，必然得与中国固有文化结合，使佛教中国化，主要表现在佛教思想道教化之观点。段文杰：《略论莫高窟第 249 窟壁画内容和艺术》，载《敦煌研究》1983 年创刊号，第 6 页。

④段文杰：《道教题材是如何进入佛教石窟的——莫高窟 249 窟窟顶壁画内容探讨》，见《敦煌石窟艺术论集》，兰州：甘肃人民出版社，1988，第 332 页。

⑤按《后汉书》卷四十二《楚王英传》载："英少时好游侠，交通宾客，晚节更喜黄老，学为浮屠斋戒祭祀。"桓帝时在宫中"立黄老浮屠之祠"。参《后汉书》可知，当时的人们是将佛教与祈求长生不老、崇尚无为的黄老信仰等同并置。〔刘宋〕范晔撰，〔唐〕李贤等注，〔晋〕司马彪补志：《新校本后汉书》，台北：鼎文书局，1986，第 1428 页。

義，日光名女媧，迦叶名老子，儒童名孔子，光净名原回。①

中国神话传说中的创世大神伏羲、女娲与古圣先贤老子、孔子、颜回都成了佛祖的麾下，并纳入了佛教的统辖之下。

故除了如南北朝时期的田迈造像碑及莫高窟第 249 窟壁画中已出现了佛教艺术借用中国传统日、月图像外，直至隋唐，此风更甚。从许多文献的记载可知，在这一时期，佛教一方面既要与道教及其他中国传统的文化相互斗争，另一方面却又势必要与中国的传统文化发生联系，并相互影响、融合。因此，在一定程度上，必将借助中国人对传统的理解来普及和宣传教义，这当然不仅限于教义方面，应还包括在壁画及造像中融入中土元素。尤其，在那个识字教育并不普及的年代，如壁画、造像等视觉的手段，更是佛教用来对通俗大众进行教义传播的常用手段之一。

二、嫁接：敦煌佛教艺术对中国神话的继承与选择

对于佛教这种借用中国传统图像的现象，史苇湘在论及莫高窟第 249 窟窟顶壁画中的东王公、西王母时，即指出这是佛教借东王公、西王母之形表达帝释天和帝释天妃之实，更指出：" '东王公'、'西王母'的艺术形象，是佛教艺术对汉族固有神话形象的'假借'与'嫁接'。"② 因此，出现于敦煌佛教艺术中的日中三足乌，月中蟾、兔及桂树形象，除了是对中国传统神话的假借外，是否也是另一个嫁接的例子？

虽然，敦煌佛教艺术中的日中乌，月中蟾、兔与桂吸收了中国的传统图像，但若仔细观察敦煌佛教艺术中的日、月画像则将发现，它对于中国的传统神话可能并非完全只是一种假借，更有其与佛教教义嫁接的过程。

首先，从敦煌佛教艺术中的日画像来看，可发现它与汉画不同的是：日中的乌鸟并不似传统墓葬中经常可见的做飞翔状的金乌，也不是做侧立蹲踞状的

---

①〔日〕释安然：《悉昙藏》，见高楠顺次郎、渡边海旭都监修：《大正新修大藏经》（第 84 册 No. 2702），东京：大正一切经刊行会，大正十三年至昭和九年，第 365 页。

②史苇湘《敦煌佛教艺术产生的历史依据》认为，第 249 窟北顶的是东王公、南顶的是西王母和西顶的阿修罗在同一个窟顶上充当释迦的护法。并认为这类图像的出现，与魏晋南北朝时河西地区西王母信仰的流行有关。虽然，文中认同这类图像是东王公与西王母，然史苇湘又提出，第 249 窟画的是《观佛三昧海经》上所载曾和阿修罗有过争战的帝释天与帝释天妃。而东王公、西王母的艺术形象，是佛教艺术对汉民族固有的神话形象的假借与嫁接，也就是说，佛教借东王公、西王母之形，表达帝释天和帝释天妃之实。史苇湘：《敦煌佛教艺术产生的历史依据》，载《敦煌研究》1981 年第 1 期，第 431 页。

三足乌（图173）①，而多是一正面做展翅状的三足乌。（图174）② 对于这样的现象，金荣华早已注意到"唯三足乌多绘成三足乌振翅欲飞状，或称之为凤凰类禽鸟"③。他以为之所以有这样的形象变化是：

> 我国因"日中有三足乌"之说，亦称太阳为金乌。而印度神话中有金翅鸟（Garuda），……于是既借中国神话之日中有三足乌，又涉金翅鸟而或稍变其形，遂成振翅欲飞之三足乌。④

在印度神话中，金翅鸟是毗湿奴（Visnu）的坐骑，在佛教中为释迦侍卫八部众之一。⑤ 原来，金翅鸟应与日并无任何关联，但可能是因其与乌的形象相近；此外，可能还有因金翅鸟亦具有不死的神性，因此，至晚到了南北朝时期，许多墓葬艺术或佛教造像中的日中神鸟即已有形似金翅鸟的迹象。如前面所提及的田迈造像碑（图172）上日轮中的三足乌即做展翅状，还有如前引江苏丹阳金王陈村出土的南朝日轮画像砖（参第六章，图148）中的三足乌，亦皆已做展翅状，与金翅鸟的形象更为相近。

除了日中的乌鸟外，敦煌佛教艺术中的月中之物也有些不同的变化。如两汉至南北朝的墓室画像中，经常只绘蟾蜍或捣药兔，尤其如嘉峪关或酒泉等地的墓室画像砖中，月中多为一硕大的蟾蜍。（参第六章，图149、图150）但在敦煌的佛教艺术中，月中的桂树往往占了极大的画面比例，汉画像中常见的月中神兽——蟾蜍与捣药兔，有时反而被省略（图175），或比例缩得极小（图167、图168、图169、图176）。之所以有这样的变化，笔者认为可能也与佛教神话传说中的圣树"娑罗树"（Sal Tree）有关。

---

①陕西神木大保当 M11 墓门。陕西省考古研究所、榆林地区文物管理委员会：《陕西神木大保当第 11 号、第 23 号汉画像石墓发掘简报》，载《文物》1997 年第 9 期，彩色插图 1。

②五代莫高窟第 35 窟甬道顶《十一面观音》，见彭金章主编：《敦煌石窟全集 10·密教画卷》，北京：商务印书馆，2003，图 131。

③金荣华：《敦煌多臂观世音菩萨画像所持日月宝珠之考察》，原载于《大陆杂志》1982 年第 6 期，后见《敦煌吐鲁番论集》，台北：新文丰出版公司，1996，第 123 页。

④金荣华：《敦煌多臂观世音菩萨画像所持日月宝珠之考察》，原载于《大陆杂志》1982 年第 6 期，后见《敦煌吐鲁番论集》，台北：新文丰出版公司，1996，第 123 页。

⑤在印度神话中，金翅鸟有鸟的头、翅膀和人的身体，是具非常强力的灵鸟，为了救出自己的母亲，前往因陀罗的天国，打败天帝因陀罗，取走了不死的灵药阿姆尼塔。归途中遇到毗湿奴，两者几经较量，不分高下。毗湿奴有感于金翅鸟的强大，用不死的生命来交换金翅鸟作为自己的坐骑，从此金翅鸟侍从于毗湿奴。

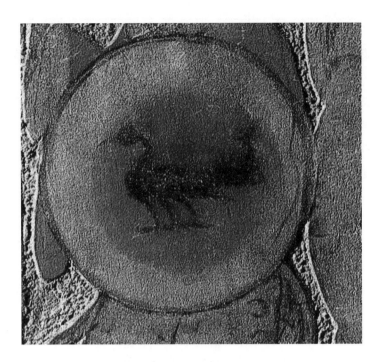

图 173　陕西神木大保当 M11：日中乌

图 174　莫高窟第 35 窟：日中乌

图 175 　《观音经变》：月

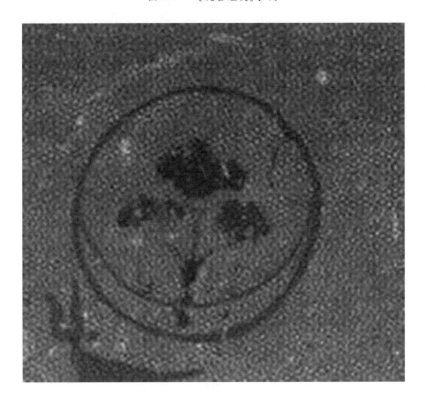

图 176 　莫高窟第 145 窟：月

娑罗树，又译作"沙罗""莎罗"，原产于印度及马来半岛雨林，与佛教关系密切。相传释迦牟尼佛的母亲摩耶夫人在兰毗尼（Lumbinī）园中，手扶娑罗树，产下释迦牟尼。[①] 又据《大唐西域记》所载，娑罗树是"如来寂灭之所也"[②]。传说释迦牟尼在拘尸那竭城（Kuśi-nagara）河边娑罗树下涅槃，其树四方各生二株，称"娑罗林"或"娑罗双树"。[③] 据传，佛教的诸佛菩萨也多有在娑罗树下成道、说法的，如龙树的《十住毗婆沙论》中便载有：毗首婆伏佛在娑罗树下成道。[④]

另有一说：文殊菩萨在福城以东的娑罗林中说法，指点善财童子南行，参问"善知识"，故或曰娑罗树又称"菩提树"[⑤]，是佛家的圣树。若将莫高窟第145窟所绘月中之树的形象，与卜千秋壁画墓中的"月中之桂"（图21）相较，则更可发现其与传说中的娑罗树"其树四方各生二株"，形象更为相近。

又按《南史·扶南国传》称：梁武帝天监十八年，扶南国"复遣使送天竺旃檀瑞像、娑罗树叶"[⑥]，可知，至晚在南北朝时期，娑罗树应已传入中国。唐书法家及文学家李邕甚至还以传说中唐高僧义净曾休宿并顿悟于树下的娑罗树，作有《娑罗树碑记》。[⑦] 且不知从何时开始，人们常又称月中的桂树为娑罗树。如宋人欧阳修的《定力院七叶木》诗中有云："伊洛多佳木，娑罗旧得名。常于

①印顺法师所著《印度之佛教》载："摩耶夫人四十四岁时，梦白象入胎而有妊。翌年，分娩期近，乃从俗归宁。途经岚毗尼园时，少憩，遂诞生太子于无忧树（或作娑罗树、钵罗叉树）下。园去迦毗罗卫东四十里，为拘利城主善觉妃在岚毗尼之别墅，在今尼泊尔之兰冥帝，时距今二千四百零九年前之四月八日日出时也。"印顺法师：《印度之佛教》，见《印顺法师佛学著作全集·第13卷》，北京：中华书局，2009，第10—11页。

②〔唐〕释玄奘译：《大唐西域记》，见高楠顺次郎、渡边海旭都监修：《大正新修大藏经》（第51册No.2087），东京：大正一切经刊行会，大正十三年至昭和九年，第903b页。

③如据《长阿含经》卷四载："尔时。世尊在拘尸那竭城，本所生处，娑罗园中双树间，临将灭度。告阿难曰：汝入拘尸那竭城，告诸末罗。诸贤，当知如来，夜半于娑罗园双树间，当般涅盘。汝等可往咨问所疑，面受教诫，宜及是时，无见后悔。"《大般涅盘经》卷中云："汝今当知。我于今者。后夜分尽。在鸠尸那城力士生地熙连河侧娑罗双树间。入般涅盘。说此语已。诸比丘众虚空诸天。悲号啼泣不能自胜。"因为此处林中的娑罗树两两成双，一枯一荣，故此地名为"双树林"。《翻译名义集》："大经云：东方双者，喻常无常。南方双者，喻乐无乐。西方双者，喻我无我。北方双者，喻净不净。四方各双，故名双树。方面皆悉一枯一荣。"

④据《十住毗婆沙论》云："毗首婆世尊，坐娑罗树下，自然得通达，一切妙智慧。于诸人天中，第一无有上，是故我归命，一切最胜尊。"龙树菩萨造，〔姚秦〕三藏法师鸠摩罗什译：《十住毗婆沙论》，见高楠顺次郎、渡边海旭都监修：《大正新修大藏经》（第26册No.1521），东京：大正一切经刊行会，大正十三年至昭和九年，第44a页。

⑤据《唐语林》载："太宗朝，泥婆罗献娑罗树，一名'菩提'。叶似红蓝，实如蒺藜。"〔宋〕王谠撰，周勋初校证：《唐语林校证》，《唐宋史料笔记丛刊》，北京：中华书局，1992，第435页。

⑥〔唐〕李延寿撰，杨家骆主编：《新校本南史》，台北：鼎文书局，1981，第1954页。

⑦〔明〕郎瑛：《七修类稿》，北京：中华书局，1959，第580页。

佛家见，宜在月中生。"① 元人马祖常的《送华山隐之宗阳宫》诗亦云："高谈见明月，为我问娑罗。"② 由此可证，人们常将月中之树视为佛教圣木娑罗树。

其实，早在宋代，洪迈作《容斋随笔》时便对"世俗多指言月中桂为娑罗树，不知所起"③ 提出了质疑。近人袁珂曾引唐天宝初年《进娑罗枝状》中"布叶垂阴，邻月中之丹桂；连枝接影，对天上之白榆"之语，怀疑即洪迈所指"世俗指言"之由④，以为此说的产生可能在唐代。然近人尹荣方则以为"史籍称言月中娑罗的全为宋及宋以后的人"，认为是宋代。⑤ 但从敦煌藏经洞所发现的通俗文学作品《叶净能诗》中，叙及叶净能引领唐明皇游历月宫时，有一段这样的叙述：

> 直到大殿，皆用水精琉璃玛瑙，莫测涯际。以水精为窗牖，以水精为楼台。又见数个美人，身着三铢之衣，手中皆擎水精之盘，盘中有器，尽是水精七宝合成。皇帝见皆存礼度。净能引皇帝直至娑罗树边看树，皇帝见其树，高下莫测其涯，枝条直覆三千大千世界。其叶颜色，不异白银，花如同云色。⑥

此外，敦煌写卷《下女夫词》中也有"月里娑罗树，枝高难可攀"⑦ 这样的诗句。《叶净能诗》为中晚唐时期的作品，由此可知，至晚到了中晚唐时，已有认为月宫中的桂树即娑罗树者。

---

①〔宋〕欧阳修：《定力院七叶木》，见李逸安点校：《欧阳修全集》（第二卷），北京：中华书局，2001，第232页。因古代中国人常有将"七叶木"混同于娑罗树，故此欧阳修以为"七叶木"乃"娑罗旧得名"。

②〔元〕马祖常：《石田先生文集》，新文丰出版公司编辑部编：《元人文集珍本丛刊》（第六册），台北：新文丰出版公司，1985，据"国立中央图书馆"、台湾大学图书馆及"中央研究院"历史语言研究所傅斯年图书馆藏本影印，第551页。

③〔宋〕洪迈：《容斋随笔·四笔》，上海：上海古籍出版社，1978，第687页。

④尹荣方以为，这里的"月中丹桂""天上白榆"都是骈体文常用的形容说法，此文作者对皇家园苑所植丹桂、榆树的赞美，指的是希望所献之娑罗得以与"桂""榆"并植皇家园苑之中，不是说娑罗原亦是月中树。尹荣方：《月中桂的由来》，见《神话求原》，上海：上海古籍出版社，2003，第126页。

⑤尹荣方认为："史籍称言月中娑罗的全为宋及宋以后的人。"他并且举唐代段成式《酉阳杂俎》记有关娑罗的异事："巴陵有寺，僧房床忽生一木，随伐随长。外僧见曰：'此娑罗也。'"而以为以段氏之博识广学，好记奇事，他如听到过彼时有月中桂为娑罗之说，肯定会笔之于书的，可见他那时并无这样的说法。尹荣方：《月中桂的由来》，见《神话求原》，上海：上海古籍出版社，2003，第126页。

⑥潘重规编著：《敦煌变文集新书》，台北："中国文化大学"中文研究所敦煌学研究会，1984，第1112—1113页。

⑦潘重规编著：《敦煌变文集新书》，台北："中国文化大学"中文研究所敦煌学研究会，1984，第1183页。

另，《容斋随笔》卷六引《酉阳杂俎·娑罗树》中记载了这样一则故事：

> 巴陵有寺，僧房床下，忽生一木，随伐而长。外国僧见曰："此娑罗也。"元嘉中，出一花如莲。唐天宝初，安西进娑罗枝，状言："臣所管四镇拔汗郁国，有娑罗树，特为奇绝，不比凡草，不止恶禽，近采得树枝二百茎以进。"①

由此可知，或确如袁珂所论，至晚到了唐代，人们便已将月中的桂树称为娑罗树。

综合以上讨论可知，大概到了唐代，已有人将日中的乌与金翅鸟混淆，并认为月中的桂树是娑罗树，当然，可能不仅因金翅鸟与娑罗树在形象上与日中金乌及月中桂树相近，更由于其能与佛教的神禽及圣树相结合，故在敦煌的诸多佛教艺术中，便将其与中国传统的日、月神话做了嫁接。

敦煌是沟通东西文明的丝绸之路必经之地，且为印度佛教东传的重要孔道，其信仰、文化自有浓重的外来宗教文化的影响。然由于其居民仍以中原汉民族为主体，更有着深厚的汉文化传统背景，正好是所谓的佛、道两种"不同文化的重合区域"②，因此，若能善用这种"不同文化的重合"，"以不同文化的图像的交叉和边缘化为手段"，不仅可适度地解决文化的冲突③，更可使一般对佛教义理未有深入涉猎及了解的信徒或非信仰者，能从传统中国文化背景中平稳而自然地过渡到新的佛教文化中去，且不致因过于陌生而产生拒绝的心理。④ 或缘于此，敦煌佛教艺术的创作者便在自觉与不自觉中借用了意义相近的中国神话的日、月母题，而表现出结合佛教与中国原始崇拜概念的日、月形象，而使得敦煌佛教艺术中的日、月画像不完全只是一种对中国传统神话或形象的假借，还更进一步地将如金翅鸟、娑罗树等具佛教意蕴的象征嫁接到中国传统的日、

①〔宋〕洪迈：《容斋随笔·四笔》，上海：上海古籍出版社，1978，第687页。

②李淞在《敦煌莫高窟第二四九窟窟顶图像的新解释》中，以为敦煌地区正好是佛、道两种"不同文化的重合区域"，而中国传统文化中常被视为日、月神的东王公、西王母，正好又可与佛教的日天、月天相结合、比附；东王公、西王母所乘的龙车、凤车，正好与日、月天所乘的鹅车与马车相对照。因此，莫高窟第249窟的创作者便在自觉与不自觉中，借用了意义相近的日、月神母题，而表现出第249窟中结合佛、道概念的日神东王公、月神西王母。李淞：《敦煌莫高窟第二四九窟窟顶图像的新解释》，见敦煌研究院编：《1994年敦煌学国际研讨会文集——纪念敦煌研究院成立50周年》（石窟考古卷），兰州：甘肃民族出版社，2000，第94—115页。

③李淞：《一位县令解决文化冲突的一个探索性方案——陕西福地水库西魏佛道混合石窟的图像与观念》，载《新美术》2002年第1期，第34—48页。

④李淞：《敦煌莫高窟第二四九窟窟顶图像的新解释》，见敦煌研究院编：《1994年敦煌学国际研讨会文集——纪念敦煌研究院成立50周年》（石窟考古卷），兰州：甘肃民族出版社，2000，第103页。

月图像中，并赋予它们佛教的新意涵与生命。无论是图像或意涵的假借或嫁接，其结果也不完全是原来的意义被替代或被转化，有时反而是双方的增大、丰富和相互靠拢。

荷兰莱顿大学教授许理和（Erik Zürcher，1928—2008）在《佛教征服中国：佛教在中国中古早期的传播与适应》（*The Buddhist Conquest of China：The Spread and Adaptation of Buddhism in Early Medieval China*）一书中说：

> 通常，新宗教——尤其是外来的——从来没有作为完全替代旧信仰的新教义被接受，而中国佛教形成了一个极端的例子：它增加融合了同期中国思想的主流，即对中国人来说以"玄学"著称的儒家学说……另一方面，中国知识阶层中对佛教的拒斥促使佛法的捍卫宣传者努力在佛教理论和中国传统之间寻求妥协，因而加剧和刺激了融合进程。[①]

敦煌佛教艺术中的日、月图像便是很好的例子，它除了反映出佛教在中土传播时如何妥协且借助中国所能接受的易于理解的形式和图像，包括中国传统的神话传说与墓葬艺术题材，去适应当时本土的思想形式，同时也将佛教的题材和精神进行中国化的修饰、改造与传移、摹写，并附会当地的风俗习惯与艺术风格，而使得这两种不同的图像甚至文化传统产生了交汇、融合。

第二节　挪借与融摄
——粟特祆教白画与日、月图像

除了佛教的传布外，由于敦煌处河西走廊的西端，是丝绸之路的要冲、中古时期东西方贸易的中心之一，自古以来，即有不少西方的民族经由这条通道来到中国，同时，更有许多西方的宗教同时通过此地向东传播。因此，源于中国古典神话及传统墓葬的日中有乌和月中有蟾、兔、桂树之说，除了被佛教艺术借用外，也伴随着外来民族的出现以及文化的交流，而出现在入华粟特人所信仰的祆教艺术作品中。

---

①〔荷〕许理和：《佛教征服中国：佛教在中国中古早期的传播与适应》，李四龙、裴勇等译，南京：江苏人民出版社，2003，第3页。

一、敦煌祆教白画中的日、月图像

在今巴黎法国国立图书馆所藏的敦煌文书中，保留有一幅编号 P. 4518
(24)、内容为表现祆教神祇的淡彩线描图。（图 177）① 此图对于探讨祆教于中
土的流传以及粟特美术的传播，皆具有特殊意义。

关于 P. 4518（24）的内容，最早可见饶宗颐于 1978 年《敦煌白画》一书
中的说明：

> 绘二女相向坐，带间略施浅绛，颜微着赭色，颊涂两晕，余皆白
> 描。一女手执蛇蝎，侧有一犬伸舌，舌设朱色。一女奉杯盘，盘中有
> 犬。纸本已污损，悬挂之带尚结存。②

其后，姜伯勤、张广达等皆指出画中的二位女神像都具有典型的粟特神像
特征。③

粟特人原是生活在中亚阿姆河与锡尔河一带、操古中东伊朗语的古老民族，
自东汉以来，一直活跃在丝绸之路上，以长于经商闻名于中古时期的欧亚大陆，
并在欧亚内陆扮演着传播多元文化和多种宗教的角色，对中西文化的沟通、交
流起了至关重要的作用。据荣新江的考察，可能在三国时即已有来自粟特的商
胡过往敦煌。④ 近年来，随着如虞弘墓、安伽墓以及北周史君墓等入华粟特人墓
葬材料的陆续发现与释读成功，更为中古时期粟特人的宗教与文化的研究，提
供了珍贵的实物资料。

从斯坦因于 1907 年在敦煌西北长城烽燧下发现有粟特文古信札的内容来看，

---

①此画最早由国学大师饶宗颐揭橥，参见 Jao Tsong-yi, *Peintures monochromes de Dunhuang（Dunhuang
baihua）*, Paris：Ecole Française d'Extrême-Orient, 1978, 又见《饶宗颐二十世纪学术文集》（第八卷），台
北：新文丰出版公司，2003, 第 653 页。

②饶宗颐：《敦煌白画》，见《饶宗颐二十世纪学术文集》（第八卷），台北：新文丰出版公司，2003,
第 653 页。

③姜伯勤：《敦煌白画中的粟特神祇》，见《敦煌艺术宗教与礼乐文明》，北京：中国社会科学出版
社，1996, 第 179—195 页。1994 年，张广达于其发表的 *Trois examples d' influences mazdēennes dans la
Chine des Tang* 一文中亦指出此两位女神与祆教的关系。Zhang Guangda , "Trois examples d'influences
mazdēennes dans la Chine des Tang," in *Etudes chinoises*, XⅢ.1-2, 1994, pp. 203-219.

④据《三国志》卷一六《魏书·仓慈传》载：三国曹魏明帝太和年间（227—232），仓慈出任敦煌太
守，对当地豪族欺辱"西域杂胡"的情况加以整顿，商胡"欲诣洛者，为封过所；欲从郡还者，官为平
取，辄以府见物与共贸市，使吏民护送道路"。荣新江便以为，其中的"西域杂胡"应当包括来自粟特地
区的商胡。参荣新江：《中古中国与外来文明》，北京：生活·读书·新知三联书店，2001, 第 54 页。

图 177　P.4518（24）粟特祆教白画

早在 4 世纪初叶，敦煌即有以粟特商人为主体的自治聚落，且伴随有祆教祠舍。① 另据 P.2005《沙洲都督府图经》记载，沙洲有祆祠一所。可知，早在中世纪的敦煌地区曾有祆教的盛行。P.4640《归义军衙内破用布纸历》亦记有：每年正、二、三、四、七、十、十二月均有赛祆活动，一次赛祆支出画纸三十张，并燃灯、设供、用酒。敦煌《沙州伊州地志》中也记载，伊吾祆庙"有素书形象无数"，另敦煌地区每次赛祆活动都要用白画祆神数十张。饶宗颐在《敦煌白画》一书中还提及敦煌白画 P.4518（24）当时尚有系带，充悬挂之用。故姜伯勤以为，敦煌的这幅白画与 9、10 世纪敦煌地区的赛祆活动及敦煌祆祠中的"素书形象"有关。②

　　至于这张白描画所绘的两位相对而坐的女神身份，1988 年于北京举办的敦

　　①荣新江：《北朝隋唐粟特人之迁徙及其聚落》，原载《国学研究》（第 6 卷），1999，见《中古中国与外来文明》，北京：生活·读书·新知三联书店，2001，第 56 页。
　　②姜伯勤：《敦煌白画中的粟特神祇》，见《敦煌艺术宗教与礼乐文明》，北京：中国社会科学出版社，1996，第 179—187 页。

煌吐鲁番学会国际讨论会上，姜伯勤首先提出了右边的女神与粟特地区的主要神祇——娜娜女神（Nanā）特征相同。① 他认为，此一神像是娜娜女神与大地女神阿尔迈提（Armaitis）相结合的产物，且可与中亚乌兹别克斯坦品治肯特Ⅵ：26号遗址壁画中手持日、月，坐于狮子上的四臂女神相比较。而左侧手持盘中有犬的女神像，又与近来于粟特地区品治肯特、碎叶及阿伏拉西阿勃等地所发现的手持盘中骆驼、兽偶的粟特神相近。② 其后，法国的葛乐耐（Frantz Grenet）在姜伯勤论文的基础上，于1995年为法国罗浮学院于巴黎所举办的《中印世界的佛陀之地——十个世纪以来的丝绸之路上的艺术》展览解说目录中，明确指出其中上首两臂分举日、月的四臂女神当是娜娜，并以为左、右二位女神表现了祆教中的善恶对立。③ 张广达受此启发，分别于1996年、1997年发表《祆教对唐代中国之影响三例》④ 及《唐代祆教图像再考——P.4518（24）的图像是否祆教神祇妲厄娜（Daēna）和妲厄娲（Daēva)?》二文，文中提出图右持盘中有犬的女神为妲厄娜，图左举日、月轮的四臂女神是妲厄娲。⑤

虽然，关于敦煌 P.4518（24）祆教白画中二位女神的所指，目前学界还没

---

①姜伯勤：《敦煌白画中的粟特神祇》，见《敦煌艺术宗教与礼乐文明》，北京：中国社会科学出版社，1996，第186页。娜娜女神是古代两河流域南部最古老的神祇之一，其源头最早可以追溯到苏美尔－阿卡德时期（约前4000末—前3000）的乌尔第三王朝时期（约前2112—前2000），当时是以视为不同名称下的同一位神，伊南娜——伊什塔尔（Ishtar）的狮子也就成了娜娜的苏美尔神话中的性爱、丰产和战争之女神的——伊南娜（Inanna），其本义为"天之女王"（Queen of Heaven），苏美尔神话中则称她为"天地之女王"（the Queen of Heaven and Earth）。早期她的形象与狮子相联系，可能是其力量的象征，她是乌鲁克城（Uruk）的保护神、金星神，常常被表现为站在两个雌狮的背上。伊南娜有许多苏美尔语的名字，娜娜是其中之一。伊南娜在阿卡德语中的对应神是伊什塔尔。因此，娜娜可以和伊南娜、伊什塔尔相联系，可标志，后被波斯帝国继承。到了新亚述时期，娜娜已经在两河流域地区得到了普遍的接受。后来又随着亚历山大帝国的建立与希腊化时代的来临，开始在西亚、中亚地区与希腊、印度、伊朗的各种类似神祇和崇拜相混同，最后由祆教经丝绸之路传入中国。参杨巨平：《娜娜女神的传播与演变》，载《世界历史》2010年第5期，第104页。

②姜伯勤：《敦煌白画中的粟特神祇》，见《敦煌艺术宗教与礼乐文明》，北京：中国社会科学出版社，1996，第186页。

③Sérinde, *Terre de Bouddha-Dix siècle d'art sur la Route de la Soie*, Paris：Réunio de Musée Nationaux，1995，pp. 293-294，No. 223，Frantz Grenet 解说。

④张广达：《祆教对唐代中国之影响三例》，见龙巴尔、李学勤主编：《法国汉学》（第一辑），北京：清华大学出版社，1996，第143—154页。

⑤此文原为法文，题目作"Une représentation iconographique de la Daēna et de la Daēva? Quelque pistes de réflexion sur les religions venus d'Asie centrale en Chine"，见荣新江编：《唐研究》（第三卷），北京：北京大学出版社，1997，第1—17页。后经改写为《唐代祆教图像再考——P.4518（24）的图像是否祆教神祇妲厄娜（Daēna）和妲厄娲（Daēva)?》，见张广达：《文本、图像与文化流传》，桂林：广西师范大学出版社，2008，第276—289页。

有统一的意见①，囿于学养，笔者亦无法有更多的创见，然从历来研究者对此一图像的讨论，已大致能确认她们具有祆教神的性质。惟更能引起笔者注意的是，白画中四臂女神上方双手所托承的日、月内，却也分别出现了三足乌及桂树的形象。对于这样的现象，按较早予以关注的张广达于其《唐代祆教图像再考——P. 4518（24）的图像是否祆教神祇妲厄娜（Daēna）和妲厄娲（Daēva）?》一文中所述：

> 图右女神……的另一重要特征是有四臂。下方双手一手握蛇，一手之食指承蝎；上方双手举于头光两侧，分别承托日轮、月轮。日轮中有三足乌，月轮中桂树，画法全按唐五代时期敦煌地区佛教绘画的传统方式处理，因而可以推断桂树两侧当是蟾蜍、玉兔。②

可知日中有乌，月中有蟾、兔、桂树此一源于传统汉族的日、月神话与图像，除了被敦煌等地的佛教艺术借用，并嫁接上佛教的金翅鸟和婆罗树外，更在作为中西文化交流重要孔道、深具多元民族融合特色的敦煌地区，出现在表现祆教赛祆用的仪式画像中。这幅白画除了是研究入华粟特宗教与美术的重要素材外，更是中国原始崇拜如何为粟特祆教信仰艺术所吸收的又一证明。因此，从文化交流的角度来看，此一白画不仅对祆教于中土传播过程研究具有重要价值，对于中古时期中外文化交流的研究则更具特殊意义。

二、多重文化因素的综合形象

关于 P. 4518（24）祆教白画中坐在狮子的四臂女神之所以手举日、月，则

---

①针对张广达主张图右持盘中有犬的女神为妲厄娜，图左举日、月轮的四臂女神是妲厄娲之说，姜伯勤又作了《敦煌白画中粟特神祇图像的再考察》一文，提出几点质疑：其一，右侧神的坐骑比起狼来更像犬。其二，根据马尔吉安所出手持蛇女神判断，手持蛇蝎是促进植物丰饶的自然力的象征。蝎子代表天蝎座，《班达希申》云天蝎座与儿孙位有关，故而皆非恶的象征。其三，妲厄娲是丑陋的妖婆，断不是对面这位雍容美丽身着王者服饰的女子。其四，汉式王者服饰在敦煌西域是娜娜的常装。姜先生进而得出这样的结论：为了避免对图像的天马行空的阐释，我们要尽量避免忽视图像志历史轨迹而单纯从经文文本出发对图像做出想象性的解释。例如单纯从祆教经文中妲厄娜与妲厄娲的对立记载，对汉装四臂神提出为妲厄娲的解释方案。然而，如果仔细追踪在花剌子模、粟特、于阗等地四臂女神娜娜的图像志的发展轨迹，我们就会得出白画中的汉装四臂神正是娜娜女神了。姜伯勤：《中国祆教艺术史研究》，北京：生活·读书·新知三联书店，2004，第249—270页。姚崇新等亦提出：目前为止尚未发现妲厄娲的图像，未知其是否真的为四臂并伴随蛇、蝎、狼等邪恶因素出现；所有图像中的娜娜女神其下面双手都是提钵与令牌的，从未见持蛇蝎，而其坐骑亦是狮子，绝不是犬或狼。况且，画上两神做善恶对立状可从教义中找到依据，那么两善神相对而坐说明了什么呢？这都是有待解决的问题。姚崇新、王媛媛、陈怀宇：《敦煌三夷教与中古社会》，兰州：甘肃教育出版社，2013，第68—72页。

②张广达：《唐代祆教图像再考——P. 4518（24）的图像是否祆教神祇妲厄娜（Daēna）和妲厄娲（Daēva）?》，见《文本、图像与文化流传》，桂林：广西师范大学出版社，2008，第277—278页。

应与祆教除了崇拜火以外，还崇拜日、月有关。故除了娜娜女神外，祆教的Veshparkar神也是双手分持日、月。① 此外，在入华的祆教信仰中，同样亦为手持日、月的摩醯首罗，到了后来可能更具有影响力。摩醯首罗源于印度神话的湿婆神，是婆罗门教的三大神之一，在印度教的观点里，摩醯首罗掌领毁灭，一般被视作毁灭之神、苦行之神，而在早期佛教乃至初期大乘佛教的认知中，摩醯首罗原本是破坏正法的天魔之一。后来佛教吸收了此神，列入天部，改名"大自在天"，属于佛教的护法神，密教图像中一般称"摩醯首罗天"。《百论疏引》中提到它"作日月为眼"，另如莫高窟第285窟西壁，及1900年斯坦因于新疆和阗东北古佛教遗址丹丹乌利克发现的版画中，也都出现有摩醯首罗的形象。摩醯首罗作三头，或六臂，或四臂②，上二臂一手托日、一手托月。

其次，从前面的讨论可知，至晚到了6世纪的莫高窟西魏第249窟中即已出现了佛教神灵捧执内有三足乌的日轮及有蟾、桂的月轮之形象，且这类图像在敦煌的石窟艺术中，一直延续至10、11世纪的西夏时期，说明佛教在中国传播时，已懂得借助中国传统的神话传说与墓葬艺术题材来适应当时中土的思想形式。同样的，作为中古时期活跃于丝绸之路上且已在敦煌地区建立不少聚落的粟特民族，亦有可能如佛教般吸收或借用中国传统的神话形象。

虽然，中古时期的敦煌地区有许多外来民族的移入与过往，然其居民的主要成分仍为从内地迁来的汉人，而文化的交流多是双向的，故除可明显地看到传统汉文化对外来文化的吸收，外来民族也可能受到汉文化的浸染。据郑炳林《晚唐五代敦煌地区的胡姓居民与聚落》指出：

> 晚唐五代有大量的粟特人等胡姓居民生活在敦煌地区，所见载的胡姓粟特居民基本上包括敦煌地区所见粟特人及其胡姓居民的各个姓氏家族，其中部分由于受汉文化影响，在采用名字上完全汉化，看不出所遗留的痕迹，但是还有相当一部分人仍然使用胡名胡姓，保留粟特人的原始状态，反映了汉文化对粟特人的影响和少数民族与汉族的融合过程。③

---

① 张广达：《唐代祆教图像再考——P. 4518（24）的图像是否祆教神祇妲厄娜（Daēna）和妲厄娲（Daēva）？》，见《文本、图像与文化流传》，桂林：广西师范大学出版社，2008，第30—31页。

② 摩醯首罗究竟为几臂，诸经记载不一。按《大智度论》卷二及《经律异像》卷一所云，皆为八臂。《迦楼罗及诸天密言经》则云四臂。莫高窟第285窟的摩醯首罗则为六臂，而丹丹乌利克所发现版画的摩醯首罗则为四臂。

③ 郑炳林：《晚唐五代敦煌地区的胡姓居民与聚落》，见《法国汉学》丛书编辑委员会编：《粟特人在中国——历史、考古、语言的新探索》，北京：中华书局，2005，第188页。

同样的，融合的现象也反映在宗教神灵的形象上，有时还会出现不同宗教混同的现象。如经常被引用的相同两段粟特文佛教文献中，当提到祖尔万（Zurvān）和阿胡拉（Ahura）两位神灵时，往往将他们的名字和两位印度神联系在一起作 pr'ym'-zrw'（即梵天 Brahmā-祖尔万 Zurvān）和 'yntr-'δδβr（帝释天 Indra-Advagh）。'δδβr 在此暗指琐罗亚斯德教中最高主神阿胡拉·马兹达（Ohrmazd）。[1] 而在盛行佛教的于阗地区所发现的粟特袄教木版画中，更发现袄教的阿胡拉·马兹达和佛教图谱中的帝释天相似，风神（Weshparkar）和大天（Mahādeva）或湿婆的特征相对应的现象。[2] 故荣新江以为"这些图像的特征，既可以看作是袄教的，也可以看作是佛教的"。由此可见，在粟特袄教美术东渐的过程中，一些袄神图像的宗教功能可能已逐渐转换，从袄神变成了佛像，或者说被看作佛像了。[3]

这样的融合现象，同样也反映在入华粟特人的宗教或信仰中，如韦述在《两京新记》卷三中记录了长安布政坊胡袄祠："武德四年所立，西域胡天神，佛经所谓摩醯首罗也。"[4] 唐代杜佑《通典·职官二十二》中也提到"萨宝符（府）袄正"，并接着对"袄"做了注释："袄，呼朝反。袄者，西域国天神。佛经所谓摩醯首罗也。"[5] 但由《两京新记》及《通典》的记载可知，在当时中原人士的眼中，也常以佛教的神灵比附袄神。

可能许多袄教神灵的信仰与形象在经西域辗转传入中土的过程中，或多或少会受到佛教的影响。在其本土化的过程中，也一定会吸收中土的宗教或神灵

---

①E. Benveniste, *Texts Sogdiens édités*, *traduits et commentés*, Paris, Librarie Orientaliste Paul Geuthner, 1940, texte 8, 1, pp. 909-920; E. Benveniste, *Vessantara Jātaka*, Paris, Librarie Orientaliste Paul Geuthner, 1946, 1, pp. 1205-1206.

②1900 年，英国考古学者斯坦因发掘到的一批木版画，虽然从斯坦因本人开始，就有一些学者识别出其中一些形象所具有的波斯艺术特征，但因于阗是著名的佛教王国，从来没有人把这些木版画的形象和袄教图像联系起来。至 1992 年，莫德（Markus Mode）发表《远离故土的粟特神祇——近年粟特地区考古发现所印证的一些和田出土的粟特图像》一文，判断出于阗出土的一些木版画（主要是出自 D.X 和 D.VII 遗址）上，绘制的不是佛教的形象，而是粟特系统的袄教神谱，特别是 D.X.3 的木板正面三人组合的神像，他认为从左到右依次绘制的是阿胡拉·马兹达、娜娜女神和风神。关于袄教和佛教图像的对应关系，详参张广达：《吐鲁番出土汉语文书中所见伊朗语地区宗教的踪迹》，见季羡林、饶宗颐、周一良主编：《敦煌吐鲁番研究》（第 4 卷），1999，第 10—11 页。

③荣新江：《粟特袄教美术东传过程中的转化——从粟特到中国》，原发表于"汉唐之间——文化的互动与交融学术研讨会"，2000 年。此据荣新江：《中古中国与外来文明》，北京：生活·读书·新知三联书店，2001，第 322—324 页。

④〔唐〕韦述：《两京新记》，《百部丛书集成》（第八十辑），佚存丛书，第 1 函，台北：艺文印书馆，1965，据清光绪八年上海黄氏重刻日本天瀑山人林衡辑刊佚存丛书本影印，第 4 页。

⑤〔唐〕杜佑著，王文锦等点校：《通典》，北京：中华书局，1988，第 1103 页。

的元素。因此，隋唐五代的敦煌地区，甚至中国境内的祆教，常反映出一种"杂糅了的崇拜和信仰"。黎北岚（Pénélope Riboud）在《祆神崇拜：中国境内的中亚聚落信仰何种宗教?》中特别提醒我们：

> 但是，在我们谈到中亚的宗教到底如何时，这种宗教或者不如说是一种杂糅了的崇拜和信仰——其共同点和特点——都要从伊朗的崇拜和传统中去寻求答案，问题丝毫没有得到解决。我们还不能对这些问题做出回答：如中国人是如何看待在其国家内建立的混合型聚落里信奉的是哪种或哪些宗教?①

表现在敦煌文书 P.4518（24）中的相关崇拜和信仰内容，则可能亦有在东传过程中所吸收的各种宗教元素，当然也包括中原汉族的。由近年来发现的一些入华粟特美术图像即可发现，居住在中国境内的粟特人，其许多信仰或墓葬所使用的图像主题，可能已受到不少汉族文化的影响。故隋唐五代时期敦煌文书P.4518（24）中手持内有金乌日轮及蟾、桂月轮的女神，究竟源自佛教、中亚艺术或汉族古典神话，则将很难厘清。

尤其，据姜伯勤的考察指出，敦煌文书 P.4518（24）中两位女神的头冠属于"桃形凤冠"，近似莫高窟第 409 窟回鹘女供养人头冠，据此应可推定此画当出于归义军曹氏及稍晚时期，约相当于 10—11 世纪。② 又从前面的讨论可知，6世纪至 11 世纪，敦煌地区大量出现佛教神灵捧执内有三足乌的日轮及有蟾、桂的月轮之形象，日中有乌和月中有蟾、桂的图像可能很早即已成为敦煌地区绘制日、月形象的要素。因此，敦煌白画中所出现的由四臂女神所捧着的分别绘有三足乌和桂树的日轮和月轮，应也是敦煌白画的画工在形式共通的情形之下，取法、借用中国传统神话的题材或是辗转袭用佛教移用自中国神话的日月形象的结果。

从法藏敦煌文书 P.4518（24）粟特白画所见的日、月画像，我们不仅可以看到中国传统神话的转化与对其他文化的滋养，更可以看到外来宗教和中国传统思想信仰在长期的论争过程中，得到相互融摄、彼此促进的过程。

---

①黎北岚：《祆神崇拜：中国境内的中亚聚落信仰何种宗教?》，毕波、郑文彬译，见《法国汉学》丛书编辑委员会编：《粟特人在中国：历史、考古、语言的新探索》，北京：中华书局，2005，第416页。

②姜伯勤：《敦煌白画中的粟特神祇》，见《敦煌艺术宗教与礼乐文明》，北京：中国社会科学出版社，1996，第297页。

第三节　文化辐射与文化过滤
——以日本的八咫乌及捣饼兔等神话传说为例

除了佛教艺术和祆教白画外，日中有乌、月中有兔及月中有桂的说法，在东亚的朝鲜半岛及日本也都有不小的影响。如在朝鲜半岛，相传古高句丽始祖朱蒙为感日所生，其图腾为三足乌。① 而在自誉为"日之国"的日本，也有一只同样是生有三足且常被视为太阳象征的乌鸦，日本人称之为"八咫乌"（Yataga-rasu，或 Yatanokarasu）的神鸟。由于相传八咫乌曾引导神武天皇东征，因而被奉为神鸟，且今天的日本各地依旧视三足乌或者三足乌为神物。

此外，在日本和韩国，民间普遍相信月中的兔子持杵是在捣制麻糬或年糕。还有，原来因"学道有过"而被罚日日砍伐桂树的吴刚，流传到了日本，却成了既是妖怪又有绝世容貌的美男子桂男。

一、从三足乌到八咫乌

承前可知，至晚到了汉代，中国即已流传有太阳中有三足乌的说法。在日本的创世神话中，也有一只同样是生有三足且也常被视为太阳象征的乌鸦，日本人称之为八咫乌。

关于八咫乌的记载，最早见于日本的史书《古事记》。据《古事记》载，日本的第一代天皇神武天皇在东征的途中迷路，天照大神和高木神派遣八咫乌作为向导，指引神武天皇从熊野前往大和，最终建立了如今的大和王权：

> 天神御子自此于奥方莫使入幸，荒神甚多。今自天遣八咫乌，故其八咫乌引道。从其立后应幸行。故随其教觉，从其八咫乌之后幸行者。②

另，时间略晚的《日本书纪》中，也记载了由天照大神令八咫乌做神武天皇向导之事：

> 既而皇师，欲趣中洲。而山中险绝，无复可行之路。乃捷遑不知

---

① 参王孝廉：《朱蒙神话：中韩太阳神话比较研究》，见《神话与小说》，台北：时报文化出版公司，1986，第126—164页。

② 《古事记》成书于公元712年，由太朝臣安万侣和太安万侣献上，是日本最早的历史书。全文用古汉语书写，分上、中、下三卷。上卷讲述开天辟地以及诸神之间的故事，中卷和下卷以皇室为核心讲述日本历史，其中，神武天皇东征的部分，被记录在代表"人世篇"的中卷的第一代天皇部分。参〔日〕太安万侣：《古事记》（中卷），东京：古典保存会，1925，第7页。

363

其所跋涉。时夜梦，天照大神训于天皇曰，朕今遣头八咫乌。宜以为乡导者。果有头八咫乌，自空翔降。天皇曰，此乌之来，自叶祥梦。大哉，赫矣。我皇祖天照大神，欲以助成基业乎。①

在相关的神话中，由于八咫乌自熊野为神武天皇带路至大和国，因此，在今日本和歌山县南部与三重县南部的纪伊半岛南端，大致上即上古的"熊野国"范围内，更有以"三足乌"作为"ミサキ"神（神使）而著名的"熊野三山"——熊野本宫大社、熊野速玉大社、熊野那智大社等三座神社，即以八咫乌作为象征（图178）。同时，八咫乌也被视为保佑旅途平安和指引胜利的吉祥鸟。

八咫乌除了为神武天皇带路外，《新撰姓氏录》中则说：贺茂建角身命为神魂命之孙，神武东征之际受到高木神及天照大神的指示，化身成八咫乌降临日向的曽峰，引领神武天皇前往大和国的葛木山。《古语拾遗》中则说，他是山城贺茂氏的祖先，也是贺茂御祖神社的主祭神。因此，今日本奈良县的宇陀市榛原区、橿原市的五条野等地都有八咫乌神社；另如山形县的羽黑山及群马县的榛名山等，则有八咫乌祠；另如大分县的稻积六神社，也与八咫乌的信仰有关。此外，日本的诹访、三岛、住吉、祇园、弥彦、贺茂等地，也都有以乌为使者的相关说法。② 据传，八咫乌也是战国时代纪伊国的杂贺众铃木家的旗印。（图179）③ 它的图案和雕塑在日本各地随处可见。

由于人们相信八咫乌的灵力，因此，在日本许多民俗神事的祭仪中经常可见八咫乌的形象；另在祈求农作物丰收的祭祀中，也会使用绘有八咫乌形象的扇子。④ 八咫乌除了在日本传统民俗信仰中占有极为重要的地位外，它的形象更经常被运用在许多日常生活的事项中，如一些江户时期的风俗画卷中，便经常可见绘有一种叫卖着据称可祛除暑气痢病的"枇杷叶汤"的小商贩，在他挑着

---

① 〔日〕进藤让校订：《日本书纪》，东京：日新堂书店，1926，第6页。
② 萩原法子：《熊野の太陽信仰と三本足の烏》，东京：戎光祥出版，1999，第11页。
③ 参洪伊杓：《三足烏の東征、八咫烏の西征》，载《キリスト教文化》2017年秋号，第4页。文中提及"戦国時代の紀伊国の雑賀衆（在野の銃砲武士集団）を治めた鈴木家の文章と旗にも八咫烏が使用された"。
④ 萩原法子：《熊野の太陽信仰と三本足の烏》，东京：戎光祥出版，1999，第84—124页。

图 178　熊野本官大社的八咫乌

图 179　杂贺众铃木家旗印

的两个箱笼上面，多写着"京都乌丸本家枇杷叶汤"，上面还画着八咫乌的商标。（图180）①似乎是相信八咫乌的灵力能使"诸病皆除"。②

此外，像日本国家足球队的队徽，也一直以三足乌作为标志。如2014年的旧队徽便是以日本太阳旗的红、白为底，上面有一只双足踩地、中间一只脚踩着足球的三足乌。（图181）另如日本陆上自卫队在2010年成立的中央情报部队，也是采用三足乌的形象作为徽记（图182），希望情报部能和八咫乌一样，消息灵通，指引方向。

由于八咫乌也有三只脚，且与中国古代许多墓葬画像或佛教艺术中的三足乌形象相似，因此，很多人认为它的来源可能是受到中国三足乌神话的影响，如成书于日本平安时代承平年间（931—938）的辞书《倭名类聚抄》就提道："《历天记》云：'日中有三足乌，赤色'，今案《文选》谓之阳乌，《日本纪》谓之头八咫乌。"③《倭名类聚抄》是一部集结汉日辞典和百科全书内容的著作，也是考察日本平安时代的文化、历史和社会风貌的重要文献。从《倭名类聚抄》的解释来看，至晚到了10世纪前半叶，当时的倭国人已将八咫乌等同于三足乌了。

但较值得注意的是，《古事记》和《日本书纪》这类早期记载中都没有提到八咫乌有三足。且若从八咫乌之名的字面意思来看，按《广辞苑》的说法，一为大拇指到中指张开的长度，约为0.13米，故八咫便是大约1米，因此，八咫乌原来应该是指一种身形巨大的鸟，与中国的三足乌在形象上有一定的区分。故有研究者主张，从日本传统文化对太阳和乌鸦的崇拜以及八咫乌的故事和象征意义的独特性来看，八咫乌这一形象纯粹来自中国神话的可能性不大。④

虽然，《古事记》和《日本书纪》皆成书于8世纪初，但《古事记》的内容主要是由稗田阿礼据《帝记》和《旧辞》讲述，由太安万侣记录而成，相关神话基本上形成于4世纪以前。⑤ 故仍具有一定的原始性。此外，从前引多元起

---

①参石山洋解说，锹形蕙斋绘：《职人尽绘词》，见《江户科学古典丛书》，东京：恒和出版，1982，第86页。

②萩原法子：《熊野の太陽信仰と三本足の烏》，东京：戎光祥出版，1999，第12页。

③〔日〕源顺：《倭名类聚抄·卷一·天地部·景宿类·阳乌》，村上勘兵卫宽文七年（1667）本，日本国会图书馆藏，第12页。

④左壮：《关于三足乌和八咫乌的一点探讨》，载《大众文艺》（理论）2009年第20期，第127—128页。

⑤〔日〕太安万侣：《古事记》（上卷），东京：古典保存会，1925，第5—8页。

图 180　锹形蕙斋画：京都乌丸本家枇杷叶汤

图 181　日本国家足球队旧队徽

图 182　日本陆上自卫队中央情报部队徽记

源发生论的原理来看，早期的日本倭人也可能产生对乌的崇拜。且与中国较不同的是，日本人直到现在并未将乌鸦视为大不祥之鸟，反而普遍认为乌鸦可以通灵，是吉祥之鸟，很多地方都把它奉为神灵。因此，也有可能因对乌鸦的崇拜而产生八咫乌的神话。

但是，由于三只脚的乌鸦并不存在于自然的生物界，相关的形象应非源自日常生活中的经验，故三足八咫乌的神话源自早期中、日两民族共同想象的可能性不大。又，诚如前面所言，三足乌原是中国古代神话中的神鸟，是西王母的侍者，后来因与"日中之乌"混淆，才成为象征太阳的神鸟。日本早期的记、纪神话中，并未见任何与三足乌相关的记载，因此，日本有三足的八咫乌，且与中国的三足乌形象相似，也不太可能只是不同文明间的不谋而合而已，相关的说法应是受到中国三足乌神话的影响。

如果八咫乌是源于日本本土文化对太阳和乌鸦的崇拜所产生的幻想，那么，它从什么时候变成了三足呢？左壮在大致梳理目前可见与八咫乌相关的传世文献记载后，以为从成书于7世纪末、8世纪初的《古事记》《日本书纪》中只提到了八咫乌之名，且都没有说八咫乌有三足。但到了10世纪的《倭名类聚抄》中，则不只提到八咫乌生有三足，且征引了如《历天记》《文选》等典籍中的"日中三足乌"之说等现象来看，可以推断"三足乌神话是在八咫乌神话已经成形并收录于典籍之后，对日本神话造成了实质性的影响，进而改变了八咫乌这一形象"[1]。中国的三足乌神话对八咫乌的影响，可能就发生在8世纪到10世纪这两百年间。[2]

如若"三足乌神话是在八咫乌神话已经成形并收录于典籍之后，对日本神话造成了实质性的影响"的推论正确，但从中、日两国由于地缘的接近，自古以来文化的交流频繁来看，可能早在两汉时，日本北九州岛一带的豪族即已通过朝鲜半岛与西汉朝廷有了交往。及至汉武帝攻灭卫氏朝鲜后，在今朝鲜半岛北部设置了乐浪、玄菟、临屯、真番四郡，更使得中国的文化得以借由朝鲜半岛传入日本。据《汉书·地理志》载："乐浪海中有倭人，分为百余国，以岁时来献见云。"[3] 这里已提到有倭人渡海来到朝鲜半岛。又，《后汉书·东夷传》

①左壮：《关于三足乌和八咫乌的一点探讨》，载《大众文艺》（理论）2009年第20期，第127—128页。

②左壮：《关于三足乌和八咫乌的一点探讨》，载《大众文艺》（理论）2009年第20期，第127—128页。

③〔汉〕班固撰，〔唐〕颜师古注：《新校本汉书》，台北：鼎文书局，1986，第1658页。

载："建武中元二年，倭奴国奉贡朝贺，使人自称大夫，倭国之极南界也。光武赐以印绶。安帝永初元年，倭国王帅升等献生口百六十人，愿请见。"① 则可知，当时倭奴国王已派使者渡海来到中国。另从《三国志·魏书·乌丸鲜卑东夷传》的相关记载可证明，至三国时期，日本和中国之间的往来增多，关系趋于密切。② 在这一时期，日本也开始出现以壁画或雕刻装饰墓室的风尚，其中，如位于福冈县宫若市的竹原古坟，前室的后壁左、右两侧疑绘有玄武和朱雀图案③，由此可以明显地看出日本早期墓室壁画已受到了中国两汉时代墓葬传统的影响。

到了7世纪以后，当时的日本除多次派遣使团前来吸收中国文化外，更推行"大化革新"，学习盛唐文化。当时，有许多百济、高句丽的僧人来到日本，寺工画匠等也随僧人前来，兴建了法隆寺等早期佛教寺院。从现存当时佛教艺术作品中的装饰与纹样来看，亦可明显看到受中国魏晋南北朝佛教艺术的影响。④ 同样的，在一些日本的装饰古坟中，相关的壁画内容也明显可见受到中国汉魏壁画墓的影响。如今奈良县高市郡明日香村的高松冢古坟，大概属藤原京时代（694—710）筑造的终末期古坟，1972年3月发现了精彩的壁画，墓室的东、西两壁分别绘有四人一组的男女人物，南段画男子，北段为女子，东、西对称布局。墓顶东侧绘有一青龙，上有一贴有金箔、直径约7厘米的圆，应是太阳；西侧绘一白虎，上方也有一贴了银箔的圆形，应是用以象征月亮；太阳和月亮的下端，还画着云和山的图样。然由于壁画剥落严重，无法辨识是否有金乌、玉兔和蟾蜍。至于椁室的顶盖则满布以金箔装点的星辰，各星间用红色的线连接，构成各种星座，其中包括北斗七星。从人物的穿着、华盖等内容来看，其与中国古代文化的渊源关系还是比较明显的。尤其是墓顶所绘的四象及日、月、星辰等内容及表现手法，显然也是中国古代墓室天文图的延续。

①〔刘宋〕范晔撰，〔唐〕李贤等注，〔晋〕司马彪补志：《新校本后汉书》，台北：鼎文书局，1986，第2821页。

②近年来，更有不少此一时期的考古学资料证明了相关文献的记载。例如1784年，日本福冈县志贺岛出土的"汉倭奴国王印"，即是倭奴国王接受中国朝廷的赐印。此外，当时日本古坟中出土了许多三角缘神兽镜，制造风格与中国吴镜相仿，王仲殊等学者便认为是中国吴的工匠东渡日本，在日本制作的。王仲殊：《关于日本三角缘神兽镜的问题》，载《考古》1981年第4期。

③斋藤忠：《壁画古坟の系谱》，东京都：学生社，1989，第106页。

④如当时日本的佛教美术与遗存至今的山西大同石佛、洛阳龙门石窟十分相似。

除了墓葬壁画外，一样作于公元 7 世纪的法隆寺"玉虫厨子"①，在其须弥座的背面有一"须弥山世界图"，其须弥山的左上有一内有三足乌的日，右上则绘有一内有捣药兔及蟾蜍的月。（图 183）② 由此更可证明，至晚到了 7 世纪，日中三足乌及月中有兔的形象即已传入日本。由此可见，中国传统日、月神话的题材与形象，可能早就借由如墓葬壁画、佛教艺术等辐射至当时的日本。③ 若八咫乌的三足并非原有，是受到了中国三足乌之说的影响而产生的变异，那么，其影响时间可能更早。

然而，除了都是乌鸦，容易因形象的近似而相混外，一般来说，任何一种本土文化对外来文化的接受，若没有某些内在情感的认同或契合，则那些异质文化就不会被本土文化接受，更不会被吸收和被化用。因此，中国的三足乌取代身长八咫的巨大乌鸦，并渗透到日本社会的各个角落，则应仍与相关的形象能和日本原有的八咫乌信仰整合，并符合了日本文化的需要有关。尤其，从熊野三山护身符上的八咫乌，到日本国家足球队队徽及陆上自卫队中央情报部队标志的八咫乌，大多仍保留有它原来指引胜利、保佑平安的象征意象。故八咫乌多出来的一只脚，只是更增添它的神异性，并没有影响其在日本历史文化中的真正象征意涵。

---

①厨子，即佛龛，乃安置佛像、经卷之器具。玉虫厨子，为安置于日本法隆寺金堂之宫殿型佛龛，因其装饰有玉虫之翼，故称之。为"入母屋造"之宫殿造型，宫殿门扉上画着菩萨像与天部像，宫殿的背面绘有"多宝塔供养图"，须弥座前、后面分别绘有"舍利供养图"和"须弥山图"，侧面是"舍身饲虎图""施身闻偈图"两幅本生图，堪称飞鸟时代建筑艺术之结晶。释慈怡、释星云主编：《佛光大辞典》，北京：书目文献出版社，1989，第 2042 页。图版采自〔日〕曾布川宽、谷丰信：《世界美术大全集·第 2 卷·东洋编·秦、汉》，东京都：小学馆，1998。

②图片采自茶の汤博物馆网站，http：//www.nakada-net.jp/chanoyu/tamamushi/pictures.html。

③从高松冢古坟内壁画中人物的穿着、华盖等内容来看，其与今朝鲜平壤、吉林集安发现的古高句丽壁画墓有着一定的关联。在今朝鲜平壤、吉林集安发现的古高句丽壁画墓中，也经常可于墓顶见到日月天象图，且日中多有三足乌，月中多有蟾蜍或玉兔。

图 183 玉虫厨子：须弥山世界图

二、捣饼的兔子与作为妖怪的桂男

除了有八咫乌的神话外，在近代日本的口传与民间流行的说法中，更普遍流传着月中玉兔捣的是年糕或麻糬（日文作"饼"もち）的说法。[①] 如鱼屋北溪（1780—1850）于1831年画的"摺物"中便可见月轮中有一对兔与乌夫妇正在捣正月的"饼"的形象。（图184）[②]

然而，在中国流传久远的月中兔与捣药玉兔，为何流传到了日本，会变成捣年糕或麻糬呢？我们除了以民间文学本身具有的"变异性"特性来解释此一现象外，能否找出其变异的可能社会文化背景，或亦是一个颇令人感兴趣的问题。

从目前可知见的材料来看，关于中国月中有兔的说法也可能早在飞鸟时期即已传入日本。如前引法隆寺"玉虫厨子"须弥山的右侧绘有一月，月中即有两只相对而立、做捣药状的兔子，惟两兔间并没有杵与臼。（图185）此外，在同样是7世纪的"天寿国曼荼罗帐"残片[③]上，也保留有一幅月宫的图像，在这幅月宫图中，左边绣一只做站立状、似在舞蹈的硕大兔子，中间有一宝瓶，右边则有一株较小而似桂树的形象。（图186）可知，日本早期的佛教艺术在接受中国佛教艺术相关内容之际，也同时吸收了中国传统的日中有乌、月中有兔的形象。只是，无论是"玉虫厨子"或"天寿国曼荼罗帐"的日图像中，都是三足乌，惟月图像中的兔子，虽都采站立且举起双手的姿势，但却并未在捣药。

从"玉虫厨子"中的两只月兔双腿直立、做两两相对的姿态，以及"天寿国曼荼罗帐"的月兔图像中，仍保留有桂树等特征来看，相关的图像应仍是模仿、沿袭中国传统的月中捣药兔图像。但为何原来应在月宫中捣药的兔子，流传到了日本，却没有用以捣药的杵与臼？虽然，有时图像在传播的过程中，会因为形象不断被复制，导致一些细节被省略，但正如前面所述，大概到了东汉以后，由于中国人普遍相信捣药兔所捣制的是长生不死的仙药，与月亮不死

---

①〔日〕足立康：《玉兔のはなし》，《日本彫刻史の研究》，东京都：竜吟社，1944，第549页。

②转引自〔日〕今桥理子：《月の兔の圖像と象徵》（下），载《学习院女子大学纪要》2002年第4号，第17页图41。

③"天寿国曼荼罗帐"是推古天皇三十年（622），圣德太子逝世后，其妃橘大女郎欲观太子往生天寿国之情状，遂奏请天皇，敕由采女作成绣帐二幅。据鸿山熏在《日本染织艺术丛书》刺绣册序文中说："日本刺绣起源于飞鸟、白凤时代，最初的技术是外来的，起源于印度，但只是一二种，影响不大。中国刺绣传入后，日本刺绣才逐步得到发展。"目前所见最早的实物便是《天寿国曼荼罗帐》。这件绣帐原长5米余，宽1米余，上有铭文，上面绣着圣德太子的世俗生活与西方极乐世界图案，有莲台、佛像，围绕佛像的各种形貌的僧俗人物，四周则布满明月、凤凰、飞云、唐草、钟楼、宫殿、宝珠等。

图 184　鱼屋北溪绘：兎と烏の餅つき

图 185　"玉虫厨子"漆画：月

图 186　天寿国曼荼罗帐：月

的神秘力量相近，因而月宫中的兔子大多是以捣药玉兔的形象出现，且形象颇为固定。如现藏于国家博物馆的唐代月宫镜上，正中间是一株枝繁叶茂的桂树，右侧是一飞升向上、彩带飘飘的嫦娥，左侧则为一只握杵捣药的玉兔。（图 187）日本群马县富冈市的一之宫贯前神社也收藏有一八瓣菱花形唐代月宫镜（图 188），背面纹饰雕月宫图，中央也有一株桂树，左侧为嫦娥振袖起舞，右侧有一只站立的兔子持杵捣药，下有蟾蜍做跳跃状。因此，即便是到了 7 世纪以后，甚至是流传到了日本的唐朝文物，月中的兔子捣药应仍是很重要的意象，除非是图像的内涵已失去或改变，否则，不太会将这么重要的细节省略或遗落。

　　固然，无论是"玉虫厨子"或"天寿国曼荼罗帐"这些飞鸟时代的佛教艺术，因深受当时中国佛教美术的影响，自然也继承了这些图像，但不同民族间的文化影响得以发生，往往是要经过某种程度的"翻译"。任一文化也都负载着这个民族独特的文化内涵系统，因此，文化符码间的转换不可能完全等值地进行，有时，在转换的过程中难免会造成一些内容或细节的增添、失落或扭曲、变形。由前面的讨论可知，源自人们对月中阴影想象的月中有兔之说普遍流传于世界上许多民族的原始神话中，但可能由于日本并不流行西王母的信仰，更

图 187　国家博物馆藏唐代月宫镜

图 188　日本贯前神社藏唐代月宫镜

没有捣药兔为西王母捣不死药的说法，因此，中国的传统日、月图像在东传日本的过程中，捣药兔在月中捣药的意象便逐渐遗落了。

这样的现象，或许可以从约当平安时代后期的诧磨胜贺笔本"十二天屏风"①得到一些验证，屏风中的月天手中捧着一圆，圆中有一上弦月，弦月上则有一只趴着的伏兔。(图189)②

不过，由于文献记载及文物的太过欠缺，或仍有待更多的材料佐证，才可做更进一步的推论。但毋庸置疑的是，由于中日文化的差异，因此，对于月中兔的想象自然也会有所不同。在日本，较为人们熟知的兔子形象，可能要算《古事记》中的"稻羽之素菟"，即民间一般称之为"因幡之白兔"③。民间还流行一首叫《竹生岛》的谣曲，其中亦有一"波と兔"。④故在日本的传统染织中，更经常可见一种"波兔纹样"。⑤由于这些都只是一般的兔子，故多做趴伏或站立状。因此，可能在传播的过程中，改变了月中兔的形象与意象。

不过，除了受中国古代日中有乌、月中有兔形象的影响外，另一比较有趣的巧合是，日本的奈良到平安时代有一种俗称"伏菟"的饼。首先，在日文中，无论年糕或麻糬，都属于一种饼。饼的日文读为もち，音同"麻糬"，如伸饼为のしもち。所谓的饼多是一种软而有黏性的糯米所制食品，制作时通常是将蒸软的糯米放在臼里，用杵捣制而成，是供神之物，也是日本各种节庆所不可或缺之物。日本人在过年或重要节庆时，都会捣制各种饼，以供奉神祇，并感谢上天赐予五谷。

唐菓子"伏兔"，原作"餢飳"。按承平年间成书的《倭名类聚抄·十六·饭饼》中记：

> 餢飳 蒋魴切韵云餢飳，部斗二音、字亦作麲麲，和名布止、俗

①京都东寺藏。十二天，原为古印度神，后被佛教引入成为护法神。先由帝释天、火天、焰摩天、罗刹天、水天、风天、毗沙门天、伊舍那天这些天尊守护各个方位组成八方天，加上梵天、地天、日天和月天，成为"十二天"。在日本，最早绘制十二天像的为奈良的西大寺，其后于大治二年（1127），京都东寺本同时绘制五大尊像。它们曾被用于后七日御修法（gosichinichimishiho）等密教大法。

②详参〔日〕奈良国立博物馆编：《奈良国立博物馆名品图录》，奈良：奈良国立博物馆，1993，第62页。月天图像于增补图三。

③参《古事记》（上卷）。又称"稻羽之素菟"，是一般日本民间的菟神。

④〔日〕西野春雄校注：《谣曲百番》，东京都：岩波书店，1998，第64页。

⑤〔日〕丹泽巧：《传说"月の兔"と染织文様》，见《古来の文様と色彩の研究》，东京都：源流社，2002，第135—144页；今桥理子：《江户の动物画——近世美术と文化の考古学》，东京：东京大学出版会，2004，第52—56页。

图 189　东寺藏十二天屏风：月天

云伏兔、油煎饼名也。①

另《类聚杂要抄》中也记有：

菓子八种：

饼。四十八枚。各长八寸。弘二寸六分。厚一寸。三并十六重。

伏菟。廿四枚。各长八寸。弘二寸六分。厚一寸。三并八重。（后略)②

此外，日本最古老的料理书《厨事类记》中则说："餶飿，フト，部斗二音，亦作麦，伏兔俗云。"③ 《伊吕波字类抄》中则云："餶飿，フト，亦作麭麭，油煮饼也。麭麭、龙舌、伏兔，以上同。俗用之。"④ 从以上记载可知，"餶飿"在日本又写作"伏兔""伏菟"，是一种以米粉揉成并用油炸的饼。

"餶飿"一物，早在晋代束皙《饼赋》中即已提及。⑤ 据高启安的考察以为，它是一种由中亚传入中国的外来食品。⑥ 大约到了奈良时代，又由遣唐使带至日本，属于所谓的唐菓子的一种。据日本史料记载，当时从中国传入的菓子，除"八种唐菓子"⑦ 外，还有所谓"十四种菓饼"，即糫饼、结果、餶飿、饼餤、捻头、粉头、粉熟、馄饨、馎饦、煎饼、鱼形、椿饼、饼䭔、粔籹等。⑧ 这里所谓的"菓子""菓饼"的"菓"，本写作"餜"，按《玉篇》所记："餜，古火切，饼子。"⑨《集韵》："餜，饼也。"⑩ 可知，菓子也是一种饼。

不过，汉唐时期的饼，也与今日我们所理解的饼的概念不尽相同。⑪ 它既非西式的饼干或糕点，也不是我们现在所熟悉的中式烤饼或煎饼。据东汉刘熙

①〔日〕源顺：《倭名类聚抄》（第四册），村上勘兵卫本宽文七年本，日本国会图书馆藏，第73页。

②〔日〕川本重雄、小泉和子编：《类聚杂要抄指图卷》，东京：中央公论美术出版，1998，第150页。

③〔日〕纪宗长：《厨事类记》，见《群书类丛》（卷三六四），现藏日本国会图书馆，第49页。

④〔日〕橘忠兼编，川濑一马解说：《伊吕波字类抄》，东京：雄松堂出版，1987，第56页。

⑤晋代束皙《饼赋》引自宋代李昉等撰《太平御览·卷八六〇·饮食部十八》，见《四部丛刊三编》，上海：上海书店，1936，第206页。

⑥高启安：《"䴷罗"、"餶飿"的东传日本和变异——兼说日本"唐菓子"一词的传承》，见《第十一届中华饮食文化学术研讨会论文集》，台北：财团法人中华饮食文化基金会，2009，第3、16页。

⑦按《倭名类聚抄》所记，"八种唐菓子"包括梅枝、桃枝、餲糊、桂心、黏脐、䴷罗、馄子、团喜。〔日〕源顺：《倭名类聚抄》（第四册），村上勘兵卫本宽文七年本，日本国会图书馆藏，第74页。

⑧〔日〕藤本如泉：《日本の菓子》，京都：河原书店，1968，第23页。

⑨〔梁〕顾野王：《玉篇》，见《小学名著六种》，北京：中华书局，1998，第38页。

⑩〔宋〕丁度等编：《集韵》（第三册），上海：上海古籍出版社，1983，第107页。

⑪据齐思和检索先秦典籍发现，九经中并无"饼"字，故中国的饼出现的时间应不早于西汉中期。参齐思和：《〈毛诗〉谷名考》《少数民族对祖国文化的伟大贡献》，见《中国史探研》，北京：中华书局，1981。

《释名》卷四《释饮食》载："饼，并也，溲面使合并也。"[1] 另，史游的《急就篇》中则有"饼饵麦饭甘豆羹"[2] 一语，其注云："溲面而蒸熟之则为饼。"可知，两汉时的饼不是用烤的，而是把麦加工成粉后，加水团成饼状，蒸熟后吃。按明代王三聘《古今事物考·饮食》引《杂记》的说法："凡以面为餐具者，皆谓之饼。故火烧而食者呼为烧饼，水瀹而食者呼为汤饼，笼蒸而食者呼为蒸饼。"[3] 可知在中国古代，饼可泛指以面粉制成的食物。故日本将各种以糯米加工制作而成的菓子称为饼，更多地保留了中国古代饼的原义。

按藤原贞干《集古图》所绘，可知日本江户时期的餢飳，已变成一种半月形状、合缝处捏成花纹状的馅饼。（图190）[4] 另据《上古の倭菓子》一书所载，在许多民俗神事中，人们经常以之作为神社供品的神馔[5]。不过，后来因"餢飳"俗名"伏兔"，因此，有些地方也会把原来形似今日饺子的"餢飳"做成像一只趴伏的兔子的伏兔形状。如在新潟县西蒲原郡弥彦神社四月十八的妻户大神例祭大御膳中，会供奉一种被称为"伏兔"的兔形白色菓子。此外，京都的上贺茂神社（贺茂别雷神社）在正月的岁旦祭时，也会用一种叫作"餢飳"的甜点，便是做成"伏兔"的形状。（图191）[6]

---

① 〔东汉〕刘熙著，王先谦撰集：《释名疏证补》，上海：商务印书馆，1937，第201页。

② 〔汉〕史游：《急就篇》，长沙：岳麓书社，1989，第10页。

③ 〔明〕王三聘：《古今事物考·饮食》，北京：中华书局，1985，第147页。

④ 原图载藤原贞干《集古图》，转引自樱井秀、足立勇：《日本食物史》（上），东京：雄山阁，1934，第213页。据高启安《"饆饠"、"餢飳"的东传日本和变异——兼说日本"唐菓子"一词的传承》一文的考察，以为按中国史料及《类聚杂要抄》的记载，"餢飳"原是一种做成长方形的无馅炸油饼。在唐代，另有一种有馅、与今日饺子形状相同的面食"饆饠"，但当"饆饠"和"餢飳"这两种唐菓子被传到了日本，逐渐被搞混了。参高启安：《"饆饠"、"餢飳"的东传日本和变异——兼说日本"唐菓子"一词的传承》，见《第十一届中华饮食文化学术研讨会论文集》，台北：财团法人中华饮食文化基金会，2009，第12、16—21页。

⑤ 转引自樱井秀、足立勇：《日本食物史》（上），东京：雄山阁，1934，第213页。

⑥ 山下晃四郎：《上古の倭菓子》，东京：日本菓糖新闻社，1958，第198页。本书部分论文及相关图版，感谢兰州财经大学高启安教授提供。

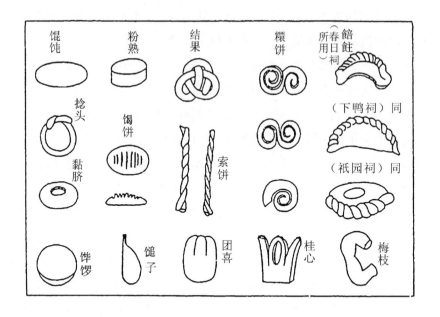

图190　藤原贞干《集古图》：江户时代的各种唐菓子

图191　京都贺茂别雷神社的伏兔

在神话学的研究中，有一被称为"语言疾病说"（a disease of language）的神话起源理论。此一理论的奠基者麦克斯·缪勒认为，神话之所以在后代变得难以理解，主要是由于语言的发展走向抽象和概念化，致语词原有的意义被遗忘了，加上后来人们又对这些古老语言做了错误的解释，神话便应运而生。"同名异实"的字和"同实异名"的字是最容易混淆的。同一字词到了后来，由于原义已经被遗忘，或者是造字的根源已经改变，便成了一个虚有其表的名词，但仍在家庭谈话之间遗存下来，这样过了三四代以后，便生出误解来了。① 虽然，此一学说因过度简单化神话的产生背景而为后世所诟病，然而，除神话外，民间信仰在流传过程中，也常常会因为语音的讹误，致使神灵的名号，甚至信仰内涵有了不同的转化。

由前面的讨论可知，由于唐菓子的"餭飥"与月中的"伏兔"语音相近，因此，到了后来，人们常将餭飥做成伏兔的样子。可能由于语音及形象的相似，人们又将月中的伏兔误为餭飥。因为餭飥是一种"饼"（もち），所以，饼便与月亮产生了联系。后来，又加上满月的日文念成"望月"（もちづき），又音转变成了"餅づき"，故捣药兔就变成捣饼的兔子。

除了捣饼的兔子外，原来因"学道有过"而被罚日日砍伐桂树的吴刚，传到了日本，却成了既是妖怪又有绝世容貌的美男子桂男。

在日本的和歌山县东牟娄郡下里村，即现在的那智胜浦町流传着这样的说法：月亮上住着一个叫桂男的妖怪，他虽然是妖怪，但是长得仙风道骨，如果在没有满月的时候长时间盯着月亮，他会从月亮上下来夺取人们的寿命。相关的说法，流传颇广，如在江户时代的奇谈集《绘本百物语》即有相关的形象图绘。（图192）另如在京极夏彦的《西巷说百物语》中，更将桂男的传说作为创作的原型，予以改写。

①"语言疾病说"的奠基者麦克斯·缪勒认为，在远古时期，诸神的名字最初只是对自然现象的形容，而由于古代印欧语言的抽象词汇很少，当中某些概念性词汇必须赋予人格化的联系，否则就无法运用，后来因词汇的人格化，神话由此诞生。也因此，引起敬畏的对象逐渐被语言掩盖，并由于隐喻行为而最终与直接的知觉相分离。故神话的产生，就如同珍珠产生于蚌的疾病一样，是源于语言的疾病。例如希腊神话中的主神宙斯（Zeus），这个词的本义是"天"，后来本义模糊了，便又被理解为天神；再如盗火英雄普罗米修斯（Prometheus），这个词在希腊文中本义不明，但在梵语中有对应词 pramatyas，译为"钻木取火的人"，但当钻木取火的古老方法废弃后，人们无法理解这个词的意义，于是盗火的神话才从误读中产生出来。详参麦克斯·缪勒：《比较神话学》，金泽译，上海：上海文艺出版社，1989。

图 192　《绘本百物语》：桂男

原来充满神仙道教思想的吴刚伐桂传说，借由中日文化的交流，辗转传播到了日本后，但月中那位因"学仙有过"而被责罚的男人，却成了长相俊美的妖怪。其中的缘由，或与日本妖怪文化的流行有关。桂男也和月中的捣饼兔传说一样，在传播的过程中，与本土文化相互碰撞、融合，然后转化成另一别具特色且带有浓厚日本气息的桂男形象与传说。

　　过去，在跨文化的研究中，影响常被当作一个永恒不变的、至高无上的事实，但在它的背后，凸显的往往是影响者的绝对权威。接受的一方，往往只扮演着消极、被动的角色，似乎文化的交流只是从发送者到接受者的单向流动。然而，近年来已有不少研究者已指出，在文化的交流中，接受者的不同的文化背景和文化传统对交流信息的选择、改造、移植、渗透的作用不同，也就是所谓的文化过滤的功能。文化过滤的结果则是原来影响者的文化，在本土的语境中产生了某种程度的变异。自4、5世纪以后，中国以强大的文化辐射力影响了周边的东亚各国文化，尤其是日本和韩国。因此，在中国流传久远且广为人知的日中有乌、月中有兔神话自然也会对早期的日、韩文化产生一定的影响。但从日本的八咫乌及捣饼兔、桂男神话传说来看，便证明了任一区域或民族的文化，一旦形成后即具有一定的独立性、稳定性及内聚性，故当它在接受外来文化时，也往往会根据自身的文化传统、现实语境、价值标准、审美习惯，对异质的文化进行选择、移植、改造、重组，使其适合自己。因此，从日本的三足八咫乌、月中捣饼的兔子，以及作为妖怪的桂男传说，我们除了可以看到中国古老日、月神话的深远影响外，相关的说法，其实更丰富了中国日、月神话的内容，并使相关的神话在日本获得了新生，延续了生命。

第八章 结论

关于日中有乌及月中有蟾、兔、桂树等神话传说的起源与形成，历来学者虽多有讨论，然或由于典籍文献记载的零散，或由于神话传说的改易或变形，加以诠释者对相关材料的随意捡择，因而使得相关的说法至今仍未能获得一定的结论。

本书希望能借重图像文献、考古文物等非纸上之材料来进行论证，以出土图像材料结合文献的方式，针对相关神话内容进行考索，尤其侧重于中国各地出土之两汉时期墓葬帛画、墓室壁画、画像石、画像砖等图像材料中的日、月图像。一方面，除了因考古材料对部分历史现象的重建具有一定的功能；另一方面，则由于两汉时期是中国古代民间口头叙事的活跃时期。尤其，汉画像作为一种民间丧葬文化的体现，从某种意义上来说，其与两汉时期或以前民间口传的内容，更存在着密切的联系。

因此，书中大量运用各地区出土之汉代帛画、墓室壁画、画像石、画像砖，更向下及于隋唐绢麻画、敦煌石窟壁画、写卷中的粟特祆教白画，以及近世在日本流传的八咫乌、月兔捣饼及桂男等神话传说，针对中国古代日中有乌及月中蟾、兔、桂树等相关神话内容，进行题材的考索、源流的追溯与脉络的梳理，并对其功能、意义做深入的分析与讨论。尤其，对于相关神话自两汉以迄隋唐，于中国传统丧葬礼制中所具有的仪式意义，以及随着时代的风尚与外来宗教的流布，相关题材的变衍与异文化间相互融摄的现象，更加以多方关注。

透过汉唐甚至宋金元以后考古出土材料中日、月图像的内容与特征之考察与比较，以及相关神话题材在各时期的流行情况与演化规律之分析，并针对其与各时代社会文化、思想哲学、宗教仪式与神仙信仰做关联性的探讨后，大致可归纳出相关神话传说的演变发展、象征意义与社会文化内涵，及其对后世思想、信仰所具有的深远影响。谨就前面各章之探讨所得，举其要者如下：

（一）关于日、月神话传说的形成背景

虽然，历来学者对于日中有乌与月中有蟾、兔、桂树之说的相关解释包括

"联合图腾制说""太阳与鸟运行规律相似说""鸟类与谷物、丰饶的关系""太阳黑子说""阳精说""男性生殖崇拜说""嫦娥所化"，以及"表示异于一般动物神力""蟾蜍与兔子与月的属性相近"等各种不同的说法，然由普遍流传于世界上许多民族的原始神话中都有太阳鸟及月中阴影像兔等说法来看，其产生的原因可能是太阳的运行规律与鸟的行踪有着相类似的地方，因意象的隐喻与类比而产生的想象。至于月亮与兔子、蟾蜍的关系，由许多民族的神话及历来人们对月的歌颂咏叹中都提到月中有兔影及蟾、桂的影子等说法来看，月中蟾、兔、桂树之说，亦可能是源自人们对月表阴影的联想。

（二）作为汉代墓室天文图的日、月画像

原始的太阳鸟及月中有蟾、兔、桂树的神话流行到了两汉时期，由于受到当时社会风气、宗教信仰的影响，相关的形象开始大量出现在许多墓室画像中。由现今包括山东、江苏、河南、山西、陕西、四川等地出土的日、月画像有逾百幅之多来看，日、月画像在汉代的墓室中，应具有极为重要的功能与意义。

由在许多汉代墓葬代表天的图像中，几乎不可缺少日、月的画像，以及在许多的墓葬装饰中，日、月画像经常与如星斗或四象、祥云等题材共同出现在同一画面，且多出现在天井或穹隆顶等象征天的位置来看，这些日、月画像的存在与被广泛运用，可能与汉代人将日、月画像视为墓室中天空的象征，以及作为墓室中天文图之传统有关。

（三）日、月画像与伏羲、女娲神话的关系

两汉时期的墓室中，日、月画像又经常与伏羲、女娲相配，分居东、西。可知到了两汉时期，伏羲、女娲可能也被赋予了日、月神的属性，且有从原来的华夏民族的男、女创世大神转变为阴、阳符号的象征之倾向。

（四）汉代墓室日、月画像与阴、阳思想的关系

此外，从两汉墓室中的日、月经常与持规、矩的伏羲、女娲相配，或当时人们对于日中鸟与月中蟾、兔、桂的相关解释与说法来看，墓室中的日、月画像，除了可作为一种天文图的象征外，到了后来，更随着阴阳思想的盛行，尤其是与伏羲、女娲的结合，被赋予了象征墓室阴阳力量相生相倚的功能与意义。

（五）由天的象征转化为神仙世界的象征

虽然，在许多早期的汉代墓室中，日、月作为墓室的天文图，其最初的意义是仿效天空。然而，到了东汉以后，随着神仙思想的盛行，以及人们多将自然的天想象成一美好如天堂的神仙世界，因此，墓室中的日、月画像，其形式

虽依然存在，但无论是从图像的表现上来看，或是由与其相配的图像内容来看，都可发现日、月画像已成了升仙图的一种表现手法。

（六）日中三足乌与月中捣药玉兔出现的原因

至于后世盛传的日中三足乌与月中捣药玉兔的说法，虽然历来学者众说纷纭、莫衷一是，然借由对相关图像材料的分析与比对，尤其是汉画像的材料，可发现：原来日中的乌鸟是二足的形象，而月中的兔是做奔跑状的，三足的乌与捣药的兔原属于西王母的神仙世界。后来或由于民间文学母题的混同与借用作用，以及东汉以后西王母神仙思想盛行的关系，遂使得后来日中出现了三足乌，月中出现了捣药兔。

（七）从日中有乌到日中有鸡

大概到了唐宋以后，一些寺观或墓室的壁画也开始在日光菩萨的头光中，或墓顶天文图的日画像中，出现金鸡的形象。此外，一些文学作品和道教典籍中，也出现了日里金鸡的说法。且自宋以来，更有许多学者从十二生肖的酉鸡、卯兔相对，以及鸡、兔投影在日、月中的影像来加以解释。不过，究其原因，则仍应与乌和鸡的形象相近，加上到了后来，随着日中有乌神圣性的逐渐消失，人们以日常生活中随处可见的鸡来取代它有关。

（八）对后世墓葬传统的影响

由于日中有乌或三足乌，月中有蟾、兔、桂树的图像与神话，在两汉的墓葬中得到了很好的发展，并被赋予了丰富的意涵，因而使得这样的传统除被延续到魏晋以后一些中原地区的墓葬外，更随着中原人士向河西走廊及辽东半岛等地播迁，相关的图像与神话，也在这些地方得到了很好的继承与发展，并因而影响了如新疆吐鲁番等边陲之地的墓葬艺术与丧葬礼俗。

（九）与佛教及其他外来宗教艺术的融摄

此外，由魏晋时期的一些佛、道造像碑，以及敦煌的许多佛教艺术品中，甚至入华粟特祆教赛祆的图卷中，于诸佛、菩萨或祆教神祇的两旁也会出现内有三足乌及蟾、兔、桂树等日、月图来看，可知随着道教、佛教的兴起、传入与流行，以及中西文化的交流，原作为中国传统墓室中用以表现天空的日、月画像，亦开始出现了为佛、道艺术及粟特祆教画像所挪借，甚至嫁接进佛教、祆教象征的现象，并随着文化的相互融摄，而被赋予了新的意涵。

（十）文化辐射与文化过滤的现象

日、月画像除了对佛教、祆教等艺术产生一定的影响外，在文化辐射的作用下，还通过辽东半岛及朝鲜半岛影响了日本的相关神话传说。不过，日本民间更普遍相信三足的八咫乌可指引胜利、保佑平安，而月中的兔子是在捣制饼。还有，原来因"学道有过"而被罚日日砍伐桂树的吴刚，却成了既是妖怪又有绝世容貌的美男子桂男。由此可见，日本对中国的相关神话并非全盘地接收，而是透过文化过滤的功能，对外来文化进行选择、移植，并重新予以改造、重组，使其适合自己。

经由本书的整理与讨论则可发现，许多神话传说虽或产生于邈远的原始初民时期，然更多时候，它"完全是对现存世界和社会作出解释"①，故神话是可以形塑的，是可以不断增删、修改与生灭的。因此，如欲考察神话传说演化的脉络，或不能徒以断简残编中的蛛丝马迹为据，必须结合更多的实物线索。提倡对知识进行考古的米歇尔·福柯（Michel Foucault, 1926—1984）便提醒我们：

> 简而言之，就其传统形式而言，历史从事于"记录"过去的重大遗迹，把它们转变为文献，并使这些印迹说话，而这些印迹本身常常是吐露不出任何东西的，或者它们无声地讲述着与它们所讲的是风马牛不相及的事情。在今天，历史则将文献转变成重大遗迹，并且在那些人们曾辨别前人遗留的印迹的地方，在人们曾试图辨认这些印迹是什么样的地方，历史便展示出大量的素材以供人们区分、组合、寻找合理性、建立联系，构成整体。②

故如日与三足乌、月与捣药兔，本是两个风马牛不相及的事情，但借着对汉画像中相关图像之间的区分、组合，似乎可能为像日中三足乌、月中捣药玉兔这类已亡佚，或为文献载籍所不传的神话传说，建立起某种寻绎其演变脉络的另一种可能。

因此，除了载之于文献典籍中的文字史料外，图像的"文本"亦应被视为另一种重要的史料。尤其，对于那些不雅驯、为缙绅之士所不言的神话传说之研究，它将提供更多为传世文献所欠缺的讯息。因此，以研究秦汉史及中西文化交流史著称的邢义田院士便特别推崇对图像数据的利用，他以为：

> 我相信古人留下文字或图画，是以不同的形式和语言在传达所思、

---

①梵·巴仁：《神话的灵活性》，引自凡西纳：《口头传说：历史方法论研究》，见〔美〕阿兰·邓迪斯编：《西方神话学论文选》，朝戈金、尹伊、金泽等译，上海：上海文艺出版社，1994，第291页。

②〔法〕米歇尔·福柯：《知识考古学》，谢强、马月译，北京：生活·读书·新知三联书店，1998，第7页。

所感，其信息之丰富多彩，并无不同；……后人要了解古代的社会文化，不能图、文兼用，仅凭"只"眼，不论闭上哪一只眼，都将无法"立体"呈现那个时代。①

文学与艺术皆是一种生活的载体，故无论是行诸文字的神话内容之载述，抑或是相关形象、情节的图绘，创作者都是处在一定的社会文化背景与历史结构中，受到相同的文化范式制约，因此，相关的文本间必然具有一定的互涉性。如能将其交叉运用，除可收相互印证、互为补充之功外，更可达到多视角观察之效益。

①邢义田：《汉画解读方法试探——以"捞鼎图"为例》，见颜娟英主编：《中国史新论·美术考古分册》，台北：联经出版事业公司，2010，第13页。

征引书目

一、古籍丛刊

［1］高楠顺次郎、渡边海旭都监修：《大正新修大藏经》，东京：大正一切经刊行会，大正十三年至昭和九年（1924—1934），因明正理门论本。

［2］罗炽主编：《〈太平经〉注译》，重庆：西南师范大学出版社，1996。

［3］陈寿撰，裴松之注：《新校本三国志》，台北：鼎文书局，1980。

［4］袁珂校注：《〈山海经〉校注》，上海：上海古籍出版社，1980。

［5］李昉等奉勅撰：《太平御览》，台北：台湾商务印书馆，1997。

［6］北京大学古文献研究所编：《全宋诗》，北京：北京大学出版社，1991。

［7］董诰等编：《全唐文》，北京：中华书局，1987。

［8］清圣祖敕编：《全唐诗》，北京：中华书局，1979。

［9］严可均校辑：《全上古三代秦汉三国六朝文》，北京：中华书局，1991。

［10］吴承恩：《西游记》，台北：桂冠图书，1983。

［11］徐天麟：《西汉会要》，上海：上海人民出版社，1977。

［12］韩愈撰，朱熹考异：《朱文公校昌黎先生文集》，上海：商务印书馆，1929。

［13］洪迈：《容斋随笔》，上海：上海古籍出版社，1978。

［14］刘珍等撰，吴树平校注：《东观汉记校注》，郑州：中州古籍出版社，1987。

［15］王明：《抱朴子内篇校释》，北京：中华书局，1985。

［16］蒋士铨著，邵海清校，李梦生笺：《忠雅堂集校笺》，上海：上海古籍出版社，1993。

［17］刘侗、于奕正著，孙小力校注：《帝京景物略》，上海：上海古籍出版社，2001。

［18］王根林、黄益元、曹光甫校点：《汉魏六朝笔记小说大观》，上海：上海古籍出版社，1999。

［19］周婴撰：《卮林》，台北：新文丰出版社，1984。

［20］《中国风土志丛刊》，扬州：广陵书社，2003，据清同治三年刊本影印。

［21］刘安撰，高诱注：《淮南子》，台北：台湾中华书局，1981。

［22］杨家骆主编：《新校本二十五史》，台北：鼎文书局，1975—1981。

［23］不著撰人：《周易》，台北：艺文印书馆，重刊宋本十三经注疏附校勘记本，1965。

［24］许慎撰，段玉裁注，鲁实先正补：《说文解字注》，台北：黎明文化，1976。

［25］何薳撰，张明华点校：《春渚纪闻》，北京：中华书局，1983。

［26］瞿昙悉达：《开元占经》，台北：台湾商务印书馆，1983。

［27］钮琇：《觚賸 觚賸续编》，上海：上海古籍出版社，1986，续修四库全书本。

［28］王谠撰，周勋初校证：《唐宋史料笔记丛刊》，北京：中华书局，1992。

［29］林云铭：《楚辞灯》，台北：广文书局，1963。

［30］洪兴祖撰，白化文、许德楠、李如鸾等点校：《楚辞补注》，北京：中华书局，1983。

［31］王逸：《楚辞章句》，台北：艺文印书馆，1974。

［32］王夫之：《楚辞通释》，台北：广文书局，1963。

［33］杜松柏主编：《楚辞汇编》，台北：新文丰出版社，1986。

［34］朱熹：《楚辞辩证》，台北：世界书局，1981。

［35］班固撰，颜师古注：《新校本汉书》，台北：鼎文书局，1986。

［36］苏鹗撰：《苏氏演义》，台北：台湾商务印书馆，1983，景印文渊阁四库全书。

［37］陈元靓撰，陆心源校：《岁时广记》，台北：新兴书局，1977。

［38］欧阳询撰，汪绍楹校：《艺文类聚》，上海：上海古籍出版社，1999。

二、考古图录及发掘报告

［1］山东省博物馆、山东省文物考古研究所编：《山东汉画像石选集》，济南：齐鲁书社，1982。

［2］王子云编：《中国古代石刻画像选集》，北京：中国古典艺术出版社，1957。

［3］王建中、闪修山：《南阳两汉画像石》，北京：文物出版社，1990。

［4］孔祥星、刘一曼：《中国铜镜图典》，北京：文物出版社，1992。

［5］孔有生绘：《云冈石窟白描资料》，太原：山西人民出版社，1993。

［6］文物出版社：《西汉帛画》，北京：文物出版社，1972。

［7］中国美术全集编辑委员会编：《中国美术全集·绘画编18·画像石画像砖》，上海：上海人民美术出版社，1989。

［8］中国社会科学院考古研究所编：《庙底沟与三里桥》，北京：科学出版社，1959。

［9］中国社会科学院考古研究所编：《新中国的考古发现和研究》，北京：文物出版社，1984。

［10］中国社会科学院考古研究所、河北省文物研究所：《磁县湾漳北朝壁画墓》，北京：科学出版社，2003。

［11］中国画像石全集编辑委员会编：《中国画像石全集》（第1—8册），济南、郑州：山东美术出版社、河南美术出版社，2000。

［12］《中国画像砖全集》编辑委员会编：《中国画像砖全集》（第1—3册），成都：四川美术出版社，2006。

［13］甘肃省博物馆、武威县文化馆：《武威汉代医简》，北京：文物出版社，1975。

［14］甘肃省文物队、甘肃省博物馆、嘉峪关市文物管理所编：《嘉峪关壁画墓发掘报告》，北京：文物出版社，1985。

［15］天水麦积山石窟艺术研究所编：《中国石窟·天水麦积山》，北京：文物出版社，1998。

［16］江苏省文物管理委员会编著：《江苏徐州汉画像石》，北京：科学出版社，1959。

［17］李林、康兰英、赵力光编著：《陕北汉代画像石》，西安：陕西人民出版社，1995。

［18］李贵龙、王建勤主编：《绥德汉代画像石》，西安：陕西人民美术出版社，2001。

［19］李发林：《山东汉画像石研究》，济南：齐鲁书社，1982。

［20］河北省文物研究所、保定市文物管理处：《五代王处直墓》，北京：文物出版社，1998。

［21］河南省文物考古研究所：《汝州洪山庙》，郑州：中州古籍出版社，1995。

［22］国家文物局古文献研究室、新疆维吾尔自治区博物馆、武汉大学历史

系编:《吐鲁番出土文书》,北京:文物出版社,1981。

[23] 周到、吕品、汤文兴编:《河南汉代画像砖》,上海:上海人民美术出版社,1985。

[24] 洛阳区考古发掘队:《洛阳烧沟汉墓》,北京:科学出版社,1959。

[25] 咸阳市文物考古研究所:《五代冯晖墓》,重庆:重庆出版社,2001。

[26] 梁思永未完稿、高去寻辑补:《侯家庄·第二本·1001 号大墓》,台北:"中央研究院"历史语言研究所,1962。

[27] 高书林编著:《淮北汉画像石》,天津:天津人民美术出版社,2002。

[28] 陕西省考古研究所编:《陕西新出土唐墓壁画》,重庆:重庆出版社,1998。

[29] 陕西省考古研究所、榆林市文物管理委员会办公室编著:《神木大保当:汉代城址与墓葬考古报告》,北京:科学出版社,2001。

[30] 陕西省考古研究所、西安交通大学:《西安交通大学西汉壁画墓》,西安:西安交通大学出版社,1991。

[31] 陕西省耀县药王山博物馆、陕西省临潼市博物馆、北京辽金城垣博物馆编:《北朝佛道造像碑精选》,天津:天津古籍出版社,1996。

[32] 马王堆汉墓帛书整理小组编:《马王堆汉墓帛书》(肆),北京:文物出版社,1985。

[33] 徐州市博物馆编:《徐州汉代画像石》,南京:江苏美术出版社,1985。

[34] 唐长寿:《乐山崖墓和彭山崖墓》,成都:电子科技大学出版社,1994。

[35] 黄明兰、郭引强:《洛阳汉墓壁画》,北京:文物出版社,1996。

[36] 湖北省博物馆:《曾侯乙墓》,北京:文物出版社,1989。

[37] 湖南省博物馆、中国科学院考古研究所编:《长沙马王堆一号汉墓》,北京:文物出版社,1973。

[38] 傅惜华主编:《汉代画象全集》(初编、二编),巴黎:巴黎大学北京汉学研究所,1950—1951。

[39] 曾昭燏、蒋宝庚、黎忠义:《沂南古画像石墓发掘报告》,北京:文化部文物管理局,1956。

[40] 敦煌研究院编:《敦煌石窟艺术·莫高窟二八五窟》,南京:江苏美术出版社,1998。

[41] 敦煌研究院主编:《敦煌石窟全集》,香港:商务印书馆,2005。

[42] 云冈石窟文物保管所编:《中国石窟·云冈石窟》(一、二),北京:

文物出版社，1994。

［43］闻宥：《四川汉代画像选集》，上海：群联出版社，1955。

［44］宁夏固原博物馆：《固原北魏墓漆棺画》，银川：宁夏人民出版社，1988。

［45］南阳汉画像馆编：《南阳汉代画像石墓》，郑州：河南美术出版社，1988。

［46］陕西省考古研究所编：《陕西神木大保当汉彩绘画像石》，重庆：重庆出版社，2000。

［47］薛文灿、刘松根编：《河南新郑汉代画像砖》，上海：上海书画出版社，1993。

［48］龚廷万、龚玉、戴嘉陵编著：《巴蜀汉代画像集》，北京：文物出版社，1998。

［49］于豪亮：《记成都扬子山一号墓》，载《文物》1955 年第 9 期。

［50］山西省考古研究所、太原市文物管理委员会：《太原市北齐娄叡发掘简报》，载《文物》1983 年第 10 期。

［51］山西省考古研究所、太原市文物管理委员会：《太原南郊北齐壁画墓》，载《文物》1990 年第 12 期。

［52］山西省考古研究所、太原市文物考古研究所：《太原北齐徐显秀墓发掘简报》，载《文物》2003 年第 10 期。

［53］山东省文物考古研究所：《山东嘉祥英山一号隋墓清理简报——隋代墓室壁画的首次发现》，载《文物》1981 年第 4 期。

［54］山东省文物考古研究所：《济南市东八里洼北朝壁画墓》，载《文物》1989 年第 4 期。

［55］山东省博物馆、苍山县文化馆：《山东苍山元嘉元年画像石墓》，载《考古》1975 年第 2 期。

［56］王克林：《北齐库狄回洛墓》，载《考古学报》1979 年第 3 期。

［57］王步毅：《安徽宿县褚兰汉墓画像石墓》，载《考古学报》1993 年第 4 期。

［58］文化部古文献研究室、安徽阜阳地区博物馆阜阳汉简整理组：《阜阳双古堆汉简（万物）》，载《文物》1988 年第 4 期。

［59］中国社会科学院考古研究所、河北省文物研究所邺城考古工作队：《河北磁县湾漳村北朝墓》，载《考古》1990 年第 7 期。

［60］甘肃省博物馆：《甘肃武威磨嘴子汉墓发掘》，载《考古》1960 年第 9 期。

［61］四川省博物馆文物工作队：《四川新津县堡子山崖墓清理简报》，载《考古通讯》1958 年第 8 期。

［62］四川省博物馆、郫县文化馆：《四川郫县东汉砖墓的石棺画像》，载《考古》1979 年第 6 期。

［63］四川大学考古专业七八级实习队、长宁县文化馆：《四川长宁"七个洞"东汉纪年画像崖墓》，载《考古与文物》1985 年第 5 期。

［64］匡达莹：《四川宜宾市翠屏村汉墓清理简报》，载《考古通讯》1957 年第 3 期。

［65］成恩元：《四川大学历史系博物馆调查了彭山、新津的汉代崖墓》，载《文物参考数据》1955 年第 5 期。

［66］江苏省文物管理委员会、南京博物院：《江苏十里铺汉画像石墓》，载《考古》1966 年第 2 期。

［67］江苏省文物管理委员会、南京博物院：《江苏徐州、铜山五座汉墓清理简报》，载《考古》1964 年第 10 期。

［68］吉林省博物馆：《吉林辑安五盔坟四号和五号墓清理略记》，载《考古》1964 年第 2 期。

［69］安阳县文教局：《河南安阳县清理一座北齐墓》，载《考古》1973 年第 2 期。

［70］吕劲松：《洛阳浅井头西汉壁画墓发掘简报》，载《文物》1993 年第 5 期。

［71］洛阳市第二文物工作队：《洛阳浅井头西汉壁画墓发掘简报》，载《文物》1993 年第 5 期。

［72］中国考古学会编：《中国考古学年鉴·1987》，北京：文物出版社，1988。

［73］吴仲实：《四川宜宾汉墓清理很多出土文物》，载《文物参考数据》1954 年第 12 期。

［74］周到、李京华：《唐河针织厂汉画像石墓的发掘》，载《文物》1973 年第 6 期。

［75］兰峰：《四川宜宾县崖墓画像石棺》，载《文物》1982 年第 7 期。

［76］河北省文管处：《河北省景县北魏高氏墓发掘简报》，载《文物》1979 年第 3 期。

［77］咸阳市文管会、咸阳博物馆：《咸阳市胡家沟西魏侯义墓清理简报》，载《文物》1987 年第 12 期。

［78］黎忠义：《昌黎水库汉墓群发掘简报》，载《文物参考数据》1957 年第 12 期。

［79］南京博物院：《江苏盱眙东阳汉墓》，载《考古》1979 年第 5 期。

［80］南京博物院：《徐州青山泉白集东汉画像石墓》，载《考古》1981 年第 2 期。

［81］南京博物院：《江苏泗洪重岗汉画像石墓》，载《考古》1986 年第 7 期。

［82］南京博物院、邳县文化馆：《江苏邳县白山故子两座东汉画像石墓》，载《文物》1986 年第 5 期。

［83］南阳博物馆：《河南南阳军帐营汉画像石墓》，载《考古与文物》1982 年第 1 期。

［84］南阳市博物馆：《南阳县王寨汉画像石墓》，载《中原文物》1982 年第 1 期。

［85］南阳博物馆：《河南南阳英庄汉画像石墓》，载《中原文物》1983 年第 3 期。

［86］南阳市文物研究所：《河南省南阳县辛店乡熊营画像石墓》，载《中原文物》1996 年第 3 期。

［87］南阳地区文物工作队、南阳县文化馆：《河南南阳县英庄汉画像石墓》，载《文物》1984 年第 3 期。

［88］重庆市博物馆、合川县文化馆田野考古工作小组：《合川东汉画像石墓》，载《文物》1977 年第 2 期。

［89］洛阳博物馆：《河南北魏元乂墓调查》，载《文物》1974 年第 12 期。

［90］洛阳博物馆：《洛阳西汉卜千秋壁画墓发掘简报》，载《文物》1977 年第 6 期。

［91］洛阳博物馆：《洛阳金谷园新莽时期壁画墓》，见文物编辑委员会编：《文物资料丛刊》(9)，北京：文物出版社，1985。

［92］洛阳市文物工作队：《河南洛阳北郊东汉壁画墓》，载《考古》1991 年第 8 期。

［93］洛阳市文物工作队：《洛阳孟津北陈村北魏壁画墓》，载《文物》1995 年第 8 期。

［94］洛阳市文物工作队：《洛阳新安县铁塔山汉墓发掘报告》，载《文物》2002 年第 5 期。

［95］洛阳市第二文物工作队：《洛阳偃师县新莽壁画墓清理简报》，载《文物》1992 年第 12 期。

［96］洛阳市第二文物工作队：《洛阳尹屯新莽壁画墓》，载《考古学报》2005 年第 1 期。

［97］徐州市博物馆：《江苏徐州市清理五座汉画像石墓》，载《考古》1996 年第 3 期。

［98］高文、高成英：《四川出土的十一具汉代画像石棺图释》，载《四川文物》1988 年第 3 期。

［99］陕西省文物管理委员会：《西安东郊唐墓清理记》，载《考古通讯》1956 年第 6 期。

［100］陕西省文物管理委员会：《西安西郊唐墓清理记》，载《考古通讯》1956 年第 6 期。

［101］陕西省文物管理委员会：《长安县南里王村韦泂墓发掘记》，载《文物》1959 年第 8 期。

［102］陕西省文物管理委员会：《唐永泰公主墓发掘简报》，载《文物》1964 年第 1 期。

［103］王玉清：《陕西省三原县双盛村隋李和墓清理简报》，载《文物》1966 年第 1 期。

［104］陕西省社会科学院考古研究所：《陕西咸阳唐苏君墓发掘》，载《考古》1963 年第 9 期。

［105］陕西省考古研究所、西安交通大学：《西安交通大学西汉壁画墓发掘简报》，载《考古与文物》1990 年第 4 期。

［106］陕西省考古研究所、陕西历史博物馆、昭陵博物馆：《唐昭陵新城长公主墓发掘简报》，载《考古与文物》1997 年第 3 期。

［107］陕西省文物管理委员会、礼泉县昭陵文管所：《唐阿史那忠墓发掘简报》，载《考古》1977 年第 2 期。

［108］陕西省博物馆、乾县文教局唐墓发掘组：《唐章怀太子墓发掘简报》，载《文物》1972 年第 7 期。

［109］陕西省博物馆、乾县文教局唐墓发掘组：《唐懿德太子墓发掘简报》，载《文物》1972 年第 7 期。

［110］郭立中：《四川焦山、魏家冲发现汉代崖墓》，载《考古》1959 年第 8 期。

［111］裘锡圭：《湖北江陵凤凰山十号汉墓出土简牍考释》，载《文物》1974 年第 7 期。

［112］纪南城凤凰山一六八号汉墓发掘整理组：《湖北江陵凤凰山一六八号汉墓发掘报》，载《文物》1975 年第 9 期。

［113］湖北省博物馆、随州市博物馆：《湖北随州擂鼓墩二号墓发掘简报》，载《文物》1985 年第 1 期。

［114］湖南省博物馆、中国科学院考古研究所：《长沙马王堆二、三号汉墓发掘简报》，载《文物》1974 年第 7 期。

［115］张朋川：《河西出土的汉晋绘画简述》，载《文物》1978 年第 6 期。

［116］张家口市文物事业管理所、张家口市宣化区文物保管所：《河北宣化下八里辽金壁画墓》，载《文物》1990 年第 10 期。

［117］杨子范：《山东梁山后银山村发现带彩绘的古墓》，载《文物参考数据》1954 年第 3 期。

［118］雷建金：《简阳县鬼头山发现榜题画像石棺》，载《四川文物》1988 年第 6 期。

［119］雷建金：《内江市关升店东汉崖墓画像石棺》，载《四川文物》1992 年第 3 期。

［120］新疆维吾尔自治区博物馆：《新疆吐鲁番阿斯塔那北区墓葬发掘简报》，载《文物》1960 年第 6 期。

［121］新疆维吾尔自治区博物馆：《吐鲁番县阿斯塔那—哈拉和卓古墓群清理简报》，载《文物》1972 年第 1 期。

［122］新疆维吾尔自治区博物馆：《吐鲁番阿斯塔那 363 号墓发掘简报》，载《文物》1972 年第 2 期。

［123］新疆维吾尔自治区博物馆、西北大学历史考古专业：《1973 年吐鲁番阿斯塔那古墓群发掘简报》，载《文物》1975 年第 7 期。

［124］新疆维吾尔自治区博物馆考古队、穆舜英：《吐鲁番哈拉和卓古墓群发掘简报》，载《文物》1978 年第 6 期。

［125］宁夏回族自治区博物馆、宁夏固原博物馆：《宁夏固原北周李贤夫妇墓发掘简报》，载《文物》1985 年第 11 期。

［126］磁县文化馆：《河北磁县北齐高润墓》，载《考古》1979 年第 3 期。

［127］磁县文化馆：《河北磁县东魏茹茹公主墓发掘简报》，载《文物》1984 年第 4 期。

［128］磁县文化馆：《河北磁县东陈村北齐尧峻墓》，载《文物》1984 年第 4 期。

［129］郑州市博物馆：《郑州新通桥汉代画像空心砖墓》，载《文物》1972 年第 10 期。

［130］嘉峪关市文物管理所：《嘉峪关新城十二、十三号画像砖墓发掘简报》，载《文物》1982 年第 8 期。

［131］嘉峪关市文物清理小组：《嘉峪关汉画像砖墓》，载《文物》1972 年第 12 期。

［132］刘志远：《成都天回山崖墓清理记》，载《考古学报》1958 年第 1 期。

［133］济南市博物馆：《济南市马家庄北齐墓》，载《文物》1985 年第 10 期。

［134］临沂金雀山汉墓发掘组：《山东临沂金雀山九号汉墓发掘简报》，载《文物》1977 年第 11 期。

［135］戴克学：《璧山出土汉代石棺》，载《四川文物》1993 年第 1 期。

［136］濮阳西水坡遗址考古队：《1988 年濮阳西水坡遗址发掘报告》，载《考古》1989 年第 12 期。

［137］濮阳市文物管理委员会、濮阳市博物馆、濮阳市文物工作队：《河南濮阳西水坡遗址发掘简报》，载《文物》1988 年第 3 期。

［138］关天相、冀刚：《梁山汉墓》，载《文物》1955 年第 5 期。

［139］罗哲文：《孝堂山郭氏墓祠堂》，载《文物》1961 年第 4、5 期合刊。

［140］党寿山：《武威磨嘴子发现一座东汉壁画墓》，载《考古》1995 年第 11 期。

［141］宝鸡茹家庄西周墓发掘队：《陕西省宝鸡市茹家庄西周墓发掘简报》，载《文物》1976 年第 4 期。

三、近人专著

［1］八木春生：《中國佛教美術の漢民族化：北魏時代後期を中心として》，京都：法藏館，2004。

［2］大林太良：《神话学入门》，林相泰、贾福水译，北京：中国民间文艺出版社，1988。

［3］福井康顺等监修：《道教》，东京：平河出版社，1983。

［4］出石诚彦：《中国神话传说的研究》，台北：古亭书屋，1969，据日本昭和十八年（1943）中央公论社排印本影印。

［5］安居香山、中村璋八：《纬书集成》，石家庄：河北人民出版社，1994。

［6］佐山融吉：《蕃族调查报告书·武仑族前篇》，余万居、黄文新译，"中央研究院"民族学研究所编译，台北："中央研究院"民族学研究所，1985。

［7］佐山融吉：《蕃族调查报告书·泰雅（太么）族后篇》，余万居、黄文新译，"中央研究院"民族学研究所编译，台北："中央研究院"民族学研究所，1985。

［8］长广敏雄：《汉代画像研究》，东京：中央公论美术出版社，1965。

［9］西域文化研究会编：《西域文化研究》，东京：法藏馆，1962。

［10］塚本善隆：《龙门石窟：北魏佛教研究》，林保尧、颜娟英译，新竹：觉风佛教艺术文化基金会，2005。

［11］卫聚贤：《古史研究》（第二集·下册），上海：商务印书馆，1934。

［12］藤崎济之助：《台湾の蕃族》，东京：国史刊行会，昭和五年（1930），黄文新译，"中央研究院"民族学研究所编译。

［13］阿兰·邓迪斯编：《西方神话学论文选》，朝戈金、尹伊、金泽等译，上海：上海文艺出版社，1994。

［14］约翰·伯格：《观看的方式》，吴莉君译，台北：麦田出版社，2005。

［15］李约瑟：《中国之科学与文明》（第十四册），陈夫主译，台北：台湾商务印书馆，1971。

［16］李维斯陀：《神话学：餐桌礼仪的起源》，周昌忠译，台北：时报文化出版事业有限公司，1998。

［17］克劳德·列维－斯特劳斯：《结构人类学：巫术·宗教·艺术·神话》，陆晓禾、黄锡光等译，北京：文化艺术出版社，1989。

［18］列维－布留尔：《原始思维》，丁由译，北京：商务印书馆，1981。

［19］米歇尔·福柯：《知识考古学》，谢强、马月译，北京：生活·读书·新知三联书店，1998。

［20］色伽兰：《中国西部考古记》，冯承钧译，北京：中华书局，1955。

［21］许理和：《佛教征服中国：佛教在中国中古早期的传播与适应》，李四龙、裴勇等译，南京：江苏人民出版社，2003。

［22］恩斯特·卡西尔：《国家的神话》，黄汉青、陈卫平译，台北：成均出版社，1983。

［23］丹尼尔·J. 布尔斯廷：《探索者：人类寻求理解其世界的历史》，吴晓妮、陈怡译，上海：上海译文出版社，2000。

[24] 米尔恰·伊利亚德:《宗教思想史》,晏可佳、吴晓群、姚蓓琴译,上海:上海社会科学院出版社,2004。

[25] M. 艾瑟·哈婷:《月亮神话:女性的神话》,蒙子、龙天、芝子译,上海:上海文艺出版社,1992。

[26] 鲁道夫·阿恩海姆:《艺术与视知觉》,滕守尧、朱疆源译,成都:四川人民出版社,1998。

[27] 杰罗尔德·拉姆齐编:《美国俄勒冈州印第安神话传说》,史昆、李务生译,北京:中国民间文艺出版社,1983。

[28] 斯蒂·汤普森:《世界民间故事分类学》,郑海、郑凡、刘薇琳等译,上海:上海文艺出版社,1991。

[29] Aurel Stein, *Innermost Asia: Report of Explorations in Central Asia, Kan－su and EasternIran, Rediscovering The Ancient Silk*, Oxford: Clarendon Press,1928.

[30] B. Laufer, "Five Newly Discovered Bas－reliefs of the Han Period," in *T'oung Pao*, 1912(1).

[31] Daniel L. Overmyer, *Religions of China: The World as a Living System*, Harper－San Francisco: Waveland Press,1986.

[32] Hu Shih, *Independence, Convergence, and Borrowing: In Institution, Thought and Art*, Mass.: Harvard University Press,1937.

[33] Martins J. Powers, *Art and Political Expression in Early China*, New Haven: Yale University Press,1991.

[34] Michael Loewe, *Ways to Paradise: The Chinese Quest Immortality*, London: George Allen and Unwin,1979.

[35] Thorkild Jacobsen, *The Treasures of Darkness, A History of Mesopotamian Religion*, New Haven: Yale University Press,1976.

[36] Robert Briffault, *The Mothers: A Study of the Origins of Sentiments and Institutions*, New York: The Macmillan Company,1927.

[37] W. Fairbank, "The Offering Shrines of 'Wu Liang Tz'u'," in *Harvard Journal of Asiatic Studies*,1941(1).

[38] Wu Hung, "Four Voices of Funerary Monuments," in *Monumentality in Early Chinese Art and Architecture*, California: Stanford University Press,1995.

[39] 丁山:《中国古代宗教与神话考》,上海:上海文艺出版社,1988。

[40] 王子今:《史记的文化发掘》,武汉:湖北人民出版社,1997。

［41］王元化：《文学沉思录》，上海：上海文艺出版社，1983。

［42］王宏建、袁宝林主编：《美术概论》，北京：高等教育出版社，1994。

［43］王伯敏主编：《中国美术通史》，济南：山东教育出版社，1996。

［44］王孝廉：《神话与小说》，台北：时报出版公司，1986。

［45］王孝廉：《东北、西南族群及其创世神话——中国的神话世界》（上编），台北：时报文化出版企业有限公司，1992。

［46］李亦园、王秋桂主编：《中国神话与传说学术研讨会论文集》，台北：汉学研究中心，1996。

［47］王孝廉：《岭云关雪——民族神话学论集》，北京：学苑出版社，2002。

［48］南阳汉画像石学术讨论会办公室编：《汉代画像石研究》，北京：文物出版社，1987。

［49］尹荣方：《神话求原》，上海：上海古籍出版社，2003。

［50］尹建中：《台湾山胞各族传统神话故事与传说文献编纂研究》，台北：台湾大学人类学系，1994。

［51］E.H.贡布里希著，杨思梁、范景中编选：《象征的图像：贡布里希图像学文集》，上海：上海书画出版社，1990。

［52］阿兰·邓迪斯主编：《世界民俗学》，陈建宪、彭海斌译，上海：上海文艺出版社，1990。

［53］老舍：《四世同堂》，台北：时报文化出版公司，2001。

［54］朱天顺：《中国古代宗教初探》，上海：上海人民出版社，1982。

［55］朱庆之：《学术集林》，上海：上海远东出版社，1997。

［56］余欣：《神道人心：唐宋之际敦煌民生宗教社会史研究》，北京：中华书局，2006。

［57］巫鸿：《礼仪中的美术：巫鸿中国古代美术史文编》，郑岩、王睿、李清泉等译，北京：生活·读书·新知·三联书店，2005。

［58］巫鸿：《武梁祠：中国古代画像艺术的思想性》，柳扬、岑河译，北京：生活·读书·新知·三联书店，2006。

［59］李立：《文化嬗变与汉代自然神话演变》，汕头：汕头大学出版社，2000。

［60］李零：《入山与出塞》，北京：文物出版社，2004。

［61］李永彩主编：《东方神话传说·非洲古代神话传说》，北京：北京大学出版社，1999。

［62］李淞：《论汉代艺术中的西王母图像》，长沙：湖南教育出版社，2000。

［63］敦煌研究院编：《1994 年敦煌学国际研讨会文集——纪念敦煌研究院成立 50 周年》，兰州：甘肃民族出版社，2000。

［64］李贵龙、王建勤主编：《绥德汉代画像石》，西安：陕西人民美术出版社，2001。

［65］蓝吉富、刘增贵主编：《中国文化新论·宗教礼俗篇·敬天与亲人》，台北：联经出版事业公司，1983。

［66］何新：《诸神的起源：中国远古神话与历史》，台北：木铎出版社，1987。

［67］何星亮：《中国自然神与自然崇拜》，上海：生活·读书·新知三联书店上海分店，1992。

［68］何星亮：《中国自然崇拜》，南京：江苏人民出版社，2007。

［69］杜而未：《老子的月神宗教》，台北：学生书局，1978。

［70］杜而未：《〈山海经〉神话系统》，台北：学生书局，1984。

［71］杜而未：《昆仑文化与不死观念》，台北：学生书局，1977。

［72］谷德明编：《中国少数民族神话》，北京：中国民间文艺出版社，1987。

［73］屈育德：《神话·民俗·传说》，北京：中国文联出版公司，1988。

［74］芮传明、余太山：《中西纹饰比较》，上海：上海古籍出版社，1995。

［75］柳存仁讲演：《道教史探源——"汤用彤学术讲座"演讲辞及其他》，北京：北京大学出版社，2000。

［76］茅盾：《神话研究》，天津：百花文艺出版社，1981。

［77］金荣华：《台东卑南族口传文学选》，台北："中国文化大学"中国文学研究所，1989。

［78］孙机：《中国圣火——中国古文物与东西文化交流中的若干问题》，沈阳：辽宁教育出版社，1996。

［79］杜正胜编：《中国上古史论文选集》，台北：华世出版社，1979。

［80］孙作云：《天问研究》，北京：中华书局，1989。

［81］姜亮夫：《屈原赋校注》，台北：华正书局，1974。

［82］姜亮夫：《楚辞通故》，昆明：云南人民出版社，1999。

［83］徐旭生：《中国古史的传说时代》，北京：科学出版社，1960。

［84］黄寿祺、张善文编：《周易研究论文集》，北京：北京师范大学出版社，1987。

［85］高文编：《四川汉代画像砖》，上海：上海人民美术出版社，1987。

［86］高文编著：《四川汉代石棺画像集》，北京：人民美术出版社，1998。

[87] 深圳博物馆编：《中国汉代画像石画像砖文献目录》，北京：文物出版社，1995。

[88] 常任侠：《民俗艺术考古论集》，台北：正中书局，1943。

[89] 常任侠：《常任侠艺术考古论文选集》，北京：文物出版社，1984。

[90] 浦忠成：《库巴之火——台湾邹族部落神话研究》，台中：晨星出版社，1996。

[91] 袁珂：《中国神话传说词典》，上海：上海辞书出版社，1985。

[92] 袁珂：《中国古代神话》，台北：台湾商务印书馆，1993。

[93] 袁珂：《神话论文集》，台北：汉京文化事业公司，1987。

[94] 邢义田主编：《第三届国际汉学会议论文集——中世纪以前的地域文化、宗教与艺术》，台北："中央研究院"历史语言研究所，2002。

[95] 顾铁符：《夕阳刍稿：历史考古述论汇编》，北京：紫禁城出版社，1988。

[96] 段文杰：《敦煌石窟艺术论集》，兰州：甘肃人民出版社，1988。

[97] 陆思贤：《神话考古》，北京：文物出版社，1995。

[98] 黄文弼著，中国科学院考古研究所编：《吐鲁番考古记》，北京：中国科学院，1954。

[99] 黄晖：《论衡校释》，北京：中华书局，1990。

[100] 陈千武：《台湾原住民的母语传说》，台北：台原出版社，1999。

[101] 陈勤建：《中国鸟文化——关于鸟化宇宙观的思考》，上海：学林出版社，1996。

[102] 陈履生：《神画主神研究》，北京：紫禁城出版社，1987。

[103] 冯时：《中国天文考古学》，北京：社会科学文献出版社，2001。

[104] 俞伟超：《先秦两汉考古学论集》，北京：文物出版社，1985。

[105] 信立祥：《汉代画像石综合研究》，北京：文物出版社，2000。

[106] 俞伟超主编：《考古类型学的理论与实践》，北京：文物出版社，1989。

[107] 吴曾德：《汉代画像石》，台北：丹青图书公司，1986。

[108] 郭沫若：《殷契粹编》，北京：科学出版社，1965。

[109] 贺西林：《古墓丹青：汉代墓室壁画的发现与研究》，西安：陕西人民美术出版社，2001。

[110] 张文彬主编：《敦煌：纪念敦煌藏经洞发现一百周年》，台北：天卫文化图书，2000。

[111] 张玉安主编：《东方神话传说·东南亚古代神话传说》，北京：北京

大学出版社，1999。

［112］张光直：《中国青铜时代》，台北：联经出版事业公司，1983。

［113］马昌仪编：《中国神话学文论选萃》，北京：中国广播电视出版社，1994。

［114］朱青生主编：《中国汉画研究·第二卷》，桂林：广西师范大学出版社，2006。

［115］张朋川：《黄土上下：美术考古文萃》，济南：山东画报出版社，2006。

［116］张舜徽：《郑学丛著》，济南：齐鲁书社，1984。

［117］张穗华主编：《神灵，图腾与信仰》，北京：中国对外翻译出版公司，2002。

［118］汤炳正：《屈赋新探》，济南：齐鲁书社，1984。

［119］陶阳、钟秀编：《中国神话》，上海：上海文艺出版社，1990。

［120］陶阳、钟秀：《中国创世神话》，上海：上海人民出版社，1989。

［121］游国恩主编：《天问纂义》，台北：洪叶文化，1993。

［122］葛兆光：《中国思想史》，上海：复旦大学出版社，2001。

［123］董治安主编：《两汉全书》，济南：山东大学出版社，1999。

［124］陈慧桦、古添洪：《从比较神话到文学》，台北：东大图书股份有限公司，1977。

［125］蒲慕州：《墓葬与生死：中国古代宗教之省思》，台北：联经出版事业公司，1993。

［126］新疆社会科学院考古研究所编：《新疆考古三十年》，乌鲁木齐：新疆人民出版社，1983。

［127］叶舒宪：《英雄与太阳：中国上古史诗的原型重构》，西安：陕西人民出版社，2005。

［128］闻一多：《闻一多全集·一·神话与诗》，台北：里仁书局，1993。

［129］闻一多：《闻一多全集·二·古典新义》，台北：里仁书局，1993。

［130］潘重规编著：《敦煌变文集新书》，台北："中国文化大学"中文研究所敦煌学研究会，1984。

［131］吴泽主编，袁英光选编：《王国维学术研究论集》（二），上海：华东师范大学出版社，1987。

［132］刘文典：《淮南鸿烈集解》，北京：中华书局，1989。

［133］刘守华：《故事学纲要》，武汉：华中师范大学出版社，1988。

［134］刘师培：《刘师培全集》，北京：中共中央党校出版社，1997。

[135] 刘城淮:《中国上古神话》,上海:上海文艺出版社,1988。

[136] 刘惠萍:《伏羲神话传说及其信仰研究》,台北:文津出版社,2005。

[137] 刘魁立:《刘魁立民俗学论集》,上海:上海文艺出版社,1998。

[138] 赵国华:《生殖崇拜文化论》,北京:中国社会科学出版社,1990。

[139] 郑岩:《魏晋南北朝壁画墓研究》,北京:文物出版社,2002。

[140] 山东大学考古学系编:《刘敦愿先生纪念文集》,济南:山东大学出版社,1998。

[141] 北京大学比较文学研究所编:《中国比较文学研究资料(1919—1949)》,北京:北京大学出版社,1989。

[142] 郑振铎:《郑振铎说俗文学》,上海:上海古籍出版社,2000。

[143] 萧兵:《楚辞与神话》,南京:江苏古籍出版社,1987。

[144] 萧兵:《中国文化的精英:太阳英雄神话比较研究》,上海:上海文艺出版社,1989。

[145] 御手洗胜等著,王孝廉主编:《神与神话》,台北:联经出版事业公司,1988。

[146] 萧兵:《楚辞新探》,天津:天津古籍出版社,1988。

[147] 萧风编译:《印第安神话故事》,北京:宗教文化出版社,1998。

[148] 苏雪林:《天问正简》,台南:广东出版社,1974。

[149] 庄蕙芷:《汉代墓室天文图像研究》,台南:台南艺术大学博士论文,2004。

[150] 黄厚明:《中国东南沿海地区史前文化中的鸟形象研究》,南京:南京艺术学院博士论文,2004。

四、单篇论文

[1] 片川章雄:《大谷探险队の足迹——未绍介情报と蒐集品の行方を含めて》,载《季刊文化遗产》2001年第11号。

[2] 伊藤清司:《〈故事、传说的源流——东亚的比较故事、传说学〉代序》,王汝澜、夏宇继译,载《民间文学论坛》1992年第1期。

[3] 佐佐木律子:《莫高窟第285窟西壁内容试释》,载《美术史》1997年第2期。

[4] 曾布川宽:《汉代画像における升仙图の谱系》,载《东方学报》总第65期,1993年。

［5］陈江风：《"羲和捧日，常羲捧月"画像石质疑》，载《中原文物》1988 年第 2 期。

［6］简·詹姆斯：《汉代西王母的图像志研究》，贺西林译，载《美术史研究》1997 年第 2 期。

［7］洁西卡·罗森：《图像的力量：秦始皇的模型宇宙及其影响》，杨谨译，载《西安财经学院学报》2007 年第 3 期。

［8］王恺：《苏鲁豫晋交界地区汉画像石墓的分期》，载《中原文物》1990 年第 1 期。

［9］王思礼：《从莒县东莞汉画像石中的七女图释武氏祠"水陆攻战"图》，见政协第六届莒县委员会文史资料委员会编：《莒县文化研究专辑（一）》，1999。

［10］王纪潮：《昏迷药与不死药——战国秦汉时期中国社会宗教意识的转向》，"宗教与医疗"学术研讨会暨亚洲医学史学会第二次年会，2004。

［11］王仁波、何修龄、单暐：《陕西唐墓壁画之研究》（下），载《文博》1984 年第 2 期。

［12］方鹏钧、张勋燎：《山东苍山元嘉元年画像石题记的时代和有关问题的讨论》，载《考古》1980 年第 3 期。

［13］尹荣方：《月中兔探源》，载《民间文学论坛》1988 年第 3 期。

［14］尹荣方：《"月中桂"与"吴刚伐桂"》，载《文史知识》1993 年第 6 期。

［15］安立华：《汉画像"金乌负日"图像探源》，载《东南文化》1992 年第 2 期。

［16］何星亮：《太阳神及其崇拜仪式》，载《民族研究》1992 年第 3 期。

［17］杜靖：《"太阳三足乌"新释》，载《创新》2007 年第 1 期。

［18］沈谦：《嫦娥奔月的象征意义》，载《中外文学》1986 年第 3 期。

［19］吕品：《河南汉代画像砖的出土与研究》，载《中原文物》1989 年第 3 期。

［20］巫鸿：《汉代艺术中的"天堂"图像和"天堂"观念》，载《历史文物》1996 年第 4 期。

［21］巫鸿：《"阴阳理论"与汉代西王母东王公形象的塑造——山东武梁祠山墙画像研究》，孙妮译，载《西北美术》1997 年第 3 期。

［22］李立：《由日月相偶到阴阳相配——论日月神话在汉代的发展与演变》，载《九江师专学报》（哲社版）1999 年第 1 期。

［23］李征、穆舜英、王炳华：《吐鲁番考古研究概述》，载《新疆社会科学研究》1982 年第 23 期。

［24］李真玉：《试析汉画中的蟾蜍》，载《中原文物》1995 年第 3 期。

［25］李发林：《洛阳西汉壁画墓星象图新探》，载《中原文物》1987 年特刊《洛阳古墓博物馆》创刊号。

［26］李复华、郭子游：《郫县出土东汉画像石棺略说》，载《文物》1975 年第 8 期。

［27］李怀顺、魏文斌、郑国穆：《麦积山石窟"伏羲女娲"图像辨析》，载《华夏考古》2006 年第 3 期。

［28］邢义田：《信立祥著〈中国汉代画像石研究〉读记》，载《台大历史学报》2000 年第 25 期。

［29］邢义田：《汉代画像中的"射爵射侯图"》，载《"中央研究院"历史语言研究所集刊》2000 年第 3 期。

［30］吴曾德、周到：《南阳汉画像石中的神话与天文》，载《郑州大学学报》1978 年第 4 期。

［31］周到：《南阳汉画象石中的几幅天象图》，载《考古》1975 年第 1 期。

［32］屈育德：《日月神话初探》，载《民间文学论坛》1986 年第 5 期。

［33］季羡林：《印度文学在中国》，载《文学遗产》1980 年第 1 期。

［34］武伯纶：《西安碑林述略》，载《文物》1965 年第 9 期。

［35］长山、仁华：《试论王寨汉墓中的彗星图》，载《中原文物》1982 年第 1 期。

［36］胡万川：《嫦娥奔月神话新探》，载《民间文学论坛》1997 年第 3 期。

［37］易小松：《月亮神话的文化之谜》，载《重庆师院学报》（哲学社会科学版）2003 年第 3 期。

［38］袁广阔：《仰韶文化的一幅"金乌负日"图赏析》，载《中原文物》2001 年第 6 期。

［39］席泽宗：《敦煌星图》，载《文物》1966 年第 3 期。

［40］石沉、孙其刚：《月蟾神话的萨满巫术意义》，载《民间文学论坛》1988 年第 3 期。

［41］孙作云：《长沙马王堆一号汉墓出土画幡考释》，载《考古》1973 年第 1 期。

［42］孙作云：《洛阳西汉壁画墓中的傩仪图——打鬼迷信、打鬼图的阶级

分析》，载《中原文物》1987年特刊《洛阳古墓博物馆》创刊号。

　　[43] 孙作云：《洛阳西汉壁画墓考释》，载《中原文物》1987年特刊《洛阳古墓博物馆》创刊号。

　　[44] 夏鼐：《洛阳西汉壁画墓中的星象图》，载《考古》1965年第2期。

　　[45] 马世长：《〈敦煌星图〉的年代》，见敦煌文物研究所编：《1983年全国敦煌学术讨论会文集·文史·遗书编》，兰州：甘肃人民出版社，1987。

　　[46] 高文：《绚丽多彩的画像石》，载《四川文物》1985年第1期。

　　[47] 常任侠：《巴县沙坪坝出土之石棺画像研究》，载《金陵学报》1938年第1、2期合刊。

　　[48] 常任侠：《沙坪坝出土之石棺画像研究》，载《说文月刊》1940年第8期。

　　[49] 郭沫若：《洛阳汉墓壁画试探》，载《考古学报》1964年第2期。

　　[50] 郭维德：《曾侯乙墓中漆箧上日月和伏羲、女娲图象试释》，载《江汉考古》1981年第S1期。

　　[51] 郭晓川：《苏鲁豫皖区汉画像视觉形式演变的分期研究》，载《考古学报》1997年第2期。

　　[52] 宿白：《西安地区唐墓壁画的布局和内容》，载《考古学报》1982年第2期。

　　[53] 陈钧：《论月神嫦娥》，载《民间文学论坛》1986年第5期。

　　[54] 陈炳良：《中国古代神话新释两则》，载《清华学报》1969年第2期。

　　[55] 陈安利：《西安、吐鲁番唐墓葬制葬俗比较》，载《文博》1991年第1期。

　　[56] 浙江省文物管理委员会：《杭州、临安五代墓中的天文图和秘色瓷》，载《考古》1975年第3期。

　　[57] 张剑：《月亮神话中蛙兔之变动因考》，载《江汉大学学报》（人文科学版）2004年第3期。

　　[58] 闵丙勋：《国立中央博物馆藏두르판出土伏羲女娲图》，载《美术数据》1998年第61期。

　　[59] 曾蓝莹：《作坊、格套与地域子传统：从山东安丘董家庄汉墓的制作痕迹谈起》，载《台湾大学美术史研究集刊》2008年第8期。

　　[60] 冯华：《记新疆新发现的绢画伏羲女娲像》，载《文物》1962年第C2期。

　　[61] 汤池：《北齐高润墓壁画简介》，载《考古》1979年第3期。

［62］汤池：《东魏茹茹公主墓壁画试探》，载《文物》1984 年第 4 期。

［63］叶舒宪：《月兔，还是月蟾——比较文化视野中的文学寻根》，载《寻根》2001 年第 3 期。

［64］裴建平：《"人首蛇身"伏羲女娲绢画略说》，载《文博》1991 年第 1 期。

［65］赵华：《吐鲁番出土伏羲女娲画像的艺术风格及源流》，载《西域研究》1992 年第 4 期。

［66］郑渤秋：《吐鲁番阿斯塔那 225 号墓出土伏羲女娲图与日本龙谷大学藏伏羲女娲图的缀合》，载《西域研究》2003 年第 3 期。

［67］刘惠萍：《太阳与神鸟："日中三足乌"神话探析》，载《民间文学年刊》2009 年第 2 期。

［68］刘毓庆：《华夏日月神话文化意蕴之考察》，载《民间文学论坛》1996 年第 2 期。

［69］刘晓路：《临沂帛画文化氛围初探》，载《中原文物》1993 年第 2 期。

［70］刘凤君：《试释吐鲁番地区出土的绢画伏羲女娲像》，载《新疆大学学报》1983 年第 3 期。

［71］鲁瑞菁：《太阳崇拜神话三则》，载《静宜人文社会学报》2006 年第 1 期。

［72］魏仁华：《南阳汉画像石中的幻日图像试析》，载《中原文物》1985 年第 3 期。

［73］钟敬文：《马王堆汉墓帛画的神话史意义》，载《中华文史论丛》1979 年第 2 辑。

［74］萧登福：《论佛教受中土道教的影响及佛经真伪》，载《中华佛学学报》1996 年第 9 期。

［75］庞朴：《火历钩沈》，见《中国文化》创刊号，台北：风云时代出版公司，1989。

［76］耀生：《耀县石刻文字略志》，载《考古》1965 年第 3 期。

［77］龚维英：《嫦娥神话面面观》，载《民间文学论坛》1987 年第 4 期。

五、网络数据

［1］田兆元:《中国神话里的三足乌:是男性崇拜的形象吗?》,http://windfrom-sea. blogcn. com/diary,5107008. shtml。